Erich Loest
Swallow, mein wackerer Mustang

Erich Loest

Swallow,
mein wackerer Mustang

Karl-May-Roman

Linden-Verlag

Band 5 der Werkausgabe

Copyright © 1996 by Linden-Verlag, Leipzig
Umschlaggestaltung und Einband: Gerhard Steidl
Gesetzt aus der Bembo der H. Berthold AG, Berlin
Gesamtherstellung: Steidl Göttingen
Printed in Germany
ISBN 3-9802139-9-4

Inhalt

1. Kapitel
Waldheim
7

2. Kapitel
Visitenkarte Dr. Karl May
40

3. Kapitel
Emma, Minna
67

4. Kapitel
Höher als der Staatsanwalt
102

5. Kapitel
Talsohle
134

6. Kapitel
Geld! Geld!
166

7. Kapitel
Ein Verleger aus Freiburg
202

8. Kapitel
»Winnetou, der rote Gentleman«
223

9. Kapitel
»Villa Shatterhand«
251

10. Kapitel
Endlich die große Reise
280

11. Kapitel
Die Dichtersfrau
308

12. Kapitel
Die Rache der Toten
350

13. Kapitel
Ich bin so müd…
370

Zu dieser Ausgabe
401

Zeittafel
406

1. Kapitel

Waldheim

1

»Zum wie vielten Mal sind Sie inhaftiert?«

»Zum drittenmal, Herr Direktor.«

»Waren's nicht fünf?«

»Eigentlich...«

Der Direktor winkt ab, er mag diese Halbintellektuellen nicht, diese vor Ehrgeiz Zitternden, Kränklichen, zu kurz Gekommenen. Ein Wunder, daß den Züchtling 402 noch nicht die Schwindsucht weggeleckt hat. Dieser Direktor kann mit den stupidesten Burschen fertig werden, mit Straßenräubern noch am besten, die heilfroh sind, daß das Beil sie verschont hat, die ein halbes Jahr lang wie Hündchen kuschen, wenn sie mal wieder die Kugel am Bein gespürt haben. Aber der? »Sie sind zweimal ordnungsgemäß entlassen worden?«

»Ordnungsgemäß, Herr Direktor.«

»Und wievielmal sind Sie ausgebrochen?«

»Nie, Herr Direktor.« May hat die Fingerspitzen an die Drillichhose gepreßt, er starrt auf die Hände des Direktors, die Papier auffalten; ein Zucken vom Mundwinkel in die Oberlippe signalisiert ihm seine Furcht. Ausgebrochen, da hat ihn also einer verpfiffen, wer, wenn nicht Prott. Der hat nie genug hören können; ohne Protts Bohren hätte er sich diese Geschichte nicht ausgedacht vom Ausbruch aus Prags sicherstem Verlies, als sie einen Wärter als Geisel mitschleppten, gefesselt und geknebelt, abgeseilt eine Mauer hinunter und durch einen Graben und einen Wall hinauf, und der Doppelposten auf einem Turm hatte nicht zu schießen gewagt. Drüben standen Pferde bereit, tolle Pferde, sag ich euch! Die Ausbrecher warfen den Wärter über einen Pferderücken und sprengten durch nachtdunkle Straßen, Fackeln wurden ihnen in den Weg geschleudert, unversehens waren die Felder weit und die Sterne hoch, kalt blies der Nachtwind. In einem Dickicht machten sie halt, Freunde hatten auf sie gewartet, einer wollte den Wärter erdolchen, aber er, May, warf sich dem Kumpan in den Arm.

»Waren Sie in Prag im Gefängnis?«

Also wirklich Prott, der immer wieder gefragt hat: Und? Dieses Und hat die Geschichte weiterfließen lassen durch Nächte und Tage und Wälder und Schenken nach Bayern hinüber, bis zu einer Bauerntochter in einer Scheune, aber da hat Prott umsonst gefragt: Und?

»Haben Sie nicht verstanden?«

»Ich saß nie in Prag im Gefängnis.«

»Wir werden nachforschen.« Ein Narr, davon geht der Direktor aus, ein Schulmeisterlein, hirnkrank schon in jungen Jahren. »Wo haben Sie gelernt, mit Pferden umzugehen?«

»Als Junge, beim Nachbarn.«

»Ackergäule?«

May drückt die Fingerspitzen an die Hose, er möchte um Himmels willen nichts verderben, er kennt den Karzer mit seinen nassen Mauern. »Ja, Ackergäule.« Er zwingt sich, dem Direktor in die Augen zu sehen, da wird er eher die Wahrheit herauspressen, da kann er vielleicht auflachend sagen: Dem Prott hab ich einen Bären aufgebunden, der schluckt doch alles, und was soll einer reden die ganze Zeit? Die Augen des Direktors bleiben starr hinter den Zwickergläsern, wenigstens wirken sie nicht gierig auf neue unerhörte Begebenheiten.

»Ich hab nie reiten gelernt.« Die Hände lösen sich vom Hosenstoff, er hüstelt, die Lippe zuckt, endlich öffnet sich der Mund zu einem Gnade suchenden Lächeln. »Bin nie ausgebrochen, Herr Direktor, auch in Prag nicht.«

»Natürlich bist du nie ausgebrochen.« Der Direktor blättert in einer Mappe. Ein Betrüger, ein Dieb ist 402, kein Gewaltverbrecher. Einmal hat er Verfolger mit einem ungeladenen

Terzerol bedroht, einmal hat er sich von einem Wächter losgerissen und ist über Felder davongerannt. Das paßt nicht ins übrige Bild. Der Direktor hat erfahren, daß es in der buntscheckigen Schar seiner Häftlinge sogar solche gibt, die anderen das schwerere Delikt und die härtere Strafe aus Ganovenehre heraus mißgönnen. Nicht so 402, der schneidet nur auf. »Wie war das, als du geflüchtet bist, damals bei Werdau?«

Jetzt stößt May die Hände vor, begegnet dem mißbilligenden Blick des Direktors, läßt sie sinken, birgt sie auf dem Rücken und preßt eine Hand mit der anderen fest. »Eine Rast, wir waren zu einem Lokaltermin unterwegs.«

»Zu einem Ort, an dem du die Leute betrogen hast, May. Wie hattest du dich dort genannt?«

»Polizeileutnant von Wolframsdorf.«

»Nicht etwa Doktor der Medizin Heilig?«

»Das war andermal.« Er muß die Hände eineinanderkrampfen, damit sie nicht wieder vorrucken. »Eine Rast am Mittag zwischen zwei Dörfern. Wir saßen am Straßenrand, der Wachtmeister schnitt Brot ab und gab auch mir ein Stück, ich konnte es schwer halten wegen der Brezel, in der meine Hände steckten.«

»Eine eiserne Brezel, und du hast sie zerbrochen.«

»Es war schlechtes Eisen.«

Die Stimme des Direktors wird höhnisch. »Aber wir in Waldheim haben prachtvolles Eisen vor den Fenstern, daß du's weißt! Und weiter?«

»Ich hab Felder gesehen und eine Lerche gehört, ich dachte an das Zuchthaus Osterstein in Zwickau und die Jahre darin. Plötzlich hatte ich Angst, ich würde sterben, müßte ich noch einmal hinein. So bin ich losgerannt.«

»Und dem Wärter hast du einen Stoß versetzt.«

»Unabsichtlich, nur so beim Aufspringen.«

»Und bist bis nach Böhmen gekommen. Aber sie haben dich geschnappt und rausgefunden, wer du bist. Wie hast du dich noch genannt?«

»Albin Wadenbach.«

»Und hast behauptet, du besäßest auf der Insel Martinique eine Plantage und reistest durch Europa, um Verwandte zu besuchen. Ein Plantagenbesitzer nächtigt in einem Heuschober!« Der Direktor sieht, daß May sich verfärbt hat: Bleich, schweißig ist seine Haut. »Das hörst du nicht gern?«

Schwäche überkommt May, die diese furchtbaren Namen wegdrängt, Doktor Heilig, Notenstecher Hermin, Polizeileutnant von Wolframsdorf, Geheimrat – wie doch gleich in Ponitz, als er fliehen mußte und das Terzerol zog? Böse Geister waren über ihm, aber er macht ihre Kraft zunichte, wenn er diese Namen löscht. Der Direktor hat die Geister zu neuem Leben erweckt, indem er ihre Namen nannte, Namen aus der schrecklichen Zeit, in der die Dämonen ihn trieben, peitschten. Er selbst war es nicht, der sich als Dr. Heilig in einem Kleidermagazin in Penig ausstaffieren ließ und den Händler prellte, der als Notenstecher Hermin am Thomaskirchhof 12 in Leipzig einen Pelz zur Ansicht übernahm, mit ihm verschwand und der im Rosental überwältigt wurde. Geister hatten ihn in der Gewalt. Er will sagen: Das war ein anderes, mein schlechtes Ich, aber jetzt, hier in Waldheim, verblassen die Geister der Vergangenheit, ich vertreibe sie, ich will anständig, gütig sein. Die Felder und die Lerche, sie standen auf der Lichtseite, ich bin auf sie zugelaufen. Herr Direktor, ich war, ich will – aber seine Lippen öffnen sich nicht.

»May, wann werden Sie endlich vernünftig?« Der Direktor klappt die Mappe zu, ihn widern diese Betrügereien an. May wird nie eine Gewalttat begehen, wird sich nicht wehren, wenn er geschlagen wird, wird nie ausbrechen, nie einem Wärter widersprechen. Ein armseliger Narr. »Aber ich will nicht, daß in meiner Anstalt von Ausbruch geschwafelt wird, hörst du? Ich will nicht einmal, daß jemand an Ausbruch denkt! Hier herrscht Zucht, hier kommt überhaupt niemand auf den Gedanken, man könnte einen Wärter fesseln! Schon dafür blüht euch Karzer!« Vor einer Minute hat der Direktor noch nicht einmal erwogen, den Schwätzer 402 abzustrafen, plötzlich weiß er, daß er es tun wird. Auch Narren sind gefährlich. Wie leicht macht Mays Phantasterei die Runde durch die Zellen, vielleicht träumen heute nacht Züchtlinge, wie sie einen Wärter, wie sie den Direktor knebeln und auf ein Pferd binden und durch die schäumende Zschopau sprengen und sich nach dem Gebirge hinauf durchschlagen, nach Böhmen hinüber. »Ich verstehe Sie nicht, May!« Der Direktor neigt sich vor, seine Stimme wird beschwörend. »Eine große Zeit! Unser Volk im Aufbruch, alle Hände und Köpfe werden gebraucht! Sie hätten Soldat sein sollen! Manneszucht, Härte, Mars-la-Tour! Schauen Sie sich um im Deutschen Reich! Springt Ihnen das Herz nicht auf?«

May sieht das Glitzern in den Zwickergläsern, die Schnurrbartspitzen zittern. Hinter dem Direktor hängt das Bild Seiner Majestät des Königs von Sachsen, Licht fällt auf Orden, bricht sich. Licht – und May fürchtet sich vor der Nacht des Karzers, jeden Augenblick kann die Stimme des Direktors Karzer verkünden, sieben Tage, einundzwanzig. Sedan – zu der Zeit saß May im Gefängnis, da brüllten sich die Wärter die Siegesnachricht zu, von einer Stunde zur anderen brandete das Gerücht von einem gewaltigen Pardon auf, von einer Generalamnestie, denn ungeheurem Sieg mußte unermeßliche Gnade folgen. Sogar Mörder schrien, in vier Wochen wären sie frei.

»May, denken Sie an die Eisenbahnen! Stählerne Stränge von Nord nach Süd, von Ost nach West durchs Vaterland. Eine gewaltige Zeit!« Die Stimme des Direktors gerät ins Ungenaue, derlei verkündet er jeden Tag; was folgt, ist nicht speziell auf 402 gemünzt. »Dumm sind Sie doch nicht. Kann noch was werden aus Ihnen! In dieser beispiellosen Zeit! Alles im Umbruch, Platz für jeden im Reich.« Der Direktor vermutet Angst in Mays Augen. Wo Angst ist, ist schlechtes Gewissen, Angst fordert Strafe heraus. »Eine Woche Karzer!«

Eine Stunde später kauert May im Dunkeln, die Kälte der Beinschelle schlägt durch den Drillich, es ist zwecklos zu versuchen, sie einmal an der einen, einmal an der anderen Seite anliegen zu lassen. Er kann den Finger nicht dazwischenschieben. Vielleicht stirbt der Fuß ab, gerät Brand hinein, sie werden im Spital den Fuß abtrennen, an Krücken wird er das Zuchthaus verlassen. Aber ein Mann kann auch reiten mit einem Fuß. Ein Einbeiniger kann auf einem Wall den Abschuß einer Kanone befehligen, wenn die Sonne brennt, wenn die Tuaregs anreiten in schneeweißen Burnussen und ihre Gewehre schwingen, wenn sie bis an den Fuß der Schanze heransprengen, daß der Schweißgeruch der Pferde herauffliegt. Dann kann ein Mann, der sich auf einen Stock stützt, das Feuersignal schreien, und über die Köpfe der Tuaregs hinweg fegt der Kartätschenhagel in die Wüste hinaus, die Ansprengenden reißen ihre Pferde herum und verschwinden im quellenden Staub wie eine Fata Morgana.

Eine Schüssel mit Brei wird hereingereicht, also ist Mittag. Für eine halbe Minute schlägt Helligkeit in die Zelle, Wüstenhelligkeit unter glitzerndem Himmel, Wüstenwind, der sich voll Hitze gesogen hat weit unten am Äquator. Der Kalfaktor wirft eine Matte hin, das hat der Direktor nachträglich angeordnet, weil ihn seine Entscheidung halb und halb gereut hat: Der May, mein Gott, der Narr! May schiebt die Matte unter die Füße, hört die Stimme des Direktors: eine große Zeit! May war nicht dabei, als Sachsen auf St. Privat vorrückten, er ist nicht einen Hügel emporgesprengt und hat, die Hand grüßend am Helm und keuchend vom atemlosen Ritt, den Befehl zum Angriff überbracht. Nie hat er Soldat werden wollen, weil Soldaten in feuchten Kasernen hausten wie drüben in Glauchau oder in den Wachstuben unter dem Waldenburger Schloß, weil sie in Reih und Glied marschierten unter sengender Sonne, weil niemals er den Befehl zum Angriff überbringen würde, sondern Rittmeister von Schönburg vielleicht, und der Musketier May wäre, andere Musketiere neben sich, vorgestapft auf St. Privat. Er hat als Junge gehorchen müssen, sein Vater spielte Leutnant, Major, General; Karl stellte die sächsische Armee dar und schlug Preußen, Russen, Franzosen auf den Feldern Ernstthals, schwärmte aus und schrie Hurra und stand zitternd unter den Befehlen des Webers May, der Offizier der Bürgerwehr war und quälend gern ein richtiger Offizier hatte sein wollen. Der Vater hatte ihm Kriegssehnsucht ausgetrieben, dieser Mann mit den fiebrigen Träumen, der selig gewesen war, wenn er in der Schenke neben einem Beamten, einem Kaufmann, einem Notar hatte sitzen dürfen, und der am nächsten Morgen mit grauem Gesicht in seiner Werkstatt gehockt hatte, wieder ein hungriger Weber. May reibt die Füße gegeneinander. Was ist schlimmer, an einen Ring an der Wand im Zuchthaus zu Waldheim oder an einen Webstuhl in Ernstthal gekettet zu sein?

Er krümmt sich auf der Matte zusammen, ein Ellbogen ist auf den Stein gestützt. So löffelt er den Brei, Wärme breitet sich vom Magen her aus, Schläfrigkeit auch, so träumt er sich in die Kindheit zurück, als er, dreijährig, vierjährig, für Monate erblindet, durchs Haus tappte, als er roch: die modrige Steinkühle des Hausflurs, den beißenden Geruch aus der Küche, als er fühlte: kalt die Klinke der Hoftür, die Schwelle unter dem Fuß, die runden, glatten Steine im Hof. Um ihn war die Stimme der Großmutter, sie hüllte ein, bewahrte, schmeichelte. Karli, mein Karlchen. Hände hoben ihn auf den Schoß, über sie tastete er hin mit Fingern und Lippen, fühlte weiche, rauhe, harte Haut, fühlte Schenkel, Bauch und Brüste, drängte sich an und sog Duft ein von Haut und Wolle und Atem. Die Großmutter sang Lieder vor, die Großmutter erzählte Märchen, Legenden; wichtiger als der Sinn der Worte war ihr Klang. Karlchen, riechst du was? Das ist der Flieder, der blüht! Wie eine Göttin war sie, allgegenwärtig und von allumfassender Güte, allwissend, allmächtig. Der Duft des Flieders – es ist nicht möglich, daß der Flieder so viele Monate hindurch geblüht hat, wie Karlchen blind war, aber wenn er zurückdenkt an diese Zeit des Tastens und Hörens und Riechens, dann duftet der Flieder, spürt er Sonnenwärme auf seinen Wangen. Sonnenwärme auch auf der Landstraße von Waldenburg, Pflaumenbäume an den Seiten, Sonnenstrahlen sickern durchs Fenster der Schulstube, als Junglehrer May die Uhr zückt, als er ihren Tombak in der

Sonne funkeln läßt, als sich Jungen aus den Bänken drücken, um die Uhr des Herrn Lehrers zu bestaunen. Eine Uhr, wer besitzt schon eine Uhr, der Vater nicht, der Großvater nicht, aber Herr Lehrer May.

Am Abend wird die Fußfessel gelöst, er fühlt von einer Zellenwand zur anderen, spreizt die Finger vor dem Gesicht. Die Schritte passen sich der Zellenlänge an, sieben hin, sieben zurück, federnd berühren die Fingerspitzen die Mauer, kurz vorher signalisiert Mörtelgeruch: noch wenige Zoll. An den Grafen von Monte Christo erinnert er sich, eine bessere Gefangenengeschichte, Verliesgeschichte wird nie jemand erfinden. Sieben Schritt hin, sieben her, den Boden müßte er aufgraben in einer einzigen Nacht, müßte Steine und Mörtel gegen die Tür türmen, mit dem Löffelstiel die Fugen auskratzen, das Gewölbe durchbrechen. Vielleicht liegt darunter die Wachstube – wie ein Gespenst stürzt er von der Decke herab auf den Tisch, schleudert einen Wärter gegen den Spind, seine Faust bohrt sich in einen Magen, ein Mann sinkt röchelnd zusammen. Eine Minute später tritt May, in eine Wachtmeisteruniform gekleidet, die Pistole in der Faust, aus der Wachstube, am Tor will ein Posten nach der Parole fragen, sein Kiefer klappt töricht herab, als er in die Pistolenmündung starrt. Eine Nacht und einen Tag reitet May, oben bei Marienberg liefert er einer Ulanenstreife ein Pistolengefecht, sein Pferd bricht unter ihm zusammen. Zu Fuß schlägt er sich durch die Wälder und schreibt aus einem böhmischen Gasthof ein höhnisches Billett an den obersten Kerkermeister von Waldheim.

Am vierten Tag läßt der Direktor den Züchtling 402 wieder in den Arbeitsraum bringen, da er hofft, dieser Denkzettel habe genügt. Prott, der Viehdieb, schaut von den Tabakblättern auf. Alle warten, daß May berichtet, wie es im Karzer war, warum er begnadigt worden ist, denn die Kunde war durch den Bau geflogen: May schmort für sieben Tage, warum? May zieht Deckblätter heran, streckt die Finger, die noch steif vor Kälte sind. Noch schweigt er, das ist gegen alle

Spielregel, er weiß, daß fünfzehn Hirne sich martern, daß fünfzehn Ohrenpaare warten. »Eine alte Geschichte«, läßt er endlich wie nebenbei fallen. »Hängt mit einer Sache in Böhmen zusammen. Kann darüber nicht reden, versteht ihr?«

Prott fragt sofort: »Wieder der Ausbruch?«

May spürt ein Ziehen in der Brust, möchte antworten: Ja, der Ausbruch. Aber er weicht aus: »Vielleicht haben sie einen alten Kumpel geschnappt.«

Prott pfeift durch die Zahnlücken. »Nachschlag?«

Nachschlag, damit ist zusätzliche Strafe gemeint; das fehlte noch, ihm wird der Direktor sowieso keinen einzigen Tag schenken, dem Wiederholungstäter. Schweißnaß sind Mays Hände auf einmal, er fürchtet, die Besinnung zu verlieren. Prott und zwei andere ziehen ihn hoch, schleppen ihn ans Fenster und drücken sein Gesicht zwischen die Gitter, damit er frische Luft atme. »Kriegst von mir die Hälfte Brot heute abend«, verspricht Prott. »Wirst schon wieder, Karle, wirst wieder!«

Ein paar Tage braucht May, bis er den Karzer überwunden hat und wieder so viele Zigarren wickelt wie sonst. Ein Thema wird breitgetreten: Gewehre, Pistolen. Einer hat als Waffenmeister bei den sächsischen Dragonern gedient und weiß alles über Perkussionsgewehre, penibel schildert er mancherlei Versuche, Zündhütchen so zu lagern, daß sie dem Schützen rasch zur Verfügung stehen, ja, daß sie sogar automatisch auf die Zündkegel gesteckt werden. Amorçoirs heißen die Magazine, es gibt Kautschukstreifen, in die die Hütchen eingedrückt sind. Der Franzose Bessières präsentierte das erste automatische Zündhütchenmagazin an einem Armeegewehr auf der Pariser Weltausstellung von 1855.

May fragt nicht dazwischen und kann nichts beisteuern. Die Franzosen – denen wird ja nun erst einmal die Lust vergangen sein, mit Waffen zu experimentieren, die haben zu zahlen, denen ist heimgezahlt worden, das Elsaß und das halbe Lothringen sind sie los! Einer kämpfte bei Wörth, ist mit Typhus ins Lazarett gebracht worden, jetzt bietet er zum wiederholten Mal sein Erlebnis. Simple Geister, denkt May, sie haben nichts gesehen als den Helmrand des Vordermanns. Einer zog mit auf Königgrätz und hat an der Elbe Erbsensäcke bewacht, während nahebei die Armeen aufeinanderschlugen. Staub und Dreck und Fraß aus Kartoffeln und Rüben und schreiende Offiziere und Schweißgeruch wie in den Wachstuben in Waldenburg unter dem Schloß, das ist wie Zuchthaus, das ist wie daheim in Ernstthal, wo die Geschwister starben. Neue Geschwister kamen zur Welt, frische Rekruten ziehen in die Kasernen ein, aber nie würde er, May, vor einer Schwadron hersprengen. Kein Musketier rettete dem König das Leben, sondern ein Fähnrich. Nie wurde ein Lehrer General.

May fächert Tabakballen auf, die Fingerspitzen werden taub. Seine Oberlippe zuckt, die Arme schmerzen. Er braucht Hoffnung, sie erwächst aus dem Traum. Träume waren die Bücher, die er als Schuljunge in einer Schenke verschlang, wo er Kegel aufsetzte, wo ihm der Wirt hin und wieder ein Buch überließ, fleckig, schimmlig, grell die Bilder, schrill die Taten. Zwei Titel sind sofort gegenwärtig: »Botho von Tollenfels, der Retter der Unschuldigen« und »Bellini, der bewunderungswürdige Bandit«. May will vergessen, daß er träumte, ein Räuber zu sein, nie wird er jemandem beichten, daß er eines Morgens in einer Kegelbahn einen Zettel zurückließ: »Heute hab ich hier genächtigt. Karl May, Räuberhauptmann.« Wie ist das: Etwas, worüber niemand spricht – ist das gestorben? Etwas, das vergessen ist – ist das nie gewesen? Dieser Zettel – höchstwahrscheinlich denkt niemand mehr an ihn, nicht in diesem Dorf zwischen Chemnitz und Schwarzenberg, er ist in keiner Akte erwähnt.

»He, May!« Das ist natürlich Prott, sein böser Geist, der Geschichten aus ihm herauslockt, die vergessen sein sollen, der zu Geschichten ermuntert, die nie geschehen sind. Prott reißt lachend die Lippen auseinander, May starrt auf schwarze Zahnstummel. »He, May, wo warste eben? Erzähl mal, May!« Ein Spinner ist 402, ein Lügner, aber Geschichten kann er sich ausdenken wie kein anderer, und wenn er so dasitzt, als schliefe er in der nächsten Sekunde ein, ist er wohl gar nicht mehr in diesem Arbeitsraum, dann reitet er vielleicht wieder durch böhmische Wälder und raubt eine Kutsche aus und streut Dukaten den Armen in den Bergdörfern hin, und hungernde Kinder schlingen sich satt, arme Männer kaufen sich und ihren Frauen Röcke und Mäntel und Schuhe. Kein guter Arbeiter, der May, weiß Prott, man muß ihn stoßen, damit man nicht seinetwegen um ein Stück Räucherfleisch kommt. »He, nun erzähl!«

Aber May redet wenig in diesen Tagen, er hört dem Gespräch zu, das von Waffen weiterfließt zum großen Krieg gegen die Franzosen, den alle deutschen Stämme schlugen. Preußische Ulanen ritten durch die französischen Linien, klärten auf, streiften durchs Hinterland, verfolgt von französischen Reitern, beschossen von Franktireurs, furchtlos, erfinderisch. Ihre Pferde fetzten im Vorbeireiten Laub von den Bäumen und soffen aus französischen Bächen. In der Nacht wurde ein einsames Gehöft umstellt, die Pferde ruhten im Stall, die Männer schlangen Brot und Fleisch und schlürften Wein. Die Bauernfamilie saß verängstigt zusammengedrängt, aber ein blutjunger, schlanker Leutnant versicherte in tadellosem Französisch, niemandem würde ein Haar gekrümmt. Im Morgengrauen sprengte die Patrouille weiter, preußische Taler blieben auf dem Tisch zurück.

Mays Finger streichen über Tabakblätter, er träumt sich in diese Fabel hinein. In einem lothringischen Schloß lebt ein junger Deutscher als Hauslehrer, ein hochgewachsener, schöner Mann mit blondem Haar und männlichem Blick. Aber ein Buckel entstellt ihn, niemand ahnt, daß er in Wirklichkeit ein preußischer Offizier ist, von uraltem Adel aus Pommern, daß er seit langem die Gespräche des Hausherrn und anderer Offiziere am Kamin belauscht, ihre Ränke durchschaut, geheime Nachrichten über den Rhein schickt. Da streifen Ulanen ums Schloß, der Hauslehrer, der Rittmeister, rettet sie aus tödlicher Umklammerung. Der Buckel? Am Ende wirft er ihn ab, er ist aus eisernen Bändern und Leder. Männlich schön steht der Rittmeister vor der Tochter des Schloßherrn. Das belauschte Gespräch, überlegt May – als er schon einmal gefangen saß, im Schloß Oberstein zu Zwickau, hat er geträumt, er wäre Schriftsteller. Aber in den Monaten der Freiheit danach hat er keine Zeile zu Papier gebracht.

»Feierabend!« Das ruft ein Wärter herein, Prott befiehlt Antreten, meldet, läßt zum Zellenbau abrücken. Der Züchtling 402 marschiert in einer Reihe mit Dieben, Betrügern, Landstreichern, einem Totschläger, einem Räuber. Aber dieser Räuber raubte für sich und Kumpane und Weiber, er war nicht wie Bellini, der bewunderungswürdige Bandit. Das Gute, sinnt May, während er sich vor seiner Zelle aufstellt, es gibt das Gute und das Böse, man muß es trennen, um es allen Menschen zeigen zu können. Wer, der das Gute endlich begriffen hat, möchte noch böse sein?

May wird eingeschlossen, wenig später öffnet der Wärter abermals die Tür, ein Kalfaktor schiebt die Schüssel mit der Abendsuppe und ein Stück Brot herein und noch einen Kanten Brot von Prott dazu. Schlüssel klappern, Ruhe breitet sich aus, May ißt gemächlich, seine Gedanken schweifen, er findet, daß sie wie in einem stillen See schwimmen, sie meiden Untiefen, biegen vor Riffen ab, gleiten ins sanfte Wasser zurück, das blau ist, das in gläsernen Wellen gegen sein Boot schlägt. Lebensboot. Er starrt gegen die Decke. Es ist wahr, in Zwickau hat er sich vorgenommen, Bücher für alle Menschen zu schreiben, die das Gute suchen. Aber er selbst hat nach der Haft nicht so leben können, wie diese Bücher es fordern sollten. Ganze dreizehn Monate war er frei, dann haben sie ihn gefaßt im Böhmischen und nach Mittweida gebracht und zu vier Jahren Kerker verurteilt. Zwei Jahre, sieben Monate und fünf Tage sind vorbei, der Rest wird verstreichen. Ob er bis dahin die Dämonen besiegen kann, die ihn getrieben und gefoltert haben? Er wird schreiben, dichten.

2

Noch einmal wird an diesem Abend die Zellentür aufgeschlossen, der Katechet Kochta tritt ein, der katholische Hilfsgeistliche der Anstalt. May springt auf und meldet, die Zelle dreineunzehn sei belegt mit dem Züchtling vierhundertzwei.

Der Katechet weist auf den Schemel, er selbst setzt sich auf die Pritsche. »Sie waren im Karzer.« Kochta verschweigt, daß er beim Direktor vorstellig geworden ist und gebeten hat, May einen Teil der Strafe zu erlassen. Typhus, Cholera, Beinbruch, dafür kennen die Ärzte Symptome; aber was ist das mit May? Die Lüge, warum lügen wir? Aus Angst, oder weil wir einem anderen nicht weh tun wollen? Kochta mustert Mays Stirn, die Augen, die hin und her huschen, die Lippen sind breitgezogen zu einem wartenden, argwöhnischen Lächeln. »Sie müssen sich nicht ängstigen, May, Ihre Karzerstrafe ist verbüßt. Aber warum haben Sie Ihre Kameraden so belogen?«

»Ich habe eine Geschichte erzählt.«

Kochta horcht auf. »Eine Legende? Aber eine Legende muß einen edlen Kern haben. Sie muß den bessern, der sie hört.«

Das wartende, rückzugsbereite Lächeln ist aus Mays Gesicht gewichen. Kochta ist ein schwerknochiger Mann, nicht eigentlich alt, aber alles andere als jung, man meint, er habe vor zehn Jahren schon so ausgesehen und würde in zehn Jahren nicht anders wirken; immer habe er Anzüge getragen aus schwarzem Tuch, das an den Ellbogen seifig wurde und nie zerschliß. Von Kochta strahlt Ruhe aus, diesem Mann muß man nicht sofort antworten wie dem Vater, einem Polizisten, dem Zuchthausdirektor. »Nützen«, sagt May, »ich wollte so gern den Armen helfen. Ich wollte stehlen für sie.«

»Du täuschst dich. Du hast für dich gestohlen. Beim Krämer Reimann in Wiederau.« Mays Augen flackern wieder, Spannung kehrt in die Mundwinkel zurück. Beim Krämer Reimann, das wissen beide, hat sich May als Geheimpolizist Leutnant von Wolframsdorf ausgegeben, der nach Falschgeld

fahndet. Einen Zehntalerschein hat May als nachgemacht und eine Uhr als gestohlen bezeichnet und beschlagnahmt, den Krämer hat er ins Gasthaus geführt, wo ihn angeblich Gendarmen abholen und nach Rochlitz eskortieren sollten. Durch eine Hintertür ist May mit Geld und Uhr verschwunden. »Du wolltest mehr scheinen, als du bist. Warst hoffärtig und eitel.«
»Ich wollte...«
»Was wolltest du?«
»Ins Gebirge hinauf.« Wälder, kreisrunde Kessel mit Felsenrändern und einem schmalen Eingang, der von Gebüsch verwuchert war und den nur wenige Verschworene kannten. Im Kessel eine sanfte Wiese, ragende Bäume, ein Quell. Dort konnten Männer vom Pferd steigen und sich um ein Feuer scharen. Männer konnten ein Männergespräch führen. Keine Gefahr, daß Feinde lauschten.
»Ins Gebirge?«
May zieht den Blick hoch; Kochtas Augen warten. Da ist er wieder aufgetaucht, dieser Jugendtraum vom bewunderungswürdigen Banditen Bellini, gemischt mit der Phantasterei vom Ulanenoffizier in einem lothringischen Schloß inmitten von Wäldern.
»Sie sind zerstreut, May. Dabei haben Sie's gut, soweit man's im Zuchthaus gut haben kann. Sie liegen in einer Einzelzelle, zur Arbeit sind Sie mit anderen zusammen. Die Arbeit ist leicht, nicht wahr? Sie sollten die Zeit bei uns nützen, um zu sich zu kommen. Ihre verworrenen Träume – schütteln Sie sie ab! Lesen Sie! Ich werde beim Direktor für Sie bitten.«
Eine Woche später hält May Bücher und Journale in den Händen. Von Mungo Park liest er, der den Lauf des Niger erforschen wollte, des unheimlichen schwarzen Flusses. Ein Besessener war Mungo Park, halb verrückt gewiß, als er auszog, arabisch verkleidet, sich mit Krankheiten herumschlug und den unsäglichen Strapazen eines Wüstenmarsches, der immerfort von Tod bedroht war und doch den Niger fand und ihm folgte über Stromschnellen hinunter, geschunden,

ohne Aussicht auf Lohn. Hoffnung hat ihn getrieben, nicht auf Ruhm und Geld, sondern auf Lohn aus der eigenen Brust. In diesen Tagen sitzt May schweigsam über den Tabakblättern, die anderen fragen, hänseln, wollen Geschichten herauslocken. Aber er reitet und leidet mit Mungo Park, da kann er vergessen, was der Katechet Kochta zum Leben erweckt hat, die Dämonen Leutnant von Wolframsdorf und Plantagenbesitzer Albin Wadenbach und Doktor der Medizin Heilig. May fröstelt, während seine Hände Tabakblätter rollen, während er an der Seite von Park aus dem Uferdschungel des Niger zu einem Zeltlager der Tuaregs hinüberspäht. Sein Gefährte wird vom Fieber geschüttelt, Schweiß bricht ihm aus, während sie durch Sümpfe zurückschleichen. May rettet ihm das Leben, denn ein Krokodil schnellt aus dem Morast, will Mungo Park packen, aber May reißt die Büchse hoch und fällt das Tier durch einen Schuß ins Auge. Hätte er es um einen einzigen Zoll verfehlt, lebte Park nicht mehr.

»He, May!«

May fährt zusammen, die anderen lachen. Prott zählt May vor, wie wenig er in den letzten beiden Stunden geschafft habe. Wenn er krank sei, solle er sich zum Feldscher melden und die anderen nicht mit seinem Anteil belasten. Wenn er ihnen wenigstens eine Geschichte erzählte, eine dieser tollen Geschichten aus seinem Leben! May trinkt Wasser aus einem Krug und befeuchtet die Stirn. Es ist schwül, dumpfig im Arbeitsraum hinter den Mauern des Zuchthauses Waldheim. Er ist nicht in Afrika, nicht Mungo Park spricht mit ihm, er hat ihm nicht das Leben gerettet. Prott schmeißt einen frischen Ballen hin und befiehlt, die Blätter zu lösen, aber vorsichtig gefälligst! Und eine Geschichte, he! Wie ist das weitergegangen in Böhmen, hat er nun eine Räuberbande befehligt oder nicht?

May will alle Kraft in die Hände zwingen, damit das Hirn Ruhe hat vor dem Teufel Prott und seinen Hilfsteufeln, vor den Dämonen Doktor Heilig und Leutnant von Wolframsdorf, vor dem Dämon, der ihn getrieben hat, eine geborgte

Uhr als Eigentum auszugeben. Der Vater steht auf seinem Feldherrnhügel über dem Städtchen Ernstthal, ist dem Webstuhl entronnen, befehligt die sächsische Armee in der Schlacht von Kesselsdorf, und Karl steht frierend in der dünnen Jacke mit den längst zu kurzen Ärmeln und preßt einen Knüppel an die Schulter, der ein Gewehr sein soll. In einer Höhle verbirgt sich Karl, wärmt sich an einem spärlichen Feuer, weiß, daß ihn die Gendarmen suchen, ihn, den Dieb, der ein Räuberhauptmann werden will. Die Dämonen dringen in die Höhle ein, aus beiden Pistolen feuert May.

Prott packt als erster zu, aber er kann den Fallenden nicht halten, die Hand rutscht von der Schulter ab, May schlägt halb an die Wand und halb auf den Ziegelboden. Prott zieht May hoch, ein anderer hilft, ihn zu stützen, ein dritter drückt ihm einen Becher an die Lippen. May schlägt die Augen halb auf und läßt die Lider sofort wieder sinken; da fassen sie ihn unter den Achseln und tragen ihn hinaus und den Gang entlang und legen ihn auf die Pritsche in seiner Zelle. Ein Wachtmeister beugt sich über den Züchtling 402, lauscht auf den gleichmäßigen Atem, fragt Prott: »Der arbeitet wohl nicht gern?«

»Das ist es nicht. Der ist bißchen verrückt. Manchmal bildet er sich ein, er wäre in Böhmen.« Prott hat nicht das ausgedrückt, was er meint, er sucht nach genaueren Worten und fügt hinzu: »Der kann seine Gedanken wegschicken. Die sind wirklich in Böhmen oder sonstwo, und dabei sitzt er hier und wickelt Zigarren.«

Später steht Kochta vor der Pritsche und legt die Hand auf Mays Stirn. Fieber hat er, nicht beängstigend hoch, der Atem geht ruhig. Die Zigarrenmacher haben ihm berichtet, wie 402 stumm gesessen und auf keine Frage geantwortet hat. Fieber von der Seele her, vermutet Kochta, ob es das gibt? Es ist nur gut, daß niemand den Feldscher geholt hat, der hätte womöglich geglaubt, ein Wasserguß könnte den vermeintlichen Simulanten am ehesten auf die Beine bringen. »May«, bittet Kochta, »nun hören Sie doch und sehen Sie mich an! Ich weiß, daß Sie mich hören! Sie flüchten vor mir, hab ich das verdient?«

Lider zucken, May schlägt die Augen auf, nimmt ein Lächeln wahr, sieht Lippen sich bewegen. Kochta befiehlt nicht, schreit nicht, er setzt sich auf den Rand der Pritsche zum Züchtling 402 und legt wieder die Hand auf dessen Stirn und mutmaßt, das Fieber komme von der Seele, vom Herzen her, vom Gehirn vielleicht, die Gedanken fiebern, nicht eigentlich der Körper. »Vielleicht tun Ihnen die Bücher nicht gut? Sie sollten in der Bibel lesen, die großartigen Gleichnisse vom Herrn. Oder ruhige, schöne Gedichte. Was haben Sie gelesen?«

»Über Mungo Park.«

»Wer ist das?«

May richtet sich halb auf, während er mit fahrigen Worten berichtet; der Katechet drückt ihn zurück und fragt: »Wem bringt er Gutes?«

»Er bringt Wissen.«

»Wissen über einen Fluß, über ein Stück der Erde. Der Herr will, daß der Mensch sich die Erde untertan mache. Deinem Park könnten Missionare folgen. Du hast recht, dich an ihm aufzurichten. Aber tust du es nicht auch wegen der Gefahr?« Die Gefahr, überlegt Kochta, vielleicht hat die Gefahr diesen Mann gelockt zu stehlen, vielleicht suchte er einen Feind, um sich selbst zu beweisen, daß er mutig war, und er sah keinen anderen Gegner als die Gendarmen? Ein Rätsel ist er, ein Mensch immerhin, der sucht, und wer sollte ihm finden helfen, wenn nicht der Herr? »May, ehe du schläfst, wollen wir beten.«

Der Wärter schließt hinter Kochta ab. May ist allein, Dunkelheit breitet sich in der Zelle aus, die letzten Geräusche im Haus ersterben. An ein Gespräch erinnert er sich, das sie vor Wochen während der Arbeit geführt haben: Kann man sich im Zuchthaus heimisch fühlen? Nach vier Jahren, haben manche gesagt, wenn du vergessen hast, was Frauen und Schnaps und ein durchsonnter Wald und der Geruch eines reifen Roggenfeldes für Glück sind. Zwei Jahre, sieben Monate und siebzehn Tage ist er gefangen. Erst in der Untersuchungshaft in Mittweida bis zum Prozeß, an einen Wärter gefesselt marschierte er über Ringethal und Hermsdorf, sah den Turm der Burg Kriebstein über der Zschopau im Mittagslicht, tauchte ein in die dämmrige Kühle des Zuchthauses Waldheim. Ein Heim im Wald, dieses Wort ist bitterster Hohn. Aber Ruhe findet er allmählich vor den Dämonen, er muß sie besiegen, bis er entlassen wird in einem Jahr, vier Monaten und dreizehn Tagen. Schreiben wollte er – ob er diese Dämonen aus sich herausschreiben kann? Vielleicht, wenn er sich in Waldheim geborgen fühlt. Vielleicht schon nach nicht einmal drei Jahren. Er sehnt sich nicht nach den Tagen, da er durch Sachsen und Böhmen streunte. Er sehnt sich nach Abenden wie diesem, wenn seine Gedanken nahe sind und nicht in lothringischen Wäldern, nicht durch afrikanische Wüsten irren.

Tags darauf ist das Fieber abgeklungen, May beugt sich blaß und stumm über seine Tabaksblätter. Von Politik ist die Rede, von Nationalliberalen und Konservativen und der Reichspartei und dem einen Mann der Sozialdemokraten im Reichstag. May hört kaum zu. So hat der Vater geredet, wenn er vom Bier nach Hause kam, so klug und so dumm und so aufgeregt und so eitel. Hoffnung braucht May, und Hoffnung kommt für ihn nicht aus der Bibel. Einmal, dessen entsinnt er sich, brach er in eine erträumte Ferne auf. Als die Not zu Hause am größten war, verschwand er eines Morgens und ließ einen Zettel zurück, auf dem stand, er sei unterwegs, um von spanischen Räubern Hilfe zu erbitten. Er kam nicht über Zwickau hinaus.

Am Abend bringt Kochta die Bibel, bringt auch Papier und Tinte und Feder. »Schreib deine Gedanken auf. Wenn du das vermagst, kannst du dich von bösen Vorstellungen befreien.« Für einen Augenblick wird Kochta von der Idee gestreift, dieses Papier den Flammen zu übergeben und so die Worte auszulöschen. Hexerei wäre das, er schiebt den Gedanken von sich.

May blättert, als er allein ist, in der Bibel, legt sie beiseite, nimmt einen Bogen und fährt mit der Hand glättend über ihn hin. Über einen Ritt durch die Prärie will er fabeln, in der Wildnis wird sein Bericht beginnen, auf einem Grashügel, mit einem Blick in die Unendlichkeit. Er schreibt diesen Satz: »Swallow, mein wackerer Mustang, spitzte die kleinen Ohren.« Er liest ihn wieder, richtet den Blick auf die Zellenwand, denkt an den nächsten Satz, schreibt ihn und streicht ihn durch. An diesem Abend füllt er zwei Bögen.

Swallow, mein wackerer Mustang, spitzte die kleinen Ohren – diesen Satz sagte er sich am nächsten Morgen immer wieder in Gedanken vor, er findet ihn träumerisch, hoffnungsvoll; Kraft fühlt er in ihm, die auf ihn zurückkommt. Denn er selbst ist es, der über Präriegras sprengt, er drösselt keine Fäden auf, mit denen Tabakblätter gebündelt sind. Swallow, mein wackerer Mustang.

»Na, May?« Prott hat durch einen Kalfaktor erfahren, daß Kochta mit Tinte und Papier zu 402 unterwegs war. May hat geschrieben – hat er seine Kameraden angeschwärzt, ist er unter die verdammten Spitzel gegangen? »Na, Karle, hast die Bibel abgeschrieben gestern?«

In dieser Woche bedeckt May zwanzig Bögen mit Wörtern. Aus den Prärien und Wüsten zwingt er seine Gedanken zu dem zurück, das er aus eigener Anschauung kennt, rasch gelingt ihm der Gedankensprung: Das da ist wirklich geschehen, ich habe es selbst erlebt. Eine Landschaft stellt er sich vor wie von Ernstthal ins Gebirge hinauf; ein Waldbauer tyrannisiert die Armen des Ortes, den redlichen Grunert vor allem, der ihm einst ein Mädchen weggeschnappt hat, dessen Gehöft abbrannte, dessen Frau nun krank ist und der in einer Hütte haust, die dem Waldbauern gehört. Den Waldbauern läßt May denken: »Fühlen? Was das nur eigentlich für dummes Zeug ist! Wenn ich den Hund prügle, ja, so fühlt er die Schläge; aber etwas anderes? Albernheiten!« Durch seinen Schwager Ebert wird Grunert zum Wildern verleitet, aber der Waldbauer hat an der Eisenhöhle längst eine Falle gestellt.

An die Höhle nördlich von Ernstthal denkt May beim Schreiben, in der er sich einst verbarg. Grunert und Ebert werden überwältigt, voller Rachegelüste kehrt Ebert zurück. Aber Grunert ist endgültig geläutert. Da brennt das Gut des Waldbauern ab – Versicherungsschwindel! Die Gendarmen schleppen den Waldbauern ins Gefängnis, aber Grunert hat seinen Schwager in der Nähe der Brandstelle gesehen! Seiner Frau bekennt er, daß er ihren Bruder anzeigen muß, »und wenn er zehntausendmal dein Bruder ist und wenn er uns zehntausendmal so viel Gutes getan hat; denn ich hätt' den Waldbauern sonst auf dem Gewissen all' mein Lebtag!« Auch beim Pfarrer hat sich Grunert Rat geholt, nun führt er eine atemberaubende Wende des Prozesses herbei. Kaum ist der Waldbauer entlastet, als auch der Pfarrer und Ebert auftreten, denn der Pfarrer hat indessen Ebert zu tätiger Reue bewogen. Erschüttert von so viel Edelsinn bricht endlich auch im Waldbauern die Kruste, er bekennt aus freien Stücken, daß er vor fünfzehn Jahren aus Rachegelüsten Grunerts Haus angezündet hat, nun soll ihn die gerechte Strafe endlich treffen. Der arme Grunert mit seiner Familie aber möge in dieser Zeit seine Güter verwalten.

Kochta liest. »Eine Legende aus unseren Tagen. Löblich. Ich werde sie dem Herrn Direktor zeigen. Er dürfte sehen, daß Sie sich auf gutem Weg befinden.«

»Und wird«, tastet May vor, »der Herr Direktor auch merken, wie ich zu der Strafe stehe, die über mich verhängt worden ist? Daß ich ihre nützliche Wirkung...«

Anderntags legt Kochta seinem Direktor die Erzählung auf den Tisch. Der Direktor zieht die Brauen hoch: Der schwächliche Schwätzer? Sieh an! Er drückt den Zwicker fest, liest und lacht. Einfältiger Schund ist das, entscheidet er nach zwei Seiten, aber natürlich ist es besser, wenn 402 seine abstruse Phantasie am Papier abreagiert, als daß er die übrigen Sträflinge rebellisch macht. »Und Sie versprechen sich etwas davon?«

»Beruhigung, Ausgleich, vielleicht Heilung.«

Das klingt dem Direktor nun ein wenig übertrieben, aber so kennt er seinen Katecheten, gütig bis zur Selbstaufopferung.

»Vielleicht müßte May sich gedruckt sehen.«

Der Direktor lacht, daß die Schnurrbartspitzen zittern. Das ist nun wieder sein Katechet, wie er leibt und lebt. Vielleicht wird er noch das Geschreibsel an einen Verleger vermitteln? Dies hier ist ein Zuchthaus, 402 ist ein Hochstapler, seine Arbeitsleistung läßt zu wünschen übrig, die Reden, die er führt, könnten sich ungünstig auf das Anstaltsklima auswirken. »Ein Hochstapler, Herr Kochta!«

»May schreibt das Schlechte aus sich heraus.«

Der Direktor entsinnt sich, daß er zu May gesagt hat: Dumm sind Sie nicht, aus Ihnen könnte noch etwas werden, Platz ist für jeden im Reich. An einen, der billige Geschichten schreibt, hat er dabei allerdings nicht gedacht. »Auf Ihre Verantwortung, Kochta! Bekommt er Besuch?«

»Seinen Vater.«

»Der Kerl kann ihm meinethalben sein Gestümper mitgeben.«

Ein Druckmittel gegen 402, sinnt der Direktor. Es ist immer gut, wenn ein Züchtling etwas besitzt, das man ihm wegnehmen kann.

3

May schreibt. »Vor allem Güte«, bittet Kochta. »Eine Geschichte muß Hoffnung geben, Trost. Sie muß den Leser fromm machen. Das Gute muß siegen.«

Das Gute – in den Märchen, die die Großmutter erzählte, wurde das Böse bestraft nach dem Grad seiner Bosheit. Eine Tracht Prügel für den Lügner, ein Monat Karzer für den Dieb, dem Mörder hackten am Galgen die Raben die Augen aus. Aber die schöne Unschuld wurde vom Königssohn auf den Thron gehoben.

Einmal wird May aus dem Arbeitsraum herausgerufen, ein Wärter ordnet an, daß der Züchtling 402 einen sauberen Kittel anzieht, der ohne Taschen ist. »Sie haben Besuch«, sagt der Wärter, »Sie wissen, daß Sie über nichts reden dürfen, was mit dem Zuchthaus zusammenhängt, nicht, mit wem Sie zusammen sind. Nur Persönliches!«

Die Haut über der Stirn brennt. Er wird einen Gang entlanggeführt, in einer Zelle sitzen Kochta und ein magerer, ergrauter Mann. May erschrickt, das ist sein Vater, der im letzten halben Jahr gealtert ist, als wären zehn Winter vergangen. Dieser Vater erschrickt über das Aussehen seines Sohnes; bleich, gedunsen ist Karl, sein Lächeln steht im Widerspruch zu der Furcht in den Augen. Der Katechet sagt: »Sie wissen, worüber Sie sprechen dürfen und worüber nicht. Bitte, machen Sie mir keine Ungelegenheiten.« Er läßt einen Satz folgen, der ihm Unbehagen bereitet, weil er eine Heuchelei enthält, die ihm sein Amt leichter macht: »Sie beide sind doch gebildete Männer.«

»Ich habe geschrieben, Vater!«

»Geschrieben?«

»Eine Erzählung, Vater!«

Freude zuckt im Weber May auf – Karl durfte schreiben, also hat er sich mit der Obrigkeit gut gestellt? Wird er amnestiert?

Vorsichtig schaltet sich Kochta ein und dämpft überschwengliche Hoffnung. Vielleicht gelingt es Herrn May, Fäden zu knüpfen? Kochta hat herumgehorcht, der Verleger Münchmeyer in Dresden ist ihm genannt worden, er gibt Journale und Kalender heraus. Der Vater merkt sich den Namen, Flecke treten auf seine Wangen, denn da breiten sich vor dem Sohn gewaltige Möglichkeiten aus, eröffnet sich ein Weg nach oben und für ihn selbst vielleicht auch: er, der Vater eines Schriftstellers, der mit Druckern verhandelt. Da werden die Leute in Ernstthals Wirtshäusern aufhorchen, an seinen Tisch werden sie rücken und ihm Branntwein spendieren, auf daß er wieder und wieder berichte, was ihm in Dresden im Hause eines Verlegers widerfahren sei. Was ist gezahlt worden, drei, zehn, hundert Taler?

»Nimm alles mit, Vater!«

Von den Geschwistern reden sie noch, vom Haus daheim, das ein neues Dach braucht, über den Preis für Schiefer. Der Katechet wirft ein, die Besuchszeit sei in fünf Minuten verstrichen. Da will Karl noch rasch erläutern, wie das Schreiben die Dämonen verdrängt, aber er findet die Worte nicht, von denen er sicher ist, daß Vater sie versteht. Beim Händedruck glühen wieder Flecke auf den Wangen des Vaters. »Bleib gesund, Karl! Und mach dem Herrn Katecheten keinen Verdruß!«

Am Abend sitzt May wieder in der Zelle. Einen Text hat er zweimal geschrieben, die Kopie behalten, den ersten Satz liest er abermals: Swallow, mein wackerer Mustang, spitzte die kleinen Ohren. Das stimmt ihn ein. Helligkeit über der Prärie, ein Punkt taucht am Horizont auf. Das Ich liegt im Gras, Swallow hat den schönen Kopf an seinen Schenkel gedrückt, sanft blähen sich die Nüstern. An den Vater denkt May und versucht, sich den Verleger Münchmeyer vorzustellen als einen Mann, der wie der Direktor gekleidet ist, eine goldene Uhrkette spannt über dem Bauch, die Manschettenknöpfe schimmern, eine Perle ziert die Krawattennadel. Mit sonorer Stimme spricht Münchmeyer. May sinkt ins Halbdämmern, Halbwachen zurück, Münchmeyer verwandelt sich in den Direktor, der Direktor fragt: »Und was dachten Sie, als Sie sich als Doktor ausgaben und sich Anzug und Mantel und Schuhe ergaunerten, in Penig war das wohl?« Da lacht May, Doktor Heilig ist besiegt wie der Polizeileutnant von Wolframsdorf, der Notenstecher Hermin. Denn Swallow, sein wackerer Mustang, spitzt die kleinen Ohren.

Zwei Monte später tritt Kochta in die Zelle, ein Kalfaktor hinter ihm trägt einen Topf mit Quark, ein Stück Rauchfleisch und ein Säckchen Zwiebeln. »Herr Münchmeyer hat Ihnen zwei Taler geschickt. Als Vorschuß.«

May steht starr, er fürchtet zusammenzubrechen wie damals im Arbeitsraum.

»Ich habe für Sie eingekauft. Das restliche Geld ist deponiert.«

»Also wird gedruckt?«

»Eine Option. Sie dürfen Ihre Erzählung niemand anderem anbieten, solange sich Herr Münchmeyer nicht entschieden hat.«

May hat das Wort Option nie gehört, er wendet es hin und her. »Also ist Hoffnung.«

»Immer ist Hoffnung.«

»Und ich soll weiterschreiben!«

»Nicht zuviel. Regen Sie sich nicht auf dabei. Nicht mehr als fünf Seiten am Abend.«

An diesem Abend fabuliert May wieder: Das Ich reitet an der Seite des schönen Häuptlingssohns in ein kahles Gebirge hinein, eine Schlucht verengt sich von Süd nach Nord, steil ragen Felswände himmelwärts. Im Bach reiten die beiden weiter, dringen mühselig vor, warmer Wind weht ihnen entgegen. Unversehens breitet sich die Schlucht zu einem Kessel, ein Weiher blinkt in der Mitte, links davon ragt eine Zypresse, Gras wächst in den Spalten. Da reiten die Freunde Hand in Hand, am Weiher steigen sie von den Pferden und lächeln sich an. »Wir sind im Paradies, Bruder«, verkündet das Ich. May sucht einen Namen für den Talkessel und wählt diesen: das Loch Kulbub.

Neun Seiten schreibt er an diesem Abend, am Ende ist er schweißgebadet. Nachts stellt er sich quälend deutlich den Kessel Kulbub vor, die steilen Wände, die Zypresse. Da springt er auf, steht zitternd neben der Pritsche.

Einmal in jeder Woche besucht Kochta den Züchtling 402, teilt ihm seine Papierration zu und holt immer enger beschriebene Bögen ab. Manchmal überfliegt er die eine oder andere Passage. Konfus erscheint ihm vieles, weitschweifig, die Schrift ist schwach geneigt und pedantisch wie bei einem Kanzlisten. Nach Monaten trifft ein Brief aus Dresden ein, er ist an May gerichtet; der Direktor entscheidet, ihn nicht auszuhändigen, aber der Katechet darf ihn vorlesen: Der Verlag Heinrich Gotthold Münchmeyer stellt den Abdruck der Geschichte »Rache oder Das erwachte Gewissen« in dem Journal

»Das Schwarze Buch« in Aussicht. Natürlich werde ein Redakteur ausbessern, Schwächen eines Anfängers seien nicht zu übersehen, aber May treffe in erfreulichem Maße den Publikumsgeschmack. May saugt die Luft ein, hält sie in der Brust so lange wie möglich, stößt sie stöhnend aus. Kochta registriert: So atmet jemand, der über einen Berg ist. Diesen Gedanken wendet der Katechet: Es sind krude Erfindungen, die May auftischt, doch offensichtlich erleichtern sie ihn. Sind selbst Lügen erlaubt, wenn man sich durch sie befreit und niemandem schadet? Oder bleibt Lüge immer und immer ein Teil des Bösen? Nichts ahnt Kochta von dem Abend, an dem May das Loch Kulbub ersann, und nichts von der Nacht danach.

Der Brodem der Zigarrenwicklerei drückt auf die Lungen, Tabak weicht auf der Diele, unter dem Tisch, um den Ofen herum, auf den Fensterbrettern. May nimmt Wickel von seinem Nebenmann, rollt sie in den Decker, dreht die Spitze an, klebt mit Kleister zu, der schwarz ist wie Teichschlamm, spuckt darauf und streicht glatt. Die nächste Zigarre, weiter. Wenn sie alle wüßten, wer ich bin, sinnt er, was in mir brennt, was sich Bahn brechen wird! Die Bösen zuckten zurück, Schweiß würde auf ihrer Stirn perlen, das Kinn töricht herunterklappen. Den Guten träte Glanz in die Augen, ein glückseliges Strahlen dränge von innen heraus: *Karl May* ist da, der Starke, Gerechte, alles wird gut. Aber Prott schreit: »Nicht so viel Kleister, du Spinnkopp!«

Von Weibern reden sie wieder und wieder, die Kerle an den braungebeizten Tischen. May kann nicht mithalten, seine Erfahrungen sind beschämend gering. Ein Webermädchen aus Lugau für ein paar Abende, eine Bauerndirne in Böhmen, diese blamable Affäre im Grunde: Er hatte ihr Gedichte vorlesen wollen, sie hatte verdutzt, fahrig zugehört und war davongerannt. Mit ihren Freundinnen hatte sie in der Ferne gekreischt. Er stellt sich vor: Ein Zimmer mit Bordüren und schwellenden Teppichen, eine Frau liegt halb, lehnt halb auf einem Diwan, ihre vollen, weichen, weißen Arme sind bloß bis zur Schulter hinauf. Keineswegs blutjung ist sie, vielmehr reif, erfahren – verheiratet mit einem Rechtsanwalt? Ist Gräfin, die einen jungen Dichter zu sich geladen hat, der ihr seine Verse vorliest? Aber er wagt nicht zu offenbaren, daß es *eigene* Gedichte sind, er gibt vor, er habe sie aus dem Orientalischen übersetzt. May nimmt sich vor: Wenn ich rauskomme...

»He, May, hau ran!«

Jaja, Prott. In acht Monaten und sieben Tagen. Eines Tages werden mich elegante, kluge Frauen in ihre Salons laden, ich werde eine Mappe mit meinen Werken unter dem Arm tragen.

Klappern vieler Holzschuhpaare auf Korridoren und Treppen, Schlösser knallen, Riegel werden zurückgeworfen. Station drei – ablaufen! Station vier – ablaufen! Auf lehnenlosen Bänken drängen sich Züchtlinge in der Kirche, Tabak wird gegen Zucker getauscht, Feuerstein gegen Speck. Sensation auf Station fünf: Drei Häftlinge haben Brot in Wasser aufgesetzt, wollten Brotwein gären lassen. Die drei schmoren im Karzer. May hat die Arme an den Körper gepreßt, er tauscht nicht und hält sich heraus aus dem Gerüchtemarkt.

Ein Pult ist neben den Altar gestellt worden, der Direktor legt Manuskriptseiten darauf. Vor drei Jahren siegten Soldaten aller deutschen Stämme bei Sedan über das neidische Frankreich; Sachsen und Preußen, Badenser und Bayern fochten Schulter an Schulter. Der Aar warf den Hahn in den Staub, ein welscher Kaiser kapitulierte. Wieder ein Kaiser über Deutschland, ein Heldenkaiser nach Jahrhunderten der Ohnmacht! Zwickergläser blitzen, Worte blitzen. Blut und Eisen. Die Zuchtrute der Vergeltung fiel auf Frankreich, geboren war der eherne Held an Wollen und Können, gefunden hatte er den edlen Fürsten, der ihn walten ließ, erwählt hatten beide das zum Äußersten entschlossene Volk als Gefolge. Deutschland wurde in den Sattel gesetzt, reiten wird es schon können! Eine Pause im Vortrag, ein neues Blatt: Tüchtig, was ist das? Tüchtig ist auch ehrenhaft, redlich. Der Direktor läßt seinen Blick über die Reihen der ihm Anvertrauten streifen, der Diebe, Betrüger, Räuber, Schänder und Totschläger. Tüchtig in diesem neuen deutschen Leben, das heißt arbeitsam, ordentlich. Heißt kaisertreu, soldatisch. Schande über die, die im Einigungskrieg fochten und dennoch in diesem Haus Strafe verbüßen müssen – der Geist von Sedan wurde schmählich vertan. Aber immer bleibt Hoffnung, wo Reue ist – der Direktor gleitet in die Niederungen der Routine hinab, das kennen seine Züchtlinge nicht anders an ihm, der Alte kann beginnen, wo immer er will, er endet doch in händeringender Mahnung. May hat Pathos in sich aufgesogen, am stärksten hat ihn dieses Bild beeindruckt: Ein gefangener Kaiser auf einem Schloß, Posten wachen vor den Portalen, einsam schreitet der Besiegte durch hallende Säle. Ein Kammerdiener meldet: Wieder eine Stadt durch den Feind erobert, wieder eine Festung gefallen. Reue, *tätige* Reue, diese Rede kennt er. Prott hat ihn wieder wegen mangelnder Arbeitsleistung angeschwärzt.

Mittags schwimmt Speck auf der Suppe. Abends schreibt May an einer neuen Geschichte: Ein Mann taucht im Gebirge auf mit geheimnisvollen Kenntnissen über vergangene und gegenwärtige Schurkereien. Beim Förster mietet er sich ein und führt ihm vor, wie er in Windeseile sein Aussehen verändern kann: Er reißt eine Perücke herunter, färbt sich in Sekundenschnelle das Gesicht, klebt einen Bart an, läßt ihn in der Tasche verschwinden. Er trägt einen Rock mit vier Ärmeln, den man wenden kann, rot ist er auf einer Seite, blau auf der anderen. Gebückt schleicht dieser Mann durchs Zimmer und schreitet gleich darauf kerzengerade. Dukaten streut er unter die Armen, Fleißigen, die so friedfertig sind. Allen Haß häuft May auf die, die seine Kindheit vergällt haben, die Mieteintreiber, Hausbesitzer, Fabrikanten, Zwischenhändler. Salz wird gebräunt, damit es den fauligen Geschmack der Kartoffeln überdecke. Vor Jahren hat er im Zuchthaus Zwickau über das Sonnenland Dschinnistan gelesen, der Gegenpol hieß Ardistan, die Hölle, das Schwarze. In jedem Menschen liegen Dschinnistan und Ardistan nebeneinander, man muß Dschinnistan wecken, ihm aufhelfen durch edle Schriften. Ein anderer Gedanke aus Zwickau wird lebendig: Da ein Häftling für eine Woche nur ein Buch bekommt, das dann für viele Stunden ausreichen muß, sollte es lediglich vielseitenstarke Bücher geben. Und am Ende weiß der Leser: Da liegt Dschinnistan, ich muß es erringen, am anderen Pol dämmert Ardistan, ich muß es bekämpfen in mir und außerhalb von mir. Ein heiliges Lebensziel, sinnt er am nächsten Morgen, während seine Hände wie von selbst Wickel heranziehen und in die Decker schlagen, den Kleisterpinsel fassen. Ein Schwindelgefühl packt ihn, er zwingt sich hoch und drückt das Gesicht an die Luftklappe. Über dem Steilhang der Zschopau wölben sich Baumwipfel. In acht Monaten, weiß May, am zweiten Mai 1874 bin ich frei!

Nachts quälen Erinnerungen. Als Kind war er linkischer, schwächer als seine Alterskameraden. Sie nahmen ihn nicht mit, wenn sie in den Wald zogen, um Gendarm und Räuber zu spielen; wenn er ihnen nachlief, bewarfen sie ihn mit Holz und Dreck. Prügel in der Schule, Prügel vom Vater, ein Bauer prügelte ihn vom Kartoffelfeld. Diese bittere Stunde: Ein fast siebzigjähriger Bauer packte ihn, den Zwanzigjährigen, in einer böhmischen Wirtsstube an der Jacke und schob ihn, trug ihn vor die Tür, unter Gejohle schmiß er ihn zwischen Kuhfladen. Die geschwollenen Adern am Hals des Bauern sieht May vor sich und riecht den säuerlichen Atem. Hat er sich gewehrt? Ist er davongerannt, Gespött für Kinder und Weiber? Ein geradezu kleiner Mann ist er nicht mit seinen hundertsechsundsechzig Zentimetern, aber seine Schultern sind schmal, seine Hände schlank und weich. Dennoch träumt er in dieser Nacht, wie er den Bauern mit drei Hieben fällt: Der erste trifft das Auge, das danach kein Auge mehr ist, der zweite zertrümmert die Zähne, der dritte, ein furchtbarer Schlag der eisenharten Rechten in die Herzgrube, läßt den Wüterich zusammenbrechen. Totenstill ist es in der Gaststube, bewundernd pflanzt es sich fort von Mund zu Mund: *Karl May!*

Wochen darauf schellt ein schnell und sehr sächsisch sprechender Vierziger an der Zuchthauspforte, ein Mann mit flinken, eng beieinanderstehenden Haselnußaugen und schadhaften Zähnen, in einem neuen Anzug und knarrenden Schuhen; er trägt den Mantel über dem Arm und eine blitzende Kette über dem Bauch: Doublé. Er stellt sich vor als Verleger Heinrich Gotthold Münchmeyer aus Dresden, der den Herrn Direktor sprechen möchte und, wenn möglich, den Züchtling May. Beim Schließer wartet Münchmeyer eine Viertelstunde, dabei verliert er einiges von der Forsche, zu der er sich bei Eintritt gezwungen hat; er wird zu Kochta geführt, der den Herrn Direktor entschuldigt, der weile zu amtlichem Behufe in Leipzig. Kochta und Münchmeyer messen sich mit den Augen, sie sind sich nicht sympathisch. Münchmeyer mag diese Holzschnittköpfe nicht, die das Bäuerliche nicht abgelegt haben und noch stolz sind auf ihre Unbeweglichkeit. Kochta findet Münchmeyer aufdringlich in seiner zur Schau gestellten Fürsorglichkeit, als breche ihm das Herz, wenn er hören müßte, May fühle sich unwohl. Kochta registriert rasche Handbewegungen, ein Reiben an der Nase, ein unmotiviertes Lachen, den Versuch zu einem Witzchen: Wer nichts wagt, kommt nicht nach Waldheim! »Bin nur mal so reingeschneit«, redet Münchmeyer, »hatte privat in Döbeln zu tun, meine Frau wartet im Gasthof. Ob ich meinen Autor sprechen darf?«

Das sei unmöglich, falls Herr Münchmeyer nicht eine Genehmigung des Justizministeriums vorweisen könne, May sei Zuchthäusler im Rückfall, nicht etwa Festungsgefangener. Kochta läßt nichts folgen, das weiterleitet, überleitet. So sinkt das Gespräch auf Sachliches ab, auf die Möglichkeit, May weiterhin bescheidenste Summen zukommen zu lassen, um ihm das Dasein zu erleichtern, auch, ihn anzuspornen. Damit ist das Thema erschöpft, Münchmeyer erhebt sich, nicht einmal zehn Minuten hat er hier zugebracht. Erst beim Hinausgehen sieht er, daß auch in diesem Raum die Fensterhöhlen tief und Gitter eingelassen sind.

Frau Münchmeyer ist überrascht, daß ihr Mann schon zurück ist. »Kein Erfolg?«

Münchmeyer lästert über den bäuerlichen Seelsorger, bestellt Bier und Sülze, Frau Münchmeyer rührt im Tee. »Du kennst doch Rechtsanwalt Meister. Womöglich kann er sich einsetzen, daß May eher entlassen wird?«

»Rückfalltäter schmoren bis zum letzten Tag.« Münchmeyers Stimme klingt versöhnlich, als er hinzufügt: »Laß ihn seine Strafe abbrummen, das nimmt ihm den Rest von Aufsässigkeit. Ich kann keinen halsstarrigen Autor gebrauchen. Ein junger Verlag – und er soll ja etwas abwerfen!«

Da lächelt Pauline Münchmeyer, sie hat unbedingtes Vertrauen, daß ihr Mann das schaffen wird. Man braucht eine größere Wohnung, wenn man Einladungen geben will, sie muß repräsentabel eingerichtet werden, Frau Münchmeyer weiß schon wie: Vorhänge aus Samt und Atlas, die das Licht schummrig machen, ein Öllämpchen, ewig brennend in einer Ecke, und das wäre der Glanzpunkt: ein arabisches Segel, das an einer Stange in den Raum hineinragt.

Münchmeyer entwickelt einen Gedanken: Eine Lücke klaffe im Angebot, und Mays Zeug passe hinein. Gespensterromane seien passé, May könne auch sie schreiben, keine Frage: schottisches Schloß im Nebel und Moor und Falltür, ein Gemälde mit lebendigen Augen. Echter Bedarf bestehe da nicht mehr. »Wenn ich ihn auf den richtigen Stoff hinlenke, schreibt er mir die gefragtesten Sachen. Phantasie hat der für hundert. Dorfgeschichten, arm und reich und gerecht und ungerecht sauber verteilt – hoffentlich merken die Leser nicht zu deutlich, daß sie sich ein verkrachter Schulmeister ausdenkt!«

Pauline Münchmeyer läßt ihre Hand auf den Unterarm ihres Mannes fallen. »Wir sollten auf deine Entdeckung eine Flasche Champagner trinken!«

»Ich bin nicht sicher, ob sie in diesem Gasthof so was haben. Aber wenn: Pauline, trinken wir auf unser neues Pferd!«

4

»Vierhundertzwei, mitkommen!« Zehn Augenpaare schnellen hoch zum Wachtmeister und rucken herum zu May. In einer Woche ist May draußen, das wissen sie. Vergeblich haben sie sich an ihn herangemacht mit Nachrichten an die Frau, die Braut, den Kumpan. Er hat alles abgewehrt, dafür haben sie ihn verprügeln wollen, aber Prott hat sein Machtwort gesprochen: Laßt die Pfoten von dem Spinner, der verpfeift uns! Wer so lange in einer Einzelzelle liegt, Besuch vom Katecheten bekommt und sogar schreiben darf, hat seinen Frieden mit den Bullen gemacht! Es gibt für Prott zwei Möglichkeiten: Wenn May draußen ist, faßt er wirklich und tatsächlich Arbeit an. Oder der dreht ganz allein ein unglaubliches Ding.

May legt zum letztenmal den Kleisterpinsel aus der Hand, niemanden blickt er an, keinem nickt er zu. Er geht aus dem Dunst der Zigarrenwicklerei auf den Korridor und die Treppe hinauf zu seiner Zelle und packt zusammen: Decken, Schüsseln, Handtuch, ein klebriges Seifenstück, den Löffel. Zweihundert Bögen Papier, davon achtzig beschrieben. Er trägt sein Bündel ins Erdgeschoß hinab, zu den Abgangszellen, wieder knallen Riegel auf, dann ist er allein in einer Zelle, die unbewohnt riecht, der Strohsack ist feucht. Eine Woche noch. Die Dämonen?

»Ich habe sie besiegt«, versichert er drei Tage später dem Katecheten. Jetzt sitzen sie nicht nebeneinander wie an manchem Abend in Mays Zelle, dies ist ein offizieller Akt. Der Katechet spricht wie zu jedem, der entlassen wird, von Buße und Reue, diesmal fügt er Worte von innerem Frieden an. »Enttäuschen Sie mich nicht.« Schwach gegenüber dem Bösen sei jeder Mensch, anfällig gegenüber der Versuchung. May war schwach, weil er erzwingen wollte, was seine Kraft überstieg. Doch so ungewiß und trüb es in Mays Seele wölkte, eines blieb ihm fremd: der Haß. Zu allem Wirrwarr noch Haß – der Katechet besäße wenig Hoffnung.

»Ich danke Ihnen, Herr Katechet. Vor zwei Jahren, als ich zusammenbrach...«

Kochta nickt. Das war eine lebensgefährliche Krise, May rang sich durch. »Und hassen Sie dieses Haus nicht. Es tut nicht gut, die Hand zu verdammen, die einen gezüchtigt hat. Der Herr straft die, die er liebt. Er hat Sie geprüft. Die Wärter, waren sie nicht für Sie Diener des Herrn?«

»Eines Tages werde ich über sie schreiben. Gutes.«

Der Katechet hebt die Hand wie zu einem Segen. May wird zurückgebracht. Am nächsten Tag steht er, die Handflächen an die Drillichhose gepreßt, vor dem Anstaltsleiter und hört: »Sie bleiben unter Polizeiaufsicht. Für zwei Jahre. Ich hoffe, daß diese Zeit ausreichen wird, in Ihnen die Lust am Vagabundieren abzutöten. Zwei Jahre lang Ernstthal; wenn Sie verreisen wollen, bedarf das der Genehmigung. Heilsam für Sie!«

May preßt die Hände stärker an, damit sie nicht zu flattern beginnen. Die Schande, alle im Städtchen werden es wissen. »Ich möchte nach Dresden fahren zu meinem Verleger.«

»Warum nicht, wenn Sie sich gut führen, für einen Tag mit Erlaubnis Ihrer Polizeibehörde? Es liegt nur an Ihnen, was aus Ihnen wird!« Jeden, der dieses Haus verläßt, konfrontiert der Direktor mit dem höhnischen Satz: »Es steht nicht bei mir, ob und wann wir uns wiedersehen!« Der Direktor hat in der Akte des 402 geblättert: ein gestrauchelter Volksschullehrer. Ein vielzitierter Satz klingt im Direktor auf, in der Schlacht von Königgrätz habe der preußische Schulmeister über den österreichischen gesiegt. Also auch über den sächsischen, denn Sachsen stand fatalerweise auf seiten Österreichs, wieder wie fast immer auf der falschen Seite. Wenn alle sächsischen Lehrer so waren wie 402, denkt der Direktor, ist es kein Wunder, daß wir unter die Räder kamen. Jetzt ist die Situation gewandelt, Schulmeister haben Bindeglieder zwischen den Schichten zu sein, sie säen Glauben an Gott und das Herrscherhaus in Dresden, nun auch an das in Berlin, Lehrer bilden einen Damm gegen Gottlosigkeit und Sozialdemokratie;

um so stärker ist einer zu verurteilen, der desertiert. Räuspern, ein entschlossener Blick. »Unser Volk geht nach Jahrhunderten der Ohnmacht einer herrlichen Zukunft entgegen. Seien Sie dabei, jeder an seinem Platz! Da Sie keinen Hausstand besitzen, werden Sie bei Ihren Eltern eine Bleibe finden müssen. Die Aufsicht obliegt Ratspolizeiwachtmeister Doßt.«

Mays Handrücken beginnen zu brennen. Den Doßt kennt er. Ein Name, der die Dämonen heraufbeschwören könnte.

In seiner letzten Zuchthausnacht schläft May keine Minute, Namen probiert er, die zu den Dämonen gehörten. Albin Wadenbach, Notenstecher Hermin, Doktor Heilig, Polizeileutnant von Wolframsdorf. Einmal wollte er Räuberhauptmann werden, Unrecht sühnen, die Armen beschenken, die Unschuld schützen und rächen. Er mühte sich, diese Zeit aus seinem Gedächtnis zu drängen, jetzt möchte er prüfen, ob er sich stark genug fühlt, Beweggründen von damals nachzuspüren. Ich bin durch ein Tal geschritten, formuliert er, jetzt habe ich den jenseitigen Hügel erklommen. Ich kann die Dämonen folgen lassen und ihnen die Hand reichen; ich werde sie weiterleben lassen in meinen Werken. Ihre Taten und die Gründe dazu werde ich allen Menschen zeigen. Er weiß, daß er dazu stärker sein muß als die Beklemmung, die von dem Namen Doßt ausgeht.

Riegel knallen, Licht schlägt durch die Tür. »Komm' Se, May!« Morgensuppe aus Roggenmehl. Zum letzten Mal Waldheim.

2. Kapitel

Visitenkarte Dr. Karl May

1

»Hat dich ein Bekannter gesehen gestern?«

»Nein, Vater. Bestimmt nicht.« Durch Gärten und Schluppen ist er vom Bahnhof gehetzt, die Mütze auf die Augen gedrückt, das Siebensachenbündel unter dem Arm. In vier Jahren sind Hose und Jacke in der Effektenkammer nicht ansehnlicher geworden, das Hemd war noch immer schmutzfleckig wie während der Untersuchungshaft. May rasiert sich mit dem Messer des Vaters; bleich ist er, als ob er aus dem Spital käme. Oder eben aus dem Zuchthaus. Jetzt, Anfang Mai, laufen die Kinder schon barfuß.

»Ziehst meinen Anzug an.«

»Den kennt der Doßt.«

»Wenn Herr Münchmeyer Vorschuß schickt...«

»Muß nach Dresden.«

»Aber Doßt?«

»Er *muß* mich fahren lassen. Notfalls...« Diesen Satz setzt er nicht fort.

»Vieles ist anders geworden bei uns.« In einer neuen Fabrik werde stündlich zentnerweise Garn gesponnen, zwei Verleger hätten Kapital zusammengeschossen und Aktien ausgegeben, kunstvoll bedruckte Papiere für 500 Mark, sagt man. Wie könne ein Handwerker sich da noch behaupten? Aus den Dörfern wanderten des Morgens Scharen von Mädchen herein, dreistöckige Mietshäuser würden aufgeschachtelt. Es sei in den Kneipen lauter geworden, die Beschaulichkeit der Stuben- und Brunnenkränzchen sterbe aus. Mehr Geld komme unter die Leute, dieser landweite Hunger wie vor dreißig Jahren, der Kinder und Alte umbrachte, sei vorbei. Dampfmaschinen überall. »Nach Chemnitz müßtest du kommen! Nicht Weber sollte ich sein, sondern Maschinist, Mechaniker. Lokomobilist!« Der Vater spricht nicht aus, was er fürchtet: Und wenn Karl sagt: Morgen mache ich mich auf nach Hamburg, in ein paar Wochen bin ich in Amerika?

May fährt nun doch in den Anzug des Vaters. Die Mutter hat das Hemd noch am Vorabend gewaschen, es ist trocken geworden über dem Herd. Eine Krawatte, den Hut gebürstet, die Schuhe gewichst. Wieder steht er vor dem Spiegel. Wenn nur diese Blässe nicht wäre. Jetzt schlägt es neun, Prott und seine Hilfsteufel halten gerade ihre Kaffeeschüsseln dem Kalfaktor hin. May dreht eine Zigarre zwischen den Fingern. Soll er sie anzünden, bevor er aus dem Haus geht? Rauchend durch die Straßen? Oder in Brand stecken vor dem Rathaus, damit wenigstens eine Hand Halt findet, solange er mit Doßt spricht? Er steckt die Zigarre in die obere Tasche des Jacketts; zu einem Drittel ragt sie heraus.

Seine Knie sind ungelenk während des Gangs zum Rathaus. Eine Krämersfrau hinter einem Sauerkrautfaß, starrer Blick, weiter. Ein Schulkamerad – May tippt mit steifem Finger an den Hutrand. Schweiß auf der Stirn, er nimmt den Hut ab, Hut in der Hand – mit dem Hute in der Hand kommst du durch das. Den Hut wieder auf. In einer Gastwirtschaft hat er früher Kegel aufgesetzt: Hallo in der Küche, die Wirtin schüttelt ihm die Hand – wieder da, Karle? Dein Vater hat immerzu von dir erzählt – was willste nun anfangen? May nimmt einen Span, bückt sich zum Herdloch und zündet seine Zigarre an. Nach Lugau in die Kohle? Nein, er werde sich nach Dresden davonmachen. Nach Dresden? Das Staunen in den Augen der Frau läßt eine lockere Abschiedsgeste gelingen.

Er schreitet rasch, will Schwung nutzen. Ein Nicken in das Gesicht eines Alten hinein, der kam manchmal zum Vater. Stufen hinauf, an eine Tür geklopft, eingetreten, die Linke mit der Zigarre am Rockaufschlag. Eine Frau und Ratswachtmeister Doßt lehnen auf der hölzernen Balustrade, die Besucher und Amtsperson trennt. Also eine Anzeige, nuschelt

Doßt, aber da muß ich Ihrn Nam' mit aufschreim, sonst geht das nich. Die Frau blickt sich um, er kennt sie nicht, sie kennt ihn nicht. Doßt sagt ungeduldig: Also wie nu?

Die Frau murmelt, sie wolle es sich noch einmal überlegen. May zieht an seiner Zigarre. »Guten Tag.«

Doßt wendet den Kopf. »Der May.« Das klingt überrascht, nicht einmal unfreundlich. »Gucke an. Wo kommste denn her?«

Eine Welle der Scham steigt in May auf, er weiß: Wenn er sich diese Anrede gefallen läßt, wird er tagelang das Gefühl der Erniedrigung nicht loswerden. »Für Sie immer noch Herr May.« Er zieht den Entlassungsschein aus der Tasche.

»Gestern noch Streifen am Arsch und heute den großen Rand.« Doßt kennt Exemplare wie May zur Genüge. Er wirft einen Blick auf den Schein. Vier Jahre, immerhin. Und zwei Jährchen Polizeiaufsicht. Den Blick hoch in Mays Gesicht, May hält stand, Doßt registriert kein fahriges, demütiges Lächeln wie bei den meisten entlassenen Ganoven – verzieht May nicht frech die Braue? »Wie lange soll's denn diesmal dauern, bis du wieder drinne bist?«

»Ich verbitte mir…«

»Wenn du die Gusche aufreißt, guck ich jede Nacht um drei nach, ob du im Bette liegst.«

May pafft demonstrativ Rauch aus, Doßt liest: Gute Führung, der Delinquent hat das Verwerfliche seines Tuns eingesehen. Das übliche. Und ein halbes Jahr später schmoren die Scheißer wieder.

»Wo wirste arbeiten?«

»Ich bin Schriftsteller.«

»Was biste?« Doßt reißt den Mund auf: Das ist der Spaß überhaupt!

May zieht ein Heft aus der Tasche, »Das Schwarze Buch«, erschienen bei Münchmeyer in Dresden. »Diese Geschichte hier ist von mir.«

»Steht aber kein Name dabei.«

»Anonym. Lesen Sie mal, ein Brief vom Verleger Münchmeyer an meinen Vater.«

Doßt blättert und liest. Seine Verwunderung schlägt um: Da ist etwas nicht geheuer, wer weiß, wer hinter dem Kerl steht. Wer weiß, wem er im Zuchthaus zu Gefallen war und was hier für Verdienste belohnt werden. Ist er zum Spitzel geworden? Also Vorsicht, man kann nie wissen, und wer deckt schon einen Ratswachtmeister? Doßt murmelt: »Rauchst gutes Kraut.« Er liest: Gleich nach der Entlassung Ihres Sohnes werde ich mit ihm Verbindung aufnehmen. Mein Verlag... Unterschrift. Doßt schnieft. An einen Steckbrief erinnert er sich, den er vor Jahren verfaßt hat: May ist von freundlichem, gewandtem und einschmeichelndem Benehmen, er trägt einen schwarzen Tuchrock mit sehr schmutzigem Kragen. Unbehaglich fühlt sich Doßt bei alldem, es läuft entschieden außerhalb des Gewohnten. Schriftsteller: Also doch Hungerleider, warum unbedingt ein Spitzel? Wer in Not ist, stiehlt eher als der Satte. Aufwiegler sollen's schwer haben hier herum, man wird ihnen beizeiten aufs Maul schlagen. May hat einen Satz doppelt so schnell heraus, wie Doßt es je könnte, vermutlich hätte er ein Schriftstück in der Hälfte der Zeit aufgesetzt. Doßt fühlt sich redlich, königstreu, gerade in seinen Gedanken, und vor ihm steht einer, der schlau ist, gerieben, ein Advokatengehirn, Federfuchser, vielleicht nächstens ein politischer Agitator. Er wird ihm in den Hintern treten. Dieser verfluchte Wahlkreis 17 ist genug ins Gerede gekommen, seit hier der erste Sozialdemokrat in den Reichstag gewählt worden ist. Affenschande. Das rote Glauchau, das rote Ernstthal. »Solltest in den Schacht gehen nach Lugau oder Ölsnitz.« Doßt mustert Mays Schultern und Brustkorb, er denkt: Na, das schmale Handtuch. »Meldest dich jeden Tag um neun, bis du Arbeit hast.«

»Aber ich...«

»Wenn du die Gusche aufreißt, Karle, weck ich dich heut nacht um drei. Da ist 'ne Uhr weg, ich muß unter deinen Strohsack gucken. Na?«

»Ich werde Ihnen baldigst einen weiteren Brief von Herrn Münchmeyer vorlegen.«

»Kannste, Karle. Morgen um neun. Wie gesagt: Gutes Kraut rauchste.«

Ein Stempel, eine Minute später steht May in der Sonne. Die Zigarre ist zu zwei Dritteln aufgeraucht, sie hat ihre Pflicht getan. Sorgfältig drückt er sie aus. Hat er gesiegt? Durch Schluppen und Gärten flieht er aus der Stadt, an einem Dornbusch krümmt er sich auf das magere Frühlingsgras hinunter und preßt die Hand aufs Herz. Toben, Wüten und Schreien wie in einem Dorfwirtshaus ist in ihm, Stimmen gellen durcheinander: Du hast gesiegt, Doßt hat gesiegt, Doßt zerrt dich aus dem Bett, kommt jede Nacht, kommt nie. Einmal ein Häftling, immer ein Verbrecher, dein Leben lang werden der und die da und wer immer will mit Fingern auf dich zeigen: Dieb, Betrüger, Zuchthäusler! Ihm ist, als ob um ihn herum Hunderte von Bauernknechten mit Stuhlbeinen aufeinanderschlügen, Stimmengewirr, Zerren, Krachen. Er reißt die Jacke herunter und knöpft das Hemd bis zum Nabel auf, Wind kühlt die schweißige Haut.

Mittags hat er sich leidlich in der Gewalt. Zu Ehren des Sohnes stehen Pellkartoffeln mit Hering auf dem Tisch. Er malt aus, wie er es Doßt gegeben habe; die Augen habe Doßt aufgerissen und die Geschichte Wort für Wort gelesen! Andere Entlassene suchten Arbeit in den Bergwerken, Doßt habe wörtlich gesagt: Herr May, dafür sind Sie zu gebildet!

Die Mutter hängt an seinen Lippen. Dreizehn Kinder hat sie geboren, acht starben im ersten Jahr. Nur ein Junge ist groß geworden, Karle, Karlchen. Als er verstummt, setzt sie dagegen, daß ihre Wäschemangel hinten im Schuppen fast jeden Tag für zwei, drei Stunden vermietet werde. Zwei Pfennig nehme sie für die Stunde, sonnabends habe sie schon vierzehn oder sechzehn Pfennige verdient. Karli, ist das nicht fein?

Am Nachmittag schreibt er, er schreibt am Abend und die halbe Nacht hindurch. Einen Brief an Münchmeyer, danach den Beginn einer wilden Geschichte mit Mord und Brand, Nacht, Friedhof. Es ist dunkel, als er ans Fenster tritt. Totenruhig liegt die Stadt. Der Vater hat ihn mit in die Schenke nehmen wollen, um seinen Freunden den künftigen Schriftsteller zu präsentieren. Keine Zeit, Vater! Er nimmt sich vor: Jeden Tag zehn Seiten! An diesem Abend füllt er sechs.

»Danke, Herr May.« Doßt verbeugt sich, als May ihm eine Zigarre auf die Balustrade legt. »Schon Post aus Dresden?«

»So schnell geht's nicht.«

»Also morgen wieder um neun, May!«

An diesem Vormittag streunt er zu der Höhle hinauf, in der er sich einmal verborgen hatte. Birken sind aufgewachsen, Brombeergestrüpp überzieht Steinbrocken; niedriger ist das Loch im Fels, als es die Erinnerung bewahrte. Er will die Dämonen von damals herüberlocken, will am Nachmittag beschreiben, wie sich der Försterssohn Brandt – welcher Vorname? –, Gustav Brandt, in einer Höhle verbarg, des Doppelmordes angeklagt. Dieser Karl May von damals in seinem Drang aus furchtbaren Zwängen heraus – ich brauche mich vor der Erinnerung nicht zu ängstigen, suggeriert er sich, ich kann sie fruchtbar machen für mein Geschöpf Gustav Brandt.

Auf dem Rückweg fühlt er sich taumlig vor Glück. Er vermag eine Welt zu erschaffen mit Schlössern, Bankierswohnungen und Hütten, kann sie bevölkern mit hochgestellten Schurken und buhlerischen Frauen, mit Förster und Hund, Wald und Kutsche, Mühlrad, Dolch und Lauscher unter dem Bett, mit Redlichen, Wucherern, Liebenden. Weiter hinauf im Gebirge hat er Schnitzern zugeschaut, die in ihren Stuben kunstreiche Gebilde bosseln an unzähligen Winterabenden, Weihnachtsberge genannt. Das sind Ausschnitte aus ihrem Leben, Bergwerk mit auf- und absteigenden Figuren, Wägelchen, Pferdchen, Häuschen mit Kühlein und Mägdlein am Brunnen; ausgetüftelter Mechanismus sorgt dafür, daß die Pferdchen die Wägelchen ziehen und das Mägdlein das Eimerchen in den Brunnen senkt. Wie diese Schnitzer, sinnt er, erschaffe auch ich eine zweite Welt; die Schnitzer brauchen Stunden für eine Figur, ich gebäre sie in Sekundenschnelle auf dem Papier.

Die Mutter schleicht, wenn der Sohn schreibt, auf Zehenspitzen durchs Haus. Vier Tage nach seiner Rückkehr bringt der Postbote Vorschuß von Münchmeyer: zwanzig Mark. Das ist enorm viel Geld in den Augen der Mutter. May hat das Doppelte erhofft. Er braucht einen Anzug, wenn er sich in Dresden präsentieren soll. Er braucht Schuhe, Hemden, Uhr. In Waldheim hat er sich das Zigarrenrauchen angewöhnt; in den Nächten fliegen ihm die Gestalten müheloser zu, wenn Rauch seine Phantasie beflügelt. An einem Nachmittag steht er am Rande der Stadt, wo die Straße nach Waldenburg über den Hügel biegt. Auf dieser Straße verließ er zum ersten Mal Ernstthal, er, der beste Schüler seiner Klasse, empfohlen vom Lehrer und vom Pfarrer ans Lehrerseminar. Der einzige Weg für mich, aus der Enge herauszukommen, erinnert er sich jetzt und versucht, Kraft aus dem Gedanken zu schöpfen: Ich lernte müheloser als alle, mir flog das Wissen nur so zu, ich war der beste Schnellrechner der Klasse, und keiner lernte fixer ein Gedicht. Und ich hab dazugelernt in Waldenburg und in Plauen, Rechnen und Erdkunde, Historie und ein bißchen Latein, Stilkunde des Deutschen, Rechtschreibung, Klavier- und Orgelspielen sogar. Lehrer war ich in Chemnitz an einer Fabrikschule, wenn auch nur kurze Zeit. Ich brauche mich meiner Bildung wegen vor niemandem zu verstecken. Wie auf einer Federzeichnung: Zwischen diesen Pflaumenbäumen trug er Ranzen und Bündel, beneidet von allen Mitschülern, die Handwerker wurden oder Knechte oder Arbeiter an den neuen Maschinen. Er wurde Lehrer. Jetzt hat Münchmeyer geschrieben: »Herr May, sprechen Sie bitte baldigst in Dresden vor!«

Dem Ratswachtmeister Doßt zeigt er diesen Brief, zwei Zigarren ragen ein Endchen aus der Rocktasche. Der Polizist wiegt den Kopf und stöhnt, er sei ja kein Unmensch, habe aber eindeutige Vorschriften. Noch nicht eine Woche aus dem Zuchthaus zurück und schon in die Residenz? Wenn das ein Vorgesetzter erführe – man sei nicht allein auf der Welt. »Meine Existenz«, bittet May.

»Meldest dich am Dienstag mal nicht.« Doßts Stimme klingt, als murmle er vor sich hin, als sei niemand außer ihm im Raum. »Ich merk das nicht, klar? Aber wenn du was anstellst – *erlaubt* hab ich's dir nicht. Und am Mittwoch biste wieder hier!«

May schiebt beide Zigarren zu Doßt hin. »Ich danke Ihnen verbindlichst. Ihre Güte...«

»Ach, halt die Gusche, May.« Leise, gefährlich setzt Doßt hinzu: »Das letzte Mal hattste vier Jahre, nächstes Mal kriegste zehn. Und laß die Pfoten von der Politik!«

Am Dienstagmorgen fährt May nach Chemnitz und steigt um in den Zug nach Dresden. Ein Bein hat er über das andere geschlagen und blickt rauchend aus dem Fenster: Öderan, Freiberg. In diesen Wäldern zum Kamm hinauf lebt sein Förster Brandt, Pascher huschen nach Böhmen hinüber, Klöppelspitzen tragen sie unter der Jacke um den Leib gewickelt. Er kennt diesen Landstrich mit seinen Schlössern und Städtchen: Marienberg, Olbernhau, Schloß Purschenstein. Von dort schleicht Brandt verkleidet nach Dresden.

Dresden! Auf dem Böhmischen Bahnhof steigt er aus, in die Gassen um Markt und Schloß taucht er ein. Offiziere reiten vorbei, er weicht aus in den Schmutz. Ihn erregt dieser Gedanke: Keiner weiß, daß er vor Tagen noch Zuchthäusler war, daß er Manuskripte bei sich trägt und ein Dichter ist. In Waldheim war während der Freistunde rasches Gehen verboten, die Hände mußten auf dem Rücken gehalten werden. Jetzt läßt er den freien Arm schwingen, er schreitet aus und genießt das Ziehen in den Wadenmuskeln. Könnte es nicht sein, daß Waldheims Direktor beim Justizminister vorzusprechen hätte und ihm entgegenkäme? Respektvoll, aber keineswegs untertänig zöge May den Hut. »Sein« Direktor ist er nicht mehr und wird er nie wieder sein.

Auf einer Kreuzung haben sich Fuhrwerke verkeilt, Hufeisen klirren auf Kopfsteinen. Hucker turnen Leitern hinauf, Ziegelstapel auf dem Rücken. Gebaut wird, der Direktor hat recht gehabt in seinen Ansprachen, daß es stürmisch aufwärtsgehe im Reich und daß für jeden Platz sei. Mein Platz, denkt May, mein Platz! Er preßt die Tasche an sich.

Das Haus, in dem Münchmeyers Büro liegt, ist schmuckloser, schmaler, als er es sich ausgemalt hat. Schäbig ist es nicht, versichert er sich, eher unauffällig, bescheiden. Das Treppenhaus ist dunkel, im zweiten Stock entdeckt er ein Türschild und klopft, niemand öffnet. Die Tür läßt sich schieben, ein dämmriger Gang liegt vor ihm. Auf Stimmen geht er zu, klopft wieder und wird hereingebeten. »Mein Name ist May.« Eine Verbeugung dazu, Blicke zwischen zwei Frauen hin und her.

»Jaaa.« In einer Stunde, hört er, werde der Herr Verleger kommen. Blicke spürt er auf sich, die voller Neugier sind und diese verbergen wollen: Einer, der die Kugel am Bein gehabt hat. Solche Blicke können niederdrücken oder Kraft geben, spürt er, man muß ihre Wirkung in die gewünschte Richtung drängen. Interessant – dieses Wort fällt ihm in der rechten Sekunde ein, er ist für sie *interessant*.

Tee wird angeboten, die Damen sind nun geschäftig um ihn herum. Gegenseitig stellen sie sich vor, ein Name klingt an seinem Ohr vorbei, den anderen merkt er sich: Fräulein Ey, denn, so wird hinzugefügt, sie sei Herrn Münchmeyers Schwägerin. Wege zur Druckerei erledigen die Damen, sie haben *sämtlichen* Schriftverkehr in den Händen und, dabei lacht Fräulein Ey, die Honorarzahlungen an die Herren Dichter.

Da schiebt sich ein Mann in die Tür, er atmet rasch vom schnellen Gehen. May wischt im Aufstehen die Handflächen an der Hose ab.

»So, lassen sie sich anschauen! Bißchen mager noch?« Münchmeyer probiert ein Cheflachen und bittet in sein Zimmer. Die Damen tragen Teetassen nach, Münchmeyer bietet Platz an und schiebt sich hinter seinen Schreibtisch. Augenpaare suchen einander; als sie sich gefunden haben, zwinkert Münchmeyer, das soll heißen: Hast allerhand hinter dir, Junge, Schwamm drüber, was sollen wir viele Worte machen. »Haben Sie etwas mitgebracht?«

Löffel klirren in den Teetassen, Münchmeyer überfliegt ein paar Zeilen. May schaut sich um: Regale mit Zeitschriftenbündeln, Stehpult, ein Stich der Hofkirche, ein Stich der Festung Königstein.

»Nicht allzu übel.« Münchmeyer weiß, daß von dieser ersten Begegnung allerlei abhängt. May ist eine Potenz, keine Frage, man muß ihm die Zusammenarbeit schmackhaft machen, aber er darf nicht den Eindruck gewinnen, er sei unersetzlich. Aufhelfen muß man ihm, aber nicht so, daß er übermütig wird. Von einem verschmähten Liebhaber, der seine Braut ermorden will, liest Münchmeyer flüchtig. »Wir werden's schon irgendwie verwenden. Wieder eingelebt in Ernstthal?«

Er könne bei den Eltern wohnen, antwortet May, er müsse sogar. Der Ortspolizist mache Sperenzien.

Polizeiaufsicht? Münchmeyer hebt die Brauen – das höre sich wenig freundlich an. Da sei es gut, wenn man erst einmal nicht auffiele. Immer schön brav, die Obrigkeit einschläfern, nach einem halben Jahr könne er sich schon ein bißchen was leisten. Und was wolle Herr May schreiben?

»Geschichten aus meiner Gegend. Hab in Waldheim allerlei entworfen. Erzgebirgische Dorfgeschichten.«

»Und eine hübsche Moral am Schluß, so wollen das die Leute!«

May hat die Hände zwischen die Knie geklemmt, er sitzt vorgeneigt wie jemand, der nur den Schemel kennt und sich erst wieder an den Stuhl gewöhnen muß. Münchmeyer denkt: Ein Dorfschulmeisterlein, halb verhungert wie seine Schüler. »Bloß nicht zuviel Armut reinpacken.« Münchmeyer erinnert sich, mit seiner Frau auf diesen dürren Hecht eine Flasche Champagner getrunken zu haben. Vielleicht war's voreilig, und Vorschuß hat er nun erst mal genug gekriegt. »Ranklotzen, hilft alles nichts. Dicke hat's heute keiner. Die erste Nacht in Dresden werden Sie in 'ner Herberge unterkriechen müssen; wenn Sie öfter kommen, finden wir vielleicht 'ne Schlafstelle.«

»Verbindlichsten Dank, Herr Münchmeyer.«

Münchmeyer läßt eine Glocke scheppern, Fräulein Ey steckt den Kopf durch die Tür. »Nimm Herrn May unter deine Fittiche. Daß er was zu essen kriegt!«

Sie zeigt den Weg zu einer Herberge und verspricht, sich fürs nächste Mal nach einem Zimmer umzusehen, warnt aber gleich: Der Herr möge sich keine übertriebenen Hoffnungen machen, es sei schwierig, etwas zu finden.

In der Nacht schrickt er auf; Münchmeyers Lachen gellt durch seinen Traum: Ausgebrochen? May, so einer wie du bricht doch nicht aus! Fräulein Ey knickst: Eine Tasse Tee, Herr May? Keine Frau ist so, wie er sie sich in Zuchthausnächten erträumt hat, schon gar nicht Fräulein Ey.

2

Einen Monat später fährt er wieder nach Dresden und übernachtet in einem engen, halbdunklen Zimmer, das Minna Ey für ihn gefunden hat, es ist bestückt mit Bett, Tisch und Stuhl. Am nächsten Morgen legt er vor, was er den Beginn einer Novelle nennt: »Wanda, das Polenkind«. Der Verleger überfliegt: In einem Städtchen nahe Chemnitz hat sich eine polnische Adlige mit ihrer schönen Tochter niedergelassen, Wanda von Chlowicki heißt das heißblütige Geschöpf. Verspielt ist sie, von den Männern verwöhnt. »Die Sonne des Lebens hatte ihr stets nur kaltes winterliches Licht gegeben und nur selten einen freundlich erwärmenden Strahl zugesandt. Die Quelle eines tiefen, reinen Gemüts war von einer falschen, auf wankenden Grundsätzen fußenden Erziehung zurückgedrängt und mit steinernem Riegelwerk verschlossen, der Reichtum ihres Geistes brachgelegt und ihr Wollen und Handeln von den rechten Bahnen seitwärts gelenkt worden.« Na schön, denkt Münchmeyer, besser schreiben meine anderen Autoren auch nicht. Weiter: Ein Ball findet statt, auf dem die Ballkönigin ersteigert werden soll, natürlich ist Wanda die Favoritin. Ihr Verlobter, Baron Säumen, bietet am meisten, da bricht im

Nachbardorf ein Brand aus, beherzte Männer stürzen fort, darunter Schornsteinfegermeister Winter. Drei Menschen rettet er, rußgeschwärzt kehrt er zurück und steigert mit um Wanda: Fünfzig Taler setzt er ein, Säumen zögert.

Wieder ein Brand, mäkelt Münchmeyer, brannte es nicht schon in Mays erster Geschichte? »Schreiben Sie immerhin weiter. Ob wir's diesmal unter Ihrem Namen bringen?«

May schießt das Blut ins Gesicht.

Jetzt bleibt er öfter einmal über Nacht in Dresden, Doßt drückt beide Augen zu. Das Seitengebäude, in dem er nächtigt, ist vor erst einem Jahr fertig geworden, er erreicht es über den Hof. Die Familie, bei der er untergekommen ist, zog vor zwei Jahren aus Böhmen zu, der Mann war Maschinist in einem Schacht, jetzt steht er an der Stanze in einer Nähmaschinenfabrik. Wenigstens hat May ein Zimmer für sich, ein Schlafbursche logiert außer ihm in der Wohnung auf einer Pritsche in der Küche. Einmal schlägt ihm der Wirt vor, er möge sein Zimmer mit einem jungen Arbeiter teilen, der aus Schlesien zugewandert sei und seit Wochen im Asyl kampiere. Matratze auf den Fußboden, natürlich geringere Miete, na? May lehnt ab. Er muß abends schreiben! Achselzucken. Morgens, wenn er sich in der Küche wäscht, sitzen oder liegen vier, sechs Menschen hinter ihm. Abends werden auf dem Herd Rüben zu Sirup zerkocht wie daheim auch.

Der Verleger drängt: Ist die Novelle nicht bald fertig? Er schimpft auf die Konkurrenz, auf Papierpreise und Lohnforderungen der Drucker. Spärlich sind seine Vorschüsse, er ringt die Hände: Die Auflage des »Beobachters an der Elbe« gehe zurück!

Am Abend steht May an der Oper, Kutschen fahren vor, Diener öffnen den Schlag, halten Schirm und Laterne. Ein Frauenlächeln, das könnte Wanda von Chlowicki sein. Federbusch auf einem Hut, Schleier, ein offener Mantel. May dreht sich zu einer anderen Kutsche, da prallt sein Blick auf einen Polizisten, der ein paar Meter entfernt steht, Stiefelspitzen wippen über der Bordkante, Augenpaare begegnen sich. Stiefel trägt Doßt, Stiefel können auf dem Zuchthauskorridor knallen, Stiefel können auf ihn zu knallen, eine Stimme kann fragen: Was haben Sie hier verloren? Ihre Papiere? Vorbestraft, so, unter Polizeiaufsicht, und was treiben Sie sich in Dresden herum? May wendet sich ab und geht auf die Elbbrücke zu, sein Nacken versteift sich, als fürchte er einen Schlag. Aufs Brückengeländer gestützt, krümmt er sich zusammen.

Eine Erzählung von drei Seiten druckt Münchmeyer, eine von sechs, die mißratene Skizze eines anderen Schreibers läßt er von May auffrisieren. »Ist Ihre ›Wanda‹ nicht bald fertig?«

Bei einem Krämer in der Neustadt kauft er Brot, billige Wurst und Zigarren. »Zwei Dutzend ›Hansastolz‹. Ich begleich's nächste Woche.«

»Da muß ich Vater fragen.« Das Mädchen wendet sich ab, Zöpfe schwingen, ein überlanger Fünfziger mit spärlichem Haar und dünner, grauer Haut bückt sich aus dem Comptoir heraus, hüstelnd hinter vorgehaltener Hand. May sagt abermals sein Sprüchlein auf, sein Blick huscht über die Schuppen auf dem Kragen des Händlers. Ein beherztes, ehrfurchtgebietendes Auftreten wünscht er sich. Daß dieser da zusammenzucke, erstarre, staunend ausriefe: Das sind *Sie,* der Schriftsteller May?

»Tut mir leid, Herr«, krächzt der Dünne und hustet, daß die Schultern zucken, »wo denken Sie hin, Ladenmiete, Steuern, und dann immerzu kreditieren? Ich hab Sie bevorzugt! Aber jetzt vor Monatsende...«

»Ich erwarte Honorare.«

»Das behaupten Sie jedesmal.«

»Aber wenn ich...«

»Bezahlen Sie erst mal!«

Das Mädchen lauert mit giftigem Blick. May fürchtet schrill aufbrechendes Gekreisch wie damals in Böhmen, als er einer Gans seine Geschichte vorlas. Die Rechte hat er ins Jakkett gesteckt, dort liegt sie fest, die Linke hängt herab, die Handfläche streicht über die Hose. Nach einem heftigen

Wort des Abgangs sucht er, das die beiden da zusammenfahren ließe. In Büchern findet man: Ich werde Ihnen meine Sekundanten schicken! Mein Anwalt wird das Weitere regeln!
»Wenn Ihnen an meiner Kundschaft nichts gelegen ist...«
»Bezahlen möchten Sie.«
May versucht, mokant die Brauen hochzuziehen, wendet sich zur Tür, fühlt Blicke im Rücken und kommt an der Schwelle mit seinen Schritten nicht zurecht. Halb dreht er sich, als er die Ladentür schließt; tölpelhaft muß das aussehen, fürchtet er, zwei Augenpaare starren ihm durch die Scheibe nach. Drei Straßen weiter lehnt er sich auf ein Geländer; als er die Arme aufstützt, riecht er den Schweiß in den Achselhöhlen.

Drei Zigarren bleiben für die Nacht. Und wenn er borgte – vielleicht bei Fräulein Ey: Ich bin in Not! Ihre Augen füllten sich mit Tränen, sie streckte die Arme vor, es wären nicht die vollen, weißen Arme, wie er sie ersehnt und beschreibt. Bräunlich sind ihre Arme, mager, er hat sie gemustert, als Fräulein Ey die Dielen des Verlagsbüros wischte, über ihrem Nacken war das Haar hochgesteckt zu einem unordentlichen Dutt, die Hemdträger unter dem Kittel waren angeschmutzt. Immerhin gelingt diese Vorstellung: Fräulein Ey streckte ihm Geldscheine hin: Nehmen Sie, soviel Sie wollen, mein Herr, was mir gehört, sei das Ihre!

Er verscheucht den Wunschtraum und flüchtet in sein Zimmer. Während er die Arbeit des Vortags überfliegt, schneidet er die Spitze einer Zigarre ab, stimmt sich ein, zündet an, schmeckt den Rauch, schreibt. Die Handlung beginnt zu strömen, neue Figuren werden geboren mit raschem Strich. Treuherzig, bieder, redlich ist dieser Meister Winter, ein Stegreifdichter obendrein:

> »Drum schließe deine Augen zu,
> worin die Tränen glühn,
> Ja, meine wilde Rose, du
> sollst nicht im Wald verblühn!«

Seinem warmherzigen Drängen kann Wanda nicht widerstehen, sie entlobt sich vom Baron, der sinnt auf Rache. In einem Hotel in Chemnitz erlauscht Winter, daß ein Testament vorliegt, wonach Wandas Vater im Falle von Wandas Tod dem schurkischen Baron ihr gesamtes Vermögen vermacht, nun droht höchste Gefahr! Da taucht ein Ballonführer auf, der seine Kunststücke über ebendieser Stadt zeigen will...

»Wissen Sie was, wir drucken Ihre Geschichte immer mal an. Unter Ihrem Namen. Solange sie läuft, werden Sie schon fertig werden, was?«

»Ja, danke. Vielen Dank, Herr Münchmeyer!«

Eine Woche später liest er hundertmal den Titel: »Wanda, das Polenkind«. Und hundertmal darunter: »von Karl May.« Diese Nummer hält er Doßt hin, der Vater trägt sie in alle Kneipen. Münchmeyer drängt: Jetzt nicht lockerlassen! Und May schreibt, schreibt in Ernstthal, in Dresden. Ein Redakteur kommt mit einer Erzählung nicht zu Rande, May entwirft zwischendurch dafür einen neuen Schluß. Der Verleger lobt: Jetzt sind Sie richtig drin, das flutscht, was?

3

Der Sommer bleibt heiß, Zeitungen berichten über Machenschaften des Zentrumführers Windthorst, der die Interessen des Katholizismus über die des Reiches stellt. Flammen in Mexiko, Indianerkämpfe zwischen Prärie und Felsengebirge, Kleinkrieg in Albaniens Schluchten. Stickig ist es in Dresden, Münchmeyers kutschieren gelegentlich im Mietwagen durch die Dresdener Heide; May merkt nichts vom Blühen und Reifen. Inzwischen kauft er von Honoraren und Vorschüssen bei einem anderen Kaufmann seine Zigarren, eine Mahnung des Dürren, Schuppigen hat er unbeachtet gelassen.

An jedem Montag meldet sich May, am Dienstag fährt er nach Dresden, mittwochs, spätestens donnerstags kehrt er zurück. Doßt warnt, droht manchmal: »Wenn du Zicken machst, ich hab dir die Fahrt nach Dresden nicht erlaubt!«

Der Sommer verfliegt, im Herbst sagt Münchmeyer: »Wie wär's, Sie kämen am Sonntag mal zum Essen. Meine Frau würde sich freuen.«

Jähes Glück schießt in May hoch, er stammelt Dankesworte. Prott müßte das erfahren, Kochta, der Direktor, Doßt! »Richten Sie bitte Ihrer Frau Gemahlin...«

»Halb zwölf. Wir könnten bei dieser Gelegenheit überlegen, ob Sie die Redaktion meines Wochenblattes übernehmen. Der ›Beobachter an der Elbe‹ verliert Abonnenten. Sie mit Ihrer flinken Hand – na?«

»Ich danke für die Ehre, Herr Münchmeyer!«

»Wir reden am Sonntag drüber. Da dürfen Sie doch weg von Ernstthal?«

»Sonntags muß ich mich nie melden.«

Doßt, Doßt! Fünf Stunden braucht May von Dresden nach Ernstthal, vom Bahnhof eilt er manchmal direkt zum Rathaus; gelegentlich braucht er nur den Kopf durch die Tür zu stecken, und der Polizist winkt schon ab: In Ordnung! Auf der Rückfahrt streunt er in Chemnitz zur Brückenstraße, in einer Seitengasse liegt eine Druckwerkstatt. »Ich benötige Visitenkarten.« Eine Frau legt Muster vor, so, so, verschnörkelt oder nicht allzu sehr. Redakteur Karl May, Dresden, malt er auf einen Karton. Oder besser so: Karl May, Redakteur, Dresden und Ernstthal.

»Wir können's auch mit Goldrand machen, Herr Doktor.«

Die Hand probiert: Dr. Karl May. »Gut, machen Sie's so.« Schnell schreibt die Hand, als solle der Kopf nicht wissen, was sie tut: Dr. Karl May, Redakteur, Dresden und Ernstthal. »Zwei Dutzend bitte.«

»Wir drucken gewöhnlich fünf.«

»Also fünf. Bis Freitag?«

»Bittschön, Herr Doktor.«

Daheim malt er sich aus, wie er Münchmeyers Wohnung betreten wird, mit einer Verbeugung, Blumen in der Hand. Im Sessel sitzt er, ein Bein locker über das andere geschlagen – famoses Kraut, stört der Rauch nicht, gnädige Frau? Ja, ich hab mir Gedanken gemacht über die Zeitschrift, ich bedanke mich für die Ehre. Auf meiner Heimat lastet auch jetzt noch viel Not, besonders auf den Bergarbeitern. Der aufsässigste Winkel des ganzen Reiches, ja, leider! Ein gewisser Bebel. Also eine Zeitschrift speziell für die in Bergwerken und Hütten arbeitende Bevölkerung. Er denkt: Die halte ich Doßt hin! Während er durch die Fluren um Ernstthal schweift, sinnt er nach über die Möglichkeit, Bildung gepaart mit Frömmigkeit in die Häuser der Armen zu tragen, gewissermaßen nachzuholen, was die armselige Schule versäumt. Er war ja Lehrer, wenn auch nur kurze Zeit. Das wird er seinem Verleger sagen: Was vermag schon die Schule auszurichten, ich weiß es, ich hab in der Pädagogik von der Pike auf gedient!

Erdkundliche Predigten vielleicht. Geographie, Weltkunde für Erwachsene. Wer wissend ist, erliegt schwerlich der Demagogie. Er stellt sich vor, wie er die Zeitschrift dem Ratswachtmeister hinschiebt: Von mir. Er schaut sich um, Wolken fliegen hoch oben, das Gebirge liegt in Wellen vor seinem Blick von der Augustusburg bis zum Auersberg mit Keil- und Fichtelberg in der Mitte. Ein Satz bildet sich: Wenn in stiller Abendstunde der ernste Blick sich zu dem funkelnden Diadem des Himmels erhebt. Dies muß der Stil sein: getragen, erhaben: Dort, wo der Orinoko seine Fluten dem Golf von Paria zuwälzt. Oder: Wahrlich, man muß dem kühnen Mann, der sich dem schwachen Bau seiner Hände anvertraut, um sich durch Not und Tod zum fernen Land zu ringen, wohl Bewunderung zollen. Wie in einer Predigt muß die Sprache klingen, um in den Herzen der Geplagten ein Flämmchen leuchten zu lassen. Dies könnten die Kapitel sein: Himmel und Erde, Land und Wasser, Berg und Tal, Wald und Feld. Weitere über das Tier, die Verkehrswege, den Menschen schließlich in seinem Heim und bei seiner Arbeit.

Am Abend schreibt er: »Mag der Denker auch über die Dürftigkeit seiner Erkenntnisse seufzen und unbefriedigt dem unerreichbaren Ziel nachspüren, bis der Tod ihn den Schritt ins Jenseits lehrt: Der Gedanke, der ihn erleichtert, lebt fort und geht auf andere Geister über, um unter Sturm und Drang immer weiter entwickelt und ausgebildet zu werden. Immer neue herrliche Schöpfungen werden geboren, die nach dem Gang der Wahrheit streben...« Die Feder fügt Wort an Wort, steil, ohne Korrektur, die Linke hält die Zigarre. Ruhe liegt über Ernstthal, er schreibt: »... hebt unfehlbar doch zuletzt den Blick empor zum Himmel und lenkt das forschende Auge auf die hellen Punkte, von denen jeder eine Welt bedeutet. Im Glanz der Sterne nun entfaltet die Wunderblume der Erkenntnis ihre schönsten Blüten.«

Der Tag müßte achtundvierzig Stunden haben. Wenn er in Ernstthal ist, schläft er bis sieben oder acht; die Mutter hat ihm Morgensuppe aufgehoben. Seinen Rundgang macht er durchs Städtchen, wie zufällig steckt er den Kopf in Doßts Amtsstube hinein. Der Mutter kauft er Stoff für einen Rock, dem Vater steckt er eine Mark für Bier zu, von der die Mutter nichts zu wissen braucht. Von Mittag an schreibt er, am Abend macht er eine Pause von zwei Stunden, dann arbeitet er weiter bis zwölf, zwei, drei in der Nacht.

Auf der Fahrt nach Dresden holt er die Visitenkarten ab. Als er sie in den Händen hält, probiert er im Geiste aus, wie das klingt: Herr Doktor May. Darf ich bekannt machen: Herr Doktor May. Dieser Artikel stammt vom Doktor. Bring mal die Druckfahnen rauf zum Doktor! Hat gewonnen, die Zeitschrift, seitdem Doktor May sie redigiert.

Er schaut in die Augen der Frau und sucht ein Zwinkern darin, Argwohn, verstecktes Lächeln. Doch sie erwidert unbewegt seinen Blick, sie ist an solche Kunden gewöhnt. Vielleicht ein kleiner Beamter oder ein Kontorfuchser, wer weiß, wem er imponieren will. Doktor, der doch nicht. »Wir können jederzeit nachdrucken.«

Er zahlt und flieht fast aus dem Laden. Nach hundert Schritten probiert er wieder: Guten Morgen, Herr Doktor! Fräulein Ey wünscht das mit einem Knicks. Nein, im Verlag wird er sich nicht als Doktor ausgeben. Überhaupt nicht so bald.

Eine Stunde lang bürstet er den Anzug, die Schuhe. Er hält Blumen in der Hand, als er an Münchmeyers Tür schellt. Ein Mädchen öffnet, Münchmeyer begrüßt seinen Gast im Korridor. Er amüsiert sich: May wirkt aufgeregt wie ein Lehrling, der zum erstenmal ein Mädchen zum Tanz holt. Mein Gott, zweiunddreißig ist der Mann, sieben Jahre war er hinter Gittern, und da sagt man nun, Knast zähle doppelt!

Das Speisezimmer hat sich May dreifach so groß vorgestellt, er prallt an der Tür fast auf die Damen, dahinter steht gleich der Tisch. Er hat Schritte tun wollen auf eine ausgestreckte Hand zu, jetzt findet er kaum Raum, Frau Münchmeyers Rechte zum ersten Handkuß seines Lebens hochzuziehen. Fräulein Ey kichert, das gilt nicht ihm, aber er münzt es auf sich, da er beim Handkuß der Dame des Hauses nicht gegenübersteht, sondern aus Raummangel im spitzen Winkel. »Ihr Gatte war so freundlich...«

»Nehmen Sie bitte Platz, Herr May!« Aber May weiß nicht, wo, in seinen Geschichten locken die Damen die Herren, die den Salon betreten, mit bloßem, vollem Arm auf ein Sofa an ihre Seite. Er kann sich doch wohl nicht an den gedeckten Tisch setzen; zwischen ihm und einem Stühlchen hat Minna Ey einen Schrank geöffnet, Münchmeyer sagt: »Mit der Suppe haben wir noch ein bißchen Zeit. Na, kommen Sie rüber! Sagen Sie mal, spielen Sie eigentlich ein Instrument?«

»Klavier, ich hab's auf dem Lehrerseminar gelernt. Aber ich hab's vernachlässigt, leider.«

Vernachlässigt, diese Formulierung findet Münchmeyer urkomisch. »Ich spiele Geige. Vielleicht musizieren wir gelegentlich mal zusammen?« Münchmeyer erwähnt nicht, daß er als junger Mann auf Dörfern zum Tanz aufgespielt hat.

Am Rücken von Fräulein Ey vorbei bugsiert er May zu einer Seitentür, vor Ledersesseln stehen sie jetzt, vor einem Bücherschrank und einem Gemälde: Eine weitgewandete junge Frau neigt sich zu einem verwundeten Soldaten, der in einem Korbstuhl auf einer Veranda ruht.

»Wissen Sie, Herr May, daß ich einmal mit meinem Mann in Waldheim war?«

Diese Stimme ist hinter ihm, die Stimme von Frau Münchmeyer klingt über seinem Kopf, da wird ihm bewußt, daß er sitzt, während die Frau steht, er drückt sich eilig hoch und wendet sich halb zu ihr. »Ich kenne nichts von Waldheim außer« – er will sagen: außer dem Zuchthaus, er fürchtet, es klänge erkältend in diesem Zimmer und zu dieser Stunde.

»Natürlich logierten Sie nicht im Gasthof.« Die Stimme Münchmeyers dröhnt halb unter May, ein Meckern folgt. May hat die Knie eingeknickt, da ruft Fräulein Ey: »Die Suppe, wollt ihr schon die Suppe?«

Er findet aus seiner halb stehenden, halb zur Seite gedrehten Haltung heraus und in den Sessel hinunter, er lächelt Münchmeyer an; als er sich dieses Lächelns bewußt wird, erschrickt er: Es gibt keinen Grund dafür. »Nach Waldheim bin ich zu Fuß«, dringt es von seiner Zunge, »von Mittweida.« An einen Gendarmen gekettet, ein zweiter ging hinterher, aber das erwähnt er nicht. »Und fort bin ich mit der Eisenbahn. Den Berg zum Bahnhof hinauf.« Von dort und vom Zug aus sah ich noch einmal das Zuchthaus – auch das bleibt ungesprochen.

»Also die Suppe!« Minna Ey ruft, Münchmeyer macht schnaufend eine Handbewegung: Was soll man tun gegen diese Diktatur!

Zwischen den Schwestern findet er Platz und plagt sich mit der Überlegung ab, wer von beiden seine Tischdame sei, wer er vorzulegen habe – hat er vorzulegen? Das Mädchen serviert Brühe mit Eierstich. »Nehmen Sie sich von den Croûtons«, bittet Frau Münchmeyer. »Ich weiß nicht, ob Sie sehr verwöhnt sind.« So konversiert sie jedesmal, wenn sie Rebhühnercroûtons serviert.

»Nein, gar nicht«, er errötet und beugt sich über den Teller, um es zu verbergen. Sein rechter Unterarm bleibt auf dem Tisch liegen, während er den Löffel zum Mund führt, das merkt er und richtet sich erschrocken auf, kommt ins Husten, beinahe ins Prusten, von einer Sekunde auf die andere beginnt er zu schwitzen.

»Joi, joi, joi«, begütigt Münchmeyer. »Bißchen heiß vielleicht?«

»Nehmen Sie sich Zeit, Herr May.« Pauline Münchmeyer legt den Löffel auf den Tellerrand. Vielleicht sollte man sich gar nicht mehr um diesen Stiesel kümmern, irgendwie wird er sich durchwursteln. Was tut man nicht alles für die Firma! Für den hätte eine Kaffee-Einladung genügt. Diese Krawatte, mein Gott! Ob Minna ihn noch immer rührend findet? Ach, Schwesterchen, du mit deinem Männergeschmack!

May beißt in ein Croûton wie Münchmeyer, kaut langsam wie Münchmeyer, nickt schmeckerisch. »Wunderbar zur Suppe!« Münchmeyer hat schon zu Ende gelöffelt, May holt auf. Tischunterhaltung bröckelt: Frau Münchmeyer fühle sich noch immer beengt: Was jetzt in Strießen für herrschaftliche Wohnungen gebaut würden, sechs Zimmer, eine ganze Etage! Münchmeyer, der nicht möchte, daß May glaubt, der Verlag werfe Unsummen ab, brummt, die Miete für diese Wohnung hier sei happig genug. Neue Möbel kämen ja gar nicht in Frage. Wer in der Krise Sprünge mache, fliege aufs Kreuz, man kenne Beispiele. Wo der Verlag im Wandel sei. Frau Münchmeyer schwärmt: Ein orientalischer Salon mit Löwenfell und arabischem Segel, wie heißt es doch gleich? May weiß es, hat aber den Mund voll, und ehe er gekaut und geschluckt hat, redet Minna von Papierpreisen, Druckerlöhnen – Münchmeyer wiederholt nicht sonderlich freundlich: Bleibt auf dem Teppich! Zum Hammelrücken nimmt May zuviel Soße und quetscht die Kartoffeln hinein zu einem mißfarbenen Brei. Beim Aufblicken sieht er, wie Fräulein Ey belustigt seinen Teller mustert, da meint er, seine Schultern zögen sich wie im Krampf zusammen; wenn es schlimmer werden sollte, wird er die Arme nicht mehr bewegen können, dann fallen ihm Messer und Gabel aus der Hand und klirren gegen den Tellerrand, Frau Münchmeyer wird davonstürzen. Um dieser Furcht zu begegnen, muß er sich aufrichten, er streckt sich, daß Münchmeyer fragt: »Haben Sie sich verschluckt?« May schüttelt den Kopf, nein, gar nicht.

Über Käsestangen quält er sich dem Ende der Mahlzeit zu, eine Viertelstunde später weiß er schon nicht mehr, was er gegessen hat. Da ärgern sich in der Küche die Schwestern, diesen verklemmten Kerl zum Essen geladen zu haben. Man ist kein Nachhilfeinstitut für Zukurzgekommene. Das nächste Mal setzt man Bratwurst und Bier vor. Das Dienstmädchen kreischt. Minna Ey: »Aber er hat mir leid getan!«

»Lad ihn noch mal ein und gib ihm Unterricht, wie man das Messer anfaßt.« Das sollte ein Spaß sein, aber Minna lacht nicht.

Drin im Herrenzimmer verbreitet sich der Verleger indessen über die Krise, in die manche Unternehmen gestürzt sind. Viel zuviel Geld war im Umlauf durch die fünf französischen Milliarden, zu hektisch sind manche Aktiengesellschaften an den Ausbau gegangen. Wer nichts verdient, kauft keine Zeitschrift; wenn sich die Zusammenbrüche häufen, wird sich das auch für das Haus Münchmeyer bemerkbar machen. Also behutsam einen Schritt nach dem anderen. »Mal zur Sache: Was hielten Sie davon, Redakteur des ›Beobachters‹ zu werden?«

»Ich muß mich ja ständig in Ernstthal melden.«

»Vielleicht schaffen Sie die Arbeit an einem Tag.« Natürlich müsse sich May einige Praktiken aneignen im Umbruch, im Korrigieren der Satzfahnen und so weiter, aber das sei erlernbar. Man könne es einrichten, daß May dem jetzigen Redakteur, der sich verändern wolle, über die Schulter schaue. Münchmeyer weiß, daß er auf solche Weise einen Hilfsredakteur gewinnt, der umsonst arbeitet. »Vielleicht, daß Sie sich bis zum März eingewöhnen?«

May ringt sich durch: »Und das Gehalt?«

»Wird sich nach Ihrem Können richten.« Münchmeyer bietet eine Zigarre an und nimmt sich vor, wenn sie aufgeraucht ist, zu verstehen zu geben, daß damit die Einladung ihr Ende habe. Kein Likör, er hat sich großzügig genug gezeigt. Mitleid mildert seine Stimmungslage: Mein Gott, vor fünf, sechs Jahren haben seine Frau und er auch noch nicht von Porzellan gegessen, ihr Einkommen ist explodiert. Pauline übertreibt, keine Frage. May muß sich in dieser Umgebung doppelt als der arme Schlucker vorkommen, der er ist. Immerhin, er erkennt seine Grenzen.

»Vielleicht, daß wir so verbleiben: Sie machen sich mit der Redaktionsarbeit vertraut. Die letzte Entscheidung vertagen wir?« Münchmeyer legt Jahrgangsmappen auf den Tisch, zeigt, hier und da wird man verändern müssen. Gerichtsberichte, Marktberichte, Anekdoten aus dem Heer. Natürlich immer wieder Erinnerungen von Teilnehmern des Einigungskrieges. Schulter an Schulter mit Bayern und Preußen. Das hier ist superb: Ein sächsischer Füsilier rettet vor Paris einem Preußen das Leben und verliert dabei sein eigenes. Vorher erkennen beide: Vier Jahre vorher haben sie bei Königgrätz gegeneinander gefochten. »Übrigens, ein Kriegerverein braucht für seine Zeitschrift ein Gedicht über unseren König. Seine Schlachten, na eben 'n Heldenepos.«

»Ich könnt's versuchen.«

»Ein Freund vom Stammtisch hat mich gefragt. Viel springt nicht dabei heraus, aber Kleinvieh – schaffen Sie's bis nächste Woche?«

Ja, verspricht May, ja. Er hat aufgeraucht; über Münchmeyer hängt das Bild mit dem verwundeten Krieger, aus der Zimmerecke heraus biegt sich ein Palmwedel halb davor. Schwere überkommt May vom Essen und nervlicher Anspannung. Münchmeyer müßte sich auflösen, eine Frau müßte eintreten, sanft, mit weißen Armen. Wieder Schritte auf dem Korridor, da schrickt er auf. »Ich darf mich verabschieden, Herr Münchmeyer. Ihrer Frau Gemahlin...«

»Sie hat sich ein wenig hingelegt.«

»Dann darf ich bitten...«

Münchmeyer steht schon, ehe May aus dem Sessel findet. Auf dem Korridor setzt May noch einmal zu Dankessätzen an, aber Münchmeyer unterbricht: »Am Dienstag, wie immer.«

Drei Tage lang quält sich May wegen seines mißlungenen Debüts, immer wieder fällt ihm ein, wie Minna Ey auf seinen

Teller gestarrt hat. In einem Geographiebuch schlägt er nach und übernimmt, daß die Inder seit 3102, die Chinesen seit 2449 und die Babylonier seit 2107 vor Christi Geburt astronomische Beobachtungen anstellten. Er schreibt: Wer verspürte keine Demut angesichts dieser Zahlen!

Zum erstenmal schaut er zu, wie Druckseiten umbrochen werden. Ein Metteur redet ihn mit du an, May kontert scharf: »Ich bin kein Lehrling!«

Der Metteur blickt erstaunt über die Brillengläser. »Lehrlinge brauchen keinen Einstand zu geben.« Die Setzer brüllen vor Lachen.

Am Abend reimt er:

> Horch, klingt das nicht wie ferner Schwerterklang?
> Die Marsch bebt unter dampfenden Schwadronen.
> Es jagt der Tod den weiten Plan entlang.
> Und erntet unter brüllenden Kanonen.
> Bei Düppel ist's, des Dänen trotzger Sinn
> will deutsches Recht in deutschen Landen beugen...

Erst das Reimpaar notieren: mit goldnem Stift – Schrift. Jahren – Scharen. Grauen – Vertrauen. Weiter im Rhythmus:

> Denn die Geschichte schreibt mit goldnem Stift
> Und mißt Triumphe nicht nach kurzen Jahren.
> Drum glänzt es fort in heller Flammenschrift:
> »Der Löwe Sachsens ist's mit seinen Scharen!«
> Durch Böhmens Wälder wälzt sich wild die Flut,
> Ein Einziger steht ohne Furcht und Grauen...

Die Niederlage bei Königgrätz sollte er nicht ausmalen, Albert focht auf der unterliegenden Seite. Doch den Rückzug, liest man allenthalben, soll er glänzend organisiert haben. Rasch zum Einigungskrieg: Scharen – Haaren – Paaren – waren – fahren. Er läßt sich einwiegen, die nächsten Strophen schwingen wie von selbst:

Wer sind die Helden, die mit Eisenarm
Die fränkischen Cohorten niederschlugen
Und in der Feinde dichtgedrängten Schwarm
Mit starker Faust die Fahnen Deutschlands trugen?

Dem Frager naht ein bärtiger Segeant,
Des Tages Spur in den zerzausten Haaren.
»Die Leute, Herr, sind uns gar wohl bekannt:
Der Löwe Sachsens ist's mit seinen Scharen!«

Abermals Schlachtgetümmel, Fanfaren, Sieg und deutsche Einheit, der Held kehrt in sein Land zurück, die Wogen der Siegesfreude schlagen über ihm zusammen. Friede nun: gezückt – gerückt – entzückt – beglückt. Erst einmal den Schluß:

Nehmt den Pokal, das volle Glas zur Hand,
Erhebt den Blick zum freien deutschen Aaren,
Und hell und jubelnd schall es durch das Land:
»Der Löwe Sachsens hoch mit seinen Scharen!«

May überliest, Verwunderung überkommt ihn, wie rasch ihm dieses Poem gelungen ist. Unter den Titel schreibt er: »Rückblick eines Veteranen«.

Drei Tage später liest Münchmeyer das Gedicht. Kein Lob, kein Tadel. »Die Leute werden's nehmen. Kommen Sie mit dem Umbruch zurecht?«

Ja, ja. Er fühlt Druck auf der Brust, der rührt nicht vom Rauchen, nicht vom krummen Sitzen in den Nächten her. Nur einer würde ihn jetzt verstehen: Kochta.

Münchmeyer schlägt eine Zeitschrift auf und mäkelt: Die paar Zeilen hier hätte May nicht umlaufen lassen sollen, so was kürzt man raus, hier meinetwegen: Weg mit dem Absatz, verstehen Sie? Also nächstes Mal!

Nachmittags umrundet er Häuserblocks in der Nähe seines Zimmers. Es ist diesiger Herbst, die Nebel der Elbe sind über die Ufer gedrungen und füllen die Stadt. An solch einem Tag, entsinnt er sich, an dem es nie richtig hell wird, hat sich in Waldheim ein Züchtling erhängt.

Eine Schankwirtschaft betritt er, kein Kunde ist darin, der Besitzer verbeugt sich. May läßt sich Kästchen zeigen, schnuppert. Etwas Besonderes suche er, nicht zu schwer, dennoch Format. »Eine Zigarre mit Charakter«, der Wirt wagt sich eine Preisstufe höher. May nennt Importfirmen aus Bremen, diese Namen standen auf den Ballen, die er in Waldheim aufdröselte.

»Ich bekomme nächste Woche eine exquisite Sorte.«

»Schicken Sie mir bitte davon ein Dutzend zur Probe. Heute nehme ich zwei Dutzend von diesen.«

»Sehr gern, der Herr. Wohin darf ich...«

May überreicht eine Visitenkarte. Der Wirt liest. »Verbindlichsten Dank, Herr Doktor!«

An diesem Abend arbeitet er weiter an der Geschichte des Förstersohns Brandt, die Feder gleitet. Fünf Seiten, eine Zigarre, eine Pause während der ersten Züge. »Eine gewaltige, hoffnungslose Liebe lag zusammengepreßt in der Tiefe ihres Herzens. Die gewaltige Expansivkraft derselben bedurfte nur eines Funkens, um die Explosion, die Eruption hervorzubringen, welche in dieser Schicksalsstunde sich Bahn brach.« Sechs Seiten, vielleicht mit einem Ruck bis Seite zehn. Er kennt das füllende Mittel der direkten Rede:

»Wozu?«

»Fragt der Mensch auch noch dieses!«

»Nun, was denn?«

»Der Hausers Eduard ist futsch!«

»Ah! Sapristi!«

»Und die Engelchen ist futscht!«

»Oh!«

»Ja, aber zu Hause ist er nicht gewesen!«

»Ja, ich weiß es!«

»Was, Sie wissen es?«

»Ja.«

»Und das sagen Sie so ruhig?«

»Wie soll ich es denn sagen?«
»Brüllen Sie es! Hinausschreien!«
»Wo denn hinaus?«
»Aus dem Forsthaus hinaus!«
»So! Auch noch!«
»Ja, ja!«

Er braucht jetzt nicht das Belebende, Aufpeitschende des Tabakrauchs, er muß die Hand nicht zwingen, leserlich zu bleiben. Keinen Blick wirft er auf das Geschaffene, weiter! Ein Kind stirbt an den Blattern, weil Mund und Nase verkrustet sind – hat er in blinder Kindheit so etwas gehört? Die Großmutter sprach darüber mit einer Nachbarin? Ein Kind ist erstickt, bei den Geschwistern schneidet der Arzt durch die Blattern hindurch. Milch soll den Kindern eingeflößt werden, Bouillon. Aber es gibt keine Milch und kein Geld, die Kinder werden sterben. »Mit einem wilden Aufflackern riß der unglückselige Vater die schmutzstarrenden Bündel... Ein Schluchzen erstickt der Mutter die Stimme: Wenn der Waldkönig nicht hilft...«

In der Erinnerung taucht das Gesicht des Händlers auf, er hört diese Stimme: Herr Doktor May. Protts Lachen: He, May, schreibst die Bibel ab? Verbindlichsten Dank, Herr Doktor. Mörtelgeruch, Kübelgeruch, Strohgeruch. Swallow, mein wackerer Mustang. Der Direktor: Viel Glück in der Freiheit, Herr Doktor! Schriftsteller und Redakteur Dr. phil. Karl May. Kochta: Demut, wir alle müssen demütig sein vor dem Herrn. Das Flämmchen zuckt vor der Zigarrenspitze, Rauch auf der Zunge, über tausend Nervenbahnen wird das Hirn wachgehalten. Die Mutter in der Mangelstube, der Vater am Stammtisch: Mein Sohn, Doktor ist er jetzt! Zuchthausmauern stürzen, Waldheim ist von der Landkarte gelöscht. Aus staubüberhangener Einöde der Hilferuf des Direktors: Bitte, Herr Doktor May! Ein Diener: Gnädige Frau, darf ich Ihnen Herrn Doktor May melden! Eine Dame schreitet auf schwellendem Teppich. Ich habe unendlich viel von Ihnen gehört!

In dieser Nacht schafft er zwölf Seiten.

3. Kapitel

Emma, Minna

1

»Mußt nich immer schreiben und schreiben, Karle, davon drehste noch durch. Willste nich zu Minchen rüber?«
»So wenig Zeit, Mutter.«
»Hab Schweinefleisch bestellt für Sonnabend. Wenigstens möchtest's holen.«

In einer halben Stunde könnte er zurück sein. »Kriegst es billiger?«

Die Mutter klagt: Ein paar Pfennige nur, der Schwiegersohn läßt keinen Unterschied zu, ob Fremde oder Verwandte bei ihm kaufen. Wenigstens nimmt es Minchen mit dem Wiegen nicht genau und legt Knochen und Schwarten zu.

Unterwegs bosselt er an einer Dorfgeschichte, heiter soll sie sein – als ob er so was aus dem Ärmel schütteln könnte! Er kann sich nicht an den Tisch setzen und beschließen: Jetzt schreibe ich eine lustige Geschichte! Sich vornehmen: Aus einem düsteren Winkel brechen Maskierte und stürzen sich über den eben Befreiten – das gelingt zu jeder Stunde.

Wilhelmine Schöne, die zwei Jahre jüngere Schwester, ist nicht in der Küche, dort wischt die Magd auf. Aus der Stube dringen Mädchenstimmen, Frauenstimmen.

»Möchte nur etwas holen.«
»Der Herr Redakteur!« Wilhelmine lärmt durch die Tür. »Ach was, meine Freundinnen wollen dich endlich kennenlernen.« Sie zieht ihm den Mantel von den Schultern. »Oh, elegant biste! Der Glanz der Residenz!«

Die Stube ist fern jeder Vorstellung, die er von einem vornehmen Zimmer hegt; an Palmenwedel, Samtvorhänge und Goldrahmen ist nicht zu denken. Dennoch hofft er für einen

Augenblick, die Frauen darin wären wie in seiner Phantasie: üppig, mit nackten, vollen Armen, zu ihm emporlächelnd, dem Schriftsteller und Redakteur. Vier junge Frauen blicken von ihren Stickereien auf, er drückt Hände, hört Namen. Wilhelmine gießt ihm Tee ein. Er bittet reihum, rauchen zu dürfen, ein Messerchen zieht er hervor. Eine Frau fragt, wie denn das Wetter in Dresden letzte Woche gewesen sei, man höre, im Elbtal sei es besonders mild. Er redet von den Reben nach Meißen hinunter, aber er mache sich wenig aus Wein, er müsse seine Sinne wach halten, da wirke Tee besser. Und eine gute Zigarre.

Ach, Dresden! wird gestöhnt, wie Herr May zu beneiden sei! Die Königsfamilie, Offiziere, Jagden; selbst wenn man die gewöhnlichsten Arbeiten dort verrichten müßte, wie anders wäre das als das stupide Leben in Ernstthal! Ob Herr May oft reise?

Reisen, o ja. Manchmal werde es ihm fast zuviel. Wegen seiner Zeitschrift »Schacht und Hütte« habe er im Ruhrgebiet mit Firmen verhandelt, bei Krupp sei er gewesen, in Berlin bei Siemens. Berlin zeige einen verblüffend großzügigeren Anstrich als Dresden, neuerdings erscheine ihm Dresden muffig gegenüber der Reichshauptstadt und den Metropolen am Rhein. Wäre seine Schwester nicht im Zimmer, die weiß, daß er nur tageweise von Ernstthal fern sein darf, würde er seine Phantastereien bis Paris ausdehnen. Da sagt ein Mädchen: »Ich habe Ihre Artikel gelesen.«

Er wendet den Kopf, das Mädchen schlägt die Augen nieder. Die Schwester hilft: »Emma wohnt bei ihrem Großvater – du kennst doch Barbier Pollmer?«

Natürlich: Ein alter, dürrer Kerl, zieht er nicht auch Zähne? »Und welche Artikel bitte?«

»Über Felder und Städte.«

Er versichert, mit welcher Hingabe er an seinen »Geographischen Predigten« arbeite. Aber Emma Pollmer ist zu keinem Wort mehr zu bewegen, kaum, daß sie noch einmal den Blick hebt. So viel nimmt er immerhin wahr: Die Augen sind braun, die Wimpern lang, die Brauen dicht, das dunkle Haar steigt lockig zu seiten des Scheitels auf und fällt in Wellen auf die Schultern. Ist der Mund so, wie in Romanen zu lesen ist: lockend, sinnenfroh? Er möchte die Lippen noch einmal sich öffnen sehen, aber das Mädchen nickt nur noch oder schüttelt den Kopf. Die Schultern: rundlich, kräftig, die Arme: Er kann sie nur ahnen unter der Strickjacke. Dürfte er schreiben, die Lippen seien schwellend? Noch ein schnell aufschießendes Wort: Pfirsichhaut.

Im Barbierladen lägen Zeitschriften aus, ergänzt Wilhelmine. Emma habe sie mit in ihr Zimmer genommen, sei es nicht so?

»Die Gedanken zu diesen Artikeln sind mir auf meinen Reisen gekommen. Wenn man vom Coupé aus Städte und Dörfer vorüberfliegen sieht...« Er gibt sich erschrocken: Mein Gott, er verplaudere sich, zu Hause warte ein Stapel nackten Papiers! Nun ja, man sage, Papier sei geduldig, doch am Dienstag müsse eine frische Zeitschrift auf den Markt!

»Aber deine Zigarre wirst du doch aufrauchen.«

Jetzt findet sein Blick noch einmal die Augen von Emma Pollmer, zwei Lächeln bilden sich. »Ich bekomme unzählige Briefe von Lesern«, redet er. »Gerade mit meinen Predigten habe ich den Ärmsten Zuversicht gespendet.« Emma flüstert: »Ich habe mich gewundert, wieviel Sie wissen.« Er beugt sich vor, um ihren Blick nicht zu verlieren, redet: »Oh, das bringt mein Beruf mit sich!« Jetzt möchte er empfinden, was er einen jungen Dichter in einer Geschichte hat fühlen lassen. Zu Füßen einer reifen Frau saß er. Fräulein Pollmer ist blutjung und blickt ehrfürchtig zu ihm auf, das ist noch nie geschehen. Eine Gans in Böhmen hat ihn ausgelacht. Minna Ey weiß zu genau, wie der Chef manche Seiten zusammengestrichen und durch Einschübe ergänzt hat, sie hat zweimal dringlich erbetenen Vorschuß verweigert. In dieses Mädchenantlitz hier hinein kann er erfinden: »Ich bin allein verantwortlich für jede Zeile meiner Zeitschrift.« Gerade am Umbruchstag gehe es in der Druckerei zu wie in einem Bienenstock: Herr Doktor May, das Titelblatt! Herr Doktor, welche Überschrift, welcher Schriftgrad! Er drückt die Zigarre aus; er will nicht den Eindruck erwecken, unermeßlich Zeit zu einem Kränzchenschwatz zu haben. Immer in Eile, seine Artikel im Kopf, die sie ihm in ganz Deutschland aus den Händen reißen. An der Haustür fragt er: »Wie alt ist Fräulein Pollmer?«

»Zwanzig. Gefällt sie dir?«

»Was soll man sagen nach wenigen Minuten.«

»Hübsch ist sie! Wird Zeit, Bruder, daß du in den Ehehafen steuerst mit deinen vierunddreißig. Soll ich sie für nächsten Sonntag wieder einladen? Kommst du?«

»Versprechen kann ich's nicht.«

Auf dem Heimweg, auf der Fahrt nach Dresden bauscht sich die Erinnerung. Jetzt, so suggeriert er sich, ist er kein Anfänger mehr, der sich sehnt, zu Füßen einer schönen Frau zu sitzen und ihr glühende Gedichte vorzulesen, bis sie ihn an ihren Busen zieht. Nachts spielt er diese Vorstellung durch; Phantasie kann beglückender als Wirklichkeit sein, weil sie auf Befehl abrufbar ist und der Partner allen Wünschen gehorcht. Wenn er möchte, daß eine Frau sich hinter einen Samtvorhang zurückziehe, so tut sie es, er hört Seide rascheln, in einem durchsichtigen Hemd tritt sie wieder hervor. Sie knöpft ihm die Weste auf und sagt: »Wir wollen eins sein, du und ich und deine Gedichte.« Sie löscht das Licht bis auf eine Kerze. Diese Vorstellung ist schal geworden durch unzählige Wiederholungen. Wenn er Fräulein Pollmer wiedersieht, kann er vielleicht eine neue Szene entwickeln. Er trifft sie im Haus seiner Schwester, hört ihre Stimme, meistert die Konversation des berühmten Dichters mit einer Verehrerin. Ihr Lächeln, ihre Grübchen, das Heben der Wimpern nimmt er mit in seine Nächte. Dort läßt er sie sprechen: »Ich kenne jede Ihrer Zeilen, Herr Doktor, ich schneide jede Geschichte aus und klebe sie in ein Album. Ich verehre Sie wie keinen Dichter sonst auf der Welt.« Er zieht sie vom Stuhl, mit einem Schrei wirft sie sich ihm in die Arme. Er kennt Zeichnungen von Goethes Arbeitszimmer: Stehpult, Schreibtisch und Tintenfaß, Folianten. An diesem Pult steht May, Emma Pollmer tritt barfüßig neben ihn. Sie trägt ein fließendes Gewand wie Statuen auf Friedhöfen, flüstert: »Ich will zuschauen, wie Sie schreiben.«

In Dresden findet er ein Manuskript aus dunklen Waldheimer Tagen, der Vater hat es damals an Münchmeyer geschickt, es gilbte in einer Mappe. »Swallow, mein wackerer Mustang, spitzte die kleinen Ohren.« Ein packender Satz, irgendwann wird er ihn verwenden. Er forscht in Journalen: Aus dem Sudan liegen Depeschen über Kämpfe am oberen Nil vor, Brände lodern im Staat Darfur, der Forscher Nachtigal ist vom Tschad über Al Faschir nach Chartum vorgestoßen. May leiht aus einer Bibliothek neueste Karten Afrikas. Vom Tschad nach Chartum, Wüsten, Gebirge, Felsenschluchten. Weiße Flecken. Das Kartenblatt gewinnt Leben unter seinem Blick. Die Phantasterei von damals spinnt er aus zu einer Geschichte für die Zeitschrift »Feierstunde«, die dem Geschehen in Afrika und dem Orient gewidmet ist. Eine Karawane, beladen mit Elfenbein, fällt in die Hände eines Räuberstammes, ein junger Deutscher hockt in einer Felsnische, vor der die Wüstenreiter ihr Feuer aus Dornbuschzweigen und Kamelmist entfachen. Rauch dringt in seine Augen, aber tapfer hält er durch. Die Räuber schmieden tückische Pläne, der Deutsche, vieler arabischer Dialekte mächtig, versteht jedes Wort. Ein frischer Fladen wird aufgelegt, Rauch zwingt zum Husten, eine Minute später liegt der Deutsche gefesselt vor dem Räuberhauptmann. Ein Dolch kitzelt seine Kehle. Fortsetzung im nächsten Heft.

In einer Buchhandlung findet er die Reiseberichte des Hamburgers Heinrich Barth, die halbe Nacht hindurch liest er. Von Tripolis nach Ägypten durchquerte Barth die mörderische Wüste, bei einem Überfall verlor er um ein Haar sein Leben, er war ein vorzüglicher Kenner des Arabischen und errang einen Ruf in Gelehrtenkreisen verschiedenster Disziplinen. Die Briten gewannen ihn für ihre »English Mixed

Scientific and Commercial Expedition«, die im Sudan vorfühlen und Handelsbeziehungen zu Arabern, Mischvölkern und Afrikanern knüpfen sollte. May legt Zettel zwischen Seiten: Hier eine Schilderung des Tschad, der seine Ufer in jedem Monat verschiebt und dessen Form unmöglich festzuhalten ist. Hier die Beschreibung einer Parklandschaft mit ihrer Flora und ihrem Wildreichtum. Der Tod ereilt Barths Gefährten, Barth dringt nach Süden vor. Sieben Monate lang lebt er in Timbuktu, jede Minute in Gefahr, sein Leben zu verlieren. Wieder ein Zettel: Timbuktu. May stellt sich vor, er verfüge über eine Kartei, die ihm den Weg zu einer Fülle von Artikeln weist, die in seinem Haus in Mappen abgelegt sind, zu Büchern, die die Wände füllen. Doktor Karl May ordnet an: Bring bitte alles über Timbuktu. Seine Helferin rückt eine Leiter an ein Regal, ihr Haar ist dunkel, wellig, ihre Wangen schimmern wie Samt.

Am Donnerstag fährt er nach Ernstthal zurück, das Buch des Heinrich Barth nimmt er mit. Seine Geschichte des jungen Deutschen, der in die Hände arabischer Räuber fällt, schmückt er mit geographischen, floristischen und völkerkundlichen Details, penibel übernimmt er die Schilderung des Zaumzeugs und Sattels eines arabischen Anführers. Der junge Deutsche sinniert über die göttliche Aufgabe menschlichen Lebens: So sprach Kochta an dunklen Abenden in Waldheim. Nicht aus Hamburg wie Barth stammt Mays Reisender, sondern aus Sachsen. Auf den Feldern um Ernstthal schlug der Weber May die Schlachten der Sachsen gegen die Preußen nach, er war der sächsische König, sein Sohn Karl seine unglückliche Armee. Immer stand Sachsen auf der Verliererseite, bei Leipzig, bei Königgrätz. May korrigiert: Sein Reisender fällt, als er in Kairo einem Landsmann begegnet, in den melodischen Tonfall seiner Heimat. Er stammt aus Öderan. Nie, schwört sich May, wird er einer seiner Figuren als Heimatstädte Mittweida oder Waldheim geben.

Am Freitagnachmittag schickt seine Schwester ihr Töchterchen mit einem Zettel: »Karl, kommst du morgen abend auf ein Stündchen? Weißt schon warum.« In der einen Hand hält er den Zettel, die andere reibt über den Stoff der Hose. Emma Pollmer. Nachts hat er versucht, sich ihre Grübchen vorzustellen, es ist ihm nur für Sekunden gelungen. Dunkle Augen, die haben die Frauen in seinen Phantasien meist. Dieses Lächeln. Während er ißt, stellt er sich vor, Emma Pollmer fahre in seiner Bibliothek mit einem Staubwedel über Folianten, ihre Arme seien bloß bis zur Schulter hinauf.

Sie sitzt, als er am Abend darauf das Zimmer seiner Schwester betritt, über ihre Stickerei gebeugt. Er hat sich Passagen zurechtgelegt: Die Arbeit an einer Erzählung, die im dunkelsten Afrika spielt. »Ich bin ja leider über Kairo nicht hinausgekommen.« Die Schwester entsinnt sich: Über die Spanne zwischen den Strafen in Zwickau und Waldheim hat er die verworrensten Geschichten aufgetischt: Bis Marseille sei er gewandert und mit dem Schiff nach Nordafrika übergesetzt, durch ungezählte Städte gelangte er nach Konstantinopel und über den Balkan zurück. Einmal hat er geflunkert, er habe die nordamerikanischen Prärien durchstreift. »Ich wäre um ein Haar den Nil hinaufgefahren – irgendwann tue ich's.« Emma legt ihre Handarbeit in den Schoß und blickt ihn an. »Im ›Deutschen Familienblatt‹ habe ich eine Erzählung von Ihnen gefunden.«

»Über den Alten Dessauer?«

»Eine Indianergeschichte.«

»Ah, Innuwoh.« Es fällt ihm schwer, nicht wenigstens eine Andeutung zu machen, er habe, wenn auch nur einige Wochen lang, die Prärien westlich des Mississippi durchritten. Dabei hat er soviel über Amerika gelesen und tut es ständig, er kann sich so lebendig vorstellen, wie ein Buschbrand heranjagt, wie die Silhouette eines indianischen Reiters vor dem blutigen Horizont steht. Die Schwester könnte jeden Augenblick fragen: Karle, wieso schreibste über deine Geschichte: Aus der Mappe eines Vielgereisten? In dieser Erzählung tritt ein Ich auf; das Traum-Ich aus den Nächten von Waldheim wagt sich aufs Papier und berichtet über die Fahrt von New

Orleans nach St. Louis. So völlig eigenes Fleisch ist es noch nicht, manchmal lacht es herüber, manchmal schreitet es mit Schritten, die eigene Schritte sein könnten; das Ich blickt in den Fluß, May sieht den Fluß, das Ich ist mutig, May gewinnt mühsam Mut zurück.

»Karle, wie lebste denn in Dresden? Ich meine: Wer kümmert sich um dich, wann ißt du, was...«

»Ein Mädchen aus der Druckerei macht mein Zimmer sauber.«

»Also ein Junggesellendasein.« Die Schwester läßt eine Pause folgen, in der Augen huschen, ehe sie fortsetzt: »Ich sag's immer, Karl: Bist alt genug zum Heiraten. Und verdienst genug.« Er widerspricht nicht.

Wilhelmine Schöne bringt einen Teller mit Bratwurst und Brot, Emma begnügt sich mit einigen Bissen. Frau Schöne fragt kauend: »Karl, sollen wir mal die Großmutter fragen, ob du nächstes Jahr heiratest?« Die Großmutter ist seit Jahren tot, ihr Geist soll beschworen werden; sofort sind zwei der Frauen dabei. Die dritte bläht sich: Man müsse es *ernst* meinen, wenn man Verstorbene herbeizitiere, es dürfe nicht in Jux ausarten. May fragt: »Ist euch schon mal so was gelungen?«

O ja! Jetzt überstürzen sich die Frauen mit ihren Berichten. Mit Tischrücken hätten sie verblüffendste Erfolge gehabt, Gardinen hätten geweht, Kerzen seien erloschen, der Tisch habe geschwankt. Einmal hätten alle Schritte durch den Raum gehört. Die Frau, die sich gegen Unfug mit den Toten verwahrt hat, gibt zu bedenken, daß man die Toten immer nur nach dem befragen solle, was sie als Lebende zu beantworten imstande gewesen seien. Ob Karl im kommenden Jahr heiraten werde: Hätte denn seine Großmutter das zu Lebzeiten prophezeien können? Aber Geister, argumentiert Wilhelmine Schöne, seien nun eben Geister und besäßen überirdische Fähigkeiten, es sei ja nicht so, daß sie wie die Lebenden seien, bloß tot. Daran entzündet sich neue Meinungsverschiedenheit, darüber verfliegt eine Viertelstunde und noch eine. Sie müsse schleunigst gehen, sagt Emma, der Großvater werde sonst unruhig. May schaut an die Uhr und gibt sich erschrocken. »Habt ja so ziemlich denselben Weg«, wirft Wilhelmine ein.

Auf diesem Weg weiß er nicht, wovon er reden soll. Ein Wiedersehen möchte er vorschlagen, den Arm des Mädchens nehmen. Einmal fragt er: »Haben Sie ›Wanda, das Polenkind‹ gelesen?« Sie verneint, er erinnert sich an seinen Satz: »Der Lauscher unter der Treppe hörte jedes Wort, er hörte jetzt auch das leise, galvanische Geknister der Küsse.« Er wird Emma Pollmer an diesem Abend nicht küssen. Wird er, wann? Endlich ein Einfall: »Wenn Sie wieder einmal etwas von mir lesen, vielleicht schreiben Sie mir darüber?«

»Aber ich...«

Da stehen sie vor ihrem Haus, ein Händedruck, keine Zeit bleibt ihm mehr für den nächsten Satz. Im Weitergehen fürchtet er, sie könne hinter der Tür über ihn lachen. Nie haben in seinen Träumen Frauen über ihn gelacht.

Am nächsten Vormittag, er sitzt in der Stube im Oberstock, hört er Stimmen im Flur: die Mutter, ein Mann. Schritte die Stiege herauf, Mutter steckt den Kopf herein. »Barbier Pollmer – haste Zeit für ihn?«

Natürlich hat er keine Zeit, natürlich nimmt er sie sich. Bis zur Treppe geht er und spricht hinunter: »Darf ich heraufbitten?«

Was will Pollmer?

Pollmer redet auf der Treppe und während er May die Hand schüttelt und ins Zimmer tritt und sich umschaut. Dichterschmiede, redet er, und stören wolle er nicht, aber von seiner Enkelin habe er gehört, daß sie Herrn May kennengelernt habe, und nun möchte er die Gelegenheit nutzen, eine wertvolle Bekanntschaft zu machen. Pollmer reibt sich die Hände, als friere er, das ist Gewohnheit eines Mannes, der auf die Geschmeidigkeit seiner Hände achten muß. Woran arbeite Herr May gerade, wieder an Predigten über Himmel und Erde?

May bietet eine Zigarre an, die nimmt Pollmer und steckt sie gewohnheitsmäßig in die Jackett-Tasche und zieht sie, über seine Zerstreutheit den Kopf schüttelnd, wieder heraus. Er sei ja nicht im Geschäft, Emma vertröste etwaige Kunden für die nächste halbe Stunde. Emma, seiner verstorbenen Tochter wie aus dem Gesicht geschnitten. Ach ja, und was gibt's Neues in Dresden?

May antwortet vorsichtig. Solche Augen mag er nicht, die alles auf einmal zu erfassen suchen. Er mag pauschale Fragen nicht, im Dutzend gestellt. Barbiergeschwätz. Pollmers Kopfknochen liegen unter papierdünner Haut, eine blaue Ader schlängelt sich die Schläfe hinab. Immerfort sind seine Lippen in Bewegung; wenn er schweigt, scheint die Zunge eine Kugel im Mund zu rollen. Pollmer macht sich ein Bild von May: Stubenhockerfarbe, modischer Zwicker, Ring mit schwerem, schwarzem Stein. Pollmer hat sich geübt in langen Barbierjahren, Menschen abzuschätzen, er weiß genug über May, als daß er nach dem ersten Eindruck urteilen müßte. Emmas Augen haben wie bei einem verschreckten Huhn geglitzert, als sie am Vorabend von diesem Schreiberling erzählte, da gilt es achtzugeben. Auf den Zahn fühlen, vorbauen will Pollmer, das tut er mit Fragen nach schriftstellerischen Plänen. Mays Finger trommeln, als er die Zeitschriften charakterisiert, die er leitet. Ehe er in den Verlag eintrat, erschien der »Beobachter an der Elbe«, ein Blatt ohne Linie, dem die Abonnenten davonliefen. Daneben veröffentlichte Münchmeyer das »Schwarze Buch« mit Verbrecher- und den »Venustempel« voller Liebesgeschichten. Mit einer Handbewegung, als wische er Unrat vom Tisch, begleitet May den Satz, daß er mit alldem aufgeräumt habe. Auf seine Anregung hin und unter seiner ausschließlichen Leitung erschiene nun das »Deutsche Familienblatt« mit Indianergeschichten, die »Feierstunde«, die dem Orient gewidmet sei, sowie »Schacht und Hütte« zur Erbauung schwer arbeitender Menschen vor allem in den Bergwerken. »Ich habe Methode hineingebracht, Schwung.« Wieder trommeln die Finger. Er möchte das Gespräch auf Emma bringen und weiß nicht, wie.

Pollmer nickt mümmelnden Mundes. Vierzehn Jahre älter ist May als Emma, das wäre noch kein bedenklicher Abstand fürs Heiraten. Oh, Pollmer hat sich umgeschaut unter den jungen Männern der Stadt und der Umgebung: Fabrikantensöhne, Beamte, die Erben von Mühlen, Fuhrgeschäften und einer Brauerei hat er Revue passieren lassen; im Laden oder am Stammtisch hat er dieses oder jenes Wort mit einem Vater gewechselt, vormarschbereit und immer den Rückweg offen. Bei diesen Männern kann er Besitz und Vermögen abschätzen, er weiß, welches Geschäft floriert, und ahnt den Zuwachs in den nächsten Jahren. May kommt aus einer zwielichtigen Welt, in ihr scheint alles möglich: steiler Aufstieg zu Ruhm und Reichtum, nahebei jäher Absturz. So etwas gab es bislang in Ernstthal und Hohenstein nicht. Und er war im Zuchthaus. Pollmer möchte fragen: Was verdient man an einem Artikel? Er weiß, was ein Kalb kostet oder ein Haus oder ein Acker nicht zu steinigen Feldes. Er versucht sich vorzustellen, wie eine Frau im Haus eines Schriftstellers leben könnte. Schwankender, trügerischer Boden. Der Briefträger bringt einen Packen Geld, der Briefträger trägt ein verpfuschtes Manuskript zurück. Pollmer schiebt die Lippen vor wie ein Pferd, das ein Zuckerstück aufnehmen will. »Da möchte ich nicht länger stören.«

»Sie haben nicht gestört.«

»Gute Arbeit noch, Herr May. Muß weitermachen.«

Emma erwartet ihren Großvater an der Ladentür. Aber er fragt nur, wer inzwischen dagewesen sei; soso, die werden wiederkommen oder auch nicht. Und Emma möge sich ans Mittagessen machen.

»Hast Herrn May angetroffen?«

»Jaja. Und nun sieh zu, daß du was auf den Tisch kriegst!«

Auf diesen Ton wagt Emma keinen Widerspruch. Während sie Möhren und Kartoffeln schnipselt, steigen ihr Tränen auf. Sie wischt die Augen klar. Aufschnüffelnd beschließt sie: Schreiben wird sie an Herrn May, kann der Großvater sagen, was er will. Heimlich schreiben wird sie, notfalls, wenn sie Minchen Schöne besucht. In der Küche, vom Großvater durch Mauern getrennt, drängt sie die Angst vor ihm beiseite;

sie kennt seinen Jähzorn, mit seinen harten Knöcheln hat er sie erst gestern auf den Oberarm geschlagen, daß die Haut grün und blau unterlaufen ist. Ein Gedankensatz nach dem anderen wird selbstsicherer, eigennütziger. Fritze Kalkmann zieht sie in ihre Überlegungen hinein und triumphiert dabei über den Großvater: Wenn du wüßtest! Fritze Kalkmann, der Glasergesell, seine Lippen, sein Schnurrbart. Was May hat, hat Kalkmann gewiß nicht. Was Kalkmann hat, hat das May?

2

Ein Name: Old Firehand, die alte Feuerhand. Er entsinnt sich einer Figur im »Wildtöter«, des Jägers Hurry March, und nimmt einen Band vom Regal. Er möchte sich einfühlen, diese Methode ist bewährt: Atmosphäre aufnehmen und mit ihr der eigenen Phantasie Raum geben. Er liest: »Auf diese Aufforderung kam der Jäger zu seinem Begleiter heran, und beide machten sich mit gutem Bedacht und nach allen Regeln ans Werk, als Männer, welche an diese Art von Treiben und Geschäft gewöhnt waren. Zuerst entfernte Hurry einige Stücke Rinde, welche vor der großen Öffnung an dem Baum lagen und von welchen der andere behauptete, sie seien so gelegt, daß sie eher die Aufmerksamkeit...« Old Firehand steht schwer und massig vor einer Waldkulisse, vor ihm liegt ein breiter Wasserspiegel, Old Firehand stützt sich auf seine Büchse, wenn er nachdenkt – nein, das nun doch nicht. May pfercht den Band zwischen die übrigen Bände – er braucht Raum, muß aus diesem Zimmer fort, ein Haus ersehnt er, an der Tür ein Messingschild: Dr. Karl May. Emma öffnet: Mein Mann ist für niemanden zu sprechen.

Old Firehand reitet, das Pferd ist von Indianern einem Spanier gestohlen worden, Old Firehand hat seine Schwierigkeiten mit ihm. Wie sind Pferde in Mexiko aufgezäumt und gesattelt? Kein Buch darüber steht in seiner Bibliothek, er wird Lauferei haben. Ein Atlas, ja: White Oaks, die einsame Siedlung nördlich von Fort Stanton, ein namenloses Flüßchen zieht sich ostwärts zum Pecos River hinunter. May tauft es: Wichata River. Buchen ragen an seinem Ufer, das Gras ist niedrig nach einem Brand, Sonnenglast brütet über allem.

Er nimmt den Zwicker ab und legt ihn vor sich aufs Papier, drei Buchstaben werden groß und verzerrt unter einem Glas sichtbar. Vier Seiten noch, und morgen nacht fünfzehn, und nächste Woche werden sie gedruckt. Old Firehand im »Deutschen Familienblatt«. Vielleicht schreibt er danach eine Fortsetzung zum »Stücklein vom Alten Dessauer«. Als Kind hat er Puppenspieler gesehen, die aus bunter Kiste in Windeseile zum Leben erweckten, was sie brauchten: Krokodil, Gendarm, König. Er hat sich selbst Puppen geschaffen, die auf Abruf in seinem Hirn warten; Old Firehand gehört dazu. Ein Arsenal, in ihm aufgereiht Deutsche und Engländer, Indianer, Perser, Wüstensöhne, Forscher, ich lasse meine Puppen agieren und stelle sie zurück bis nächstes Jahr. Ein Stück habe ich mit ihnen aufgeführt und verquicke es mit einem anderen zu einem dritten. Ich schaffe das andere Ich, das Traum-Ich von Waldheim, lasse es reiten, schießen. Waffen gebe ich ihm, welche? Ein Deutscher reitet im Westen, das Ich reitet im Westen, ich reite, um Steine und Pflanzen kennenzulernen. Meine Waffen sind vorzüglich, man hält mich für ein Greenhorn, aber ich schieße mit meinem schweren Gewehr nach einem weißen Stein, den das Auge kaum wahrnimmt, er zerspringt in tausend Stücke. Old Firehand schenke ich eine Tochter, ihr begegne ich in der Wüste, sie heißt Ellen. Aus Waldheims Nächten: Swallow, mein wackerer Mustang.

In der Schublade liegen Briefe aus Ernstthal. »Großvater schläft, bei einer Kerze schreibe ich heimlich. Jetzt werden wohl auch Sie über Papier sitzen. Oh, welch herrlichen Beruf haben Sie sich erwählen dürfen!« In einem anderen Brief: »Ein Tag ist hier wie der andere. Gestern war ich bei Mine, wir haben viel über Sie gesprochen. Wenigstens einen Tag lang möchte ich in Dresden sein.« In einem dritten: »Ich war ja so glücklich, als mir Mine Ihren Brief gab. Diese wundervollen Formulierungen.«

Umbruchtag: Er beugt sich über Kästen mit Lettern, inzwischen hat er gelernt, bleierne Spiegelschrift zu lesen. Manche Nummer übergibt er dem Drucker, ohne daß Münchmeyer ein Wort dazu gesagt hätte. Der Verleger sitzt bisweilen schon von Mittag an in Rengers Gasthaus und liest Zeitung. Kleinkrieg gegen die Türken in Bosniens schwarzen Bergen. Fünfzehn Jahre lang wird am Suezkanal geschachtet seit dem ersten Spatenstich des Ferdinand von Lesseps, jetzt wirft der Khedive Ismail seine Kanalaktien auf den Markt. Bismarck erklärt, eher werde er einen Präventivschlag gegen Frankreich führen, als sich von einem Angriff überrumpeln zu lassen. Neben Münchmeyer haut ein Glatzkopf auf den Tisch: Nochmals nach Paris und diese verhurte Stadt an allen Ecken anbrennen! Und zwischen Frankreich und Deutschland einen zehn Meilen breiten Grenzwald wuchern lassen mit Wölfen und Bären darin, wie das weiland Turnvater Jahn vorgeschlagen hat. Münchmeyer erregt sich nicht, sein Verlag rentiert sich trotz des kurzatmigen Auf und Ab der Börsenkurse. Sollte er für den Fall, daß es Krieg gibt, Papiervorräte einlagern? Wenn ihn jemand nach Einzelheiten fragt, winkt er ab: Das erledigt May. Den hat er nun endlich ganz für sich, die Polizeiaufsicht ist aufgehoben.

Münchmeyers ziehen um, eine größere Wohnung ist gefunden mit Parkettfußböden und einem Erker, in den Pauline eine Palme postiert. Nachmittags setzen sich die Schwestern an den Küchentisch, trinken Kaffee aus Henkeltöpfen und tunken Pflaumenkuchen ein. Breit haben sie die Unterarme aufgelegt, ungehemmt sächselnd hecheln sie ihre Umgebung durch. Regelmäßig haken sie sich bei May fest. Merkwürdig, daß er keine Freundin hat. Irrsinnig, wie er schuftet. Wer den zum Mann kriegt, muß ihn sich hinbiegen, aber dann hat sie's wunderbar. Gerade Männer wie er sind am leichtesten am Bändel zu halten. Mit Münchmeyer ist es schwerer, aber auch den kriegt Pauline immer wieder unter. Wie? Sie verrät Rezepte, anzuwenden auf dem Kopfkissen. »Kommst auch noch dahinter, Schwesterchen!« Minna Eys

Nase glänzt vor Aufregung und Scham. »Minna, wir schleppen May mit auf einen Ball!«

Später lesen sie Bohnen aus, dabei singen sie:

»Wohl blinket so silbern der Mondenschein,
doch düster und eng ist mein Kämmerlein,
für mich wächst nichts auf dem grünen Feld,
dem meine Hände den Acker bestellt!
Ach freilich konnt' es nicht anders sein,
so seufzet das arme Mütterlein.«

Der Ballbesuch wird arrangiert von Pauline Münchmeyer über ihren Mann, May sträubt sich, der Chef drängt: Gehört auch zum Leben, May! Gutbürgerlich gehe es zu in der »Liedertafel«, ein Speiseball sei es, Weinzwang, nun ja. Smoking, ach wo. Minna fragt über den Setzkasten hinweg: Und was meinen Sie, was ich anziehen soll – das Kleid, das ich anhatte, als Sie bei Münchmeyers waren? Er bewahrt nicht die geringste Erinnerung, was Minna damals trug. Eine Quadrille soll getanzt werden – haben Sie eine Ahnung? Er kennt nicht mehr, als auf Dorfsälen üblich ist, Walzer, Rheinländer, Polka, und auch das mehr vom Zusehen. »Ich habe sehr strenge Termine.« Minna Ey erinnert sich, welche Ratschläge ihr die Schwester gegeben hat, und neigt sich vor, die Bluse liegt nicht mehr am Hals an. May senkt den Blick aufs Blei.

Am Abend schreibt er nach Ernstthal: »Es gibt so viele Bücher, die ihre Spannung dadurch gewinnen, daß sie niedrigste menschliche Schwächen ausbreiten, die schamlos den Ehebruch abhandeln und den Menschen zum Tier erniedrigen. Ich will anderes! Auch die Ritterlichkeit, das Edle können so geformt werden, daß sie den Leser im Banne halten und ihn hinaufbefördern auf die Höhe derselben. Ich bin sicher, daß Sie diese Ansicht aufs innigste teilen.«

Münchmeyer und seine Frau kreisen ihn ein, er muß mit zum Ball der »Liedertafel«. Am Tag vorher leiht er sich schwarzen Anzug und weißes Hemd mit hohem Kragen. Die Verleiherin schmeichelt: »Steht Ihnen, Herr Doktor, sitzt wie angegossen!« Er stellt sich vor, er träte in einem Vortragssaal vor eine vielköpfige Menge seiner Verehrer. Eine Stimme: Und nun, meine Damen und Herren, spricht zu Ihnen der Reiseschriftsteller Doktor Karl May. Jetzt *will* er zu diesem Ball. Damals der blamable Antrittsbesuch bei Münchmeyers – ausgelöscht. Manchmal hat der Herr Verleger seinen Druckern den Lohn tagelang vorenthalten müssen, weil ein Loch in der Kasse klaffte. Zu einem Ball – was Münchmeyers können, kann er längst.

Vorher entwirft er einen neuen Anfang für »Old Firehand«. Da ist diese Passage wieder, aus einem Stapel von Manuskripten sucht er sie heraus. Sorgsam malt er die Überschrift:

Old Firehand
Aus der Mappe eines Vielgereisten
von Karl May.

Cooper hat jedem »Lederstrumpf«-Kapitel einen Vers vorangesetzt: Shakespeare, Scott und Byron. May dichtet selbst:

Der Frühling ging zur Rüste,
Ich weiß gar wohl warum:
Die Lippe, die mich küßte,
Ist worden kühl und stumm.

Weiter mit jenem Satz aus dunkler Vergangenheit – doch nicht gleich, ein Übergang, schließlich:
»So klang es über die Ebene hin, und Swallow, mein wackerer Mustang, spitzte die kleinen Ohren, schnaubte freudig durch die Nüstern und hob graziös die feinen Hufe wie zum Menuett. Mit einigem Bedenken musterte ich meinen äußeren Adam, welcher mir allerdings nicht sehr kurfähig erschien. Die Mokassins waren mit der Zeit höchst offenherzig geworden; die Leggins glänzten, da ich sie bei der Tafel als Serviette zu gebrauchen pflegte, vor Fett; das sackähnliche, lederne Jagdhemd verlieh mir den würdevollen Anstand einer von Wind und Wetter malträtierten Krautscheuche, und die Bibermütze, welche mein Haupt bedeckte, hatte einen guten

Teil der Haare verloren und schien zu ihrem Nachteile mit den verschiedenen Lagerfeuern Bekanntschaft gepflogen zu haben.«

Er wirft einen Blick auf den Leihanzug, der über dem Bügel hängt, damit wird er Figur machen. Damen werden fragen: Wer ist der Herr mit der hohen Stirn und dem wunderbaren dunkelblonden Haar?

»Aber ich befand mich ja nicht im Parkett eines Opernhauses, sondern zwischen den Black-Hills und dem Felsengebirge, und hatte auch gar keine Zeit, mich zu ärgern, denn noch war ich mit meiner Selbstinspektion nicht fertig, so hielt eine Reiterin vor mir, hob den Griff ihrer Reitpeitsche grüßend in die Höhe und rief mit tiefer, reiner und sonorer Stimme:

›Good day, Sir! Was wollt Ihr finden, daß Ihr so an Euch herumsucht?‹

›Your servant, Mistress! Ich knöpfte mein Panzerhemd zu, um unter den forschenden Blicken Eures schönen Auges nicht etwa Schaden zu erleiden.‹«

Panzerhemd, das wird er auf dem Ball hinwerfen, wenn er mit einer Frau tanzt, die ein Kleid trägt, das die Arme frei läßt bis zur Schulter.

Am nächsten Tag reicht er Minna Ey den Arm und betritt nach dem Ehepaar Münchmeyer einen Saal, in dem an den Wänden entlang weißgedeckte Tische stehen, in der Mitte ist die Tanzfläche frei. Münchmeyer stellt vor: Herr May, mein Redakteur. May drückt Männerhände, beugt sich über Frauenhände; kein Auge brennt so, daß er vor ihm ein Panzerhemd verschließen müßte. In keinem Auge leuchtet Erkennen auf, Überraschung, Freude: Wirklich, *Karl May?* Minna ist fad, Pauline Münchmeyer lacht zu schrill, sein Verleger schwatzt hurtig hinter vorgehaltener Hand. Die Damen werden an den Tisch geleitet, Münchmeyer zieht seinen Redakteur zur Theke: Das Innenleben anfeuchten! Einen Doppelkorn muß er kippen, ehe er zwischen den Schwestern sitzt und sich anhören darf: Die dort drüben, Getreidehändler, stinken vor Geld, Juden, aber anständig soweit, evangelisch seit zwei Jahren. Der Lange da, Juwelier, der da, Postbeamter. Alles dritte Klasse, weiß Münchmeyer und blickt verdrießlich auf seine Schwägerin; den May dürfte sie schwerlich reizen in diesem Fummel. Die junge Jüdische dagegen mit ihren Kulleraugen. Drittklassig, keiner verirrt sich hierher, der auch nur im entferntesten mit dem Hof zu tun hätte, und wenn er nur die Besen für die königlichen Ställe lieferte. Keiner von der Oper etwa oder aus den Barockhäusern im Halbrund um das Schloß. Mist das alles, hier knüpft er keine Verbindungen an. Er kann doch nicht von Tisch zu Tisch buckeln und Abonnements für seine Zeitschriften anbieten.

Pauline Münchmeyer studiert die Menükarte. Über Emma Allesteins Kochbuch redet sie, das sie sich jüngst zugelegt hat, eine Fundgrube für jedes bürgerliche Haus. Mit dem Knie stößt sie ihre Schwester an, damit auch sie etwas zur Unterhaltung beitrage. Ochsenschwanzsuppe wird serviert, Münchmeyer beugt sich über den Teller und pustet. Ohne Widerhall bleibt Minnas halblauter Hinweis, auch Kerbelsuppe sei etwas Feines. May schabt Seezungenfleisch von Gräten und denkt: Daheim könnte ich an diesem Abend fünf Seiten schreiben. Ein Stück Büffelfleisch wird über züngelndem Feuer gebraten, in der Ferne heulen Schakale. Ein Tal wie das Tal Kulbub. Ragende Zypressen. Ellen. Er hat noch nie Hasenrücken gegessen und verrät es nicht. Er stellt sich die Reiterin im »Old Firehand« vor, Ellen, sieht sich mit ihr an einem Feuer, ein Hase schmort in rußgeschwärzter Pfanne. Das beste Stück für Sie, Miss! Ein Gedankenexperiment: Er malt sich aus, er träte mit Ellen in diesen Saal, er im Wildwestanzug, sie in Stiefeln, peitschenknallend.

Münchmeyer verzieht das Gesicht, ein Backenzahn meldet sich mit jähem Schmerz, ein Stück Hasenbraten hat er aufgespießt und läßt die Gabel sinken. Auch das noch, der Abend ist verpfuscht; wenn die Zahnschmerzen nicht bleiben, dann doch die Ängste vor ihrem Wiederkommen. Vor allem: Wenn Minna kein Geschick hat, wird's nichts mit May. Diesem Trottel muß man die Minna ins Bett stecken, ehe er etwas merkt. Der Schmerz flacht ab, vorsichtig kaut Münchmeyer auf der anderen Seite. Aufs Eis verzichtet er mit wehleidiger Handbewegung.

May tanzt mit der Frau seines Chefs, so übel gelingt das nicht. Sätze bilden sich in ihm, schreibfähig: Durch das lange fließende Seidenkleid, das von einem erstklassigen Schneider stammte, spürte er ihre Schenkel; er zog die schöne Frau an sich und hauchte ihr ins Ohr. Er haucht nichts ins Ohr von Pauline Münchmeyer; als der Tanz beendet ist, sagt sie: »Nun müssen Sie viel öfter mit meiner Schwester tanzen.«

Münchmeyer weist auf volle Weingläser: Trinken wir ex! War Quatsch, hierherzugehen, weiß er, ist Quatsch, Minna vorzuschicken, daß sie May an den Verlag bindet. Und wenn er selber nun den Verlag abstieße, sich in eine Aktiengesellschaft schmisse, mit anderen etwas auf die Beine stellte wie etwa Seidel und Naumann mit ihrer Nähmaschinenfabrik? »May, wenn wir beide umstiegen? Wenn wir Photopapier produzierten? Oder Kameras? Aber nun tanzen Sie endlich mit Minna!«

May legt den Arm um Minna Ey, dabei spürt er ihre Schulterblätter. Ellens Schultern und Arme stellt er sich straff vor vom Tragen der Wassereimer zu den Pferden hin. Emma Pollmers Arme hat er nie nackt gesehen, aber sich hundertmal nackt vorgestellt. Seine Befürchtungen vor diesem Ball, er könnte in blamable Situationen geraten, sind geschwunden. Irgendwann wird auch einmal dieser Abend in einer Erzählung auftauchen, natürlich nicht im Wilden Westen. Während des Tanzes singt Minna mit:

»Vergiß nicht unter fernem Himmel,
die alles gern um dich vergaß
und lieber als im Weltgetümmel
bei dir in stiller Laube saß.
Da hing mein Auge voll Entzücken
an deinem freundlichen Gesicht,

nun starret es mit düstern Blicken
und weint dir nach, vergiß mein nicht.«

Der Walzer klingt aus, May begleitet seine Dame an den Tisch. Münchmeyer flüstert: »Schmeißen Sie 'ne Runde Likör, macht Eindruck.« May bestellt und tanzt mit Frau Münchmeyer und wieder mit Fräulein Ey; als sie sich trennen, legt Minna für einen Augenblick den Kopf an seine Schulter.

Auf dem Heimweg wird Münchmeyer wieder vom Zahnschmerz geplagt, mißmutig schwafelt er über die Dividende, die Seidel & Naumann auswerfen. Hinter den beiden Männern stöckeln die Schwestern. May fragt seinen Chef: Könnte man den Umbruch vom »Familienblatt« vom Dienstag auf Montag vorziehen? Mehr Zeit bliebe für die Korrektur. Münchmeyer weiß: So wird das nichts mit Minna und May. Die Pistole auf die Brust? Ach, dieser dämliche Anfänger. Das beste Stück Weib auf dem Ball war die Tochter des Getreidejuden, ein Jammer, wenn man Frau und Schwägerin mitschleppen muß. Jaja, darüber reden wir noch, doch nicht jetzt. Dieser blöde May.

3

Emma Pollmer hat das Bauchfett von drei Gänsen kleinwürflig geschnitten und vierundzwanzig Stunden lang in kaltem Wasser gelassen, jetzt hebt sie es heraus und stellt es in einer Pfanne auf den Herd. Noch ein Scheit untergelegt – die Hände verrichten mechanisch, was Emma von einer Tante, von Nachbarinnen gelernt hat. Wenn das Fett klar ist und die Grieben gelblich-durchsichtig schimmern, wird sie alles durch ein Tuch seihen und das Fett in einem Tontopf aufbewahren; die Grieben kippt sie am Mittag, mit Zwiebel ausgebraten, über Pellkartoffeln.

Klopfen am Fenster in bekanntem Rhythmus, tam, tamta, tam, Schatten vor der Scheibe, ein Gesicht bückt sich herab, ein Schnurrbart, Handwinken: Fort ist Fritze Kalkmann die

Gasse hinunter, Großvater wird ihn nicht bemerken, er hat Kundschaft. Es ist nicht gut, wenn Großvater sieht, daß ein Glasergeselle bei ihr klopft, der nie, das braucht ihr keiner vorzupredigen, Meister werden wird. Mit Fritz hat sie vor einem Jahr und einem Herbst dazu nach Grüna hinüber zwischen Fichten gelegen. Auf dem Heimweg sind sie nebeneinander gegangen, er hat beteuert: Brauchst dich nicht zu schämen und kriegst kein Kind, bestimmt nicht, und's hat doch nicht weh getan? Ach, Fritz, und viermal in deiner Kammer.

Sie bindet Papier über den Topf und trägt ihn ins Gewölbe, legt im Herd nach und setzt Kartoffeln auf. In einer halben Stunde wird der Großvater den Messingteller von der Tür nehmen. Gedanken springen zu Bruno aus Chemnitz, hinterher hat er gesagt, er hätte es am Anfang eigentlich gar nicht gewollt. Wenn Großvater davon wüßte, würde er sie erschlagen. Mit Wilhelm Weißmann – das hat Großvater geahnt, womöglich ist es ihm sogar recht gewesen, Weißmann wird das Technikum in Mittweida besuchen. Emma bückt sich zum Eimer hinab, die Brust reibt am Hemd. Langsam richtet sie sich auf, wieder reibt die Borte die Brust.

Beim Mittagessen zeigt sich der Großvater mürrisch, sie weiß, warum: Es gibt Ärger mit ihrem Onkel Emil in Chemnitz, Schulden hat er gemacht, an manchem Tag öffnet er seinen Barbierladen erst gegen neun, und auch dann, so behaupten Kunden, atme er noch Fusel aus. Das Geld, das Großvater seinem Sohn geborgt hat, wird er nie wiederbekommen.

»Kühnert war da.«

Sie weiß, warum der Großvater das hinwirft. Kühnerts Ältester schwebt ihm als Schwiegerenkel vor. Gastwirtschaft mit Ausspannung, solides Kapital steckt dahinter. Sie schiebt dem Großvater den Tiegel mit den Grieben hin. Hannes steht nie am Brunnen, Hannes zeigt sich auf keinem Tanzsaal. Eine Prügelei zwischen Fritze und Hannes Kühnert wäre die Sache von einer Minute. »Daß der immer so krumm geht.«

»Aber anständig ist er und fleißig.«

»Und riecht aus dem Mund.«

Pollmer stößt Knurrlaute aus, die sollen ausdrücken: Nun mach's halblang. Eine Schönheit ist Hannes nicht, aber zur Heirat gehört mehr.

Anlauf, Mutmachen: »Herr May kommt Weihnachten her. Seine Schwester sagt, er verdient über tausend Taler im Jahr. Bloß als Redakteur! Und dann noch von seinen Artikeln...«

»Weißt nicht, ob's stimmt.«

»Wenn Mine...«

»Und wie schneidet der alte May erst auf! Prahlhänse alle zusammen!«

»Holst du mir die Stollenbretter vom Boden?«

Der Alte brummt; wie jedesmal nach dem Essen zerrt er an den Fingern, daß die Gelenke knacken. Emma stößt den Schemel zurück. Sie denkt: Blöder Trottel, soll sich in seinen Laden scheren, soll sie mit Kühnert in Ruhe lassen. Wenn sie will, brennt sie nach Dresden durch, sie kriegt jeden, sie braucht bloß...

Als sie sich umblickt, sieht sie, daß ihr Großvater mümmelnden Mundes vor sich hin starrt.

»Holst nun die Bretter?«

»Ja doch.«

»Oder muß ich alles machen!« Aufschrei: »Ich bin doch nicht deine Magd!«

Pollmer möchte ihr einen Schlag versetzen – wer ist denn der Herr im Haus! Aber wen hat er schon noch, doch bloß Emma, alle Hoffnung hängt an ihr; Emil wird ihn wieder anpumpen, er wird ihm geben, wie er immer gegeben hat. Pollmer klettert die Stiege hinauf, seine Knie schmerzen. Wenn er doch alles richtig machen würde, wenn er doch in die Zukunft schauen könnte! Er greift in Staub, durch eine Ritze zwischen Dachschiefern sickert Licht.

Vor Weihnachten fällt Schnee, Kinder rodeln den Markt hinunter. Emma bäckt, wischt, für zwei Abendstunden findet sie Zeit, ihre Freundin zu besuchen. Auf Umwegen tastet sie sich heran: Hat Karl unterdessen eine Braut? Und: Wieviel verdient er wirklich? Wilhelmine lacht. »Hast Feuer gefangen? Ist wohl nichts dran, was die Leute reden, du und Fritze?« Am Ende, an der Haustür, schlägt Wilhelmine vor: »Besuchst uns Weihnachten!«

Am zweiten Feiertag sitzen das Ehepaar Schöne, Emma, ein Cousin des Meisters mit seiner Frau und der Redakteur May beim Stollen. Von der Möglichkeit ist die Rede, aus Erzbergwerken silberhaltige Brocken beiseite zu schaffen und über einen Hehler zu jemandem zu bringen, der es ausschmilzt, in einer Waldhütte vielleicht, im Keller, im Waschschuppen. May, der in der Vorwoche für seine »Geographischen Predigten« in Lexika nachgeschlagen hat, meldet Bedenken an: Silber schmilzt bei 960 Grad, Zinn schon bei 231 – ob da nicht das wertlosere Zinne ausfließe, das Silber aber verstocke? Und wer könne schon mit primitiven Mitteln so hohe Temperaturen erzeugen? Über diesen Einwand gehen die anderen mit abenteuerlichen Erzählungen hinweg, was früher, als der Bergbau noch blühte, da und dort vorgekommen sei. Emma warnt: Erzählt nicht zuviel, eines Tages steht's in einer Zeitschrift! May lacht am lautesten.

Der Cousin und seine Frau verabschieden sich bald; Kinder müssen ins Bett gebracht werden. May und Emma Pollmer brechen nach dem Abendbrot auf. Kurz ist der Weg bis vor ihre Haustür, dort kehren sie um, biegen in eine Gasse ein und küssen sich im ersten Torbogen. Sie fragt: »Hast eine in Dresden?«

»Hast einen hier?«

Heftig schüttelt sie den Kopf.

»Besuchst mich in Dresden?«

Großvater würde nie einwilligen, antwortet sie, sie käme gern, sofort!

»Mit zu mir hinauf?«

»Aber wenn deine Eltern was merken!«

Ein Disput, wie er ihn ohne Mühe schreiben könnte. In seiner Phantasie hat er Ähnliches durchgespielt, jetzt ist er nicht verwundert, daß diese Szene wie eingeübt abläuft und er seinen Part darin beherrscht. Vielleicht morgen? Und wenn die

Treppe knarrt – das tut sie auch, wenn er allein hinaufgeht. Sie kann nichts versprechen – der Großvater, und daß du nicht schlecht von mir denkst, Karl! Ach wo, du, das doch nicht.

Am nächsten Tag hofft er, daß sie käme, daß sie bliebe. Schon das Spiel ist erregend, das Erwägen, Ausspinnen. Die Unterhaltung vom Vorabend hat ihn inspiriert zu einer neuen Geschichte; den Vater fragt er aus nach Begriffen, die er von ungefähr kennt: Kux, Gewerkschaft, Huthaus. Ein Mädchen wie Emma in dieser Erzählung, ein junger Mann, charakterlich vorgefertigt im Schornsteinfegermeister Winter; eine Steigersfrau will ihre Tochter gut verheiraten, die Älteste könnte Baronin werden.

Für neun Uhr abends hat sie ihn an die Hinterpforte bestellt; da schläft Pollmer, durch den Garten will sie huschen. Schnee knirscht; als May Schritte hört, flüchtet er aus der Gasse, schleicht wieder hinein. Die Rathausuhr schlägt. All das erlebe ich, meint er, um es schreiben zu können. Wenn sie nicht kommt, werde ich schildern, wie in einem wartenden Liebhaber alle Hoffnung zerrinnt. Ferdinand soll er heißen, ein ehrlicher Steiger soll er sein.

Gekünsteltes Husten hinter der Tür, er flüstert: »Ich bin's, ich warte.« Emma flüstert zurück, sie könne unmöglich kommen, der Großvater sei noch wach, sie habe nur Asche auf den Hof getragen und müsse sofort zurück. Morgen vielleicht, morgen abend besuche sie auf einen Sprung ihre Freundin. »Biste dort, Karl?«

»Ja, gern.«

»Bist mein liebes Hühnchen. Und sei nicht bös.«

Am nächsten Morgen beginnt er eine neue Geschichte: »Auf einer Bank vor dem Huthaus saß ein stattlicher Greis im Bergmannskittel zur Seite eines jungen, einfach bürgerlich gekleideten Mädchens von ausnehmender Anmut, einer kleinen Gestalt, aber von zierlichem Bau, einer bewunderungswürdigen Vereinigung von Zartheit und Fülle. Während sie emsig strickte...«

Die Mutter bewundert ihren Sohn, sie versteckt es hinter Nörgeln: »Mußte denn auch Weihnachten schreiben, Karle!«

»Wenn mir die Geschichte grad eingefallen ist!«
»Pollmers Emma, gefällt sie dir?«
»Wär' sie dir recht?«
»Schon, Karle. Aber bist so viel älter.«

Am nächsten Abend wartet er vor Schönes Haus; als Emma kommt, schiebt er seine Hand unter ihren Arm. »Wir gehen ein Stück.« Ihm fällt ein, was er geschrieben hat: Eine bewunderungswürdige Vereinigung von Zartheit und Fülle.

»Und wenn uns die Leute sehen?«
»Macht doch nichts.«
»Dir nicht, Karl, lebst ja nicht hier. Aber ich will nicht ins Gerede kommen.«
»Und wenn wir uns verloben?«
»Karle, Hühnchen!«
»Sag nicht Hühnchen, bitte.«

Emma küßt ihn wild. »Müßtest mit Großvater reden, ich bin ja nicht großjährig.«

»Ja, Emma, ja!« Wie in seiner Geschichte findet er das beinahe, als der junge Steiger Ferdinand – nein, Steiger soll er nicht sein, die Schule besucht er abends noch nach schwerer Arbeit im Schacht –, als der junge Ferdinand den reichen Dingsda um die Hand seiner Tochter...

»Und wann?«
»Was, wann?«
»Wann du mit Großvater redest?«

Umschlungen gehen sie weiter, einen Bogen schlagen sie durch Gärten und an Höfen entlang, am Ende ihres Weges liegt das Maysche Haus. Nirgendwo brennt Licht, er schließt auf und schiebt Emma hinein, gleich hinter der Tür zieht sie die Schuhe aus. Seine Schritte knarren auf der Treppe, im Gleichschritt folgt Emma, mit dem Prusten kämpfend. Zu komisch findet sie das, wie er die Kerze trägt und den Finger an die Lippen drückt. Die Zwickergläser beschlagen, er muß den Zwicker abnehmen und findet die Rocktasche nicht gleich.

Kalt ist das Bett, sie strampelt und schüttelt sich. »Wärm mich doch endlich!« Er starrt auf ihre Nasenspitze, bis zu der die Decke hochgezogen ist. »Ich möchte dir noch sagen...«

»Aber wirst doch ganz kalt, Karl!«

Das Bett ist schmal für zwei. So ist das also, denkt er. Anders als in den Träumen, natürlich. Eigentlich müßte es nicht sein. Es müßte nicht Emma sein. Es kann Emma sein, aber nicht Minna Ey.

»Du?«

»Ja?«

»Es ging ja so schnell. Bist mein Hühnchen. Bist auch rechtzeitig raus?«

»Bestimmt. Und ich red mit deinem Großvater.«

»Bist mein Hühnlein. Mein Hühnchen. Mein Hühnlichen.«

Jetzt prustet auch er. Nach einer Weile: »Möchtest du Kinder?«

»Nicht so eilig. Du?«

»Ja, aber auch nicht gleich.«

Er schiebt die Arme unter der Bettdecke heraus, ihm wird warm. Eine Geschichte hat er begonnen, das erzählt er, obwohl Münchmeyer schon gequengelt habe: Ist ja fast alles von Ihnen, was im »Deutschen Familienblatt« steht! »Ich muß ja nicht jedes mit einem Namen zeichnen. Soll ich mal drunterschreiben: E. P., Emma Pollmer?«

Sie zwickt ihn, rasch zieht er die Hände unter die Decke und wehrt sich.

»Hühnlichen, ich muß fort. Zündst noch mal die Kerze an? Karle, und nächstes Mal, ziehste da die Unterhosen aus?«

4

Weihnachten verstreicht, vor Neujahr noch kehrt er nach Dresden zurück. Glühende Briefe schreibt er, bedichtend die Nachtstunde mit ihr. Sie war anders als jede Traumstunde, es war kalt in der Kammer, er hat geschwitzt unter dem Deckbett. Keine Kerzen haben ihr Licht von einem siebenarmigen

Leuchter auf samtene Vorhänge geworfen. Und dennoch: Eine Aufgabe ist ihm gestellt: Er wird Emma zu sich heraufziehen, aus dem Ardistan dieses Barbierhauses ins Dschinnistan einer Schriftstellerehe. »Wir werden aneinander emporwachsen, aus der Not zum Licht, vom Hunger fort zu immerwährendem Glück, von dem das Sattsein nur ein Teil ist. Wir werden uns losreißen aus ärmlicher Enge, aus der Qual der Gassen.« Lange kämpft Emma mit sich, ob sie die Briefe ihrer Freundin vorlesen soll. Einmal trifft sie Fritz Kalkmann in der Bahnhofstraße, nie war sie so schnippisch, so verletzend zu ihm. Einmal schreibt sie an May: »Was würdest du sagen, wenn ich vor deiner Tür stünde? Nimmst du mich wirklich auf?« Er schreibt zurück: »Wenn ein Engel an meine Tür klopfte, wie könnte ich ihm nicht Haus und Herz öffnen?«

Dresden! schwärmen die Frauen und Mädchen im Strickkränzchen, Dresden mit seinem Schloß und der Brücke, über die der König in seiner goldenen Kutsche fährt. Sie fragen Emma: Und dein Karle, stimmt es, daß er eine ganze Etage gemietet hat? Und war er wieder in Berlin und Köln und Stuttgart? Emma hebt den Blick nicht vom Stopfzeug, als sie schwindelt: Gestern kam ein Brief aus Breslau.

Barbier Pollmer streift mürrisch durchs Haus. Das Rheuma schmerzt, die Ohren sind entzündet und jucken, daß er immer wieder den Finger hineinschiebt, aber davon nehmen die Qualen nur zu. Manchmal kommt es ihm vor, als habe jemand einen Propfen hineingestoßen, er hört nur noch wie durch Scharpie. Sein Sohn, so hat man ihm zugetragen, sei stinkbesoffen von der Besenschenke herunter auf einem Bauernwagen bis vor die Haustür gekarrt worden, dort hätten ihn seine Kumpane auf die Schwelle gelegt zum Gaudi der halben Straße und aller Rotznasen weit und breit. Emma pakkelt mit May, dem Zuchthäusler, Aufschneider. Stimmt schon: Reden und den Leuten um den Bart gehen kann er wie kein anderer. Über eine Schüssel mit Kraut hinweg brummt Pollmer: »Denkste, er heiratet dich?«

»Wird schon.«

»Kann er dich denn ernähren?«

»Ging leichter, wenn ich was mitbrächte. Aber du stopfst ja alles deinem Emil in den Hals!«

»Hast Wäsche.«

»Das bißchen. Was da andere bringen!«

So geht das hin und her, bis sie direkt fragt: »Wieviel Bares gibste mir denn mit?« Da knurrt Pollmer von Unverschämtheit und Halsabschneider und fragt zurück: »Das will er wohl wissen, der Mitgiftjäger?«

Sie schreit: »Karl nimmt mich auch so! Aber dein versoffener Sohn, der Gauner!«

Pollmer packt mit der Linken über den Tisch und kriegt sie am Hals, am Ohr, am Haar zu fassen, mit der Rechten schlägt er zu, sie kreischt, kratzt, der letzte Schlag läßt ihre Braue platzen. Keuchend sitzen sie sich gegenüber, mit beiden Händen stößt sie an die Krautschüssel, daß sie ihm gegen die Weste fliegt. Er ächzt: »Scher dich aus dem Haus, Hure!«

Am Nachmittag findet er nicht vom Laden in die Küche, am Abend streicht er knurrig um Emma, äugt auf die grindige Braue und murmelt betreten: Nu, nu. Sie macht keine Anstalten, ihm Abendbrot hinzusetzen, da holt er sich selbst Schmalz und Sauermilch aus dem Keller. Während er kaut, hört er die Tür klappen. Zu ihrer Freundin rennt sie also, wird sich ausflennen. Er wird ihr etwas schenken müssen, ein Stück Kattun mindestens. Ach, die Weiber.

»Riskier nichts Hals über Kopf!« rät Wilhelmine. »Ein blaues Auge, wenn schon.«

»Ich fahr zu Karl!«

»Schreib ihm erst!«

Aber sie sitzt am nächsten Morgen im Zug nach Dresden, Bündel hat sie im Gepäcknetz verstaut, eins mit Wäsche, eins mit Wurst und einer halben Speckseite. Sie stellt sich vor, wie sie sagt: Karl, ich kann ohne dich nicht leben, Hühnchen, Hühnlichen. Sie wird ihn küssen und ihm das Hemd am Hals aufknöpfen und seinen Nacken umfassen. Während sie aus dem Fenster schaut, während sie den Blick eines Mitreisenden auf sich spürt, denkt sie: Ich kann von jedem Mann alles kriegen. Meine Augen, mein Mund, meine Taille.

Am Abend sitzt sie neben May auf dem Bett in dessen Kammer, sie haben die Hände ineinandergeschlungen. Sie hat erzählt, auch geweint, nun sagt er: »Natürlich will ich dir helfen.«

»Freust dich gar nicht?«

»Die Überraschung!« Ardistan, Dschinnistan, ich habe eine Aufgabe, ich darf nicht versagen. Noch nie hat mich ein Mensch gebraucht.

»Liebst mich?«

»Natürlich, aber hier kannst du nicht bleiben. Für diese Nacht, ja, morgen auch.«

»Wolltest doch eine Wohnung mieten.«

»Will ich ja.«

»Jetzt bin ich da, und du mietest.« Sie findet, daß seine Überraschung nun ein Ende haben müsse.

Eine Viertelstunde später trinken sie am Küchentisch Malzkaffee aus blauen Henkeltöpfen. Eine Frau, aus Böhmen zugezogen, ein junger Mann aus Schlesien und die Tochter der Wirtsleute steuern Erfahrungen bei. Ein Mädchen sucht in der Großstadt Unterkunft und Arbeit; so sehen sie es, so will es Emma nicht sehen. Fabrik oder Haushalt, das ist die erste Frage. Als Dienstmädchen hat sie immer ihr Essen, auf dem Küchenkanapee schläft es sich warm. Also?

Nachts in seinem Bett flüstert sie: »Du mietest uns eine Wohnung?«

»Ich kümmre mich.«

»Morgen?«

Drei Tage darauf beginnt Emma ihren Dienst im Haushalt einer Pfarrerswitwe. Im Verlag fragt May diesen und jenen nach einer freistehenden kleinen Wohnung, nicht zu teuer; er setzt hinzu, er habe seine Braut von daheim nachkommen lassen. Braut, das Wort gibt Festigkeit; meine Braut, ich habe sie von Ernstthal nachkommen lassen, das wiederholt er vor sich und anderen. Bei Tageslicht erweist sich manches, das er in der Umarmung zu regeln versprochen hat, als nicht lösbar. Gleich wieder drängt Stolz vor: Ich werde geliebt, Hals über Kopf verläßt ein bildhübsches Mädchen den heimischen Herd und stürzt mir nach. Der junge Bursche aus Schlesien, der auf dem Küchensofa kampiert, läßt keinen Blick von Emma; May fühlt Besitzerstolz. Wenn er mutarm wird, klammert er sich an diesen Satz: Ich muß ein Menschenkind zu mir hinaufziehen. Ich muß, ich darf.

Die neue Kunde fliegt ins Haus Münchmeyer. Pauline ist außer sich: »Weißt du, daß May seine Schickse hergebracht hat?«

Münchmeyer setzt das Bierglas ab. Schickse?

»Minna hat's mir erzählt.«

Münchmeyer weiß, daß er ein Donnerwetter zu erwarten hat, und da hagelt es schon: Wer hat May aus der Gosse gezogen und zum Redakteur gemacht, den Hungerleider? Eingeladen hat man ihn, auf einen Ball geschleppt, durch die Heide sind sie mit ihm kutschiert, zumindest hatten sie's vor – und nun diese schreiende Undankbarkeit! Münchmeyer weiß, daß es keinen Zweck hat, Pauline zu unterbrechen, wenn sie so in Fahrt gerät. May habe wissen müssen, daß man ihn nicht seiner schönen Haare wegen in die Familie aufgenommen habe, mit Minna habe er sich gezeigt, alle Welt erwarte, daß er Anstalten mache...

Münchmeyer geduldet sich, bis der Strohbrand seine Kraft verloren hat. May schreibe für ein halbes Dutzend, als Redakteur arbeite er für zwei – es wäre dämlich, ihn zu verprellen. Schickse, was heißt das?

»So 'ne Schwarze, Raffinierte! Weil Minna immer wartet und wartet, vornehm ist Minna geradezu!«

Münchmeyer hebt halb die Hände. »Hab mein Möglichstes versucht.«

Sie zählt noch einmal die Wohltaten auf, die May durch das Haus Münchmeyer empfangen habe. May hat A gesagt, er muß B sagen, jetzt will sie reinen Wein, entweder schickt er sein Nuttchen fort und äußert zu Minna ein unmißverständliches Wort, oder Münchmeyer jagt ihn wieder dorthin, woher er gekommen ist, man wird sich von diesem Zuchthäusler nicht an der Nase herumführen lassen. Nun schluchzt sie, das ist ihm zuwider. Er will seine Ruhe zu Hause und braucht ein gedeihliches Klima in der Firma. »Hat sich aber auch dußlig angestellt, deine Schwester!«

»Weil sie anständig ist!« Pauline schreit, daß die Lampe klirrt. Nun hat Münchmeyer erst einmal zu lavieren, ehe er wieder einigermaßen Herr der Lage ist. Er wird May ein klares Wort abverlangen. Das gesteht er nicht an diesem Tisch: daß er als Mann seinen Redakteur begreift; Minna hält sich schlecht, wenn er an ihre fettigen Haare denkt, vergeht ihm der Appetit. »Ich werd mit ihm reden, Pauline. Aber bis dahin gibste Ruhe, versprichste das?«

Schnüffelnd stippt sie ihr Brötchen in den Kakao.

Als sich May drei Nachmittage später nach dem Umbruch verabschiedet, stellt sich Münchmeyer ans Fenster. Gegenüber auf der Straße wartet ein Mädchen – dunkles Haar, mollig, soweit er das eräugen kann. May quert die Straße geradewegs auf sie zu, sie drückt ihm einen Kuß auf die Wange, Arm in Arm biegen sie um die Ecke. Zwei Tage darauf, als May eine neue Geschichte bringt, bietet Münchmeyer eine Zigarre an, weit holt er aus beim Gesprächsbeginn: Die Gerüchte, was man so aufschnappe hier und da, der Haussegen daheim, gewisse Weibertränen, nicht unbedingt ernst zu nehmen, aber lästig – ahne Herr May, wohin die Richtung ziele? Nun ja, eine Dame habe sich Hoffnungen gemacht, verschiedentlich habe es Grund gegeben, Anspielungen ernst zu nehmen, mit einem Wort, Herr May sei reichlich weit gegangen mit seinen Bemühungen um Fräulein Ey. Dürfe man fragen, ob Herr May sich zu erklären gedenke?

May starrt, begreift. Bemühungen, fragt er erschrocken, welche denn? Münchmeyer lacht. Gewiß sei Herr May keiner von den Draufgängern, deshalb wolle er ihm Umwege ersparen. In den vier Wänden daheim höre man mancherlei, und so sei ihm nicht verborgen geblieben, daß Herrn Mays Zuneigung durchaus erwidert werde, ziemlich eindeutig sogar, um nicht zu sagen heftig. Minna sei elternlos, da sie in seinem Hause lebe, habe er gewisse väterliche Rechte und Pflichten, mit einem Wort – Münchmeyer bemüht ein kumpelhaftes, kuppelndes Lachen –, wenn May um die Hand von Fräulein Ey anhalten wolle, sei er vor der rechten Schmiede, und die beste Stunde sei es sowieso.

Gestammel, da müsse ein Mißverständnis vorliegen. Vor kurzem habe er seine *Braut* aus Ernstthal nach Dresden kommen lassen, er gedenke sie, sobald eine Wohnung gefunden sei, zu ehelichen. Münchmeyer pafft geräuschvoll, in eine Satzlücke brüllt er hinein: »Sie wissen wohl nicht, was Sie angerichtet haben, Herr!« Das macht das Blut warm, um zwanzig Jahre zurückzugreifen, als er noch Zimmermann und Dorfmusikant war, ihm hilft der rüde Ton der Baubuden und Kneipen auf. »Erst die Pferde scheu machen, dann kneifen! Ham wohl 'n kalten Arsch gekriegt?« Das hätte früher auf seinem Dorf einer wagen sollen, einem Mädchen den Kopf zu verdrehen, es ins Gerede zu bringen und dann sitzenzulassen! Dem hätten die Brüder des Mädchens unsanft Anstand beigebracht! Er wechselt unvermittelt zu gröberem Lachen über: Danach hätten sich Brüder und frischgebackener Schwager bei einem Stiefel Bier wieder versöhnt. Ein blaues Auge – Schwamm drüber. Nichts für ungut, wenn eben ein herzhafter Ton angeschlagen worden wäre, so was käme in den besten Familien vor. Also?

»Ich erkläre in aller Form«, und jetzt erhebt sich May sogar und reckt das Kinn, nun spricht er wie ein verarmter Baron in einer seiner Geschichten. »Ich erkläre hiermit, daß es nie meine Absicht war, Fräulein Ey zu kompromittieren. Meine Gefühle zu ihr sind durchaus ehrenhaft.« Er braucht diesen Ton und diese Haltung, sie waren ihm eigen vor hundert Jahren als Polizeileutnant von Wolframsdorf, als Doktor der Medizin Heilig, er hat sie eingebüßt und gegenüber dem Direktor in Waldheim, gegenüber Doßt und dem Händler, der nicht borgen wollte, jetzt gewinnt er sie im Umweg über seine neuen Geschöpfe. »Ihre Schwägerin gefällt mir nämlich nicht.«

»Haste vergessen, wo du herkommst?« Jetzt steht auch Münchmeyer, die Augen gerötet, die Lippen aufgestülpt. Er schnauft: »Ich laß dir drei Tage Zeit!«

Am Abend gehen May und Emma an der Elbe entlang, die Arme um die Hüfte des anderen, sie reibt das Ohr an seinem Kragen. »Karle, wenn du kündigst, kannst du denn dann eine Wohnung mieten?« Sie spürt die Steine unter sich zittern, vielleicht hat sie alles falsch angefangen, sich mit dem Großvater überworfen und ist Hals über Kopf nach Dresden gefahren, nun schrubbt sie einer Pfarrerswitwe die Töpfe, Karle heißt womöglich in drei Tagen nicht mehr Redakteur?

»Hühnchen, vielleicht schmeißt er dich gar nicht raus?«

»Ich kündige.« Er wird Münchmeyer diesen Satz nicht verzeihen: Haste vergessen, wo du herkommst! »Als freier Schriftsteller verdiene ich mein Geld durchaus. Hab in Neustrießen eine kleine Wohnung in Aussicht, vielleicht bekomme ich sie schon in zwei Wochen. Was ich bisher für Münchmeyer geschrieben hab, werde ich anderen liefern.« Der Grat ist schmal, der Abgrund tödlich, er fürchtet, daß er, wenn er ins Straucheln gerät, keinen Halt findet bis ganz hinunter. Er spricht nicht aus, was er befürchtet: Daß sein Selbst so schwach ist, daß es keine Demütigung verträgt. Ein Sturz, und diese wirre, grelle Bande fiele wieder über ihn her: Prott, Wolframsdorf, Heilig, Doßt. Er krampft seine Hand um ihren Arm und denkt zum ersten Mal: Andere suchen Trost im Schnaps, Vater auch. »Emma, hilfst mir?«

»Ich dir?« Sie fühlt sich halb geschmeichelt und halb unter Zwang.

»Ab jetzt muß ich doppelt soviel schreiben. Ich denk mir die Handlung aus, du entwirfst die Dialoge. So, wie dir der Schnabel gewachsen ist. Wirst dich reinfinden.«

»Karl, ach, Karle.« Eine Bank steht am Weg. Sie zieht ihn dorthin; irgendwann muß man aufhören, immer wieder dasselbe zu reden. Auf dem Elbwasser glitzern Lichter. »Lieb biste, Karl.« Sie hat noch keinen Mann gekannt, der sich so dankbar für jede Zärtlichkeit erwies, sich so spielend anlokken ließ und auf die geringste Verweigerung so verletzlich reagierte. Nach einer Weile: »Und wir ziehen in zwei Wochen dorthin?«

»Sicherlich.«

Die Frau eines Redakteurs wird sie nun nicht, die Frau eines Schriftstellers – sie schmeckt die Wörter ab und versucht sich auszumalen, wie sie im Laden ihres Großvaters klingen würden. Sie könnte die beiden aussöhnen, wenn Karl groß rauskäme. »Ich bin mucksmäuschenstill, wenn du arbeitest. Ich schleich auf Zehenspitzen. Ist die Miete hoch?«

Zwei Tage später kündigt er. Streit gellt auf um ein Manuskript, das noch nicht gedruckt ist; er fordert es zurück, Münchmeyer rechnet es mit einem Vorschuß auf. »Ist doch Unsinn, May, daß Sie Hals über Kopf abhauen wollen!« Mein bestes Pferd im Stall, denkt er, mit Pauline hat er in Waldheim auf dieses Pferd getrunken. Sein Stöhnen soll bedeuten: Die Weiber – können wir uns nicht verständigen? Wenn May wenigstens *andeuten* würde, daß die Affäre mit dem Mädchen aus Ernstthal im Auslaufen sei. Über das, was seine Schwägerin in die Ehe einbringen werde, habe man ja noch gar nicht geredet. Teilhaberschaft am Verlag – könne man nicht wenigstens ein paar Tage Zeit gewinnen?

»Nicht annehmbar, Herr Münchmeyer.«

Münchmeyer schreit: »Undankbarer Hund!«

Minuten später steht May auf der Straße, er massiert seine Handgelenke, bis sie schmerzen. Scham quält ihn, daß er Münchmeyer nicht mit einem letzten Satz tief beschämt hat, mit einem weltmännischen Sarkasmus. In Büchern: Ich werde Ihnen meine Sekundanten schicken. Es wäre lächerlich gewesen. Er hat die gemäßen Mittel gefunden, so hat er gesprochen, gehandelt: Wer ist schon Münchmeyer? Was war schon Zwickau, Waldheim? Mit der Hand putzt er über den Rockaufschlag, als wären da Stäubchen.

Schriftsteller, suggeriert er sich, jetzt bin ich ein freier Schriftsteller. Ich werde Münchmeyer des Manuskripts wegen verklagen, ich werde es nicht tun. Reiseschriftsteller Dr. Karl May, Dresden. Einen Wicht verklagt man nicht, man vergißt ihn.

Schreiben, Tag und Nacht schreiben!

4. Kapitel

Höher als der Staatsanwalt

1

»Das Klopfen hatte dumpf und hohl geklungen. Auch jetzt blickte Emilia mit größter Spannung nach seiner Hand, um sich keine Bewegung derselben entgehen zu lassen. Hilario hielt die Laterne näher an die Wand, so daß das Licht derselben scharf auf die Mauer fiel. Da erblickte das Mädchen nun allerdings eine Art Linie, welche ein viereckiges Stück Mauer scharf von dem Übrigen abgrenzte. ›Das ist eine Tür‹, sagte er. ›Sie hat kein Schloß. Sie dreht sich um eine Mittelachse, so daß man nur auf der einen Seite scharf zu schieben braucht, um sie zu öffnen.‹ Er stemmte sich kräftig gegen die Mauer, und sogleich gab das durch den Strich abgegrenzte Stück derselben nach. Es entstand eine mannshohe und halb so breite Öffnung...«

Er schüttelt die Hand aus und horcht auf die Stille um sich. Emma schläft noch, dabei ist es längst acht. In der Nacht hat er bis gegen drei geschrieben, jetzt ist er schon wieder dabei. Eine Erzählung wächst; wenn alles gut geht, kann er sie bei einer Zeitschrift in Stuttgart unterbringen. Leise zieht er in der Küche die Vorhänge auf und öffnet das Fenster. Der Herd ist kalt, er trinkt saure Milch und ißt Brot dazu. Seine Gedanken kreuzen durch das eben Geschriebene und planen voraus. Gegenwärtiges drängt sich ein: Wenn Emma nicht bald beginnt, Ordnung zu schaffen, zu heizen, zu kochen, wird es zwei werden, ehe sie Mittagbrot essen können. In den drei Monaten, die sie in Dresden-Neustrießen zusammenleben, ist es nicht oft vorgekommen, daß sie pünktlich um zwölf am Tisch saßen. Er überlegt, ob es immer noch das Erbe von Waldheim ist, diese Sucht nach Pünktlichkeit. Mittagessen um zwölf, Abendbrot um sechs, bloß früh um fünf wird er nicht mehr wach.

Er hört Schlurfen; Emma lehnt in der Tür, den Mantel offen über dem Nachthemd. Sie gähnt: »Hühnchen, wie spät ist es?« Er hat ihr gesagt, daß es ihm mißfällt, wenn sie den Wintermantel, Straßenmantel, im Haus trägt, und sie hat erwidert, sie zöge liebend gern einen Morgenrock über, wenn sie einen besäße. Es klingt schärfer als beabsichtigt: »Möchte wissen, was dein Großvater gesagt hätte, wenn du um halb neun aus den Federn gekrochen wärst!«

»Ich schaff alles noch, Karle.« Sie läßt sich auf einen Stuhl sinken und reibt die Füße aneinander.

»Wenn du nicht bald auf den Markt kommst, ist das Beste fort.«

»Kohlrüben gibt's immer.«

»Kohlrüben gab's auch in Waldheim immer.«

»Soll ich Schnitzel bringen von dem bißchen Wirtschaftsgeld?«

Er erträgt keine Auseinandersetzung dieser Art, darin ist sie ihm hundertfach überlegen. So flüchtet er zurück an den dünnbeinigen Tisch im Erkerzimmer, den er seinen Schreibtisch nennt. Vor einer halben Stunde hat er durchaus gewußt, wie er weiterschreiben wollte, jetzt ist es verflogen. Mit einem Ohr horcht er hinaus – macht sie Feuer, wäscht sie sich, zieht sie sich an? Er schreibt nun doch und flüchtet in den Dialog, der ist ihm noch immer am leichtesten von der Hand gegangen:

»›Abschlagszahlung? Ich verstehe Euch nicht. Worin soll sie bestehen?‹

›In einem kleinen Kusse.‹

Er spitzte bereits den Mund und machte Miene, sie zu umfangen; sie aber trat rasch zurück und streckte die Hände abwehrend vor. ›Nicht so schnell, Señor!‹ sagte sie. ›Ich werde niemals einen andern küssen als den, welchen ich lieben werde.‹

›So bedenkt doch, daß ein Kuß keine Sünde ist. Ihr verweigert ihn mir also?‹

›Ja.‹

Sie wußte genau, daß sie durch diese Weigerung seine Begierde noch mehr entflammen und dadurch an Macht über ihn gewinnen werde.

Er zog ein Messer hervor und ergriff...«

Emma tritt ein, sie ist noch immer nicht angezogen.

»Karle, willste nicht heute mal einkaufen? Kämst an die Luft dabei.«

Er will auffahren, da hat sie schon die Arme um seine Schultern gelegt und die Lippen auf seinen Nacken gedrückt. »Liebster, schimpf nicht. Kannst doch noch den ganzen Tag kritzeln.« Rasch küßt sie über Ohr und Wange zum Mund, er ahnt, daß er wieder nicht die deutlichen Worte sprechen wird, die er seit Tagen vorbereitet: daß es nicht so weitergehe, daß sie sich grundlegend ändern müsse, und das sehr bald, sofort. Er hat sie in seine Wohnung genommen und gibt sie als seine Frau aus, vom ersten Tag an hat er versucht, ihr begreiflich zu machen, was er von einer Schriftstellersfrau, von seiner Frau erwarte, und ist damit nicht ein Schrittchen weitergekommen. Die bloßen, vollen Arme – ach ja, die ja. Aber wenn er sie um seinen Hals fühlt, ersehnt er sie nicht mehr. Wieder ein Kuß, nun auf den Mund, ein Kuß wie der erste in Ernstthal, wie der erste in dieser Wohnung. Als er seine Visitenkarte an die Tür zweckte: Dr. Karl May. Als er den Zeitschriftenredaktionen, mit denen er in Verbindung steht, seine Adresse mitteilte: »... habe ich eine Wohnung bezogen, in der ich die Arbeit für meine geschätzten Auftraggeber zügiger als...« Ein Kuß, wenn er bat, flehte: So räume doch wenigstens in der Küche auf, wie können wir denn je Besuch empfangen, wenn du nicht Gardinen nähst, wie du versprochen hast! Diese Lappen vor den Fenstern, und wolltest du nicht meine Korrespondenz ordnen, wolltest probeweise einen Brief schreiben an einen Verleger: Sehr geehrter Herr, im Auftrag meines Mannes teile ich Ihnen mit, daß die Arbeit an der Ihnen zugesagten Erzählung durch widrige Umstände...

Er schiebt sie von sich, das hat er noch nie getan. Sie schreit: »Du stößt mich weg?« Mit einem Schlag bricht sich aufgestaute Enttäuschung Bahn: Nach Dresden hat er sie gelockt, aber kaum war sie hier, war er kein Redakteur mehr, seitdem soll sie schuften wie beim Großvater, und nie ist Geld im Haus. »Du blöder Alter!« Sie rennt in die Küche, schluchzt. Er folgt ihr nach, ratlos bittet er: »Versteh mich doch, Emma, versteh doch!«

Sie möchte schreien: Ich hätte Hannes Kühnert heiraten können, in seiner Gastwirtschaft brauchte ich nicht im alten Mantel dazusitzen!

»Emma, wir wollen's doch immer wieder miteinander versuchen!«

Sie schnüffelt und schneuzt sich in das Taschentuch, das er ihr hinhält. »Karle, gehst du auf den Markt? Ich kann doch jetzt nicht, so verheult.«

Er kauft Weißkohl, Zwiebeln, Äpfel und Bauernbrot, zum Mittag essen sie Brot mit Zucker darauf und Äpfel. Danach schläft er, als er wach wird, ist Emma fort. Nach zwei Stunden kommt sie zurück. Sie sei spazierengegangen, mit Dienstmädchen habe sie sich unterhalten, die die Kinder ihrer Herrschaft ausführten. Jaja, sie wird noch heizen und aufwaschen, sie wird Kohl kochen für den nächsten Tag. Sie sitzt lauernd, er merkt, daß der Zank vom Vormittag nicht ausgestanden ist. Als er sich nach dem Abendbrot eine Zigarre anzündet, fragt sie: »Als ich noch beim Großvater war, hast du mir von einem Ball erzählt.«

»Ja.«

»Und wann gehen wir auf einen Ball?«

»Wenn ich diese Erzählung fertig habe. Oder wenn ich Honorar aus Österreich bekomme.«

»Wann ist das?«

Einen Brief zieht er hervor, in dem der Redakteur der österreichischen Zeitschrift »Heimgarten«, der Dichter Peter Rosegger, über »Die Rose von Kahira« geurteilt hat: »Diese Geschichte ist so geistvoll und spannend geschrieben, daß ich mir gratuliere. Seiner ganzen Schreibweise nach halte ich den Verfasser für einen vielerfahrenen Mann, der lange Zeit im Orient gelebt haben muß.«

Sie fragt halbwegs fröhlich: »Hast du ihn aufgeklärt?«

»Natürlich nicht. Rosegger wird ›Die Rose von Kahira‹ drucken, dann schickt er das Honorar.«

»Wann?« Sie wird plötzlich ernst: »Karl, ganz offen: Wieviel Geld besitzen wir?«

»Sieben Mark.«

Nachdem er die Zigarre zu Ende geraucht hat, schreibt er wieder. Sie nimmt einen Bogen, eine Zeile ist wie die andere, ohne Verschreiben, ohne Korrektur. Sie hat ihren Karl oft bewundert, heute bewundert sie ihn nicht. Er ist kein Doktor, sie ist nicht seine Frau. Vor den Dienstmädchen aus den Nachbarhäusern kann sie immer weniger verbergen, die haben zu oft in ihren Einkaufskorb geblickt. Sie wird diesen Mantel den nächsten Winter über tragen müssen. Hannes Kühnert hätte ihr einen Pelz geschenkt, zweispännig hätte sie sich in die Stadt fahren lassen, mittags hätte sie einen Batzen Fleisch aus dem Pökelfaß gelangt. Aber hier: Die Hauptsache, Karl hat Geld für seine Zigarren. Sie liest ein paar Zeilen, von einem Kaiser ist die Rede, nun schreibt er gar, wie es bei einem Kaiser zugeht. »Karl?«

»Ja?«

»Ich leg mich hin. Kommst bald?«

»Muß noch schreiben.«

Jetzt küßt sie ihn nicht. Während sie auf den Schlaf wartet, reiht sie im Halbtraum auf: Der erste war Fritze Kalkmann zwischen den Fichten, dann Bruno, die Erinnerung an ihn ist blaß geworden, dann wieder Fritze, Heinrich, der Schmied, verheiratet und Vater von drei Kindern. Nein, Hannes nie, den brauchte sie nur, um Karl zu piesacken. Wen möchte sie am liebsten hier haben, da Karl nicht kommt? Fritze Kalkmann.

Am nächsten Tag trifft ein Brief ein. Der Großvater schreibt, es gehe ihm nicht besonders, das Rheuma zwicke, manchmal könne er tagelang seinen Laden nicht öffnen. Aus dem Brief klingt wenig Groll, dafür Kummer. »Er tut mir so leid«, sagt sie.

»Wenn er nur nicht so starrköpfig gewesen wäre!«
»Trägst's ihm nach?«
»Weißt doch selbst, wie er mich beschimpft hat.«
»Er wollte eben eine gute Partie für mich.«
»Weiß schon, den Kühnert.«
»Zum Beispiel. Vielleicht besuche ich Großvater mal. Kommst mit?«
»Lieber nicht.«

An diesem Tag bringt der Postbote ein Honorar: vierzehn Mark. May rechnet vor, wie sie davon zwei Wochen lang leben können. Sie sagt: »Wir brauchen Kohlen.« Er merkt, wie ein Zittern von den Händen her die Arme hinaufläuft. Er steckt in einer Zwickmühle: Wenn er weiter freischaffend arbeitet, braucht er vielleicht Jahre, um ausreichend zu verdienen. Wenn er einen Redakteursposten annimmt, frißt der die meiste Zeit. »Wenn ich doch aus der Kleckserei für Journale herauskäme! Jemand müßte meine Geschichten zu einem Buch zusammenfassen.«

»Münchmeyer?«
»Ach, der doch nicht. Ein anderer will mich als Redakteur anstellen, Bruno Radelli. Wenn ich annähme, müßte ich wieder die Nächte hindurch pinseln.«
»Und er würde ein Buch bringen?«
»Bestimmt nicht sofort.«

Sie ist aller vagen Aussichten überdrüssig, sie will einen Erfolg. »Ich besuche nächstens den Großvater.« Eine winzige Drohung schwingt in diesem Satz, May spürt sie heraus.

Eine Humoreske erscheint, zwei größere Erzählungen und ein Gedicht werden abgelehnt. Er teilt eine Geschichte auf, die Hälften bringen genausowenig Erfolg wie das Ganze. An einem hält er sich aufrecht: Ich kann immer noch bei Radelli unterkriechen! Aber Radelli hat durchblicken lassen, daß er nicht ewig auf ihn warten kann.

Der September verstreicht, das Obst ist spottbillig. Er drängt, daß sie Kraut für den Winter einschneide, sie verschiebt es von einem Tag auf den anderen. Die Bauern knarren mit ihren Fuhrwerken von Haus zu Haus und bieten Kartoffeln an, korbweise, sackweise. May möchte fünf Zentner kaufen, aber das Geld reicht nur für zwei. Eine erzgebirgische Dorfgeschichte wächst, »Der Dukatenhof«. Einen hartherzigen Vater entwirft er nach dem Vorbild des alten Pollmer; dessen Tochter liebt einen jungen Mann von außerhalb. Als die beiden sich heimlich treffen, donnert der Alte dazwischen: »Da hab ich wohl auch ein Wort zu sagen!« Er schickt den jungen Mann mit wilden Worten weg: »Also ein harter Mann bin ich? Die Emma ist wohl ein wenig weicher als ich, das will ich schon glauben. Mach, daß du fortkommst, du unnützer Bube, und such dir deine Liebste im Armenhaus!« Es fällt leicht, sich auf diese Weise zu rächen.

Am ersten Oktobertag klopft der Schankwirt Vogel und legt einen Wechsel vor. Als Emma nach Dresden kam, hat May von Vogel fünfzig Mark geborgt und die Rückgabe für den 1. Oktober versprochen. »Sie sind umgezogen inzwischen«, grollt Vogel. »Sie hätten's mir mitteilen müssen! Die Lauferei, bis ich Sie gefunden hab!« Zu dritt sitzen sie am Tisch, Emma blickt immer zu dem, der spricht. Vogels Rücken ist krumm, sein Schnauzbart hängt grämlich über das Kinn, seine Augen liegen flach im Fett. Ruhig spricht Vogel, beinahe gemütlich, ab und zu blickt er auf den Wechsel, den er auf den Tisch gelegt hat. Mays Hände flattern bei jedem Satz. Tatsächlich, die Wochen sind verflogen wie nichts! Hätte nicht Herr Vogel vor einer Woche mal ein Wörtchen fallenlassen können! »Sie sind ja nicht mehr gekommen«, murrt Vogel. »Kaufen ja jetzt Ihre Zigarren woanders.« Er setzt hinzu: »Oder borgen woanders.« Vogel zieht die Brauen hoch, das soll auf seinen Witz aufmerksam machen. »Also?«

»Wenn Sie sich eine Woche gedulden wollten?«

»Ich verborg Geld nicht zum Spaß. Wollte Ihnen gefällig sein, weil die Frau Gemahlin herzog.«

»Herr Vogel!« May verlegt sich aufs Bitten; gerade diese Woche sei Ebbe in der Kasse, das werde sich baldigst ändern, Honorare stünden in Aussicht. Den Brief Roseggers faltet er auf, Vogel liest ihn, danach stellt er fest: »Steht aber nichts von Honorar drin. Also wart ich oder lauf zum Gericht?«

May unterschreibt einen neuen Wechsel zu höherem Zins, Vogel kassiert wenigstens die Zinsen für den bisherigen. Am Abend liegen May und Emma nebeneinander, sie sagt: »Ich möchte zurück.«

»Ob dich der Großvater aufnimmt?«

»Weiß nicht.«

»Emma, wir lieben uns doch.«

»Ach, Karle, Hühnchen.«

»Vielleicht geh ich doch zu Radelli.«

Am nächsten Tag schreibt sie ihrem Großvater, wie er denn so hinkomme mit seinem Haushalt, und ob sie nicht mal wieder nach ihm schauen solle. Drei Tage darauf hält sie die Antwort in den Händen: Es gehe schlecht und recht mit den steifen Knochen, eine Woche lang habe er sich kaum rühren können. Arm sei der Mensch dran, der sich auf seine alten Tage mit fremder Hilfe begnügen müsse, und das eigen Fleisch und Blut sei in der Fremde. Manchmal sei er fast taub.

Während der Eisenbahnfahrt von Dresden nach Ernstthal reden sie anfänglich kaum miteinander. Viel hat Emma nicht mit nach Dresden gebracht, viel nimmt sie nach einem halben Jahr nicht mit zurück. Sie blickt auf kahle Äcker und denkt: Ob mich der Hannes noch will? »Karl, ob wir so tun, als wäre zwischen uns alles beim alten?«

»Ist doch auch so!« Plötzlich bricht es aus ihm heraus: »Was ich erreicht habe in viereinhalb Jahren! Keine heile Hose hatte ich, als sich aus dem Knast kam! Redakteur war ich inzwischen und könnte es wieder sein, wenn ich nur wollte. Meine Geschichten werden gedruckt!«

»Nicht alle.«

Er fühlt die gleiche Ohnmacht wie in Waldheim, wenn er vor seinem Direktor stand. Waldheim ist nicht überwunden;

Doktor der Medizin Heilig, Polizeileutnant von Wolframsdorf – wird ihm Emma diese Teufelsnamen hinschmeißen? Was ich bin, bin ich durch mich! »Wenn ich an zu Hause denke, an das Gerassel des Webstuhls, früh um fünf, abends um zehn, immerzu, und jeden Abend hab ich mit der Großmutter die Namen meiner kleinen toten Geschwister, die ich nie gesehen hab, heruntergebetet. Das kennst du alles nicht, du warst immer satt.« Er begreift schmerzend, daß ihn nur einer verstehen kann, der wie er von dort kommt, wo es darunter nichts mehr gibt. Er murmelt in plötzlicher Erschöpfung: »Warum laßt ihr mir bloß keine Zeit!«

Daheim ist nicht alles wie gewohnt. Die Mutter ist stärker gebeugt, der Vater zeigt auf die Mauer zwischen Keller und Fenstern im Erdgeschoß: Die Feuchtigkeit steigt, wer soll das Haus in Ordnung halten? Ihn verläßt die Kraft.

Der alte Pollmer ist mürrisch und poltrig, aber er gibt May die Hand, und seine Enkelin nimmt er sogar in die Arme. Von der ersten Minute an klagt er über sein Rheuma – wie soll ein Barbier das Messer führen, wenn die Arme schmerzen und die Gelenke voller Knoten sind?

May sagt: »Emma will für ein paar Wochen hierbleiben. Ihnen helfen.«

Pollmers Lippen stülpen sich nach außen, er zieht sie zwischen die braunfleckigen Zähne zurück. Die Adern an seiner Schläfe sind zum Platzen gefüllt, er verbiegt die Finger zu einem Schlangenbündel. Er mustert May, den Anzug, die Krawatte, das Hemd. In Ernstthal macht das alles etwas her, aber stellt es etwas dar in Dresden? »Emma, hast deine Sachen mit?«

»Nur das Nötigste, Großvater.« Ein Paar Schuhe sind in Dresden geblieben, eine Bluse und ein Sommerkleid. Pollmer blickt auf Mays Hände; trug er nicht vor Monaten einen Ring mit schwarzem Stein? »Meine Ohren, manchmal ist mir's, als ob jemand Pflöcke hineintreibt.«

»Ja, Großvater, ich mach dir Umschläge mit Kamille.«

May sitzt bei den Eltern, wird ausgefragt. Jetzt, da er vielleicht wieder Redakteur wird, ist er an Dresden gebunden.

Wenn's anders wäre, könnte er nach Ernstthal ziehen, freilich. Reisen? Nein, gereist ist er in der letzten Zeit nicht.

Am nächsten Morgen, ehe es hell ist, verabschiedet er sich; Emma bringt ihn zum Bahnhof. »Ich schreibe dir, Emma! Es wird sich bestimmt alles wenden!« Wind weht über den Bahnsteig, der Zug von Glauchau nach Chemnitz hat Verspätung. Er schlägt den Kragen hoch, er möchte nicht, daß ihn einer erkennt. Noch immer gilt er nichts in seiner Vaterstadt, beharrlich kursieren Gerüchte, vor Jahren habe er als Räuberhauptmann einsame Marktfrauen überfallen. »Und wenn dich Großvater schlägt…«

»Wird schon nicht, Hühnchen.«

»Emma, vielleicht ziehst du im Frühjahr wieder zu mir.«

»Schön wär's, Hühnchen.«

2

Er sucht Bruchstücke heraus, Liegengebliebenes aus vergangenen Jahren, Angefangenes; gelbgraues Papier findet sich aus Waldheimer Tagen. In den ersten Wochen ohne Emma schafft er das Doppelte, ohne daß er die Nacht dazugeben müßte. Einen Brief schickt er nach Ernstthal: »Wir waren schlecht vorbereitet auf ein Zusammenleben. Ich suche alle Schuld bei mir, ein Einzelwesen war ich doch immer. Ich wollte dich verwöhnen und vermochte es nicht. Nun werde ich mit vermehrtem Fleiße zu erreichen suchen, was mir bisher unmöglich war, und bin gewiß, daß ich zu den Gipfeln aufsteigen werde, die ich ersehne. Ardistan und Dschinnistan, Du weißt, was ich Dir darüber sagte?«

Manchmal spricht er tagelang mit keinem Menschen. An Waldheim erinnert er sich: Er fand am ehesten Ruhe, wenn er allein war. Andere glaubten, sie müßten verrückt werden in der Einzelhaft, er konnte am klarsten gliedern, wenn niemand um ihn war: das Gute, das Böse. In den letzten Monaten mußte er zu oft Druck nachgeben, seine Ziele verwischten sich. Jetzt wird er wieder deutlich unterscheiden: Das ist Broterwerb, das da ist Aufgabe, Berufung.

Der Winter fällt ein, er muß mit den Kohlen haushalten. Den Tisch hat er an den Ofen gerückt, meist behält er den Mantel an. Einen Termin setzt er sich: Wenn er bis zum 1. Dezember das Darlehen bei Vogel nicht zurückgezahlt und keine Reserve von hundert Mark gehäuft hat, verdingt er sich bei Radelli. Am letzten Novembertag besitzt er neunzehn Mark und einige Pfennige. Tags darauf redigiert er Druckfahnen des Unterhaltungsblattes »Frohe Stunden«.

Emma schreibt: »Es ist alles so traurig hier, endlos Plackerei hab ich mit dem Großvater. Kommst zu du Weihnachten wenigstens auf ein paar Tage?« Aber er schützt Arbeit vor – nicht einmal genügend Zeit finde er, Geschenke zu kaufen. Schreiben bringt Trost, die Gedanken an Emma bedrücken. Da eine Schreckensnachricht im Januar: Emil, Emmas Onkel, ist im Pferdestall eines Gasthofes in Niederwürschnitz unter fatalen Umständen zu Tode gekommen. Betrunken war er, das gilt als erwiesen, vielleicht stürzte er auf der Straße und ist überfahren worden, Kumpane haben ihn in den Stall geschleppt, wo er starb. May fährt nicht zum Begräbnis, erst Wochen später taucht er in Ernstthal auf und hört das Klagen des alten Pollmer: Die Behörden hätten luschig gearbeitet, vertuscht worden sei, weil alle unter einer Decke steckten. »Zum braven Bergmann« heiße die Wirtschaft, das sei blanker Hohn. Polizisten aus Oelsnitz, der Staatsanwalt aus Zwickau – es müßte einer aus Dresden kommen und alles aufrühren! Pollmer fragt: »Kennen Sie keinen?«

»Kennen schon.« May fängt Emmas abschätzigen Blick auf. »Radelli hat Beziehungen.«

»Und wenn sie ihn umgebracht haben, den Emil!« Pollmer fühlt sich gedemütigt, allein gelassen. Er hat vorgetastet beim Kühnert, es wäre doch mal die Rede gewesen: der Hannes und Emma, aber Kühnert hat ihn abblitzen lassen: Soso, zurück aus Dresden? Hatte es nicht geheißen, Emma sei mit May verheiratet? Seine Haushälterin sei sie gewesen? Soso.

Nein, der Hannes habe was anderes in Aussicht, eine solide Partie. »Und nun den Emil umgebracht!« Pollmer stößt die Fäuste gegeneinander. »Niedergeschlagen, ausgeraubt, unter ein Fuhrwerk geworfen.«

»Ich müßte Zeit haben, die Sache in die Hand zu nehmen.« May holt aus, wie arg er bei Radelli angespannt sei, daneben eigene umfängliche Arbeiten! Emma fragt: »Und wenn du weg könntest?«

Das ist wie in der Tabakwicklerei von Waldheim, wenn Prott immer neue Geschichten herauslockte: Und dann, May, dann?

»Karle, wenn du weg könntest?«

»Unter einer Decke stecken sie alle!« Pollmer streckt die gespreizten Finger vor, als wolle er sie jemandem um den Hals legen. »Mit ein paar Flaschen Wein läßt sich mancher schmieren.«

»Ich werde ganz kühl über den Fall nachdenken.« May glaubt, er sei wirklich kühl, Emmas Lächeln habe ihn nicht aufgestört. »So etwas kann man nicht übers Knie brechen. Vielleicht schaue ich mich einmal in Niederwürschnitz um.«

»Sie müssen nach Neuölsnitz in den Gasthof gehen! Dort reden sie die krausesten Dinge.« Wer hat das alles erzählt? Hesse wahrscheinlich oder Hübsch. Hesse hat gebrüllt, daß es aus dem Barbierladen auf die Straße schallte, es müsse wohl jemand überhaupt keine Liebe im Leib haben, der es zulasse, daß man ihm den Sohn erschlägt. Emils Leiche müsse exhumiert werden, dann werde man allerlei Gesindel ins Zuchthaus bringen, den Staatsanwalt zuallererst. Ach, es ist so viel geredet worden.

Als May aufbricht, begleitet ihn Emma. Umschlungen streifen sie durch die Gassen wie vor einem Jahr. Zwischen zwei Küssen sagt sie: »Wenn du was rausbrächtest, Karl! Großvater würde ganz anders von dir denken.«

»Und du?«

»Ich halt doch immer große Stücke auf dich.«

»Auch wenn's nicht geklappt hat mit uns in Dresden?«

»Lag doch nicht an uns.«

»Ich rappel mich schon hoch. Ziehst im Frühjahr wieder zu mir!«

Emma schleicht mit hinauf in seine Kammer, sie flüstert: »Hühnchen, wird schon alles gut mit uns, wirst sehen!«

Am nächsten Tag steht er wieder in Dresden in einer Setzerei und trägt Druckfahnen von einer Maschine zur anderen. Er kennt keinen Staatsanwalt und wagt nicht, Radelli vom vermeintlichen Mord am Onkel seiner Braut zu erzählen: Es ist nicht gut fürs Renommee, wenn sein Chef erfährt, daß jemand aus Mays Anhang in einem Pferdestall ums Leben gekommen ist, in einer Winternacht um vier in der Früh, unter dunklen Umständen. Dennoch schreibt er tags darauf an Emma: »Ich lasse meine Verbindungen spielen.«

Zu Ostern fährt er wieder nach Ernstthal. Eine neue Hose trägt er und lackglänzende Schuhe und einen vergoldeten Zwicker. Der Mutter bringt er Kattun mit, der Schwester Kaffee, für Pollmer Zigarren. Als er neben Emma am Tisch der Schwester sitzt, zählt er auf, was in den letzten Monaten veröffentlicht worden ist: Die Abenteuererzählungen »Der Ölprinz« und »Die Gum« in »Frohe Stunden«, »Der Dukatenhof« im »Buch für Alle« in Stuttgart, dazu »Ein Abenteuer auf Ceylon«, »Die Kriegskasse«, »Auf der See gefangen«, »Ein Self-Man«, »Der Afrikander«. In der nächsten Zeit wird noch viel mehr erscheinen, endlich zahlt sich das Rackern aus!

Als er mit Emma am nächsten Tag durch Wiesen und Felder spaziert, sagt sie: »Hast mich ins Gerede gebracht, Hühnchen. Mußt mich heiraten, weißt das?«

»Wenn wir's nur irgendwie schaffen!«

»Und wenn du nach Ernstthal ziehst? Hier hätten wir's billiger. Schon die Miete.«

An diesem Tag und am nächsten ist wieder von Emils Tod die Rede, Pollmer schreit May an: »Sie haben sich auch nicht gekümmert, ist alles nur Geschwafel bei Ihnen!«

May sagt: »Ich werde selbst nach dem Rechten sehen!«

An einem düsteren Apriltag öffnet er die Tür des Gasthofes in Neuölsnitz. Drei Männer sitzen mit dem Wirt an einem Tisch, als der städtisch gekleidete Herr eintritt. May wünscht einen guten Tag und klopft mit den Knöcheln auf die Platte, wie 's Sitte ist. Er bestellt Bier und Korn – aber einen guten! Neben ihm plätschert das Gespräch weiter: Der Regen, ein Schweinehandel.

»Gemütlich hier«, sagt er, als der Wirt wieder bei ihm steht. Der Wirt brummt: »Jaja, bloß das Wetter. Von weit her?«

»Von Dresden.« Nein, nicht zum Spaß bei diesem Wind. Schmeckt nicht übel, der Korn. »Will herumhören in einer vertrackten Sache.« Der Herr Wirt ahne schon? »Den Tod von Emil Pollmer meine ich.«

Am Nebentisch heben sie die Köpfe. »Ist schludrig gearbeitet worden«, sagt May so laut, daß alle es hören. »Man hat den Leichnam verdächtig rasch unter die Erde gebracht.«

Ein Bauer, ein Häusler, ein Fuhrknecht und der Wirt blikken sich an. Jaaa, was man so höre. Dabeigewesen sei keiner von ihnen.

May fragt: »Der Hesse?«

Ja, der habe den Emil auf der Straße gefunden, nachdem er überfahren worden sei. »Voll wie sieben Dragoner«, sagt der Wirt. »Ich kannte Emil doch. So viel vertrug der gar nicht. Bin froh, daß er nicht von mir gekommen ist.«

»Beim Huth war er.« May zückt ein Büchlein und schreibt den Namen Huth hinein, hoffend, das mache Eindruck. Huth ist der Wirt vom »Bergmann« in Niederwürschnitz. »Es heißt, Huth habe fünftausend Taler auf der Bank?« Da zucken alle mit den Schultern. »Und Feld besitzt er wohl auch?« May kritzelt, fragt: »Und war seine Frau nicht schwanger?« Er weiß selbst nicht, was das mit dem Tod von Emil Pollmer zu tun haben soll, aber er ist ja bei vielen Vernehmungen auch das sinnloseste Zeug gefragt worden.

Einer räuspert sich: »Der Herr ist wohl ein Staatsanwalt aus Dresden?«

»Ich stehe noch höher als der Staatsanwalt. Also, was weiß jeder von Ihnen?«

Der Fuhrknecht macht sich davon, der Wirt schickt seinen Jungen nach einem, der an jenem Januarabend dabei war in Niederwürschnitz. Der kommt, berichtet, was alle wissen: Sie haben zu dritt einen Stiefel getrunken, Emil Pollmer, der Hesse und ein anderer. Noch einen Stiefel, noch einen, Hesse sei gegangen, zu einem Mädchen wahrscheinlich, oder er habe noch im Stall zu tun gehabt, und Pollmer habe getrunken, gesoffen.

»Eine Prügelei?«

Davon weiß keiner etwas.

»Die Protokolle, die ich gesehen habe, taugen nichts. Eines steht fest: Wenn der Staatsanwalt nicht sorgfältig gearbeitet hat, lasse ich ihn einstecken – zu was sind denn diese Kerle da!«

Einer meint, Emil sei ja nun nicht gerade ein Ausbund an Fleiß gewesen. Und an jedem Wochenende betrunken. Schulden habe er gemacht, und habe er nicht weiter ins Gebirge hinauf zwei uneheliche Kinder? Ein anderer ereifert sich: Deswegen brauche man ihn aber nicht umzubringen!

»Sie meinen also, daß er umgebracht worden sei?« May stößt den Bleistift auf den zu, der eben gesprochen hat. »Warum sind Sie davon überzeugt?«

Stille breitet sich aus, May merkt, daß er den Bogen nicht überspannen darf. Noch ein Bier bestellt er und fügt hinzu, er sei es ja nicht, der es bezahlen müsse. »Man sollte den Leichnam ausgraben lassen, der Schädel ist nicht gründlich untersucht worden, davon findet man nichts in den Protokollen.« Endlich einmal sind Gewichte vertauscht, nicht er steht demütig vor Doßt, vor Waldheims Direktor. Der Wirt fragt: »Sie werden anordnen, daß die Leiche ausgegraben wird?«

May schreibt diese Szene nicht, er erlebt sie, das Ich, ans Agieren auf dem Papier gewöhnt, kehrt ins Diesseits zurück. »Und wenn ich zehn Ärzte beauftragen sollte, es muß doch herauszufinden sein, ob man dem Mann den Schädel eingeschlagen hat!« Er blickt sich um, die Gesichter des Wirts, des Häuslers und des Bauern wirken so, wie er sie in einer Dorfgeschichte erdacht hat, als der Bergwerksdirektor in eine Hütte tritt, nach Diebsschmelze fahndend. »Will mal Ihre Namen notieren.«

»Jaen«, der Bauer buchstabiert.

»John«, sagt der Häusler.

»Und wer weiß nun, wer Pollmer niedergeschlagen hat?«

Da zucken sie mit den Schultern und schauen sich rundherum an. Wer kann so was behaupten? »Weiß schon«, sagt May, »daß allerhand vertuscht worden ist. Mit ein paar Flaschen Wein kann man viel erreichen.« Er zahlt, läßt sich vom Wirt in den Überzieher helfen und geht. Schweigen bleibt, Hüsteln.

3

Druck lastet, er mißt ihn dem Wind zu, dem Regen. Aber schließlich reißt Frühlingshimmel auf, die Höhen um Dresden begrünen sich, weiß schimmern die Obstgärten. An den Sonntagen beobachtet er von früh an, wie Scharen hinausziehen, Familien, Gruppen von Arbeitern, womöglich von aufrührerischen Elementen organisiert, wie in den Zeitungen zu lesen ist. Unter dem Vorwand, Luft zu atmen nach einer Woche in der Fabrik, singen sie auf Waldwiesen und in Wirtsgärten umstürzlerische Lieder; auch werden sozialistische Ansprachen gehalten. Die Sonne scheint aufs Papier, aber sie erfreut ihn nicht. Licht, überlegt er, wann war in seinem Inneren wahrhaftig Licht? An manchen Tagen der Wanderschaft in Böhmen. Als er in Waldheim zu schreiben begann. Wenn Kochta zu ihm sprach.

Der Briefträger liefert Pakete mit Manuskripten zurück. May überliest und wundert sich: Das hat er geschrieben? Vor einem halben Jahr erst? Ein Verleger bemängelt den weitschweifigen Stil und stellt in Aussicht, das Manuskript abermals zu prüfen, wenn es auf die Hälfte zusammengestrichen worden sei. Das Kürzen mißrät. Wie gelingt das anderen Schriftstellern? Er hat nie mit anderen Schriftstellern gesprochen. Eine Geschichte von Balduin Möllhausen legt er ratlos weg. Seit er aus Waldheim entlassen worden ist, hat er kaum Zeit zum Lesen gefunden; die Erinnerung an Lektüre in Kindheitstagen ist verblaßt. Handlungsstränge vermag er in Überfülle zu schaffen, die Technik dazu braucht er niemandem abzulauschen. Schreibt etwa Wilhelm Blumenhagen straffer? Das Unvermögen, aus Vergleichen Schlüsse zu ziehen, quält, da gibt er es auf. Trost ist bei der Hand: Sein Publikum wächst. Sollte er von den zehn Seiten einer Nacht am nächsten Morgen fünf tilgen? Er wird sich nicht selbst die Finger abhacken.

Da bringt der Gerichtsbote eine Vorladung, ein Herr Assessor Haase wünsche ihn zu sprechen. Hat Vogel ihn verklagt des Wechsels wegen? Aber Haase, ein agiler Mann Ende der Zwanzig, fragt: »Herr May, waren Sie je in Neuölsnitz?«

»Ja«, antwortet er überrascht, »im Gasthof, es ist noch nicht lange her.«

Der Assessor eröffnet, Anzeige liege vor wegen Amtsanmaßung. Von Beruf Volksschullehrer, hm, und was tue er jetzt? Redakteur? Warum habe er dann in Neuölsnitz behauptet, er sei Beamter und stehe noch über dem Staatsanwalt?«

»Nie habe ich das gesagt!«

Der Assessor geht über den Einwand hinweg, mit diesem Detail wird er sich später befassen. Was Gendarm Oswald aus Oelsnitz ermittelt hat, klingt hanebüchen, die Zeugen gelten als unbescholten und sind in keiner Weise Partei. »Herr May, sind Sie vorbestraft?«

»Als Journalist geht man oft Dingen nach, die die Leser interessieren. Vielleicht habe ich angegeben, ich arbeite für ein Dresdner Blatt. Herr Radelli, bei dem ich als Redakteur tätig bin...«

»Nochmals: Sind Sie vorbestraft?«

Jetzt antwortet er der Wahrheit gemäß, der Assessor läßt sich jede Strafe zweimal nennen. Eben noch hat er gemeint, womöglich werde durch einen übereifrigen Gendarmen eine Aufschneiderei aufgebauscht, plötzlich gewinnt die Affäre Gewicht. »Happig. Also nun packen Sie mal aus, May!«

Er will sich diesen Ton verbitten, aber sein Selbstgefühl reicht dazu nicht.

»Sie haben behauptet, Sie stünden über dem Staatsanwalt?«

Das Gespräch dreht sich im Kreis, da ruft der Assessor einen Protokollanten herein, nach zehn Minuten sind Mays Vorstrafen auf königlich-sächsischem Kanzleipapier fixiert. »Haben Sie geäußert, daß sie anordnen werden, die Leiche zu exhumieren?«

»Vielleicht habe ich gesagt, es *wäre gut,* sie zu exhumieren.«

Der Assessor begreift diesen Fall so: Bei den Vorstrafen des Beschuldigten geht es nicht an, die Sache auf die leichte Schulter zu nehmen, das könnte einem Assessor übel angekreidet werden. Übertriebene Schärfe wird weit seltener gerügt als zu große Milde, überdies fordern die Winkelzüge des Delinquenten konsequentes Zupacken heraus. Ein Redakteur, der gelernt hat, den Leuten das Wort im Munde umzudrehen, soll sich nicht einbilden, hier käme er mit windigen Methoden durch. Ein Schulmeisterlein, davongelaufen zu obskuren Journalen. Schon wie er sich ausdrückt: schwülstig, verblasen. Eine geschmacklose Krawatte, protziger Ring, Talmi alles. An die Vierzig ist May, da wird er schwerlich sein Leben wenden. Hochstapler im Rückfall. »Und Sie haben behauptet, es liege in Ihrer Macht, die Exhumierung anzuordnen?«

»Das keinesfalls!«

Haase möchte nicht zuviel von den Fakten preisgeben, die Gendarm Oswald ermittelt hat, so wechselt er die Taktik: »Jetzt schildern Sie erst einmal den Vorgang!«

May versucht, sich zu langsamem Reden zu zwingen. Er ging also nach Neuölsnitz, um dem Großvater seiner Braut zu beweisen, daß er sich um ihn kümmere. Und er habe nach seiner Rückkehr gesagt: Die Leute da reden dies und das, aber dabeigewesen ist keiner, also lassen Sie die Sache ruhen. »Herr

Assessor«, er glaubt Grund unter den Füßen zu spüren, »es ist ja auch nichts daraufhin erfolgt!«

»Und Sie haben nicht behauptet, Sie würden zehn Ärzte beauftragen, herauszufinden, ob Emil Pollmer der Schädel eingeschlagen worden sei?«

»Nie im Leben!«

»Wirt und Gäste hatten den Eindruck, Sie wollten eine regelrechte Vernehmung mit ihnen abhalten.«

»Ich weiß doch gar nicht, was eine Vernehmung ist.« Dieser Satz ist heraus, ehe May nachgedacht hat.

»Gerade einer wie Sie!« Nun geht Haase das Protokoll des Gendarmen Wort für Wort durch. May variiert die Antworten: Das könne sich unmöglich so abgespielt haben, das sei bestimmt anders gewesen, darauf besinne er sich nicht. Am Schluß verkündet der Assessor: »In Chemnitz wird man weiter befinden.«

May rafft sich auf: »Ich habe nichts zu befürchten.«

Aber nachts liegt er schlaflos, und drei Tage darauf schreibt er ans Gericht. Den vom Gendarm Oswald geknüpften Knoten müht er sich zu harmlos erscheinenden Fäden aufzudröseln. Einem alten Mann wollte er helfen, was kann er dafür, daß Dörfler a priori einen gebildet wirkenden Menschen als Respektsperson betrachten? Sollte das geehrte Gericht nicht nachprüfen, inwieweit die Herren Zeugen dem Fusel zugesprochen hatten? Mißverständnis, Lüge, Verdrehung, unwahre Behauptung – er weiß, daß er nicht im winzigsten Punkt ein Verschulden gestehen darf. Er hat ehrenhaft gehandelt, davon gibt's keine Abweichung. Der Brief endet so:

»In Folge meiner am 11ten dieses Monats erfolgten Befragung gestatte ich mir die sehr gehorsame Bitte, beifolgende Defension nebst der angefügten Beilage am betreffenden Protokolle gütigst anschließen resp. nachsenden zu wollen. Die Gewissenhaftigkeit, mit welcher ich sowohl mich vor jeder Ungesetzlichkeit fernzuhalten strebe und auch über mein und das Wohl der Meinigen zu wachen habe, gebietet mir, den gegebenen Fall so sorgfältig wie möglich zu behandeln.

Ich bin mir nicht der geringsten Schuld bewußt, und wenn meine Eingabe auch vielleicht nichts wesentlich Neues bringt, so dürfte sie doch die betreffenden Begebenheiten in durchaus wahrer Darstellung etwas ausführlicher beleuchten, als es in dem erwähnten Protokolle möglich war. – Sollte mein ganz devotest ausgesprochener Wunsch nicht zu einer Fehlbitte werden, was ich bei der allgemein anerkannten Humanität des sächsischen Richterstandes als sicher annehmen darf, so erlaube ich mir, ehrerbietigst Dank zu sagen, und zeichne mit schuldiger Hochachtung und Ergebenheit
Ihr Karl May.«

In den nächsten Tagen versucht er, seine Angst durch Schreiben abzutöten, es scheitert. Und wenn es gelänge, seinen Verleger zur Aussage zu bewegen, er habe ihn beauftragt, sich in Neuölsnitz umzuhören? Aber Radelli ist hölzern, kränklich und zu alt für ein derartiges Spiel. Münchmeyer – aber was würde der als Gegenleistung fordern?

Haase bestellt ihn wieder in sein Büro. Behörden aus Chemnitz und Stollberg haben in Ernstthal herumgehorcht und Bedenkliches an den Tag gebracht. »Herr May, es ist recherchiert worden, Sie seien Sozialdemokrat.«

»Nie im Leben!« Gegen diesen Vorwurf vermag er aufzutrumpfen, dennoch erschrickt er bis aufs Blut. Wenn auch durch widrige Umstände in seinem Leben keineswegs alles wünschenswert verlaufen sei – das doch nie! In allen Schriften habe er die Ehrfurcht vor Gott und dem Herrscherhaus befördern wollen!

»Sozialdemokraten haben bei zwei Attentaten dem Kaiser nach dem Leben getrachtet!«

»Verabscheuungswürdige Verbrechen!«

»Herr May, Sie stammen aus einer der am übelsten beleumdeten Gegenden des Reiches, Sie wissen, zu welchem Wahlkreis Ernstthal gehört? Und wie heißt Ihr Reichstagsabgeordneter?«

»Bebel. Aber ich habe ihn nie gewählt!« Eifernd zählt er auf: Bei dieser Wahl saß er im Zuchthaus, bei jener war er nicht wahlberechtigt, später wohnte er in Dresden.

»Wenigstens etwas Gutes haben Ihre Strafen für Sie gehabt.«

In Haases Lachen kann May nicht einstimmen. »Ich darf darauf hinweisen, daß ich streng monarchistisch erzogen worden bin, mein Vater...«

Jetzt, da es um Politik, gar um Gesinnung geht, muß nicht mehr Haase seinem Gegenüber dessen Verfehlungen nachweisen, jetzt hat May sich von einem Verdacht zu reinigen. Seit Bismarck das Sozialistengesetz erlassen hat, weiß sich jeder Vertreter der Staatsmacht zum Bewahrer und Hüter göttlicher Ordnung erhoben. Sozialdemokratie, das ist der innere Feind, der dem äußeren die Hand reicht. Nie fühlt sich Haase sendungsbewußter, als wenn er Sozialdemokratie wittert, nie wird er so sarkastisch, als wenn er ihrer habhaft wird. Für ihn liegt die Sache einfach: Falls May ein eingefleischter Roter ist, wird er bockig werden und sich dadurch verraten, wenn er es nicht ist, wird ihn diese Taktik weich klopfen.

»Gerade mit meinen ›Geographischen Predigten‹ habe ich die Berg- und Hüttenarbeiter meiner Heimat aufrichten und zum Wahren erheben wollen!« May steigert sich ins Pathetische, die Haarwelle über der Stirn gerät ins Wippen.

»Schön, Herr May, da beweisen Sie mal!«

Und May schreibt an das Gericht:

»Die Angabe, ich sei Sozialdemokrat, enthält geradezu Unwahrheit. Ich gehöre zu den entschiedensten Gegnern dieser unglückseligen Richtung, wie meine Verwandten und Bekannten wohl beweisen können. Ich habe nie eine sozialdemokratische Versammlung besucht und nie ein Wort zugunsten des Demokratismus gesprochen oder geschrieben. Ich kann aus meinen wissenschaftlichen und belletristischen Werken den Beweis ziehen, daß ich auf dem festen Boden des göttlichen und staatlichen Gesetzes stehe, und namentlich sind meine viel gelesenen Geschichten aus dem Erzgebirge nur geschrieben, um Frömmigkeit und Patriotismus zu verbreiten.«

Er sucht in seinen Mappen und findet das Gedicht, das er über den Sachsenkönig geschrieben hat, es wird, hofft er, jedem Ehrabschneider den Mund stopfen. Wieder endet er seinen Brief mit untertänigsten Bitten und Beschwörungen. Sächsische Justizmühlen mahlen trefflich fein. May wechselt die Wohnung – was braucht er zwei Zimmer und Küche, da er wieder allein ist. Die Justizboten finden ihn dennoch. Als sich der Sommer neigt, kündigt er bei Radelli und verkriecht sich bei den Eltern in Ernstthal. Doßt trifft ihn auf der Straße, legt die Hand an den Säbelknauf. »Der Herr Redakteur! Wieder mal frische Luft schnappen?« Die Furcht fährt May so in die Glieder, daß er keine Erwiderung findet. Doßt lacht ihm hinterher: So sind sie, die Strolche, die Ganoven – ein Tschako, und schon kacken sie sich in die Hosen! Das wird er herumerzählen, wie May bleich geworden ist wie eine Stallwand. Warum kommt er nach Ernstthal, gerade jetzt?

Wie soll einer schreiben unter diesen Umständen! Dabei hatte sich einiges mit soliden Journalen gut angelassen, auch katholische Zeitschriften in Süddeutschland sind darunter. Aus Begleitbriefen ist hervorgegangen, man halte May für einen Katholiken; er hat dem nicht widersprochen. Jetzt bringt er an manchem Abend nur drei Seiten fertig. Am nächsten Tag hütet er sich, sie durchzulesen; er fürchtet, sie wegzuwerfen. Er schreibt einen Satz, aber in sein Hirn hämmert Assessor Haase einen anderen. Auf dem Papier läßt er einen Pascher durch den Schnee stapfen, aber in seiner Vorstellung schreit Prott durch den Brodem der Zigarrenwicklerei: Habt ihr gehört, Leute, der Spinner ist wieder da! Er zwingt sich zum nüchternen Überlegen: Wie es auch kommen mag, zu Zuchthaus kann ihn kein Gericht der Welt verurteilen. Amtsanmaßung, wenn überhaupt – aber zu Gefängnis womöglich doch.

Radelli schreibt aus Dresden: »Lieber Herr May, unsere immer aufrichtigen Beziehungen zwingen mich, Ihnen nicht zu verhehlen, daß der logische Fluß Ihrer eingesandten Erzählungen zu wünschen übrig läßt. Wenn Sie bitte den Dialog auf Seite 13 mit der Konstellation auf Seite 27 vergleichen wollten, entginge Ihnen ein eklatanter Widerspruch nicht.

Ich sende Ihnen Ihre Erzählung mit der Bitte zurück, sorgfältigst...« May ist gezwungen, noch einmal zu lesen, was er vor einem Vierteljahr erdacht hat. Ändern, wie soll er ändern, und was? Er schickt die Geschichte, wie sie ist, an ein Journal in Stuttgart.

Der Winter fällt mit aller Wucht ein. Selten kauft er eine Zeitung, was er liest, erschreckt ihn: In Chemnitz rumort die Sozialdemokratie trotz des Verbots, Arbeiter rufen in einer bürgerlichen Versammlung: »Hoch, Most!« So heißt der Führer der Sozialdemokraten in dieser Stadt; er sitzt im Gefängnis. May will von diesen Umtrieben so wenig wie möglich hören und wissen, aber am Küchentisch, im Gespräch mit einem ehemaligen Schulkameraden an einer Ecke hört er doch, daß überall sozialdemokratische Arbeiter auf die Straße gesetzt werden. Der und jener wollte in Chemnitz ein Tabakwarengeschäft gründen, aber ein Polizist stand den ganzen Tag davor und inspizierte die Taschen der Kunden, ob darin keine Flugblätter versteckt wären, da ging das Geschäft ein. Most wird aus dem Gefängnis entlassen, aber er ist ein gebrochener Mann: In einer Versammlung kann er nur zehn Minuten lang reden, dann muß ein anderer das Referat fortsetzen. »Den haben sie fertiggemacht«, hört May. Sein Nacken versteift sich, seine Hände werden kalt. Im Gefängnis fertiggemacht – ihm muß man die Methoden nicht schildern.

Einem ist es gar nicht recht, daß May sich wieder in Ernstthal eingenistet hat: dem Ratswachtmeister Doßt. Das kriminelle Gesindel hat nicht abgenommen, und nun muß er auch noch auf rote Umtriebe achten, die aus Chemnitz und von Glauchau herüberdringen. In Wittgensdorf haben sich Arbeiter und Bürgersöhne geprügelt, Vahlteich, Reichstagsabgeordneter der SPD, soll in einer Kneipe gesprochen und Schriften verteilt haben. Ein Sparverein wurde gegründet – wer maskiert sich da? Und nun ist auch noch May in der Stadt, der Zuchthäusler. Wer Geschichten schreibt, verfaßt vielleicht auch Flugblätter. Doßt hat Hinweise bekommen: Im Rümpfwald hat Bebel im Mondschein auf einer Waldwiese zu einer

Rotte sozialistischer Drahtzieher gesprochen. Könnte nicht May den Plan dazu ausgeheckt haben, May, den man einstmals aus der Eisenhöhle ziehen mußte? Doßt schreibt nach Chemnitz, politische Wühltätigkeit sei May leider nicht nachzuweisen, aber er werde ein wachsames Auge auf ihn haben. Doßt denkt: Nach Waldheim mit dem Pack, mit May zuerst!

Am Weihnachtsabend hört May eine Predigt über das himmlische Kind, das Gnade und Erlösung über die Welt gebracht habe. Er steht an einer Säule in der Pfarrkirche; zwischen gebeugten Köpfen hindurch, über Bankreihen hinweg betrachtet er das Profil von Emma Pollmer. Ihr Großvater ist nicht mit zur Christmette gekommen, er liegt im Bett, seinen Laden hat er seit dem Herbst kaum mehr geöffnet. Am zweiten Weihnachtstag sind Emma und Karl bei Schönes zum Stollenessen eingeladen, die Stimmung bleibt gedrückt. Wie schon oft gerät das Gespräch auf Geister und Geisterbeschwörung – ob die Toten, vorausgesetzt, man werde ihrer habhaft, vorausschauen können? Wenn man den Ehering der Großmutter an einem ihrer Haare über einem Bogen mit Buchstaben pendeln lassen könnte – aber man hat keines ihrer Haare über der Erde behalten. Die Großmutter war die gütigste Frau und eine wunderbare Geschichtenerzählerin, aber überfordert man nicht ihren Geist, wenn man ihn fragt, wie das Amtsgericht Stollberg über jene Stunde im Gasthof von Neuölsnitz urteilen werde? Emma meint, keiner der Anwesenden dürfe allzustark hoffen, der beschworene Geist erscheine, das würde Geister nur verwirren. Fest hoffen müßten alle, zuversichtlich hoffen. Aber wäre denn Karl ausreichende Mäßigung überhaupt zuzutrauen? Aufs Medium kommt das Gespräch: Es muß dem Verstorbenen nahegestanden haben, aber es gibt auch Ausnahmen, es soll sensibel sein, doch keinesfalls nervös. Feinfühlig, behutsam sei Emma, versichert Frau Schöne; habe man nicht kürzlich den Geist ihrer Mutter bewogen, sich vor dem Fenster zu zeigen? Ein schimmernder weißer Fleck habe sich bewegt, ein Gesicht fast, und dieses Gesicht habe genickt.

Emma fragt: »Glaubst du an Geister, Karl?«

»Die Großmutter hat viel von ihnen gehalten. Gewisse Kräfte gibt es sicherlich.« Und wie war das in Waldheim, als er meinte, er müsse Dämonen aus sich heraustreiben? Da ist er überzeugt gewesen, böse Geister hätten ihn in der Gewalt. Selbst Kochta hat diese Ansicht nicht entschieden zurückgewiesen, und mancher Pfarrer in den Gebirgsdörfern läßt unter der Hand gewisse Möglichkeiten offen. »Ich bin heut abend nicht in der rechten Stimmung.« Noch hat das Gericht nicht gesprochen, alles, was bis dahin geschehen kann, erscheint unwesentlich. Auch diese Unterhaltung, dieses dunkle Weihnachten, dieses kalte Silvester.

4

Er nimmt den Brief mit dem amtlichen Siegel im Flur entgegen und quittiert. Die Mutter steckt den Kopf aus der Küche und zieht ihn erschrocken zurück: Ein Uniformierter, ein Gerichtsbote, die Schande im Haus – jeder in der langen Straße hat ihn gesehen. Mays Beine sind steif, als er die Treppe hinaufsteigt, oben bricht er das Siegel und überfliegt die erste Seite und die zweite und findet auf der dritten: »... unbefugt ein öffentliches Amt angemaßt und entsprechende Amtshandlungen vorgenommen. Gemäß Paragraph 132 des Reichsstrafgesetzbuches...« In ihm beginnen Stimmen zu wüten wie vor Jahren, als er aus dem Zuchthaus zurückgekehrt war, damals schien ihm, als gingen Männer wie in einem Dorfwirtshaus mit Stuhlbeinen aufeinander los. Assessor Haase, Waldheims Direktor, Doßt, jeder Gendarm, der ihm in den Monaten seiner Wanderungen nachgeblickt hat, sie alle schreien: Gefängnis! Die Mutter öffnet die Tür einen Spalt, sie sieht Karl am Tisch stehen, einen Bogen in den flatternden Händen, die Lippen geöffnet zu einer verzweifelten Grimasse. »Karli, Karl.«

»Geben die oben denn niemals Ruhe? Drei Wochen Gefängnis, ich soll sie in Hohenstein abbüßen.«

»O Karl, du hast doch alles so gut gemeint!«

Er krümmt sich zusammen; Gefängnis, dieses Wort wirkt wie ein Knüppelhieb. »Und ich brauche jeden Tag für meine Arbeit.«

»Die Schande, Karl, die Schande.«

Er sackt auf den Stuhl. Er hat mit Freispruch gerechnet oder schlimmstenfalls mit einer Geldbuße. Noch einmal Gitter, Riegel, Fraß, Dreck, Hände an den Hosenstreifen.

»Hättest du einen Anwalt nehmen sollen.«

»Ich tu's jetzt und leg Berufung ein. So billig kriegen sie mich nicht.« Aber er weiß: Die Ehrabschneider werden die Mäuler wetzen. Alles wieder von vorn.

Geringer Halt bleibt, das Schreiben, und wenn es noch so mühselig von der Hand geht. Eine Geschichte entsteht: »Unter Würgern – Abenteuer aus der Sahara«. Er kann die demütigende Strafe verdrängen, während er sich diese Szene ausdenkt: »Noch ehe er eine Bewegung machen konnte, traf ihn meine Faust auf die Stirn, er knickte zusammen und sank besinnungslos zu Boden. Es war ganz derselbe Jagdhieb, wegen dessen mich Emery Bothwell zuweilen Old Shatterhand (Schmetterhand) genannt hatte.« Er stellt sich vor, wie er diesen Hieb führt, er schaut auf die Knöchel seiner Rechten und führt die Faust von oben nach unten. Dazu müßte er den Arm drehen, vielleicht besäße der Schlag dann nicht die Wucht, als wenn er ihn von der Seite gegen die Schläfe richtete. Old Shatterhand – er spricht das Wort im Geist immer wieder, Old Shatterhand, es hat einen verläßlichen Klang und einen heftigen Rhythmus. Vielleicht sollte er eine Geschichte schreiben mit Schmetterhand als Hauptfigur. Später, wenn er wieder Kraft dazu findet.

Als er die Feder weggelegt hat, kehrt die Furcht zurück. Er stattet das Ich mit einem Gewehr von stärkstem Kaliber aus und nennt es »Bärentöter«. Das letzte an Energie preßt er aus sich heraus und schickt die fertige Geschichte ab, danach überfällt ihn fiebrige Schwäche. Er fragt die Mutter: »Hat sich Emma nicht blicken lassen?« Manchmal ist er froh gewesen, wenn sie ihn zwei Tage lang in Ruhe arbeiten ließ, jetzt fühlt er sich verraten. »Mutter, ich lege Berufung ein.«

»Wenn du meinst, Karl.«

Ein Rechtsanwalt hört sich an, was dieser zittrige Mann da vorbringt. Dessen Kampf ist schief und halbherzig geführt worden, mit Bluffen, Auftrumpfen und Kuschen durcheinander, das spürt er schnell heraus. Ein seltsamer Mensch ist dieser sogenannte Schriftsteller, ängstlich und großspurig nebeneinander, manchmal ist beides in einem einzigen Satz gemischt. Schon wie er sich ausdrückt: So reden Hausierer, denen nicht das Dienstmädchen öffnet, sondern unvermutet die gnädige Frau. »Herr May, es gibt zwei Möglichkeiten: Entweder wir nehmen den Kampf auf, oder wir gehen den Gnadenweg.« Bei diesem Fall, begreift der Rechtsanwalt nach einer Viertelstunde, ist für ihn kein Blumentopf zu gewinnen. »Wollen wir es so machen: Ich horche, wie in Chemnitz Ihre Aktien stehen?«

Sie stehen denkbar schlecht, erfährt May nach zwei Wochen. Die Justizmühle hat zu mahlen begonnen, keiner kann mehr in ihr Räderwerk greifen, ohne sich die Finger zu quetschen. »Herr May, Ihre Berufung ist so gut wie abgelehnt.«

»Was bleibt noch?«

»Ein Gnadengesuch an den König.«

Die Stube erscheint enger als jemals, die Decke drückt. Der Webstuhl rumort nicht, denn der Vater ist krank. Dresden ist weit, Münchmeyer – vielleicht liegt das alles schon fern wie Waldheim, wie Wanderungen durch Böhmen? Durch dieses Haus schlurfte die Großmutter, sie trug ihn und lehrte ihn fühlen: der Henkel, der Löffelstiel, das Fell der Katze. Vielleicht sollte er hierbleiben, sich einigeln, bescheiden. Er hat die Fremde kennengelernt mit ihren Verlockungen, jetzt ist er heimgekehrt und beschwört seine Landsleute: Am schönsten ist es zu Hause! Wie wäre das: Geschichten schreiben und Liedtexte dichten, zum Klavier könnte er sie in den Gaststuben singen. Karl May, Volkssänger.

Neue Qual: das Gnadengesuch. Keine Spur der Forsche ist mehr in ihm, mit der er dem Assessor Haase entgegengetreten ist, er fleht, und er, der von anderen als Sozialdemokrat angeschwärzt worden ist, denunziert nun die Zeugen »als vom unteren Stande. Es gibt sehr viel demokratische Elemente unter der dortigen Bevölkerung, und das ganze Lokal machte ganz den Eindruck einer Sozialistenkneipe«. Demütigung der Schluß: »Ew. Majestät wollen in Gnade geruhen, durch Kürzung meiner Haft oder Verwandlung derselben in eine Geldstrafe die mir drohende Gefahr huldreichst abzuwenden.«

Vor die Augen des Königs Albert kommt dieses Gesuch nicht, ein Kanzleibeamter lehnt ab. Am Abend des Tages, an dem dieser Bescheid eintrifft, sitzt Emma bei ihm. Er hofft auf Trost; sie könnte versichern: Ich warte natürlich auf dich, einundzwanzig Tage, was ist das schon! Ich bringe dir Wäsche, vielleicht lassen sie was zu essen für dich durch. Aber Emma starrt auf ihre Fingernägel, manchmal schnüffelt sie.

»Emma, sag doch was!«

»Was denn?«

»Daß du... Kommt gar nichts von dir?«

»Beim Großvater reden sie wieder über dich.«

»Emma, und du?«

Sie schneuzt sich und denkt: Vielleicht wär's der Zeitpunkt, endgültig Schluß zu machen? »Doktor biste ja auch nicht. Hätte auch rauskommen können.«

»Ich hab doch alles nur für deinen Großvater getan!«

»Aber dämlich dabei!« Nach einer Pause: »Ach, Karli.« Nun legt sie doch den Arm um seine Schulter und stößt die Finger in sein Haar. »Machst dir selber so viel vor. So alt und noch wie ein Junge.«

Am nächsten Tag trägt er ein Köfferchen mit seinen Habseligkeiten zum Gerichtsgefängnis von Hohenstein. Er wird von einem Wärter empfangen, der ihn kennt und den er kennt, nicht einmal das bleibt ihm erspart. »Zicken machste, May. Kriegst wohl nie genug, du Idiot?« Steingeruch, ein

Häftling auf der Treppe, May versucht, aus einem Mundwinkel heraus zu grinsen.

In einer Sechsmannzelle begegnet er üblicher Neugier. Wieviel haste mitgebracht? Wenn die drei Wochen um sind und du kommst wieder in die Effektenkammer, da wackelt noch dein Mantel. Für die drei Wochen, haben sie dir da überhaupt 'ne Decke gegeben, oder bleibste solange beim Pförtner?

Er kennt alle Sprüche. Drei Wochen, auf einmal klingen diese beiden Wörter lächerlich. Die Einsitzenden, Eingesessenen haben Gewichtigeres zu bieten: ein Jahr und sechs Monate, neun Monate. Einer hat in vier Wochen sein Jährchen rum.

Abends auf der Pritsche bietet er seine Geschichte. Während er ansetzt – Emma, Emil, der alte Pollmer –, merkt er, wie der Wunsch wächst, genau bei dem zu bleiben, was war und was er wollte. Fünf Ohrenpaare sind ins Dunkle gerichtet, in die Zellennacht hinein läßt es sich leicht sprechen. »Natürlich wollte ich was aus den Kerlen herauslocken. Ich merkte doch: Die hatten Schiß, die dachten: Da kommt einer aus der Stadt, wer weiß, wen er hinter sich hat. Hab geblufft.« Er ahnt fünfköpfiges Nicken im Dunkel, fünf Hirne billigen, daß der Neue, der vor Gericht kein Wort zugegeben hat und trotzdem in den Knast marschiert ist, hier nicht alle Karten auf den Tisch legt. »Höher als der Staatsanwalt, natürlich habe ich den Satz abgestritten. Drei Zeugen gegen mich, da sah's duster aus.«

Keiner bohrt: Und haste das wirklich gesagt? Das wäre gegen alle Knastspielregeln; Spitzel fragen so. Sie geben sich als Männer, die die Welt kennen und die Richter und das Justizgesocks und den Knast natürlich im besonderen. Ein Redakteur, etwas Besseres; aber, so finden sie, eingebildet tut er nicht. Das Du zu allen geht ihm von den Lippen, er stellt sich nicht an wie kürzlich ein Kanzlist aus Annaberg, der bis zum letzten Tag beharrte, er habe nicht mit jedem Schweine gehütet.

»Wie ist das Fressen hier?« Seine Frage soll forsch klingen und Kraft geben.

Es geht, sagen sie. Die Suppe sei nicht gerade das blanke Fett, aber manchmal könne man Nachschlag fassen. Das Brot komme von einem Bäcker aus dem Ort und sei normales Brot, kein Klunsch, extra für Häftlinge zusammengemanscht, mehr Kleie als Mehl. May hat eine Wurst mitgebracht, ein Wärter hat sie dreimal durchschnitten, um zu prüfen, daß keine Feile darin versteckt sei. Fünffaches Wundern über so viel Blödheit: Wer drei Wochen abzureißen habe, breche doch nicht aus! So dämlich könne eben nur ein Wärter sein. Und was gibt's draußen?

»Da wollen wir mal schlafen«, sagt er nach Mitternacht. Und er schläft, bis ihn das Scheppern der Glocke herausreißt. Während er Roggenmehlsuppe löffelt, denkt er zum ersten Mal: Warum hab ich bloß Angst vorm Knast gehabt? Das Gnadengesuch hätt ich mir sparen können. Gleich nach dem Urteil die lumpigen drei Wochen runtergeschrubbt – da hätt ich's hinter mir. Als er seinen Löffel weglegt, entdeckt er, daß ihm während der Nacht ein Stück Wurst geklaut worden ist. Normal, findet er.

In diesem Gefängnis werden Bürsten gebunden, die Arbeit zerreißt die Hände, er bleibt von ihr verschont. Die Gesangbücher sind arg mitgenommen, er heftet Seiten ein und klebt Vorsatzblätter neu. Der Kleister ist heller als in der Zigarrenmacherei in Waldheim, er stinkt genauso. May werkelt mit einem alten Kalfaktor und hört sich dessen Erlebnisse an. Siebenmal eingelocht, immer in kleinen Gefängnissen. Bloß nicht die großen Knäste, dadrin gehste kaputt. Hier kannste immer überwintern. Bloß nicht Waldheim!

May hat die Erzählung nicht vergessen, an der er gerade schreibt. Einmal legt er die Gesangbücher zur Seite und entwirft einen Dialog. Vielleicht kann er ihn sich merken, bis er entlassen wird. Er wird nach Hause gehen, in Ernstthal sind inzwischen zwei, drei Menschen gestorben, zwei, drei Kinder zur Welt gekommen. Das Manuskript, an dem er gearbeitet hat, liegt noch an der alten Stelle. Er grübelt einem bewährten Satz nach: Bleibe im Lande und nähre dich redlich. Warum hat er nach Dresden gewollt? Die Dämonen? Hochmut kommt vor dem Fall. Mit dem Hute...

Noch einmal erzählt er, nachdem die Lichter gelöscht sind, wenn es immer stiller wird im Bau und nur noch die Schritte der Wachtmeister zu hören sind. An den nächsten Abenden dreht er sich sofort auf die Seite und schläft nach Minuten ein. Während er über brüchigen Gesangbüchern sitzt, schweifen seine Gedanken durch die Jahre zwischen Waldheim und diesen drei Wochen. Er wollte zu hoch hinaus und alles auf einmal. Er sollte in Ernstthal bleiben und seine Erzählungen in alle Teile des Reiches schicken. Ardistan und Dschinnistan liegen auch in Ernstthal beieinander.

Die Mutter schreibt, Post sei gekommen, sie habe sie auf seinen Tisch gelegt. »Wir denken alle so viel an Dich, Minchen hat Dir eine Wurst versprochen.« Er liest Gesangbuchverse und denkt: So was brächte ich auch. Wenn alle Stricke reißen, schreib ich Hochzeitszeitungen. Vielleicht war Münchmeyer für mich eine Art Dämon? Am Nachmittag läßt er den Kopf sinken und dämmert eine halbe Stunde im Sitzen. Der Kalfaktor schnarcht schniefend und glucksend neben ihm. Als sie sich wieder ans Kleben machen, sind sie sich einig: Hier drin kannst du hundert werden.

Einmal, erzählt der Kalfaktor, hatten wir 'nen Politischen. Der dachte, er müßte den ganzen Knast umkrempeln. Immerzu hat er Eingaben ausgetüftelt, und uns wollte er aufhetzen, wir sollten uns nichts und gar nichts gefallen lassen. Hat keinen Zweck so was. Du kommst ja wahrscheinlich nicht wieder her, aber bei mir – kann das einer wissen? Wenn nur alles so bleibt. Wenn ich wiederkomme und der Alte sagt: Da biste endlich, hol dir Eimer und Schrubber, aber dalli! So mußte dich stellen, nur so!

In der Freistunde streckt May den Rücken und läßt die Arme kreisen. Nicht hoch hinaus, beschließt er. Nicht wieder nach Dresden. Was soll das: Frauen mit weichen, weißen

Armen, bloß bis zur Schulter hinauf? In den Geschichten, dort ja. Vielleicht Emma. Oder ein schlichtes Mädel wird er sich suchen, aus einer kleinen Bauernwirtschaft, das er zu sich hinaufziehen kann, unverbildet. Ein Mädchen aus dem Erzgebirge, das bei der Arbeit singt mit klingenden Vokalen. Er wird Erzählungen schreiben, er dürfte nicht viel verdienen für Dresdner Verhältnisse, aber in Ernstthal könnte er geachtet sein. Abends möchte er seiner Frau die gelungensten Passagen vorlesen. Sie wird an seinen Lippen hängen, er möchte sie leiten, beschützen. Nie darf sie Hühnchen zu ihm sagen, Hühnlichen. Natürlich werden sie Kinder haben, mit achtunddreißig ist er nicht zu alt dazu.

Am letzten Tag wird ihm die Rechnung präsentiert, er hat zu zahlen: eine Mark für Ein- und Ausschluß, Sitzgebühr für 21 Tage à 18 Pfennige, Nachtlager für 21 Nächte à 5 Pfennige, Atzung für 21 Tage à 47 Pfennige und dreimal Barbieren à 7 Pfennige. Als er entlassen wird, regnet es in Strömen, niemand erwartet ihn vor dem Tor. Er springt über Pfützen, von den Dachrinnen fällt Wasser in aufgefetzte Gardinen. Nach zwanzig Schritten ist er an den Schultern klatschnaß. Nach hundert Metern begegnet er einer Frau, sie hält den Schirm vors Gesicht und sieht ihn nicht. Er möchte tausend Meilen von Ernstthal weg sein.

5. Kapitel

Talsohle

1

»Karl, gehste nicht mal an die Luft?«

»Am Abend vielleicht, Mutter.«

Das Seufzen scheint der Sohn nicht zu hören. »Kannst doch nicht dauernd in der Stube hocken, davon kriegste noch die Schwindsucht.«

»Hab Aufträge aus Regensburg.«

»Na, wenn du eben mußt.«

»So komm ich am besten drüber weg.«

Die Fenster sind geschlossen, nie steht er hinter der Gardine und späht hinaus. Kommerzienrat Pustet, der Herausgeber des »Hausschatz«, hat geschrieben, er bezahle prompt – so viele Seiten, so viel Geld. Zwanzig Mark pro Bogen, also für die Seite fast eine Mark.

Sechs Tage nach der Entlassung verstreichen, ehe Emma hereinschaut. »Der Großvater, du weißt doch.« Das zweite Mal besucht sie ihn eine Woche darauf; am Abend gehen sie durch die Felder. Sie erzählt vom Großvater, der immer mehr Pflege brauche. May wehrt sich: »Immer hat er uns Knüppel zwischen die Beine geworfen, seinetwegen war ich im Gefängnis. Weiß er das wenigstens?«

»Er redet nicht darüber.«

»Sagst du's ihm?«

»Wo er so krank ist?«

»Ich weiß wirklich nicht, warum ich in Ernstthal bleibe.«

»Meinetwegen, Karle?«

»Jetzt ist's doch so kalt zwischen uns.«

Er erinnert sich in diesen Tagen, wie er sich einmal vorgestellt hat, er habe einen Schrank voller Figuren geschaffen, die er augenblicklich hervorzaubern könne, Marionetten. Old Shatterhand ließ er in der Geschichte »Unter Würgern« im letzten Jahr auftreten, jetzt agiert die alte Schmetterhand in der Erzählung »Deadly Dust«, und schon wird sie nicht nur von einem so bezeichnet, sondern ist in aller Munde: Ein Deutscher, der die Faust zum lähmenden Hieb schwingt, ein Sachse, und er heißt Karl. May legt die Feder weg und ballt die Faust – ein Hieb mit den Knöcheln gegen die Stirn? Er senkt den Arm, dreht ihn und kommt zu keinem Ergebnis. In der Küche hört er die Mutter hantieren und geht hinunter. »Einen Augenblick, Mutter«, er drückt die Faust behutsam auf ihren Scheitel.

»Was machste denn?«

»Ich probier was aus.«

»Willste mich veralbern?«

»Halt still, und steh gerade.« Er führt die Faust von der Seite her gegen ihre Schläfe; dabei kann das Handgelenk starr bleiben. Die Mutter zwinkert und kichert, mit den Knöcheln schiebt er die dünnen grauen Haare von den Ohren weg.

»Treibst deinen Spaß mit mir. Willste saure Milch?«

»Halt mal die Stirn höher.« Er drückt die Knöchel gegen die knittrige Kopfhaut, nimmt den Arm zur Seite und biegt ihn gegen den Kopf zurück.

»Willst doch nicht jemanden erschlagen? Möchste saure Milch? Daß du immer so schreckliche Dinge schreibst.«

Old Shatterhand, Karl aus Sachsen. Mit zwei großartigen Gewehren stattet er ihn aus, dem Bärentöter, den Old Shatterhand schon in »Unter Würgern« trug, und mit dem Henry-Stutzen, einer vielschüssigen Büchse, die er für Münchmeyer erdachte – in welcher Geschichte denn nur? Er sucht in den Mappen, die in einem Regal gestapelt liegen, da herrscht kein System, und wieder erwacht die Sehnsucht nach einem Engel, der das alles in Ordnung hielte. Aus dem Gedächtnis heraus entwickelt er diese Waffe noch einmal: Ein kugelförmiges Magazin, das sich nach jedem Schuß weiterdreht, vierundzwanzig Patronen finden darin Platz, der Lauf ist von so exquisitem Stahl, daß er auch beim schnellsten Schießen nicht heiß wird. »Selbst wenn sie mir einmal abhanden kommen sollte«, läßt er Old Shatterhand sagen, »so ist doch dieses System ein so wunderbares, daß kein Feind es enträtseln und etwa die Büchse gegen mich richten könnte.«

Ein Brief kommt ins Haus, Kürschner, der Redakteur eines Literaturlexikons, fragt nach Personalien und Werken. May hat den Schock der Gefängniswochen so weit überwunden, daß er sich anzugeben traut: *Dr. Karl May, Reiseschriftsteller, Journalist und Redakteur, Hohenstein-Ernstthal in Sachsen.* Die Liste der veröffentlichten Erzählungen gerät lang, dabei ist sie nicht einmal vollständig. Er hat sich so weit durchgesetzt, daß ein Lexikon nach ihm fragt – das breitet er eifrig vor Emma aus, während sie einen Korb mit Wäsche auf einem Handwagen zur Bleiche ziehen. Sie fühlt sich erlöst, da sie für ein paar Stunden aus dem dumpfigen Haus heraus darf, während eine Tante beim Großvater wacht. »Wirst noch berühmt, Karle! Ach, mein Hühnlichen!«

»Pustet meint, ich solle darüber berichten, wo und wie meine Geschichten entstehen.«

Der Schlechteste ist er nicht, weiß sie. Hannes Kühnert ist nun verheiratet. Es ist leider was dran: Wer auf die vierundzwanzig zugeht, muß sich dazuhalten. »Holst mich in drei Stunden ab? Und – ich komm wieder mal zu dir?«

»Gut. Ja gut.«

»Ach, Hühnlichen.«

Am Nachmittag schreibt er für die Leserbriefspalte des Regensburger »Hausschatzes«: »Antwort an eine alte Abonnentin in Zürich: Die prächtigen Abenteuer des beliebten Weltläufers werden allerdings in der Studierstube niedergeschrieben, aber die Reisen in allen Teilen der Welt sind von dem Herrn Verfasser wirklich gemacht worden. Selbstverständlich erlebt man in der Sahara, in Kurdistan usw. andere Dinge als im Coupé für Nichtraucher in Deutschland oder in der Schweiz.«

Die Welt ist aufgesperrt, das Gefängnis von Hohenstein-Ernstthal liegt hinter sieben Bergen. Waldheim ist fern wie

Kurdistan. So könnte alles bleiben, die Mutter hat endlich begriffen, daß er nicht zum Essen gerufen werden will, bloß, weil es zwölf ist. Er führt die geballte Rechte von oben herab auf die Tischplatte: Die Knöchel müßten eine Schläfenader treffen. Draußen ruft ein Kind nach seiner Mutter. Gedankensprung: Kurdistan. Ein Ruck: Das Kind ruft wieder. Er schließt die Augen und stellt sich ein Minarett vor, nicht das Kind ruft, sondern der Muezzin. Allah il Allah. Glocken scheppern, Mittagsglocken in Sachsen. Wind weht über die Wüste. Ein Schuppengiebel vor dem Fenster, schiefer Schornstein. Emma wird am Abend kommen, vielleicht. Immerhin wird er sich vorstellen, sie käme. Womöglich so: Er streift durch Kurdistan, Kara Ben Nemsi, Sohn des Deutschen. Er erwartet die schöne Schwester eines Fürsten. Der Giebel vor dem Fenster wäre der Giebel einer Karawanserei. Lautlose Schritte auf weichen Pantoffeln. Emma, nicht Emma.

2

Ein Vierteljahr später:

»Wirst mich heiraten, Karl?«

Die beiden sind auf eine Höhe vor Grüna hinaufgewandert, Emma hat Blumen gepflückt, jetzt sitzen sie auf einem Baumstumpf und blicken in die Senke hinab. Kühe ziehen einen Wagen, manchmal klingt der Ruf des Treibers herauf. Hüh, Lotte! Selma! Er fragt vorsichtig: »Denkst manchmal an Dresden?«

»Ich war eben zu jung. Dresden war neu, alles ungewohnt.« Nach einer Weile: »Ehe Großvater starb, hat er dir verziehen. Auf dem Sterbebett hat er gehofft, du nimmst mich.«

Er schaut dem Wagen nach, der hinter einer Waldecke verschwindet. Das Landschaftsbild wirkt gestört ohne den Wagen; er möchte, daß alles bliebe, erstarre. Ein Specht klopft weitab, dann ist es wieder so still, daß er den Flug eines Käfers hört. Nichts verändern, wünscht er, alles möchte auf seinem Platz bleiben. Er hat die Knie gespreizt, die Unterarme auf die

Schenkel gelegt, die Schultern vorgezogen. Ein Käfer setzt sich auf seine Schuhspitzen. Hab genug Aufregung im Leben gehabt, Pollmer ist gestorben, wenigstens läßt Doßt mich in Ruhe.

»Das mußt du mir anrechnen, Hühnchen: Als ich nach Dresden kam, hab ich mich zwischen Großvater und dir entschieden.«

»Stimmt, ja.«

»Natürlich hab ich manches falsch angestellt. Aber du erst! Jede Nacht bis drei gearbeitet.«

»Jede nicht.« Er kennt das Thema in allen Nuancen, von belächelnder Überlegenheit bis zum wütenden Hervorsuchen gehässiger Wörter, er glaubt nicht, daß in der Wiederholung Nutzen liegen könnte. Ein Lichtstreifen wandert über ein Dorf hinweg, Fensterscheiben glühen. Abendfrieden. Er hat ihn beschrieben in seinen Dorfgeschichten. Ein glückliches Paar vor der Haustür, Glocken läuten, ein Häuer kehrt aus dem Schacht zu seiner Hütte zurück. »Jetzt hab ich mein Pensum, mehr nimmt mir Pustet nicht ab.«

»Bist anders als in Dresden.«

»Ist das schlecht?«

Verständlicher ist er ihr, aber gerade im Unbegreiflichen lag Reiz. Ein Redakteur, Schriftsteller in Dresden – da trat Neid in die Augen der Freundinnen. Jetzt kann ihn jeder täglich in seiner mausgrauen Jacke sehen, letztens hat er beim Schuster nicht bezahlen können; er eilt mit kurzen Schritten durch die Straßen, den Kopf in den Nacken gelegt, die Hände auf dem Rücken, von ihm sagen die Leute: Sein Vater ist auch so 'n Spinner. »Karl – Großvater ist mir im Traum erschienen.«

Er hat oft von spiritistischen Sitzungen gehört, die seine Schwester veranstaltet, dabeigewesen ist er nur zweimal, und gerade da kam nichts zustande. Weil du zu gescheit bist, Karl, hieß es da, weil du nicht an Geister *glaubst.* »Besser so: Du hast von ihm geträumt.«

»Nein, er ist mir erschienen!« Jetzt eifert sie sich: »Ich hab ihn deutlich vor meinem Bett gesehen. Er war ganz ernst und hat nicht gesprochen.« Sie streift heftig den Ärmel hoch und zeigt auf einen blauen Fleck. »Mit den Knöcheln geknufft hat er mich. Siehst du? Erst hat er mir das Bettzeug weggezogen. Ich hab geschrien und bin wach geworden. Da sah ich noch eine schwache Materialisation.« Diesen Begriff für sichtbare Schatten der Geister kennt sie aus Beschwörungsbüchern. »Sie verschwand blitzschnell. Mein Arm schmerzte, und früh hatte ich diesen Fleck.«

Er schaut ihn noch einmal an, tatsächlich, ein Fleck von einem Stoß, einem Schlag, nicht älter als drei Tage. Er fühlt sich unbehaglich wie immer, wenn von den umschweifenden Seelen der Toten die Rede ist. In wie vielen Häusern spukt es, in wie vielen Schächten rumoren gute und böse Berggeister? »Und gestoßen kannst du dich nicht haben?«

»Im Schlaf, mitten in der Nacht? Wo denn nur?« Emma schreit es fast.

Er kann in der gegenwärtigen Verfassung keinen Streit ertragen; wenn ihre Stimme schrill wird, gibt er klein bei. Minutenlang sprechen sie kein Wort. Von alltäglichen Dingen ist auf dem Rückweg die Rede, von einem Topf mit Gelee, von der Nähmaschine, die sich eine Nachbarin gekauft hat. Die Nadel schafft in einer Minute hundert Stiche, man muß es sich vorstellen! In einer Gasse sagt sie: »Kommst am besten nicht mit zu mir. Die Leute.«

»Sollen wir plötzlich auf Klatschweiber Rücksicht nehmen?«

»Weihnachten sind's vier Jahre, daß wir uns kennen.«

Bis Weihnachten bleiben sechs Monate. Also drei und ein halbes Jahr, und es spann sich langsam genug an. Die unglückliche Zeit in Dresden, die kalten Wochen nach Emmas Rückkehr – ein immerwährendes Auf und Ab. »Kommst heute abend zu mir?«

»Wieder heimlich die Treppe hinauf? Scheußlich ist das!«

Darauf weiß er keine Antwort. Händedruck, da ist sie schon fort. Sie besucht ihn nicht an diesem Abend und nicht am nächsten. Er klinkt bei ihr, die Tür ist abgeschlossen. Von einer Nachbarin erfährt er, Emma sei zu einer Tante nach Limbach.

Post kommt aus Regensburg, die Erzählung »Die Juweleninsel« ist angekommen. Vorher hat Pustet »Die Rose von Ernstthal« und die Episode »Der Scherenschleifer« gedruckt, das bedeutet der Seitenzahl nach einen Rückschritt gegenüber der Periode mit Münchmeyer. »Ein Wüstenraub« ist so gut wie fertig, eine Reiseabenteuergeschichte in Kurdistan geplant, aber so viel wie in seiner Dresdner Zeit bringt er nicht unter. Immerhin: Wenn Pustet regelmäßig abnimmt, wird künftig ein Ansteigen zu verzeichnen sein. Er ist achtunddreißig, wenn er jetzt nicht heiratet, wagt er es vielleicht nie.

Am Abend sitzt Emma bei ihm. Er wundert sich, wie er in drei Tagen vergessen konnte, wie sanft sie streichelt. »Hühnlichen, wenn du wüßtest!« Sie bohrt ihre Stirn gegen seine Schulter, dabei lacht sie glucksend, glücklich. »Karli, wir heiraten!« Atemlos berichtet sie: Am Vorabend haben Wilhelmine Schöne, deren Cousine mit ihrem Mann, eine Freundin und sie die Hände zu einem Ring über dem Tisch zusammengefügt und ein Glas kreisen lassen, das hat sie, Emma, zum Medium bestimmt. Alle wünschten, die Geister von Großvater Pollmer und Onkel Emil möchten erscheinen, alle haben gefühlt, daß die Beschworenen nach einiger Zeit im Raum waren, und Emma hat gesagt: Großvater, wenn ich Karl heiraten soll, so gib mir ein Zeichen! »Auf einmal ist die Gardine schräg ins Zimmer geweht, obwohl kein Wind war! Alle haben's gesehen, auch Minchens Cousine, und die war erst gar nicht dafür.«

»Und das ist ein Zeichen?«

»Großvater hat dir verziehen! Dann haben wir Emils Geist befragt, und plötzlich hat's dreimal an die Wand geklopft.«

»Ich weiß ja, Emma, du glaubst dran. Aber es gibt doch so viele Zufälle.«

Sie rückt ab, zeigt sich beleidigt und ist es auch. Dann drängt sie sich wieder an ihn und küßt ihn und fährt ihm durchs Haar und flüstert: »Dein wunderschönes Haar, Karli.

Ziehst zu mir, hab Platz genug. Den Laden vermieten wir, find schon jemanden.«
»Aber du versprichst mir...«
Sie erstickt jedes weitere Wort.
Drei Monate nach Pollmers Tod heiraten sie. In den nächsten Wochen trägt Emma anliegende Kleider und Röcke und freut sich über jeden Blick auf ihren Leib. Nie hat sie sich so großartig gefühlt. Jetzt ist sie wieder überzeugt, daß sie jeden Mann weit und breit hätte heiraten können. Wenn ihr Fritz Kalkmann begegnet, schließt sie die Augen halb und zeigt lächelnd die Zähne. »Wir ziehen bald wieder nach Dresden«, erzählt sie ihren Freundinnen. Zu Wilhelmine sagt sie: »Wer mal in der Großstadt gelebt hat, hält's in dem Nest hier nicht aus.«

Sie kennt das Haus und alle Wege, sie hält halbwegs Ordnung. Er denkt: Die zufriedenste Zeit meines Lebens? Die Dämonen sind gebannt, auch die der Versuchung, das Glück zwingen zu wollen. Vielleicht erscheint bald ein Band Geschichten.

Das Ich schweift durch die Welt, reitet, schießt, meditiert über die Seele, das Glück und Gott. »Zounds, Madam! Soll mich doch der Teufel holen, wenn das nicht die rechte westfälische Art ist, ein Stück Büffelfleisch zu braten!« Emma geht nicht leise durchs Haus wie vordem die Mutter, wenn er schreibt. Sie legt die Bücher nicht wieder in der richtigen Reihenfolge hin, wenn sie sie abgestaubt hat, das Buch über die Gesteine Nordafrikas, das über Stadtgründungen und Eisenbahnbau östlich des Mississippi, das über Pflanzen und Tiere des Kaukasus und die Landschaften Persiens; das letztere schlägt sie zu, ohne einen Zettel einzulegen. »Emma, wenn du den Briefwechsel mit meinen Verlegern übernähmst, wenn ich gar nicht hinzuschauen brauchte?« Am nächsten Tag findet sie über einen Briefanfang nicht hinaus und läuft ärgerlich fort; er schreibt den Brief selbst. Plötzlich umfaßt sie ihn und drängt sich an ihn und flüstert, daß er zu Hause einen seidenen Mantel tragen müßte mit einem Schal darin.

»Hühnlichen, es schadet gar nichts, wenn du ein Bäuchlein hast, ich mag keine dünnen Männer. Was heißt Männer – ich mag überhaupt nur dich, Hühnchen! Ach, Männer, weil ich nun Männer gesagt hab! Jetzt bist du wie eine alte harte Bürste. Und ich will dich buttrig, hörst du, Hühnchen? Mußte denn gerade jetzt schreiben?«

Sommer in Ernstthal, Winter in Ernstthal. Der Bekanntenkreis bleibt klein, Emma will es anders: Ich möchte für ein paar Tage nach Dresden! Hab doch damals gar nicht den Blick gehabt für alles. Wir müßten in einem Hotel wohnen, Hühnlichen, hast doch so schöne Visitenkarten!

Das Ich hat Raum gefunden, füllt ihn aus und drängt schwach gegen seine Begrenzung. Herr Doktor May, wir schätzen uns glücklich, Ihnen Briefe unserer Leser übersenden zu dürfen. – Pustet schreibt so, verschiedentlich wird der tiefe christliche Standpunkt des Verfassers gepriesen. Einmal entwirft May einen Dankbrief an Kochta; er schickt ihn nicht ab aus Angst, ein Brief käme zurück, der den Geruch und die Beklemmung des Zuchthauses an seinen Tisch trüge. Er sehnt sich nach jemandem, der klug ist wie Kochta und zuhören kann wie Kochta, im Gespräch mit ihm, in Frage und Gegenfrage möchte er seinem Tun und Wollen und Sehnen auf den Grund kommen. Es gibt weit und breit niemanden dafür.

»Karli, wann fahren wir nach Dresden?«

Endlich ist die Erzählung fertig und abgeschickt, eine Woche später bringt der Postbote die erste Honorarrate. »Hühnlichen, übermorgen? Wir sollten Münchmeyer besuchen.«

»Ausgerechnet den?«

Sie findet gute Gründe: Karl könnte weit mehr schreiben, als er bei Pustet unterbringt. Und wenn man es genau nimmt, war doch nicht Münchmeyer an dem Bruch schuld. Vielleicht freut er sich geradezu, wenn Karl ihm etwas anbietet? »Willste's nicht wenigstens versuchen?«

»Aber ich dräng mich nicht auf!«

»Nun ist ja klar, daß dich diese Schickse nicht kriegt. Du, wievielmal bin ich schöner?«

Am nächsten Tag summiert er, was er in dem anderthalben Jahr, in dem er fast nur für Pustet geschrieben hat, aus Regensburg angewiesen bekam, es sind 1840, für den Monat also hundert Mark. Was er hier und da zuverdiente, machte den Kohl nicht fett. Emma hat schon recht, es wäre nicht übel, sich mit Münchmeyer wieder zu arrangieren. Und er muß sie aufheitern, ablenken. Manchmal schaut sie aus dem Fenster, als hätte sie alle Gedanken verloren. Sie rennt von der Arbeit fort zu einer Freundin, der Eimer mit dem Lappen bleibt im Flur stehen, das Feuer geht aus.

»Karl?«

»Ja?«

»Kennst du andere Schriftsteller?«

»Ein paar, die für Münchmeyer geschrieben haben.«

»Ich meine: richtige?«

Das versetzt einen Stich.

»Karl, ich leg mich hin. Kommst bald?«

Er antwortet nicht gleich, sie rührt sich nicht. Stille. Vor drei Tagen hat sie gesagt, und es klang halb spaßhaft: Wirst langsam alt, Karli. Dieser Satz quält, demütigt, hemmt.

»Ob du bald kommst?«

»Muß noch schreiben.«

Sie steht mit einem Ruck auf.

Eine Woche darauf fahren sie nach Dresden. Zwischen Böhmischem Bahnhof und Markt wird heftig gebaut, die beiden drücken den Kopf in den Nacken. Fünf Stockwerke, sechs. Emma hat sich untergehakt, so eng es geht. Der schönste Tag seit der Hochzeit!

»Ob wir gleich in den Verlag gehen?«

»Vielleicht verkehrt er noch in Rengers Gastwirtschaft.«

Dieses Hotel – sicherlich wird einer scheel angeschaut, der nicht mit einem Dutzend Koffern vorfährt. Hühnlichen, nächstes Jahr, ja? In einer Seitenstraße finden sie ein Zimmer in einer Pension. Karli, was für Preise! Sie wirft sich übers Bett und lacht und lacht. Hühnlichen, ich hab's immer gewußt, wirst noch berühmt! Komm her, Hühnlichen, schnell!

Dresden sei fabelhaft anders geworden, schwört sie zehnmal. Er gibt zu bedenken: Du bist anders geworden, ich bin es. Damals waren wir arm, ich war von Münchmeyer abhängig; jetzt hab ich mich freigerungen, und du mußt nicht einer Pfarrerswitwe die Fußböden wischen. Bei Madame Münchmeyer meine Visitenkarten abgeben – vielleicht öffnet ihre Schwester. Und ich neben dir, Hühnchen, ganz von oben herab!

Am Abend treten sie in Rengers Wirtsgarten. Im Halbdunkel sitzt ein Mann allein an einem Tisch, vor ihm stehen Bier und Korn; es ist Münchmeyer. May tritt von hinten heran, legt ihm die Hände auf die Augen und fragt mit verstellter Stimme: »Nun raten Sie mal!«

»Sagen Sie noch was.«

»Swallow, mein wackerer...«

»May!« Münchmeyer springt auf und packt ihn an den Schultern. Hände werden gedrückt, Münchmeyer versichert: Ich freu mich, ja. Sie haben ja gar keine Ahnung, wie sehr! »Sie sind also Frau May.« Eine Handbewegung soll böse Erinnerung fortwischen. May findet Münchmeyer massiger geworden, das ist kein straffes Fleisch unter dem Kinn, die Augen liegen zwischen braunen Falten, im Oberkiefer fehlen zwei Zähne. Das läßt May erschrecken: Sieht man auch ihm selbst die Jahre so an, die Nächte ohne Schlaf?

Münchmeyer fragt und wartet keine Antworten ab. »Ich hab keinen erlebt, der sich so schnell in den Umbruch hineingefitzt hätte wie Sie.« Erinnerung drängt herauf: Stand er nicht mal am Fenster im Treppenhaus, wartete nicht unten eine Dunkle, Dralle? Emma lächelt. Münchmeyer redet jetzt am meisten zu ihr: Frau May, liebe Frau May, ein Jammer, daß man sich aus den Augen verloren hat, und warum hat er nur erst heute das Vergnügen? »Hab allerhand gelesen von Ihnen.« Münchmeyer sucht nach einem Titel, findet ihn nicht, May macht Vorschläge. Beim dritten stößt Münchmeyer den Zeigefinger vor: Genau das! »Warum schickt Ihr Herr Gatte solche schönen Geschichten nicht mir?« Emma blickt von einem zum anderen und lächelt. »Ich rede meinem Mann gar nicht rein.«

»Aber sie sollten!«

Bier, Korn, Wein? Münchmeyer winkt mit großer Geste nach dem Kellner, beim Anstoßen sagt er: »Vielleicht sind Sie ein Engel, daß Sie mir Ihren Mann hergebracht haben? Eine so schöne Frau, und ein so berühmter Schriftsteller – was sind Sie beide für Glückspilze!«

Von Dresden ist die Rede, und wie es sich verändert habe. Und Ernstthal? Emma verzieht die Mundwinkel. Ach, die gemeinsamen Zeiten, wissen Sie noch, als wir »Schacht und Hütte« rausgebracht haben? Was Sie für Ideen hatten! »Meine Autoren stümpern so dahin. Einen wie Sie brauchte ich, ich könnte tolle Hefte auf den Markt schmeißen. Hab ein tadelloses Vertriebssystem aufgebaut – na?« May hat sich rausgemacht, findet Münchmeyer, leidlich gekleidet ist er, und die Frau ist ein Prachtstück von Weib, von der geht was aus.

May zündet sich eine Zigarre an, ehe er zwischenfragt. Eine Heftreihe – wie viele Hefte und in welchem Abstand? »Pustet würde mir das übelnehmen.« Er denkt: Es würde meinem Namen schaden, der »Hausschatz« gilt als seriös, als gutkatholisch sowieso.

»Schreiben Sie doch unter Pseudonym. Keiner erfährt was außer uns dreien.«

Emma genießt die Situation. Sie nippt am Wein, dabei schaut sie auf ihren Mann und auf den Verleger und spürt, wie Münchmeyer nur halb bei der Sache ist, oder besser so: Münchmeyer redet zu Karl, weil er ein Manuskript will, und gleichermaßen möchte er ihr beweisen, welch gewiefter Geschäftsmann er ist. Ein Blick zu May und einer zu ihr, Lächeln mit brüchigen Zähnen, Kompliment: Wer eine solche Perle zu Hause hat, muß doch vor guter Laune immerzu sprühen, bei dem geht doch das Dichten von selber! »Wenn ich heute abend daheim erzähle, daß ich Sie beide getroffen hab!«

Mal überschlafen das Ganze, dämpft May, so was könne man nicht übers Knie brechen. Nein, bitte keinen Korn für ihn, er bleibe bei Bier.

Natürlich für Madame noch einen Schoppen! »Sie sind ein Engel, Frau May! Nun reden Sie Ihrem Gatten gut zu, dann werden Sie für mich geradezu zum Rettungsengel!« Münchmeyer schwärmt: Wer habe denn schon heutzutage noch diese Phantasie wie seinerzeit Dumas, Möllhausen, die Hahn-Hahn oder Eugène Sue? Dieser Typ des frischen Erzählers sei doch beinahe ausgestorben, einen einzigen gäbe es!

»Pseudonym ist Bedingung.« So übel wäre das nicht, kalkuliert May, ich verdiene mit der Kolportage das Geld, das ich brauche, um erzieherische Geschichten zu schreiben. »Eigentlich hatte ich ja gehofft, ich könnte künftig auf Fronarbeit verzichten.«

Gegen dieses Wort wehrt sich Münchmeyer. Als ob er nicht besser zahlte als jeder andere! Da lacht May aus vollem Hals, Münchmeyer stimmt ein. »Vielleicht, daß Madame morgen einen Einkaufsbummel macht, und wir Männer kommen unterdessen zur Sache?«

Danach in der Pension kann Emma nicht schlafen, sie setzt sich im Bett auf, das Zopfende nimmt sie zwischen die Lippen. »Ich bin so aufgeregt, du nicht?«

»Stell dir das alles nicht zu rosig vor!«

»Aber was du verdienen kannst! Mußt schlau sein, Hühnlichen, und den Preis hinauftreiben. Bestimmt können wir wieder nach Dresden ziehen!«

Pünktlich um zehn am nächsten Tag findet sich Münchmeyer ein. Er bringt Blumen und eine Einladung zum Kaffee von seiner Frau für den nächsten Nachmittag. Emma nimmt die Blumen, sagt, was sie für wohlerzogen hält: Aber das war doch nicht nötig! und verabschiedet sich zu einem Spaziergang an Schaufenstern entlang. Als die Männer allein sind, feixt Münchmeyer: »Keine Angst, Minna wohnt nicht mehr bei uns.« Schwamm drüber, durch diese dämliche Geschichte wird man die Zukunft nicht belasten. »Also, überlegt?«

Schon, im Prinzip könne man darüber reden.

»Eine Geschichte, die um die ganze Welt läuft, mit einem Deutschen als Helden, Afrika, Kurdistan, Mexiko – wo Sie wollen. Die interessantesten Schauplätze, die tollsten Verwicklungen.«

May erwägt: Da könnte er manches unterbringen, was liegengeblieben ist.

»Den Titel hätt ich schon: ›Das Waldröschen‹. Ich kenne meine Leser! Das Titelbild des ersten Heftes: Ein Kind verläßt das heimatliche Haus, so in Ludwig-Richter-Manier. Das rührt an, und jeder kann sich vorstellen, was ihm am liebsten ist. Hundert Hefte zu je vierundzwanzig Seiten, für das Heft zahle ich dreißig Piepen.«

Das ist mehr als Pustets Honorar, aber umwerfend ist es nicht.

»Ich hoffe auf zwanzigtausend Abnehmer.«

»Da könnten Sie ruhig ein paar Mark zulegen und kämen immer noch auf Ihr Geld.«

Münchmeyer barmt, May solle ihm ein wenig Zeit lassen, vielleicht daß er später, vorausgesetzt, die Reihe schlüge ein, das Honorar erhöhe. »Fünfunddreißig« – bei diesem seinem Wort stellt sich May vor, wie er Emma berichten wird: Ich hab mich nicht ins Bockshorn jagen lassen! »Ich hab Familie, Herr Münchmeyer.«

»Und was für ein Goldstück als Frau!«

»Mit Ihrem Vorschlag dürfte ich ihr gar nicht kommen.«

Münchmeyer seufzt. Die Zeiten seien hart. Fünfunddreißig, tja, aber wenn die Zwanzigtausend nicht abgesetzt würden?

»Sie werden.« May bedauert, daß Emma nicht hören kann, wie selbstsicher diese Worte klingen. »Und was wird mit den Rechten, wenn die Zwanzigtausend gedruckt sind?«

»Dann fallen sie an Sie zurück. Und ich verspreche Ihnen bei der Endabrechnung noch eine feine Gratifikation.« Der Verleger überschlägt: Selbst wenn er fünfunddreißig Mark pro Heft zahlte, machte das nicht mehr als 1,75 Prozent des

Umsatzes aus. So, als müsse er sich überwinden, stößt er die Hand vor: »Und wenn ich so was nie wieder tue!« May schlägt ein.

Beim Mittagessen breiten sie vor Emma ihren Plan aus. Münchmeyer schwärmt: »Ich hab's gleich gewußt, Gnädigste, daß Sie mir Glück bringen!« Sie lächelt, spürt Blicke auf sich von Nebentischen, der Kellner legt ihr Fleisch vor, ihre Fingerspitzen genießen die Kühle und Glätte des Tischtuchs. Münchmeyer kämpft mit sich, ob er sich zu Champagner aufschwingen soll, aber dann beläßt er es bei Rheinwein. Er denkt: Hab den Kerl Frauen gegenüber immer für 'ne Niete gehalten. Sich vorzustellen, man finge mit so 'ner Puppe noch mal von vorn an.

»Schließen wir also einen Vertrag?«

»Ich dachte, wir hätten schon.« Münchmeyer tut erstaunt. »Der Handschlag vorhin?« May fühlt sich nicht recht wohl. »Mir wäre lieber...«

»Aber unter Freunden?« Münchmeyer gibt sich abgekühlt. »Mir genügt Ihr Wort. Also, stoßen wir erst mal an!«

Als Mays nach dem Mittagessen auf ihr Zimmer gegangen sind, schwärmt Emma von Dresden, dem zarten Bratenfleisch, einem Spitzenrock, den sie in einem Schaufenster bestaunt hat, von den überraschenden beruflichen Aussichten. »Karl, wie lange wirste an einem Heft schreiben?«

Drei Tage und halbe Nächte vielleicht; vorsichtshalber sagt er: Eine Woche. Sie rechnet: Das wären hundertvierzig Mark monatlich. Wenn dazu noch etwas von Regensburg einkäme... »Und könnten wir da bald nach Dresden ziehen?«

Er nimmt ihre Hände und spricht wie zu einem Kind: »Nun ganz vorsichtig, Emmalein. Sieht alles rosig aus, stimmt schon, aber laß mich zunächst die ersten zehn Hefte schreiben.«

»Aber, sobald es irgend geht?«

»Gut, sobald es geht.« Also nicht mehr der Blick auf den Giebel gegenüber mit dem schiefen Schornstein und der Traum, er wäre eine Moschee, nicht Kinderlärm in den Ruf des Muezzins umdenken – allein kann er ihn träumen, schwerlich mit Emma zusammen.

»Hühnlichen, wirst noch ganz groß!«

Der linke Arm ist schwer, Druck strahlt vom Herzen aus hinein. Der Muezzin müßte sich in Kochta verwandeln, Kochta müßte herabsteigen und fragen: Zehn Hefte, aber ist der innere Frieden nicht wichtiger?

»Du hast mir versprochen: Sobald es geht!«

3

»Oh, wende deine Strahlenaugen
Von meinem bleichen Angesicht,
Ich darf ja meinen Blick nicht tauchen
Zu tief in das verzehrend Licht. –
Wenn unter Deiner Wimper Schatten
Der Liebe mächt'ge Sonne winkt,
So muß mein armes Herz ermatten,
Bis es in Wonne untersinkt.«

Ein Motto ist vorangestellt. Schon einmal hat er einen Dr. Sternau auftreten lassen, das geschah in einer Erzählung. Jetzt wird ein Held für zweieinhalbtausend Seiten mit Nebenfiguren, Gegenspielern und Raum für Verwicklungen sonder Zahl gebraucht. Es bleibt ja keine Zeit, in dieses Romangewoge hineinzuschreiben und rückwirkend zu bessern; Münchmeyer will drucken und verkaufen. Zwei Hefte pro Woche – May hat sie zugesagt, aber jetzt zweifelt er, daß sie zu schaffen sein werden.

Der Titel bietet Weite:

»Das Waldröschen oder die Verfolgung rund um die Erde.

Großer Enthüllungsroman über die Geheimnisse der menschlichen Gesellschaft.«

Der Verleger hat das Pseudonym vorgeschlagen: In einer vier Jahre alten Zeitung las er, der spanische Botschafter in Berlin wäre gestorben, er hieß Don Patricio de la Escosura.

Diesen Namen wandelte er ab – könnte nicht der Botschafter einen Bruder gehabt haben? – in Capitän Ramon Diaz de la Escosura. May schaut auf den Markt von Ernstthal hinunter und über die Dächer der Stadt; wenn die Luft klar ist, bietet sich freier Blick bis zum Fichtelberg. Er spricht den Namen nach, er klingt melodisch, romantisch, männlich: Capitän Ramon Diaz de la Escosura.

»Von den südlichen Ausläufern der Pyrenäen trabte ein Reiter auf die altberühmte Stadt Mauresa zu. Er ritt ein ungewöhnlich starkes Maultier, und dies hatte seinen guten Grund, denn er selbst war von hoher, mächtiger Gestalt, und wer nur einen einzigen Blick auf ihn warf, der sah sofort, daß dieser riesige Reitersmann eine ganz ungewöhnliche Körperkraft besitzen mußte. Und wie man die Erfahrung macht, daß gerade solche Kraftgestalten das frömmste und friedfertigste Gemüt besitzen, so lag auch auf dem offenen und vertrauenerweckenden Gesicht und in den grauen, treuen Augen…«

Der deutsche Arzt Dr. Sternau ist aus Paris nach dem spanischen Schloß Rodriganda gerufen worden. Während sein Maultier galoppiert, zieht er einen Brief aus der Tasche und liest zum hundertsten Mal:

»Mein Freund! Wir nahmen voneinander Abschied für das ganze Leben, aber es sind Umstände eingetreten, welche mich zitternd wünschen lassen, Sie hier zu sehen. Sie sollen dem Grafen Rodriganda das Leben retten. Kommen Sie schnell, und bringen Sie Ihre Instrumente mit. Ich flehe Sie an…«

Geschrieben ist dieser Brief von Rosetta, einer Kammerzofe. Alsbald trifft Sternau mit ihr zusammen:

»Die Tür wurde geöffnet und – da stand sie unter derselben, von dem Lichte hell bestrahlt, sie, nach der er sich gesehnt hatte mit jedem Gedanken seines Herzens. Er öffnete die Arme und wollte ihr entgegeneilen, aber es ging ihm wie damals in Paris. Sie, die einfache Gesellschafterin, stand vor ihm so stolz, so hoch und hehr wie eine Königin. Sein Fuß stockte, er wagte es nicht einmal, ihre Hand zu fassen. Rosetta!«

Er entwirft die ersten zehn Seiten. Was sich anschließen soll, ist ihm in Umrissen deutlich, Rosetta ist in Wirklichkeit die Comtezza Rosa. Ihr Vater, Graf Emanuel de Rodriganda-Sevilla, soll durch gedungene Ärzte unter dem Vorwand einer Operation ermordet werden; Erbschleicher sind am Werk. Ein Angehöriger ist als Kind entführt und unter Räubern aufgezogen worden – May stockt. Er könnte weiterfabeln ins Blaue hinein, aber es wäre möglich, daß er eine spätere Verwicklung schon jetzt begründen müßte. Einen Plan sollte er wenigstens für die ersten zwanzig Hefte aufstellen, aber Handlung ist ja bei ihm immer aus Handlung gewachsen. Wie plant einer 2 500 Seiten?

Nach drei Wochen fragt Münchmeyer an, wie es mit dem großen gemeinsamen Projekt gehe. May antwortet ausweichend: Für Pustet sei noch eine Erzählung zu beenden, diese Arbeit koste eine weitere Woche. Wenigstens drängt Emma nicht, sie ist noch angefüllt mit Erinnerungen an die Tage in Dresden, sie triumphiert: War goldrichtig, daß wir gefahren sind, und wer hatte die Idee dazu?

Selbstsicher ist er keineswegs. Nie Getanes wird von ihm verlangt – was, wenn er sich nach zwanzig Heften in wirren Handlungsfäden verstrickte? »Rund um die Erde«, diese Worte eröffnen enorme Möglichkeiten, aber erst recht verpflichten sie. Als er Emma seine Sorgen mitteilt, prustet sie: Wenn du nicht weiter weißt, läßt du die Hälfte deiner Leute sterben! Nach rasch aufwallendem Ärger ringt er sich zu einem Lächeln durch: Das ist so recht Emma, unverbildet, natürlich, praktisch. Er hat sie zu sich hinaufheben wollen; damit ist er noch immer nicht weit gekommen. Vielleicht sollten sie auch deswegen nach Dresden ziehen?

Aber er will seine Figuren ja nicht nach zwanzig Heften ausrotten. Für den Aufbau brauchte er Zeit, doch der Verleger drängt. So schickt er die ersten dreißig Seiten, während er an der weiteren Handlung probiert. Für seine Helden benötigt er Gegenspieler, einer ist der Notar, der die Erbschleicherei rechtlich absichern soll: »Die Bewegung seiner langen, hageren, weit nach vorn gebeugten Gestalt hatte etwas Schleichendes, etwas heimlich Einbohrendes an sich, und die Züge seines scharfen, aus einer hohen, steilen Halsbinde hervorragenden Gesichts zeigten etwas so entschieden Raubvogel- oder Stößerartiges, daß es schwerhielt, den Mann nicht zu fürchten. Der Eindruck seines abstoßenden Gesichts wurde verstärkt durch den unsteten, lauernden Blick seiner Augen, welche sich bald hinter die Lider zurückzogen und dann wieder einen so plötzlich stechenden Blick hervorschossen, daß man sich des Gefühls nicht erwehren konnte, man stehe vor einem giftigen Polypen, dessen Fangarmen man rettungslos verfallen sei.«

Er stochert in den Kartoffeln.

»Schmeckt die Soße nicht?«

»Wie?«

»Wo biste bloß mit deinen Gedanken?«

»Ich müßte eine Kartei meiner Gestalten anlegen. Mit Haarfarbe, Augenfarbe, Größe, Gewicht, Redewendungen.«

»Und daran denkste beim Essen?« Sie verdreht stöhnend die Augen. »Wenn ich Schweinefutter kochen würde, du würdest's gar nicht merken. Heute abend geh ich zu Mine. Kommste mit?«

Er setzt ihr auseinander, daß er nicht die geringste Ablenkung brauchen kann; er muß seine Personnage aufbauen, was er jetzt versäumt, wird sich später rächen.

»Da geh ich eben alleine.«

Er entsinnt sich, wie er ihr vorschlug, Dialoge zu entwerfen, deren Linie er vorgegeben hat. Aber sie wollte ja noch nicht einmal lesen, was er fürs erste nach Dresden schickte. »Ich lese's lieber, wenn's fertig ist.« Wenigstens überfliegt sie das Anfangskapitel der »Todeskarawane«, die in Regensburg erschienen ist. Wenigstens – er grübelt an diesem Wort herum und fragt sich, ob er seine Hoffnungen schon so weit zurückgeschraubt hat.

»Willst ja gar nicht wissen, wann ich wiederkomme.«

»Emma, bitte! Wir wollen doch nicht streiten!«

»Wenn ich die halbe Nacht fortbleibe, das macht dir wohl nichts aus?«

Die Hälfte seiner Mahlzeit bleibt auf dem Teller. Dieser Ton preßt ihm auf die Schläfen, bei jedem Klirren schrickt er zusammen. Fenster, frische Luft – da wird Erinnerung an Waldheim geweckt, er wurde ohnmächtig, Prott riß ihn hoch. Wenn er jetzt in der Zigarrenwicklerei säße und erzählte: Doktor Sternau belauscht ein Gespräch – mit einem erlauschten Gespräch vermag er jegliche Handlung weiterzutreiben, das ist erprobt. Sternau hört also, daß Graf Emanuel de Rodriganda-Sevilla unter dem Vorwand einer Operation ermordet werden soll. Unverzüglich galoppiert er zum Schloß und fragt die zu Tode erschrockene Comtezza: »Geben Sie mir die Erlaubnis zur Gewalt?« Schreckensbleich legt sie alle Entscheidung in seine Hände.

Abend sinkt über Ernstthal, in den Häusern am Markt werden die ersten Lichter entzündet. Er holt mit einem Span Feuer aus dem Ofen für die Lampe. Emma ist fort, vielleicht schwatzt sie an einem Brunnen, vielleicht ist sie bei einer Freundin. Sicherlich, hofft er, wird sich in Dresden alles bessern. Pauline Münchmeyer hat versprochen, Emma unter ihre Fittiche zu nehmen. Erstaunlich, wie schnell die beiden Kontakt gefunden haben nach allem, was gewesen ist.

»Wir halten die Rettung allerdings nur durch einen Schnitt in das Mittelfleisch für möglich.« Das äußert ein schurkischer Arzt, Sternau stößt ihn beiseite und dringt in das Gemach vor, in dem Graf Emanuel liegt. Hier trifft er auch den Notar, den Schuft. Sofort hat Sternau die Lage erkannt, entschlossen treibt er den Arzt in die Enge. Einem medizinischen Handbuch entnimmt May das Wort *Lithotryphis*. Diese Methode wendet Sternau an: die Zermalmung des Steins durch einen Katheterbohrer. Der Graf wird gerettet, das Komplott der Erbschleicher zerschlagen. Schon droht neue Gefahr, natürlich droht neue Gefahr, diese Geschichte braucht hundertfach frische Gefahr.

Still ist es im Haus, er geht in die Küche hinunter. Aufgeräumt ist alles, er denkt: Was das betrifft, kann ich ihr nichts mehr vorwerfen. Ich darf nicht zuviel verlangen, und nicht alles auf einmal. Ganz am Anfang hat sie leidenschaftlich gern meine Artikel gelesen, und Briefe hat sie mir geschrieben – es steckt ein erziehungsfähiger Kern in ihr. Vielleicht hab ich sie verprellt, verschreckt. Er brockt Brot in einen Teller, gießt Malzkaffee drüber und rührt Zucker hinein. Hämmele heißt das im Erzgebirge, damit hat ihn die Großmutter gefüttert. Er löffelt, seine Gedanken schweifen in Spanien.

Weiter: Sternau soll ermordet werden, Notar und Arzt haben nicht aufgegeben. May sucht die Seiten heraus, die er vor einer Woche geschrieben hat, wieder martert ihn die Idee einer umfassenden Kartei. Emma – er wird Hoffnung begraben müssen. Oder besser: Er wird den zweiten Schritt nicht vor dem ersten tun dürfen. Nicht umsonst ist er auf dem Lehrerseminar gewesen, einige Erfahrungen hat er im Schuldienst erwerben können; er wird mild und beharrlich vorgehen.

»Emma, könntest mir einen Gefallen tun. Könntest Abschriften von Briefen machen.«

»Wozu?«

»Damit ich weiß, was ich den Verlagen mitgeteilt hab.«

»Hattest doch immer was an meiner Handschrift auszusetzen.«

»Wenn du dir Mühe gibst...«

»Aber heut nicht. Und morgen hab ich Wäsche.«

»Gut, übermorgen.«

Sie denkt: Eifersüchtig ist er, einmauern will er mich. Briefe abschreiben, bisher ging's doch ohne. Weil ich mich mit keinem Menschen mehr unterhalten soll. Gegenangriff: »Hilfst du mir denn im Haus? Wie da andere Männer zupakken!«

Drei Tage später findet er nicht den Mut, noch einmal mit diesem Thema zu beginnen. Vor seiner Arbeit müßte Emma wieder Achtung bekommen. Wenn erst hundert Hefte gedruckt vorliegen. Wenn er in Dresden eine Wohnung gemietet hat, an der Tür ein Schild: Dr. Karl May. Lieferanten geben Waren ab: Für Herrn Dr. May bitte. Der schuppige Zigarrenhändler katzbuckelt: Wenn ich Herrn Doktor eine Offerte unterbreiten dürfte.

Die Hinwendung zu ferner Turbulenz ist wie eine Erlösung: »›Drauf, tötet ihn!‹ Diese Worte erklangen, und im nächsten Augenblick warfen sich mehrere Gestalten, welche aus den Büschen brachen, mit gezückten Messern auf Sternau. Dieser befand sich glücklicherweise nicht zum ersten Mal in einer solchen Lage. Während seiner Wanderungen durch die fremden Erdteile hatte er mit den wilden Indianern Nordamerikas, den Beduinen der Wüste, den Malaien des ostchinesischen Archipels und den Papuas Neuhollands gekämpft. Er hatte sich dabei jene Geistesgegenwart angeeignet, welche kein Erschrecken kennt, keinen Augenblick zaudert und in jeder Lage sofort das Richtige ergreift. ›Hollah, das gilt mir!‹ rief er. Er ließ den Arm seiner Begleiterin fahren und sprang mit Blitzesschnelle einige Schritte seitwärts. Ebenso plötzlich hatte er die Büchse hervorgerissen und angelegt; zwei Schüsse krachten, und zwei der Vermummten stürzten zu Boden. Im Nu hatte er die Büchse umgedreht, und ihr Kolben sauste auf den Kopf des dritten Angreifers nieder, so daß dieser lautlos zusammenbrach. In demselben Augenblicke erhielt er von dem vierten einen Stich in den Oberarm, aber mit einer raschen Wendung packte er den Mann bei der Gurgel, ließ die Büchse fallen, da diese jetzt zu einem Hiebe zu lang war, und schlug dem Gegner die geballte Faust mit solcher Kraft an die Schläfe, daß er besinnungslos niedersank. Als er sich nach dem nächsten Angreifer umsah, war er entflohen.«

Er schiebt Emma ein Dutzend Bögen hin. »Wir sollten einmal den weiteren Gang besprechen.«

»Abschreiben soll ich's nicht?«

»Lesen nur.«

»Hühnlichen, was du dir immer so ausdenkst!« Sie liest und weiß nicht recht, was sie dazu sagen soll; wie's weitergeht, das weiß sie doch nicht, das weiß doch nur Karl. Ein Versuch, weil er's unbedingt will: »Ob sich dein Sternau auch mal in eine andere verliebt?«

»Die Treue zur Comtezza soll sich durchs ganze Buch ziehen. Meine Arbeit soll ja moralischen Halt geben.«

»Wirst's schon richtig machen, Hühnlichen. Wenn du wieder ein Stück fertig hast, bringst du's dann nach Dresden? Und nimmst du mich mit?«

Eine Woche später: »Emma, ob dir das nützen könnte?« Er blättert ein Heft auf. »Briefsteller für alle Berufe und Kreise, das universale Büchlein, in wenigen Tagen ein allbeliebter Briefschreiber zu werden.«

»Was soll ich damit?«

»Da du doch meinen Briefwechsel übernehmen willst.«

Sie ahnt schon, daß er wieder über ihre Schrift nörgeln wird. Und was heißt das: übernehmen *willst?* Lust hat sie keine dazu, sicherlich hat sie sie am Anfang gehabt, aber er hat ja an jedem Buchstaben herumgemäkelt. Das S nicht geschwungen genug, das B zu weiträumig, das K zu eckig. »Hier: ›... bestelle ich summa acht Zentner feinstes Mehl, drei Zentner Schrot, auch etwas Kleie und erlaube mir...‹«

»Sind ja alles nur Beispiele.«

Er legt das Büchlein aufs Fensterbrett, dort liegt es noch nach Tagen; jedesmal, wenn sein Blick darauf fällt, spürt er Druck in der Kehle. Nach einer Woche verbirgt er das Heft in einer Schublade, Emma fragt nie danach.

Termine drängen, manchmal bosselt er an einem Tag an drei verschiedenen Stellen. Er legt das »Waldröschen« beiseite und setzt die »Todeskarawane« fort, Pustet hat gemahnt. Auch Münchmeyer drängt, beide haben Vorschuß gegeben. »Emma, ich stecke in einer Zwickmühle. Zwei Monate muß ich durchhalten, ehe ich über den Berg bin.«

Die Flurtür klemmt. »Karl, kannst du das mal machen?«

»Emma, so was bring ich doch nicht. Holst 'nen Handwerker.«

»Kostet aber Geld.«

Fritz Kalkmann besieht sich den Schaden. Glaserarbeit ist es nicht, aber wenn Emma bittet, kommt er. »Wirst immer hübscher«, lockt er zwischen zwei Hammerschlägen.

Sie hat sich an den Pfosten der Küchentür gelehnt und sieht ihm zu.

»Wo ist denn dein Alter?«

»Oben. Er schreibt.«

»Immer?«

Emma lächelt, Fritz lächelt, er sagt: »In so 'ner Ehe, fehlt da nichts? Junge, schöne Frau, nicht mehr ganz so frischer Mann. Man hört doch manchmal Geschichten.«

»So, du hörst Geschichten.« Sie denkt: Dieses verdammte Nest, in Dresden fiele so was gar nicht auf. Sie geht die Treppe hinauf, sie weiß, daß Fritz ihr nachstarrt.

May hört das Hämmern kaum. Er muß seine Marionetten umschachteln, muß Sternau und das spanische Ensemble beiseite stellen und die Personnage der »Todeskarawane« lebendig machen. Nicht mehr Sternau, sondern Kara Ben Nemsi, der Sohn des Deutschen. Die Denkweise des einen gleitet in die des anderen über, der eine belauscht, der andere belauscht.

Es wird Herbst, kaum nimmt er ihn wahr. Selten kommt er an die Luft. Einmal schlagen Emma und er einen Bogen ums Städtchen und blicken auf Dächer und Schornsteine hinunter. Emma klagt: »Wie mir das alles zuwider ist.«

»Mußt immer dasselbe reden?«

»Wenn wir den Winter über hierbleiben, muß ich ganz anders wirtschaften. Soll ich nun Kartoffeln kaufen und für Weihnachten eine Gans bestellen?«

»Jetzt eine Wohnung suchen, der Umzug: Ich käme aus dem Tritt.«

»Also wann?«

»Im Frühjahr.«

»Bestimmt?«

»Bestimmt.«

»Ich werde dich daran erinnern.« Fast schwingt Drohung mit. »Also sagen wir: Bis Ostern. Daß du nicht vergißt, zu

Ostern wohnen wir in Dresden!« Sie möchte hinzufügen, was sie täte, wenn Karl sein Versprechen nicht einlöste. Was täte sie?

Am nächsten Tag legt sie einen Brief auf den Tisch. Münchmeyer hat an sie geschrieben.

»Geehrte Frau!

Sie würden mich zu großem Dank verpflichten, wenn Sie Ihren geehrten Mann, den ich die Ehre habe, meinen vertrauten Freund nennen zu dürfen, bewegen könnten, mir Manuskript, und zwar drei Hefte pro Woche zu senden. Das erste Heft habe ich fertig, doch kann ich dasselbe nicht herausgeben, indem ich ohne Manuskript nicht weiter liefern kann. Ich habe so gut an Ihrem Mann gehandelt. Ich habe ihm gegen 500 M. schon auf dieses Werkchen gegeben, und er ist so undankbar und läßt mich ganz ruhig sitzen und doch nennt er sich meinen besten Freund in seinen Briefen und verspricht mir das Blaue vom Himmel, hält aber nicht die Idee von seinem Versprechen.«

May weiß: Stimmt ja alles. Aber er wehrt ab: »Bin doch keine Fabrik!«

»Hast du ihm denn drei Hefte versprochen?«

»Zwei höchstens.« Aber er hat ja auch diese zwei Hefte nicht geliefert. »Wenn ich die ›Todeskarawane‹ fertig habe, geht's munter vom Bock.«

»Zwei Hefte in der Woche, das wären siebzig Mark.«

Eine Woche später kehrt er zum »Waldröschen« zurück. In einer großen Szene läßt er Sternau behaupten, er könne mit dem Tomahawk auf fünfhundert Schritt treffen. Natürlich glaubt ihm keiner. »Er verließ den Hof und schritt die Straße, welche gerade auf das Tor zulief, fünfhundert Schritte weit hinaus. Die Herren retirierten sich hinter die Mauern, um nicht getroffen zu werden, und die Damen hatten zwar die Fenster geöffnet, getrauten sich aber nicht, aus denselben zu blicken. Jetzt schwang er den Tomahawk, beschrieb mit demselben zunächst einige vertikale Kreise und schleuderte ihn dann nach dem Ziele. Das Indianerbeil flog, ganz wie er es gesagt hatte, erst am Boden hin, stieg dann rasch und plötzlich bis über die erste Etagenhöhe empor, senkte sich dann jäh und warf mit einem lauten Krach den Stein vom Pfahle und gegen die Mauer, ohne diesen Pfahl dabei im mindesten zu berühren. Auf dieses Meisterstück brach ein außerordentlicher Beifallssturm los, Sternau kam zurück, bedankte sich mit einer stummen Verbeugung und sagte: ›Hier ist die Kunst, den Tomahawk zu schwingen, eine brotlose, aber drüben in der Prärie ist sie eine Lebensfrage.‹«

Schreiben, sich einschreiben, die Gedanken fortzwingen von diesem Tisch in diesem Zimmer, von Emma, Geldsorgen, Münchmeyer. Die Gedanken fliegen lassen. Was ist Stil, Mühe um Stil, Feilen, vielleicht Feilschen um Worte, das wäre doch nur Eindämmern, ja Verfälschen des Stromes aus dem Inneren heraus. Was aus dem Herzen kommt, was aus der Seele kommt – ich schreibe mich hin, jeden Gedanken übertrage ich ungebrochen aufs Papier. Stil, das wäre bemühter Stil, also Krampf. Meine Hand ist Medium zwischen Seele und Papier.

»Die Comtezza trat an die Brüstung heran, ihr herrliches, sonst so schimmerndes Auge war umwölkt von einer dunklen Ahnung. Von den Schultern herab floß ein Gewand aus einem so weichen Stoff, daß er über den Ellbogen...«

4

Kein Giebel mehr vor dem Fenster, kein schiefer Schornstein, vielmehr ein blühender Apfelbaum. Dahinter eine sanfte Höhe; Häuser und Häuschen sind in Gärten eingesprenkelt. Er entdeckt noch immer Einzelheiten: Diese Fensterreihe, eine Laube, dieser Balkon, man könnte das Haus da eine Villa nennen. Dresden also doch wieder. Er liest im Geschichtswerk des Johannes Scheer über den mexikanischen Krieg. Die Uhr schlägt vier, gegen sechs werden Münchmeyers kommen. Schweinebratenduft erweckt Appetit und nach einer Weile Hunger, daß er hinübergeht und schnuppert.

Emma deckt den Tisch. »Du, wir haben keine Kelle für die Soße.«

»Wird auch mit dem Löffel gehen.«

»Willste nicht die Weinflaschen raufholen? Und dich umziehen? Wenn sie Tulpen mitbringen – wir haben bloß diese winzige Vase.«

Er bereut, daß er sich sehen ließ, nun wird er kaum mehr zum Schreiben kommen. Er poliert Gläser und hört, was alles noch gebraucht werde: Suppengeschirr, Tischwäsche, Gardinen für zwei Zimmer. Allmählich hört und fühlt er sich ein: Im Grunde genommen hat er sich immer solch eine Wohnung gewünscht, aber sich nie ausgemalt, er müßte sie einrichten. »Brauchst doch nichts zu überstürzen.«

»Wenn ich an Münchmeyers Salon denke!«

Gier und Neid hört er heraus und will dämpfen: »Die sind ja auch viel länger verheiratet.«

»Wir müßten mit einem Schlag steinreich sein!«

Während er Flaschen heraufholt, spinnt er ihren Gedanken weiter: Mit einem Schlag reich, und alle Vergangenheit wäre zugedeckt. In einer Wohnung mit sieben Zimmern und zwei Dienstmädchen, da wagte keiner zu fragen: Hunger, Landstreicherei, Diebstahl, Waldheim? Was man so von Spekulationsgewinnlern hörte; mit Mietshäusern hat mancher dreißig Prozent im Jahr gescheffelt. Aus der letzten Ecke Schlesiens zugewandert, mehr Dreck unter den Fingernägeln als Geld in der Tasche, aber in zehn Jahren Millionär. Oder Münchmeyer, der ahnte ja gar nicht, wie ungebildet er war. Aber Verleger!

Er stellt die Flaschen in einen Eimer und flüchtet noch einmal zu seinem Manuskript. Eine Formulierung Scheers übernimmt er und nennt die Generale des Benito Juarez »vielbetrauerte Märtyrer für die Unabhängigkeit des Landes«. Noch sechs Seiten braucht er fürs nächste Heft, vielleicht sollte er durch Sternaus Mund die Geschichte der Familie Rodriganda wiederholen lassen? Wenigstens liegen zweiundzwanzig Hefte gedruckt vor, aber von dort bis zu dem Heft, an dem er schreibt, dem achtunddreißigsten etwa, klaffen Lücken. Also die Vergangenheit der Rodrigandas – es schadet nichts, das Gedächtnis der Leser aufzufrischen. Wer weiß, wie viele ein Heft kaufen, die den Anfang nicht kennen. Ein neuer Gesprächspartner für Dr. Sternau...

Die Tür wird aufgerissen: »Weißt du denn nicht, daß es dreiviertel sechs ist?«

Er kommt nicht mehr dazu, eine bessere Hose anzuziehen, immerhin wechselt er das Jackett. Zeitschriften müssen fortgeräumt werden – der Wein, irgendwo muß doch der Korkenzieher sein.

Die Damen umarmen sich wie innigste Freundinnen, Münchmeyer gibt sich aufgekratzt, unter dem Arm trägt er einen Geigenkasten. Wie lange hat man sich nicht gesehen? Eingelebt in Dresden? Natürlich wird man die Wohnung besichtigen, aber zunächst zu Tisch bitte! Emma trägt den Braten auf, Münchmeyer drechselt das Kompliment, es sei schwer zu entscheiden, was knuspriger wäre, die Kruste oder die Hausfrau. Auf dem Weg hierher hat er Pauline eingeschärft, so liebenswürdig wie möglich zu sein. Wein aus dem Lößnitzgrund – wunderbar! Pauline Münchmeyer zeigt sich angetan von diesem Zimmer: der Kachelofen modern über Eck, die geschmackvolle Decke. Münchmeyer stößt die Gabel auf seinen Autor vor: »Ich sag's Ihnen, in drei Jahren schwimmen Sie im Fett!«

Emma hebt das Glas: »Auf Ihr Wort!«

Nach dem Essen hilft Frau Münchmeyer, das Geschirr in die Küche zu tragen, die Männer zünden sich Zigarren an. Münchmeyer fragt: »Wie läuft's?«

»Ich werde morgen meine Leutchen auf eine entlegene Insel im Stillen Ozean verschlagen lassen.«

»Mit Mexiko sind Sie fertig?«

»Ich denke ja. Aber ich kann Sternau ja immer noch mal dorthin zurückkommen lassen.«

»So langsam sollten wir an die nächste Serie denken.«

May hebt erschrocken die Hände. »Pustet drängelt schon!«

Münchmeyer hat alles, was er nun vorbringt, sorgfältig durchdacht. Der Absatz sei nicht schlecht, geradezu reißend nun aber auch nicht. Sechstausend vielleicht oder sieben. Man sollte den Topf am Kochen halten, die nächste Serie nachschießen, den Markt warmhalten. »So was schütteln Sie doch aus dem Ärmel!«

»Hatten Sie nicht von zwanzigtausend Abonnenten geredet?«

Münchmeyer merkt, daß er auf der Hut sein muß. Zwanzigtausend, fragt er scheinheilig, habe er das gesagt? Bei der zweiten oder dritten Folge werde man sicherlich dahin kommen. Jetzt druckt er pro Heft schon fünfundzwanzigtausend, das wissen nur sein Faktotum Walther und er. May möge sich mal nicht zuviel herausnehmen, findet er, er hat ihn zum zweitenmal von der Straße aufgelesen. »Ich habe Ihnen ja versprochen: Am Ende bleibt für Sie eine feine Gratifikation.«

»Ich schaffe jetzt zwei Hefte pro Woche. Wenn ich dieses Tempo durchhalte...«

»Walther nimmt Ihnen ja allerhand Kleinkram ab. Wenn ein Heft nicht knallig genug endet, hilft er nach. Der Leser muß Appetit kriegen aufs nächste. Bei uns sind Sie in den besten Händen!« Jetzt fühlt sich Münchmeyer geradezu beleidigt; hat er sich nicht vorgenommen, auf dem Höhepunkt dieses Abends mit einer großzügigen Geste aufzuwarten? Hätte er gar nicht nötig, meint er jetzt, zwingt ihn ja keiner zu.

Die Frauen kommen aus der Küche zurück, Münchmeyer klappt den Geigenkasten auf. Ein Konzertchen nach Tisch? Emma wirft ein, ihr Mann könne Klavier spielen, wie herrlich wäre es, man besäße ein Instrument. »Nächstes Jahr«, Münchmeyer hebt den Bogen. »Übrigens hab ich für heute noch eine Überraschung in petto!« Was das wäre – er läßt es sich nicht herauslocken. Er geigt ein Potpourri aus Tänzen, die in seiner Jugend auf Dorfsälen üblich waren, und leitet über zu den Liedern der Saison. Die Frauen singen mit, auch May stimmt ein. Pauline Münchmeyer lobt: Sie habe ja gar nicht geahnt, was Herr May für eine tönende Stimme besitze. Sei Bariton nicht die männlichste Stimmlage überhaupt, nicht so ernst wie der Baß, nicht so leichtfertig wie der Tenor, vielmehr das Verlockende von beiden vereinend? May wird zu einem Solo aufgefordert und ziert sich. Pauline Münchmeyer entwickelt übermütig: Wie wäre denn das, ihr Mann komponierte die Gedichte des Herrn May und brächte Noten und Texte heraus, und die beiden träten gemeinsam in Konzertsälen auf?

Das ist ihr Abend, fühlt Emma, sie hat die Versöhnung zwischen Münchmeyer und Karl herbeigeführt, sie hat Karl bewogen, nach Dresden zu ziehen, hat die Wohnung ausgewählt und Möbel gekauft und auf diese Einladung gedrängt. Sie ist jünger und hübscher als Frau Münchmeyer, alles hat sie richtig eingefädelt, wenn's auch manchmal nicht so aussah. Der Herr Verleger macht ihr Augen, die beiden Leutnants gestern haben sie angestarrt, als sie vor einem Schaufenster stand, zwei Straßen weit hörte sie hinter sich Sporen klirren. Das nächste Mal wird sie nicht nur Münchmeyers einladen, sondern andere Leute hinzu, Künstler. Sie werden ein Klavier kaufen. Eine Kochfrau, ein Dienstmädchen, eine größere Wohnung.

»Also, Freunde!« Aber jetzt bereite er noch nicht die Überraschung des Abends, dämpft Münchmeyer, sondern gebe einen Vorgeschmack: Ein Verleger aus Belgrad habe angefragt, ob er die »Waldröschen«-Serie in serbokroatischer Sprache bringen dürfe. Er wolle aus Sternau einen Serben machen, des größeren Erfolgs daheim wegen. May freut sich, freut sich nicht: Eine Übersetzung, natürlich habe er darauf gehofft, aber nun sei ja das Serbische nicht gerade eine Weltsprache.

»Kleinvieh! Franzosen und Engländer drängeln hinterher!«

Münchmeyer schaut von May zu dessen Frau, er denkt: Die hat Hummeln in den Hosen, wenn du da nicht aufpaßt! Entweder du läufst zu mächtiger Form auf, oder die sackt dich ein. May vergißt das Nachgießen, Münchmeyer nimmt es ihm ohne zu fragen ab. Nun wär's genug, findet May, bisher wär's ja ganz gelungen gewesen, aber jetzt könnten die Gäste allmählich aufbrechen. Oder man müßte über den Fortgang der »Waldröschen«-Geschichte debattieren. Ob er den Mexiko-Teil ausbauen sollte. Mehr Dramatik, mehr Liebe, oder zurückspringen nach Europa? Er möchte eine Passage, die er am Nachmittag geschrieben hat, vorlesen. Aber Pauline verbreitet sich, wie irgendeine Frau von einem Liebesfieber nach dem anderen geschüttelt werde, ulkig, aber nie passiere was, die betrüge ihren Mann jeden Tag hundertmal in Gedanken, aber nicht einmal in zehn Jahren wirklich.

Emma ruft dazwischen: »Herr Münchmeyer, endlich die Überraschung!«

»Also, und wenn ich meinen Verlag zugrunde richten und mir eine Kugel in den Kopf schießen und meine Frau als bettelarme Witwe zurücklassen müßte: Vorausgesetzt, Herr May, daß Sie jede Woche zwei Hefte liefern, zahle ich bis zum Ende der Folge für jedes Heft fünfzig Mark!«

Emma springt auf und wirft ihrem Mann, dann Münchmeyer die Arme um den Hals. Vierhundert Mark im Monat, rechnet es in ihr blitzschnell. Sie küßt den Verleger auf die Wange und ihren Mann auf den Mund. Da müsse man natürlich noch eine Flasche aufmachen! Münchmeyer schiebt sich hoch, ein wenig schwankt er. »Herr May, als der Ältere erlaube ich mir in dieser Stunde, Ihnen das brüderliche Du anzutragen. Ich heiße Heinrich.«

Umarmung, Bruderkuß, Schultern werden geklopft. May ist unsicher, was er antworten soll: daß er überglücklich sei, daß er natürlich zwei Hefte pro Woche liefern werde, daß er sich durch das Du geehrt wisse. Von einer Minute zur anderen fühlt er sich umstellt, eingeschnürt. Das ist seltsam anders als in Waldheim. Die Mauern waren steinern fest, aber er konnte seine Gedanken hindurchschicken. Jetzt taugt es wenig, Sternau weit entfernt reiten und fechten zu lassen. Er selbst lebt in Dresden, täglich zehnmal, zwanzigmal muß er Bezug zu Emma finden. Diese Wohnung, Pustet und immer wieder andrängend Münchmeyer, nun fünfzig Mark pro Heft, aber jede Woche zwei Hefte, und natürlich wird Emma immerzu von diesem Geld quengeln und was als Dringendstes anzuschaffen sei. Wie beglückend wäre es, sie begriffe, daß ihm Sternaus Schicksal wesentlicher sein muß als ein Hundertmarkschein. »In drei Tagen ein Heft«, sagt er mehr zu sich als zu den anderen. »Was weit schwieriger ist: *Alle* drei Tage ein Heft.«

»Bleibt der Sonntag«, lärmt Münchmeyer, »da fahren wir ins Grüne. Und wie ausgemacht, Karl, bei Gelegenheit reden wir über die nächste Serie.«

Pauline Münchmeyer schaut auf May, der ihr längst nicht so glücklich erscheint, wie es ihrer Meinung nach angebracht wäre. Etwas liegt in der Luft. »Zuviel Freude auf einmal. Wollen wir nicht diesen wundervollen Tag beenden?« Den Bogen nicht überspannen, denkt sie, man darf das beste Pferd im Stall nicht schinden.

Mays begleiten ihre Gäste an die Haustür und bis zur nächsten Straßenecke. Es sei jammerschade, redet Münchmeyer, daß man so weit auseinander wohne, sonst könnte man sich viel öfter sehen. Also nächsten Sonntag gemeinsam in die Heide!

Auf dem Weg zurück schmiegt sich Emma an. Als sie wieder im Zimmer sind, sagt sie als erstes: »Hühnlichen, jede Woche hundert Mark!«

Er schreit: »Wie dumm bist du denn bloß!«

6. Kapitel

Geld! Geld!

1

Wie denn nun? Noch einmal zurück nach Spanien – warum nur hat er die Zigeuner eingeführt, manchmal beschützen sie Sternau, unvermittelt betrügen sie ihn; was noch mit ihnen? Randfiguren, der Leser wird wenig nach ihnen fragen. Kurt hat von einem Waldhüter die malaiische Sprache erlernt, daraus sollte etwas erwachsen, was?

Das Gute, das Böse. Wo stand in Mexiko das Recht, doch nicht auf seiten der Eindringlinge, und wenn ihre Titel noch so glänzten. So läßt er einen General mit Kaiser Maximilian reden:

»›Vielleicht verurteilt die Nachwelt uns?‹

›Wieso?‹

›Indem sie sich auf die Seite der Mexikaner stellt.‹

›Also auf die Seite unserer Mörder?‹

›O Majestät, gestatten Sie mir in Gnaden, diesen Punkt mit objektivem Auge zu betrachten. Der Mexikaner kennt keinen Kaiser von Mexiko. Er nennt den Erzherzog von Österreich einen Eindringling, der widerrechtlich das Land mit Blut übergossen hat.‹

›General, Sie ergehen sich in starken Ausdrücken.‹

›Aber diese Ausdrücke bezeichnen die Stimme der Republikaner sehr genau. Und dazu bitte ich, an das Dekret zu denken.‹

›Erwähnen Sie es nicht‹, rief Max unter der Gebärde eines tiefen Unmuts.

›Und doch muß ich es erwähnen. Ich riet Ihnen damals von der Unterschrift ab, sie wurde dennoch vollzogen. Von dem Augenblicke an aber, als wir die Republikaner als Mörder bezeichneten und behandelten, hatten sie, von ihrem Standpunkte aus betrachtet, das doppelte Recht, auch dies mit uns zu tun. Gerät der Erzherzog Max von Österreich in ihre Hände, so machen sie ihm den Prozeß, ohne nach dem Urteile der Mächte oder nach der Stimme der Geschichte zu fragen.‹

›Eher sterbe ich mit dem Degen in der Faust.‹«

Ein Heft, noch ein Heft. »Er blickte in die Augen des Freundes, aus denen ihm solches Feuer der leidenschaftlichen Treue entgegenflammte, daß es ihm wie ein wärmender Strahl ins Herz fuhr.« Das Wort Freund quält, nie hat er einen Freund besessen. Sein Verleger duzt ihn nun, aber deswegen ist er kein Freund. Es ist Nacht, gottlob ist Nacht. Emma schläft, still ist das Haus. Keine Freundin sitzt bei ihr – Freundinnen umschwirren Emma, sie kann täglich neue finden. Vom Markt bringt sie sie mit, neulich hat sie sogar nach einer Gesprächspartnerin annonciert. Wenn sie doch Kinder hätten, dann wäre auch das anders. Vielleicht war Kochta der einzige Vertraute, den er je besaß. Eine seltsame Freundschaft. Er tastet sich durch seine Jungentage: Mit der Großmutter besuchte er ein Puppenspiel, »Das Müllerröschen oder die Schlacht bei Jena«. Er spielte mit den Schwestern. Der Vater ließ ihn nachmittagelang Bücher abschreiben, weil er meinte, so präge Karl sich den Inhalt besser ein. Ein Geographiebuch von fünfhundert Seiten, er kopierte es, keine Zeit blieb für einen Freund. Später hetzte ihn der Vater von einer Klasse zur anderen, bald hatte er die zwei Jahre ältere Schwester eingeholt. Er entsinnt sich: Als Achtjähriger saß er bei den Elfjährigen; die Kameraden, die hinter ihm lagen, hatte er verloren, ohne die, bei denen er sich befand, zu gewinnen. Was man als Jugend bezeichnet, hat er denn das gehabt? Jetzt schränkt er ein: Ich will mich nicht über Vater beklagen, er hat mir aus seinem Elend hinaushelfen wollen, und ganz ohne Zwang geht das wohl nicht. Der Vater als General auf einem Stoppelfeld, Sternau reitet durch die mexikanische Wüste – wo ist der Unterschied? Ich hab so viel von Vater.

Fertige Seiten für achtzehn, zwanzig Hefte liegen auf Walthers Tisch. May denkt: Hätte ich doch von Anfang an darauf bestanden, daß Walther mir vorlegt, was er streicht oder einfügt. Aber dazu blieb nie Zeit.

Hefte werden ins Haus gebracht, er liest sie nicht. Als sie sonntags von Pillnitz hinaus auf die Höhen östlich der Elbe wandern, rät Münchmeyer: »Die nächste Folge solltest du über den Krieg gegen Frankreich schreiben. So was verkauft sich wie warme Semmeln! Handfester Patriotismus. Mensch, du könntest den Kaiser auftreten lassen und Napoleon!« Pfirsichbäume blühen, die Wiesen sind grün, den Hang krönen Kiefern mit zerzausten Wipfeln, dahinter steigt der Himmel wolkenlos auf. May spürt sein Herz klopfen und knöpft die Weste auf. »Hab ich endlich hundert Hefte beisammen?«

»Mußt Walther fragen. Allen Kleinkram nehmen wir dir doch ab! Da werden's eben hundertdrei oder hundertsechs. Was hältste davon: Ein preußischer Spion verliebt sich in eine französische Adlige – und ab geht die Post! Wieder hundert Schwärtchen!«

»Pustet...«

»Ach, der hat dich beinahe verhungern lassen! Immer vornehm, der Herr Kommerzienrat. Aber Geld verdienste bei mir.«

May möchte einwenden: Diesmal setzen wir einen Vertrag auf. Er wagt es nicht, denkt: Wenn ich nicht per du mit ihm wäre, vielleicht dann.

In den nächsten Tagen beendet er wie gehetzt den »Waldröschen«-Roman. Entwirrt, zusammengeführt, ein Satz für diese, für jene Person, endlich: »Bei diesem Ausruf Ferdinandos lagen sich die beiden Brüder in den Armen. Sternau aber trat hinzu und führte sie in ein anderes Gemach. Die zurückgekehrte Denkkraft Emanuels war noch viel zu schwach, um das verwickelte Material, welches vor ihm lag, zu überwinden und zu entwirren. Er wurde wiederhergestellt, Ferdinando kehrte nicht mehr nach Mexiko zurück, er verkaufte seine dortigen Güter und blieb mit Emanuel auf dem deutschen

Rodriganda. Mariano, der junge Graf, residierte mit seiner glücklichen Amy auf dem spanischen Rodriganda, war und ist aber sehr oft Gast bei seinen deutschen Verwandten. Sternau weiß die Tradition seines herzoglichen Hauses in Spanien an der Seite seiner noch immer schönen Rosa würdig zu vertreten. Der schwarze Gérard lebt mit seiner Frau und Schwiegervater in der Hauptstadt Mexiko. Bärenherz hat Karja als seine Squaw mit nach den Jagd- und Weidegründen der Apachen genommen, um mit seinem Bruder Bärenauge sich in die Herrschaft der tapferen Stämme zu teilen.« Da wäre noch der Waldhüter, da wären... Die Treuen und Gerechten genießen die Früchte ihres Handelns, die Schlechten sind verkommen und gestorben. »So will es Gott! – Waldröschen ist aber die glücklichste der Frauen. Ihr Kurt ist bereits Oberst in einer norddeutschen Stadt, wenn man hier auch leider nicht verraten darf, in welcher Garnison. Beide wiegen abwechselnd auf den Knien ein kleines, niedliches Waldknösplein, welches verspricht, das Ebenbild der Mutter zu werden, ein liebreizendes Waldröschen.«

Schnörkel darunter, fertig. Taumeln im Hirn, Leere. Jetzt müßte ein Tisch gedeckt sein, Emma müßte hinter seinem Stuhl gestanden und auf das letzte Wort gewartet und ihn umschlungen haben. Ein siebenarmiger Leuchter mit weißen Kerzen. Ein Mahl, nur Emma und er. Später Gäste, Münchmeyer auch, Pustet, Kochta. Jeder hält eine Rede, er dankt seinen Freunden.

Gleich wird Mittag sein. Er geht in die Küche, der Herd ist kalt. Emma ist seit dem frühen Morgen fort, ein Arzt hat ihr Spaziergänge angeraten. Als sie heirateten, waren sie sich einig, nicht sofort Kinder zu wollen. Jetzt ist er aus der gröbsten wirtschaftlichen Unsicherheit heraus, für ihn würde es höchste Zeit, bei anderen in seinem Alter sind die Kinder schon aus dem Haus. Bald ein Sohn, noch ein Sohn, eine Tochter, drei, vier Kinder dicht hintereinander. Organisch scheint bei Madame alles in Ordnung, vielleicht hindert Nervosität; Spaziergänge sind ratsam, möglichst Aufenthalt in einem Kurbad, Franzensbad, Tölz. Schulterklopfen beim Ehemann: Nicht den Mut sinken lassen, Zuversicht macht viel aus! Er denkt: Wenn wir Kinder hätten, kämen in meinen Büchern auch Kinder vor. Seltsam: eine Welt, bevölkert ausschließlich von Erwachsenen.

Er findet ein Stück gekochten Schweinebauch und ißt es kalt mit Brot und Senf. In einigen Monaten wird er vierzig sein. Auf eine Lebensregel besinnt er sich: Was einer mit vierzig nicht begründet hat, schafft er nie mehr; später kann einer nur noch ausbauen. Nun der neue Roman, zwei Hefte pro Woche. Einfall: »Die Liebe des Ulanen«. Wieder ein Pseudonym? Er wartet auf die Freude, mit einem Riesenwerk von 2 500 Seiten fertig geworden zu sein. Am Küchentisch sitzt er, an keiner Festtafel. Dabei brauchte er nur ein Wörtchen zu sagen, und Emma lüde Gott und die Welt ein. Aber niemand hörte ihm zu, wenn er über das spräche, was ihm wichtig ist: Ich habe eine Titanenarbeit geleistet, manchmal ist sie über meine Kraft gegangen. Zum ersten Mal können wir sorglos leben. Aber ich habe an dem vorbeigeschrieben, was ich sollte. Ardistan, Dschinnistan, ich muß alles Widrige aus meinem Leben räumen, ehe ich den Menschen das Gute zeigen kann. So bedrückend simpel ist es wohl eingerichtet. Und ich habe keinen Sohn.

Am Abend ist das Wohnzimmer doch voller Gäste, Münchmeyer geigt, eine gewisse Frau Köllner tanzt mit ihrem Cousin, Pauline Münchmeyer führt einen neuen Hut vor, er stammt aus Lyon; später kommt eine Nachbarin herüber, zuletzt taucht deren Mann auf, um sie abzuholen. Emma lädt ihn zu einem Glas Wein ein, er gerät mit Pauline in einen lokkeren Disput, Pauline fühlt sich beschwipst, das findet sie überaus putzig und erzählt es jedem. May zählt die Flaschen, eben wird die siebente entkorkt. Emma und die Nachbarin rumoren in der Küche und kommen mit Brötchen und Leberwurst wieder. Er rechnet: Der Wein, Gurken nun auch noch. »Ich habe«, sagt er zu Münchmeyer, »heute das ›Waldröschen‹ abgeschlossen.«

»Menschenskind, da hast du ja weniger Zeit gebraucht, als du vermutet hast! Schon am neuen Roman gefummelt?«

Er nimmt das Glas, das sein Verleger ihm hinhält. Die Leere, das Schwindeln, Taumeln vom Vormittag ist wieder da, das sind genau die Worte, die er befürchtet hat. Immer wieder, er ernährt die hier alle, seinen Fleischsalat essen sie, seinen Wein trinken sie. »Zweieinhalbtausend Seiten, kannst du dir die Arbeit vorstellen, Heinrich?«

Der Verleger ruft prustend: »Habt ihr gehört, Karl ist mit dem ›Waldröschen‹ fertig!«

»Herr May, darf ich mir eine Prophezeiung erlauben: In einem Jahr fahren Sie verspännig!«

»Jetzt will ich euch was erzählen!« Und Pauline Münchmeyer wärmt auf, daß vor Zeiten, als noch niemand den Namen Karl May kannte, ihr Mann und sie auf ihn eine Flasche Champagner geleert haben; das erzählt sie liebend gern immer wieder, den Namen Waldheim läßt sie wohlweislich weg. Der Verleger entkorkt eine weitere Flasche, die nicht ihm gehört; May registriert: Die achte, mehr liegt nicht im Regal. »Ich werde mich auf ein Stündchen zurückziehen. Morgen kann Walther die letzten Seiten abholen. Möchte für den nächsten Roman noch ein paar Notizen machen.«

»Aber Liebe muß wieder drin sein!« ruft die Nachbarin. May blickt in Emmas Augen. Er hat sie seelenvoll gefunden, in einem Brief hat er gerühmt: tief wie nächtliche Brunnen, auf die mildes Mondlicht scheint. Jetzt wirken sie starr vom Wein, das Lächeln ist stehengeblieben. Er wünscht qualvoll, es würde doch noch so, wie er es am Morgen ersehnt hat: Emma würde die Gäste hinauskomplimentieren und sich anschmiegen: Hühnchen, jetzt feiern nur wir beide mit der letzten Flasche deinen Roman, wie hast du geschuftet, ich bewundere dich, künftig wirst du mehr für Pustet arbeiten und weniger für Münchmeyer, was brauchen wir so viel Geld. Er ahnt nicht, daß sie innerlich bebt vor Wut. Jeden seiner Gedanken liest sie aus seinen Augen heraus. Während sie sich beidhändig auf das Buffet hinter sich stützt, während sie lächelt, wie sie zu lächeln geübt ist, hofft sie, daß er sich nun endlich aufrafft und das tut, was ein Mann in dieser Situation tun sollte, nämlich sagen: Schluß der Vorstellung, Leute, jetzt hab ich noch was vor, wobei ich keinen von euch brauchen kann, Feierabend, die Kneipe macht zu. Das würde Münchmeyer als erster verstehen, und dann wäre in zehn Minuten keiner mehr hier. Karle, ich würde dir ja die Hände küssen, ich würde vor dir hinknien, du könntest mich quer über den Tisch legen, aber mach doch endlich was, nun steh nicht rum wie 'n trauriger Frosch, sei nicht so verdammt edel und lahmarschig, hast ja keine Ahnung, wie du mich anstinkst, wenn du guckst wie 'n getretener Hund, Karl, nun sei doch endlich ein *Mann!*

Erst im Arbeitszimmer wird ihm bewußt, daß niemand versucht hat, ihn zurückzuhalten. Lachen scheppert durch die Wand, schließlich poltern Schritte auf der Treppe. Seine Gedanken irren: Zu oft hat er Emma gebeten, ihn nicht bei der Arbeit zu stören, als daß sie ahnen könnte, daß er sie jetzt neben sich haben möchte. Er würde geloben: Emma, wir wollen so tun, als begänne zwischen uns noch einmal alles von vorn, auch wenn wir keine Kinder haben werden.

Die Liebe des Ulanen – an Gespräche im Knast erinnert er sich, damals spann er eine Fabel aus: Deutsche Reiter sprengten ins französische Hinterland, ein Hauslehrer als Spion, in Wahrheit ist er preußischer Offizier. Er erinnert sich, wie er mit dem »Waldröschen« begonnen hat – weitgefächerte Personnage, Handlungsstränge verwoben, dadurch ergaben sich Reibungen. Er schlägt den Atlas auf, Elsaß, Lothringen, die Festung Metz als zentraler Punkt beiderseitiger strategischer Überlegungen. Dieses Suchen, Planen, Nachforschen läuft flinker als in Ernstthal, von seiner ersten Dresdner Zeit ganz zu schweigen, selbst wenn er weit von seinem Traum, einer stetig vollkommener werdenden Kartei, entfernt ist. Im Grunde braucht er nicht allzu viele Nachschlagewerke, einen soliden Atlas natürlich; ein achtbändiges Lexikon birgt, wenn er es mit Phantasie nutzt, kaum auszuschöpfende Schätze.

Aus einer Leihbibliothek trägt er Bücher über Pferde, Pflanzen, Waffen und Trachten nach Hause; was ihm für seine Zwecke nützlich erscheint, verwendet er und müht sich nicht, es sich einzuprägen. Etliches vergißt er nach Tagen, anderes bleibt – manchmal wundert er sich, daß er Zahlen, die er für seine »Geographischen Predigten« verwendete, noch immer weiß. Debatten aus Waldheim: das Perkussionsgewehr, Amorçoirs, das erste automatische Zündhütchenmagazin auf der Weltausstellung von 1855; es gibt wohl Dinge, die haften bis ins Alter.

Münchmeyer kommt auf einen Sprung herauf, schaut sich ein paar Seiten an, läßt Bemerkungen fallen, die May beleidigend oberflächlich erscheinen, schließlich lärmt er: »Mensch, Karle, was hast du für ein Schwein, daß du mich in Rengers Garten getroffen hast!«

»Du hast Schwein.« May möchte sich zwingen, ergrimmt und heftig zu antworten, aber seine Stimme hebt sich nicht. Er ist wütend auf Münchmeyer, aber diese Wut wendet sich nach innen, drückt auf den Magen und auf den Kehlkopf. »Ich schreibe wieder nicht, was ich sollte. Aber ich brauche Geld...«

»Und das verdienste bei mir.«

»Gardinen, Möbel...«

»Sei froh, daß Emma für alles sorgt. Hättest ohne sie keine Ruhe zum Schreiben.«

Ardistan, Dschinnistan – es ist ein Teufelskreis; diese Jagd nach den Kröten für den Lebensunterhalt frißt ihn auf. Münchmeyer hat schon recht, er muß Emma in gewisser Weise dankbar sein, daß sie ihm zu dem verhilft, das man den nötigen Rahmen für einen Schriftsteller nennen könnte. Ernstthal soll vergessen sein. Aber damit drängt er die Erinnerung an die Eltern weg; seine Schwester hat geschrieben, es wäre gar nicht schön, daß er sich so wenig um sie kümmere, der Mutter ginge es immer schlechter. Er schickt ein paar Mark.

»Pauline sagt's auch: Emma hat Geschmack, der merkt keiner an, woher sie stammt. Die begreift fixer als du, worauf's in Dresden ankommt.«

Teufelskreis. Die Wut ist verraucht. Eine zaghafte Überlegung: Vielleicht ist diese Eigenart seines Charakters, so selten zornig zu sein und den Zorn nicht bewahren zu können, nachteilig; er lenkt zu schnell ein. Alle setzen sich gegen ihn durch, Münchmeyer, Emma. Er nimmt die Bögen, die Münchmeyer überflogen hat, und klopft sie auf den Kanten, bis sie wieder akkurat liegen. Er hält es für nahezu aussichtslos, Münchmeyer auseinanderzusetzen, was er sich als Ziel gesteckt hat. Dennoch versucht er es: »Drei Teufel gibt es: Hochmut, Habgier und Unduldsamkeit. Das sind Dämonen in jedem Menschen. Sie haben sich maskiert, sie verstecken sich vor jedem Blick.«

Münchmeyer hört verschlossenen Gesichts zu. Hat sich May von einer verschrobenen Sekte anstecken lassen, von denen es im Erzgebirge wimmelt?

»Überall gibt es drei Formen des Hasses: Rassenhaß, Religionshaß und Klassenhaß. Jeder muß zunächst in sich selbst die drei Masken suchen und herunterreißen. Er muß den Haß in sich besiegen, muß ein wahrer Christ werden, und wenn das gelungen ist, werden wir alle auf dem Weg zum großen Frieden in uns selbst und in der Welt sein.« Er merkt, wie unvollkommen das alles klingt, seinem Verleger ist anzusehen, wie wenig es wirkt. Noch einmal nimmt er Anlauf: »Aber diese Klarheit im Innern darf nicht geheuchelt werden! Ich meine so: Kampf tobt in jedem Menschen, da sind Himmel und Hölle zusammengedrängt.«

Münchmeyer findet das alles abgeschmackt, Sprüche für alte Weiber. »Deine Sache, Karl. Bloß daß du eins weißt: Ich bin nicht der Verleger für so was. Bin kein Traktatenhändler, klar?«

Zimmermannston ist das, Baubudenton. Es ist vergebens, diesem Mann auseinanderzusetzen zu wollen, wie weit seine Ziele reichen. Wie es wohl zwecklos bleibt, Emma auf eine

Stufe heben zu wollen, für die sie nicht geboren ist. Keinesfalls zu spät darf er sich von Münchmeyer trennen.

»Da will ich mal nicht weiter stören. Ranklotzen, Karle!«

Ja. Weiter im Text: Die Franzosen gieren nach deutschem Land. Ein Oberst fährt mit einem Kumpan auf einem Rheindampfer; so läßt May ihn reden: »Lieber Graf, ist es nicht eine Schande, daß ein so schöner Fluß und ein so reizendes Land unserem Frankreich noch immer vorenthalten werden? Wann endlich werden wir einmal marschieren, um uns die linke Seite des Rheines, welche uns gehört, zu holen? Ich hasse die Deutschen!« Die Fronten sind klar, die Deutschen müssen sich schützen vor welscher Tücke, und so geht ein Kundschafter über den Rhein, Baron Richard von Königsau, der sich als Lehrer verdingt und Müller nennt. May hat den Typ vorgefertigt im Old Shatterhand, im Kara Ben Nemsi und im Dr. Sternau: »Aus seinen blauen, treuherzigen Augen blickte jene Gutmütigkeit, welche riesenhaft gebauten Menschen eigen zu sein pflegt, doch lag auf der Stirn eine unermüdliche Willensfestigkeit und Energie, und unter den Spitzen des Schnurrbartes versteckte sich ein leiser, schalkhafter Zug, welcher widerwillig einzugestehen schien, daß der ausgesprochenen Gutmütigkeit unter Umständen eine ganz hinreichende Menge von Verschlagenheit und Berechnungsgabe zu Gebote stehen könnte.« An Müllers Seite steht Fritz, ein schlichter Helfer, einst war er sein Bursche, er ist treu wie Gold. Wie wäre denn das: Fritz ist ein Findelkind, nach und nach klärt sich auf, daß er als Säugling geraubt wurde, der Zahn eines Löwen hängt an einer goldenen Kette um seinen Hals, eine junge Dame löst den Verschluß, zwei Porträts kommen zum Vorschein, Initialen...

Die ersten hundert Seiten sind die schwierigsten, das weiß er vom »Waldröschen« her. Also ein Schloß, Ortry, Müller als Hauslehrer, sein Helfer Fritz, der als Kräutersammler die Wälder durchstreift, Müller maskiert sich mit einem künstlichen Buckel.

Morgens, manchmal schon ab sechs, macht sich Emma zu einem Gesundheitsspaziergang auf, im Großen Garten trifft sie Pauline Münchmeyer. Oft setzen sie sich danach in eine Konditorei, was sie dabei planen und hecheln, erfährt er nicht. Manchmal findet Emma erst zum Mittagessen zurück. Gegen abend sind Gäste da. Die meisten sind zehn und mehr Jahre jünger als May, sie urteilen mit anderen Worten über andere Dinge, als er es gewohnt ist und als es ihn interessiert. Eine Theateraufführung, Klatsch: Ein Hauptmann ist mit einer Tänzerin in einem Gasthof in Pirna ertappt worden. »Was sagen Sie dazu, Herr May?«

»Ein schlechtes Beispiel für die unteren Schichten.«

Verblüffung, mit einer derartigen Antwort hat niemand gerechnet.

»Wäre doch ein Stoff für Sie!«

»Ich befasse mich damit höchstens vom moralischen Standpunkt aus.«

Ein Trompeter aus einer Tanzkapelle und ein Zeichenlehrer mit dem Drang zum freien Künstlertum schauen ihn verwundert an. Bißchen komisch fanden sie ihn schon immer an der Seite dieser verflixt raffinierten Frau und in dieser Gesellschaft, sie haben sich stets erleichtert gefühlt, wenn er sich davonmachte.

»Tja«, sagt der Musiker unsicher, »und wenn Sie über so was schreiben...«

»Vielleicht werde ich es tun, aber ich werde niemals einen deutschen Offizier in eine derartige Situation führen. Ich verfolge erzieherische Ziele. Ich unterscheide positive Helden und negative.«

»Aber einen französischen Offizier?«

»Selbstredend.«

Also Baron Königsau alias Müller. Er verläßt die Gesellschaft, schreibt: »›So legen Sie los!‹ Bei diesen Worten spielte ein beinahe unheimliches Zucken um den Mund des Alten, sein weißer Schnurrbart zog sich empor, und es zeigte sich jenes gefährliche Fletschen der Zähne, welches stets unheilverkündend war. Er wußte, daß der Hausmeister ein sehr guter Fechter sei, und bei seinem rücksichtslosen Charakter wäre es ihm ein Amüsement gewesen, dem Deutschen eine Quantität Blutes abzapfen zu sehen.« Natürlich ist Müller der bessere Fechter, er schlägt den Franzosen, so trifft er: »Der fürchterliche Hieb war ihm über den unteren Teil der Stirn und durch das Auge gegangen und hatte den Nasenknochen tief gespalten. Das Auge war verloren, der Verwundete brüllte vor Schmerz und Wut.«

Lachen drüben im Wohnzimmer, ein dumpfer Ton, als wäre etwas umgefallen. Es ist fast zwölf. Ob er hinübergehen und deutlich machen sollte, daß er zu arbeiten wünsche und Ruhe brauche? Wenn wir wegzögen, überlegt er, fort von Münchmeyer und diesem Rattenschwanz, ans andere Ende der Stadt?

In den Tagen darauf durchforscht er Zeitungsspalten über den Immobilienmarkt. Die neue Wohnung soll größer sein und ein Zimmer nicht unter dreißig Quadratmeter haben, das er sich als Bibliothek einrichten kann. Endlich ein Schreibtisch. Und an ihm wieder eine solide Erzählung für Pustet aufbauen.

»Emma, wir sollten umziehen. Sieh mal hier. Und hier!«

Sofort ist sie bei ihm. »Hühnlichen!« Eine Dienstmädchenkammer – wenn man sich nicht gleich ein Mädchen engagiert, dann nächstes Jahr doch? Bibliothek und Salon, vielleicht sind sie durch ein kleineres Zimmer getrennt? Emma besichtigt die eine, die andere Wohnung, bei abendlichen Gesellschaften wuchert ein neues Thema: Parkett, Stuckdecke, Küchenmaschine mit zwei Backröhren, der Korridor sooo lang! Sie erwägt, verwirft, da ist unter anderem diese Wohnung in der Altstadt. Eines Nachmittags spricht May beim Vermieter vor, einem Haus- und Rittergutsbesitzer mit eisengrauen, bürstenkurzen Haaren und einer klobigen Nase, die den Mund fast erdrückt. In der ersten Minute finden sich die beiden als Zigarrenkenner, Zungen schmecken, Nasen wittern, Fachleute geben Urteile ab. Tja, die Wohnung hier in der Prinzenstraße. Eines bitte er sich als Hausbesitzer und Mitbewohner aus: Ruhe. Die Familie habe keine Kinder? Man werde gewiß miteinander auskommen. »Schreiben macht ja keinen Krach«, albert May.

Sie ziehen um. Münchmeyers sind als erste da mit Blumen und Sekt, zwischen Kisten und Bündeln stoßen sie miteinander an. Möbelpacker wuchten den neuen Schreibtisch herauf. »Karl, an dem Ding schreibst du hundert Bücher! Nächste Woche fang ich an, deinen Roman zu drucken. Und du bleibst dabei: Kein Pseudonym? Also: ›Die Liebe des Ulanen, Originalroman aus dem deutsch-französischen Kriege. Von Karl May.‹« May sagt sich in Gedanken wieder und wieder den Titel vor und horcht, wie das klingt: von Karl May. Von Karl May.

Zwei Wochen später ist Einzugsfest. Am Nachmittag vorher klingelt May beim Hausbesitzer über ihm. »Ich fühle mich hier sehr wohl, hab auch die Umstellung gut überstanden. Man muß sich ja erst einstimmen in einem Zimmer, ehe man schreiben kann.« Er möchte erläutern: So seltsam das klinge, aber nicht nur der Schriftsteller, auch die von ihm geschaffenen Personen müßten sich an die neue Umgebung gewöhnen. Es sei ja so, als ob man Lebewesen erschaffe. Vielleicht sei der Gedanke gar nicht abwegig, daß diese neuen Gestalten nicht nur im Schöpfer und im Leser Leben gewännen, sondern sich in gewisser Weise materialisierten? Weit hergeholt, ahnt er, und das ist gewiß nicht das Rechte für diesen nüchternen Menschen, und deswegen ist er ja auch nicht heraufgekommen. »Heute abend wird es ein wenig laut hergehen. Eine Menge Gäste, man hat Verpflichtungen. Ich hätte gewiß nichts dagegen, wenn Sie gegen zehn Ihr Dienstmädchen runterschickten und um Ruhe bäten.«

Schmunzeln, zwei solide Bürger haben sich verstanden. »Wenn Sie wünschen, kann ich selbst als Rausschmeißer auftreten!«

»Hätte schon manchmal einen brauchen können. Wie das so ist in Künstlerkreisen.«

»Wir verstehen uns, Herr May. Eine Zigarre auf den Weg?«

2

Ein Bote vor dem Schreibtisch: Gruß vom Herrn Münchmeyer, das Drucken liefe gut, und wann er frische Manuskripte abholen könnte. Wieder der Bote: Gruß vom Herrn Walther, es dürfe durchaus mehr Liebe drinstecken. Und ob wieder was fertig sei?

May überlegt: Hat er Sternau von einem Pater aus einem Verlies befreien lassen nach Art des Grafen von Monte Christo oder wollte er es nur? Und wenn: Das schrieb Capitän de la Escosura, dies hier schreibt Karl May. Die Comtesse Ella wird entführt und nackt an eine Mauer gefesselt, da steht sie in ihrer herrlichen Blöße, den Blicken der Schurken preisgegeben. Hunderttausend Franken sollen erpreßt werden. May läßt den Oberschurken drohen: »Ehe Sie sterben, werde ich erst meinen Leuten erlauben, sich ein wenig mit Ihnen zu beschäftigen. Sie sind alle jung und Liebhaber des anderen Geschlechts.« Er weiß: Genau das meint Walther. Und Münchmeyer sowieso.

Ein Monat, noch einer. Er grübelt: Was mache ich? Ich komme aus der Not heraus, gewiß. Ich habe mir diese Schmarotzer so ziemlich vom Hals geschafft; Emma wird neue bringen.

»Hühnlichen, hast versprochen, daß wir verreisen!«

»Ja, hab ich.«

»Ich habe von einem wunderhübschen Quartier gehört, einem Gasthof im Böhmischen.«

Für eine Woche fahren sie elbaufwärts, sie spazieren zusammen wie in Ernstthaler Tagen. Felsen ragen auf wie im Wilden Westen, Birken klammern sich an Wände ähnlich wie in dem in Waldheim ersonnenen Tal Kulbub. Das ist keine schöne Erinnerung, er kann sie tilgen, denn Emma ist ja neben ihm. Am ersten Tag gehen sie eine Stunde lang und fühlen sich wohlig müde, am dritten wandern sie vier Stunden über Stock und Stein. Wenn der Weg breit genug ist, gehen sie Hand in Hand wie seit einem Jahr nicht mehr. »Emma, es sind zu viele Leute um uns herum. Wenn wir allein sind, ist es wie früher, stimmt's?«

»Aber manchmal darf ich dich ja tagelang kaum ansprechen.«

»Wenn es gerade strömt.«

»Aber ich halt's nicht aus, mit keinem zu reden.« Sie denkt: Da war's ja mit dem Großvater noch besser.

»So sollten wir es immer halten: Ein paar Tage schreib ich, dann machen wir einen Ausflug. Und deine Freundin Pauline lassen wir hübsch, wo sie ist.«

Sie klettern vom Weg und setzen sich auf eine Felsplatte, Emma schlägt den Rock hoch. Sie ist überzeugt, daß es nicht an ihr liegt, wenn es immer wieder Verstimmung gibt. Wer sich eine vierzehn Jahre jüngere Frau leistet, muß sich Mühe geben! Sie schaut an ihren Beinen hinunter; im engsten Rock macht sie noch immer die beste Figur. »Hühnlichen, gefallen dir meine Beine?«

»Mir gefällt an dir jeder Zoll.«

»Dein Glück, Hühnlichen!«

Am nächsten Tag regnet es, May schreibt. Junge Leute wohnen im Gasthof, Emma lacht mit ihnen, er hört ihre Stimme bis in sein Zimmer hinauf. Er quält sich so lange, ob er hinuntergehen soll, bis in ihm jeder Schwung abgetötet ist, er könnte es mit ihnen an Heiterkeit und Einfallsreichtum aufnehmen.

Während der Rückfahrt schaut Emma aus dem Abteilfenster, sie nimmt die Landschaft kaum wahr. Ein Studienassessor hat ihr Komplimente gemacht: Sie sei eine Schönheit in der Blüte ihrer Jahre, strotzend vor Lebensfreude, solch einer Frau müßte man einen Teppich von Freuden hinbreiten, sie könnte in Karlsbad ebenso Aufsehen erregen wie auf jeder Rennbahn. Sie müßte reiten, in einer Saison könnte sie die Königin von zwanzig Bällen sein. Sie denkt: Nächstes Jahr bin ich dreißig.

Er möchte das Schweigen brechen: »Wenn ich diesen Roman fertig habe, machen wir eine richtige Reise.«

Sofort: »Nach Karlsbad?«

»So gut zahlt nun Münchmeyer auch wieder nicht.«

Sie sinkt in sich zurück. Sie möchte sagen: Was andere ihren Frauen bieten! Sie denkt: Vielleicht wird's noch.

Still ist die Wohnung in der Prinzenstraße, Besuche sind seltener geworden, nun sitzt Emma bei ihren Freundinnen.

»Die Liebe des Ulanen« wächst, die Gestalten beginnen ihren Schöpfer zu drängen, wie es schon beim »Waldröschen« geschah. Ich bin Medium, denkt er, meine Gestalten gewinnen durch meine Hand ihr Leben, eigentlich erfinde ich gar nicht, von mir geschaffenes Leben geht nun seinen unabhängigen Weg.

»Gerade unter dieser Ampel stand eine marmorne Badewanne, welche nicht mit Wasser, sondern mit Milch gefüllt war. Und in diesem weichen, weißen Bade plätscherte die üppige Gestalt der Baronin. Sie stieg aus der stärkenden Flut und ließ sie langsam abtropfen. Dabei betrachtete sie das Wandgemälde und verglich die Schönheit der badenden Frauen mit den Reizen, welche sie selbst besaß. Diese Vergleichung schien nicht unbefriedigend ausgefallen zu sein, denn es spielte ein selbstbewußtes Lächeln um ihre vollen, schwellenden Lippen, und sie flüsterte, stolz mit dem Kopf nickend: ›Wahrhaftig, wäre ich ein Mann, ich würde mich unbedingt in mich selbst verlieben. Ich kenne keine zweite, welche so wie ich geeignet wäre, auch den weitestgehenden Ansprüchen zu genügen.‹«

Nacht und Tag verwischen sich, Wochentage und Sonntage, es wird Herbst und Winter und Frühling. Emma beschwert sich: »Seit drei Monaten sind wir nicht mehr aus der Stadt gekommen.«

»Wir verbrauchen zuviel Geld. Dabei schaffen wir nichts mehr an, und so hoch ist die Miete nicht.«

»Für deine Zigarren hat's noch immer gereicht!«

»Irgendwo muß ein Fehler sein. Vielleicht solltest du aufschreiben, was du ausgibst.«

»Davon wird's nicht mehr.«

»Bei deinem Großvater hast du's auch gemußt.«

»Stellst du mir den auf einmal als Vorbild hin?«

Sie hat Klöße vom Vortag aufgebraten, dazu essen sie Leberwurst. Er sagt: »Wir essen einfach.«

»Das letzte, was ich gekauft hab, ist die grüne Bluse. Ich brauche einen Sommermantel. Und ich hab keine Handtasche für den Sommer.«

»Aber ich arbeite doch! Und in Kötzschenbroda war die Miete nicht höher. Weißt was, ich schreib zwischendurch schnell was für Pustet.«

Der Sprung aus den deutsch-französischen Wirren in den Orient fällt nicht schwer: Kara Ben Nemsi spricht und handelt wie Richard von Königsau, »Der letzte Ritt« für den »Hausschatz« ist in drei Wochen fertig. Er fühlt sich zuversichtlich: Er schafft das eine wie das andere und trifft den Ton für den katholischen »Hausschatz« genauso wie für Münchmeyer. Eine Quelle fließt reichlich: Die Bücher des Assyriologen Layard beutet er gründlich aus. Und wieder der Wilde Westen mit Massa Bob, Bernard Marshal, dem kichernden Sam, genannt Sans-ear, To-kei-chun und natürlich Winnetou; das Ich wird Charles genannt, Charley, auch Señor Carlos und Don Carlos, Karl aus Sachsen. Da ist Gustel Ebersbach, das Nachbarkind aus der alten Heimat, da mordet der Schurke Santer, der Dieb der sprechenden Papiere. »Er hatte nicht die Zeit, das Messer aus dem Bunde zu ziehen; ein Faustschlag von mir streckte ihn zu Boden; ein zweiter traf mit derselben Wucht seinen Nebenmann, dann faßte ich den dritten bei der Kehle...«

Schwester Wilhelmine schreibt aus Ernstthal: Dem Vater gehe es schlecht, allen Lebensmut habe er verloren, seitdem die Mutter gestorben sei. An einem milden Septembertag wird Heinrich August May zu Grabe getragen, der Pfarrer spricht von einem erfüllten Leben. Linden verstreuen die ersten Blätter. Der Pfarrer drückt dem Sohn und den Töchtern die Hand, dann Emma und den Schwiegersöhnen. Ein paar Alte starren auf May: Das ist er also, lange war er nicht mehr hier, hat sich wenig um seinen Vater gekümmert, wer tut das schon noch heutzutage. Glocken läuten in die Gebetsworte hinein. Und schenke ihm seinen Frieden.

Was hab ich von ihm? fragt sich May, seine Sehnsucht gewiß, diese verfluchte Not abzuschütteln; er hoffte, ich würde Lehrer. Viel Freude hat er an mir nicht gehabt und an seinem Leben nicht, sein Glück lag wohl am stärksten in der Phantasie. Hoffnungen können Glück sein. Erde fällt, aus Erde bist du geworden, Heinrich August May, zu Erde wirst du werden. Nur ein Kranz trägt eine Schleife, der des Sohnes, er hat ihn aus Dresden mitgebracht.

Am Tisch der Wilhelmine Schöne essen sie Sülze und trinken braunen Schnaps. Was soll mit dem Haus werden? Verkaufen, am besten noch vor dem Winter. Den Webstuhl soll zerhacken, wer will. Für das Küchenzeug hat sich jemand gefunden. Karl, willst du einen Anzug? Aber der paßt dir ja nicht. Alle Bücher sind sowieso für dich. Er sagt: Brauchen kann ich das wenigste. Wilhelmine: Geld war sowieso keins da, und gelebt hat er ja vor allem von uns, daß ihr's nicht vergeßt.

Viel enger ist der Hof als in der Erinnerung, unter dem Baum dort hat die Großmutter gesessen. Es bedarf nur geringer Konzentration, sich das Rattern des Webstuhls vorzustellen, der Vater mußte schreien, um es zu übertönen. May sagt zu Emma: »Seit wir hier sind, wundere ich mich, wie verhaßt mir diese Stadt ist.«

»Ich hab sowieso keine Verwandten mehr hier.«

»Ich könnte keine Woche mehr hier leben. Und schreiben keine Zeile.«

Die Bücher des Vaters sind zerlesen, die Rücken aufgeplatzt. Ein fleckiger Deckel, eine kaum leserliche Schrift: »Botho von Tollenfels, der Retter der Unschuldigen«. Hat ihm Vater dieses Buch zum Lesen gegeben, oder hat er es ihm verboten? Eine Schärpe hängt an der Wand, der Vater trug sie bei den Übungen der Bürgerwehr. Wenn er zurückkam, legte er sie nicht ab, manchmal saß er stundenlang, die Landesfarben über der Brust, vor dem Webstuhl. Wenn er auf den Höhen vor der Stadt die Schlacht von Kesseldorf gewann, leuchtete sie grün und weiß.

»Karl, wenn wir erst fort wären!«

Am Nachmittag spazieren sie vor die Stadt hinaus, Haferpuppen sprenkeln die Felder, das Kartoffelkraut welkt. Das Gebirge liegt im Dunst, nur die Greifensteine sind zu ahnen. »Dort hatte Stülpner seine Höhle.« Das letzte Wort weckt eine Erinnerung, die er rasch zudeckt: Ein blaß gewordenes Ich schob einen Kinderwagen über engen Pfad einer Höhle zu.

Der Abschied ist wie eine Flucht. Im Zug sagt er: »Das ist alles vorbei, Ernstthal, Glauchau, Chemnitz, Waldheim. Im Erzgebirge könnte ich nie wandern und mich dabei erholen. Als ob alles voller Gespenster steckte.« Er grübelt: Es gibt womöglich die Reinkarnation, die Wiederkehr in ein neues Leben. Was aber viel näherliegt, ist der Zerfall eines Daseins in verschiedene Leben.

Das schreibt er, sobald er in Dresden ist: »Ich deutete auf eine Stange, welche vor einem der entfernteren Zelte stand. Dann erhob ich das Gewehr und schoß. Der Pfahl war oben an seiner Spitze durchlöchert, und ein Gemurmel des Beifalls ließ sich hören. Beim zweiten Schusse drang die Kugel einen halben Zoll über der ersten ein; beim nächsten Schusse schlug die dritte in gleicher Entfernung über der zweiten ein; aber Beifall ließ sich nicht hören, denn die Indsmen wußten nur von Doppelgewehren und hatten keine Ahnung von der Beschaffenheit des Henrystutzens. Beim vierten Schusse stand die ganze Menge regungslos; beim sechsten und siebenten wurde das Erstaunen noch größer, dann ging dieses Erstaunen in eine Bestürzung über, die sich auf den Gesichtern aller malte. So versandte ich zwanzig Kugeln, eine jede einen halben Zoll über der vorigen, dann aber hörte ich auf. Ich hing das Gewehr mit ruhiger Miene über die Schulter und sagte gelassen: ›Sehen nun die roten Männer, daß Old Shatterhand ein großer Medizinmann ist? Wer ihm ein Leid tun will, der muß sterben. Howgh!‹«

Am Sonntag fährt eine Droschke vor, Münchmeyers winken herauf: »Also los mit euch!« Eine Viertelstunde später fahren sie zu viert zum »Waldschlößchen« über dem Elbtal. Emma hat die Hand auf Münchmeyers Schulter gelegt. »Heinrich, wenn du uns nicht hin und wieder herausreißen würdest! Wie blaß Karl aussieht.«

»Dafür wird er jeden Tag berühmter.«

Münchmeyer fürchtet, nun könnte wieder gefragt werden, wann die Auflage von zwanzigtausend erreicht sei, wann die Gratifikation fällig wäre und die Rechte an den Autor zurückfielen. »Wenn du drei, vier solcher Romane laufen hättest, Karl!«

Licht bricht sich in den Riefen des Bierglases, May drückt die Hand um den Henkel. Schreiben – Schlagen, die Faust von oben, von der Seite an einen Schädel hämmern, das hat diese Hand beschrieben. Auf Dresdens Türmen liegt Abendsonne. Plötzlich ist wieder die Angst da, er würde aus Dresden vertrieben, von seinem Schreibtisch weg, und zurückgeschleudert in die alte erzgebirgische Not. Da wäre wieder der Webstuhl mit den brüchigen Bändern, die Schärpe. Erde poltert auf den Sarg, die Höhle, der Kinderwagen. Ein Gendarm: Haste Papiere? Vor einigen Tagen drängten die Handflächen an die Schenkel, als ihn ein Offizier nach dem Weg fragte. Seine Haut ist papieren dünn. Keiner hier in Dresden außer Münchmeyer weiß, daß er im Zuchthaus saß, doch, Minna Ey, aber wenn sie sich rächen wollte, hätte sie es längst getan. Nichts ist echt, Münchmeyers Gehabe am wenigsten, da dringt, vor allem, wenn er wütend wird, der Dorfzimmermann durch. Palmenwedel in der Zimmerecke, man redet nicht mit vollem Mund, Hofklatsch sickert gefiltert herunter, Paulines Schneiderin bedient Kundschaft aus Kreisen der Industrie. Herr May, was war eigentlich Ihr Herr Vater? Handwerksmeister, er beschäftigte stets mehrere Gesellen, als Offizier der Bürgerwehr ist er achtundvierzig auf Dresden marschiert, aber die Preußen hatten ja schon aufgeräumt. Vaters größter Wunsch war, daß ich studieren sollte. Wo haben Sie studiert, Herr May? Heidelberg, München, arabische Dialekte in Bonn.

Sechzigste Lieferung, achtzigste. »Karl, sieh zu, daß du bis Weihnachten auf hundert kommst!« Ja, Heinrich. Der Schluß gelingt rascher als beim »Waldröschen«; vor Sedan stoßen die Hauptbeteiligten aufeinander, Richard von Königsau kommandiert eine Attacke, die Preußen werfen die französischen Reihen. Die ehemals geraubten, auf beiden Seiten fechtenden Zwillingsbrüder reißen die Säbel aus den Scheiden. Königsau schreit: »Halt! Graf Lemarck, töten Sie Ihren Bruder nicht!« Napoleon III. wird abgeführt, glückliches Ende für die Braven, Untergang und Strafe denen, die gefrevelt haben.

Ein Mann steht in der Tür. »Sie kennen mich wohl nicht mehr? Vogel, ich bin Schankwirt.«

»Ja, ich habe früher bei Ihnen gekauft.«

»Aber nicht bezahlt. Verschwunden waren Sie plötzlich, ich dachte, ich muß das Geld in die Esse schreiben. Aber inzwischen wohnen Sie ja nicht schlecht.«

May starrt auf den Wechsel – wann war das nur? Seine Unterschrift, dieses Gesicht, ja, fünfzig Mark.

»Da kommen natürlich Zinsen zu.«

»Lieber Herr Vogel, ich war lange Zeit auf Reisen, mir ist völlig entfallen...«

»Zahlen Sie?«

»Nächste Woche, Herr Vogel.«

»Ich verklag keinen gern.«

Als er allein ist, wirft er sich aufs Bett. Vogel, warum nicht Doktor der Medizin Heilig, warum nicht Prott und diese Teufel alle, jeder kann über ihn herfallen, der Kalfaktor aus dem Arresthaus in Hohenstein kann ihn auf der Straße anrempeln: Hab gehört, daß du Doktor bist. Weiß wohl keiner was von damals? Du, bin leider total blank.

»Jetzt steckst du doch dicke drin«, lärmt Münchmeyer. »Jetzt flutscht das von selber! Noch so 'n Ding, Karle!«

»Hab früher mal was versucht, das auch in Dresden spielt, weißt noch? Die Sache mit dem Förstersohn Brandt.«

»Karl, du kannst anfassen, was du willst, bei dir fleckt alles!«
Er sucht, ein Stück wurde gedruckt, er könnte es einarbeiten. Ein Anfang wie bisherige Anfänge auch, heftig. Idylle, die Unschuld, ein Schmied, ein Totengräber, Mord, Doppelmord; Franz von Helfenstein heißt die Kanaille. Ein Knäblein steht der erwünschten Erbschaft im Weg. Nacht ist's, im offenen Grab liegt die Kindesleiche, im Totenwärterhaus wird gezecht, einer stiehlt sich hinaus. Das Schloß lodert, Gustav Brandt, der edle Försterssohn, wird befreit. Zwanzig Jahre später: Oh, die Büsten der Damen sind noch üppiger, ihre Schultern rund, wer verderbt war, ist verderbter. Ein Salon, eine Marmorwanne, darin Ella, die gewesene Zofe und jetzige Gräfin. Hingestreckt liegt sie im Seidengewand auf einem Diwan, ein Galan tritt auf. »›Hier, Durchlaucht, es sei erlaubt!‹ Sein Herz drängte sich in seine Augen. Er fragte mit bebender Stimme: ›Befehlen Sie die Wange oder den Mund?‹« Bettelnde Kinder, Schmutz, ein hartherziger Mieteintreiber, Schwindsucht, unschuldige Schönheit. Das Elend der Kindertage wird lebendig, und da quält wieder Angst, zurückzusinken.

Münchmeyer überfliegt, murmelt, das sei ja alles ganz leidlich. Wie wäre denn das: Der »Hauptmann«, der geheimnisvolle Chef der Unterwelt, gäbe den Befehl, Alma von Helfenstein zu ermorden und vorher kräftig zu schänden? Die Vorstellung, sechs Räuber mißbrauchten sie? Neinnein, der »Fürst des Elends« griffe rechtzeitig ein. Hübsch, diese Gegenüberstellung: Die alten Rivalen von der grünen Grenze, wo Pascher durchs Gehölz huschten, trafen sich nun auf dem Parkett.

Das Gute, das Böse. Kochtas Stimme klingt in der Erinnerung auf: Lesen Sie die Bibel, besiegen Sie das Böse in sich! Einen kreuzbraven Jüngling führt May ein, der so ist, wie er hatte sein wollen vor Jahren. Gedichte aus dem Orient übersetzt dieser bleiche Poet, er dichtet selbst, und dies denkt er: »Ein Schriftsteller fühlt sich während des Schreibens als

Glücklichster der Sterblichen und sinkt, wenn er die Feder fortlegt, dem Knochengespenste des Hungers und des Elends wieder in die Arme.« Diesen Satz weiß er noch nach Tagen.

»Karl, was wird nun mit unserer Reise nach Karlsbad?«

»Wovon bloß, Emma?«

»Vielleicht ist die Wohnung zu teuer?«

»Aber Umziehen kostet doch wieder soviel.«

Im Monat darauf trifft Geld aus Regensburg ein, aus Köln, aus Stuttgart, sogar aus Wien. Fröhlich breitet er die Anweisungen vor ihr aus. »Jetzt hageln die Nachdrucke, das geht nun ganz automatisch!«

Sie erinnert sich: Das hat er schon ein paarmal felsenfest geglaubt, und einen Monat darauf war die Kassette wieder leer. In einem Gemisch von Zärtlichkeit und Spott und Nichtachtung denkt sie: In Gelddingen bleibt er ein Spinner. Ich müßte mal ein paar Mark wegstecken, er merkte es gar nicht. Als Notgroschen. »Karl, weißt du noch, als du mir erzählt hast, du möchtest ein Löwenfell vor deinem Schreibtisch haben? Und einen Speer an der Wand?«

»Ein Dutzend Speere, Emma!«

»Ach, Hühnlichen.«

3

Hundert Hefte. Noch ein Dickicht von Handlungszweigen, Rankenwerk, Dutzende von Figuren darin, Mückenschwärme von Worten, Heuschreckenschwärme, und alle surren von *einem* Hirn aus. Die Welt in seinem Kopf, er gebiert Theaterlandschaft von Sibirien bis Mexiko und von Alaska bis an den Niger. Ein Traumwort von irgendwann: Timbuktu. Wieder Dresden und das Erzgebirge. Sprünge über Kontinente und Jahrtausende. Unermessenes liegt in seiner Macht, aber da martert auch Angst: Mein Ziel verschwimmt. Noch ein letztes Mal großräumige Kolportage, noch einmal sicheres Geld jede Woche, aber dann endlich Ardistan und Dschinnistan. Diesmal nicht so weit hergeholt, das romantische Schicksal des Bayernkönigs Ludwig ist ja in aller Munde. May beginnt mit der Sennerin Murenleni und ihrem Paten, dem Wurzensepp, ihn nennt er ein »gutmütiges Spaßvogerl«. Anflüge eines oberdeutschen Dialekts hat er in Böhmen abgelauscht, nun bastelt er ein Idiom zurecht, das er für bayrisch hält: Bei den Verben läßt er am Anfang ein ge fort, an die Substantive hängt er ein n an, irgendwo schiebt er ein i ein. So redet sein Wurzensepp: »›Jetzt nun will ich mir einen Tobak in die Pfeiffen stopfen, dann nehme ich meine Kraxen und mache mich halt auf die Hachsen.‹

›Wie‹, sagte sie, ›Pat Sepp, du willst heute noch abi gehen?‹

›Was sonst denn?‹ lachte er. ›Wann ich halt bei dir blieb, Leni, würden die Leute allbereits sagen, ich hätt' mich in dich verscharmiert, und das tät' meiner alten Zither weh; die ist die einzige Liebste, die ich noch habe!‹«

Hochgestellt und niedrig mischt er; die ärmsten Menschen sind die besten. Inmitten der Bergeinsamkeit trifft Sepp seinen Bayernkönig, ihm gibt er das bewährte Äußere eines Dr. Sternau, Kara Ben Nemsi, Old Shatterhand. Die Leni singt, Ludwig II. murmelt: »Ich glaube, ich habe da eine Brunhild, eine Walküre, eine Isolde gefunden.« Und dann singt gar der König auf hoher Alm:

»Gen Tal bin ich gelaufen,
gen Tal bin ich gerennt,
da hat mich mein Schatzerl
am Juchzen erkannt!«

Ein Bär fällt ihn an, aber ein Schuß kracht, der Krickelanton, ein Wilderer, hat seinem König das Leben gerettet. Nun sind der Knoten genug geschürzt, die Handlung springt dramatisch-verworren weiter. Das nächste Heft, noch ein Heft, wieder ein Heft.

Allzuoft ist Emma nicht daheim, mit dieser, mit jener Freundin spaziert sie durch den Großen Garten oder sitzt in einem Café. »Ich wag ihn ja manchmal gar nicht anzusprechen«, beklagt sie sich bei Pauline Münchmeyer. »Als ob er sonstwo wäre, in diesen Bergen, oder was er gerade schreibt. Er merkt ja gar nicht mehr, was er ißt.« Wenigstens einem Menschen muß Emma sich anvertrauen: Schon die dritte Anweisung hat sie für ihren Mann quittiert, ohne ihm davon etwas zu sagen. Viel ist es nicht, er wird es nicht merken. Eine Reserve möchte sie schaffen, zu leicht könnten wieder einmal alle Einkünfte stocken. Und was, wenn er krank wird?

»Hast du absolut richtig gemacht.« Blicke treffen sich. Pauline weiß viel; was sie nicht weiß, ahnt sie. Wer Nächte hindurch schreibt, findet zu nichts anderem Zeit. Oder anders herum: Arbeitet er Abend für Abend, um sich zu drücken? Ihr muß man nichts über Männer erzählen, den Karl möchte sie nicht geschenkt. Wer weiß, woran's liegt, daß Emma keine Kinder bekommt.

Emma: »Manchmal möcht ich auf und davon. Aber im Grunde tut er mir ja leid.«

»Hast viel aus ihm gemacht.«

»Wie?«

»Weißt du das denn nicht?« Und Pauline Münchmeyer erzählt, wie Karl zum ersten Mal zum Mittagessen zu ihnen gekommen ist. »Der wußte ja kaum, wie man 'ne Gabel hält!« Auf dem Ball mit Minna – aber das behält sie besser für sich. »Ihr kommt doch auch von ganz unten, uns hat zu Hause keiner drauf gestoßen, daß ein Mann eine Frau zuerst durch die Tür gehen läßt.«

»So meinst du das.«

»Hast die Augen offengehalten, Emma, hast geguckt, wie's andere machen. Und hast dem Karl bißchen Benimm beigebracht. So schmuddlig, wie der rumgelaufen ist.«

»Das stimmt, Pauline.« Ich darf mir von ihm nicht den Buckel krumm drücken lassen, denkt sie, so hätte schon lange mal jemand zu mir reden sollen. Wer hält denn den Haushalt zusammen. »Zigarrenasche hat er sowieso immer auf der Hose.«

»Wir sind nicht mit 'nem goldenen Löffel im Mund geboren worden, Emma.«

»Weiß Gott.« Emma schaut sich um und genießt alles um sich: Die Tüllgardinen, die Leuchter an der Wand, Herren sitzen hier in Anzügen aus englischen Stoffen, mit weißen Hemden und Krawatten, Damen, die vielleicht das Lyzeum besucht haben und eine Gouvernante zu Hause hatten. Und sie unter ihnen, sie hat ihnen abgeschaut, wie sie eine Kaffeetasse zum Mund führen, und hat ihnen abgelauscht, mit welchen Worten man Torte mit Sahne bestellt. Wenn jetzt Wilhelmine Schöne hier säße, die würde vor Aufregung stottern. »Karl macht seine Arbeit, ich mach meine, stimmt's?«

»Und daß ihr keine Kinder habt: Laß dir von Karl ja kein schlechtes Gewissen einreden!«

In den nächsten Tagen geht Emma selbstbewußter durchs Haus; als sie ihrem Mann ankündigt, daß sie ihn in diesen Schuhen da nicht mehr auf die Straße ließe, klingen ihre Worte so, als hielte sie Widerspruch gar nicht für möglich. Er merkt keinen Unterschied; seine Gedanken umkreisen gerade dieses Problem: Das Reich erwirbt nun endlich Kolonien: Was könnte er für Reiseabenteuer dorthin verlegen! Ein deutscher Offizier in der Schutztruppe im Kampf mit Aufständischen, Sklavenjägern und französischen Spionen – das wäre gefundenes Fressen für Kara Ben Nemsi. Aber er muß weiterochsen an seinem nun einmal eingeschlagenen »Weg zum Glück«. Den Wilderer Anton, diesen herzensguten Gebirgler, will eine romanschreibende Baronesse verführen, da antwortet er: »›Nein, nein, ich danke schön! Ich habe der Leni versprochen, nur sie allein zu busserln.‹

›Du hast sie wohl sehr lieb?‹

›Lieb! So lieb, so ganz lieb, daß ich sie halt gleich fressen möcht, auch ohne daß sie ehbevor in der Pfann gebraten ist. Sie ist appetitlich wie keine!‹

›Auch appetitlicher als ich?‹

›Ja schon, das kommt halt auf den Geschmack an. Wer eine Sennerin haben will, so recht derb und kräftig, der muß sich eine Leni nehmen, wer aber eine Dichterin begehrt, weich und fett wie eine Martinsgans, der muß zu dir kommen!‹«

Wieder dieses hausgemachte Bayrisch; Anton schimpft auf einen Aristokraten: »›Du armes Schunkerl du, dich zerdruck ich ja zwischen meinen Pratzen, daß der Sirup herunterläuft! Husch dich hinaus!‹« Wie gut tut es, nachträglich an allen Gendarmen der Welt Rache zu nehmen: Anton entkommt diesen Dummköpfen immer. Eine Szene aus »Wanda, das Polenkind« wandelt May geringfügig um: Die Frau eines Professors versteigt sich in einer Wand, Anton rettet sie, indem er sie auf einen Stuhl bindet und auf dem Rücken hinunterträgt. »Man hätte denken sollen, daß nun ein großer Jubel gewesen sei, aber mitnichten! Der Augenblick war ein zu gewaltiger. Alle sanken auf die Knie nieder, und ein Choral brauste durch die Lüfte!«

Nacht vor dem Fenster, Erinnerung wird wach: der Zuchthausdirektor mit seinem wiedergekäuten Satz, für jeden sei Platz im Reich. Er wüßte seinen Platz zu benennen: der erfolgreiche Reiseschriftsteller Dr. Karl May, Kenner vieler Länder und Sprachen, beliebt unter der Jugend, die Stütze des honorigen »Hausschatzes« in Regensburg. Daraus ließe sich folgern: ein standfester Katholik, unwandelbar treu den deutschen Herrscherhäusern. Wohlhabend, spendabel. Der Vater angesehener Handwerksmeister, als Offizier der Bürgerwehr das Leben für seinen König wagend. Von früh an ein Gegner aller sozialistischen Umtriebe. May spürt Kälte an den Knien. Noch ist er weit von allen Zielen entfernt; Emma wirft ihm vor: Das hast du mir versprochen, hast wieder den Mund zu voll genommen, Hühnlichen! Karlsbad, ich könnt's so dringend brauchen.

Er quält sich aus diesen Grübeleien heraus, schreibt. Der König entdeckt die Sennerin für die Oper, ihr Verlobter, der Anton, besteht darauf, daß sie nur in Stücken auftritt, in denen nicht geküßt wird. Auch Richard Wagner wird bemüht. Wieder der Krickelanton: »›Was hast denn da auf den Tellern? Ah, ein Butterbemmen mit Rauchwursten!‹« Und

das: »›Ein Ohrschwapperl, daß di rumminummi dreht!‹«
Auch das ist meine Aufgabe, sinnt May, das Vertrauen der Unteren zu den Oberen zu festigen, die Redlichkeit der einfachen Volksschichten zu vertiefen. Wenn einer wildert, so aus Not, aber der saubere Kern wird dadurch nicht beschädigt. Übel handeln die dazwischen, die Gendarmen, Händler, sie vergiften den Glauben an die gottgewollte Ordnung. Ein König im Unglück: Sein Volk weint mit ihm. May brockt Brot in dünnen Kaffee und streut Zucker darüber, während er ausspinnt: Eine Kutsche fährt vor das Schloß an der Elbbrücke, Gaffer stauen sich, es entsteigt der Schriftsteller Dr. Karl May. Einen Offizier zu seiner Rechten, einen Kammerherrn zur Linken schreitet er, Türen werden geöffnet, May verbeugt sich vor seinem König. Majestät, ich erlaube mir, Ihnen untertänigst meine Werke zu Füßen zu legen, sie sind geschrieben aus dem tiefen Glauben, daß der ärmste Sohn des Volkes auch sein treuester ist. Ein Schauspieler rezitiert das Gedicht über den Löwen Sachsens. Ein Kammerherr trägt ein Kissen heran: der erste Orden für Dr. Karl May.

»Ich kann nicht mehr, und ich will nicht mehr!«

»Eine Pause«, schlägt Münchmeyer vor.

»Hast du wenigstens beim ›Waldröschen‹ die Zwanzigtausend erreicht?«

»Wird bald soweit sein.«

»Gibt's denn bei dir keine Buchführung?«

Da hält es Münchmeyer für angezeigt, aufzubrausen: Karl habe ja keine Ahnung, wie schwierig es sei, bei einem Geschäft mit Heften die Übersicht zu behalten! Immerzu gäbe es Remittenden. Manche Buchhändler nähmen die Hefte nur in Kommission, und plötzlich käme die Hälfte der Lieferung zurück, auch beim »Waldröschen«. Karl solle sich nicht zuviel einbilden! »Den bayrischen Roman bringste auf hundert Hefte wie ausgemacht!«

May fühlt sich so niedergedrückt, daß er denkt: Vielleicht komme ich nie wieder hierher.

Auf der Straße beschließt er, einen Brief an Münchmeyer zu schreiben, in dem er unmißverständlich eine Rechnungslegung verlangt. Vielleicht sind schon fünfzigtausend gedruckt, die Gratifikation ist längst fällig, die Rechte liegen wieder bei ihm, er könnte doppelte Beteiligung fordern.

Dresden im Frühling, Dresden im Sommer. Soldaten marschieren zu den Übungsplätzen am Ostrand der Stadt. Eine Geschichte entsteht nach langer Zeit: »Der Sohn des Bärenjägers«, er schickt sie zur Knabenzeitschrift »Der gute Kamerad« in Stuttgart. Ehe er Antwort bekommt, läuft er ruhelos durch die Straßen. Er möchte einen Punkt finden, von dem aus er sein Leben ändern könnte. Das beste wäre endlich *ein Buch.* Vor Schaufenstern steht er und wütet: Das da ist gebunden in Leder, mit Goldschnitt, vielleicht haben die Autoren dem Drucker draufgezahlt. Da prunken die Namen adliger Damen, vielleicht besitzen ihre Männer Güter und Fabriken und laden die Verleger zur Jagd ein. Ein Freund, der aufhülfe mit Rat, ein Mäzen. Akademien zahlen Stipendien, Maler werden mit Orden behängt, Monarchen möchten als Förderer der Künste gelten, nachdem der Bayernkönig es vorgelebt hat. Wenn er einmal reich sein sollte, wird er sein Vermögen in eine Stiftung umwandeln, die mittellose Schriftsteller unterstützt. Ein Ziel, vielleicht so: Ich schinde mich bis zum Zusammenbrechen, damit kein Schriftsteller nach mir elend leben muß. Ein Traum, Göttin im Nebel. Emma – alle Träume sind schal geworden, er wird sie nicht ändern, die Stunden des Glücks werden seltener. Noch einmal eine Reise ins sächsische Felsengebirge? In einigen Monaten bin ich fünfundvierzig, die Lebensmitte ist das nicht mehr. Was habe ich erreicht, und was wird sein, wenn ich nicht mehr für Münchmeyer schufte?

Aber noch ist »Der Weg zum Glück« nicht abgeschlossen, noch müssen alle Guten zum Glück geführt werden. Er läßt die Murenleni in der Oper singen. »Wohl selten war eine solche Wirkung eines Liedes gesehen worden wie jetzt. Bei den Worten ›Ade, ihr grünen Matten‹ schluchzte die Sängerin laut auf und konnte nicht mehr weiter. Dann aber fuhr sie fort, und unter strömenden Tränen, aber wie mit Orgelton und Glockenklang endete sie mit mächtig dahinbrausender

Stimme: ›Ich steh' in meines Königs Schatten, mein König hat an mich gedacht!‹ Auch der König saß still und bewegungslos, den Arm, welcher das Taschentuch hielt, auf die Brüstung gestützt und das Gesicht in die Hand gelegt – er weinte! Wagner und Liszt, die beiden Männer der Tonkunst, auch ihre Kraft war zu gering: Sie hatten Tränen.«

Klingeln an der Tür, das Dienstmädchen des Hausbesitzers gibt einen Brief ab: »Erlaube ich mir, Sie darauf hinzuweisen, daß letzte Woche die Treppenreinigung nicht in der Weise erfolgt ist, die in der Hausordnung vorgeschrieben und im Mietvertrag...« Emma ist an der Tür und die Treppe hinauf, ehe er sie hindern kann. Sie klingelt Sturm und drängt am Dienstmädchen vorbei. »Unverschämtheit! Sie müssen doch nicht denken, daß Sie uns schikanieren können! Und was ist mit der Tür zu unserem Keller? Gehört das verdammte Faß davor Ihnen? Soll ich mir jeden Tag die Knochen einrennen!« Sie schmeißt den Brief in den Flur, Türen krachen, auf einmal macht ihr das Ganze Spaß, daß sie herauslacht. Was der Knakker da oben für Augen gemacht hat, als ob ihm gleich die Halsschlagadern platzten!

May steht bleich im Flur. »Emma, das ist unmöglich!«
»Ach, du Scheißkerl!«
Sie schmeißt sich in der Küche auf einen Stuhl, er flieht in sein Zimmer. Scheißkerl, wütet sie halb und halb genußvoll, Scheißer sind sie alle, der drüben und der oben, durchbrennen müßte sie nach Amerika, wenn nur einer käme, der sie aufforderte. Der Assessor aus Böhmen, seine Komplimente. Von einer Minute zur anderen ist die Aufwallung vorbei und macht grauer Erschöpfung Platz: Ich trete ja gar nicht mehr dicht an den Spiegel heran, ich hab Angst vor jedem Fältchen, bin dreißig, vielleicht ist schon alles vorbei. An diesen Mann bin ich gekettet, was bedeutet der schon in Dresden. Rosinen im Kopf, wir kommen eben nicht hoch. Karlsbad, und wenn, dann ist es für mich längst zu spät. Noch einmal Großvaters Geist befragen? Und diese Rückenschmerzen immerzu. Und wieder Blutungen im Unterleib.

4

Der Schreibtisch steht über Eck. Wieder eine neue Wohnung, die »Villa Idylle«. Achthundert Mark kostet sie jährlich, das sollte zu schaffen sein; vielleicht muß er die Scheibe weiter von sich wegrücken, als er zu treffen gewiß ist, und dann trifft er doch.

»Karl, wir müssen Besuche machen.«

»Es genügt, wenn wir Visitenkarten abgeben.«

»Bei den nächsten Nachbarn nicht.«

An Sonntagmittagen gibt sich das Ehepaar Dr. May die Ehre. Dienstmädchen knicksen. Eine Frau bittet auf einen Sprung herein. Ein Glas Sherry? Ach ja, ein anständiges Viertel, man kann zu dieser Wahl nur gratulieren. Studienräte, Industrielle, Geschäftsleute. Ein Schriftsteller wird dieser Straße Glanz verleihen! Herr Fabrikant Plöhn kommt aus dem Nebenzimmer herüber. Auf gute Nachbarschaft! Nach einer Viertelstunde setzen Mays ihren Weg fort.

Ärzte, ein Rechtsanwalt, ein Gymnasialprofessor, Leute in mittleren Jahren zumeist. »Emma, wir sind einen Schritt weiter. Mußt auch an Ernstthal denken, wie wir angefangen haben!«

»Ich möcht nicht daran denken.«

»Aber der Abstand.«

»Wir brauchen Gardinen.«

Post aus Stuttgart: »Der gute Kamerad« druckt. May produziert, an das Tempo der Münchmeyerromane gewöhnt, Geschichte auf Geschichte, erst zeigt sich Pustet erfreut, dann treffen Briefe ein, die dämpfen sollen: »Der Scout – Reiseberichte aus Mexiko«, bewährt spannend, lehrreich sei er, aber Herr May möge die Aufnahmefähigkeit der Zeitschrift bedenken!

»Emma, ein Leser hat mir geschrieben! Nur Lob!«

Ihr liegt auf der Zunge: Dafür kann ich mir nichts kaufen. Die schmale Reserve, die sie vor Monaten erdrickst hat, ist aufgebraucht, er hat weder das Entstehen gemerkt noch die spätere Stützung des Haushalts. Zweimal hat Münchmeyer Glück gebracht, so sieht sie es, zweimal hat Karl alle Beziehungen abgebrochen. »Und wenn du wieder zu Heinrich gingst?«

»Zu Kreuze kriechen?«

»Nächste Woche sind zweihundert Mark für Miete fällig.«

»Wir werden's schon schaffen, jetzt, dicht vor dem Ziel!«

Aber vor dem Quartalsende läuft er von einem Geldverleiher zum anderen. Das sind mißtrauische Männer, die nach Sicherheit fragen. Wohnungseinrichtung, Bücher – so was ist im Ernstfall schwer loszuschlagen. Schmuck? Ein Gemälde vielleicht?

»Eine Honorarzahlung ist absolut sicher. Bitte, hier der Brief!«

Kaufmann Schwarz versucht, den Mann einzuschätzen: Halbwegs solid die Kleidung, ein Modegeck ist er nicht, auch kein Protzer, der angeblich zehn reiche Tanten in Amerika besitzt. Aber was ist das, Schriftsteller?

»Nur auf fünf Tage, bitte recht sehr. Dreihundertfünfundzwanzig Mark.« Er möchte, daß diese peinigende Prozedur noch in dieser Sekunde ein Ende fände; das Geld in die Hand und raus und die Miete bezahlt und die Rechnung beim Zigarrenhändler, der über 125 Mark hinaus nicht mehr anschreiben will. Warum hat er nicht vierhundert verlangt? Zu essen bedeutete das für die nächste Woche.

»Herr Doktor, wenn Sie einen Bürgen nennen könnten?«

Der Fabrikant Plöhn fällt May ein; natürlich ist es unmöglich, ihn anzugeben nach einem Besuch von einer Viertelstunde; Emma und Frau Plöhn haben sich noch einmal zufällig getroffen. Münchmeyer – auch in dieser Situation hat May keinen Freund.

»Gut, auf fünf Tage. Darf ich die Zinsen einbehalten?«

Die Miete wird gezahlt, der Zigarrenhändler zufriedengestellt. May wagt nicht, eine einzige Zigarre auf Pump zu erbitten, zu stark fürchtet er Ablehnung, vielleicht Hohn. Nie wird er wieder diesen Laden betreten! Aber nicht vierhundert Mark laufen ein, sondern nur dreihundertzwanzig, irgend etwas ist in Regensburg versehen worden. »Emma, wie lange kommst du hin mit zwanzig Mark?«

»Ohne Zigarren?«

»Dann eben ohne.«

»Ach, Hühnlichen.« Sie weiß, welches Opfer das für ihn bedeutet, da schwindet ihr Zorn auf ihn und die Umstände und diesen liederlichen Buchhalter. »Muß eben für zwei Wochen reichen.«

Dreihundert Mark bleiben für den Kaufmann Schwarz. »Tut mir leid, Herr Doktor, eine Woche kann ich warten, kostet allerdings neue Zinsen. Dann muß ich klagen. Hab auch meine Verpflichtungen.«

Zahlungsbefehl, Zahlungsklage. Und dann liest er zu seinem Entsetzen im »Hausschatz«: »Heiß wogt unter unseren Lesern der Kampf um die Romane des Reiseerzählers Carl May. Während der eine Teil in fulminanten Zuschriften bei der Redaktion sich beklagt, daß die Romane einen so großen Raum einnehmen, der viel kostbarer verwendet werden könnte, so verlangt der andere in nicht minder bestimmten Ausdrücken, daß sofort im neuen Jahrgang wieder mit einer Erzählung von Carl May begonnen werde. Da ist die Redaktion denn doch gezwungen, den goldenen Mittelweg einzuschlagen. Den Gegnern von Carl May zu Gefallen bringen wir also vor der Hand Erzählungen aus der Feder anderer Autoren.«

»Karl, wir sind zu Plöhns eingeladen.«

»Hab so wenig Zeit.« Das ist heraus, ehe er nachgedacht hat, dabei bliebe freier Raum, es ist zwecklos, immer neue Erzählungen zu schreiben, die niemand nimmt. »Und warum laden sie uns ein?«

»Weil du Schriftsteller bist.«

»Ein exotischer Vogel für die?«

Ihre Stimme wird leise, scharf: »Und wir gehen hin! Seit sechs Wochen war keiner hier, wir waren nirgendwo. Wir wollten in die Sächsische Schweiz, aber es wird ja nie was bei uns, kein Geld, niemand...«

Porzellan, Glas, Silber auf Damast. »Ein Schriftsteller an unserem Tisch«, Klara Plöhn faltet die Hände. »Ich kann Ihnen gar nicht sagen, wie ich mich freue!«

Diese Szene hat er beschrieben, im »Waldröschen« wahrscheinlich. Ein Leuchter mit fünf Kerzen, aber in seinem Text lagen nur zwei Gedecke auf dem Tisch, und die Dame, die den jungen Schriftsteller empfing, hatte volle weiße Arme, bloß bis zur Schulter hinauf. Frau Plöhn wirkt nicht verführerisch, aber ihre Augen sind ehrfürchtig auf ihn gerichtet. Im Grunde, denkt er und sagt es später zu Emma: eine harmlose Gans.

Das Mädchen trägt Spargel mit Zungenstreifchen auf.

»Gewiß sind Sie sehr verwöhnt, Herr May.«

»Wir leben bewußt spartanisch. Durch Wohlleben kann man sich zu leicht von seiner Aufgabe ablenken lassen.« Er fängt sich: »Damit sage ich nichts gegen einen gelegentlichen festlichen Abend.«

»In unserer Familie ist meine Frau für die Kunst zuständig.« Das wirft Plöhn behaglich ein. Es soll etwa heißen: Ich kann mir Kunst leisten.

Emma fragt: »Was produzieren Sie, Herr Plöhn?«

»Verbandsstoffe, Watte, Pflaster.« Ein zeitgemäß spezialisiertes Unternehmen, erläutert er, neuerdings sogar mit Verbindungen nach Ungarn. Heereslieferant seit alters her, natürlich. Nach der Schlacht von Vionville seien seine Produkte zur segensreichen Anwendung gekommen, sei das nicht hochinteressant für einen Schriftsteller? Herr Plöhn schneidet Rindsfilet auf; das ließe er sich nie nehmen, lobt seine Frau.

May lächelt, Emma lächelt, Richard Plöhn hebt das Glas auf gute Nachbarschaft. Wirklich, man zeige sich geradezu aufgeregt in der Straße, daß ein Schriftsteller zugezogen sei. Dr. Mickel, ein befreundeter Arzt, habe lebhaft bedauert, daß Herr Dr. May nur die Visitenkarte in den Kasten gesteckt habe. Hoffentlich ergebe sich bald Gelegenheit zu einem Plausch zu sechst.

»Wir leben im allgemeinen sehr zurückgezogen«, konversiert Emma. Keine berechnenden Leute sind das, urteilt sie, und endlich mal jemand, denen Karl imponiert.

Daheim sagt Emma: »Die können wir nie einladen.«

Der Satz drängt auf seine Zunge: Warte noch ein Jahr! Er wagt ihn nicht. Kein Walther kommt und reißt ihm Manuskripte aus den Händen, kaum daß die Tinte trocken ist. Hin und wieder schreiben ihm Leser, manche fragen, ob und wo seine Geschichten als Bücher gedruckt worden seien. Die »Villa Idylle« ist finanziell nicht zu halten, wieder ziehen Mays um, jetzt steht der Schreibtisch an die Wand gedrückt, die Tapete ist fleckig. Wenn er den Blick hebt, bleibt er auf einer papierenen Rose haften, durch die ein Riß geht. Diese Geschichte hat er vor langem geschrieben: »Die Rose von Kahira«. Ein Mädchen hat er darin geschildert, wie er es ersehnt hat, Emma war ins Traumreich transponiert. Ardistan. Manchmal rieselt hinter der Tapete der Kalk.

Pustet schickt einen Auszug aus der »Geschichte der deutschen Nationalliteratur« von Gustav Brugier: »Immer malt Karl May mit unübertrefflicher Treue Land und Leute ab, so daß eine jede Schilderung ein Visum in seinen Reisepaß ist mit dem Atteste: ›Er ist dort gewesen, er hat es erlebt!‹ Möchten darum Mays Werke bald gesammelt erscheinen.« Mit gleicher Post schickt das Gericht einen Zahlungsbefehl: Vor vierzehn Jahren hat Herr Dr. May vom Schankwirt Vogel ein Darlehen von 50 Reichsmark erhalten und trotz wiederholter Mahnung nicht zurückgezahlt. Zins und Zinseszins für vierzehn Jahre: Herr Dr. May wird gerichtlich aufgefordert, ungesäumt...

Im Hof lärmen Kinder, eine Frau hängt Wäsche auf. Er denkt: Wie in Ernstthal. Münchmeyer unterdessen und fünf Riesenromane, fünfzehn Jahre dazwischen, höchstens vier sorgenfrei. Am Tag vorher hat er eine Annonce angekreuzt: Die Zeitung einer mittelsächsischen Kleinstadt sucht einen Redakteur. Schmales Gehalt, festes Gehalt. Eine Stadt wie Ernstthal, er wäre angesehen, nein, angesehen wäre er letztlich nicht. Das sind die Fabrikanten, der Hotelier, der Gas- und Wasserwerksdirektor, nicht der Redakteur. Es würde sich herumsprechen: Er begann als Lehrer, wollte ein *richtiger* Schriftsteller werden, aber dazu hat's nicht gelangt. Über den Viehmarkt und das Pfingstschießen dürfte er reportieren. Gehalt: 150 Mark monatlich, dazu Provision. Vielleicht besuchte einmal der sächsische Kronprinz die Stadt, ihm würde in der unteren Reihe der Bürger vorgestellt: Herr Redakteur May. Das mögliche Glück wäre Glück im Winkel, Spitzwegglück.

Eine Karte von Frau Plöhn: Man habe sich gräßlich lange nicht gesehen, kämen Mays auf ein bescheidenes Abendbrot?

Ein Brief von einem Verleger aus Freiburg, er heißt Fehsenfeld. Er kenne allerlei von Herrn May und trage sich mit dem Gedanken, das eine oder andere in Buchform herauszugeben. Wie wäre es, Vorstellungen und Wünsche auszutauschen?

Er möchte zu Emma hinauslaufen und rufen: Das ist die Wende! Er findet nicht den Mut dazu.

7. Kapitel

Ein Verleger aus Freiburg

1

Auch Geschriebenes ist erlebt, auch Gedachtes gewesen. Wüste kehrt wieder. Sand flimmert. Über Salzseen spannt sich eine trügerische Kruste, die Menschen und stellenweise sogar ein Pferd trägt. Sie biegt sich unter dem Fuß, wellt sich. Wenn es still ist, hört er ihr Knistern. Wer rasch geht, kommt davon, wer zaudert, wird von saugender Lake verschlungen.

Geschrieben – wann? Vor fünf Jahren, vor zwei; weil das verschwimmt, gelingt es, den Prozeß des Ausdenkens und Aufschreibens zu verhüllen. Was da steht, hat er durchlebt; auch Erfinden ist eine Form des Erfühlens. Fehsenfeld möchte sechs Romane *gebunden* herausbringen: »Giölgeda Padishamin«, erschienen in Fortsetzungen im »Hausschatz«, soll den Grundstock bilden. May stellt sich vor: als erster Band »Durch Wüste und Harem«, der zweite: »Durchs wilde Kurdistan«. Ein Titel vielleicht: »Von Stambul bis Bagdad«.

Zeitschriftenbündel sucht er heraus, schneidet, klebt, bleibt an einer Passage haften und liest sich fest. Fehsenfeld hat vorgeschlagen, Nähte zu glätten und Umständlichkeiten zu merzen. Das soll geschehen, aber nicht hier und da nicht. »Durch Wüste und Harem« – ob im Leser falsche Vorstellungen geweckt werden? Also besser: »Durch Wüste und Oasen«. Oder einfach: »Durch die Wüste«. Sechs Bände. Und morgen ist Geburtstag.

Vor dem Fenster fällt Schnee. Er hat eine Decke um die Beine gewickelt, obwohl der Kachelofen Wärme abstrahlt, so ganz stabil war seine Gesundheit in den letzten Wochen nicht; fiebriger Katarrh, Gliederschmerzen, Schwäche. Selten hat er sich an die Luft gewagt, aber gearbeitet hat er immerzu.

Der erste Band also: »Durch Wüste und Harem«, er stellt sich ein Titelblatt mit burnusverhüllten Reitern vor, düster, nicht strahlend wie Sonnenflirren über der Wüste. So wird das Buch beginnen:

»›Und es ist wirklich wahr, Sihdi, daß du ein Giaur bleiben willst, ein Ungläubiger, welcher verächtlicher ist als ein Hund, widerlicher als eine Ratte, die nur Verfaultes frißt?‹

›Ja.‹

›Effendi, ich hasse die Ungläubigen und gönne es ihnen, daß sie noch nach ihrem Tode in die Dschehenna kommen, wo der Teufel wohnt; aber dich möchte ich retten vor dem ewigen Verderben, welches dich ereilen wird, wenn du dich nicht zum Ikrar bil Lisan, zum heiligen Zeugnisse bekennst. Du bist so gut, so ganz anders als andere Sihdis, denen ich gedient habe, und darum werde ich dich bekehren, du magst wollen oder nicht.‹

So sprach Halef, mein Diener und Wegweiser, mit dem ich in den Schluchten und Klüften des Dschebel Aures herumgekrochen und dann nach dem Dra el Hauna heruntergestiegen war, um über den Dschebel Tarfaui nach Seddada, Kris und Dgasche zu kommen, von welchen Orten aus ein Weg über den berüchtigten Schott Dscherid nach Fetnassa und Kbilli führt.«

Er hat sich vor der Begegnung mit diesem Abschnitt Leben gescheut. Trotz der Schinderei für Münchmeyer, immer unter dem Druck, daß er dieses da mit seinem Namen zeichnete und nicht mit einem Pseudonym und daß ihm Pustet nicht unbesehen alles und jedes abnehmen würde – das ist doch *fertig,* urteilt er jetzt, was sollte ich denn bessern! Farbe, Spannung, das klingt nicht geklügelt, gekünstelt. Wie es da weitergeht:

»Halef war ein eigentümliches Kerlchen. Er war so klein, daß er mir kaum bis unter die Arme reichte, und dabei so hager und dünn, daß man hätte behaupten mögen, er habe ein volles Jahrzehnt zwischen den Löschpapierblättern eines Herbariums in fortwährender Pressung gelegen.«

Er schiebt die Decke von den Knien und knöpft die Joppe auf. »Emma?« Ihre Schritte hat er im Korridor gehört, die Tür schnappt. »Ich treffe eben meinen Hadschi wieder, das möchte ich dir vorlesen. Hör doch:

›Ich ritt einen kleinen, halb wilden Berberhengst, und meine Füße schleiften dabei fast am Boden; er aber hatte sich, um seine Figur zu unterstützen, eine alte, dürre, aber himmelhohe Hassi-Ferdschahn-Stute ausgewählt und saß also so hoch, daß er zu mir herniederblicken konnte. Während der Unterhaltung war er äußerst lebhaft, er wedelte mit den bügellosen Beinen, gestikulierte mit den dünnen, braunen Ärmchen und versuchte, seinen Worten durch ein so lebhaftes Mienenspiel Nachdruck zu geben, daß ich alle Mühe hatte, ernst zu bleiben.‹«

»Du, den könntest du für morgen einladen!«

Seit zwei, drei Jahren sagt er bei Gelegenheit: Ich werde fünfzig. Nun ist er es. »Hast alles da?«

»Wirst sehen, wie's klappt!«

»Schade, daß ich dir nicht helfen kann.«

»Du mit deinem Husten!«

»Oder das hier über Hadschi: ›Bei diesen Worten zog er seine Stirn in sechs drohende Falten, zupfte sich an den sieben Fasern seines Kinns, zerrte an den acht Spinnfäden rechts und an den neun Partikeln links von seiner Nase, Summa summarum Bart genannt…!‹«

»Hühnchen, ich hab wenig Zeit, Suppenfleisch steht auf dem Herd.«

Als er wieder allein ist, überlegt er: Wann war das, als er sich vornahm, ein Arsenal von Figuren zu schaffen? Vielleicht werden seine Leser auswendig lernen, was er schreibt, warum nicht das, was Hadschi zum Ich sagt: »Aber ich werde dich dennoch bekehren, du magst wollen oder nicht. Was ich einmal will, das will ich, denn ich bin Hadschi Halef Omar Ben Hadschi Abul Abbas Ibn Hadschi Dawud al Gossarah.«

Als er die Bögen ausbreitet und fügt, wird ihm warm, daß er die Joppe auszieht und die Weste öffnet. Der Ritt über den

Salzsee, die Begegnung mit Mördern, ein Schuß, dieses Grausige, als der Führer samt seinem Pferd lautlos versinkt und Kara Ben Nemsi in letzter Sekunde vom einbrechenden Pferd gleitet. Seite für Seite, zwanzig, vierzig, ohne daß er etwas zu ändern fände als hier und da einen Satz. Fehsenfeld hat geschrieben: »Rühren Sie mir um Gottes willen nicht an den Dialog! Und lassen Sie mir und allen Lesern die Beschreibung der Landschaft, wer malt sie schon so seit Cooper?«

Abends: »Daß Plöhns und Mickels nicht etwa merken, daß wir uns vor einem Jahr so eine Geburtstagsfeier nie hätten leisten können!«

»Wo denkste hin!«

»Und wenn sie nach meinen Reisen fragen sollten – du weißt schon.«

Der Abend gelingt, das merken beide spätestens, als Emma den Braten aufträgt. Er zerfällt fast unter der Gabel, so weich ist das Fleisch. Bratenduft, Pilzduft – für eine Sekunde schnellt in ihm dieser Gedanke hoch: Wenn ich heute Hämmele löffeln müßte. Emma legt vor, er zwingt seine Überlegung in diese Richtung. Sie hat vieles gelernt, ich will nicht ungerecht urteilen. Und sogar: Es wird nicht immer bequemes Auskommen mit mir sein.

»Im Orient«, fragt Plöhn, »wie ist das, ißt man da ausschließlich Hammelfleisch?«

»Die Ärmsten, ja. Die Reichen leisten sich Rind, Geflügel.« Über die komplizierte Zubereitung von Kuskus verbreitet er sich, grober Grieß sei das, man schätze ihn von Marokko bis an den Nil.

»Herr Doktor, reisen Sie bald wieder?« Die Frau des Arztes fragt.

»Nicht vor Herbst.« Er schildert die zeitstehlende Arbeit, Geschichten aus Zeitschriften für Romanbände zusammenzufügen. Schreibtischarbeit – der Wechsel zwischen Erleben und Zupapierbringen bedeutet den intimsten Reiz dieser Tätigkeit.

Und wieder Frau Plöhn: »Wenn Ihr Gatte auf Reisen ist, Frau May, fühlen Sie sich da nicht einsam?«

»Er schreibt ja wunderbare lange Briefe.«

May: »Manchmal ersetzen Briefe ein Tagebuch. So manches Mal habe ich Briefstellen wortwörtlich in meine Erzählungen übernommen.« Er entschuldigt sich, zugelassen zu haben, daß die Weingläser leer sind.

Da wollte er nun nicht von den Reisen reden, denkt Emma, und jetzt tut er's doch. Vor einer halben Stunde so, jetzt so. Und die Plöhn frißt alles, die Kuh, für die kann's gar nicht verrückt genug klingen. »Der Schluß eines Kapitels hat mich fasziniert«, schwärmt Frau Plöhn. »Wir kennen ja alle die berühmten letzten Worte des Werther: Handwerker trugen ihn, kein Geistlicher hat ihn begleitet. Bei Ihnen, Herr May, klingt's im verwandten Rhythmus.« Sie richtet den Blick an die Decke, sie will sich bei dem, was sie auswendig gelernt hat, nicht verhaspeln. »Der Häuptling begleitete uns bis an den Pfad und versprach noch einmal, seine Pflicht so vollständig wie nur möglich zu erfüllen. Dann ritten wir denselben Weg zurück, den wir gekommen waren.«

Die schmeißt sich vielleicht ran, denkt Emma. Wie Karl schon vermutet hat: eine Gans. »Noch ein Stück Fleisch, Frau Plöhn?«

»Ja, meine Haddedihn«, redet May. »Ich bin, wie Sie wissen, ihr Ehrenhäuptling. Glauben Sie mir, daß ich Sehnsucht nach ihnen bekomme, wenn ich monatelang nicht vom Schreibtisch wegfinde? Mein Verleger bereitet inzwischen eine neue Reise nach dem Orient für mich vor.«

Das Mahl ist beendet, die Küchenfrau räumt ab, Emma wagt sich vor: »Vielleicht fahre ich diesmal mit.«

»Meine Frau bleibt wahrscheinlich in Kairo zurück. Die Gefahren eines Wüstenritts möchte ich ihr nun doch nicht zumuten.«

Bei dieser geplanten Reise verharrt das Gespräch, jetzt fabelt auch Emma, dabei merkt sie zu ihrer Überraschung: Flunkern macht Spaß. Dr. Mickel ulkt, vielleicht würde Frau

May entführt, würde Haremskönigin, bis der Herr Gemahl mit seinen Freunden, wie hießen sie doch gleich, sie befreite. Emma triumphiert: Die schlucken wirklich alles! Und sie fügt für sich an: So ist das nun mal bei Schriftstellers.

»Ich als Arzt«, sagt Dr. Mickel, »bewundere Sie, Herr May.« Er hat nichts gelesen von diesem Mann, das will er nachholen, aber er ist beruflich überlastet, und lieber hört er ein Konzert, als daß er ein Buch nimmt. »Diese Konstitution! Wenn man bedenkt: Fünfzig, wie da andere abbauen! Sind Sie niemals ernstlich erkrankt? Malaria, diese tropischen Fieber? Oder auch: Schlangenbisse? Entweder Sie sind außergewöhnlich zäh, oder Sie haben einen wunderbaren Arzt.«

»Zäh, das bin ich wirklich. Gesunde Ernährung, nie habe ich im Orient Wasser getrunken, das nicht abgekocht gewesen wäre.« Dieser Satz ist heraus, da überlegt er, ob er nicht etwa doch irgendwo geschrieben hat, daß sich Kara Ben Nemsi über einen Bergbach gebeugt und mit tiefen Zügen den klaren Quell geschlürft habe. »Es sei denn, aus wirklich einwandfreien Gewässern im Hochland. Aber Brunnenwasser«, er schüttelt die gespreizten Finger, »da kann ich nur raten: Peinlichste Vorsicht!«

Themen! Themen! Die Welt ist bunt, wirr. Die Türken stecken überall in Bedrängnis, auf dem Balkan, auf Kreta, jeden Tag können Aufstände losbrechen. Rußland und Frankreich haben einen Militärvertrag geschlossen – wäre das möglich gewesen, wenn der Kaiser nicht Bismarck verabschiedet hätte? Caprivi – man kann nur mitleidig lächeln. Frau Mickel benutzt eine Gesprächspause, um aufs Okkultische zu lenken – vielleicht befragt man die Übersinnlichen, ob Frau May tatsächlich mit nach dem Orient fahre und wie es ihr dort erginge? Aber viele meinen ja, daß man Geister mit Zukunftsfragen überfordere.

Die Vorhänge werden geschlossen, nur noch eine Kerze brennt. May denkt: Ob von mir so viel Kraft auf die Geister ausstrahlt, daß sie das, was in meinem Inneren ist, aufnehmen und zurücksenden? Daß sich meine Sehnsucht zu reisen ihnen als Wirklichkeit mitteilt?

»Irgend etwas geht verquer«, sagt Richard Plöhn nach einer Stunde Mühens, sich selbst und geheimnisvolle Kräfte auf einen Punkt zu konzentrieren. »Und spät ist es ja auch schon. Ein wunderbarer Abend, Frau May!«

Am nächsten Tag sucht May die Textstelle heraus, die Klara Plöhn zitiert hat. Er spricht sie sich vor, als wäre sie ein Gedicht: »Dann ritten wir denselben Weg zurück, den wir gekommen waren.« Ausschwingen ist das, auch die Gewißheit, daß es einen Anschluß gibt. Womöglich kann er es einrichten, daß dieser Satz am Ende des ersten Bandes steht.

Wieder montiert er. Das Ich dringt in einen Harem ein, um die Griechin Senitza, die Verlobte eines Freundes, aus der Sklaverei zu befreien. Durch eine unterirdische Abflußröhre schwimmt Kara Ben Nemsi, stößt an ein Hindernis, zum Rückweg ist es zu spät, die Luft wird ihm knapp. Ein Gitter läßt sich nicht beseitigen: »Bei dieser Entdeckung bemächtigte sich eine wirkliche Ängstlichkeit meiner. Ich fühlte den Tod mit nasser, eisiger Hand nach meinem Herzen greifen.« Eine übermenschliche Anstrengung, das Gitter bricht aus dem Mauerwerk...

Der vergangene Abend wird lebendig, das Wort des Arztes Dr. Mickel: außergewöhnlich zäh. Er dreht die Faust, besieht die Knöchel und stellt sich vor, er hämmere sie einem Feind gegen die Schläfe. Wenn alles so läuft, wie er und Fehsenfeld es sich vorgestellt haben, wird er im Herbst tatsächlich reisen. Karten wird er in alle Welt schicken. Diese wirkliche Reise machte dann alle Phantasiereisen rückwirkend wahr.

2

Endlich kommt Fehsenfeld. May holt ihn vom Zug ab, ein Kennzeichen ist ausgemacht: eine Freiburger Zeitung in der Rechten des Verlegers. May breitet die Arme. »So muß mein Verleger aussehen, ich hab's immer gewußt!« Zwei Männer finden von der ersten Sekunde an Vertrauen und Sympathie zueinander. »Daß Sie da sind!«

Ein gutaussehender Mann, findet Fehsenfeld. Diese blauen Augen, die klare Stirn, die gebräunte Haut, die leicht geschwungene Nase, das energische Kinn. Dazu der graue Radmantel. Später an der Sperre, als May vor ihm ist, glaubt Fehsenfeld zu sehen, daß Mays Beine leicht geschwungen sind. Er hält sie für typische Reiterbeine.

Wie weit ist die Arbeit gediehen? Wann liegen die ersten sechs Bände vor? Sie reden, während sie durch die Straßen gehen, sie planen, als May das Gartentor hinter sich verriegelt. Die Planken sind mit Stacheldraht bewehrt. »Die Welt lasse ich gern draußen«, sagt May, als er Fehsenfelds Blick bemerkt. Vor kurzem ist er wieder umgezogen.

Emma gibt sich so liebenswürdig, wie sie nur kann. Im Umgang mit Plöhns und Mickels hat sie den Ton der Abende mit Münchmeyers und allerlei Künstlervolk abgelegt, sie lacht nicht mehr laut heraus mit zurückgelegtem Kopf, straff die Kehle, stolz auf ihre blanken Zähne, sie reißt, wenn sie sich amüsiert, nicht mehr jubelnd die Arme hoch. Wenn sie etwas nicht versteht, ruft sie nicht: So 'n Quatsch!, sondern senkt den Blick und lächelt. Wenn sich die Männer unterhalten, stützt sie nicht mehr das Kinn in die Hand und den Ellbogen auf den Tisch. »Ich hoffe«, konversiert sie, »Sie hatten eine gute Reise? Nur das Wetter könnte natürlich besser sein. Und wie war die Temperatur in Freiburg?«

Als Fehsenfeld zwischen dem Ehepaar May am Tisch sitzt, rühmt er: »Welch ein Glück, Herr May, Sie kennenzulernen! Ich halte mich für einen besonnenen Verleger, und gerade deshalb kann ich es mir leisten, hin und wieder etwas zu wagen. Mit diesen sechs Bänden investiere ich einiges. Aber ein Risiko sind Sie trotzdem nicht.«

Später, im Garten, schildert Fehsenfeld seinen Verlag. Er stamme aus einer Familie, in der Herman Grimm, Dilthey, Fritz Reuter, Gustav Freytag, Auerbach und Spielhagen verkehrten, später sei er von der Kenntnis von Schriftstellern und Büchern dazu übergegangen, selbst Bücher zum Entstehen zu bringen. »Ich halte nichts davon, von einem Schriftsteller einmal dies und einmal jenes zu veröffentlichen. Ich will einen Autor aufbauen, systematisch und über Jahre. Ich verstehe nicht, daß sich bisher kein Buchverleger Ihrer angenommen hat. Sie sind doch eine Fundgrube!« Nach einigem Bedenken: »Vielleicht eine Goldgrube.«

Die Rosen haben Triebe angesetzt, May zeigt, wie er sie verschnitten hat, im Herbst will er neue Stöcke kaufen. Noch nicht lange habe er die Freude am Garten entdeckt, es tue ihm wohl, nach Stunden am Schreibtisch die Glieder zu strecken. Fehsenfeld sagt: »Kein Wunder, daß einer wie Sie, der die halbe Welt kennt, den Frieden des eigenen Heims zu schätzen weiß.«

Im Augenblick ist diese Idee da: »Ich würde viel mehr von meinen Reisen mitschleppen, wenn ich Platz für meine Sammlungen hätte.«

»Bücher haben ihre Zeiten.« Fehsenfeld hat Veränderungen auf dem Markt registriert: Mit Editionen, die die deutsche Geltung in Vergangenheit und Gegenwart preisen, ist Geld zu verdienen: deutsche Helden, Städte, Bauwerke, Dome, Burgen, Künstler, in den letzten Jahren kommen deutsche Erfinder und Entdecker hinzu. »Vielleicht mußte, was Sie schreiben, erst mit unserer Zeit in Einklang kommen. Ihre Bücher wirken gegen innere und äußere Feinde – ich weiß nicht, ob Sie sie bewußt so angelegt haben, und bin nicht sicher, ob ein Schriftsteller das überhaupt sollte. Es steckt ja immer viel Unbewußtes im Schreiben.«

»Wie es mir meine Seele eingibt.« May weiß nicht recht weiter.

»Was nach dem Einigungskrieg begann, trägt Früchte. Die Industrie hat sich in den großen Räumen eingerichtet, die Unternehmen wachsen, wir gewinnen Weltgeltung. Aber die Sozialdemokraten haben hunderttausend Mitglieder, und der Neid von außen wächst. *Jetzt* kommen Ihre Bücher, nicht vor zehn Jahren.«

May zieht an seiner Zigarre; so hat er es noch nicht gesehen. Fehsenfeld wartet auf eine Ergänzung, Erweiterung seines Gedankens und wundert sich, daß sie ausbleibt. Ein politisch orientierter und in Zusammenhängen denkender Kopf scheint dieser Schriftsteller nicht zu sein. Fehsenfeld nimmt einen neuen Anlauf: Offensichtlich hätten zwanzig Jahre nach der Reichsgründung verstreichen müssen, ehe das Volk ein Minderwertigkeitsgefühl gegenüber den Engländern abschütteln konnte. Nichts hätte dem deutschen Selbstwert besser auf die Beine geholfen als der Sieg über die Franzosen, aber Albion in seiner zur Schau getragenen Weltläufigkeit – finde May nicht, daß viele Deutsche, ja inzwischen die meisten… Auch jetzt gelingt es Fehsenfeld nicht, May auf diesen Gesprächspfad zu lenken. Ein naiver Schriftsteller ist May also, zu diesem Urteil kommt er; es überrascht ihn: ein Mann, der so weit herumgekommen ist. Fehsenfeld lockert die ins Stocken geratene Unterhaltung auf: »Kann mir schon vorstellen, daß Sie mit Kurden und Apachen nicht gerade über weltpolitische Themen disputiert haben!« Für sich fügt er diesen Gedanken an: Mit so gearteten Schriftstellern kommt man am besten aus. »Als einen, der das deutsche Selbstgefühl stärkt, muß ein Verleger Sie begreifen. Als mir Ihre Arbeiten in die Hände gerieten, begann ich zu lesen und kam nicht davon los. Geschäft, Essen und Trinken, alles vergaß ich! Diese Erzählungen in Bücher zu fassen und so der deutschen Jugend und dem ganzen Volk zu schenken, das war ein Gedanke, der mich nicht losließ. Natürlich hätten Sie vor fünf oder zehn Jahren liebend gern einen Band gehabt. Aber da war die Zeit für Sie nicht reif.«

Das hörte sich für May verwunderlich an, selbstredend auch so, daß es schwindlig macht vor Freude. »Ich fühle mich vorbereitet.«

Das findet Fehsenfeld auch, dieser Mann ist befähigt zu einem rasanten Aufstieg. »Ich fände es gut, wenn Sie auch weiterhin in der Presse veröffentlichen. Was besonders gut ankommt, übernehmen wir dann als Buch.«

Sie gehen auf und ab beim Reden. May möchte sich zum Abwarten, zur Skepsis zwingen, zu stark hat ihn Münchmeyer übers Ohr gehauen. »Und wir werden immer schriftliche Verträge schließen?«

Fehsenfeld lacht selbstsicher: »Ein Geschäft mit mir ist doch kein Ritt durch die Wüste, wo hinter jeder Düne ein Räuber lauern kann!« Sein Autor stimmt in diese Fröhlichkeit ein.

Emma hat begriffen, was von diesem Besuch abhängt. Mit Pauline Münchmeyer hat sie die Speisenfolge durchgesprochen, eine Kochfrau hat sie gemietet, ohnehin kennt sie inzwischen allerlei, was in Ernstthals Küchen nicht üblich war. Nun tafelt sie auf: Brühe mit Leberklößchen, Rindslende mit Spargel, Pfirsichkompott. May gießt den teuersten Wein ein, den er jemals gekauft hat. Emmas Kleid ist nicht bezahlt, sie denkt: Was macht das schon, jetzt.

Das Planen reißt keinen Augenblick ab, beim Essen nicht und nicht danach. Also zunächst: »Durch Wüste und Harem«, ein paar Wochen darauf: »Durchs wilde Kurdistan«. Solange das Eisen heiß ist: »Von Bagdad nach Stambul«, hoffentlich noch in diesem Jahr: »In den Schluchten des Balkan«, »Durchs Land der Skipetaren«, endlich »Der Schut«.

Das Gespräch gleitet ab: In München hat Fehsenfeld eine Aufführung von Martin Greif gesehen, »Konradin«, tja, Greif gilt als umstritten, Geibel, der König der Münchener Schule, hat ihm jedes Talent abgesprochen. Hat man in Dresden etwas von Greif gespielt? Mays äußern sich unsicher, Fehsenfeld will dem Gedächtnis aufhelfen: »Nero« stamme von Greif, ebenso die vaterländischen Schauspiele »Heinrich der Löwe« und »Ludwig der Bayer«. Er finde selten ins Theater, äußert sich May schließlich; seine Frau ist verstummt. Peinlichkeit kommt auf, die Fehsenfeld abbauen möchte: »Ihre Reisen!« ruft er. »Wann sind Sie denn schon mal zu Hause. Die übrigen Dresdner Schriftsteller, haben Sie zu ihnen Kontakt?«

»Wenig.« Noch nicht einmal das stimmt. Zu niemandem fühlt er sich hingezogen, er kennt ihre Werke nicht und kaum ihre Namen.

Emma hilft: »Unsere Freunde sind meist Fabrikanten und Ärzte.«

»Keine Inzucht!« Fehsenfeld merkt, daß er auch in dieser Beziehung seinen neuen Autor anders beurteilen muß als vermutet. Ein Einzelgänger, vielleicht ein Eigenbrötler. Gottlob wirkt er nicht so im privaten Bereich, und seine Frau ist nichts weniger als patent. »Ich hoffe, Sie bald in Freiburg zu sehen. Frau May, ich bin überzeugt: Sie und meine Frau passen großartig zusammen.«

Alles ist gut gegangen, empfindet Emma. Ob Karl anerkennt, daß er das auch ihr verdankt?

Am Abend gerät Fehsenfeld auf seine Studentenzeit, May behauptet dagegen, Geographie und arabische Dialekte an mehreren deutschen Universitäten studiert zu haben; deren Namen nennt er nicht. Emma hört zu, mittendrin denkt sie: Warum soll Karl das eigentlich nicht so erzählen, wenn Fehsenfeld es so hören will?

Tags darauf schließen sie einen detaillierten, weitgreifenden Vertrag. Das Ehepaar May bringt den Verleger zum Zug und winkt ihm nach. Als Mays Tage später Plöhns treffen, rühmen sie: ein wirklich nobler Mensch! May denkt: Könnte es nicht sein, daß ich endlich einen Freund gewinne?

Ein Manuskriptbündel geht nach Freiburg ab, Fehsenfeld antwortet, die Druckerei habe sich sofort an die Arbeit gemacht. May montiert den zweiten Band, jetzt hantiert er schon bedenkenloser: Der Verleger findet ja alles in Ordnung, wahrhaftig, was sollte er ändern! Wieder Kara Ben Nemsi, wieder der kleine Hadschi Halef Omar. Der folgenden Sendung liegt ein Gedicht bei:

> Im lieben, schönen Lößnitzgrund
> Da saßen zwei selbander,
> Die schlossen einen Freundschaftsbund,
> Gehn niemals auseinander.
> Der eine schickt Romane ein,
> Der Andre läßt sie drucken,

Und's Ende wird vom Liede sein:
's wird Beiden herrlich glucken.

Der Sommer ist hell und heiß, alle Fenster stehen offen. »Emma, vielleicht fährst du doch mit den Nil hinauf?« Sie folgt seinem Finger auf der Landkarte. Sie lehnen am Tisch, den Arm um die Hüfte des anderen. »Und wenn's noch nichts wird dieses Jahr, reisen wir wenigstens in die Schweiz. Oder nach Wien. Oder nach Salzburg.«

Ein Eilbote bringt ein Päckchen, in ihm steckt das erste Exemplar des ersten Buches, auf dem dieser Verfassername steht: Karl May. Er blättert, liest, das kennt er ja alles, und nun macht er eine Entdeckung: In einem Buch klingen dieselben Sätze verblüffend gültiger, endgültiger als in einer Zeitung oder gar auf Manuskriptpapier. Man kann einen Satz in den Wind sprechen oder in Stein meißeln. Er stellt das Buch vor sich hin, legt es auf den Tisch, nimmt es mit in den Garten hinunter. Er streicht über Seiten hin: Das beste Papier hat Fehsenfeld nicht genommen. Am Nachmittag spaziert er mit Emma auf die Elbhöhen hinauf, das erste Exemplar seines ersten Buches trägt er bei sich. Über diesen Umstand amüsiert er sich: Bißchen kindlich, nicht wahr? Mein liebstes Spielzeug will ich nicht aus der Hand geben und nehme es mit ins Bett. Dresden breitet sich, als könnte er seinen Federhalter einstechen und sich an ihm rächen, an Vermietern, Händlern, Schankwirten, Verleihern und natürlich und vor allem an Münchmeyer. Vor achtzehn Jahren fuhr er zum ersten Mal hierher; Doßt hatte ihm erlaubt, sich an einem Tag nicht zu melden. Die beiden zwielichtigen Damen in Münchmeyers Büro, Tee, Münchmeyers faulzähniges Lachen. Doßt: Das letzte Mal hattste vier Jahre, das nächste Mal kriegste zehn! Münchmeyer zu Minna: Nimm Herrn May unter deine Fittiche. »Achtzehn Jahre hab ich für dieses Buch gebraucht, Emma.«

»Bist drüber grau geworden, Hühnlichen.« Es hat zärtlich geklungen, die beiden wenden die Gesichter zueinander.

»Jetzt kommt die Zeit der Ernte«, sagt er und denkt: So könnte ein Gedicht beginnen. Aber Ernte ohne Kinder.

Fehsenfeld schickt Belegexemplare, May schreibt Widmungen ein und beschenkt Plöhns, Mickels. »Emma, wir sehen uns nach einer anderen Wohnung um, jetzt können wir doch Ansprüche stellen.«

»Und du meinst nicht, daß es auch mit Fehsenfeld Ärger geben könnte? Mit Münchmeyer sah doch im Anfang auch alles glänzend aus!«

»Diesmal kannst du dich auf meine Menschenkenntnis verlassen!«

Sie zieht die Brauen hoch.

Die Nächte zerrinnen. Dieses Kleben, Stückeln, Ergänzen – eine Hundearbeit. Dunst liegt über dem Elbtal, da machen sich Mays von einem Tag zum anderen auf und flüchten in den Harz. In Blankenburg nehmen sie Quartier und wandern in die Wälder, an Bächen lagern sie sich und schauen zu den Fichtenwipfeln auf. »Meine Augen brennen so beim Lesen, hier läßt es nach.«

»Vielleicht liegt's am Zigarrenrauch.«

Die Betten sind plustrig, die Wirtin serviert Rehrücken in Sahne; May würdigt den Braten im Gästebuch mit einem Gedicht. »Emma, wir müßten jeden Monat für ein paar Tage verreisen. Es muß ja nicht gleich der Orient sein.«

»Jetzt können wir es uns ja leisten.«

»Aber schuften muß ich immer noch wie ein Kümmeltürke. Jetzt diese sechs Bände. Und dann der ›Winnetou‹!«

»In ein Bad fahren wir auch. Hab solche Schmerzen im Rücken.«

»Wird alles, Emma.«

Als sie zurück sind, finden sie eine unvermutete Nachricht vor: Münchmeyer ist auf einer Reise durch Tirol gestorben. May sagt: »Gut, daß ich nicht zu seinem Begräbnis gehen muß.«

»Solltest dich schämen, so zu reden!«

»Jetzt muß endlich geklärt werden, was mit meinen fünf Romanen wird.«

»Wo Pauline den Kopf voll hat?«

Nach einigen Wochen schreibt er an den Verlag Münchmeyer und erhält keine Antwort. Er schickt einen Einschreibbrief, ein Buchhalter vertröstet auf einen Termin in vierzehn Tagen. Der wird nicht eingehalten. »Ich werde klagen müssen!«

»Du willst Pauline verklagen?«

»Sie nicht, den Verlag.«

»Das ist doch dasselbe!« Emmas Hände fliegen, sie greift sich an den Kopf, als müßte sie alle Haare festhalten. »Schämst dich nicht? Willst du Heinrichs Tod ausnutzen?«

Er versichert, davon könne keine Rede sein. Jetzt endlich müsse er seine Rechte wahrnehmen, beim Übergang auf den Nachfolger werde womöglich noch mehr vertuscht. Das Werk von Jahren, und wo sei die Abrechnung geblieben und wo die Gratifikation?

»Wie gut Heinrich an dir gehandelt hat!«

»Dann soll endlich Rechnung gelegt werden!«

»Pauline ist meine Freundin!« Emma hat die Hände in die Hüften gestemmt, daß er erschreckend denkt: Wie ein Waschweib; vielleicht hat sie ihren Großvater so angeherrscht, bis er nach ihr schlug.

»Wir brauchen's doch nicht zum Brot! Einer Witwe das letzte Hemd wegnehmen!«

Jetzt sitzt er stumm, dagegen findet er keine Argumente. Sie kracht mit den Türen. Er sitzt bleich, seine Stirn ist feucht. Alles ist mir mißlungen, quält er sich, ich hab mich ihr nicht mitteilen können, es kann gar keine Rede sein, daß ich sie zu mir hinaufgezogen hätte.

Am nächsten Tag verspricht er, nicht gleich eine Klärung fordern zu wollen, auf Paulines Schmerz wird er Rücksicht nehmen; aber in einem halben Jahr spätestens wird er energisch anfragen.

Ein Zug fährt durch Deutschland, in Frankfurt am Main steigen Mays um, in Freiburg sind sie am Ziel. Frau Fehsenfeld hat das Gästezimmer gerichtet, schon am ersten Abend nennt sie Emma ihre herzliche Freundin. Gäste sind geladen, die den aufsteigenden Stern des Verlages kennenlernen wollen. »Herr Doktor, die Spannungen in Persien zwischen Rußland und England – Sie sind doch Fachmann.« Alle gewinnen den Eindruck, May sei ein zurückhaltender, beinahe leise zu nennender Mensch. Trotz der Kenntnisse vieler Sprachen, trotz jahrelanger Aufenthalte im Ausland dringt das Sächsische durch. Emma spürt die Anerkennung, die Karl von allen Seiten zuteil wird, als Druck auf sich: Sie hat ihn oft schlecht behandelt, sie hätte rücksichtsvoller sein sollen, aber andererseits: Was wissen die hier, wie alles wirklich zugegangen ist, was geschähe denn, wenn *sie* plötzlich fragte: Haben Sie mal was von Hämmele gehört?

»Frau May, jeder Schriftsteller ist auch das, was seine Frau ihm ermöglicht.«

»Ich störe ihn nie. Höchstens, daß ich ihm eine Tasse frischen Kaffee hinstelle, dann gehe ich auf Zehenspitzen wieder hinaus.«

Am nächsten Tag läßt Fehsenfeld seinem Autor die Liste der Bestellungen vorlegen. Der erste Band ist durchweg freundlich aufgenommen worden, katholische Buchhandlungen haben das Vertrauen von Pustet auf dessen Hausautor übertragen. Eine Stunde später posiert May in einem Photoatelier. »Bitte das Kinn etwas höher, Herr Doktor!« Mit Zwicker, ohne Zwicker. »Wir müssen uns auf das Ausdrucksstärkste festlegen«, sagt Fehsenfeld. »Als Abenteurer, der die Welt durchstreift, wirken Sie ohne, als Schriftsteller mit Zwicker besser.«

Am Abend liest May im Vereinszimmer eines Hotels; Fehsenfeld hat Einladungskarten an Schuldirektoren, Redakteure und Buchhändler verschickt. An die sechzig Besucher sind gekommen, zur Hälfte Gymnasiasten und Lehrlinge. Eine Stunde lang liest May, nach kurzer Zeit gehorcht ihm seine

Stimme bei allen Nuancen; wenn er aufblickt, sieht er Augenpaare auf sich gerichtet. Die Wüste, das Ich. Ich erblickte vom Rücken meines Pferdes aus. Mein lieber kleiner Hadschi Halef Omar verriet mir. Als ich die knarrende Tür einen Spalt geöffnet hatte, erkannte ich zu meiner größen Überraschung. Eine Szene aus »Durchs wilde Kurdistan«, eine Szene aus »Deadly Dust«.

Fehsenfeld spricht von Ehre für alle Anwesenden, für den Verlag und Freiburg.

»Dem deutschen Volk und seiner Jugend ist ein großer Schriftsteller geschenkt worden.«

Der Verleger bittet um Fragen und Meinungen.

Erzieherische Absicht, Stellung zur Religion, Fabelführung und Erleben, der Islam als politischer Faktor, die Rolle Englands im Golf von Aden, die Art, ein Kamel zu besteigen – ihm scheint, als habe er diese Fragen hundertfach beantwortet. Die Mexikaner in Texas, die Unterschiede indianischer Dialekte – eine junge Dame redet ihn mit »Herr Shatterhand« an. Alle lachen, der Autor schmunzelt.

Als sie allein sind, fragt Emma: »Wie kommste dir vor?«

»Es ist wie ein Wunder.«

»Hast keine Angst, daß alles rauskommt?«

»Ist doch schon so lange her. Der bin ich doch gar nicht mehr, der von damals.«

»Schon, Hühnlichen. Ach, wir denken einfach nicht mehr dran, stimmt's?«

Fehsenfeld hat viel von Mays Erzählungen in Zeitschriften gelesen, alles nun aber doch nicht. Also die sechs Bände, die im Orient spielen, und danach? May hat eine Vorauswahl getroffen, Fehsenfeld zeigt sich nicht unbedingt glücklich. »Sie sollten Winnetou als Hauptfigur herausarbeiten, das Paar Old Shatterhand und Winnetou als tragende Gestalten. Bis hin zum Tod des Häuptlings. Aber den Anfang sehe ich nicht recht. Vielleicht schreiben Sie einen ganz neuen Band?«

»Eines noch, da wir gerade allein sind.« Und May bittet, künftig in Briefen, die auch privaten Inhalt tragen, die er seiner Frau zeigen möchte, nichts über Zahlungen zu vermerken. Manchmal zweige er etwas für seine Schwester ab, er möchte deswegen keinen Verdruß.

»Selbstverständlich. Ganz schnell ein neuer ›Winnetou‹-Band? Wir sollten am Amboß bleiben.«

Auch Münchmeyer hat so gedrängt; Verleger müssen wohl so sein. Rasch fügt May an: Das ist aber auch der einzige Punkt, in dem die beiden vergleichbar wären.

»Also, ein neuer Winnetou-Band bis Jahresende?«

3

Fünf Bände – der sechste gerät schmalbrüstig, so fügt er ein Kapitel mit dem Tod des Rappen Rih an. Dabei denkt er: Meinen Hadschi Halef Omar sterben zu lassen – das brächte ich niemals fertig. Daraus folgert ja wohl, daß er mir stärker ans Herz gewachsen ist als selbst Winnetou. Hadschi, mein liebstes Geschöpf.

Eine so vortreffliche Gelegenheit, in eigener Sache zu sprechen, wird sich nicht gleich wieder finden, und so beginnt er, dem Erscheinen des Bandes vorgreifend, die hundert Seiten des »Anhang«:

»Mit der letzten Zeile des vorigen Kapitels war unser Ritt zu Ende, und es sollte nun eigentlich das Schlußzeichen zu sehen sein, doch sehe ich mich zu meiner Freude gezwungen, einen Anhang folgen zu lassen. Ich sage, zu meiner Freude, denn viele Hunderte von Zuschriften aus allen Gegenden des Vater- und auch des Auslandes haben mir bewiesen, welch ein inniges Seelenbündnis sich zwischen meinen Lesern und mir herausgebildet hat. Was die Zeitungen über die bisherigen sechs Bände schreiben, ist außerordentlich erfreulich und ehrenvoll; weit, weit tiefer berührt es mich, aus so vielen Privatbriefen von Alt und Jung, Vornehm und Einfach, Hoch und Nieder zu vernehmen, daß nicht nur ich der Freund meiner Leser geworden bin, sondern auch meine Gefährten, von denen ich erzählte, sich eine ebenso große wie allseitige Teilnahme erworben haben. Besonders ist es mein guter, treuer Hadschi Halef Omar, nach dessen späterem Schicksale und gegenwärtigen Verhältnissen ich gefragt werde. Aus Kreisen, welche dem Throne nahestehen, und aus der kleinen Arbeiterhütte, aus der teuren Goldfeder des Millionärs und der zitternden Hand der armen Witwe, vom Boudoir der Weltdame ebenso, wie aus der ernsten Klausur des Klosters, von der Schulbank des Kadetten oder Gymnasiasten und aus der Schreibmappe des kleinen, munteren Pensions-Backfischchens habe ich Anfragen erhalten, welche meist den wackeren Hadschi betreffen.«

Wirklich, Briefe sind genug gekommen, schon macht es Mühe, alle zu beantworten. Und ob nun wirklich einer mit einer Goldfeder geschrieben worden ist? Und die Formulierung »Aus Kreisen, welche dem Throne nahestehen« wird ohnehin niemand nachzuprüfen sich erdreisten. Worte schaffen neue Wahrheiten. Von einer Flut von Briefen sollte er eigentlich nicht sprechen, aber vielleicht folgt sie nach diesem Wort an seine Leser.

Von Damaskus aus hetzt die Handlung über Stock und Stein, Kara Ben Nemsi bricht auf, um die Idiome des Kaukasus zu studieren; es ist nun einmal nicht seine Art, dies im stillen Kämmerlein zu tun. Mr. David Lindsay, die graukarierte Gestalt des Englishman, gesellt sich dazu, und wieder Verwicklungen zuhauf, nach zwanzig, fünfzig, achtzig Seiten kann der Autor allmählich zum Halali blasen. »Kara Ben Nemsi!« schreit ein Pferdedieb entsetzt. »Der Fremdling mit den Zauberflinten!« Ahmed Azed, der Kurdenscheich, brüllt über den Abgrund: »Komm heran, Hund, du bist mein!« Der Rappe Rih, das wunderbarste aller Pferde, setzt zum Sprung an, ein Schuß kracht. »Die Kugel sollte mich treffen«, sagt Kara Ben Nemsi zu Hadschi. »Rih ist für mich gestorben.« Kara Ben Nemsi kniet nieder und legt ein Tuch in die Wunde »und fing das letzte aus derselben fließende Blut auf. Dieses Tuch ist heute noch ein Andenken, welches ich um keinen Preis aus der Hand geben würde«.

An Klara Plöhns bewundernde Worte erinnert er sich, der Schluß des ersten Orientromans läse sich wie ein Gedicht. Hadschi ist schon davon, Kara Ben Halef, Hadschis Sohn, den er nach seinem deutschen Freund benannt hat, drückt noch die Hand des Scheidenden. »Seine Lippen bebten vor Wehmut und Rührung; er wollte antworten, konnte aber nicht, legte stumm betend beide Hände auf das Herz und ritt dann seinem Vater nach.«

In diesem Herbst hebt er von der Bank zweitausend Mark ab, dabei sagt er: »Einen Tausendmarkschein, bitte.« Er würde sich nicht wundern, bedauerte der Kassierer, keinen vorrätig zu haben. Mit Tausendmarkscheinen begleicht wohl Krupp, oder der Kaiser bezahlte seine neue Jacht bei Blohm und Voß mit einem Bündel, aber der Kaiser löhnte ja gewiß nicht selbst. Also wer damit? Ein Großwesir in der Spielbank von Monte Carlo, Basil Zaharoff, der Waffenhändler, für Geschütze aus britischen Arsenalen in einem Hotelzimmer in Paris; sein Leibwächter steht stumm an der Tür; eine Kurtisane nimmt einen Tausendmarkschein für zwei Wochen leidenschaftlicher Dienste von einem Eisenbahnkönig entgegen.

Der Kassierer bittet um einen Moment Geduld. Nach einer halben Minute ist er aus einem Hinterraum zurück, der Direktor bemüht sich keineswegs persönlich, die Stimme des Kassierers klingt gleichmütig wie immer, wenn er Geld vorzählt. Eintausend; zwanzig, vierzig, sechzig, achtzig – Goldmünzen werden mit hartem Klack nebeneinandergelegt, Scheine daneben, das Zahlbrettchen ist gefüllt, am Rand liegt der König. Während May den Tausender – das Wort klingt ihm wie Aktienpaket, Diamantencollier, Blaues Band, Villa auf dem Weißen Hirsch –, während er den Tausender in die Brieftasche steckt, überfällt ihn Erinnerung: Als er in Chemnitz Visitenkarten drucken ließ. Als er das Signalexemplar seines ersten Romans spazierentrug. Und er fügt an: Wenn ich Mutter den Tausender noch zeigen könnte. Oder Vater wedelte mit einem Tausender in einer Kneipe.

Tage später liegt der Schein auf Emmas Geburtstagstisch, nicht schlechthin tausend Mark, sondern ein Tausender. »Hühnlichen!« Sie wirft ihm die Arme um den Hals, sie stammelt und stöhnt Dankworte, alles soll ausgelöscht sein, was sie ihm vorgeworfen hat, nun ist er doch das geworden, was er hatte werden wollen, Küsse bieten Entschuldigung für Zweifel und Ungeduld und Vorwürfe an.

Plöhns und Mickels bringen Blumen. Emma hat den Schein in eine Mappe gelegt, erst hat sie ihn niemandem zeigen wollen, dann aber macht sie Andeutungen, die Neugier wecken: »Wenn Sie wüßten!« Nach dem vierten Glas Wein hält sie es nicht länger aus und winkt mit dem Papier und tanzt mit ihm um den Tisch und küßt ihren Mann und schwenkt den Schein wieder. Augen werden rund, zwei Männer anerkennen wie aus einem Mund: Donnerwetter! May nickt Emma kaum merklich zu, ein geringes Senken der Lider ist es fast nur: Hast du so richtig gemacht, sollen sie nur merken, daß wir mithalten können, und was werden sich die Damen Plöhn und Mickel wohl nächstens von ihren Männern wünschen? »Als Ausgleich, weil es nun dieses Jahr nichts wird mit unserer Reise. Mein Verleger läßt mich einfach nicht weg.«

Dr. Mickel hüstelt, ehe er zu fragen wagt, ob es ratsam sei, wenn Herr May nun noch länger nicht aus Deutschland fortkäme, die letzte große Reise läge doch wohl Jahre zurück. Vielleicht behindere ein zu großer Abstand zu den Reisen nach den exotischen Schauplätzen den Schaffensprozeß? Die Grenzen des menschlichen Gedächtnisses, ein Erfahrungsfundus, den bis auf den Grund zu schöpfen sicherlich für einen Schriftsteller nicht anzuraten wäre? May zerstreut alle Bedenken: »Herr Doktor, ich hab Erlebnisse für tausend Bücher!«

Diese Worte wiederholte er in den folgenden Tagen für sich: tausend Bücher.

8. Kapitel

»Winnetou, der rote Gentleman«

1

Wieder ein Beginn, zum wievielten Mal? Ein junger Deutscher gerät nach Amerika und sogleich in dessen wildesten Teil, ein Sachse, ein Greenhorn. Es schreibt sich flott, wenn das Auge auf Strecken Vorgeschriebenes blicken kann, wenn Zukunft nicht im Dunkel liegt und nicht gänzlich wandelbar ist. Aus diesem Häkchen, das sich früh biegt, wird baldigst Old Shatterhand werden; es ist, als ob die alte Schmetterhand vergnügt auf seinen skurrilen und unbedarften Beginn herabblickte. Aber erst diese Einleitung: Ein Loblied des roten Mannes stimmt May an und ein Klagelied auf die unmöglich aufzuhaltende Vernichtung der indianischen Stämme. »Was hätte diese Rasse leisten können, wenn man ihr Zeit und Raum gegönnt hätte, ihre inneren und äußeren Kräfte und Begabungen zu entwickeln? Welche eigenartigen Kulturformen werden der Menschheit durch den Untergang dieser Nation verlorengehen?« Seine Stimmung beim Schreiben ist vorbereitet durch zwei Jahrzehnte Vorübung, der Satz von Swallow, dem wackeren Mustang, bildete sich schon in Waldheim. Einmal sagt er zum Fabrikanten Plöhn: »Jetzt bringe ich die Ernte ein.« Manchmal, wenn er durch den Garten geht, ertappt er sich bei einem Lächeln, für das es keinen unmittelbaren Grund gibt.

Dieser junge Mann beginnt als Hauslehrer in den Vereinigten Staaten und erweist sich als blutiger Anfänger. »Ein Greenhorn ist ein Mensch, welcher nicht von seinem Stuhle aufsteht, wenn eine Lady sich auf denselben setzen will; welcher den Herrn des Hauses grüßt, ehe er der Mistress und Miss seine Verbeugung gemacht hat; welcher beim Laden des

Gewehres die Patronen verkehrt in den Lauf schiebt oder erst den Pfropfen, dann die Kugel und zuletzt das Pulver in den Vorderlader stößt. Ein Greenhorn spricht entweder gar kein oder ein sehr reines und geziertes Englisch; ihm ist das Yankee-Englisch oder gar das Hinterwäldler-Idiom ein Greuel; es will ihm nicht in den Kopf und noch viel weniger über die Zunge. Ein Greenhorn hält ein Racoon für ein Opossum und eine leidlich hübsche Mulattin für eine Quadroone. Ein Greenhorn raucht Zigaretten und verabscheut den tabaksaftspeienden Sir. Ein Greenhorn läuft, wenn er von Paddy eine Ohrfeige erhalten hat...«

Er überlegt: Wann endlich war ich kein Greenhorn mehr, als ich mich von Münchmeyer löste, oder schon, als ich »Die Liebe des Ulanen« schrieb? Als Greenhorn tölpelte ich in Neuölsnitz; war ich eins, als ich Emma heiratete? Die letzte Frage quält, er müßte unendlich viel Erinnerung auslöschen können, das weiß er; wenigstens in der letzten Zeit paßte sich Emma halbwegs ein; Fehsenfelds taten ja ganz närrisch mit ihr. Also weiter: »Ein Greenhorn notiert sich achthundert Indianerausdrücke, und wenn er dem ersten Roten begegnet, so bemerkt er, daß er diese Notizen im letzten Kuvert nach Hause geschickt hat. Ein Greenhorn kauft Schießpulver, und wenn er den ersten Schuß tun will, erkennt er, daß man ihm gemahlene Holzkohle gegeben hat. Ein Greenhorn ist eben ein Greenhorn – und ein solches Greenhorn war damals auch ich.«

Freilich ist dieses Ich bärenstark. Es begegnet dem Büchsenmacher Henry, der an der fünfundzwanzigschüssigen Wunderbüchse feilt und ihm den »Bärentöter« überläßt. Schießen kann das Ich wie der Teufel, und schon geht es hinaus in die Prärie: Der berühmte Westmann Sam Hawkens nimmt ihn an die Hand, neben ihnen reiten Dick Stone und Will Parker, schon schlägt das Ich, ein kenntnisreicher Landvermesser, die Faust gegen die Schläfe eines Widersachers, und der Ruf bricht hervor: »Man sollte Euch wahrhaftig Shatterhand nennen!« Da, eine Indianerspur! Jung Shatterhand erlegt den ersten Büffel und einen Grizzlybären. Dies fließt dem »Hausschatz«-Autor ein: »Dann ritt White mit seinem Scout weiter, und wir blieben noch ein Weilchen liegen, um uns über religiöse Dinge zu unterhalten. Hawkens war nämlich ein frommer Mensch, wenn er dies auch gegen andere nicht zutage treten ließ.«

Ein weiteres Abenteuer, eine frische Figur, nach achtzig Seiten erweist sich Shatterhand sogar Sam Hawkens überlegen. May findet, er habe noch nie so mühelos fabuliert. Fehsenfeld schickt Zeitungsausschnitte mit Rezensionen, in ihnen wird durchweg gelobt. In einem Brief: »Ich bin keineswegs überrascht, Sie schon nach so kurzer Zeit, die Auflagenhöhe betreffend, an der Spitze meiner Autoren zu wissen. Darf ich fragen, wie der ›Winnetou‹-Band gedeiht?«

Nach der hundertsten Seite tritt der Titelheld auf: »Der Jüngere war genauso gekleidet wie sein Vater, nur daß sein Anzug zierlicher gefertigt worden war. Seine Mokassins waren mit Stachelschweinsborsten und die Nähte seiner Leggins und des Jagdrockes mit feinen, roten Nähten geschmückt. Auch er trug den Medizinbeutel am Halse und das Columet dazu. Seine Bewaffnung bestand wie bei seinem Vater aus einem Messer und einem Doppelgewehre. Auch er trug den Kopf unbedeckt und hatte das Haar zu einem Schopfe aufgewunden, aber ohne es mit einer Feder zu schmücken. Es war so lang, daß es dann doch reich und schwer auf den Rücken niederfiel. Gewiß hätte ihn manche Dame um dieses herrliche, blauschimmernde schwarze Haar beneidet. Sein Gesicht war fast noch edler als dasjenige seines Vaters und die Farbe desselben ein mattes Hellbraun mit einem leisen Bronzehauch. Er stand, wie ich jetzt erriet und später dann erfuhr, mit mir im gleichen Alter und machte gleich heut, wo ich ihn zum erstenmal erblickte, einen tiefen Eindruck auf mich.«

Alles könnte so harmonisch sein. Schreiben, und dann in den Garten hinunter, wieder schreiben, auch einmal nachts bis zwei, wenn die Feder locker ist. Aber nicht jede Nacht, und nie mit dem Druck im Nacken: Wenn du nicht lieferst, hast du kein Geld. Er härtet den ersten Satz: Alles *ist* schön, *alles ist* gut geworden. Manchmal brennen die Augen, nun ja.

Während der erste »Winnetou«-Band noch nicht beendet ist, montiert er aus Bruchstücken am zweiten. Einen jungen Mann betraut er mit einer Abschrift, das weiß Emma, sie kennt auch die Höhe des Honorars. Da der junge Mann heiratet, da auch seine Frau beim Abschreiben hilft, erhöht May den Lohn von hundert Mark auf hundertfünfzig. Er bittet Fehsenfeld um Überweisung, das tut der Verleger und erwähnt es in einem Privatbrief an das Ehepaar May, den öffnet Emma. Sie rennt ins Arbeitszimmer und schimpft, Karl habe sie hintergangen, hundert Mark seien wohl nicht genug, habe die junge Frau ihm etwa schöne Augen gemacht? Hinter ihrem Rücken miese Geschäfte, aber von Orientreise schwafeln! Sie sei kleinlich? Wodurch denn, wenn nicht durch Hungerleiderei! Endlich sei Geld da, und schon werde es mit beiden Händen hinausgeworfen. Sie greift sich an den Kopf: Wie kämen denn plötzlich *sie* dazu, großzügig zu sein?

Bei jedem Streit spürt er Schmerz vom Arm zur Brust. Längst ist nicht alles gut, Ernstthal ist nicht tot. Über Neureiche wird gelacht, in der Spanne zwischen Verschwendungssucht und Knickerei ist schwer zu lavieren. Er möchte sagen: Emma, schau bitte an, im letzten Monat habe ich an die dreitausend Mark verdient, in diesem Monat körnert es wahrscheinlich sogar ein bißchen stärker, und wie alles ausschaut, werden sich die Einkünfte steigern! Ich bin zu Lesungen nach Hessen, Schlesien, Böhmen und München geladen; wenn ich wollte, könnte ich allabendlich einen Vortrag halten und dafür zwanzig oder dreißig Mark kassieren und Bücher signieren – selbst wenn ich keine Zeile mehr schriebe, könnten wir zehn Jahre lang von diesen sechs Romanen leben! Und da zerstreiten wir uns über fünfzig Mark?

Der Arm schmerzt, die Schulter ist wie gelähmt. Ein klärendes Gespräch kann er sich ausdenken, zu führen versteht er es nicht; zu heftig biegen Emmas Gedanken aus und streunen und springen, und wenn er ihnen folgt, gerät er selber ins Holpern. Aber du hast! Du mußt doch zugeben! Wenn ich nicht damals, aber du, immer du! Schlag auf Schlag geht das, dem ist er nicht gewachsen.

Er schreibt seinem Verleger: »Ich habe Ihnen mitgeteilt, daß ich arme Verwandte unterstütze, was meine Frau nicht will. Ich bin also gezwungen, zuweilen eine Einnahme oder Ausgabe vor ihr geheimzuhalten. Wie oft z. B. kaufe ich teure Bücher, deren Preis ich meiner Frau auf das Viertel oder Fünftel angeben muß, damit sie nicht zankt! Da muß man eine Reserve haben, und ich habe Sie deshalb um Discretion gebeten. Sie aber sind nicht verschwiegen gewesen. Das hat mir über Weihnachten hinaus Zank, Verdruß und schlechte Zeit gemacht. Meine Frau hat nun einmal kein Verständnis für Schriftstellerleben und Schriftstellernoblesse. Und jetzt richten Sie wieder einen Brief an sie, in welchem Sie ihr mein ganzes Soll und Haben mitteilen, so daß ich in pecuniärer Beziehung geradezu auf lange Zeit hinaus ihr Sklave wäre, wenn das Hausmädchen nicht so gnädig gewesen wäre, den Brief mir statt meiner Frau zu geben! Meine Frau leidet keine Not; dafür sorge ich schon; aber ich leide geistige resp. intellectuelle Not, wenn Sie mich durch falsche Mitteilungen an meine Frau zum Leibeigenen des Pfennigs machen. Dann geht eben die Begeisterung zur Arbeit flöten.«

Nun Winnetou. Eine Debatte entspinnt sich, wem die Steppe gehöre, den Indianern oder denen, die eine Eisenbahn darüber hinziehen wollen; Intschu tschuna argumentiert gegen die Surveyors, die Landvermesser. Wem gehören die Büffel? Hat etwa jemand den Indianern das Land abgekauft? Am Ende ruft er: »Geht ihr, so sind wir Brüder; geht ihr nicht, so wird das Kriegsbeil ausgegraben zwischen uns und euch. Ich bin Intschu tschuna, der Häuptling aller Apatschen. Ich habe gesprochen. Howgh!«

Shatterhand steht dabei, hörend, lernend. Unvermittelt widerfährt ihm ein Erlebnis tiefgreifender Art. Ein alter Weißer ist mit den Indianerhäuptlingen gekommen, ein Deutscher, die Apatschen nennen ihn Klekih-petra. Er war ein Freigeist, gesteht er aus heiterem Himmel dem blauäugigen Hünen, Demagoge, Aufwiegler, der Gott für abgesetzt erklärte, ein Revolutionär von 1848. May entsinnt sich, was Fehsenfeld über die vaterländische Mission dieser Schriften gesagt hat: Mit eigenen ältesten Wünschen stimmen die Vorstellungen des Verlegers überein, mit dem Traum von Ardistan und Dschinnistan. Gebeugt ist Klekih-petra, zerknirscht bekennt er: »Dann kam die Zeit der Revolution. Wer keinen Gott anerkennt, dem ist auch kein König, keine Obrigkeit heilig. Ich trat öffentlich als Führer der Unzufriedenen auf; sie tranken mir die Worte förmlich von den Lippen, das berauschende Gift, welches ich freilich für heilsame Arznei hielt; sie stürmten in Scharen zusammen und griffen zu den Waffen. Wie viele, viele fielen im Kampfe! Ich war ihr Mörder, und nicht etwa der Mörder dieser allein. Andere starben später hinter Kerkermauern.« Dieser Aufrührer entkam und wurde von den Hinterbliebenen seiner Gesinnungsgenossen verborgen. »Sie waren arm, aber zufrieden gewesen; die Tochter hatte sich erst vor Jahren verheiratet gehabt. Ihr Mann hörte eine meiner Reden und wurde durch dieselbe verführt. Er nahm seinen Schwiegervater mit auf die nächste Versammlung, und das Gift wirkte auch auf diesen. Ich hatte diese vier braven Menschen um ihr Lebensglück gebracht. Der junge Mann fiel auf dem Schlachtfelde, welches kein Feld der Ehre war; und der alte Vater wurde zu mehrjähriger Zuchthausstrafe verurteilt. Dies erzählten mir die Frauen, die mich, der ich an ihrem Unglücke schuld war, gerettet hatten. Sie nannten meinen Namen als den des Verführers. Das war der Keulenschlag, der mich nicht äußerlich, sondern innerlich traf.«

Neuölsnitz, erinnert er sich, die Kneipe mit den Sozialisten; irgendwann verwende ich auch einmal dieses Erlebnis. Aber jetzt würde es abseits führen; weiter also mit der Beichte des Klekih-petra: Von inneren Qualen gepeinigt, streifte er durch viele Länder, ein deutscher Pfarrer in Kansas endlich stellte nach unendlichen Zweifeln den Seelenfrieden wieder her. »Er tauchte in die Wildnis ein, traf die Apatschen, deren Berater und Lehrer er wurde.« Nun läßt May ihn über den roten Mann sagen: »Sein Schicksal war beschlossen; ich konnte ihn nicht retten; aber etwas zu tun, das war mir möglich: ihm den Tod zu erleichtern und auf seine letzte Stunde den Glanz der Liebe, der Versöhnung fallen zu lassen.«

Eine große Zeit – so redete Waldheims Direktor. Kochta: Und zürnen Sie denen nicht, die Sie strafen. Ein gerader Weg, bestätigt er sich, ich hab mich nicht von Demagogen verführen lassen, von Gotteslästerern. Dieser Gedanke schafft Behagen, er kann sich eingebettet fühlen, er bleibt treu, gerecht, ist eins mit Gott, mit Sachsens Königshaus und dem Kaiser; niemals bedeutete es mehr, Deutscher zu sein. Niemand braucht zu wissen, daß er aus dem zwielichtigen Ernstthal stammt, aber wenn es einer erführe, könnte er entgegenhalten: Ich hab mich am eigenen Schopf aus dem bebelschen Sumpf gezogen und bin nicht zum Aufwiegler im roten Chemnitz geworden. Nicht aufdringlich auf den Leser einwirken, nun nicht gerade diese beiden in der Prärie die deutsche Hymne anstimmen lassen, aber hier ein Gedanke an die Heimat und dort an das Beständige, an Gott.

Er spaziert über die Elbbrücke von der Neuseite auf den Stadtkern zu, auf die Hofkirche, die Oper, auf das Denkmal mit dem Sachsenkönig zu Roß. Seinen Stock läßt er auf Granit klingen, es geht sich gut so, sicher in einem straffsitzenden Anzug, graukariert wie der des Mr. Lindsay, der Stoff aus England importiert. Sein Stock trägt einen silbernen Knauf, die Perle in der Krawattennadel ist echt. Der Stock klickt bei jedem vierten Schritt auf, Schwung, der Turm der Hofkirche schiebt sich höher, Schwung, Schritt und Schwung. Vielleicht wird der Wettinerfries am Schloß einst fortgeführt, vielleicht wird als einer der treuen Diener des jetzigen Königs zu seinen Füßen auch der Reiseschriftsteller Dr. Karl May mosaikiert werden, dessen Vater auf Dresden zog, um seinem König gegen Aufrührer beizustehen, der den Demagogen die Stirn bot, von ihnen verleumdet wurde, weil er ein Gedicht auf den

Sachsenherrscher schrieb, und als Dichter der deutschen Jugend überall im Reich Verehrung fand.

Eine Buchhandlung, im Schaufenster: »Durchs wilde Kurdistan«. Sechs Exemplare seines Romans sind auf einem Tisch gestapelt, drei stehen in einem Regal. Von Andrees Handatlas ist eine erweiterte Auflage erschienen, die Karten Nordamerikas haben sich wenig verändert, der weiße Fleck innerhalb der arabischen Halbinsel ist noch immer riesengroß. Kurdistan, der Kaukasus, vielleicht wird er in einem Roman noch einmal dorthin zurückkehren.

Aber zunächst weiter mit Winnetou, dem roten Gentleman: Streit bricht auf, ein Landvermesser will Winnetou zwingen, Feuerwasser zu trinken, der junge Häuptling weist den Fusel zurück, da schüttet der Landvermesser ihm einen Becher davon ins Gesicht; Winnetou schlägt ihn nieder. Ehe Old Shatterhand eingreifen kann, reißt der Surveyor Rattler die Büchse hoch und schießt auf Winnetou, der greise Klekih-petra wirft sich der Kugel in den Weg, so opfert er sein Leben für seinen Schützling wie der Rappe Rih für Kara Ben Nemsi, und sterbend haucht er Old Shatterhand zu: »Bleiben Sie bei ihm – ihm treu – mein Werk fortführen –!« Das gelobt Shatterhand in die brechenden Augen des geläuterten Revolutionärs hinein; Winnetou bietet er an: »Ich will euer Freund, euer Bruder sein; ich gehe mit euch!« Aber der Häuptling spuckt ihm ins Gesicht und zischt: »Räudiger Hund, Länderdieb für Geld! Stinkender Coyote! Wage es, uns zu folgen, so zermalme ich dich!« Das Ich vergilt diesen Schimpf nicht, erschüttert reitet es in die Prärie hinaus; es muß allein sein mit vielen widerstreitenden Gedanken und Empfindungen.

»Hühnlichen, siebzehn Briefe!«

Sie zu lesen dauert anderthalb Stunden, sie zu beantworten könnte einen Tag kosten. Ein Brief von einem Kaufmann aus Bremerhaven, der sich auf einen Geschäftsfreund aus Kairo beruft, enthält in Fragen gekleidete Hinweise auf Handelswege in Arabien – war es, als Sie diese Länder bereisten, wie heute?

Klara Plöhn erbittet frische Manuskripte zum Lesen. Seit einiger Zeit duzen sich die beiden Frauen, die Männer verhalten sich steifer. Frau Plöhn fragt: »Und wenn ich deinem Mann etwas von der Korrespondenz abnähme? Ich könnte ja so tun, als stammten die Briefe von dir?«

»Willst du wirklich?« Da sticht etwas; wie lange ist es her, daß Karl sie gebeten hat, Briefe zu beantworten? Da wüßte sie gern einen Grund, daß sie da krank gewesen wäre oder daß Karl sie besonders knausrig behandelt hätte, oder sie zogen gerade um, sie wechselten ja so viele Male die Wohnung. Für einzelne Zeiten ließen sich gewiß Argumente finden, nicht für alle Jahre, so muß sie mit den Schultern zucken: »Spaß wird's dir auf die Dauer nicht machen.«

Frau Plöhn sortiert schlechte Handschriften und Geschmiere mit zu vielen orthographischen Fehlern aus. Sie wirft die wenigen Briefe fort, in denen etwa hämisch gefragt wird, ob Herr May hundertfünfzig oder älter sei, denn diese Zeit brauche es wohl, um so unendliche Abenteuer zu bestehen. Sie antwortet freundlich und höflich Studienräten und Buchhändlern, Pfarrern und Kaufleuten, am Ende legt sie die Antworten Emma vor, die ihren Namen daruntersetzt. Emma: »Was dir alles so einfällt!« Sonderlich locker klingt das Lachen nicht. Beschämt fühlt sie sich, daß nun ein Platz besetzt wird, der leer stand und den sie nicht wollte. Ob sie nun triumphiert, die Plöhn? Ob sie weiß, wie Karl gebettelt hat, Emma möge helfen, auch, um ihm näher zu sein? Danach kann Emma nicht fragen, ihren Mann nicht und schon gar nicht die Plöhn, das läßt Phantasien sich blähen: Drängt sich die Plöhn absichtlich zwischen Karl und mich? Kommt sie sich nun großartig vor und mir überlegen? Und ist das Karl vielleicht sogar recht?

May hat Klara Plöhns Hilfe halb und halb abgewehrt: Wie sollte er sie vergelten? Aber es wärmt, endlich jemanden zu haben, der Nebenverrichtungen abnimmt; mit neuen Büchern und Auflagen werden weitere Briefe kommen. Zu Emma ist er bewußt rücksichtsvoll, aus nichtigen Anlässen richtet er das Wort an sie, sie soll sich nicht beiseite geschoben fühlen, in keinem Nebensatz soll mitschwingen: Ist dir endlich klar, daß du versagt hast?

An jedem zweiten Nachmittag richtet sich Klara Plöhn im Eßzimmer ein, sortiert, schreibt, faltet. Wenn er neben ihr steht, blickt sie lächelnd zu ihm auf.

Weiter mit Winnetou, dem roten Gentleman: Der Mörder Rattler soll bestraft werden, ausführlich wird darüber debattiert, Old Shatterhand weist den kichernden Hawkens zurecht: »Sam, die Sache ist keine solche, über welche man Witze reißen soll!« Einmal eröffnet Shatterhand seinem Gefährten, daß er dereinst über seine Abenteuer Bücher schreiben und der Lehrer seiner Leser werden wolle. Auf seinem ersten Kundschafterritt erweist er sich als findiger Spurenleser, Sam staunt und ist des Lobes voll. In der Prärie treffen sie auf Kiowa-Krieger, Sam weiß, daß diese sich mit den Apatschen im Kriegszustand befinden. Old Shatterhand raucht mit den Kiowas die Friedenspfeife, dabei erfährt er, daß sie, aufgestachelt durch weiße Händler, bei den Apatschen Pferde stehlen wollten, ertappt wurden und vier ihrer Krieger verloren. Da entwirft Sam einen Plan, dem Shatterhand begeistert zustimmt: Wie wäre es, sie arrangierten, daß Intschu tschuna und Winnetou in die Gefangenschaft der Kiowas gerieten, dann könnten sie sie befreien und sich so ihrer Dankbarkeit versichern? Die Fäden kreuzen und verwirren sich, eines immerdar ist klar und strahlend hell, der Charakter des Ich; wenn das Ich einen Fehler begeht, dann aus Unkenntnis, und sogar in seinen Schwächen bleibt es sympathisch.

Fehsenfeld reist ein weiteres Mal nach Dresden, die ersten hundertachtzig Seiten hat er gelesen und lobt überschwenglich: Aus einem Guß! Erfahrung zahle sich nun reichlichst aus. Über den Fortgang der Handlung spintisieren sie; der Verleger gibt zu bedenken, daß der Autor seinem Ich bislang alles leicht hat gelingen lassen, sogar einen Grizzlybären bezwang Shatterhand mit dem Messer – wäre es für die Spannung nicht förderlich, den Helden einmal abgrundtief fallen zu lassen und für eine längere Spanne in fast ausweglose Lebensgefahr zu bringen?

Ja, antwortet May, gut, ja. Für diesen Besuch und dieses Gespräch hätte er sich bessere Stimmung und Spannkraft gewünscht. Die Augen schmerzen; wenn er aufsteht, schwindelt ihn, eine rasche Drehung bringt ihn aus dem Gleichgewicht, daß seine Hand nach einem Halt zuckt. Fehsenfeld spricht über das Auftauchen des Kiowa-Häuptlings Tangua, eines Erzschurken – vielleicht sollte sein Charakter anfangs für eine Strecke im Dunkel bleiben? Großartig die Beschreibung der Prärie mit ihren Gebüschinseln, das haftet im Gedächtnis wie ein Gemälde! Damit er sich verständlich mache: Die ersten hundert Seiten hätten einen Maßstab gesetzt, der gehalten werden müsse.

Ja, natürlich mühe er sich. Einen Gedanken möchte er rasch verscheuchen: Mit Münchmeyer war alles leichter.

»Es wäre schön, könnten wir dieses Jahr noch die drei Winnetou-Bände herausbringen.« Ein um Entschuldigung bittendes Schmunzeln: »Ich hab tausend Mark mitgebracht, bar. Ich schätze Ihre Gattin sehr, Herr May.« Fehsenfeld zitiert Äußerungen seiner Frau über Frau May, die sich mit seiner Hochachtung decken. Eine kleine Schwäche habe schließlich jedermann, und sei Verschwendungssucht ein nicht weit übleres Laster? May erinnert sich an die Zeit, als Emma allerlei windiges Volk anschleppte; über Verschwendung und Leichtsinn könnte er einiges beisteuern.

»Ein paar Leutchen in Freiburg haben die schönen Augen Ihrer Gattin nicht vergessen, Herr May!«

Daß immer noch einmal ein Mann Emma nachblickt, weiß er, und es tut ihm gut. Ein wenig fülliger ist sie geworden, aber das mindert ihren Reiz nicht. Er beendet das Thema mit der Binsenweisheit, man könne nicht alles haben.

Dieser Tangua – Fehsenfeld läßt nicht locker. Nach dessen Eintritt in die Handlung gäbe es allerlei Planen und Klügeln durch die Herren Shatterhand und Hawkens, dort wäre mehr

Aktion vonnöten. Der große Kampf stehe bevor, gelungen sei durchaus, daß Shatterhand ihm erregt entgegensähe, das passe zu seiner nicht gänzlich überwundenen Rolle als Greenhorn. Fehsenfeld liest vor, was er als treffliche Wendung bezeichnet: »Um mein Leben handelte es sich weniger; das würde ich schon verteidigen; aber Intschu tschuna und Winnetou! Ich hatte während der letzten Tage so viel an Winnetou gedacht, daß er mir innerlich immer näher getreten war; er war mir wert geworden, ohne daß es seiner Gegenwart oder gar seiner Freundschaft dazu bedurft hatte, gewiß ein eigenartiger seelischer Vorgang, wenn auch nicht grad ein psychologisches Rätsel! Und sonderbar! Ich habe später von Winnetou erfahren, daß er damals ebenso oft an mich gedacht hat, wie ich an ihn!« Das eröffne eine Dimension, die über das Übliche des Abenteuerromans hinausgehe; Seelenfreundschaft und geheimnisvolle Gedankenkraft sei angedeutet, das finde man häufig in der zeitgenössischen Belletristik.

Spät nachmittags sitzt Richard Plöhn dabei. Fehsenfeld hat Badenser Wein mitgebracht, die Herren trinken und rauchen und reden quer durch Politik und Erwerbsleben, von Aktien, Zinsen und Balkanpolitik. Wenn das Gespräch auf Literarisches kommt, hält sich Plöhn zurück. Rätselhaft ist ihm Herr May immer noch, er kennt niemanden, dessen Wesen so fugenreich zusammengesetzt wäre. Jetzt, einem Verleger gegenüber, klingt sogar die Stimme anders als im familiären Verkehr, als wolle er sich selbst seines Schwunges versichern und als bedeute das eine Anstrengung. Von seiner Frau weiß Plöhn, wie die Laune Mays von einer Minute zur anderen umschlagen kann. Wenn er gereizt ist, wirkt seine Stimme krähend heiser, seine Finger trommeln; er behauptet, jemand, Emma natürlich, habe etwas von seinem Schreibtisch weggenommen, den Leimtopf, die Schere, eine Zeitschrift. In solch einer Situation liest sie ihm einen Brief vor: Gymnasiasten haben in Bad Tölz einen Karl-May-Klub gegründet, der Vorsitzende nenne sich Old Shatterhand, der Schriftführer Hadschi Halef Omar, sie tauschen seine Bücher untereinander aus.

Das heitert ihn sofort auf, er bittet, doch gleich und sehr herzlich zu antworten, und ermuntert macht er sich an die Arbeit. Jetzt, im Gespräch mit Fehsenfeld, hat May ein Bein über das andere geschlagen und läßt die Fußspitze wippen. »Habe mich seit Jahren intensiv mit Frankreich beschäftigt. Natürlich ist der Franzose ein guter Infanterist, aber er braucht ein Genie an der Spitze. Im Kolonialdienst ist der Engländer zäher.« Die Inder, Chinesen – May hält Urteile parat. In der Aussprache französischer Namen ist er sattelfest, das kann Plöhn beurteilen, mit dem Englischen hapert es. Einmal wollte Plöhn ihn verbessern, da hat May geantwortet, in den USA habe er sich zu stark dem Slang angepaßt, als daß sein Insel-Englisch nicht gelitten haben sollte. Und erst das Kauderwelsch in Ägypten und Persien!

Er ist immer auf dem Sprung, findet Plöhn. Sonst hätte er die Gefahren auf seinen Reisen nicht gemeistert. Natürlich könnte er jetzt weniger aufreibend leben, hier lauert kein Gegner hinter jedem Busch. Wie er eben mit Fehsenfeld eine Vortragsreise plant, jeden Abend in einer anderen Stadt quer durch Thüringen und Franken. »Bitte nur erste Hotels, und daß ich am Bahnhof abgeholt werde. Und Nachrichten an die örtliche Presse.«

»Ihre Energie möchte ich haben«, sagt Plöhn. Dr. Mickel, der May unlängst behandelt hat, ließ durchblicken, mit Herz und Blutdruck stehe es nicht zum besten. Die Muskulatur sei keineswegs so straff, daß man vermuten könnte, May sei zu einem strapaziösen Ritt durch die Wüste fähig. »Mich wundert, daß Sie hier in Dresden nicht reiten. Kommen Sie nicht aus der Gewöhnung?«

May lacht dieses Baritonlachen, von dem Frau Mickel gesagt hat, es klinge wie bei einem Rittergutsbesitzer oder Kapitän oder Offizier, wie bei einem großen, breitschultrigen Mann, der es gewöhnt ist, daß ihm Frauenherzen zuflögen. »Das erste Pferd, das ich zwischen die Schenkel nehme, tut mir heute schon leid!«

Fehsenfeld lacht, Plöhn lacht. Sie haben aneinander Gefallen gefunden, jeder schätzt den anderen als besonnen im Wesen und im Urteil, in diese raschlebige Zeit passend und fähig, Wind zu nutzen, ohne daß er einem die Segel zerreißt. Plöhn baut seine Firma aus, Fehsenfeld erweitert den Verlag, sie haben verwandte Probleme mit Krediten und Aufstockung des Kapitals, mit Absicherung zugunsten der Familie und zeitweiligem, keinesfalls risikoreichem Einsatz des Privatvermögens für die Firma. Pleitensicher, sagt Plöhn, vor allem und immer pleitensicher!

Am nächsten Morgen ist Mays Kopf schwer, er führt den Druck stärker auf die Zigarren als auf den Wein zurück. Bei einem Spaziergang versucht Fehsenfeld, seinen Autor auf eine Schwäche hinzuweisen: Manchmal werde dem Leser etwas berichtet, was er schon wisse. Da habe Old Shatterhand ein Abenteuer bestanden, der Leser erlebe es mit. Shatterhand kehre zu seinen Gefährten zurück, nun werde es ihnen ausführlich berichtet. Zwar gebe das Gelegenheit, die drolligen Aussprüche Sams an den Mann zu bringen, dennoch liege hier Gefahr zu Weitschweifigkeit. May mag dieses Thema zu dieser Stunde durchaus nicht, vielleicht ist es ihm überhaupt zuwider, er ist es nicht gewöhnt. Das hieße ja, entgegnet er, alles, was er vorher geschrieben habe, wieder und wieder durchzulesen, fünfzig und achtzig Seiten zurückzublättern – müßten da nicht Schwung und Unmittelbarkeit leiden? Und es schade wohl nicht, wenn der Leser hier und da an eine vergangene Passage erinnert werde.

Fehsenfeld drängt nicht nach, er bezeichnet wider besseres Wissen seinen Rat als womöglich geschmäcklerisch.

Einvernehmen bleibt, Fehsenfeld scheidet als der gewogene Verleger, als der er gekommen ist. Auf dem Rückweg vom Bahnhof überlegt May, ob er nun zwei Freunde gefunden habe, Fehsenfeld und Plöhn. Daheim steckt er die tausend Mark in einen Umschlag und verstaut sie im Kachelofen; es wird dauern, bis wieder geheizt wird.

2

Und wieder »Winnetou, der rote Gentleman«: Sam Hawkens belauscht die Apatschen und hört, daß sie den Mörder Rattler fangen und an den Marterpfahl binden wollen. List wird gegen List gesetzt und eine List obendrauf. »Es hing sehr vieles, ja unser Leben, am nächsten Augenblicke.« Unversehens stehen sich Winnetou und Shatterhand im Getümmel gegenüber. »Seine Hand fuhr blitzschnell in den Gürtel, um das Messer zu ziehen, aber da traf ihn schon mein Faustschlag gegen die Schläfe. Er wankte und brach auf die Erde nieder. Zugleich sah ich, daß Sam, Will und Dick seinen Vater gepackt hatten.« Vier oder fünf Gegner schlägt Old Shatterhand bewußtlos, am Ende liegen drei tote Kiowas, fünf gefallene Apatschen und viele Verwundete beider Parteien auf der Walstatt. Tangua, der zeitweilige Sieger, will alle Gefangenen an den Marterpfahl stellen. In der Nacht schleicht sich Old Shatterhand an die gebundenen Intschu tschuna und Winnetou heran, mit dem Messer trennt er ihre Fesseln durch und schneidet Winnetou eine Locke ab. »Die Haarlocke Winnetous habe ich auf allen meinen Wanderungen durch den Westen bei mir getragen und besitze sie heute noch.«

Die Augen schmerzen, sie erholen sich leidlich, als er mitteldeutsche Städte bereist. Tagsüber bleibt Zeit, auf Bänken zu sitzen und zu spazieren. Abends liest er immer dieselbe Stelle aus »Durchs wilde Kurdistan«, in ihren Wirkungen erprobt er sie auf Schüler, die Spannung suchen, und auf Lehrer, die Völkerkundliches für ihren Unterricht aus erster Hand erfahren wollen. Wieder diese Fragen: Wie viele arabische Dialekte beherrschen Sie? Sind Ihre Abenteuer in der Reihenfolge verlaufen, wie sie in den Büchern stehen? Manches habe er umgestellt, antwortet er, hin und wieder habe er Zeiträume, in denen wenig geschah, verkürzt. Jungen, die es ihm nachtun wollen, rät er, fleißig zu lernen, denn ohne umfassende Bildung auf vielfältigsten Gebieten sei jeder in der Wildnis verloren.

Nach dem Vortrag sitzt er beim Wein mit dem Vorsitzenden des Kolonialvereins, mit Studienräten, dem Bürgermeister. Ein Buchhändler hat für den Nachmittag zu einer Autogrammstunde geladen, siebzehnmal schreibt May seinen Namen. Einen graukarierten Anzug trägt er meist, einen Radmantel dazu und einen Hut mit geschwungener Krempe. Er liebt Schuhe mit genähter Sohle; Gutsbesitzer und Jagdpächter kleiden sich so.

Eine Einladung zur Jagd. »Allerdings nur Reh- und Niederwild, Herr Doktor.« Er bedauert, leider finde er keine Zeit. Und abends wieder: Was sind Nuggets ganz genau? Waren Sie zuerst im Orient und dann in Amerika?

Die Hänge sind sanft, die Täler weit, sie verengen sich zu Schluchten, der Zug biegt in Tunnel ein, Felswände sind zum Greifen nahe. Fichten, Farn, ein Wasserfaden sprüht herab, Brücke über einen Bach, wieder ein Städtchen, der Buchhändler mit Gattin am Bahnhof. »Es ist uns eine Ehre. Wenn ich bitten darf: Da drüben die Droschke.« Alles paßt zueinander und ineinander, er *ist* Herr Dr. May, der Weitgereiste, Kundige, er muß keine Brüche fürchten und kitten. Kaira, wir Deutschen sagen: Kairo. Ein Spaziergang von sieben Kilometern – na hören Sie, Herr Studiendirektor, wenn ich an meine Märsche durch den Kaukasus denke, und dabei einen Zentner Gepäck! Wenn man so will, ist der Islam mehr als eine Religion, jedenfalls mehr als vielen bei uns das Christentum heute. Die türkische Küche war nie nach jedermanns Geschmack; gewiß, man braucht einen Pferdemagen. Ich – na hören Sie!

Emma ist fern, in ihrer Gegenwart wäre Unbehagen dabei, das Aufgehen in diese Welt bliebe gestört. Einmal denkt er: Vielleicht liefe alles anders, wenn sie fünfzehn Jahre später in mein Leben getreten wäre? Ihr gelingt mein Sprung nicht, es ist zu viel Ernstthal in ihr, dumpfige Küche, Barbierstube. Sie hat das frühe Ich arm gesehen, hat erlebt, wie Münchmeyer mit dem Ich umgesprungen ist. Ebenso schlimm: Sie ist für mich wie eine Brücke, auf der die Gedanken ins vergangene Ich zurückflüchten. Ohne sie lebte ich wirklich nur heute.

Als er nach Dresden zurückkommt, empfängt sie ihn triumphierend: Das Mädchen hat den Ofen ausgekehrt, und was hat sie denn da gefunden? »Mich hauste nicht übers Ohr, Karle!« Er steht wie blutübergossen, das ist wie Fuselgeruch, Webstuhlgeklapper bis in die Nacht, Hämmele, Doßts Klopfen an der Tür: Biste da, May? Er fühlt sich zu keiner Erklärung fähig und zu keiner Verteidigung, das Gestern brüllt ihn nieder.

An diesem Tag gelingt keine Zeile. Am nächsten legt ihm Frau Plöhn einige Briefe und zwei Kritiken vor, in ihnen steht eitel Lob. Das Klima ist giftig im Hause, hat Klara Plöhn schon nach den ersten Sätzen mit Emma gemerkt; instinktiv stellt sie sich auf seine Seite. Mit ihrem Mann hat sie eifernde Debatten geführt, ob einem Künstler besondere Rechte zustünden. Sie hat ihren Standpunkt verteidigt, ein Künstler dürfe mehr Rücksichtnahme, Anteilnahme und Zuspruch fordern als ein gewöhnlicher Mensch, wenn es seinem Werk dienlich sei, was dann ja wieder der Menschheit zugute komme. An dieser Frage hatten sie sich verhakt: Durfte ein Künstler anderen *unrecht* tun, wenn es sein Werk förderte? Aber im konkreten Fall: Tat Herr May seiner Gattin denn unrecht?

Phantasiereiche Handlungsführung, unanfechtbarer, zutiefst christlicher Moralstandpunkt, jedem Jugendlichen anzuempfehlen – er liest, was Redakteure in Paderborn und Bielefeld geurteilt haben. Anfragen aus Schweidnitz, Stolp und Trier. Ein Karl-May-Klub in Hamburg-Altona bittet um ein Foto. Klara Plöhn: »Herr May, Sie sollten sich fotografieren lassen. Ich könnte Abzüge an Zeitungen schicken. Vielleicht würden Sie dann seltener direkt angesprochen.«

Zurück zum Roman: Nun schlägt Old Shatterhand auch Tangua nieder und fesselt ihn, als dieser fünfzig gefangene Apatschen umbringen will. Tangua fordert einen Messerzweikampf zwischen seinem wildesten Krieger und Old Shatterhand, der willigt ein, obwohl ihn seine Gefährten dringlich warnen. Seitenlang beschimpfen sich die Gegner – May schreibt Wut aus sich heraus. Schließlich Befreiung von der Demütigung durch Emma wie mit einem Ruck: »und dann – saß ihm meine Klinge bis an das Heft im Herzen. Ich zog sie augenblicklich wieder heraus. Der Stich saß so gut, daß ein fingerstarker, roter, warmer Blutstrahl auf mich spritzte. Der Riese wankte nur einmal hin und her, wollte schreien, brachte aber bloß einen ächzenden Seufzer hervor und stürzte dann tot zu Boden.«

Stumm sitzen sich die Eheleute zu Mittag gegenüber. Dann doch ein paar Worte: Abgehangen ist das Fleisch nun gerade nicht. Es wird wohl nicht regnen, man muß im Garten gießen. Noch einmal Gemüse, nein danke.

Die Apatschen greifen an. »›Tötet keinen Apatschen, ja keinen!‹ rief ich Sam, Dick und Will zu; dann tobte aber auch schon ein Nahkampf um uns her. Wir vier beteiligten uns nicht an demselben; der Oberingenieur aber und die drei Surveyors wehrten sich; sie wurden niedergeschossen. Das war entsetzlich.« Nun muß Shatterhand doch Intschu tschuna betäuben, Winnetou sticht ihn durch die Kinnlade in den Mund und durch die Zunge, endlich wirft Old Shatterhand den jungen Häuptling auf den Rücken. »Nun gab es ein wahrhaft satanisches Ringen zwischen uns. Man denke, Winnetou, der nie besiegt worden war und später auch nie wieder besiegt worden ist, mit seiner schlangenglatten Geschmeidigkeit, den eisernen Muskeln und stählernen Flechsen.« Old Shatterhand erstickt fast am eigenen Blut, endlich raubt ihm der Kolbenhieb eines Apatschenkriegers das Bewußtsein. Als er wieder zu sich kommt, haben die Apatschen gesiegt, Rattler liegt zu einem krummen Bündel zusammengeschnürt.

Drei Wochen lang phantasiert Old Shatterhand im Wundfieber; das ist der Abgrund nach Fehsenfelds Rat. Tagelang wird Old Shatterhand durch die Steppe transportiert, er merkt kaum etwas davon. In einem Lager erwacht er. Alle halten ihn für bewußtlos, aber er hört einem erbitterten Disput zwischen Sam Hawkens und Winnetou zu. Sam schildert, wie er und Shatterhand mit ihren Gefährten die Apatschenführer retten wollten, aber Winnetou glaubt ihm kein Wort. Seine Gefangenen werden sterben müssen, das versichert er, auch Old Shatterhand! Da sinkt der Deutsche wieder in tiefe Ohnmacht, als er zu sich kommt, wachen zwei Frauen an seinem Lager. »Die junge war schön, sehr schön sogar. Ihr einziger Schmuck bestand aus ihrem langen, herrlichen Haare, welches in zwei starken, bläulich schwarzen Zöpfen ihr weit über die Hüfte herabreichte. Dieses Haar erinnerte auch an dasjenige von Winnetou. Auch ihre Gesichtszüge waren den seinigen ähnlich. Sie hatte dieselbe Sammetschwärze der Augen, welche unter langen, schweren Wimpern halb verborgen lagen, wie Geheimnisse, welche nicht ergründet werden sollen. Von indianisch vorstehenden Backenknochen war keine Spur. Die weich und warm gezeichneten vollen Wangen vereinigten sich unter einem Kinn, dessen Grübchen bei einer Europäerin auf Schelmerei hätten schließen lassen.« Dieses Wunderwesen ist Nscho-tschi, Winnetous Schwester. Als Shatterhand die Augen öffnet, teilt sie ihm auf das sanfteste mit, daß sie ihn pflege, damit er die Kraft bekomme, am Marterpfahl gehörig zu leiden.

Nun öffnen sich Möglichkeiten nach vielen Seiten, Liebesglück kann der Aufschreiber stiften zwischen Shatterhand und Nscho-tschi, aber wie werden das konservativ-feinfühlige Leser aufnehmen, die katholischen besonders, die ihn ja dank der Mitteilungen des »Hausschatz« für einen guten Katholiken halten? Nscho-tschi müßte zum Christentum bekehrt werden, dennoch bliebe Unbehagen. Eine Mischehe wäre das, wenn auch auf reinster Liebe begründet, und so warmherzig May auch immer für die rote Rasse eingetreten ist, so gibt es doch Kräfte überall, die, wenn auch für die Achtung aller Rassen, so doch für ihre Trennung voneinander eintreten. Dem Wort »Mischling« haftet fataler Klang an.

Wie auch immer, Spielraum bringt Glück, weil er Macht vermittelt. Da liegt das wunde, kaum wieder des Sprechens mächtige Ich, neben ihm sitzt eine lieblich-schöne Frau, ausgestattet mit dem wertvollsten Charakter, dem Ich zugetan.

Eine umfassende, beinahe überirdische Liebe umspannt das Geschwisterpaar und den deutschen Fremdling, ihrer aller Schöpfer hält ihr Glück, ihr Leben und ihre Verdammnis in seiner Feder. Aus jedem Gebüsch kann eine Kugel fliegen: Winnetou wäre nicht mehr, nicht Nscho-tschi, wie Klekihpetra hinweggerafft wurde, als es der Herr seines Schicksals für gegeben hielt. Aber das Ich soll genesen, und so erwacht es aus der Ohnmacht und erhebt sich und spricht. Zunge und Geist und Muskeln gehorchen ihm wieder, und seine Tasche birgt – denn als einziger Gefangener wurde er dank der versteckten, wenn auch durchaus nicht vor dem Marterpfahl schützenden Liebe Winnetous nicht ausgeplündert – jene Locke des Häuptlings. May weiß, welches Handlungsmoment er da gespeichert hat, und so schnell ist er nicht bereit, sein Pfand zu opfern. Fünfzig Seiten lang dehnt er das Geschehen, bis die Locke endlich ihre Wirkung tut: Winnetou nennt das Ich seinen Bruder. Aber vorher wird Old Shatterhand einem Kampf im Wasser unter kompliziertesten Regeln unterworfen, waffenlos muß er, der kaum Genesene, gegen Intschu tschuna antreten, der den Tomahawk gegen ihn schwingt. Shatterhand stellt sich so, als ertrinke er, taucht aber durch den Fluß und gewinnt, durch Gebüsch gedeckt, das jenseitige Ufer. So tauchte Kara Ben Nemsi durch einen Abwasserkanal unter ein nach allen Regeln der Kunst gesichertes arabisches Haus. Die alte Schmetterhand schlägt den verfolgenden Intschu tschuna nieder und fesselt ihn – er hat gesiegt, also sind, so war es heilig beschworen, er und seine Gefährten frei. Für den Deutschen bleibt noch eine Hürde: Er muß mit Tangua kämpfen, ein Gewehrduell wird verabredet, der weiße Meisterschütze zerschießt, das Leben des Kiowa schonend, ihm beide Knie.

May hat sich daran gewöhnt, daß Klara Plöhn ihm Post vorlegt; ein Literaturlexikon fragt nach persönlichen Daten.

»Hohenburg«, sagt er, »schreiben Sie bitte, ich stamme aus Hohenburg.«

Bei ihm ist viel Mystifikation im Spiel, weiß sie längst, mit seinen Reisen war es keineswegs so, wie er vorgibt, aber natürlich haben Schriftsteller ausgefallene Rechte und zuallererst das, mit dem eigenen Leben umzuspringen wie mit erfundenen Figuren. »Hohenburg klingt gut.«

»Jugendschriftsteller, man muß sich dieses Wort noch überlegen. Vielleicht werden meine Romane inzwischen viel stärker von Erwachsenen gelesen.« Volksschriftsteller, dieser Begriff fällt ihm zum erstenmal ein. Volksschriftsteller Dr. Karl May.

»Sechs Briefe, in denen Sie zu Vorträgen gebeten werden.«
»Nicht bevor der erste ›Winnetou‹-Band fertig ist.«
»Das ist wie eine Welle.«

Diese Angst ist nicht neu: Und wenn für mich alles zu spät käme? Fehsenfeld spricht von zwanzig Bänden, die, wenn hier und da ergänzt werde, aus dem Vorliegenden zu gewinnen seien. Jetzt arbeitet er am siebenten Band, den er allerdings völlig neu schreibt. Wieder eine Strapaze von Jahren, halbe Nächte hindurch. »Ich darf mich nicht überspülen lassen.«

Klara Plöhn erwägt: Ich als sein Wellenbrecher. Sie errötet, so kühn erscheint ihr dieser Gedanke. Eine Fabrikantenfrau wird für einen Dichter unentbehrlich. So unbelesen ist sie nicht, als daß sie nicht fortsetzen könnte: Ich, seine Diotima. Nie wird sie jemandem diesen Ideenflug anvertrauen.

Und wieder »Winnetou, der rote Gentleman«: Ein Ruhepunkt ist erreicht, von dem aus neue Entwicklungen nötig sind. Das Geschick des Mörders Rattler muß aufgearbeitet werden: Er soll am Marterpfahl sterben, aber schon bei den ersten Prüfungen heult er so erbärmlich, daß die Apatschen alles weitere Interesse verlieren. Messer werden nach ihm geworfen, sie treffen Arme und Beine, das quittiert Rattler keineswegs mit stoischer Ruhe. So wird er an den Armen gefesselt und in den Fluß geworfen, dort treibt er auf dem Rücken. Indianerjungen, die der Autor »kleine Sportsmen« nennt, schießen ihn ab. Nun erst kann Klekih-petra begraben werden. Danach trinken Winnetou und Old Shatterhand Blutsbrüderschaft, der Deutsche ist jetzt Häuptling der Apatschen. »Das war ein schnelles Avancement! Vor kurzem noch Hauslehrer in St. Louis, war ich dann Surveyor geworden, um jetzt als Häuptling unter Wilden aufgenommen zu werden!«

Zeit bleibt für schweifende Gedanken. Wenn er der Lehrer seiner Leser werden will, dann an diesem Ruhepunkt: Über Reichtum, Christglaube und Bekehrung wird debattiert. Old Shatterhand geht bei Winnetou in die Hohe Schule des Wilden Westens, der Häuptling führt förmliche Felddienstübungen mit ihm durch. Drei indianische Dialekte erlernt Old Shatterhand bis zur Perfektion. Einmal beschleicht er zum Spaß das Geschwisterpaar und wird Zeuge eines brisanten Gesprächs: Nscho-tschi liebt ihn! Er hört, wie Winnetou zu bedenken gibt, Old Shatterhand suche gewiß anderes bei einer Frau, als ein rotes Mädchen es bieten könne: »Es schmerzt mich, daß ich dem Herzen meiner Schwester wehe tue, aber Winnetou ist gewöhnt, stets die Wahrheit zu sagen, auch wenn sie keine frohe ist.« Da schleicht Old Shatterhand auf allen Fingerspitzen zartfühlend hinweg.

Wieder diese Alternative: Mischehe. Unreines klingt für ihn mit, schwer zu fassen und zu erklären, denn wie kann die Vereinigung von zwei reinen Dingen etwas Fragwürdiges zur Folge haben? Was dem Helden nicht ziemt, ist vielleicht dem zweitrangigen, ohnehin komisch aufgefaßten Sam Hawkens möglich? May läßt ihn probeweise auf Freiersfüßen gehen, biegt aber ab: Die angebetete Squaw rennt heulend davon, als Sams Perücke an einem Span hängenbleibt.

Eine weitere Nuance: Intschu tschuna bringt das Gespräch auf die Verbindung zwischen Weißen und Indianerinnen:

»›Hält nun mein junger Bruder Old Shatterhand eine solche Ehe für unrecht oder recht?‹

›Wenn sie von einem Priester geschlossen und die Indianerin vorher Christin geworden ist, sehe ich nichts Unrechtes darin‹, antwortete ich.

›Also mein Bruder würde nie ein rotes Mädchen so, wie sie ist, zur Squaw nehmen?‹

›Nein.‹

›Und ist es sehr schwer, Christin zu werden?‹

›Nein, gar nicht.‹

›Darf eine solche Squaw dann ihren Vater noch ehren, auch wenn er nicht Christ ist?‹

›Ja. Unsere Religion fordert von jedem Kinde, die Eltern zu achten und zu ehren.‹

›Was für eine Squaw würde mein junger Deutscher vorziehen, eine rote oder eine weiße?‹

Durfte ich sagen, eine weiße? Nein, das hätte ihn beleidigt. Darum antwortete ich: ›Das kann ich nicht so beantworten. Es kommt auf die Stimme des Herzens an.‹«

Nun denkt Old Shatterhand an Rückkehr in die Städte am Mississippi. Für Intschu tschuna und Winnetou ist es beschlossene Sache, Nscho-tschi mit Old Shatterhand zu verheiraten. Unter dem Schutz der Apatschen darf Old Shatterhand seine Vermessungen fortsetzen, dabei grübelt er nach, wie sein Leben weiter verlaufen soll. Zunächst einmal paßt Heirat überhaupt nicht in seinen Plan, und wird eine rote Frau, und sei sie noch so edel, alles in sich aufnehmen können, was abendländisches Fühlen bedeutet, wird sie ihm je die Ergänzung bieten, die er von einer Frau erwartet?

So reiten sie und treffen auf einen Trupp Bleichgesichter; deren Anführer heißt Santer. Dieser Mann und seine Angaben sind Old Shatterhand nicht geheuer. Abends am Feuer teilt Intschu tschuna seinen Gefährten mit, am nächsten Tag wolle er mit Sohn und Tochter seitwärs reiten, um Gold aus einem Versteck zu holen, denn in den Städten der Weißen wird Nscho-tschi Gold brauchen. Plötzlich schießt Sam Hawkens ins Gebüsch – er glaubte, Augen schimmern zu sehen. Hat er nicht getroffen oder sich von vornherein getäuscht? Das Ich teilt mit: »Der Knieschuß ist der schwierigste Schuß, den es gibt.« Jetzt läßt May die Handlung rasant ablaufen, er findet wieder das Tempo wie zum Beginn und ist sicher: So hat sich Fehsenfeld jede Phase jedes Buches vorgestellt.

Am nächsten Morgen machen sich die drei Apatschen auf; niemand darf sie begleiten, nicht einmal Blutsbruder Old Shatterhand soll das Goldversteck in den Nugget Tsil kennen. Shatterhand streift durch die Gegend, von Ahnungen gepeinigt: Und wenn doch ein Späher im Gebüsch lag, der Intschu tschunas Äußerung erlauscht hat, er wolle Gold holen?

Spuren im Sand! So ist es gewesen: Santer weiß, daß die Apatschen auf dem Weg zu einem Hort sind. Old Shatterhand hört Schüsse und kommt gerade noch hinzu, um Winnetou herauszuhauen, aber Intschu tschuna ist schon tot und Nscho-tschi schwer getroffen; Minuten später stirbt sie. Nun rennt Shatterhand nach dem Lager, um die Gefährten zu alarmieren; dabei wendet er eine eigenartige Laufmethode an: »Man läßt nämlich das Körpergewicht von nur einem Bein tragen und wechselt dann, wenn dies ermüdet ist, auf das andere über.« Dieses flotte Hinken bringt ihn rasch zum Lager, wo er den Tod von Intschu tschuna und Nscho-tschi mitteilt. »Es erhob sich ein Geheul, welches sicher meilenweit zu hören war, selbstverständlich englische Meilen gemeint.« Die Apatschen verfolgen Santer, stoßen aber auf Kiowas. Sam Hawkens ruft: »Ich muß diesen Santer haben, und wenn ich ihn aus tausend Kiowas herausholen müßte!« Da plötzlich: Sam Hawkens ist, weil er nicht auf Shatterhand hören wollte, in die Gefangenschaft der Kiowas geraten. »Mein Entschluß stand sofort fest: Ich durfte ihn nicht stecken lassen, obwohl ich dabei mein Leben wagte.«

Kein Ende. Längst vermag May zu schätzen, wie viele handgeschriebene Bögen wie viele Buchseiten ergeben, jetzt, überschlägt er, wird er gegen 530 Seiten geschafft haben. Das Begräbnis steht aus, Sam wird befreit werden müssen, Santer entkommt wieder und wieder, dazu muß Santer ein fähiger, entschlossener, wenngleich schurkischer Gegner sein.

»Herr May, eine Zeitung hat sie mit Jules Verne verglichen!« Klara Plöhn ordnet die Bögen, die May am letzten Abend beschrieben hat; neun sind es, am Vorabend waren es sechs.

»Vor drei Jahren wäre ich eines solchen Urteils wegen vor Freude an die Decke gesprungen.«

»Das Glück kommt noch, wenn Sie erst diesen Band fertig haben.«

»Können Sie bitte den ›Old Firehand‹ heraussuchen? Ich glaube, ich kann ihn beinahe so einbauen, wie er ist.«

Noch siebzig Seiten, sie drücken auf alle Sinne. Mißverständnisse zwischen Shatterhand, Stone und Parker, lange Debatten, wie deren Kampf weitergehen soll. Der Kopf schmerzt, die Augen schmerzen; Dr. Mickel rät eine Reise an. Haben die Wanderungen durch den Harz nicht gutgetan?

»Nun sollte ich von dem Begräbnisse erzählen, welches mit allen indianischen Feierlichkeiten vorgenommen wurde; ich weiß auch sehr wohl, daß eine eingehende Beschreibung dieser Feierlichkeiten gewiß interessieren würde, aber wenn ich an jene traurigen Stunden denke, fühle ich noch heut ein so tiefes Weh, als ob sie erst gestern vergangen wären, und die Schilderung derselben kommt mir wie eine Entweihung vor, nicht eine Entweihung der ›Grabmäler‹, welche wir den Toten damals am Nugget Tsil erbauten, sondern des Denkmales, welches ich ihnen in meinem Herzen errichtet und stets treu gehütet habe. Darum bitte ich, die Beschreibung unterlassen zu dürfen.« Wenn es doch immer so einfach wäre, sich dem Druck hinter den Augen und dem Schwindelgefühl zu entziehen. »Ich bin später einige Male mit Winnetou am Nugget Tsil gewesen, um die Gräber zu besuchen. Wir haben sie immer unverletzt gefunden.«

Am nächsten Tag sagt Klara Plöhn: »Wieder ein so bewegender Schluß! Hören Sie doch nur die Melodie: ›um die Gräber zu besuchen. Wir haben sie immer unverletzt gefunden.‹ Das klingt wie: Handwerker trugen ihn, Sie wissen schon.«

3

»Hühnlichen, warum kaufen wir kein Haus?«

»Wenn der ›Winnetou‹ fertig ist. Ich hab doch gar keine Gedanken frei.«

»Geld ist genug da.«

»Wenn du mal zu einem Makler gingst?«

»Hühnlichen, sofort!« Dann kommt vielleicht alles mit ihm in Ordnung, hofft sie, wenn er endlich Regale hat mit haufenweise Büchern drin und Speere an der Wand. »Hühnlichen, kriegst schon noch dein Bärenfell vor den Schreibtisch.«

»Aber das Haus nicht gar zu groß.«

»So, wie wir's brauchen. Soll doch zum letztenmal sein, daß wir umziehen.« Noch einmal denkt sie: Dann hätte er ja alles erreicht, was er immer wollte. Dann müßte ja auch zwischen uns alles ins Gleis kommen. »Hühnlichen, dann schreibst du mal vier Wochen lang gar nichts.«

»Laß das Fehsenfeld nicht hören!«

»Ich steck nicht mit ihm unter einer Decke, das machst du doch.«

Alle Vertraulichkeit ist mit einem Schlag zerstört. Ob sie denn gar nicht merkt, was sie mit solch einem Satz anrichtet? Damit quält er sich noch nach einer Stunde, während er versucht, ins Schreiben zu finden. Ihre Gefühle liegen wohl auf einer anderen Ebene, womöglich ist ihr kein Vorwurf zu machen. Aber letztlich hieße das, daß sie nicht zueinander passen. Dieser Gedanke läßt den Puls stocken: Dann wären ja alle fünfzehn Jahre mit ihr vergeblich gewesen, verloren.

Unter Bedrängnis das letzte Kapitel: »Was nutzt es mir, wenn ich ein Indianer-, Beduinen- oder Kurdenlager, eine sudanesische Seribah oder eine südamerikanische Gauchostätte noch so meisterhaft zu beschleichen verstehe, aber der betreffenden Sprache nicht mächtig bin und also nicht erfahren kann, was gesprochen wird! Und meist ist grad der Inhalt der Gespräche viel wichtiger als alles andere, was man dabei erfährt.« Die Kiowas reden in ihrem Dialekt, den Shatterhand noch nicht erlernt hat, endlich kommt Santer hinzu, jetzt wird ein ihm vertrautes Englisch-Gemisch geradebrecht, und er erfährt, daß Santer den Plan Winnetous aufgedeckt hat, denn er belauschte ein Gespräch an den Grabmälern, und nun will er die Apatschen in der selbst gestellten Falle vernichten. Ausführlich teilt Santer den Kiowas mit, wie er Old Shatterhand zu töten und Winnetou zu fangen gedenke, den Apatschenhäuptling will er foltern und ihm das Geheimnis des Goldschatzes abpressen. Old Shatterhand warnt seine Freunde; sie können entkommen, aber ihr alter Plan ist zunichte. Nun reiten die Kiowas ihren Dörfern zu, den gefesselten Sam Hawkens schleppen sie mit sich, Old Shatterhand und Winnetou folgen in einigem Abstand und erfahren von weißen Händlern in der Weite der Prärie, daß der noch immer großmäulige Sam auf einer Insel im Salt-Fork-Fluß gefangengehalten wird. Old Shatterhand schwimmt hinüber. Sam Hawkens ist an einen Baum gebunden, seine Lage muß ihm hoffnungslos erscheinen, aber dennoch zeigt er sich guter Dinge und verspottet seine Bewacher.

Fehsenfeld teilt Absatzziffern mit: noch einmal 6000 »Durch die Wüste« und 11500 »Von Bagdad nach Stambul«. Eine Neuauflage »Durchs wilde Kurdistan« ist im Druck. »Wir wissen ja noch gar nicht recht, wie aufnahmefähig der Markt ist. Wenn Sie die drei ›Winnetou‹-Bände fertig haben und noch drei, vier weitere dazu, könnten wir auf einen Jahresabsatz von 100000 hoffen, und das auf Dauer.«

Old Shatterhand gelingt es, den Sohn Tanguas, Pida, gefangenzunehmen. Abermals entflieht der Schurke Santer, diesmal in einem Kanu den Salt Fork hinunter, Winnetou setzt ihm nach, Old Shatterhand beobachtet die Jagd: »Das, was ich jetzt von Winnetou sah, war kein Schwimmen, sondern viel eher ein auf dem Wasser Hinschnellen zu nennen. Er hatte sein Messer zwischen die Zähne genommen und flog auf den Feind in weiten Sätzen zu, wie ein rikoschetierender Stein, den man flach gegen das Wasser wirft.«

Winnetou muß Santer verfolgen, Old Shatterhand wird Sam Hawkens befreien, so trennen sich die Blutsbrüder. Winnetou schließt so: »Willst du mir versprechen, bald zu kommen, mein lieber, lieber Bruder Scharlih?« Ohne Zaudern dringt Old Shatterhand ins Lager der Kiowas, der an beiden Beinen gelähmte Tangua erschrickt fast zu Tode, als der Deutsche vor ihm steht. Der Tausch wird ausgehandelt: Sam Hawkens gegen Pida – 630 Seiten dürften geschafft sein, ein neuer Band, der siebente, in einem Ruck geschrieben. Regen trieft von den Bäumen im Garten, Wind beutelt den Wald über den Elbhöhen. Vielleicht sollte er seine Freunde zu einer Feier laden, sie sollten anstoßen auf 630 Seiten, auf Winnetou und das Ich, das das alles erdacht hat und eingegangen ist in eine neue Gestalt und wieder herausgetreten, auf das Ich hier und auf dem Papier und in neu geschaffener Wirklichkeit. Er könnte sagen: Endlich hab ich Freunde gefunden, Richard Plöhn und den fernen Fehsenfeld. In meinem Leben ist nun mit zweiundfünfzig Jahren endlich und endgültig alles gut.

So reiten Old Shatterhand und Sam Hawkens aus diesem Band hinaus, bereit, in den nächsten einzureiten. Sam spricht die letzten Worte: »Sam Hawkens ist nicht wieder so dumm, in einem Loche steckenzubleiben, aus welchem ihn ein Greenhorn herausziehen muß. Mich fängt kein Kiowa wieder, wenn ich mich nicht irre!« – – –

9. Kapitel

»Villa Shatterhand«

1

Das ist die Idee von Klara Plöhn: Bei Kostümverleihern hat sie gestöbert und dieses und jenes Stück in die »Villa Shatterhand« getragen, mit Zeichnungen in Illustrierten hat sie verglichen; eine Kette mit großen, weißlichbraunen Zähnen kaufte sie und gab ein Faltengewand bei der Hausschneiderin in Auftrag. Die Stiefel fertigte ein Meister, der für Oper und Theater arbeitet. Das ging Emma gegen den Strich: So teure Stiefel für die einmalige Chose – reicht's nicht auch mit Fotos von den Oberschenkeln an aufwärts?

Es bleibt nicht nur die Idee von Klara Plöhn. Nachdem sie den Anstoß gegeben hat, trug May Einfälle bei. Den Hut für die Westmann-Serie hat er selbst gekauft, vor dem Spiegel in die Stirn gedrückt, hinaufgeschoben. Um sich deutlich mustern zu können, behielt er den Zwicker auf, und Emma krietschte: »Wie 'n Oberlehrer, der Trapper spielt!« Er nahm sofort den Zwicker ab und sprach über die Schwierigkeiten, ein Gewehr aufzutreiben, das als Bärentöter gelten könnte; Emmas Spott sollte nicht eindringen.

Der Rahmen, den die Phantasie gesteckt hat, muß gefüllt werden. Auf einer Lesereise verkündet er seinen Bewunderern: »Ich habe zwei Lebenszwecke zu erfüllen. Ich muß noch einmal zu den Apatschen, deren Häuptling ich bin, und anschließend möchte ich meinen lieben Hadschi Halef Omar besuchen. Dann aber werde ich vor den deutschen Kaiser treten und vorschlagen: ›Majestät, wir wollen einmal miteinander schießen!‹ Das Ergebnis steht schon fest: Ich werde meinen Henrystutzen vorführen, derselbe wird in unsere Armee eingeführt werden. Kein Volk der Erde kann dann dem deutschen Musketier widerstehen!«

Beim Büchsenmacher Fuchs in Kötschenbroda kauft er eine schwere doppelläufige Waffe mit kräftigem Kolben; Visier und Schloß fehlen. Ein Zettel hängt daran: Lauflänge 79 cm, Kaliber 23 mm. »Damit hat man früher Elefanten aufs Kreuz gelegt«, preist Fuchs an. May hängt den Torso neben das Gewehr, das er in einem Dresdener Antiquitätengeschäft gekauft hat, es trägt die Gravierung: »Henry's Patent – Oct. 16, 1860 – King's Patent March 29, 1866«. Allerdings besitzt der Stutzen nicht das bei allen deutschen Jungen berühmte Kugelschloß, sondern ein Kammerschloß für siebzehn Patronen, vermutlich ist er eine frisierte Winchesterbüchse. Die Waffe mit den wohlgezählten 254 Silbernägeln stellte ebenfalls Fuchs her, die Nägel bilden auf der einen Seite ein doppeltes V, auf der anderen ein NS; sie erweckt den Anschein, als gehörte sie früher einem frommen Mexikaner.

Mit dem »Bärentöter« posiert er vor dem Spiegel, er hält ihn so, daß nicht zu erkennen ist, daß wesentliche Teile fehlen. Zwei Serien sind geplant, der Reiseschriftsteller Dr. Karl May als Kara Ben Nemsi und als Old Shatterhand, Fotograf Adolf Nunwarz aus Linz hat sein Kommen angesagt.

Zuvor gleitet ein abendliches Zusammensein in eine spiritistische Sitzung über. Zum Tischrücken ist etwas hinzugekommen: Klara Plöhn als Schreibmedium. Wie üblich werden die Vorhänge geschlossen, nur ein Öllämpchen wirft flackerndes Licht. Alle konzentrieren sich auf eine vorbestimmte verstorbene Person. Nach einer Weile werden Fragen gestellt, Klara läßt die Feder rasch übers Papier gleiten. Plöhn leidet an Nierenschmerzen, er stellt seine Frage verdeckt, um das Medium nicht zu beeinflussen: Wie lange noch und zu welchem Ende hin? Klara Plöhns Hand schreibt: *Wellen, mager, du wirst.* May fragt, was sich aus dem Besuch des Fotografen ergeben könnte. Das Medium notiert: *Wird wirklich, alle Bilder Wirklichkeit.*

Nach einer Stunde zünden sie das Licht an und beugen sich über das Papier. Meint der Geist, daß Richard Plöhn schwimmen oder sich vor kaltem Wasser hüten soll? Er soll nicht zu fett essen, das ist offenkundig. *Alle Bilder Wirklichkeit* – also agiert Karl May bald wieder als Kara Ben Nemsi und Old Shatterhand, wie sonst. Klara Plöhn liest das heraus, als besitze sie die Kraft und Berechtigung zu befehlen. So hat May ihre Stimme noch nicht gehört, so hat er diese Frau nie gesehen. Einmal hat er zu Emma gesagt: Die mit ihren Kuhaugen – das korrigiert er: Bewundernde Augen, gläubige Augen, Ausdruck liegt in ihnen, den er fast vergessen hat, Erinnerung an Emma erwacht, als er sie in der Stube seiner Schwester kennenlernte. Klara Plöhn senkt aber die Lider nicht, als sich ihre Augen treffen. Vielleicht haben Geister in ihr Kräfte freigesetzt, von denen bislang nichts zu spüren war. Wahrscheinlich hat sie sich seit ihrem Kennenlernen verändert; jetzt findet er, daß ihr Haarkranz ihrem Gesicht einen harmonischen Abschluß gibt. Vielleicht, daß sie für ihre Jahre etwas mollig ist, aber sie bewegt sich rasch und anmutig. Wenn sie lacht, bilden sich Grübchen wie bei Emma. Wenn nicht alles täuscht, ist ihr Haar lang und schwer; zum erstenmal versucht er sich vorzustellen, es flösse über ihre Schultern hinab.

Seine Arbeitszeit hat sich verschoben: Jetzt sitzt er vom mittleren Vormittag an am Schreibtisch, daneben liegt ein Fell: Gelegentlich hat er Besuchern gegenüber behauptet, es sei das Fell des Grizzlybären, den Old Shatterhand, ein Greenhorn noch, mit dem Messer erlegte. Emmas Satz vom Oberlehrer wurmt; er ist überzeugt, daß sie ihn absichtlich verletzen wollte, immer wieder reißt sie die Decke weg, die er über alle Vergangenheit breiten will. Vieles vermg er ihr nachzusehen, das nicht: daß sie sich so quälend selten an die Fiktion hält, die erst sein Schreiben ermöglicht.

Das Haus ist geräumig, das Studierzimmer strahlt aus, was er sich erträumt hat, mit Speeren an der Wand und Palmwedel in einer Vase. Der Teppich ist dick und weich; gern zieht er die Pantoffeln aus und krümmt die Zehen in den Flor hinein. Stille umgibt ihn, die sich allmählich mit Gestalten und Stimmen und Gerüchen füllen kann, wie von Geisterhand hereingeweht. Persien, eine Karawanserei. Oder eine chinesische Küche in San Francisco, Winnetou schweigt inmitten einer quirligen Menge, heroisch, fremd. Schritte über den Teppich ans Fenster. Der Briefträger wird bald kommen. Und in ein paar Tagen dieser Fotograf. Die Finger gleiten über die Nägel der Silberbüchse.

Am Nachmittag bringt Klara Plöhn den Burnus. Sie hat sich Gedanken gemacht, wie man ein Tuch schlingt, daß es von einem Knoten seitlich des Nackens über die Schulter fällt. Seit einigem ahnt sie, daß dieser Mann seine Reisen in der Phantasie und nicht in der Wirklichkeit unternommen hat; als sie es aus Unstimmigkeiten und Widersprüchen heraus begriff, hat sie sich gescholten: Wie nur hatte sie an einen Dichter übliche Maßstäbe legen können? Ihrem Mann und dem Ehepaar Mickel hat es erheblichere Schwierigkeiten gemacht als ihr, dies alles zu einem Gleichklang zu fügen und den eigenen Part darin zu finden: den befreundeten Dichter nicht herauszufordern, von seinen Reisen zu sprechen und dennoch jede Andeutung zu vermeiden, man wisse, er habe sie bestenfalls zu einem geringen Teil unternommen. »Wir müssen ihn mit einem Fluidum des Vertrauens umgeben«, hat sie zu ihrem Mann gesagt, und er hat sich gewundert: Was lag nur in seiner Frau verborgen, von dem er nie etwas ahnte?

Emma und Klara Plöhn legen die Staffage des Kara Ben Nemsi nebeneinander, Burnus, Gürtel, Dolch und Tuch. Emma ruft: »Hauptprobe!« Als er mit der Schärpe nicht zurechtkommt, zieht Emma sie fest. »Weg mit deinem Bäuchlein!« Er setzt sich in den Sessel und streckt die Beine. Klara Plöhn rückt an den Sporen. Wie ein Pascha, amüsiert er sich, zwei Dienerinnen um ihn. Das Leder riecht frisch, die Gürtelschnalle glänzt. »Karl, komm an den Spiegel!« Emma blickt ihm auf der einen, Klara Plöhn auf der anderen Seite über die Schulter. Das Tuch fällt noch immer nicht richtig, es bleibt fraglich, ob er die Kette ein weiteres Mal um den Hals schlingen soll. »Ich behalte alles noch ein wenig an, ich will mich daran gewöhnen.«

Er setzt sich schreibbereit. Der Stoff der Hose fühlt sich grob an, beständig, rauh auf der Haut. Riemen drücken auf die Waden, wie ein Sattel drücken würde; er spreizt die Beine, als ritte er auf dem Rappen Rih. Wenn jetzt noch Steigbügel wären. Er zieht den Dolch aus der Scheide, üblicher Stahl ist das, eine Damaszenerklinge sollte es sein. Nicht Zigarre dürfte er rauchen, eine Wasserpfeife müßte neben ihm blubbern. Nach einer Weile schnallt er den Gürtel mit dem Dolchgehänge ab und legt beides neben den Schreibblock. Er beginnt zu erfinden, das Ich entwirft. Kara Ben Nemsi führt die Feder und gibt sie an Old Shatterhand weiter: Winnetou hält sich mit seinem Blutsbruder in San Francisco auf, der urteilt über die Chinesen: »Sie scheinen alle samt und sonders über einen Kamm geschoren und über einen Leisten geschlagen zu sein. Bei allen ist die Nase kurz und gestülpt; bei allen ragt der Unterkiefer über den Oberkiefer hervor; alle haben die häßlich aufgeworfenen Lippen, die eckig hervorstehenden Backenknochen, die schief geschlitzten Augen, die nämliche Gesichtsfarbe, bräunlich grün ohne alle Schattierung, überall sieht man in den häßlichen, nichtssagenden Zügen den Ausdruck, den man mit dem Worte *leer* bezeichnen möchte und der infolgedessen nicht einmal ein Ausdruck wäre, wenn nicht aus den zugeblinzten Augen ein Etwas blickte, welches sie alle kennzeichnet: die List.«

Emma bringt Kaffee, sie denkt: Bloß gut, daß ihn die Leute nicht so sehen. Aber auch: Die Dämlichsten würden ihn wahrscheinlich nun erst recht anhimmeln. »Hühnlichen, hast heute wieder fast zwanzig Briefe.«

»Weißt noch, letztes Weihnachten?«

»Dreitausend, das war'n Berge! Karl, willste nun immer so rumlaufen? Die Plöhn würde bloß noch auf den Knien vor dir rutschen.«

»Sag doch nichts gegen sie.«

»Vor 'nem Jahr noch haste gemeint, sie sei 'ne Gans.«

»Aber wie sie mir jetzt hilft.«

Eine Woche später baut Nunwarz seine Kamera auf. Zwei Tage lang kommt May zu keiner Zeile, er wird in alltäglicher Kleidung am Schreibtisch fotografiert, mit Schürze und Schere im Garten, neben Emma am Kaffeetisch, und immer wieder als Kara Ben Nemsi und Old Shatterhand, auf den Bärentöter gestützt und den Blick halbhoch im Weiten. Was für ein Haus! rühmt der Fotograf, und Emma zählt auf: Salon, Musikzimmer, Speisezimmer, Studierzimmer, zwei Bibliotheksräume, Schlafzimmer, zwei Geschäftsräume, Mädchenzimmer, Garderobe, Küche und Nebengelaß, Schuppen, Waschhaus und Garten! »Wir haben es vor einem halben Jahr gekauft. Und daß Sie nicht vergessen, die Inschrift zu fotografieren!«

»Villa Shatterhand« steht golden an der Straßenfront. Nunwarz richtet die Linse hinauf, der Besitzer schaut aus dem Fenster. Der Fotograf entschließt sich, das Doppelte von dem als Honorar vorzuschlagen, was er sich ursprünglich vorgenommen hat, hier scheint ja das Geld zu strömen. Noch einmal Aufnahmen von Old Shatterhand: das Lasso um die Schulter, den Sombrero wie ein Rad, in der Hand eine silberbeschlagene Büchse. Weder Autor noch Lichtbildner bedenken, daß Old Shatterhand die Silberbüchse seinem Bruder Winnetou ins Grab gelegt hat, hier wird sie auf die Platte gebannt, am Abend hängt sie wieder an der Wand. Als Kara Ben Nemsi: einen Trommelrevolver in der Rechten, gestickte persische Weste, Schärpe um den Leib, weiche schwarze Stiefel bis hoch hinauf mit silbernen Sporen. »Großartig!« ruft Nunwarz. »Wenn wir den Vertrieb richtig ankurbeln, reißen sie uns die Bilder in ganz Deutschland aus den Händen!« Aber zunächst koste ja so etwas Geld. »Ich werde die hundert besten Aufnahmen aussondern und Abzüge herstellen, natürlich geht so was nicht umsonst.«

»An welchen Betrag hatten Sie gedacht?«

Als Nunwarz hierherkam, wollte er tausend Mark verlangen. Jetzt sagt er: »Zweitausendfünfhundert.«

»Ihre Reisekosten dazu – wären Sie mit zweitausendsiebenhundert zufrieden?«

Manchmal stehen Leute am Zaun und starren zu den Fenstern herauf. Emma wacht hinter den Gardinen. »Hühnlichen, da wollen dich schon wieder welche sehen!« Es geschieht, daß sie ihn unvermittelt umschlingt: »Hühnlichen, ich begreife immer noch nicht – die Villa ist unser, und keiner kann sie uns wegnehmen!«

»Bist glücklich?«

»Bloß, daß du den Leuten immer so viel schenkst. Den Gärtnern letzte Woche. Denkst du, ich hab nicht gesehen, daß du ihnen was zugesteckt hast? Dabei bezahle ich sie doch anständig!«

In der Woche darauf graben zwei Männer um, harken Laub und verschneiden Büsche. May schlendert an ihnen vorbei, dreht sich um und kehrt zurück. Die Männer machen die Rücken gerade; ja, antworten sie, morgen schaffen sie alles, und den Zaun streichen, das machen sie nächste Woche. May hat das Haus im Rücken, er weiß nicht, ob Emma hinter den Gardinen steht. Während er noch redet, fingert er ein Zehnmarkstück aus der Rocktasche und läßt es fallen. »Wenn ich fort bin, können Sie sich ja mal bücken.« Die Männer ziehen die Mundwinkel breit. »Scheen Dank ooch, Herr Dokter!«

Nunwarz schickt Abzüge, May breitet sie auf dem Tisch im Salon aus. So wirkt er also, der Hausbesitzer, der Gatte, der Weltreisende in zweierlei Gestalt. Der Fotograf schreibt dazu, er habe die Serie an den »Hausschatz« nach Regensburg geschickt. Von dort kommt die Bitte, May möge zu einem geplanten Artikel »Besuch bei unserem May« einige Seiten beisteuern. Er schreibt: »Ich trage Schnurrbart und Fliege; beide waren, wie auch das Kopfhaar, sehr dunkelblond; jetzt beginnt eine zwar ehrwürdige, mir aber ›gräuliche‹ Färbung überhandzunehmen, denn ich zähle 54 Jahre, sehe aber zehn Jahre jünger aus. Meine Augen sind graublau. Ich singe ersten und zweiten Baß, je nachdem, wohin mich der Herr Direktor stellt. Meine Gestalt ist schlank, sehnig; ich bin 166 cm hoch und wiege 75 Kilogramm. Ich rauche gern und spiele alles, finde aber keinen Genuß dabei. Dunkelblau ist in bezug auf den Anzug meine Lieblingsfarbe. Frack und Chapeau claque können mich zur Verzweiflung bringen. Die Handschuhe sind bei mir stets zu finden, nämlich in der Tasche. Den Regenschirm nehme ich bei verdächtigem Wetter zwar mit, lasse ihn aber nicht naß werden. Jetzt liegt er in Regensburg, und ich wohne in Radebeul bei Dresden.«

Diese Briefe! Klara Plöhn kümmert sich, dennoch muß der größte Teil unerwidert bleiben. Selten antwortet er selbst, so einer Gräfin aus Slawonien: »Winnetou war geboren 1840 und wurde erschossen am 2. 9. 74. Er war noch herrlicher, als ich ihn beschreiben kann.« Die Gräfin hatte gefragt, warum May als Katholik seinem sterbenden Blutsbruder nicht die Nottaufe gegeben hätte. »Ich habe ihm dieselbe tatsächlich verabreicht, es im Roman jedoch nicht erwähnen wollen, um nicht Angriffe von protestantischer Seite zu erfahren.«

»Herr May, immer wieder bitten Leser um Reliquien. Man könnte ein Pferdehaar als Haar Winnetous schicken, ein schwarzes Mähnen- oder Schweifhaar.«

»Und das würde niemand merken?«

»Natürlich dürften wir nur wenige Haare überlassen, nur wirklich wesentlichen Leuten.« Klara Plöhn hat bereits eine Strähne Pferdehaar von einem benachbarten Kutscher besorgt. »Es ist relativ weich, wollen Sie mal fühlen?«

»Gut, legen wir der Gräfin drei Haare bei.«

Alles ist erreicht, alles ist gut. Ein Abschreiber hilft und glättet Übergänge zwischen Bruchstücken aus Heften, die der Autor zu Bänden fügt. Und wieder Geschichten für Zeitschriften, wie Fehsenfeld geraten hat: Das Bewährte nehmen wir dann für die Romane. Es fabuliert sich leicht, wenn kein Druck dahintersteht, sondern Gewißheit beflügelt, daß jede Zeile den Ruhm mehrt. Immer mehr Zeitungen bringen Rezensionen, manche Journalisten vermerken jede Neuerscheinung: »Orangen und Datteln«, »Am Stillen Ozean«, den ersten Band von »Old Surehand«, »Krüger Bei«, »Die Blutrache« und »Die verkehrten Toasts«, die er als Rahmenerzählung für den zweiten »Old Surehand«-Band entworfen hat.

Schließlich »Der schwarze Mustang«. Neue Einfälle, Verwicklungen, in einer Woche springt er zweimal von Amerika in den Orient und zurück.

In unteren Fächern der Bibliothek liegen die Münchmeyer-Romane. Um diesen Verlag hat er sich seit Jahren nicht gekümmert. Eine verblassende Zeit, nichts verlockt, sich an sie zu erinnern. Ein neuer Band für Fehsenfeld ist halb fertig, eine Rahmenhandlung umschließt bisherige Erzählungen und Brocken von anderen, da zieht er die »Waldröschen«-Hefte hervor, veröffentlicht unter dem Pseudonym Capitän Ramon Diaz de la Escosura. »Von den südlichen Ausläufern der Pyrenäen trabte ein Reiter auf die altberühmte Stadt Mauresa zu. Er ritt ein ungewöhnlich starkes Maultier, und dies hatte seinen guten Grund...« Sein drittes Leben war es, jetzt lebt er sein fünftes, nun wohl eigentliches. Auf dem Boden hockend, blättert er – und wenn er einige Kapitel übernähme? Wer merkte das schon. Und wenn, es ist ja sein Eigentum, er nimmt es sich zurück. Fehsenfeld wird er diesen Umstand nicht auf die Nase binden. Und er gewinnt mit einem Schlag fünfzig Seiten, wenn er will: zweihundert. Wie hat er schuften müssen für zweihundert Seiten, wie schäbig hat ihn Münchmeyer dafür bezahlt. Diese Nächte mit Hämmele.

Er streift durchs Haus, trifft das Dienstmädchen, fragt nach seiner Frau und findet sie im Schlafzimmer, wo sie Wäsche ordnet. »Emma, ich möchte morgen mittag Gans essen.«

»Zum Dienstag? Kommt jemand?«

»Nein, keiner. Ich möchte ganz allein mit dir Gänsebraten essen.«

»Aber warum denn bloß?«

»Weil ich eben in zehn Minuten tausend Mark verdient habe. Oder fünftausend, wer weiß.« Zweihundert Seiten aus dem »Waldröschen« werde er übernehmen, das sei seine fündigste Idee seit Jahren!

Sie speisen Gans zu zweit, das Dienstmädchen trägt auf. Sie trinken Pfälzer Wein dazu, er sagt: »Das ist für uns eine stille Feier, weil es uns so gut geht.«

Emma ist friedlich, zufrieden, diesmal wurmt sie die Ausgabe nicht. »Hühnlichen, und wann fahren wir in den Orient?«

»Es wäre besser, wir würden erst einmal durch Deutschland reisen, meinetwegen bis Österreich. Ich meine: Ich kann doch jetzt nicht für Monate weg!«

2

Sie machen in Leipzig Station und noch einmal in Blankenburg im Harz. In Hamburg wird sie die Familie Felber betreuen, Besitzer eines Cafés am Steindamm und begeisterte Karl-May-Leser, deren Briefe sich aus der Fülle herausgehoben haben. Am ersten Abend fragen Felbers im Hotel nach Herrn Dr. Karl May und Gemahlin, sie merken an Beflissenheit und Gewese, daß das keine landläufigen Gäste sind. Nur einen Imbiß nehmen Mays nach der Reise; May zahlt die Zeche von noch nicht sechs Mark mit einem Zwanzigmarkstück. Felbers versichern abermals ihre riesengroße Freude – was dürfen sie ihren Gästen zeigen?

Am nächsten Tag kutschieren sie durch die Stadt. Der Hafen, die Gartenbauausstellung; schade, sagt May, daß sie im Frühjahr und nicht im August gekommen sind, er liebe Rosen über alles. Am Abend haben Felbers ihre nächsten Freunde geladen. Sie alle kennen Herrn Dr. Mays Bücher, elf sind es ja inzwischen im Verlag Fehsenfeld – wie wird es weitergehen? »Ich habe bestenfalls die Hälfte meiner Erlebnisse zu Papier gebracht. Und ich vermute doch nicht, daß auf weiteren Reisen keine Abenteuer hinzukommen sollten!«

Eine Frau beobachtet, wie er mit dem Hummerbesteck umgeht, seine Hände kommen ihr eher zart und weich vor. »Wie bringen Sie es nur fertig, mit diesen Händen Ihre Feinde niederzuschmettern?«

»Sehen Sie, es kommt dabei weniger auf eine große, starke Hand an als auf die Stellung der Fingerknöchel. Man muß dann nur die richtige Stelle am Kopf treffen.«

Emma zeigte sich gesprächig während der Fahrt und an den beiden Tagen im Harz, sie verstummt in Hamburg immer mehr. Felbers und deren Bekannte tuscheln hinter dem Rücken der Gäste, es sei wirklich nicht nett, wie mürrisch diese Frau mit ihrem berühmten, herzlichen, heiteren Mann umgehe. Am dritten Tag sagt Emma nach dem Wachwerden: »Ich genieße es ja, daß es uns so gut geht. Aber, Hühnlichen, hast du nicht manchmal Angst, es könnte plötzlich damit zu Ende sein?«

»Hast du nicht selber gesagt: Wir haben nun unsere Villa, und keiner kann sie uns wegnehmen?«

»Schon, Hühnlichen. Ich hoffe nur, du hast recht.«

In einer Droschke fahren sie nach Friedrichsruh. Ein wenig verschwommen erzählt May von sozialdemokratischen Umtrieben in seiner Heimat, er habe schwer unter ihnen zu leiden gehabt und stets erbittert gegen sie angekämpft. Wenn Emmas Nörgeln nicht wäre, würde er ein Billett und einige seiner Bücher dem gewesenen Kanzler senden, vielleicht gestattete der Recke aus dem Sachsenwald, daß Herr Dr. May seine Aufwartung machte. Aber die Zeitungen schrieben ja, Bismarck empfinge seiner angegriffenen Gesundheit wegen nur noch äußerst selten Besuch.

Sie warten mit anderen, Damen halten Blumen in den Händen. May trägt einen dunklen Anzug, als ginge er zu einem Diner. Zum erstenmal überlegt er: Ob wohl Waldheims Direktor noch am Leben ist? Große Zeiten, es ist für jeden Platz im Reich... Er, May, hat sich seinen Platz geschaffen. Selbst wenn dieser Großkotz noch lebte: Im Gefüge seines jetzigen Seins blieb keine Möglichkeit, über ihn zu triumphieren, diese Phase war ausgelöscht und damit der Aufstieg aus ihr.

Eine Kutsche rollt aus dem Tor. Bismarck sitzt in Decken gehüllt, obwohl Maisonne scheint. Die Kutsche hält, Bismarck läßt eine Hand heraushängen, nimmt einen Strauß und sagt: »Oh, meine Damen!« May hat gemeint, jetzt würden Hochrufe schallen, er hätte mitgeschrien, aber die Menge starrt, erstarrt. Er hofft, Bismarcks Blick bliebe an ihm haften, daß er später sagen könnte, der Schöpfer des Reiches habe ihm zugenickt. Er möchte etwas tun und weiß nicht, was, nun doch rufen oder den Hut recken, »Hoch!« rufen, »Hoch, Fürst Bismarck!« Aber die Hände reiben sachte am Hosenstoff.

»Ein großer Augenblick«, resümiert er abends, »ein gewaltiger Mann.« Von einer Sekunde auf die andere erfindet er, einmal habe er mit dem deutschen Botschafter in Konstantinopel gespeist, das Gespräch dabei habe ihm unvergeßliche Einblicke in Bismarcks Balkanpolitik gegeben. Bagdadbahn, der Kranke Mann am Bosporus, Rußland und die Dardanellen. Emma spricht in der Stunde danach kein Wort.

Kassel, Wiesbaden, Bonn, Lindau, Stuttgart. Briefpartner, Leser bitten Mays in ihr Haus. Clemens Freiherr von der Kettenburg zeigt ihnen Innsbruck. Am Achensee wohnen sie im Hotel »Zur Scholastika«, gegenüber liegt das Familiengut der Grafen Jankovics. May rudert über den See, am gräflichen Tisch wird er bestaunt, verwöhnt. Einmal, auf dem See, sagt Emma: »Vielleicht denkst du, ich sei neidisch, weil alle dich anhimmeln. Aber ich fürchte bloß: Alles kommt raus.«

»Ich kann dieses Unken nicht brauchen!«

In der Hotelhalle liegen Zeitungen aus, in einer liest er, in der bayrischen Provinz hätten Pädagogen verlangt, Karl-May-Bücher aus den Schulbüchereien zu entfernen, denn sie seien gefährlich für die Jugend. »Kleine Kläffer«, reagiert er ungerührt. »Wahrscheinlich steckt ein Konkurrenzverlag dahinter. Als ob ich auf diese lächerlichen Bibliothekchen angewiesen wäre.« Emma horcht, ob ein besorgter Unterton mitschwingt, sie kann ihn nicht entdecken.

Und dann München. Gleich nach der Ankunft erkennt ihn ein Buchhändler und läßt eine Annonce drucken: »Unser Karl May ist da!« Der Hoteldiener bringt Stapel von Briefen und Einladungskarten; sechshundert zählt Emma. Er steht am Fenster und blickt auf die Straße, wo sich Schüler drängen. Der Direktor bietet für den Abend einen Saal an, in dem Herr Doktor May sprechen könne; vielleicht, daß man so den

Andrang am besten zu steuern vermöge. Ein Buchhändler möchte ihn für eine Autogrammstunde gewinnen, ein Redakteur ihn interviewen, ein Fotograf... »Meine Herren!« May breitet lachend die Arme. »Ich hatte gehofft, ein paar ruhige Tage in Ihrer schönen Stadt zu verleben!« Er frühstückt mit neun Besuchern und ißt zu Mittag mit zwölf, bis zum Abend hat er zweihundert Hände gedrückt, dreihundert Gäste warten im Hotelsaal auf ihn. Fragen prasseln, er antwortet, was seine Leser hören wollen. Es ist wie eine Welle, hat Klara Plöhn gesagt, sie trägt ihn, er läßt sich von Frage zu Frage spülen. Habe er alles erlebt, was in den Büchern stehe, jedes Abenteuer Wort für Wort? »Ich darf versichern, jedes Erlebnis, jede Gefahr entspricht der Wahrheit. Aber wie der Maler einmal mit dünnem und einmal mit kräftigem Pinsel aufträgt, wie er die Farben mischt, so habe ich manches zusammengezogen. Um nicht brockenweise und dürr zu erzählen, habe ich verwoben und anders, als es geschah, geknüpft.« Wann starb Winnetou? Am 2. September 1874. Wie funktioniert der Henrystutzen? Wann unternimmt Herr May seine nächste Reise? »Ich werde bald wieder zu den Apatschen aufbrechen, übrigens geschieht es zum zweiundzwanzigsten Mal.« Wann haben Sie die letzte Nachricht von Hadschi Halef Omar erhalten? In »Orangen und Datteln« schreiben Sie im dritten Kapitel... Die Silberbüchse, der Bärentöter. Wer führt jetzt die Apatschen an? »Nach meiner Rückkehr werde ich wieder das Kommando übernehmen. Ich befehlige dann über fünfunddreißigtausend Krieger.«

Nach drei Stunden bricht er ab. Als er mit Emma allein ist, schwirren in ihm Fragen und Antworten weiter. Jetzt könnte er pausenlos schreiben, reden, bis hin zu einem seltsamen Aufgehen in diesen Phantasien. »Das ist wie bei einer spiritistischen Sitzung, als ob wir die Materialisation von Hadschi und Winnetou und Intschu tschuna erlebten!«

»Solltest einen beruhigenden Tee trinken. Oder eine Stunde spazierengehen.«

»Daß mich die Leute auf der Straße ansprechen?«

»Eine verrückte Stadt.«

Am nächsten Tag ist es nicht anders, am dritten fliehen Mays geradezu. Von Regensburg aus schreibt er an Freunde: »Während ich Hunderte von Lesern im Saal hatte, mußte ich alle zehn Minuten auf den Balkon treten, um mich der untenstehenden Menge zu zeigen und sie zu grüßen. So unglaublich es ist, aber es wurde auch von den Zeitungen gebracht: Die kleinen Gymnasiasten standen so dicht vor dem Hotel, daß die Tramway nicht hindurchkonnte und es keine andere Hilfe gab, als sie per Wasserschlauch auseinanderzuspritzen. Die Zeitungen sagten, selbst der Prinzregent habe in München nie so ein Aufsehen erregt.«

Weiter nach Böhmen, die Wälder sind atemlos still. »Karl, weißt du noch, wie glücklich wir bei unserem ersten Ausflug in die Sächsische Schweiz waren?«

»Jetzt sind wir wieder glücklich.«

»Wenn wir erst daheim wären.«

In Dresden-Radebeul findet er einen Brief von Pustet vor: Dem Kommerzienrat sei zugetragen worden, Herr May habe vor Jahren Kolportageromane für einen gewissen Verlag Münchmeyer in Dresden geschrieben. So steht es in Pustets Zeitschrift: »Wir sind aufmerksam geworden, daß Karl May 1883/86 bei H. G. Münchmeyer Hintertreppen-Romane der allerbedenklichsten Sorte herausgegeben habe. Nachdem wir uns durch Autopsie von dem über alle Maßen unsittlichen Inhalt überzeugt hatten, wurde Karl May von uns befragt.« Eine Bagatelle, befindet er, er wird einen Schreckschuß abgeben. In seiner Antwort heißt es: »Ich werde die Münchmeyersche Verlagsbuchhandlung gerichtlich belangen und Ihnen das Resultat mitteilen.« Dabei läßt er es bewenden, Erinnerung dieser Art kann er nicht brauchen; schlimm genug, daß über die Zeitschriftenromane noch immer das letzte Wort nicht gesprochen ist. Paulines Geschäftsführer ist sogar vorstellig geworden und hat angefragt, ob nicht wieder einmal über einen neuen Roman verhandelt werden könnte – unnütz das alles, belastend, es paßt nicht in die jetzige Situation.

Endlich wieder am Schreibtisch. Während der Mahlzeiten mit Emma erinnern sie sich: dieser Spaziergang durch Köln, dieser Ausblick über den Bodensee, ein Abend in Salzburg. Der Bericht Plöhns gegenüber fällt überschwenglich aus, gipfelt darin: Wir müßten zusammen verreisen, wir vier, warum nicht nach Ägypten? Aber eine Erzählung ist zu vollenden: »Der schwarze Mustang«. Ein neuer Roman bahnt sich im Kopf an.

Klara Plöhn kennt die Anfrage aus Regensburg und die Antwort darauf. Sie weiß, daß die »Frankfurter Zeitung« geschrieben hat, Karl May gehöre auf den Index, und war dabei, als er spottete: Wenn er noch einmal so etwas höre, werde *er* dieses obskure Blatt auf den Index setzen lassen! Sie findet ihn verändert, der Triumph von München hat ihn maßlos gemacht. Nach wie vor ist sie überzeugt, daß Künstler anders fühlen als gewöhnliche Menschen; dieser so verehrte Schriftsteller muß sich von Stimmungen und Gesichten tragen lassen, um fabulieren zu können, Dichten ist nicht weit entfernt von Trance. »Herr May, aber wenn Pustet direkt bei Münchmeyer anfragt?«

»Die werden ganz still sein, die haben genug Dreck am Stecken.« Eine abwertende Handbewegung – wer kann ihm schon?

Die Briefe, die inzwischen eingetroffen sind, hat Frau Plöhn getreulich aufbereitet. Ein Pfarrer: »Es bleibt dabei, Sie sind der größte Schriftsteller Deutschlands, ein Säkularmensch. Sie sind ein großer Theologe. Nächstens, wenn ich meine Gemeinde zur Beichte vorbereite, werde ich den Tod Ihres ›Old Wabble‹ auf die Kanzel bringen, wörtlich.« Aus dem Brief einer Klosteroberin: »Diese Bücher werden die Ehre Gottes befördern, und ich hoffe, daß dadurch noch viele Seelen gerettet werden.« Aus dem Kongo: »Ich bin Missionar, und Sie sind es auch; mein größter Schutz hier im Innern Afrikas sind das Wort Gottes und Ihre Bücher.« Auch das: »Seit wir Ihre Werke gelesen haben, sind wir keine Sozialdemokraten mehr.«

Immer wieder stehen Verehrer am Zaun; wenn er sich zu einem Spaziergang aufmacht, kommt er nicht hinaus, ohne ein Dutzend Bücher zu signieren. Jedesmal fühlt er sich glücklich dabei, nie wird er ungeduldig, auch nicht Zehnjährigen gegenüber. Dennoch: Er muß sein Leben straffer organisieren, wenn sein Schreiben nicht leiden soll. »Emma, wir sind nach Wien eingeladen.«

»Schon wieder reisen?«

»Stell dir vor, die Gemahlin des Thronfolgers möchte mich empfangen.«

»Hast nicht erst mal genug?« Eine Reise im Jahr lange ja wohl, meint sie, Reisen koste Geld. »Muß doch alles im Rahmen bleiben.«

»Gerade du hast immer gedrängelt, wolltest sogar mit in den Orient.«

»Da waren wir auch noch jünger.« Sie leidet zunehmend unter Herzklopfen, Kreislaufbeschwerden und Rückenschmerzen; sie möchte sich einreden, keiner Frau in ihrem Alter ergehe es anders, aber die Angst läßt sich nicht unterdrücken, in ihrem Leib wuchere Böses und fresse sich von Zelle zu Zelle. Vielleicht ein Myom, womöglich Operation – natürlich will Karl nichts davon hören. In seinen Büchern kann es nicht blutig genug zugehen, aber im eigenen Haus verträgt er kein Wort über Krankheit. Sie möchte ihm vorrechnen, was allein die beiden letzten Monate gekostet haben, jetzt soll sogar ein armer Schlucker unterstützt werden, damit er studieren kann, noch nicht einmal ein Verwandter. Dienstboten, Bücher, immerzu Gäste, was allein an Wein draufgeht, und die Trinkgelder können gar nicht hoch genug sein. »Karl, vor fünf Jahren sind wir mit einem Zehntel ausgekommen.«

»Da hab ich auch nur ein Zwanzigstel verdient.«

An den jungen Grafen Schwerin, an die Prinzessin Windischgrätz beantwortet er Briefe selbst. »Ich spreche und schreibe: französisch, englisch, italienisch, griechisch, lateinisch, hebräisch, rumänisch, arabisch sechs Dialekte, malaiisch, Nanaqua, einige Sunda-Idiome, Suaheli, hindustanisch, türkisch, die Sprachen der Sioux, Apatschen, Komantschen, Snakes, Uthas, Kiowas, nebst dem Ketschumany drei südamerikanische Dialekte. Lappländisch will ich nicht mitzählen.«

Ein Besucher wundert sich, daß im Adreßbuch von Radebeul vor dem Namen Karl May der Doktortitel fehle. Am nächsten Tag verlangt May schriftlich eine Änderung: »Ich bin nicht im Besitz eines von einer deutschen Universität verliehenen Doktortitels, dagegen habe ich den Doktortitel in Rouen in Frankreich erhalten.« So war es in der Kindheit, wenn er einen Hang hinabrannte; wenn er versucht hätte stehenzubleiben, wäre er im nächsten Augenblick gestürzt.

Eines Tages sitzt Vergangenheit am Tisch, Pauline Münchmeyer. Emma hat die Kaffeetafel im Salon gedeckt, das beste Leinen aufgelegt, das teuerste Porzellan aufgestellt. Karl läßt die Frauen eine halbe Stunde allein, da kommen sie nach wenigen Sätzen, in denen sie sich entgegen aller Anschauung wechselseitig versichern, wie glänzend sich die andere gehalten habe, auf ihre gemeinsame Zeit: Schön war sie, die Ausflüge in die Heide, und wenn Heinrich musizierte, und wenn es auch an vielem fehlte – man war jung, und weißt du noch, in den Cafés? Ja, und jetzt. Pauline Münchmeyer fühlt sich in allem unterlegen, Emma ist jünger, reich, sie selbst ist Witwe und besitzt nur einen schwächlichen Verlag mit schlechten Autoren.

»Karl, schreibst wieder was für mich?« Das ist einer der ersten Sätze nach der Begrüßung. Er läßt sich auf nichts ein: Er sei vertraglich für Jahre gebunden und wisse ohnehin nicht, wo ihm der Kopf stehe; man müsse endlich mit den fünf Heftromanen reinen Tisch machen! Er weiß, daß es angeraten ist, nicht zu schweres Geschütz aufzufahren: Er hat einen Packen aus der »Waldröschen«-Serie inzwischen unter dem eigenen Namen vermarktet. So abgeschottet ist sein Pseudonym nicht mehr.

Pauline Münchmeyer schnüffelt ins Taschentuch: Wenn doch Heinrich noch lebte! So eng befreundet war man. »Karl, sogar in Waldheim haben wir dich besucht!«

Dadurch kühlen sich freilich die nächsten Minuten ab. Er blickt zur Uhr: Endlos könne er den Schwatz nicht ausdehnen; natürlich freue er sich, daß Pauline sich einmal sehen ließ.

»Karl, ich werd den Verlag verkaufen müssen.«

Da hat er nun doch Zeit. Und seine Romane, was werde mit denen?

»Die gehören ja zum Verlag.«

Aber die Zwanzigtausend seien doch erreicht! Das streitet sie nicht unbedingt ab; gewiß habe sie von dieser Zahl gehört, aber im Verlag lasse sich kein Vertrag finden.

»Weil wir uns mündlich geeinigt haben! Weil wir beste Freunde waren!« Jetzt ist er es, der die alte Freundschaft zwischen Heinrich und ihm heraufbeschwört. Pauline müsse diese Freundschaft zu der ihren machen und den Geist des Vertrages erfüllen. Das hieße, sie müsse vor dem Verkauf des Verlages, und zwar endlich schriftlich, erklären, daß alle Rechte der fünf Romane an den Urheber zurückfielen. »Das sind wir dem Andenken an Heinrich schuldig!«

Ja, schnüffelt Pauline, ja, sie sei ja auch dieser Meinung, aber da wäre ihr Schwiegersohn, und die Tochter setze ihr ebenfalls zu, und was sei sie denn weiter als eine schutzlose Witwe? Da legt ihr Emma den Arm um die Schulter: Niemand wolle sie in Bedrängnis bringen, und Karl zuallerletzt! Schon als Heinrich starb, habe Karl großzügig an ihr gehandelt, und das werde er weiterhin tun, nicht wahr, Karl?

Nun gerät die vertrackte Angelegenheit wieder auf ein Gleis, auf das er nicht folgen möchte. Bevor der Verlag verkauft werde, dabei bleibe er, verlange er eine Rückgabe der Rechte, denn immerzu könne man sich nicht auf mündliche Vereinbarung mit einem Toten berufen. Jaja, redet Pauline, schlimm sei alles, so schlimm!

Nun verzieht er sich endlich in sein Zimmer; sollen sich die Frauen ausflennen, hinter seinem Rücken werden sie wohl nichts mehr aushecken wie vor Jahren. Spaziergänge im Großen Garten, in Cafés haben sie gehockt – wenn wir damals Kinder gehabt hätten, sähe alles anders aus! Drei Kinder, vier, es wäre Platz für alle im Haus, keines käme je in Not, um ihn breitete sich Wärme. Jetzt müßte er sich zu seinen Kindern setzen und ihnen erzählen können, wie er Winnetou kennenlernte. Wenn sein Leben zu Beginn anders gelaufen wäre, könnte er Großvater sein. Kinder um seine Knie: Stellt euch vor, ich reite durch die Wüste – wer von euch weiß noch, wie mein Rappe hieß?

3

»Weihnacht! Welch ein liebes, liebes, inhaltsreiches Wort!« Gänzlich ist er sich nicht des Drucks bewußt, den die Erinnerung an die Münchmeyer-Romane hinterlassen hat; vordringlich wirken die preisenden Briefe kirchlicher Würdenträger. Ein Band soll entstehen, in dem Abenteuer nur noch das Korsett bilden, wesentlich will er Prediger sein, ein Kochta der Feder.

Im Gasthof Herzig in Birnai an der Elbe, unweit von Außig und dem Schreckenstein, hat er sich ein Gartenzimmer ausräumen lassen, hat Landkarten an die Wände gezweckt, dazu ein Bild: Winter im Vogtland, ein anderes: Steppe und Busch vor den Rocky Mountains. Tagsüber rückt er den Tisch ans Fenster, davor sind Brennesseln hochgeschossen, wirr zackt das Geäst altersschwarzer Apfelbäume. Wenn es dämmrig wird, zündet er die Petroleumlampe an. Zum letzten Mal läßt er sich abends gegen sechs eine Kanne Kaffee bringen, dann schreibt er; die Uhr hat er im Schlafzimmer gelassen. Der Familie Herzig hat er untersagt, seinen Namen zu nennen.

Die Arbeit geht von der Hand wie in besten Tagen. Im ersten Kapitel: Der arme Knabe Karl May beteiligt sich am Ausschreiben einer Zeitung mit einem Weihnachtsgedicht von 32 Strophen und gewinnt den ersten Preis – 30 Taler! So beginnt sein Poem:

> Ich verkünde große Freude,
> Die Euch widerfahren ist,
> denn geboren wurde heute
> Euer Heiland Jesus Christ!
> Jubelnd hören es die Sphären,
> Sonnen künden's jedem Stern;
> Weihrauch duftet auf Altären,
> Beter knieen nah und fern.

Es fügt sich, daß Karl May 25 Taler für eine Motette dazuerhält: »Dreißig schicke ich meinen armen Eltern; zwanzig lege ich für unvorhergesehene Bedürfnisse zurück, und fünf bestimme ich zu einer Weihnachtsreise.«

Mit einem Freund wandert das Ich den Gebirgskamm entlang, im Zickzack zwischen Böhmen und Sachsen, den wechselnden Kurs des Gulden und des Talers nutzend. Rehau in Oberfranken, Asch und Eger. Heiter soll diese Erzählphase wirken, anheimelnd, ulkig. Ein Paß geht verloren und taucht an den unmöglichsten Stellen auf – das ist wie in manchen Dorfgeschichten der Anfangszeit. Bei braven Wirtsleuten werden die Wanderer aufgenommen und feiern mit ihnen Weihnacht.

Schmerzlichste Armut bedrängt, eine Auswandererfamilie kreuzt den Weg, ein alter Mann stirbt im Schnee – neunzig Seiten, hundert, nach einigen Tagen geht der Faden verloren. Vielleicht, daß Fehsenfeld urteilen werde, das sei nicht sonderlich komprimiert – aber auf Spannung legt er ja diesmal keinen Wert, auf den inneren Gehalt kommt es ihm an, auf Güte und Hilfsbereitschaft. Als Missionar wurde er in einem Brief bezeichnet; während er den Docht der Petrtoleumlampe höherschraubt, entdeckt er: ein Missionar der Feder – wenn ihn wieder einmal Zeitungsmenschen fragen, als was er sich einschätze, wird er sich so nennen.

Ein Sprung von Jahren: In Amerika spielt das zweite Kapital, das Karl-May-Ich ist zum Mann gereift, hat Winnetou kennengelernt »und mit ihm Freundschaft geschlossen, welche ich fast als einzig dastehend bezeichnen möchte«. Das Ich nennt man Old Shatterhand, die Verschmelzung ist öffentlich vollzogen. Seitenlang wettert May gegen Schriftsteller, die keine Ahnung von den Indianern und dem Wilden Westen haben und ihn plagiieren, denn auch das bleibt nun nicht mehr verschwommen: »Sobald wir nämlich in eine bewohnte Gegend kamen, welche Postverbindung hatte, verwandelte ich mich aus dem Westmann in den Schriftsteller. Meine Arbeiten wurden von jeder Zeitung gern aufgenommen und meist sofort und gut bezahlt. Diese Honorare waren es, welche mir meine Unabhängigkeit ermöglichten, und diese Zeitungsbeiträge sind es, welche den Reiseerzählungen zu Grunde liegen.«

Vor dem Triumph in München hat er nie so eindeutig formuliert. Während er an der Elbe ausschreitet, erinnert er sich an seine Antworten: Ich bin an die zwanzigmal bei den Apatschen gewesen, demnächst werde ich wieder meinen Freund Hadschi Halef Omar aufsuchen. Meine Dame, auf die Stellung der Knöchel kommt es an. Bruchstücke sind gefügt; wenn er nun endlich wirklich in den Orient führe, wenn er von dort sichtbarlich für alle Welt verkündete: Ich weile in Kairo, in Damaskus, in Stambul, ich segle den Tigris hinauf, würde er damit alle behaupteten Reisen materialisieren.

Für einen Tag besucht ihn Emma, sie bringt Wäsche und die wichtigsten Briefe. »Du, das hier, ob das schlimm ist?«

Das Amtsgericht Dresden-Neustadt untersagt ihm, den Doktortitel zu führen.

»Wenn ich nun mal so angeredet werde.«

»Aber hast doch so unterschrieben, und die Visitenkarten.«

Das ist graue Vergangenheit. »Nein, schlimm ist es nicht. Wenn mich jemand so anredet: Verbieten brauch ich es ihm ja nicht.« Gar so sicher fühlt er sich keineswegs, wie es klingen soll.

»Da muß einer das Gericht aufgehetzt haben!«

»Neider gibt's überall.«

»Ich meine, einer, der was weiß.«

Diese Bedenken kann er nicht brauchen. Von der nun dicht bevorstehenden Orientreise redet er wieder, und Emma dämpft, mahnt: Was das kosten wird! Nein, sie selbst wird sich diese Strapaze nicht zumuten können, und er möge doch an die Zukunft denken, jetzt ist er fünfundfünfzig. Gewiß wird er weiterschreiben, aber vielleicht geht es bald nicht mehr so von der Hand? »Was wird das bloß alles kosten!«
»Fünfzigtausend vielleicht.«
»Mein Gott, mehr als die Villa!«
»Aber dann endlich war ich wirklich dort.«
»Schon, Hühnlichen. Aber wir sollten Plöhn fragen, wie wir unser Geld sicher anlegen. Und daß es Zinsen bringt.«
Als sie fort ist, braucht er einen halben Tag, bis er den Anschluß findet. Dieses Verdikt eines Amtsgerichts – er hat lange nichts mehr mit Gerichten zu tun gehabt. Namen und Gesichter tauchen auf, Assessor Haase, Neuölsnitz, die Zeugen John und Jaen, eine Stimme: »Viernullzwei, komm Se!« Er muß aus Kairo seinen Lesern mitteilen: Hier bin ich, nächste Woche reite ich zu den Haddedihn, ich habe den Henrystutzen wieder von der Wand genommen. Der Rappe Rih ist tot, aber es sprengen noch immer wunderbare Pferde über Arabiens Wüsten.
Also weiter auf dem Papier: In St. Joseph, einer Stadt am Missouri, erscheinen mehrere Zeitungen, darunter eine in deutscher Sprache. »Es bedurfte nur der kurzen Benachrichtigung, daß Old Shatterhand da sei, so kamen die Besitzer der Newspapers, um Beiträge von mir zu erlangen. Ich befriedigte sie alle binnen drei Tagen.« Das Äußere Old Shatterhands gleicht dem Äußeren Karl Mays; Old Shatterhand trägt Schnurrbart und Fliege, ein Haarbüschel, so genannt, zwischen Unterlippe und Kinn. Und da: Ein Nachdruck des Weihnachtsgedichts, das May vor vielen Jahren als Halbwüchsiger geschrieben hat, wird Shatterhand-May von einem Traktatenhändler angeboten! »Ich war baff! Sollte ich lachen, oder sollte ich mit den Fäusten dreinschlagen?« Ihm begegnet eine Frau Hiller, sie entpuppt sich als jene Frau, deren Vater in

Böhmen in eisiger Winternacht starb, sie hat das Gedicht bewahrt, immer sei es ihr Richtschnur gewesen. »Ich ging hinaus vor die Mühle und ein Stück in den Wald hinein. Dort kniete ich nieder und betete, betete, betete.« Sie zitiert eine Maysche Strophe:

> »Und der Priester legt die Hände
> segnend auf des Toten Haupt!
> Selig ist, wer bis ans Ende
> an die ew'ge Liebe glaubt!«

Zehn Tage lang bleibt er in Birnai und bewältigt ein Pensum wie seit Jahren nicht mehr. Wieder daheim, rühmt er sich seiner Schaffenskraft. Einen Tag lang streift er im Burnus durchs Haus: Er werde ihn auf seiner Orientreise tragen, so werde er sich auf dem Dresdner Bahnhof der Presse zeigen, so durch Deutschland fahren und den Scharen seiner Verehrer zuwinken! Mühevoll redet Emma es ihm aus.

Pustet schreibt: »Sehr geehrter Herr May! Bezugnehmend auf ein Schreiben, das ich Ihnen bei Ankündigung Ihrer letzten Arbeit zugehen ließ, erlaube ich mir den Hinweis, daß Sie durchaus informiert waren, inwieweit mein Verlag zu einem Abdruck in der Lage war. Dennoch fiel Ihre Sendung überaus reichlich aus, und so sah sich die Redaktion gezwungen...«

Ein Redakteur hat radikal gekürzt. Das ist eine Dreistigkeit, findet May, bei Fehsenfeld steigen die Auflagen, seine Berühmtheit wächst mit jedem Tag, und da erlaubt sich ein namenloser Redakteur, eine Erzählung auf die Hälfte zusammenzustreichen. Wenn es zehnmal Pustet war, ohne den er schwerlich auf die Beine gekommen wäre: Das nun nicht! Die Kränkung durch bayrische Volksschullehrer, die seine Bücher aus ihren Bibliotheken entfernten, der Seitenhieb durch Dresdner Amtsrichter sind noch nicht verwunden, deshalb reagiert er brüsk. Seinen Radmantel wirft er um und nimmt den Stock, Emma sieht ihm vom Fenster aus nach; es geschieht nur selten, daß er fortgeht, ohne ihr zu sagen, wohin und wann er wiederkommt. Der Text seines Telegramms ist unversöhnlich: »Kündige hiermit jede Mitarbeit. Fordere alle Manuskripte zurück.«

Worte sind Taten, Taten sind bei ihm stets Worte gewesen. Auf dem Rückweg vom Postamt schwingt er den Stock und setzt ihn klickend auf. Er muß einen Grad des Respekts halten, das ist er seiner Stellung schuldig; mühselig genug ist sie errungen worden. Er hat es Pustet gegeben, das breitet er vor Emma beim Nachmittagskaffee aus. Er läßt sich von keinem an den Karren fahren, auch nicht vom Herrn Kommerzienrat!

»Karl, ehe du wirklich in den Orient abreist, solltest du ein Testament machen.«

Sekundenlang weiß er nicht, ob er sich ärgern oder ob er stolz sein soll. Ein Testament – es könnte heißen, daß er sich zu alt fühlte, um diese Reise mit Gewißheit durchzustehen, aber es unterstriche auch die Gefahr, in die er sich begab. Natürlich könnte ihn eine verirrte Kugel treffen. Natürlich könnte sein Pferd beim Galopp in ein Erdferkelloch treten und ihn Hals über Kopf abwerfen.

»Damit dann nicht deine Schwestern und alle möglichen Leute kommen. Und du solltest nicht das ganze Geld auf der Bank lassen. Wir haben ja schon mal davon geredet: Wenn du Plöhn etwas übergibst, daß er es zinsbringend anlegt?«

»Gut, Emma, wenn ich aus Wien zurück bin.«

In Wien will er drei Tage bleiben. Ein Buchhändler hat Verbindungen zum Hof geknüpft, in einer k. u. k. Kutsche wird er vom Hotel abgeholt. Unterwegs läßt er sich erläutern, wem er begegnen wird und wie er seine Zuhörer anzureden habe, recht junge Hoheiten werden dabeisein, aber Hoheiten immerhin. Den Stock hat er zwischen die Knie gestellt und die Hände darübergestülpt, so hat er Bismarck gesehen, oder ist dieses Bild in ihn eingegangen von Bismarckdenkmälern und allegorischen Darstellungen: der Eiserne Kanzler, sich aufs Schwert stützend? Es ist ein Nachmittagstee, den die Gattin des Thronfolgers für die kindlichen und halbwüchsigen Habsburger veranstaltet, die Kleineren trinken Kakao, eine Kinderstunde mit einem Autor, der en vogue sein soll. Seine

Aufregung macht sich in Lautheit und gespielter Unbekümmertheit Luft, wenigstens in den Gängen und Vorzimmern möchte er den Eindruck erwecken, nicht zum erstenmal höfisches Parkett zu betreten. Metternich, Wiener Kongreß, Prinz Eugen; in einem Roman hat er Mexikos Kaiser Maximilian auftreten lassen, den Unglückseligen – zu weitgesteckten historischen Debatten fühlt er sich aufgelegt. Aber der Buchhändler sagt: »Ich habe Ihren ›Winnetou‹ dabei, sicherlich wird erwartet, daß Sie vorlesen.«

Das führt auf den Zweck der Einladung zurück. Als er der Gattin des Thronfolgers vorgestellt wird, fragt er: »Königliche Hoheit, soll ich als Cowboy oder als Schriftsteller die Unterhaltung führen?«

»Als was Sie es möchten!«

Das ist nahezu der einzige Satz, den die hohe Dame spricht, bald entfernt sie sich, nun hat er außer einigen Erziehern Kinder um sich, Schüler, nur daß sie klingende Titel tragen. Die Fragen lauten nicht anders als sonst auch: Haben Sie wirklich alles selbst erlebt? Wann fahren Sie wieder zu den Apatschen? Die Silberbüchse, der Henrystutzen – und wenn auch einer von uns solche Reisen unternehmen möchte?

Er liest aus dem »Winnetou«, gibt Autogramme, nach zwei Stunden werden seine Zuhörer zur Messe gerufen. Ein Bediensteter überreicht ihm ein Couvert, das Honorar darin ist nicht viel höher als bei sonstigen Vorträgen auch.

Es macht Mühe, die Titel aller seiner prinzlichen, herzoglichen und erzherzoglichen Zuhörer exakt zu rekapitulieren, der Buchhändler hilft. Am nächsten Tag nennt May sie den Journalisten, die er im Hotel empfängt. Dazu hat er Wein und belegte Brötchen bereitstellen lassen, der Direktor hat es ihm geraten, so sei es Sitte. »Der Zugang zu meinen Hörern fiel mir leicht, da ich Grüße vom Dresdener Hof überbringen konnte.« Dies ist nicht geflunkert: »Erst kürzlich durfte ich drei Grafen von Radetzky, Enkel des Feldmarschalls, in meinem Hause empfangen.« Er erwähnt nicht, daß der Älteste dreizehn, der Jüngste neun war.

275

Wien in drei Tagen, es ist ein Unding. Er wird eingeladen; wer vor dem Kaiserhaus las, so nennt er seinen Auftritt, dem stehen alle Türen offen. An einer Abendtafel: »Ich werde vor meiner nächsten Reise ein Testament machen. Natürlich gehört der Hauptteil des Vermögens und der zukünftigen Honorare meiner Frau. Ich lasse mich gerade beraten, wie mein Besitz in eine Stiftung umgewandelt werden könnte, die jungen, unbemittelten Schriftstellern den Weg ebnen soll.« Zum erstenmal empfindet er, durch seine Bücher etwas wie eine Dynastie gegründet zu haben: Wenn er sterben sollte, werden seine Geschöpfe weiterleben, Winnetou und Hadschi Halef Omar, Richard von Königsau und Sam Hawkens. Er wird kinderlos sterben, das ist leider gewiß, aber Nachkommen der Phantasie werden seinen Namen in die Zukunft tragen, die »Villa Shatterhand« wird ihre Burg sein, er ist dennoch der Stammvater eines Geschlechts.

Autogrammstunde im Hotel, in einer Buchhandlung – es regt nicht mehr auf und strengt selten an. Wieder ein Diner – nach zehn Tagen weiß er nicht mehr, in welchem Salon er Auskunft gab, er sei längere Zeit in China gewesen und habe dort eine über dem Doktortitel stehende Würde erworben. »Mich hält es kaum noch in Europa. Kennen Sie das, wenn ein Pferd wochenlang nicht aus dem Stall gekommen ist, wie es dann auskeilt?«

»Herr Doktor, ich lade Sie für nächste Woche zu einer Parforcejagd ein.«

»Jammerschade, da halte ich in Nürnberg einen Vortrag.«

Ein Pfarrer aus Linz bittet ihn, in seiner Kirche zu predigen. Ein Pfarrer aus einem Wiener Industriebezirk schreibt: »Sie sind in den mir zugänglichen glaubenslosen Kreisen zum Apostel geworden. Fahren Sie, lieber Herr, nur fort, dieses herrliche Postulat auszuüben!«

Nach seiner Rückkehr nach Dresden-Radebeul beschließt er einen Termin: Im April wird er nach Ägypten aufbrechen; er fühlt, daß er sich nun selber zwingen muß, sonst bleibt alles im Ungefähren. Eine Schiffskarte von Genua nach Port Said wird bestellt, die Reederei empfiehlt ein Hotel in Kairo mit bestem europäischem Niveau. »Karl, und das Geld für Plöhn?«

»Nimmst, was du im Haus findest, in den nächsten Tagen kommt noch einiges an Honoraren.« Um Emmas Wirtschaftsführung hat er sich in der letzten Zeit nicht gekümmert; wie Geld ins Haus floß, gab er es ihr, manchmal ein paar tausend Mark auf einmal. Den Christbaum hat er mit Goldstücken behängt, die Emma nach dem Fest einsammelte. Mit frischen Honoraren bringt Emma schließlich 36 000 Mark zu Plöhn, der legt sie in Industriepapieren an.

Beim letzten Beisammensein sagt der Fabrikant: »Natürlich beneide ich dich um deine Reise; ich könnte gegenwärtig unmöglich von meiner Firma fort. Und es wäre für mich auch zu anstrengend.«

»Vielleicht rafft sich Emma doch noch zum Nachkommen auf, wenn ich die Lage sondiert habe. Vielleicht schließt du dich mit deiner Frau an?«

Wieder am Schreibtisch. »Er kam wie ein Sturm dahergeflogen. Als er uns erreichte, gab es einen einzigen Ruck, da stand sein Pferd, und er saß darauf, beide wie aus Erz gegossen. ›Scharlih!‹ sagte er, mich mit frohen Augen betrachtend. ›Winnetou, mein Bruder!‹ antwortete ich, ihm die Hand hinstreckend, welche er drückte.« Wenn alles still ist im Haus und in ihm selbst, wenn weder Sorgen noch Sehnsüchte drängen, gelingen solche Passagen: »Der Ritt ging über ein weites, sich stets aufwärts ziehendes Grasland, welches hie und da von einem Wäldchen unterbrochen wurde. Die Luft war kalt und trübe; das Gras hatte ein halberfrorenes Aussehen; die Höhen trugen Schnee. Wir ritten den halben Vormittag durch eine feuchte Spätherbstlichkeit und dann gar in den Wintersanfang hinein.«

Das Schiffsbillett ist ein prunkendes Dokument, rot und golden; schnörklig ist eingeschrieben, für Herrn Dr. Karl May sei eine Salonkabine auf dem Oberdeck des Lloyddampfers »Preußen« reserviert. Erst als das Billett auf dem Schreibtisch liegt, wird ihm bewußt, daß die Reise nun unumgänglich ist;

bisher, eingewoben in die Behauptung, er ritte zu den Haddedihn, die mit ihren Herden südlich von Bagdad schweiften, war sie wohltuend vage gewesen. Richard Plöhn rät, an Bankhäusern in Port Said und Bagdad Konten zu errichten, er werde dort günstiger in Landeswährung umtauschen können als daheim.

»Und daß du kein Wasser trinkst, das nicht abgekocht ist, und wag dich allein nicht zu weit in die Wüste, Hühnlichen!«

Dieses Buch soll noch abgeschlossen werden, einen Bekehrten läßt er offenbaren: »Ich habe eine schwere Schule durchgemacht, ein anderer an meiner Stelle wäre wohl zu Grunde gegangen; aber Gott wußte gar wohl, daß es bei mir so starker Mittel zur Heilung bedurfte, und Ihr, Mr. Shatterhand, habt ja schon als Knabe ganz richtig gesagt:

> Hat der Herr ein Leid gegeben,
> Gibt er auch die Kraft dazu;
> Bringt dir eine Last das Leben,
> Trage nur, und hoffe du!«

Nun läßt er Nachkommen derer unter einem Weihnachtsbaum im Wilden Westen zusammentreffen, die einst im kalten Böhmen die Verse des jungen May hörten, der eine hat diese, der andere jene Strophe behalten. »Kein Licht brannte mehr am Baume, und so waren die Tränen nicht zu sehen, welche in den Augen aller glänzten, wenigstens aller Weißen. Einer nach dem anderen stand auf und ging fort, ohne ein Wort zu sagen.« Ein Ende nun, wieder ein Ende nach mehr als sechshundert Seiten, den Bogen gespannt von Karl May zu Old Shatterhand und Kara Ben Nemsi: »Winnetou gab die Pferde in zuverlässige Pension, und nun kam endlich unsere damals beabsichtige Reise nach dem Osten zur Ausführung. Nach meiner Trennung von ihm ging ich für einige Zeit nach Deutschland, um dann im Herbste am Tigris die Haddedihn-Beduinen und meinen treuen, braven Hadschi Halef Omar aufzusuchen.«

Tags darauf schenkt er die Feder, mit der er »Weihnacht« geschrieben hat, dem Reporter einer schlesischen Zeitung. Er empfindet, sein Leben habe bisher unterschiedliche Wahrheiten gehabt, mit diesem Buch und der bevorstehenden Reise wird er sie zur Deckung bringen. »Ich werde Monate unterwegs sein. Wenn es mir möglich ist, will ich meine deutschen Freunde in Kenntnis über meine Erlebnisse setzen. Aber nicht in jeder Oase hängt ein Briefkasten.« Männerlachen. Der Reporter notiert Schalk in den Augenwinkeln.

Was noch tun? Der Karren ist angeschoben. Der Münchmeyer-Verlag ist verkauft, Pauline teilt es in einem kargen Brief mit. Nichts schreibt sie über die fünf Romane. Adalbert Fischer heißt der neue Besitzer, an ihn richtet May einen Warnbrief für alle Fälle, daß der junge Mann ja nicht auf schweifende Gedanken komme. 1000 Mark Schadenersatz fordert er pro Bogen, falls weitergedruckt werden sollte, und eine halbe Million Buße für den Bruch des Pseudonyms. »Herr Fischer, Sie wollen meine Berühmtheit für Ihren Beutel ausschlachten. Ich mache Sie darauf aufmerksam, daß es gerade diese Berühmtheit ist, welche mich zur erfolgreichen Verteidigung befähigt. Sie kennen nun mein Verbot!«

Noch einmal spreizen Mays, Plöhns und Mickels die Finger und vereinigen sie zum magischen Kreis über dem Tisch. Klara Plöhn als Medium verheißt von der bevorstehenden Reise wunderbare Wandlung; ist es die Stimme ihrer Großmutter, die dies aussagt? *Was auf dem Herd steht, wird dann gar sein* – wie ein Befehl klingt das, alle Flammen zu schüren. Licht wird scheinen, wo bisher Dunkelheit lag, Licht aus dem Osten, woher sonst. »Herr May, die Stimmen sagen, nun könnten Sie nicht mehr zurück.«

Am letzten Morgen sitzt er vor einem leeren Schreibtisch. Alles findet er geordnet, abgeschlossen. Wenn er zurückkehrt, wird die eigentliche Phase beginnen, das Ringen um Dschinnistan und Ardistan. Er erschrickt, mit welcher Wucht ihn dieser Wunsch überfällt: Wenn ich doch wieder hier wäre, wenn wieder alles wäre wie jetzt.

10. Kapitel

Endlich die große Reise

1

Die Matratze ist hart, das Kopfkissen flach, die Decke dünn, es soll nicht anders sein wegen der Hitze. Jeden Morgen fühlt er sich wie gerädert. Straßenlärm mischt sich früh, Schreie der Kutscher zerren ihn aus dem Schlaf, den er in den zeitigen Stunden am ehesten fände. Vielleicht könnte er besser schlafen, wenn er regelmäßig schriebe, nicht nur Postkarten und Briefe und Tagebuch, sondern eine Erzählung, die Weiterentwicklung der »Rose von Kahira« möglicherweise.

Seit einer Woche ist er in Kairo. Auf der Überfahrt war ihm jegliche Kleidung zu warm, in Port Said hat er einen hellen Baumwollanzug gekauft, wie ihn englische Kaufleute und türkische Beamte tragen. Arabische Gewandung ist das freilich nicht, die Segeltuchschuhe stammen aus Elberfeld, der Strohhut trägt ein Zeichen aus Amsterdam. Jetzt schlurft er zum Fenster. Eine Kuppel, ein Minarett. Bisher hat er die Straßen, in denen er Europäern begegnet ist, nicht verlassen und nur in die Gassen seitab hineingeschaut. Er hat noch nichts entdeckt, das anders wäre, als er es sich vorgestellt hat. Aber natürlich ist Kairo nicht der ganze Orient, vielmehr sein Vorhof und genausogut ein Brückenkopf Europas. Nun doch: ein Minarett da drüben; es war wohl noch in Ernstthal, als er sich den Giebel eines Hauses umgedacht hat. Nun doch: der Ruf des Muezzins, Kuskus auf der Speisekarte, am Abend die Spezialität des Küchenchefs: Qodban, ein Spieß mit marinierten Hammelstücken und Rindertalg, vor den Augen des Gastes auf Holzkohle gebraten; nach dem Abstreifen werden die Talgbrocken weggeworfen, das Fleisch ist, je nachdem, wie der Gast es wünscht, innen rosa oder durchgebraten nach nordafrikanischer Sitte. Deutsche sitzen mit am Tisch, ein Kaufmann, den er während der Überfahrt kennengelernt hat, und ein Eisenbahningenieur, der einen Halbjahresvertrag mit einer hiesigen Behörde erfüllt. Beiden ist sein Name fremd gewesen, das hat es ihm möglich gemacht, ihre Frage, ob er zum erstenmal in Ägypten sei, im Ungefähren zu beantworten: Die Küste kenne er, Libyen auch, Kairo allerdings nicht. Einem Kellner gegenüber versucht er sich mit vorbereiteten arabischen Sätzen, es führt zu keinem Ergebnis.

Der Unterschied zu den Triumphen in München und Wien ist demütigend. Der Eisenbahningenieur, halb so alt wie er, macht sich auf gutmütige Weise über den älteren Herrn lustig, der sich da auf eine waghalsige Reise begeben habe. Nach dem fünften Bier schwadroniert er von einem Bordell in der Südstadt, da sei es empfehlenswert, man behielte Messer und Revolver in Reichweite. Aber Klasseweiber aus allen Landstrichen hier herum. Nach dem achten Bier: »Na, wie wär's, Sie kämen mal mit?«

Die Adressenliste der Redaktionen, Buchhandlungen und Gönner, die Frau Plöhn zusammengestellt hat, ist lang. Am Vormittag arbeitet er sie ab: Postkarten, im Stapel gekauft, im Dutzend geschrieben. Vom Beginn meiner Orientreise grüße ich Sie herzlichst. Ich stehe im Begriff, das obere Ägypten und den Sudan zu durchstreifen. Von hier aus drücke ich allen meinen Lesern in Bad Nauheim die Hände. Endlich wieder im Orient! In den nächsten Tagen werde ich die Ausrüstung vervollkommnet haben, dann geht es fort zu meinen lieben Haddedihn!

Allmählich stimmt er sich ein: Er ist nicht um seinetwillen hier, sondern im Blick auf die Leser in Deutschland, danach wird er den mächtigen Schritt vollziehen, vom Reiseschriftsteller zum umfassenden Lehrer eines ganzen Volkes zu werden. Wieder eine Postkarte: Vor meinem Fenster stechen die Spitzen der Minarette in den Himmel. Im nächsten Monat werde ich meinen treuen Hadschi Halef Omar in die Arme schließen!

Während der Mittagsglut dämmert er auf dem Bett, Bilder mischen sich. Dresden-Radebeul ist nicht gelöscht. Eine Schulklasse auf einem schwäbischen Bahnhof, der Lehrer davor, Ansprache wie an einen durchreisenden Monarchen. Der mißlungene Versuch, in Kairo mit der Presse in Kontakt zu kommen. An die deutschen und österreichischen Konsulate hat er Billetts geschickt und angefragt, wann er den Exzellenzen seine Aufwartung machen dürfe; er hat keine Antwort erhalten. »So kamen die Besitzer der Newspapers, um Beiträge von mir zu erlangen. Ich befriedigte sie alle binnen drei Tagen.« Das war in einer erdachten Welt.

Emma fehlt, Klara Plöhn fehlt, er möchte Dr. Mickel konsultieren, was es mit diesen Schweißausbrüchen auf sich habe, die nicht nur dann auftreten, wenn es bösartig heiß ist und er sich schnell bewegt. Womöglich hat er im Morgenland einen unmittelbaren Kraftzuwachs aus dem Namen Kara Ben Nemsi erwartet, aber hier wagt er ihn schwerlich zu nennen. Ein uralter Satz: »... erlebt man in der Sahara und Kurdistan usw. andere Dinge als im Coupé für Nichtraucher in Deutschland oder in der Schweiz.«

»Verstehe nicht, daß Sie sich keinen Diener nehmen.« Der Eisenbahningenieur findet den Herrn aus Sachsen ganz nett, bißchen unbeholfen und ängstlich freilich. »Haben Sie wenigstens die Pyramiden gesehen?«

»Hab's für nächste Woche vor.« Der Portier des Hotels »Bavaria« hat den Ausflug vermittelt, absolut ohne Risiko sei er, die Kamele seien lammfromm, einer der Begleiter spreche leidlich deutsch, die Kamele knieten nieder, um den Reiter aufsteigen zu lassen, man erlebe den Aufgang des Mondes hinter den gigantischen Bauten, und kurz nach Mitternacht sei man zurück.

Ein Dutzend Europäer macht sich auf, Hoteldiener schleppen Körbe mit Brot, kaltem Huhn, Obst und Bier. Zwei Eisenbahnabteile sind reserviert, die Stimmung ist großartig: Drei Deutsche, ein Holländer, drei Engländer, zwei Spanier, ein Bulgare und ein Franzose mit seiner Frau sind freudigst aufgebrochen; englisch, französisch und deutsch wird durcheinanderpalavert: Also die Pyramiden! Und Kamele! Oder Dromedare, wo liegt der Unterschied? Das erläutert der freundliche Herr aus Dresden, das Zaumzeug schildert er und die verschiedenen Sättel, arabische Ausdrücke streut er ein und weiß auch, daß Kairo von den Arabern als »Tor des Orients« bezeichnet werde. Bauwaabe el bilad esch schark. Das wiederholt er und bemüht sich um kehlige Laute. Der Holländer läßt ein Zigarrenkistchen reihum gehen: Beste Ware aus Sumatra. Auch über Zigarren äußert sich dieser Mann aus Dresden sachkundig, er spricht überhaupt am meisten in dieser Runde. Der Älteste ist er bei weitem, aber am eifrigsten, fröhlichsten.

Er watet durch Sand, durch Wüstensand, hundertmal beschrieben, Tuaregs ritten an, er wachte auf einer Düne, den Rappen Rih, das wunderbarste aller Pferde, zwischen den Schenkeln. Zum Sand bückt er sich und läßt ihn durch die Finger rinnen, rötlich ist er hier, hartkörnig, kein Staub. Sand ist nicht Sand, saugend kann er sein, kann als gläserne Fahne von den Kämmen der Wanderdünen fliegen und sich in Ohren und Augen und Nasenlöchern festkrallen, in allen Taschen und zwischen den Zehen, kann gepreßt liegen vom Wind, daß die Hufe selbst beim wildesten Galopp kaum Spuren eindrücken. Eben noch hat er immerzu wie im Zwang geredet, jetzt geht er abseits von den anderen. Sonne auf Sand, Knie auf Sand, Hände graben hinein, trocken ist der Sand auch noch in einer Tiefe von zwei Handbreiten, warm und gleichmäßig rauh, er schmerzt unter den Fingernägeln.

»Hallo, alter Sachse!« Das ist der Kölner.

Geht nur, ich komme schon nach. Den Himmel über der Wüste hat er beschrieben und die Felsen, den Dornbusch, das Feuer aus Kamelmist. Durch wen wissen die Jungen in Deutschland mehr von den Pferden der Araber als durch ihn? Durch die Wüste, durchs wilde Kurdistan, von Bagdad nach Stambul – lieber Herr May, jeden Abend spreche ich die Titel

Ihrer Bücher wie ein Gebet. Nun kniet er im Sand auf dem Weg zu den Pryramiden.

»Ist Ihnen nicht wohl?« Das fragt der Holländer. May reibt Sand von den Handflächen. Nebeneinander stapfen sie den anderen nach. Sand, wenn sie wüßten. Das französische Paar lebt seit Jahren in Algier, der Kaufmann aus Köln ist zum zehnten Mal hier, um Baumwolle zu kaufen. Aber was wissen sie vom Sand.

Die Kamele beugen die Knie, die Europäer spreizen die Beine über ihren Nacken. May fühlt sich emporgehoben und möchte herauslachen: Das eben hätte Hadschi Halef sehen müssen!

Wind singt über den Pyramiden. Im Halbkreis halten die Kamele an, die Führer rufen ihre Befehle, daß sie wieder die Knie beugen. May spürt Schotter unter den Füßen, Wüste ist eben nicht nur Sand, möchte er eifernd einem sich durchaus nicht wundernden Engländer erklären, Wüste kann auch Kies und Fels oder alles durcheinander sein, keiner irrte mehr als der, der sich Sahara und arabische Halbinsel als gleichförmigen Sandteppich vorstellte. Die Ergriffenheit ist vorbei, er möchte jedem einen Band in die Hand drücken: Hier, »Durchs wilde Kurdistan«, ich hab eine Widmung eingeschrieben, damit Sie wissen, mit wem Sie an den Pyramiden waren. Bitte, wenn Sie wollen, setze ich meinem bürgerlichen Namen den wichtigeren hinzu: Kara Ben Nemsi.

Auf Tüchern werden Speisen gebreitet, er sitzt zwischen einem Spanier und einem Angestellten der Dresdner Bank, Filiale in Alexandria, gebürtig in Sangerhausen. Erst hat er die Beine untergeschlagen, als sie schmerzen, legt er sich halb auf die Seite. Dicht vor den Pyramiden verliert sich die gewaltige Linie in einem Gezack von Baufälligkeit. Die Türken tun nichts für die Erhaltung der Steinhaufen, hört er, der Kranke Mann am Bosporus habe andere Sorgen. Unter den Deutschen flackert dieses Thema: Man ist spät Kolonialmacht geworden, aber, das wird sich zeigen, bei Gott nicht zu spät! Hier ein deutscher Gouverneur...

Der Mond geht auf wie versprochen, die Reisegesellschaft sitzt dort, von wo es ausschaut, als ruhe er auf der Spitze der höchsten Pyramide. Die Kamele sind längst weggebracht, obendrein wäre es einem Spanier und zwei Engländern nicht anzuraten, sie jetzt noch zu besteigen. Die Reisenden haben Bier und Wein und Whisky durcheinandergetrunken, breitbeinig singt der Baumwollkaufmann den Mond an, er ginge so stille durch die Abendwolken hin. May zieht die Jacke fest um die Schultern.

Tags darauf schreibt er 78 Ansichtskarten, auf einer steht: »Jetzt gehe ich nach dem Sudan, dann über Mekka nach Arabien zu Hadschi Halef, Persien, Indien.« Emma grüßt er: »Dein sonnenverbrannter Mumius.« Im Gasthaus Schüler ißt er Roulade und Kalbsbraten wie daheim auch, bei Wilhelm Boer trinkt er bayrisches Bier. Der Eisenbahningenieur hat ihn dort eingeführt, er warnt: Wenn Herr May in Beirut ohne Diener ankäme, wäre er gleich unten durch. Dürfe er vermitteln?

»Also gut, schicken Sie mir einen. Aber erst ein paar Tage auf Probe.«

Wieder liegt er auf dem Bett. Gedichte sollte er schreiben, Okzident und Orient in Verschmelzung, ein Schritt auf den neuen Lebensabschnitt zu. Vielleicht ist die Phase der Reiseerzählungen abgeschlossen, sein Name ist in Deutschland überall bekannt, sein Leserkreis wächst, nun kann er werden, was Pfarrer in ihren Briefen angeraten haben: der Prediger des ganzen Volkes. Vorher sollte er lange fort sein. Aus dem Morgenland muß er aufsteigen, aus dem Osten das Licht bringen.

Aber die Flöhe. Vom Ausflug zu den Pyramiden hat er sie zurückgebracht. Aus den Strümpfen findet er sie überhaupt nicht heraus, sie haben ihm die Waden zerbissen. Er setzt sich auf und schiebt die Pyjamahose hinunter. Ein roter Fleck neben dem anderen. Um alles hat er sich in seinen Büchern gekümmert, um Pflanzen und Gewehre, Pferde und Gerichte, arabische Ausdrücke hat er eingeflochten und die Reiseroute exakt bestimmt, aber wie wurde Kara Ben Nemsi mit Flöhen fertig?

»Was sagen Sie zu diesem Prachtexemplar?« Der Eisenbahningenieur präsentiert einen braunhäutigen Mann mit schmalen Schultern, der seine Hände vor der Brust aneinanderlegt und sich ehrerbietig beugt. Das ist kein Jüngling mehr, über sonderliche Kraft scheint er nicht zu verfügen, aber seine Augen blicken gutmütig und halbwegs gescheit. »Said Hassan hat bei uns im Kasino gearbeitet, erst als Aufräumer, dann als Servierer.«

Mein Hadschi Halef, denkt May. Said Hassan wird es nie zum Häuptling bringen.

»Einigermaßen Englisch spricht er, er ist anstellig, na?«

Mit Mays Englisch ist es nicht weit her, er versucht einige einfache Fragen. Aus einem Dorf wenige Meilen von Luxor stamme Said Hassan, sei dreißig Jahre alt, bei einem türkischen Offizier habe er als Diener gearbeitet.

Said Hassan bürstet Mays Kleidung aus, mit seiner Hilfe kauft May eine Galabije, ein weißes fließendes Faltengewand, das bis zu den Knöcheln reicht. Sein Diener führt ihn durch Gassen und Höfe, scheucht bettelnde Kinder weg und streitet bei einem Kutscher den Fahrpreis auf die Hälfte herunter. Beide fahren mit der Eisenbahn nach Siut; zum erstenmal besteigt Said Hassan ein Dampfboot, das den Nil aufwärts bis Assuan fährt. Unbewegten Gesichts steht er an der Reling und schaut auf das wandernde Ufer. Sein Herr möchte mit ihm die Gespräche nachvollziehen, die Kara Ben Nemsi und Hadschi Halef geführt haben, aber dazu fehlt beiden alle sprachliche Voraussetzung.

Vor dem ersten Katarakt legt der Dampfer an, der Diener trägt Koffer und Reisetasche an Land. Ein Hotelzimmer ist bestellt, es erweist sich als schmutzig und primitiv. Hier ist es heißer als in Kairo, die Wüste reicht an einer Seite bis an den Strom heran. Viel ist für May durch diesen Diener gewonnen. Zwei Schritte hinter ihm geht er und springt auf einen Wink heran. Auf jeden Befehl hin verneigt er sich, ob er verstanden hat oder nicht. Ein Diener gibt Halt, Würde. In einem Brief an eine Zeitung gibt May als Absendeort an: »Bischori-Lager, sechs Reitstunden von Schellal in Nubien.«

Das Essen ist miserabel, teuer ist es auch. Hundert Meter stapft er in die Wüste hinein über den scharfen Trennungsgrad: Hier noch ist Vegetation, ein Graben führt fauliges Wasser, hinter seinem Rand beginnt totes Geröll. Der Wind drückt die Galabije gegen die Beine, staubtrockener Wind, der aus der Tiefe der Sahara kommt, vielleicht von Timbuktu. Das klang als Traumwort in Waldheim. Said Hassan steht hinter ihm wie eine Säule. Inzwischen hat sich herausgestellt, daß Wäschewaschen seine Spezialität nicht ist.

Was soll er noch hier? Er hat den Nil befahren und in der Wüste gestanden. Mein Diener Said Hassan, meine Galabije – das läßt sich sagen, läßt sich schreiben. Als das Dampfboot zwei Tage später nach Kairo zurückfährt, lehnen der Reisende und sein Diener wieder an der Reling.

Das Hotel »Bavaria« wirkt beinahe wie Heimat. Post ist gekommen, Emma hat ein Bad und Freunde in Süddeutschland besucht, jetzt lebt sie wieder in der »Villa Shatterhand«. Fehsenfeld grüßt, auch Richard Plöhn. Der Verleger rät zu einem direkten Bericht, aber der würde sich, selbst wenn May großzügig verführe, so gänzlich anders als die Reiseerzählungen ausnehmen. Er hat niemanden kennengelernt, dessen Braut entführt worden wäre, ist keinen Mördern begegnet und über keine trügerische Salzdecke geritten. Ein Hemd ist verschwunden, Said Hassan wendet den Blick zu Allah. Der Gestank in den Gassen, die Bettler, die Flöhe, juckende Flekken an den Beinen und nun auch über den Bauch hinweg – das ist kein Thema für Kara Ben Nemsi, Karl, den Sohn des Deutschen. Aber es weckt Erinnerung: die Not in den Erzgebirgsdörfern, als nicht einmal jedes zweite Kind den ersten Geburtstag erlebte. Es war nicht weit hergeholt, als er schrieb, wie ein Arzt durch die Blatternkrusten über einem Kindermund hindurchschnitt. Er hat dieses Elend halb und halb vergessen, jetzt schreit es ihn stündlich an. Elementare Not muß sein Feind bleiben, wie es Völkerhaß und Religionsverachtung sind; er schämt sich, als ihm bewußt wird, daß er in den letzten Jahren immer weniger daran gedacht hat. Diese Reise muß Wende sein, wieder einmal Wende: Was er geschaffen hat, ist unvollkommen, selbst »Weihnacht«. Bruchstücke hat er gefügt und Raster zur Deckungsgleiche gebracht, das wohl. Aber die Bücher, die einem ganzen Volk Richtung geben, stehen noch aus. Vorher muß er sich selbst vervollkommnen, vielleicht so: Er wird sich das Rauchen abgewöhnen, er darf keinen Alkohol mehr trinken.

Am letzten Abend in Kairo sitzen der Eisenbahningenieur, der Baumwollkaufmann und der Holländer, den er während des Ausflugs zu den Pyramiden kennengelernt hat, mit am Tisch. Nicht alles auf einmal, nimmt er sich vor, vielleicht fällt es bei dieser Hitze am leichtesten, auf Fleisch zu verzichten; er bestellt Omelett mit Gemüsen.

Inzwischen besuchte er Sakkadra, Bedraschen und Heluan. »Sechs Wochen Ägypten. Morgen geht es nach Port Said, auf der ›Scherkije‹ hab ich bis Beirut gebucht. Das Heilige Land, Persien, Indien – in einem Jahr kann man allerlei sehen.« Der Holländer verwundert sich, wie jemand so viel Zeit aufbringen könne – was sei der Herr von Beruf? Die Befangenheit der ersten Tage ist geschwunden, May hat an den Katarakten von Assuan gestanden und Wüstenwind gespürt, hat Hunderte Karten nach Deutschland geschrieben; dort werden, so hofft er, die Zeitungen gefüllt sein mit Nachrichten aus dem Morgenland. So antwortet er, daß er Schriftsteller sei, Reiseschriftsteller Karl May, Doktor Karl May aus Dresden-Radebeul. Der Holländer breitet die Hände: Er habe sicherlich viel versäumt, sei aber wohl entschuldigt: sieben Jahre auf Borneo, ein halbes Jahr in Amsterdam, nun wieder hier, um nach Java weiterzureisen. May nennt schmunzelnd die Namen dreier kleiner Inseln östlich von Java, er hat sie in einem Münchmeyer-Roman angeführt. Der Holländer zeigt sich enthusiasmiert: Der Herr war dort? May wiegt den Kopf. Vielleicht trifft man sich demnächst auf Borneo?

2

In Beirut muß er zwei Wochen in Quarantäne zubringen, das ist verlorene Zeit, sie drückt wie Gefängnis. Seit langem erinnert er sich wieder an den Gerichtsknast von Hohenstein: Dieser Ganove, mit dem er Gesangbücher klebte. Aber jetzt das Heilige Land, auf einem Esel schuckelt er karstige Hänge hinauf, Sandalen trägt er an nackten Füßen, sein Gewand ist wallend wie ein Gewand vor zweitausend Jahren. Namen, die schauern lassen: Haifa, Nazareth, Tiberias, See Genezareth. Vom Zimmer einer Herberge aus schaut er über das Tote Meer. Sein Bart ist gewachsen, er erschrickt vor dem Spiegel: So alt wirkt er, faltig die Stirn, der Bart ist stärker grau als blond. Wie Abraham, der Erzvater. Wie ein neuer Messias, der an heiligen Stätten Kraft für seine Sendung schöpft.

Staubgrau sind Häuser und Bäume in Jerusalem. Said Hassan murmelt vor sich hin, während er die Koffer zu einem Karren trägt; vielleicht sind es Flüche. Hier stoßen Orient und Okzident, Islam und Christentum zusammen, immer hat May in seinen Büchern gefordert, eine Religion möge die andere achten wie sich selbst, wenngleich es natürlich vorzuziehen sei, man wäre Christ. Klagemauer, Tempel und Moscheen, Juden und Araber und Christen durcheinander, Pilger; ein Hotel mit einem deutschen Geschäftsführer ist ihm schon in Haifa empfohlen worden. Said Hassan packt aus und trollt sich in seine Unterkunft im Hintergebäude. Hadschi Halef Omar blieb in kurdischen Karawansereien in Kara Ben Nemsis Nähe, aber hier gilt es nicht, ein Leben zu retten. Die Badewanne ist aus fast weißem Stein, die Zimmerfrau zerkrümelt trockene Blätter und rührt sie unter. Er denkt: Alle Düfte des Orients.

Am Abend bringt der Geschäftsführer Zeitungen aus Deutschland. Das Linienschiff »Kaiser Wilhelm der Große«, 11150 t Wasserverdrängung, mit vier 24-cm-Geschützen armiert, geht der Fertigstellung entgegen. Der Reichstag lehnt eine Gesetzesvorlage zum Schutze der Arbeitswilligen, von den Sozialdemokraten als Zuchthausvorlage gescholten, deutlich ab. Erbitterter Widerstand der Buren gegen britische Eindringlinge, ein Heil dem Helden Ohm Krüger! Das Deutsche Reich löst die Hoheitsrechte der Neuguinea-Kompanie ab und übernimmt die Verwaltung dieser Kolonie. Mays Blick fällt auf seinen Namen, aber es wird nicht berichtet, daß er das Heilige Land bereise, vielmehr diese von ihm nur widerwillig zur Kenntnis genommene Geschichte wird aufgewärmt, daß bayrische Mittelschullehrer seine Reiseerzählungen aus ihren Bibliotheken entfernt haben, weil »seine Phantasie für die Jugend gefährlich« sei. Die »Frankfurter Zeitung« urteilt weiter über diese Romane: »Wir fanden, daß sie alle nach einer bestimmten Schablone zurechtgemacht sind und daß sie von einer gesunden Roheit strotzen, die durch ihre Verquickung mit einer tendenziösen Verherrlichung des bigotten Christentums nicht gerade angenehmer wird. Wir halten also die ganze Karl-May-Literatur für keine erfreuliche Kulturerscheinung.« Mit einem »m« ist dieser Beitrag gezeichnet, er macht fröstein, jeder Satz stößt zu, unverbrämt. Wer ist »m«? Ein Neider zweifellos, ein Nichtskönner, man muß ihm das Handwerk legen. Abgewartet hat »m«, bis May Deutschland verlassen hat, nun läßt er den Hund von der Leine.

Die Nacht preßt und martert wie die erste Nacht in Kairo. Das hat er beschrieben: Kara Ben Nemsi reitet über einen Salzsumpf, die Kruste biegt sich unter den Pferdehufen; wer zaudert, wird verschlungen. Es kann nicht anders sein: Fehsenfeld wird längst die Rechte seines Autors wahrgenommen haben; diese Zeitung ist zwei Wochen alt, inzwischen ist gewiß eine gepfefferte Antwort erschienen. Was denn: Hundert Zeitungen erklären sich für Karl May, nur zwei, der »Bayrische Courier« und die »Frankfurter Zeitung«, stellen sich ihm in den Weg. Sie werden eingesogen werden wie Reiter, die sich im Sumpf verirren.

Er braucht Freunde, endlich hat er Freunde. Unter den Briefen, die ihn in Jerusalem erreichen, ist einer von Richard Plöhn: Er habe eine Berichtigung verlangt und entschieden darauf hingewiesen, daß die Reiseerzählungen durchaus keine Phantasiegebilde seien. Die »Frankfurter Zeitung« druckt eine Zuschrift von Fehsenfeld ab, in der der Verleger das Unfaire anprangert, einen Autor anzugreifen, der im Ausland reise. »Herr Dr. May weilt im Sudan, von wo er nach Arabien zu dem ihm befreundeten Stamm der Haddedihn-Araber zu reiten beabsichtigt.« May liegt unter einem Sonnensegel, sein Diener scheucht die Fliegen weg. Eine Gazette hat also eine Fehde gegen ihn angefacht, was bedeutet das schon. Ein Redakteur eigentlich nur stemmt sich gegen ihn, einen Beitrag hat er endlich mit vollem Namen gezeichnet: Fedor Mamroth. Ein Kläffer – vielleicht ist es gar nicht gut, diesen Wicht zu ernst zu nehmen?

Doch die Schicht über dem Salzsumpf ist dünn. Noch in Jerusalem verfaßt er eine Entgegnung, die er an Plöhn schickt, damit der sie unter dessen Namen einer Zeitung anbiete, vielleicht der »Tremonia« in Dortmund. Der Gegenschlag muß massiv fallen: »Es ist erwiesen, daß nach Tausenden zählende Geistesgrößen, deren Urteil beinahe so kompetent sein dürfte wie das Ihrige, Herr Redakteur, den religiös-sittlichen wie belehrenden Wert der Mayschen Werke bedingungslos anerkennen und daß eine sehr bedeutende Zahl von Angehörigen des höchsten Adels und der hohen Aristokratie bis herab zu den bescheidensten Bürgern aller Konfessionen – auch Juden – in der Darbringung ihrer Huldigungen für den Autor wetteifern.« Vielleicht ist er Jude, der Mamroth?

Emmas Briefe bleiben im Privaten, er findet sie simpel, gemessen am brodelnden Aufruhr. Ihr habe eine Kur leidlich gutgetan, sie fühle sich wieder wohl in der »Villa Shatterhand« und höre verwundert, daß er kein Fleisch mehr essen wolle. »Schmeckt wohl nicht da unten bei der Hitze? Und Du ohne Zigarren, Hühnlichen?« Kein Wort über Adalbert Fischer, den frischen, vielleicht sich erfrechenden Besitzer des Münchmeyer-Verlages. Er ärgert sich: Mich bellen die Hunde an, und sie fühlt sich wohl daheim – wie eigensinnig, engstirnig.

Wieder schreibt er Postkarten. »Hinter dem Jordan beginnt die Unendlichkeit der ewigen Wüste. Aber ich werde mich zunächst tief nach Süden wenden.« Ehe er abreist, muß er noch einmal die »Frankfurter Zeitung« lesen, Fedor Mamroth höhnt: »Daß die Abenteuer persönliche Erlebnisse gewesen seien, konnte als dreiste Zumutung an die Leichtgläubigkeit von Kindern und Idioten von vornherein ausgeschieden werden. Es bleibt lediglich zu erörtern, ob der Autor die fernen Länder, die er schildert, wirklich selbst betreten hat, und das hat er bis jetzt wohl nicht.« Aber er ist doch gerade dabei, in irdischster Wirklichkeit nachzuholen, was er vorausgedacht hat, er sitzt auf der Terrasse eines Hotels im Orient und trägt die Galabije! Ein Neider, vielleicht von einem Konkurrenzunternehmen geschmiert, womöglich hat er sich selbst als Schriftsteller versucht und ist gescheitert. Das sind Knüppelhiebe, Fußtritte: »Ein Stückchen aus der Feder des dreisten Fabulierers lasen wir, in dem er über sein Leben und Schaffen berichtet. Die halbe Stunde, die wir mit der Lektüre verbrachten, werden wir lange in dankbarer Erinnerung behalten. Wir lasen und lachten dann, daß man es drei Gassen weit hörte. Wir sagen es offen heraus: Die süßlich frömmelnde Propaganda für den wahren Glauben ist uns widerwärtig wie der Kultus der Unwahrheit, der in diesen Geschichten betrieben wird.«

Einmal in der Nacht erwägt er, nach Deutschland zurückzukehren, den Kampf an Ort und Stelle aufzunehmen. Aber das wäre wie Flucht, und niemand darf das Pferd wenden, der über einen Salzsee reitet. Also weiter auf geplanter Route: zurück nach Port Said, nun durch den Suezkanal, durchs Rote Meer bis an die Südspitze Arabiens. Vor Aden toben Sandstürme, vom Deck des Schiffes aus beobachtet er, wie sich der Sandvorhang einer Düne ins Meer ergießt.

Drei Tage später: Wie konnte er nur kleinmütig sein? Gerade noch rechtzeitig hat er diese Reise angetreten, in eine schwierige Lage wäre er gekommen, hätte ihn dieser Schlag in Deutschland getroffen. Über Aden liegt flirrende Hitze, aber er hat sich nun wohl akklimatisiert, der Schweiß bricht ihm nicht mehr aus, wenn er aus der Kühle der Hotelhalle auf die Straße tritt. Von Datteln und Salaten nährt er sich, von wenig Brot. Engländer schärfen ihm eine Regel für die Tropen ein: Alkohol erst nach Sonnenuntergang, und wenn möglich, überhaupt nicht. Whisky war ihm so gut wie unbekannt, unter diesen Umständen ist er ihm geradezu zuwider. Es fällt ihm leicht, sich an die goldene Tropenregel zu halten.

Im Morgengrauen läßt er sich in die Hügel über der Stadt hinauffahren, Felswände ragen ohne Vegetation. »So sprach Halef, mein Diener und Wegweiser, mit dem ich in den Schluchten und Klüften des Dschebel Aures herumgekrochen und dann nach dem Dra el Hauna heruntergestiegen war, um über den Dschebel Tarfaui nach Seddada, Kris und Dgasche zu kommen...« Klingende Sätze, die Wirklichkeit werden. Zum Greifen nahe sind die Felsen Arabiens, er ist hier, braungebrannt, sehniger als seit Jahren. Er wird wieder Postkarten schreiben, ihm gewogene Zeitungen werden alles Gekläff ersticken. Je ferner er ist, desto mächtiger wirkt jedes seiner Worte.

Kakerlaken kriechen aus einer Ritze, Spinnen jagen ihnen nach. Auf einem Segelschiff klettern Matrosen an den Masten hinauf. Zitronenwasser steht in einer Kruke vor ihm, im Keller gekühlt. Aden, nun kennt er Stadt und Hafen, kein Deutscher oder Österreicher oder Schweizer wohnt im Hotel. Er kann hier bleiben, er könnte in Bagdad sein oder in Indien, nur fern von Dresden muß er kreuzen. An Gedichten hat er sich versucht, über die Landschaft, auch über seine Aufgabe. Vermutlich, so beginnt er zu argwöhnen, mußte er monatelang pausieren, um erkennen zu können, daß seine bisherigen Bücher unvollkommen waren, Stückwerk auch die, die als seine besten gerühmt werden, »Durch die Wüste« oder der erste »Winnetou«-Band. Er muß die Weisheit des Orients aufsaugen, um Werke über Ardistan und Dschinnistan türmen zu können. Wenn er zurückkehrt, wird er verwandelt sein. Ob das hier gelingt: an jedem Abend ein frommes Gedicht?

Die Kakerlaken huschen davon, wenn er den Fuß hebt; er ekelt sich nicht mehr vor ihnen. Das Schiff drüben hat Segel gesetzt und gleitet auf das offene Meer zu. Er könnte an Deck sitzen, er würde dort nicht schreiben, wie er hier nicht schreibt. September ist es inzwischen, im Mai hat er Deutschland verlassen. Gedichte seitdem, ein wenig Tagebuch – sonst hätte er in dieser Spanne einen Roman von sechshundert Seiten vollendet. Vollendet aber nur äußerlich. Nach der Rückkehr wird die Periode seines eigentlichen Schaffens beginnen.

In einem Maklerbüro fragt er nach einer freien Passage, es ist ihm beinahe gleichgültig, wohin er nun fährt. Australien, aber dort hat noch keines seiner Werke gespielt. Kalkutta, Japan. Auf einem italienischen Dampfer, der »Palestina«, ist der Extrasalon frei geworden, ein Prinz von Genua hat die Reise abgesagt. Über Massaua nach Suez, weiter nach Brindisi, nach Venedig. Das wäre ja die Heimreise. Wenigstens bis Massaua.

Die Überfahrt ist kurz, er schreibt: »Ich habe das ganze Hinterdeck für mich allein; und kein Mensch darf mir zu nahe kommen. Ich werde mit größter Auszeichnung behandelt, und dabei habe ich mit keinem Wort verraten, daß ich ein berühmter Schriftsteller bin, sondern es ist wirklich nur die Folge des persönlichen Eindrucks, den ich gemacht habe.« Auf diesem Hinterdeck marschiert er auf und ab, Asien versinkt in sternklarer Nacht. Der Mond geht auf – er hat sich spöttische Leserbriefe gefallen lassen müssen, weil in seinen Büchern hier und da die Mondphasen nicht stimmten, die schmale Sichel des abnehmenden Mondes erhob sich wohl nicht über den Abendhimmel, wenigstens nicht in Nordamerika, oder gerade dort? Dieses Gebilde da, ist das nun das Kreuz des Südens? Dabei hat er sich einmal, in seinen »Geographischen Predigten«, auch über Sonne, Mond und Sterne ausgelassen. Das ist Ewigkeiten her. Jetzt wird er für die Ewigkeit formulieren.

»Diese Stadt wird von den Italienern das Inferno genannt.« Das schreibt sich ohne Mühe, da dieses Hotel das beste ist, das er im Orient kennengelernt hat, die Mauern sind dick wie bei einem Fort. An Fehsenfeld: »Lassen Sie doch die Lügner schwatzen! Mich stört das nicht im mindesten! Lächerliche Bemühungen kleiner Geister!«

Emma berichtet vom Blühen des Gartens, vom Ärger mit einem Dienstmädchen, dem Wetter, über Klatsch aus der Straße – warum, quält er sich, mache ich es mir erst jetzt bewußt, daß meine Ehe von Anfang an ohne Sinn war? Ich habe Emma nicht zu mir heraufziehen können, sie hat sich meinem Lebensrhythmus nicht angepaßt. Ich träume mich in Sphären, die ihr verschlossen geblieben sind; wie soll das erst werden, wenn ich endgültig nach Ardistan und Dschinnistan aufbreche? Wie verständnisvoll ist dagegen Klara Plöhn. Vielleicht ist das der springende Punkt: Ich habe Emma zu zeitig kennengelernt. Dieses ewige Borgen bei Kaufleuten, zwei Wochen Gefängnis in Hohenstein, Hämmele – sie will nichts davon vergessen, weil sie mich dort halten will, wo sie selbst gefesselt ist, trotz der Villa und der Dienstmädchen. Sie genießt die Früchte meiner Wandlung, aber eben diese Wandlung bleibt ihr verschlossen.

Der Küchenchef bietet italienische, arabische und indische Gerichte, drei Kellner stehen hinter dem Tisch, an dem der deutsche Reisende speist; es ist lange her, daß jemand Trinkgeld in derartiger Höhe gegeben hat. Es ist dem Hotelpersonal nicht erfindlich, was dieser Mann in Massaua verloren hat, Geschäfte scheint er nicht zu betreiben und sucht keine Kontakte zu Behörden oder einheimischen Mächtigen. Kaum daß er sich in eine Basarstraße hineinwagt. Aber auf Post ist er geradezu gierig, und Postkarten schreibt er in Massen. Der Portier zieht seinem Freund, dem italienischen Geheimpolizisten, gegenüber die Augenbrauen hoch: Ein eigenartiger Patron, schrullig. Die leckersten Mädchen sind ihm angeboten worden, er hat abgelehnt, vielleicht hat er gar nicht gemerkt, worum es ging. Ach nein, Spione verhalten sich anders.

Vielleicht, denkt May, während ein Gericht aus Krabben, Muscheln und Reis vor seinen Augen gemischt und mit Käse überstreut wird, vielleicht werde ich mich später an diese

Reise wie an einen Traum erinnern. Das verhielte sich anders, wäre Emma dabei. Oder besser nicht Emma, sondern Fehsenfeld mit seiner Frau oder das Ehepaar Plöhn. Diese Reise ist, da er seine Beobachtungen nicht im Gespräch überprüfen kann, wenig anders, als wenn er sie in Gedanken vollzöge. Er an diesem Tisch, Krabben und Reis auf der Gabel, der Kellner schenkt Wein nach – das hat er beschrieben, wird er wieder beschreiben, und daheim wird er Plöhns und Mickels berichten: Fenster wie Schießscharten und dadurch kühl, Teppiche überall. Eines hat er noch nicht ersonnen, das erlebt er hier: Manchmal knirscht es unter seiner Sohle und unter dem Teppich, ein Kakerlak hatte sich daruntergeschoben, dessen Panzer nun birst. Ein Detail, nicht würdig für ein Buch über Ardistan und Dschinnistan.

Wieder geht er an Bord. Nach Indien wird ihn Post aus Europa nicht verfolgen, er hat Sorge getragen, daß sie in Port Said für ihn verwahrt wird. Auf der Brücke steht er neben dem Kapitän, mit ihm und Schiffsoffizieren nimmt er die Mahlzeiten ein. Zwei kennen mehrere seiner Bücher, das ist ein anderes Reden als mit dem Eisenbahningenieur in Kairo: Suezkanal, Beirut, das Heilige Land, Aden, die Pyramiden – das alles kennt er inzwischen und was denn nicht noch. Jüngere Leute sind das, die ihn bewundern; nichts ahnen sie von den Schmähungen eines Fedor Mamroth. »Herr Doktor, wohin geht die Reise diesmal endgültig?«

»Vielleicht über Japan und den Pazifik nach Nordamerika. Ich hab lange nicht mehr bei meinen Apatschen nach dem Rechten gesehen.«

In Bombay darf keiner an Land: die Pest. Das Schiff legt erst in Colombo an, dorthin wollte er eigentlich nicht. Warum Colombo, warum nicht Colombo?

Wieder ist das Klima verändert, der Wechsel rächt sich mit Durchfall und Fieber. Wieder ein Kolonialhotel, das wievielte nun schon, britische Offiziere und Kaufleute spielen Tag und Nacht Billard, das Klicken dringt bis in sein Zimmer hinauf. Er steht am Fenster und schaut auf Palmen, aus mannshohen weißen Vasen quellen Blütenbüschel. Niemand nimmt von ihm Notiz, sein Name wirkt nicht, Trinkgelder helfen nicht zu Einladungen, kein Gouverneur empfängt ihn, kein Nabob, die Engländer bitten ihn nicht an ihr Billard, und wenn sie es täten, könnte er nicht mithalten. An einem Tag, da er sich keine zehn Schritt vom Klosett fortwagt, schreibt er nach Europa, die »Tremonia« wird den Brief abdrucken: »Nun kommt eine Mitteilung, die Sie wahrscheinlich interessieren wird. Ort, Zeit und dergleichen verschweige ich. Es handelt sich um eine Entdeckung eines reichen ausgedehnten Goldfeldes, vielleicht eines orientalischen Klondyke. Zwölf Reitstunden lang kann der Kenner das goldhaltige Gestein zutage treten sehen, aber dieser Fund läßt mich kalt; ich brauche ihn nicht, denn ich habe mehr als genug, um nicht darben zu müssen. Ja, wenn die Gegend in der Nähe einer deutschen Kolonie oder Ansiedlung läge, dann würde ich vielleicht nicht schweigen; aber Fremden – – –? Nein!«

Deutschland liegt hinter sieben Meeren. Auf der Reede ankert ein deutscher Kreuzer und bunkert Kohle, es ist die »Emden« auf der Fahrt nach Tsingtau. Er möchte dem Kapitän einen Gruß schicken, vielleicht würde er an Bord geladen, vielleicht jubelten ihm blaue Jungs zu wie die Gymnasiasten in München. Aber er fühlt sich zu schwach. Karl May, Kara Ben Nemsi und Old Shatterhand käsigen Gesichts, nach einer Viertelstunde des Vortrags aufs Klosett fliehend – es ist ein Unding.

Nachdem er sich leidlich erholt hat, winkt er eine Riksha heran und läßt sich durch die Stadt ziehen. Der Lenker trabt zwischen der Deichselgabel, May hat eine ungefähre Richtung gewiesen. Auf dem nackten Rücken vor ihm, unter den zusammengesteckten schwarzen Zöpfchen perlen erste Schweißtropfen, von den Schulterblättern lösen sich Rinnsale, aber der Kuli läuft, läuft, nur an den Straßenkreuzungen blickt er sich um, dann zeigt May wieder die Richtung. Einmal läßt er halten und wartet, bis der Atem des Kulis leise geht, er schaut auf Menschengewühl, eine Pilgerschar kreuzt die Straße, Europäer reiten rücksichtslos daher, auch Frauen, denen ein Schleier vom Tropenhelm flattert. Die Pilger springen zur Seite, einer stürzt, die Europäer preschen weiter, sie, die Herren. Ich muß auch hoch und niedrig versöhnen, bekräftigt May, ich habe verdrängt, wie es mir als Junge ergangen ist, ich erinnere mich viel zuwenig an Vater. Ich muß diesen Reitern zeigen, daß auch der geringste Bettler Menschenantlitz trägt. Mit einer Geste will er bedeuten, sein Lenker möge im Schritt bleiben, slowly please, aber der versteht nicht, weit beugt er sich vor, um die Rikscha in Fahrt zu bringen, dann trabt er wieder, trabt. May entlohnt ihn mit dem Zehnfachen des Üblichen, der Mann legt vor ihm die Stirn auf die Erde.

Eine Kajüte ist frei nach Hollands ostindischen Besitzungen, der Arzt Dr. Sternau bestand dort seine Abenteuer. An Inseln legt der Dampfer an, Stückgut wird ausgeladen; Ketten von dürren, gebeugten Eingeborenen schleppen Ballen an Bord. May hat seinen Liegestuhl unter der Brücke aufgestellt, das Licht blendet ihn; seit er Aden verließ, hat er nicht mehr richtig geschlafen. Einen Nachmittag lang wundert er sich über diesen Gedanken: Er hätte nie geglaubt, daß Reisen so langweilig sein kann.

3

Die Rückfahrt gleicht einer Flucht. Telegramme hat er an Emma und an Plöhns geschickt, sie möchten ihm nach Ägypten entgegenkommen, er will ihnen alle Schönheiten des Orients zeigen. Emma hat ja geschrieben, daß es ihr gesundheitlich besser gehe, eine Kur habe angeschlagen, und in Klara Plöhn findet sie gewiß eine Stütze.

Die »Bromo« dampft zwei Wochen lang bis Port Said. Der Hotelportier verneigt sich: Gewiß, die Bestellung von Zimmern für Herrn Dr. May und Begleitung ist gebucht. Nein, leider, Gäste aus Deutschland haben nicht nach ihm gefragt.

Er telegrafiert nach Dresden; ein Dienstmädchen und Plöhns Prokurist kabeln zurück, die Herrschaften seien in Richtung Genua abgereist. Auf dem Schiff hat er außer gelegentlichen Gedichten keine Zeile geschrieben; diese Ansicht klang so tröstlich: Wenn ich die gewohnten Menschen wieder um mich habe, kommt alles von selbst ins Lot, dann werde ich mit Gedichten über alle Menschheitsfragen meinen neuen Lebensabschnitt einleiten. Dies könnte der Titel der Sammlung sein: »Himmelsgedanken«.

»Briefe für Sie, Herr Doktor May!« Manche sind Wochen alt, auch solche von Emma: Kleinkram aus dem Haus, nichts über die Zeitungsangriffe, schon gar kein Trost. Fehsenfeld meldet drei Nachauflagen, zwei sind sofort vergriffen. »Ich wünsche Ihnen unzählige neue Eindrücke für viele Bücher!«

Ein Schiff läuft von Genua ein, er steht am Kai und mustert jeden, der herunterkommt, seine Frau und Plöhns sind nicht dabei. Da telegrafiert er an Schiffahrtsbüros und Hotels in Genua, die Gesuchten bleiben wie vom Erdboden verschluckt. Das nächste Schiff von Port Said nach Europa steuert Marseille an, von einer Stunde zur anderen entschließt er sich zur Überfahrt. Wieder Telegramme, schließlich stöbert er die drei an der Riviera auf: Richard Plöhn ist ernstlich erkrankt.

Regen rinnt, es ist der 17. Dezember, in vierzehn Tagen beginnt ein neues Jahrhundert. Bleich, schweißig liegt Richard Plöhn in den Kissen, ein altes Nierenleiden hat ihm einen Streich gespielt. Wie es geschah, daß May nicht schon in Port Said von dem Anfall und der Unterbrechung der Reise erfahren hat, läßt sich nicht klären; natürlich hat Klara telegrafiert. Sie zeigt sich voller Sorge um ihren Mann, auch um den verehrten Schriftsteller. Wie Emma ihren Mann nur wieder schlecht behandelt, registriert Klara Plöhn, schon am ersten Abend gibt es Zwist, weil Emma keine Kontenabrechnung mitgebracht hat. Emma streitet dagegen, ob er sie etwa darum gebeten habe, er erwidert, Selbstverständliches müsse man doch nicht schreiben. Er sei knickrig, schimpft sie, solle sie über jeden ausgegebenen Pfennig eine Quittung präsentieren?

»Das Schlimmste ist vorbei«, sagt Richard Plöhn und meint die Zeitungsangriffe gegen den Freund, nicht die eigene Krankheit. Die ist schwer, das weiß er, aber es scheint ihm ohne Sinn, sich Schonung aufzuerlegen, ein Anfall kann ihn auf Reisen treffen wie daheim. »Tut mir leid, daß ich euch zur Last falle.« May wehrt ab, das Gefühl der Nähe und Wärme, das er bei seiner Frau suchte, findet er bei Richard Plöhn. Und wie erwartet bei Klara.

Europa feiert den Aufbruch ins neue Jahrhundert. Seit dreißig Jahren hat es keinen Krieg in diesem Erdteil gegeben, aber jede Großmacht rüstet, Bündnisse werden hin und her geschoben, es ist wie ein Wunder, daß nicht jeden Augenblick die Flammen hochschlagen. May hat auf seiner Reise immer wieder gehört, daß es mit dem türkischen Koloß zu Ende gehe, von innen heraus und von seinen Grenzen her werde er zerbrechen. Rußland und England neiden sich die Meerengen zwischen Schwarzem und Mittelmeer, Deutschland protzt zur See, wer gewinnt Einfluß in Marokko? Die Indianer wurden zerrieben – welche Völkerstämme werden folgen? »Keiner darf tatenlos zusehen«, sagt May. »Alle Rassen und Klassen und Religionen müssen die anderen achten.« Davon steht wenig in den Zeitungen. Aber das: Ein gigantischer technischer Aufschwung hielte an; in drei Jahrzehnten sei mehr erfunden und gebaut worden als in der gesamten Menschheitsgeschichte zuvor. May möchte sich von dieser Euphorie anstecken lassen, aber er kann keine Zeitung aufschlagen, ohne einen Angriff gegen seine Person zu befürchten. Der Himmel bleibt grau an den Weihnachtstagen, er reißt in der Neujahrsnacht auf. Sterne schimmern, als Mays und Plöhns auf die Terrasse treten. Vor zwei Tagen ist Richard Plöhn zum erstenmal aufgestanden. Er fragt: »Karl, was hat dir die Reise eingebracht?«

May antwortet nicht gleich. Vergangenheiten haben sich zusammengefügt – das wagt er nicht einmal seinem Freund einzugestehen. »Ich habe über mich nachdenken können. Und über meine Aufgabe, den Frieden, die große Harmonie zu fördern.«

Plöhn horcht, ob die Zeitungsattacken Spuren hinterlassen haben. Es ist so schwer, in diesen Mann hineinzuschauen. Wie mürrisch und zänkisch ihn seine Frau wieder behandelt, und mit welchem Gleichmut er das zu tragen scheint. Aber manchmal werden seine Lippen grau. Plöhn fragt nicht, ob May bei den Haddedihn gewesen sei; sie existieren wohl nicht, wenigstens nicht in der beschriebenen Form. Alles ist viel ungefährer, als er bislang angenommen hat, deshalb dürften die Angriffe auch so vehement gewirkt haben. Dennoch wird er seinen Freund mit allen Kräften verteidigen.

Emma: »Hoffentlich muß ich nicht wie 'n Schulmädchen die Namen aller Pyramiden runterschnurren!«

Als erster findet Richard Plöhn in ein Lachen hinein, das versöhnlich wirken soll, aber brüchig klingt. Es gibt nichts, das Emma zu dieser Reise verlockte. Sie fürchtet Stapazen, Hitze, ungewohntes Essen. Daß Karl unbedingt in den Orient wollte, sieht sie ja ein, aber nun ist er zurück und hat alles gesehen. Warum eine zweite Fahrt? Und was sie kosten wird. Da steht in Radebeul eine wunderschöne Villa leer, sie könnten dort herrlich bequem leben.

»Ich habe die Pyramiden im Sternenlicht gesehen«, versucht May unsicher. »Der Mond ruhte auf einer der Spitzen.«

Und wenn sie in der Hitze ihre Migräneanfälle bekommt, wer fragt danach? Emma kann sich schwer beruhigen; ihr Hals wird rotfleckig, ihre Handrücken brennen, sie möchte sie kratzen oder in eiskaltes Wasser stecken. Ein gutbürgerlicher Badeort täte ihr wohl. Massagen, Moorpackungen, Spaziergänge. Keinesfalls das laute Karlsbad, nach dem sie einmal ganz verrückt war. Ägypten kann ihr gestohlen bleiben.

Aber als sich Richard Plöhn erholt hat, fahren sie doch übers Meer, weil es nun einmal geplant ist, weil die beiden Männer es wollen, weil Klara Plöhn nie etwas getan hat, das den Wünschen ihres Mannes zuwiderlief. Viel zu oft, als daß sie Genuß an dieser Reise fände, überlegt Emma, warum es denn so eingerichtet ist, daß eine Frau tun muß, was der Mann verfügt. Erst der Großvater mit seinen Püffen, er wollte für sie den bestmöglichen Ehemann bestimmen. Aber sie hat sich Karl ausgesucht, ist ihm nachgerannt aus dem Nest Ernstthal, obwohl sich alle die Mäuler zerrissen. Das war ihre einzige selbständige Tat, und gerade die war wohl falsch. Ihre Spaziergänge mit Pauline, die Karl nicht recht waren, ein paarmal hat sie heimlich ein bißchen Geld aufgespart – was bedeutete das schon. Briefe von Schwärmerinnen und Bettlern hat sie in den Ofen gesteckt – na und.

Port Said, Kairo, die Pyramiden. »Meine drei Greenhörnchen«, spaßt May. Wie man einen Diener mietet, welche Soße man zu Kuskus nimmt, er weiß es. Noch immer war er nicht im Kerngebiet seiner ersten sechs Bände, er wird, so scheint es immer deutlicher, auch diesmal nicht dahin kommen. Ob es die Haddedihn und ihren Hadschi Halef wirklich gibt, bleibt Plöhns gegenüber in der Schwebe, als wäre es ausgemacht, nie ernsthaft daran zu rühren. Hadschi Halef Omar ist wie der sich materialisierende Geist in einer spiritistischen Sitzung; ein unbedachtes Wort, eine rasche Bewegung könnten ihn für immer verprellen.

Zwei Ehepaare besichtigen Ägypten und das Heilige Land; die Reisebüros Cook und Stangen bereiten Wege und nehmen Vorbereitungen ab. Port Said, natürlich die Pyramiden, später Jerusalem, Bethlehem. Sie reisen mit Bahn und Schiff, Hoteldiener heben die Koffer in Droschken. Kamele und Esel sind fromm, an Touristen gewöhnt. Trinkgelder, Prospekte. Fotografen dirigieren in Pose: Die Herren bitte enger zusammen, vielleicht schieben sie die Helme ein wenig aus der Stirn! Souvenirs. Als May allein reiste, fühlte er sich gedrängt, hin und wieder etwas zu tun, bei dem er sich in eine Stimmung versetzen konnte, das Abenteuer läge hinter der nächsten Düne. Das verliert sich zu viert. Ein Hotelportier gibt über eine Zugverbindung falsche Auskunft, das verdirbt einen Tag. Ein Koffer ist verschwunden und taucht wieder auf. Jede Woche einmal sagt Emma: »Am schönsten ist es doch zu Hause.«

Klara liest an einem Abend aus Goethes Tagebuch seiner Italienreise vor. Was dieser Mann für Voraussetzungen hatte, beneidet May, mit welcher Vorbildung er an jede Erscheinung in Natur und Kunst heranging! Ich dagegen. In einer Buchhandlung findet er Rankes »Geschichte der Kreuzzüge«. Wind weht Sand durch die Straßen, er liegt auf dem Bett seines Hotelzimmers. Kaum jemals hat er etwas gelesen, das er nicht sofort in literarische Produktion umsetzte. Er fühlt sich erbärmlich gegenüber diesem Land und seiner Geschichte. Ganz anders vorbereitet hätte er hierherkommen sollen, dann hätte er aus dieser Region, in der sich Christentum und Islam berühren wie sonst nirgends, noch mehr Kraft für künftige Bücher gewinnen können. Immerhin, seine »Himmelsgedanken« werden aufhorchen lassen.

Vier Reisende stehen am Jordan, eine Schafherde wird über die Brücke getrieben. Bettler strecken Hände vor, es ist unmöglich, jedem etwas zu geben. Klara Plöhn fragt, was das wohl bedeute und woher die Redewendung komme: Er ist über den Jordan gegangen. Niemand weiß es. Hinter der Senke steigt ein Steppenhang auf, Sand, Steine, dürftiges Buschwerk, Grasflecke, die jetzt im Frühling üppig grünen. Eine Pferdeherde, der Rappe Rih ist nicht dabei. May denkt sich eine Satzfolge aus, Reiter, dieser Hang, Punkte am Horizont, die größer werden: Seltsame Gestalten, Schlapphüte, finstere Physiognomien. Swallow, mein wackerer Mustang – aber das wäre auf einem anderen Kontinent.

Emma verträgt Wind nicht, nicht die Schwüle der Küstenstädte. Sie wird das Gefühl nicht los, diese Reise finde ein böses Ende. Die Sehnsucht nach ihrem Haus wächst sich in Heimweh aus, jeden Tag redet sie davon, ob die Mädchen wohl alles richtig machen: die Betten in die Sonne hängen, sömmern. Jetzt braucht man nicht überall Teppiche, man sollte sie auf dem Boden einmotten. Was im April im Garten verpaßt wird, läßt sich das ganze Jahr über nicht nachholen.

Von Beirut an führt er Tagebuch. »Im Hotel Saalmüller in Brummana hatte man mit dem Mittagessen auf uns gewartet. Es gab reichlich Lachs, was mich etwas ahnen ließ. Und richtig, als ich die Rechnung haben wollte, durfte ich nicht zahlen. Schon Richard war bei diesem Versuch abgewiesen worden. Vier Personen, zwei Kutscher, ein Diener, vier Pferde: eine unerwartete und großzügige Gastlichkeit. Wir erhielten sogar noch Pinienäpfel und echte Zweige der Libanonzeder als Geschenk! Der Abschied war herzlich und rührend. Gott segne diese guten Menschen! In Tel Tekweni lag eine Frau am Weg. Der eigene Mann hatte sie geschlagen, bis sie liegenblieb – er war ein Christ. Unterwegs kam mir der Gedanke, daß die Geduld der edlere Beweis der Liebe sei.«

Fünf Tage später: »Ein Mensch kann nur dadurch selig werden, daß er andre selig macht; denn indem er sie emporhebt, steigt er selbst empor. Nenne Gott nicht eher deinen Vater, als bis du dich so weit erzogen hast, daß es dir leicht wird, allen seinen Menschenkindern ohne Ausnahme wahrhaft Bruder oder Schwester zu sein!«

In Baalbeck: »Mein erstes Gefühl war das der Befriedigung, was bei mir leider so selten ist; ich kann nichts groß, gewaltig und schön genug bekommen und habe doch kein ausgebildetes Verständnis für Kunst. Ein Kenner der Baukunst würde da ganz anders sehen, denken und empfinden als ich. Das ist nun leider nicht mehr nachzuholen. Ich mußte über den Begriff ›harmonisch‹ nachdenken. Dieses Wort scheint mir unentbehrlich und wichtig für die Kunst. Ohne Harmonie ist wohl nichts wirklich schön. Gott gab das herrlichste Vorbild in seinem Schöpfungsplan, dessen Harmonie eben göttlich, dem Menschen also unerreichbar ist; dennoch soll er diesem Vorbild nachstreben.«

Manchmal, am Abend, liest Klara einige seiner Gedichte vor. Sie fühlt, daß er Zustimmung braucht, und das mehr als jemals. Sie sagt: »Schreiben von Gedichten ist wie eine Handlung in Trance, anders kann ich es mir nicht vorstellen. Jeder Dichter ist ein Medium.«

Nach mancher Tagestour, die immer nur eine Touristentour ist, fühlt sich Richard Plöhn so erschöpft, daß er kaum eine Tasse zum Munde führen kann. Sein Körper verliert mehr Eiweiß, als er durch reichlichste Nahrungsaufnahme gewinnen kann, er weiß es von den Ärzten. Ob er zu Hause arbeitet oder sich schont, ob er reist, für seine Krankheit ist es ohne Belang. Vielleicht lebt er noch ein Jahr, vielleicht fünf. Als er mit May allein ist, sagt er: »Klara hat ja hin und wieder Briefe für dich geschrieben. Ich glaube, sie wäre selig, könnte sie verantwortlich deine Korrespondenz führen. Nehmen wir einmal an, ich verunglücke: Sie kann die Fabrik keinen Tag leiten. Jetzt ist sie sechsunddreißig, auch von dem Erlös eines Verkaufs könnte sie nicht bis ins Alter leben.«

»Klara als meine Sekretärin – natürlich!«

Am Abend kommen sie auf dieses Thema zurück. Emma hat nicht den geringsten Einwand: »Was sich alles angestaut haben wird. Waschkörbe voller Briefe – viel Vergnügen, Klara!«

Emma weiß längst, daß diese Reise für sie von Übel ist, sie war dagegen und hat sich beschwatzen lassen. Allein für das Hotel geben sie jeden Tag zwischen vierzig und sechzig Mark aus. Rückenschmerzen, Leibschmerzen – wenn man in die Wechseljahre kommt, ist es eben zu spät, sich in der Welt herumzutreiben. Einmal, als sie mit ihrem Mann allein im Hotelzimmer ist, sagt sie: »Da sind deine Bücher ab jetzt eben nicht mehr so geschwindelt wie vorher.« Er sitzt am Tisch und hat ihr den Rücken zugekehrt, er stützt das Gesicht in die Hände. Betroffen denkt sie: Sollte es möglich sein, daß er weint? »Hab's nicht so gemeint, Hühnlichen.« Er rührt sich nicht, sie geht in den Speisesaal hinunter. Als sie eine Stunde später nach ihm sehen will, hat er das Zimmer verlassen, ein Gedicht liegt auf dem Tisch:

Für Emma

Du zürnst mit mir, weil ich oft streng gewesen;
Du dachtest nicht den innren Gründen nach;

Du konntest nicht in meiner Seele lesen;
Du wußtest nicht, wer durch mich zu dir sprach.

Die Stimme war's des Edlen und des Schönen,
Die durch mich auf dich wirken hat gesollt.
Du ließest sie dir nicht zu Herzen tönen
Und hast, anstatt zu danken, mir gegrollt.

Nicht Hindrung, sondern Fördrung wollt ich finden,
Erleichterung im Kampf und endlich Sieg.
Doch zog der »Kamerad im Überwinden«
Mich stets zurück, sooft ich einmal stieg.

Nun werd ich dir kein strenges Wort mehr sagen;
Ich laß dich gehn, so wie du eben gehst.
Ich will dich schweigend mit mir aufwärts tragen,
Vielleicht, vielleicht, daß du mich dann verstehst.

Wenn nicht, so liebst du deine alten Ketten
Und willst hinab, anstatt zu mir hinauf.
Dann möge dich der liebe Herrgott retten;
Ich hoffe es, doch geb ich dich nicht auf!

Am Abend findet sie nicht die Worte, darauf einzugehen. Sie denkt: Ist ja alles tausendmal besprochen. War's eben falsch, daß wir geheiratet haben; mit Hannes Kühnert wäre ich besser gefahren. Sie wundert sich: Den Namen Kühnert hat sie seit Jahren nicht mehr gedacht, Ernstthal bedrückte immer wie ein Alptraum. Sie erschrickt, als sie denkt: Vielleicht wäre ich dort glücklicher, trotz unserer Villa?

Italien, noch einmal kehren sie nach Griechenland zurück. Wieder Brindisi, Neapel mit dem Vesuv, Rom. In Venedig notiert er: »Der Dogenpalast machte großen Eindruck auf mich. Nicht seiner Kunstwerke wegen, sondern als Denkmal, und zwar als mahnendes und warnendes. Hier war den Menschen eine große Aufgabe gestellt; es war ihnen auch die

Macht gegeben, sie zu lösen, doch sie versagten. Sie wollten ihre Welt nicht nur beherrschen, sondern auch richten. Sie herrschten aber ohne Liebe und richteten ohne Gerechtigkeit und wurden darum so selbst gerichtet. Wer mit Hilfe der anvertrauten Macht ein Schreckensregiment ausübt, dem wird sie genommen. Gott selbst ist Licht, er verlangt auch von seinen Stellvertretern, daß sie ihr Amt in seinem Sinn führen. Umgeben sie sich aber mit Finsternis, läßt er sie darin untergehen.«

In Südtirol erinnert Plöhn: »Karl, es bleibt dabei, du leitest Klara, wie sie deine Korrespondenz führen soll?« Seine Haut ist fahl unter der Bräune. »Du stellst sie regelrecht an?«

May nickt. »In einer Woche sind wir daheim. Es wird seltsam anmuten, nach fünfzehn Monaten wieder am Schreibtisch.«

»Wirst große Bücher schaffen.« Plöhns Aufmunterung bleibt ohne Echo.

11. Kapitel
Die Dichtersfrau

1

Als Fehsenfeld zwischen Weihnachten und Neujahr nach Dresden fährt, tut er das in zwiespältigen Gefühlen. Vor fünf Monaten kehrte sein Spitzenautor von großer Reise zurück; er ist verändert seitdem. Die Zeitungsattacken sind abgeklungen; nicht sie haben offensichtlich die Wandlung bewirkt, zumindest nicht vor allem. Ein Bündel von Ursachen gewiß. Fehsenfeld möchte vorsichtig urteilen.

Zwischen dem Vogelsberg und der Röhn liegt Schnee. Der Verleger blättert in den Unterlagen, die ihm sein Buchhalter zusammengestellt hat: Mays Einkünfte sind in den letzten Jahren horrend geblieben, er dürfte mehr verdient haben, als er auf seiner Reise ausgeben konnte. Die ersten sechs Orient- und die »Winnetou«-Bände bilden unerschüttert Kassenschlager, bei »Weihnacht« dürfte zum erstenmal Zurückhaltung anzumerken sein – man wird diese Tendenz im Auge behalten müssen. Aber nun die »Himmelsgedanken«: Fehsenfeld hielte sich für kurzsichtig, nähme er sich nicht vor, zu seinem Autor ein warnendes Wort zu sprechen. Wie hieß es doch vor nahezu zehn Jahren: »'s wird beiden herrlich glucken.« Keine Henne legt lebenslänglich goldene Eier.

Diese Gedichtsammlung: Am liebsten hätte Fehsenfeld sie ungedruckt gesehen; aber es wäre ja nicht auszudenken, wie der Autor auf eine Ablehnung reagiert hätte. Im Verlagsjargon hatte sich in den letzten Monaten für May die Bezeichnung »Der Meister« durchgesetzt, »Der Meister« sagten Buchhalter, Absatzleiter und Volontär, und leider schwang Spöttisches mit. Der Meister zeigte sich taub gegen alle Ratschläge; *so* wollte er den Band und nicht einen Deut anders. Fehsenfeld hat argumentiert, jeder Schriftsteller erwecke beim Publikum eingegrenzte Erwartungshaltung, Karl-May-Romane seien Markenartikel wie Kanonen von Krupp oder Liebigs Fleischextrakt – man möge den Vergleich verzeihen! Nun fielen diese Gedichte aus jedem Rahmen. Ein Pseudonym hat Fehsenfeld nicht vorzuschlagen gewagt, aber dringlich gewarnt, Anhänger könnten verprellt werden – der Meister hat sich unbeeindruckt gezeigt.

Fehsenfeld blättert. Er hat sein möglichstes getan, den Band äußerlich von der gewohnten May-Produktion abzusetzen. Ein Prunkstück ist entstanden, blaues, geprägtes Leinen, Goldschnitt, die Auflagenhöhe hat er auf fünftausend beschränkt. Kein Jugendlicher wird zu dieser Edition greifen, der Band wird neben der Serie laufen und diese hoffentlich nicht gefährden. Mag der Meister glauben, eine Wende herbeigeführt zu haben! Man stelle sich vor, das Haus Liebig produzierte von einem Tag auf den anderen Blockschokolade!

Ja, diese Gedichte. Das meiste ist unter die Rubrik Traktate einreihbar, vieles gibt sich nicht anspruchsvoller als die Strophen in »Weihnacht«. Wenn nur alles so gut wäre wie

Im Alter

Ich bin so müd, so herbstesschwer
Und möcht am liebsten scheiden gehn.
Die Blätter fallen rings umher;
Wie lange, Herr, soll ich noch stehn!
Ich bin nur ein bescheidnes Gras,
Doch eine Ähre trag auch ich,
Und ob die Sonne mich vergaß,
Ich wuchs in Dankbarkeit für Dich.

Aber kaum waren die Belegexemplare an Zeitungsredaktionen verschickt, konterte schon Hermann Cardauns in der »Kölnischen Volkszeitung«: »Als lyrischen Dichter müssen wir uns Herrn May verbitten.« Fehsenfeld fällt es schwer, Cardauns jede Berechtigung für diesen Satz abzusprechen. In eine vertrackte Zeit gerät May mit seinen Gedichten hinein, aus dem national-konservativen Lager heraus stößt eine Kulturreformbewegung vor, das Wort »Schundkampf« wird zum Schlachtruf. May kann ihm ja gar nicht entgehen, und das geschieht ihm gerade jetzt, da er zu neuen Ufern aufbricht; es ist tragisch. Um Karl Muth hat sich ein »Hochland«-Kreis gebildet, straffe Katholiken sind das. Cardauns gehört dem Zentrum an, von nichtkatholischer Seite erhebt Ferdinand Avenarius aus dem »Kunst«-Kreis den Zeigefinger. Fehsenfeld möchte seinen Autor abdecken und weiß nicht wie.

In der »Villa Shatterhand« findet er manches verändert. Frau May zeigt sich nur zur Begrüßung und entschuldigt sich mit Kopfschmerzen. Ein Dienstmädchen serviert den Kaffee, zum Mittagessen bittet May den Gast in ein Hotel: Die lange Reise sei für seine Frau wohl doch zu anstrengend gewesen.

Ja, dieser Gedichtband! May fühlt wie damals, als er das Signalexemplar von »Durch Wüsten und Oasen« mit sich herumtrug. Er streicht über den Einband, das Vorsatzpapier lobt er und die Deckelprägung. Oh, da habe der Verlag in der Tat für Qualität gesorgt! Und die begrenzte Auflagenhöhe sorge wohlweislich dafür, daß die »Himmelsgedanken« in die richtigen Hände gerieten. Fehsenfeld sperrt sich: May tut ja gerade so, als wäre das seine Idee gewesen.

Zum Essen bestellt May für sich Mineralwasser. Es mache ihm schon nicht mehr die geringsten Schwierigkeiten, auf Alkohol und Tabak zu verzichten; unter dem Eindruck des mitteleuropäischen Klimas habe er sich allerdings entschlossen, wieder ein wenig Fleisch zu sich zu nehmen, Kalb und Geflügel wenigstens. Für ihn habe die Orientreise auch in dieser Beziehung Läuterung gebracht; wer zu lesen verstehe, fühle sie aus »Himmelsgedanken« heraus. »Jetzt beginnt meine eigentliche Epoche.«

Fehsenfeld findet, daß sein Autor unkontrollierter spricht als vor zwei Jahren. So reden Menschen, die von einer Sendung überzeugt sind, Sektenprediger; leicht entsteht dann die Gefahr, daß sie nicht mehr zuhören können.

»Ich werde in gewohnter Weise beginnen. An den Tod Winnetous schließe ich an, Old Shatterhand begegnet Zwillingsbrüdern.« Während May sein Kalbsmedaillon schneidet, schildert er die Nasen, die er den beiden zu geben gedenke: Ungeheure Zinken! Diese Brüder zweifeln daran, Old Shatterhand vor sich zu sehen, denn in der Nähe hat sich ein Gauner als der berühmte Westmann ausgegeben. Aber Old Shatterhand schlüge einen Gegner vom Pferd, das bringe Legitimation! Ein arabischer Dolch in der amerikanischen Steppe... »Wenn ich meine Leser gefangen habe, hebe ich die Handlung in eine höhere Dimension. Im Orient steigen Kara Ben Nemsi und Hadschi Halef Omar auf: Der eine verkörpert den Geist, der andere den Leib des Edlen. Schließlich begegnen sie einer Figur, der ich meine Rolle als Schriftsteller zu geben gedenke.«

Fehsenfeld hört wortlos zu, sein Argwohn wird keineswegs gedämpft. »Eine Dreiteilung meiner Person und meiner Ansichten«, vernimmt er. »Der Titel: ›Im Reiche des Silbernen Löwen‹. Geheimnisvoll, poetisch. Der Aufstieg vom Niederen, von der Wüste aus zu den Höhen des Edelmenschen. So muß man mein gesamtes Werk sehen.«

»Daß Ihre Auflagen zurückgehen könnten...«

»Vielleicht geringfügig für den Anfang.«

Fehsenfelds Sorge nimmt zu; was May da plant, ist ein Vabanquespiel. Er kennt kein Exempel dafür, daß sich ein Schreiber von Abenteuerliteratur in anspruchsvollen Gefilden durchgesetzt hätte, und die »Himmelsgedanken« bieten Beweis, wie begrenzt Mays poetische Mittel sind. Er erinnert sich: Beim ersten Besuch fragte er, ob May das Theater besuche, welche Bücher er läse und wen von seinen Kollegen er persönlich kenne – die Antwort war ernüchternd negativ. Da sollte er jetzt nicht fragen, welche Philosophen May studiert habe. Wer so viel geschrieben hat, wird unmöglich nahe der Sechzig alle literarischen Vorstellungen ändern können; in der »Villa Shatterhand« dürfte kein Wunder geschehen. Niemand vermag sich so zu überschätzen wie ein Autodidakt. Immerhin, der erfolgreichste Einzelgänger, der ihm je vorgekommen ist. Seine Befürchtungen verstärken sich: Dieser Mann ist in der Selbstbeurteilung nicht reifer als ein Kind. Die ersten Warnschüsse hat er überhört – und wenn sie sich zur Kanonade steigern? Eine Erkenntnis gewinnt Fehsenfeld aus diesem Gespräch: Er wird nicht mehr jede Eskapade bedingungslos unterstützen; wenn May wieder über die Stränge schlägt, wird er selbst mit den Folgen fertig werden müssen. Den Spott in den Zeitungen hat Fehsenfeld nicht vergessen, als er sich vor anderthalb Jahren zu dieser Stellungnahme herausgefordert fühlte: »Herr Dr. May weilt im Sudan, von wo er nach Arabien zu dem ihm befreundeten Stamm der Haddedihn-Araber zu reiten beabsichtigt.« Der Verleger verabschiedet sich mit den nicht allzu verpflichtenden Worten: »Ich stehe Ihnen natürlich gern mit Rat und Tat zur Seite.« May bedankt sich wie für eine Routinehöflichkeit.

Eine halbe Stunde zu früh stehen sie auf dem Bahnsteig. Ihr Gespräch zerfasert in Nebensächlichkeiten: Noch mal in den Wartesaal gehen und eine Tasse Kaffee trinken, ach nein. Fehsenfeld bietet May an, doch nicht zu bleiben, er könne sich erkälten. Was über die Arbeit zu sagen ist, ist gesagt. Wind treibt Staub über die Gleise. Füllsätze: In Leipzig wird Fehsenfeld umsteigen und ein weiteres Mal in Frankfurt. Nochmals Grüße an die Frau Gemahlin. Der Wind reizt Tränen in die Augen. Wenigstens das gibt Anlaß zu einem halbgaren Scherz: Abschiedstränen! Und das bei Männern in unserem Alter!

May trottet heim. Nur einen Wunsch hat er: Emma möge nichts fragen, am liebsten möchte er schlafen. Vieles hat sich verändert in der »Villa Shatterhand«, nichts zum Guten hin. Die Eheleute finden immer seltener ein Wort füreinander, kaum, daß sie zusammen am Tisch sitzen. Richard Plöhn liegt krank, der Kontakt zu Mickels ist lockerer geworden. Klara Plöhn findet wenig Zeit für die Korrespondenz, das meiste bleibt unerledigt. Einladungen zu Lesungen und Vorträgen häufen sich, er nimmt nichts an. Ein Auftrag ist von Kürschner gekommen: Ein Prachtband mit Beiträgen von einem Dutzend Autoren soll entstehen: »China – Schilderungen aus Leben und Geschichte, Krieg und Sieg. Ein Denkmal den Streitern und der Weltpolitik«. Der Anlaß liegt auf der Hand: Europas Großmächte sind in China eingefallen, sie haben den Boxer-Aufstand als Anlaß für eine Invasion benutzt. Mit diesem Stoff ist Geld zu verdienen, weiß Kürschner, die Hunnenrede des Kaisers, Graf Waldersee an der Spitze des Expeditionskorps, »The Germans to the front« – vaterländisches Fieber kann Kassen füllen.

Von vornherein ist May entschlossen, dieses Unternehmen zu unterlaufen. Er war nicht immer klar in seinem Urteil über Religion, Rasse, Frieden, in früheren Büchern finden sich gewißlich Ausfälle gegen Mexikaner, Franzosen, wohl auch gegen Chinesen, verallgemeinernde Herabsetzungen eines Volkscharakters – nun wird er Kürschners Vorhaben als Tribüne für endliche Erkenntnisse benutzen. Schon der Titel soll es sagen: »Und Friede auf Erden«.

Seine Reiseerfahrungen nutzt er, in Kairo setzt die Handlung ein. »Ich begann damals an meinen ›Himmelsgedanken‹ zu dichten, deren erster Band inzwischen erschienen ist. Wer Gedichte über und für die Menschheitsseele schreiben und den Völkern gerecht werden will, denen diese Seele ihre Jugendbegeisterung widmete, der darf nicht meinen, daß er die Gedanken dazu im kalten, selbstsüchtigen Abendlande finden werde, sondern er muß dorthin gehen, wo einst Gott selbst zur Erde kam und seine Engel sich den Menschen zeigen durften.« Das Ich ist Karl May. Im Hotel begegnet es zwei vornehmen Chinesen und dem amerikanischen Missionar Waller, der auf dem Wege nach China ist und dort sein Christentum energisch verbreiten will. Dessen Tochter Mary schwärmt, in den Anblick Kairos vertieft: »Weißt du, Vater, an wen ich jetzt denke? An Karl May. Ich habe seine drei Bände ›Im Lande des Mahdi‹ gelesen.«

Er schickt sein Manuskript in schmalen Lieferungen an Kürschner; der soll möglichst spät merken, welches Kuckucksei in sein Nest gelegt wird. Der Abdruck in einer Zeitschrift beginnt – weidlich disputiert wird im Hotel in Kairo und während einiger Ausflüge zu den Pyramiden, die Chinesen erweisen sich dem amerikanischen Missionar gegenüber als ausgezeichnete Kenner alles dessen, was Christen und Confucianer als Maximen aufgestellt haben. Der Amerikaner bleibt borniert; als stiller Zuhörer sitzt May dabei, nichts ereignet sich, das einem Abenteuer bewährter Prägung ähnlich sähe.

Wie oft hat er den Tod beschrieben; im ersten »Winnetou«-Band stand Old Shatterhand selbst am Abgrund. Aber nicht einmal, als seine Eltern starben, war er dabei. Jetzt liegt Richard Plöhn auf dem Totenbett. Tage vorher wissen alle um ihn herum, daß kein Aufkommen sein wird, er selbst weiß es auch. May beugt sich über ein Gesicht mit eingebogenen Wangen und einer Haut wie aus Wachs. »Was ich dir versprochen habe, gilt, Richard.« Er weiß nicht, ob er verstanden worden ist, die Augen des Sterbenden gleiten zur Seite, als könnten die Muskeln den Augapfel nicht halten.

Emma widmet all ihre Zeit der Freundin und nimmt sie in die »Villa Shatterhand« auf. Dem Sarg folgen sie zu dritt, Mays haben Klara in die Mitte genommen. Unsere Freundschaft war kurz, resümiert May, aber Freundschaft war es; als mich Neider anfielen, hat er sich an meine Seite gestellt. Mein Paladin. Wenn Fehsenfeld mich verteidigt hat, kann es aus Eigennutz geschehen sein. Richard saß mit mir nie im selben Boot, trotzdem hat er mich nicht den Strudeln überlassen.

Alle Bäume stehen kahl. Krähen sind die einzigen Vögel in diesem Friedhof. In einem Jahr, denkt May, bin ich sechzig. Beginne ich schon, andere zu überleben? Frost, hartgefrorene Wege. Lehmbrocken schlagen auf den Sarg. Ein Freund geht, ein Ratgeber aus einer anderen Sphäre, ohne ihn wird er es schwerer haben.

Zwei Tage nach dem Begräbnis schlägt May vor, Klara möge gegen ein Jahresgehalt von 3 000 Mark seine Korrespondenz führen, so, daß er gar nicht hinzuschauen braucht. Emma richtet der Freundin das Fremdenzimmer her: »Bleibst so lange bei uns, wie du willst.« Leid erfordert unverschlüsselte Tat, dazu ist Emma fähig und bereit. So jung Witwe, mein Gott. Da hat sie's ja selber noch gut, trotz aller Rückenschmerzen, trotz dieses Stiesels von Mann.

Nach zwei Wochen hat Klara Plöhn den Schock soweit überwunden, daß sie in ihr Haus zurückkehren kann. Jeden Tag kommt sie herüber, schneidet Briefe auf, sortiert, beantwortet; Gymnasiastenpost endet noch immer im Papierkorb. Es scheint ihr, als stünde sie endlich am Ziel einer Fügung, als wären bisherige Lebensstationen nur Vorstufen zu dem gewesen, was sie jetzt verrichtet. Trotz aller Liebe zu ihrem Mann. Sie hat genügend über Seelenwanderung gehört, als daß sie nicht dächte: Vielleicht war ich in einem früheren Leben die Tochter eines Gelehrten, die ihrem Vater beistand, oder die Geliebte eines Ministers, die ihm seine besten Gedanken eingab, oder, und sie scheut sich, diesen Gedanken zu Ende zu führen, und schaudernd und glücklich tut sie es doch: Oder ich war die junge Frau eines Dichters, die ihm Steine wegräumte, ihn vor einer gierigen Welt abschirmte und ablenkende Kleinarbeit ersparte. Einmal denkt sie, und dann malt sie es sich wieder genußvoll und zornig und leidend und beschämt aus: Ich wäre ihm eine ungleich bessere Frau als Emma. Klara holt Fotos aus einer Mappe und stellt sie in langer Reihe in ein Regal: zwanzigmal Old Shatterhand, Kara Ben Nemsi, Karl May. Auf einem Foto sitzt Emma neben ihrem Mann am Gartentisch. Klara reißt es mittendurch.

Unvermutet das: Adalbert Fischer, der Besitzer des Münchmeyer-Verlages, wirft »Die Liebe des Ulanen« auf den Markt, illustriert, großformatig. May entsinnt sich seines geharnischten Briefes; der hat Fischer nicht zurückgehalten. Bruch des Pseudonyms – aber dieser Roman ist ja unter dem Namen Karl May erschienen. Schadenersatzklage hat er angedroht, hält aber keine Beweise in der Hand und wird weiterhin bluffen müssen. Fischers Reklameaufwand ist enorm, im Zentrum jeder Annonce prunkt der Name Karl May. Das kann denen, die sich Schundkämpfer nennen, ja gar nicht entgehen, den Muth und Cardauns, dem Wolgast, dem Pater Beßler. Und das alles jetzt, da er sich anschickt, Hochliteratur zu schreiben als Lehrer eines ganzen Volkes.

Er lädt Fischer zu sich, der reagiert nicht. Also meldet er seinen Besuch im Verlag Münchmeyer an. Er hat sich alle Argumente zurechtgelegt, von vornherein zwingt er sich zu Kühle und Distanz. Fischer zeigt sich aufgeräumt: »Mein bedeutendster Autor in meiner Hütte!«

»Ich bin nicht Ihr Autor!«

»Aber, aber! Kaffee, Tee? Zigarre?«

May will Fischer vom ersten Augenblick an widerwärtig finden, den Schnurrbart eitel, das Lächeln raffzähnig, die Eleganz des Anzugs und der Krawatte übertrieben, die Höflichkeit penetrant. Für einen herzlosen, kulturlosen Emporkömmling hält er ihn wie Münchmeyer. »Die Unterredung dürfte nur Minuten dauern.«

»Sie wünschen, Herr Doktor?« Fischer bleibt konziliant. Da ist er also zu ihm gekommen, der seltsame Herr May, dessen Romane er auszuschlachten gedenkt und der sich auf die Hinterbeine stellt. Welche Trümpfe besitzt May wirklich? »Ich hätte Sie gerne wieder in meinem Verlag, alle Türen stehen Ihnen offen.«

Es ist etwas anderes für May, einen drohenden Brief zu schreiben, als das gleiche in ein Gesicht hinein zu formulieren, das er einen Meter vor sich hat. »Ich beabsichtige keinerlei Zusammenarbeit mit Ihnen. Und was die alten Romane anlangt, so kennen Sie meinen Standpunkt!«

Fischer wartet. Nun müßte May seine Drohung wahrmachen. Verträge existieren nicht, das versichert Frau Münchmeyer, und in den Verlagsunterlagen findet sich keine Zeile.

»Die vereinbarten zwanzigtausend sind überschritten. Briefe von Herrn Münchmeyer sagen das klar aus.«

Fischer zieht die Brauen hoch. »Briefe, so?«

»Und ich verfüge über weitere Briefe Ihres Vorgängers, aus denen hervorgeht, daß der Verlag ohne mein Wissen und meine Billigung immer wieder gekürzt und Einschübe vorgenommen hat.«

»Sie haben sich innerhalb von Dresden Briefe geschrieben?«

»Ich war häufig auf Reisen.«

Fischer breitet die Handflächen aus. »Wenn das so ist, warum einigen wir uns nicht auf dieser Basis? Ich vermute, Sie haben die Briefe bei sich?«

»Ich habe sie meinem Anwalt übergeben.«

Fischer schlägt einen betrübten Ton an: »Warum unter uns diese Geschütze? Sie zeigen mir die Briefe, dann weiß ich über die Zusammenhänge Bescheid, und Sie stellen Ihre Forderungen. Ich will mich doch mit Ihnen einigen!«

»Dann nehmen Sie von jeder weiteren Veröffentlichung Abstand!«

»Aber Herr May.«

»Sie wollen nur meine Berühmtheit ausnutzen!«

Fischer merkt, daß er Oberwasser gewinnt. »Lieber Herr Doktor, natürlich habe ich Ihre Romane erworben, *weil* Sie berühmt sind. Ich habe den Verlag überhaupt nur wegen dieser fünf Bücher gekauft. Und nun werde ich sie drucken, was sonst?« Fischer fühlt sich so überlegen, daß er einen nahezu heiteren Ton anschlägt: »Sie könnten die Rechte ja zurückkaufen.«

»Ich soll *mein Eigentum* kaufen?«

Leise, schmunzelnd: »Die Romane gehören mir. Aber sollten Sie, na, sagen wir mal, siebzigtausend Mark auf den Tisch legen...«

»Ich werde Sie verklagen!«

Fischer zuckt die Schultern. Wenn May noch einen Pfeil im Köcher hätte, würde er ihn jetzt verschießen. Aber der Schriftsteller nimmt seine Handschuhe, Fischer komplimentiert ihn zur Tür. Plötzlich fühlt er sich so übermütiger Laune, daß er an der Treppe spottet: »Herr Doktor, ich erwarte Ihre Sekundanten.« Der Nacken vor ihm krümmt sich.

May klagt nicht, es existieren keine Briefe von Münchmeyer an ihn. Eine vage Hoffnung bleibt, an die klammert er sich: Fischer wird nicht wagen, das Pseudonym zu brechen. Aber wenn?

2

Weiter arbeitet er an »Und Friede auf Erden« für Joseph Kürschner, wieder schickt er, damit der Verleger den Braten nicht rieche, sein Manuskript portioniert ab. Dies läßt er in Kairo geschehen: Der Wind weht einen Zettel aus dem Hotelfenster, auf den May ein Gedicht für seine »Himmelsgedanken« geschrieben hat:

> Tragt Euer Evangelium hinaus,
> Doch ohne Kampf sei es der Welt beschieden,
> Und seht Ihr irgendwo ein Gotteshaus,
> So stehe es für Euch im Völkerfrieden!

Dieses Gedicht gerät in die Hände des Missionars Waller, dem fällt es wie Schuppen von den Augen, zu seiner Tochter sagt er – May erlauscht es –: »Ich bin so alt geworden und habe doch nie und nicht gewußt, wie sich ein schönes, liebes, reines Wort so schnell und tief ins Herz hinunterheimeln kann!« Von nun an wird Waller andere Religionen achten, und diese Erkenntnis gesellt sich bei: Ein Dämon war in ihm, die Aggressivität; dieses Poem hat mit einem Schlag den bösen Geist vertrieben.

Erst nach achtzig Seiten läßt er etwas wie ein Abenteuer geschehen: Waller hat, ohne zu wissen, was er damit anrichtet, in einem heiligen Buch eines Mekkapilgers geblättert und es dadurch entweiht, nun soll er verurteilt werden; schon sind Messer in den Sand gesteckt. Zwischen Sphinx und Cheopspyramide rettet May durch eine List den Missionar, sein treuer Diener Sejjid Omar hilft ihm dabei. Das geht alles ohne Kampf und Faustschlag ab, als vorzüglicher Reiter erweist sich May allerdings. Er und Waller werten das Erlebnis im Hotelzimmer weidlich aus, da sind hundert Seiten erreicht, nun soll die Handlung weiterspringen auf China zu. Erlebtes streut May ein: Die Pest in Bombay, auf Ceylon macht der Reisende Station. Das belauschte Gespräch, schon im ersten Kapitel entschärft angewendet, indem Leute in seiner Gegenwart deutsch sprechen, weil sie ihn für keinen Deutschen halten, hat auch hier seine die Handlung treibende Funktion. Wohl schleicht der würdig reisende Schriftsteller, der in besten Hotels wohnt, nicht auf den Fingerspitzen an, aber die Wände sind dünn. Ein amerikanischer Wissenschaftler spricht Ideen von Völkergleichheit und Völkerglück aus. Rowdies lärmen und trinken, Engländer auf der Reise nach China. Sie beleidigen einen Chinesen und wollen ihm gewaltsam Schnaps einflößen, da schreiten K. M. und sein Diener ein, gemeinsam werfen sie sechs Gegner die Treppe hinunter. Beim Schreiben zögert May, er weiß selbst nicht recht, warum er sich scheut, sein Ebenbild den berühmten Faustschlag anwenden zu lassen. So schildert er die Überfahrt: »Blau und wonnig, wie das aus dem Herzen gestiegene Glück in einem selig lächelnden Menschenauge, so sah uns jede, die Wangen unseres Dampfers küssende Woge an, um nach diesem Kusse an die Brust der See zurückzusinken.«

An jedem Nachmittag legt Klara Plöhn die Post vor. Kürschner bestätigt den Eingang einer weiteren Lieferung, Schüler bitten um Autogramme, auch um leere Patronenhülsen des Henrystutzens. Seitenlange Lobpreisungen – Klara Plöhn hat ausgesondert und einen Teil schon beantwortet. Vor einigen Jahren kamen doppelt so viele Briefe.

»Karl?«

»Ja?«

»Diese schreckliche Affäre mit Fischer. Ich habe mich gestern vor dem Einschlafen auf dieses Problem konzentriert. Mitten in der Nacht wurde ich wach, ich merkte, wie die Geister aus mir sprachen. Ich habe Licht gemacht und sofort geschrieben. Sieh das hier.« Sie hält May einen Bogen hin, schräg mit Wörtern bedeckt. »Kannst du es lesen?«

»Das Waldröschen darf nicht wieder leben.«

»Das ist eindeutig. Du mußt dich gegen Fischer wehren.«

»Das andere?«

»Ich kann's selbst nicht entziffern.«

»Aber hier unten?«

Klara zieht errötend den Bogen weg und drückt ihn an die Brust. Erst nach Bitten gibt sie ihn zurück, sie steht mit einem Ruck auf und stellt sich mit dem Rücken zu ihm ans Fenster. Er liest: »Emma und Karl sollen leben wie Bruder und Schwester.« Schweigen dehnt sich, endlich fragt er: »Hast du dich auch darauf konzentriert?«

Sie schüttelt den Kopf. Als sie sich umdreht, hält sie den Blick gesenkt. Sie murmelt: »Ich wollte den Zettel zerreißen, aber das darf man nicht, wenn man die Geister nicht erzürnen soll. Ihre Botschaft *muß* weitergegeben werden.«

So leise, daß es fast nicht zu verstehen ist: »Es ist beinahe so.«

Klara geht stumm hinaus. Tags darauf läßt sie ausrichten, sie habe Fieber. Als sie nach einer Woche wiederkommt, ist nur von der ersten Forderung der Geister die Rede. »Ich bin mit der Frau eines Rechtsanwalts bekannt«, sagt Klara. »Ob er sich deines Falls annehmen soll?«

Die Geister – selten hat er ihre Botschaft ernst genommen, manchmal über sie gespottet. Wer aus dem Erzgebirge stammt, darf an Dämonen glauben. In Erzschächten in der Nähe von Aue und Schlema herrschten unzweifelhaft dunkle Kräfte: Bergleute, die dort schürften, büßten ihre Manneskraft ein, die Haare fielen ihnen aus, die Zähne bröckelten, an einer unerklärlichen Krankheit siechten manche Jahre oder auch nur Monate dahin, bis sie verlöschten. Nun sprachen Geister durch Klara.

Zu dritt sitzen sie im Garten. Emma verteidigt die alte Freundin: »Pauline hat von all dem nichts gewußt, das schwör ich!«

»Karl, du solltest die Buchhändler warnen, du kriegst sie bestimmt auf deine Seite gegen Fischer.«

Diesen Ratschlag Klaras befolgt er, eine halbseitige Annonce gibt er auf, in der er auf den durch Fischer neu verlegten Roman hinweist und vor dem Vertrieb warnt. »Alle Sortimenter, welche dabei an meine bekannten ›Reiseromane‹ denken, mache ich darauf aufmerksam, daß ich gegen die genannte Firma gerichtlich vorgegangen bin.«

Weiter an »Und Friede auf Erden«. Auf der Fahrt nach Osten läßt er sein literarisches Ich zu einem Chinesen sprechen: »Sie dürfen überzeugt sein, daß nicht alle Abendländer Rowdies sind, welche den Osten nur zu dem einzigen Zwecke aufsuchen, ihn für sich auszubeuten. Ich liebe Ihre Nation.« Da, einer der übelsten Kerle, der Schlimmste von denen, die K. M. und sein Diener in Colombo die Treppe hinuntergeworfen haben, stürzt über Bord. May zieht schon die Jacke aus, da springt sein Diener Sejjid Omar hinterher, nicht ohne vorher seinem Herrn zugerufen zu haben, daß er vorzüglich schwimmen könne. Durch Signale mit einem Tuch lenkt K. M. die Aktion, endlich werden Sejjid Omar und der Gerettete an Bord gezogen. Aber nicht im mindesten bedankt sich der schofle Brite, ist er doch der Meinung, im Araber einen Menschen niederer Rasse vor sich zu haben. Das Ich verläßt das Schiff, das dem »Triester Lloyd« gehört: »Mein Abschied vom Kapitän war herzlich. Es ist nun einmal so, ich habe ein Faible für jeden Österreicher, und wer das für einen Fehler hält, der mag ihn mir verzeihen! Freilich, wenn man mich fragte, für welche Nationalität ich kein Faible habe, so käme ich wohl in Verlegenheit, denn ich bin ihnen allen, allen gut. Und das soll man ja wohl auch!«

Fischer führt seinen Gegenschlag, die Buchhändler klärt er auf: »Die unter dem Gesamttitel ›Karl Mays Illustrierte Werke‹ erscheinenden Romane und Reiseerzählungen sind von demselben Karl May, der die ›bekannten‹ Reiseerzählungen geschrieben hat. Von einem gerichtlichen Vorgehen gegen mich ist mir zur Stunde leider noch nichts bekannt, obgleich

ich seit zwei Jahren Hrn. K. M. fortgesetzt aufgefordert habe, seine diesbezüglichen und unbegründeten Drohungen wahrzumachen.«

Das hemmt, lähmt; May quält sich mit dem Gedanken, ob es nicht klüger gewesen wäre, auf Fischers Forderung einzugehen und die Romane zurückzukaufen. Vielleicht, daß er sie von Weitschweifigkeiten hätte reinigen und bei Fehsenfeld herausbringen können, und sicherlich wäre ja Fischer auch nicht auf seiner Forderung stehengeblieben, vielleicht hätte man sich auf 50 000 Mark geeinigt; das wäre so viel, wie die Reise gekostet hat, oder das Einkommen eines guten Jahres.

Eines Tages sitzt der Rechtsanwalt Dr. Bernstein in dem Zimmer mit dem großen Schreibtisch, den Speeren und Schilden, den Gewehren, dem Löwenfell. Er hört sich an, was May vom Beginn der Arbeit am »Waldröschen« an erzählt – also wirklich, damals wurde kein Vertrag geschlossen? Seltsam. »Und die Briefe, die Sie erwähnt haben?«

Ehe May recht nachdenkt: »Meine Frau hat sie verbrannt. Als ich im Orient war, hat sie aufgeräumt und die Bedeutung nicht zu schätzen gewußt.«

Für eine halbe Minute ist es still, dann sagt Bernstein: »Wir müssen behutsam vorgehen.« Eine unsichere Sache ist das in seinen Augen, aber dieser Mann ist reich, gerade die ungewissen Fälle sind es, die sich am ehesten von Instanz zu Instanz schleppen, und sein Büro ist nicht gerade mit Aufträgen überhäuft. »Nachdem der Weg nun einmal eingeschlagen worden ist, sollten Sie fest bleiben, Herr May.«

Wieder gibt er eine Annonce auf: »Ich schrieb die Erzählungen, um die es sich hier handelt. Münchmeyer wußte, daß ich keine Zeit hatte, die Korrektion oder gar die fertigen Werke wieder durchzulesen, und so entdeckte ich nur durch Zufall, daß er mein heimlicher Mitarbeiter war. Er hatte geändert, weil sein Verlangen nach Liebesszenen vernachlässigt worden war. Ich brach mit ihm und habe seitdem kein Wort mehr für ihn geschrieben.« Abermals zögert Fischer nicht mit dem Gegenschlag: »Von einer Mitarbeit des Hrn. Münchmeyer an den Werken des Hrn. K. M. erfahre ich erst durch des Letzteren Erklärung. Meines Wissens bestand Hrn. Münchmeyers Mitarbeiterschaft lediglich darin, Korrekturen zu machen und Streichungen im Manuskript vorzunehmen. Daß Herr Münchmeyer Verfasser von Liebesszenen sein soll, wird Hr. K. M. kaum im Ernste behaupten können.«

May hat sich sein Bett in einer Dachkammer aufschlagen lassen. Manchmal sieht er Emma nur beim Mittagessen; er tastet vor: »Hast doch früher manchmal Briefe verbrannt. Und Geld auf die Seite gebracht.«

»Damit nicht alles für Zigarren draufging.« Sie horcht auf: Was soll das jetzt, das ist doch zehn Jahre her, oder länger.

»Und Briefe von Backfischen, die dich anhimmelten.«

»Da könnten auch Briefe von Münchmeyer dabeigewesen sein?« Er hält die eingeschlagene Linie nicht durch – was soll er Emma täuschen, seine Feindin ist sie nicht. So erzählt er: Fischer gegenüber hat er geblufft, es gibt die Briefe nicht, nun hat er einem Rechtsanwalt gesagt, Emma habe sie verbrannt.

»Also wenn dich mal jemand fragt...«

»Wer soll mich schon fragen. Hast dich wohl in die Tinte geritten?« Wie sie ihn doch kennt, und wie ihr das zuwider ist, dieses Großspurige nach außen! Bei ihr flennt er sich dann aus.

»Bloß, wenn dich Rechtsanwalt Bernstein fragt.« Nicht, daß er ihr einen Köder hinwerfen will, aber sie sind nun einmal im Gespräch: »Wir könnten den Sommer in Südtirol verbringen, hättest du Lust, wir beide und Klara?«

Es geht wohl nichts mehr ohne Klara, aber zwischen ihr und Karl ist sowieso alles entzwei. Ob sie nun in Radebeul allein ist oder in Südtirol. Die Trennung während der Orientreise – aber es begann ja alles schon viel früher. »Ist mir egal.« Seltsam, findet sie, daß sie Klara nicht haßt, daß sie sie nicht aus dem Haus schmeißt. Dabei ist es gar nicht mehr mit anzusehen, wie sie Karl anhimmelt. Wenn Klara wüßte, wie es früher gewesen war: Ernstthal, und die Visitenkarten, Karl im Gefängnis in Hohenstein, und wie er da rauskam, gekrochen ist er, ihr nachgelaufen wie ein Hund, aus Mitleid hat sie ihn wieder genommen. Und jetzt, jetzt gehört sie zum alten Eisen, und die Jüngere da, die Kuh, die mit ihren Kuhaugen...

»Emma, wenn dich jemand fragt wegen der Briefe...«

»Jaja, bin eben schußlig, hab gar nicht gewußt, was ich da in den Ofen steckte. Dumm, wie ich bin. Ist doch so, oder? Mir kannst du doch nichts vormachen.« Leise: »Das ist ja das Schlimme für dich, daß du mir nichts vormachen kannst.«

Er schlurft aus der Küche wie geprügelt.

Weiter mit »Und Friede auf Erden«, noch hat Kürschner keinen Einspruch erhoben. Die Rowdies, auch den Strolch, den Sejjid Omar unter Wagnis seines Lebens aus dem Ozean gezogen hat, läßt May in einem Speisesaal rüde Töne anschlagen, aber ein britischer General betritt die Szene, durch den österreichischen Kapitän wird er ins Bild gesetzt, und schon zwingt er die Schufte, sich zu entschuldigen. Herzlichste Verbrüderung zwischen Engländer und Araber findet statt, die Generalin und deren Tochter bitten den Diener zwischen sich an den Tisch. »Ihre lieben Gesichter glänzten vor Freude über den Gast.« Sejjid Omar macht ihnen durchaus keine Schande, denn vollendet handhabt er Messer und Gabel und unterhält sich auf das artigste mit den vornehmen Damen. »Der Kapitän und der General gaben mir die Hände, und ich gestehe aufrichtig, daß ich gerührt war, als mir die beiden Damen dann die ihrigen reichten. Die Menschen sind überall gut, wenn sie sich damit begnügen, nichts weiter sein zu wollen als eben nur gute Menschen! – – –«

Endlich findet Klara Plöhn Zeit, die Bücherberge zu ordnen. Lexika sind in Schubladen gepfercht, volle Kisten stehen auf dem Boden. Sie gliedert Erdkunde und Völkerkunde, Sprachen, Geschichte und Politik, Religion, Philosophie, Spiritismus. Vor einem Regal stehend, blättert sie in einer Broschüre: »Wie ich ein Spiritualist geworden bin« von Cyriax. Von Wilhelm Schneider: »Der neue Geisterglaube«, von Carl Kerner: »Verkehrt mit den Geistern!« Am Ende zählt sie einundsechzig Bücher und Hefte allein in dieser Abteilung.

»Karl, wir werden das, was du gerade brauchst, in das Regal neben den Schreibtisch stellen. Wenn du damit fertig bist, räumen wir um.« Und so ordnet sie ein: Johann von Bloch: »Zur gegenwärtigen Lage in China«, Flad: »China in Wort und Bild«, Herisson: »Tagebuch eines Dolmetschers in China«, Schütz: »Die hohe Lehre des Confucius«, Eugen Wolf: »Meine Wanderungen in China«, Gabelentz: »Anfangsgründe der chinesischen Grammatik«, Heinrigs: »Über die Schrift der Chinesen«. Die schöngeistige Literatur bringt sie in der Bibliothek unter, Byron, Chamisso, allerlei Goethe, Lessing, Shakespeare, Wieland und Hebbel; so wenig ist das nicht, aber es wird so gut wie nie gebraucht. »Karl, wenn jemand über dich schreibt, erwähnt er gewöhnlich deine Vorläufer: Kipling, Jack London, Defoe, Sealsfield, Cooper, Gerstäcker. Aber ich finde nichts von ihnen unter deinen Büchern.«

»Man kann's den Kritikern nicht recht machen. Ein wenig von diesen Autoren hab ich in meiner Jugend gelesen, das schon. So kann mir wenigstens keiner vorwerfen, ich sei ein Plagiator.«

Dieses Regal: Afrika und der Orient. Ein Schrank: Nordamerika mit Cronau: »Fahrten im Lande der Sioux«, Schwerdt: »Die Pacific-Eisenbahn und die Indianer in Nordamerika«, Zittel: »Das Wunderland am Yellowstone«, Gatschet: »Zwölf Sprachen aus dem Südwesten Nordamerikas«, Tschudi: »Die Kechuasprache«, Müller: »Geschichte der amerikanischen Ur-Religionen«, Seton: »Prärietiere und ihre Schicksale«. Klara schleppt vom Boden herunter, staubt ab, legt Listen an. In allem Tun liegt Triumph, aufzuarbeiten, was Emma längst hätte erledigen sollen.

Emma steigt über Bücherstapel. Ist wohl alles nicht mehr gut in diesem Haus, wie sie es eingerichtet hat, muß wohl alles auf den Kopf gestellt werden? »Dieser Staub, und ich hab vorgestern frische Gardinen aufgemacht!«

Plötzliche Wut schießt in May auf, es kommt jetzt öfter vor, daß er unbeherrscht losschreit. »Was anderes als Gardinen hast du wohl nicht im Kopf!«

»Wärst ohne mich längst im Dreck erstickt, aber ein billigeres Dienstmädchen kannst du ja gar nicht finden!«

»Und ich hab gebeten, es sollen keine Teppiche geklopft werden, wenn ich arbeite!«

»Ich sag's ja, am liebsten im Dreck bis zum Hals!«

Klara hat sich über einen Atlas gebeugt, sie regt sich nicht, kaum, daß sie atmet. Als Dulderin möchte sie sich fühlen, dem Schriftsteller beistehend mit jeder Faser des Herzens. Jetzt, da Emma wettert, möchte sie Zorn auf sich ziehen und absorbierend tilgen. Sie stellt sich vor Karl, auch wenn sie ihm mit keinem Wort beispringt; ihr Schweigen, ihr Da-Sein soll Schutz bieten. So will sie es fühlen, so fühlt sie.

Es fällt ihm schwer, wieder Ruhe zum Schreiben zu finden. An Nachtarbeit ist ohnehin nicht mehr zu denken, er muß die Vormittage nutzen, und wenn er nachmittags noch schreiben will, braucht er nach dem Essen eine Stunde Schlaf. Diese marternde Spannung im Haus, und dann soll er Kraft zu dem Buch finden, das »Und Friede auf Erden« heißen wird. Kein Titel ist anspruchsvoller.

3

Schmerz strahlt von den Schultern zum Nacken, über den Kopf zur Stirn, vom Arm zum Herzen. Ein Arzt empfiehlt Spaziergänge, keine Aufregung, leichte Speisen. Wie gut, daß Herr May mit dem Rauchen aufgehört habe. »Sie sind hochgradig nervös.« Der Arzt vermeidet ein Wort, das schockieren könnte: Neurotiker.

Aber wie soll er Ruhe finden, da sich im Gefolge des Artikelabtauschs mit Fischer eine Pressefehde entwickelt hat: Jede Neuigkeit wird gierig kommentiert, aufgebauscht, verdreht. Von einem Monat auf den anderen werden die Reiseromane parodierenswert gefunden. Nichts ätzt stärker als Hohn.

Rechtsanwalt Bernstein bietet sich als nützlich an. »Wir könnten Ihnen so viel abnehmen. Klagen Sie doch gegen diese Schmierer!« Aber das ahnt May: Auf jede Klage, mit der er einen Lästerer mundtot macht, werden sich zehn andere erheben. »Ich habe nur einen Gegner, und das ist Fischer.«

Bernstein zeigt sich einverstanden. Also müsse man gegen Fischer vorgehen, und wenn man nur eine einstweilige Verfügung erwirke, auf der sich später aufbauen ließe. May läßt sich erläutern: Einstweilige Verfügung, was wäre das genau?

Noch stehen manche Zeitungen unerschüttert hinter May. Schnell ist ein Artikel geschrieben, in dem er behauptet, seine »völlig sittenreinen Originalarbeiten« seien verfälscht worden. Das klingt gut, niemand wird das Gegenteil beweisen können. Denn Münchmeyer ist tot, Walther, das Faktotum des Verlags, ist tot, und wenn auch Münchmeyer nicht gerade selbst geändert hat, so hat er doch zu Änderungen *gedrängt,* diese geplante Schändung einer Komteß durch sechs Räuber – in welchem Buche wohl?

Schlag in der »Kölnischen Volkszeitung«: »Wir können uns nicht helfen, uns ist der Mann zu fromm.«

Klara versucht, die kritischen Artikel nicht vor seine Augen kommen zu lassen. »Karl, es ist zwecklos, daß du dich aufregst! Setz dich in die Sonne, was mußt du dich um die Kläffer kümmern!«

Bernstein tritt durch das Gartentor der »Villa Shatterhand« und schwingt einen Bogen ins Licht: Das Königliche Landgericht hat eine einstweilige Verfügung erlassen, Fischer darf nicht weiterdrucken!

»Und verkaufen?«

»Das war nicht zu verhindern.«

May will auffahren, er kennt das Verlagsgewerbe zu genau, um nicht zu wissen, wie schwer es fällt, Auflagenziffern nachzuweisen. Aber Bernstein kommt ihm zuvor: »Lieber Herr May, wir haben einen Sieg errungen, begreifen Sie das doch! Fischer hat gejammert, daß wir ihm jetzt schon einen Schaden von vierzigtausend Mark zugefügt haben!« Nach einigen Sätzen muß Bernstein eingestehen, daß Fischer allerdings die angefangenen Romane vervollständigen darf. Wieder springen Mays Hände auf, wieder läßt er sie kraftlos sinken. Bernstein: »Aber, das ist erst der Anfang! Jetzt warten wir ab, wie Fischer reagiert, danach verpassen wir ihm den Fangschuß.«

Es bedeutet eine Last wie nie, die Marionetten zu führen. Zwanzig Seiten in einer Nacht, das ist vorbei. Aber Kürschner will Futter haben für seine Zeitschrift. Die Freude wärmt, ihm immer noch ein Schnippchen zu schlagen, Güte und Friede und Versöhnung zu predigen, da der Verleger Haß und Kampf will: Ein englischer Governor muß überrascht eingestehen, daß Araber und Chinesen eine Kultur besitzen, die es an Alter und Größe mit der europäischen aufnehmen kann und ihr sogar in manchen Bereichen überlegen ist. Aber was sei schon von Malaien zu halten? Da zählt das Ich, vom Governor »Charley« geheißen, die Kulturtaten der Malaien her. »Von den malaiischen Büchern, die ich selbst besitze, will ich gar nicht sprechen.« Sechzehn Dialekte weiß er aus dem Kopf und könnte sogar noch mehr nennen. Karl May ist nicht mehr Old Shatterhand oder Kara Ben Nemsi, nicht mehr mit der Faust besiegt er seine Gegner, sondern durch enzyklopädisches Wissen. Sechsundzwanzig literarische Werke nennt er, eines heißt »Lampahlampahannipun«. Die Spannungsmuster des Gefangennehmens, Befreiens, Belauschens hofft er umzusetzen: Ein Gedicht wird heimlich in Manteltaschen gesteckt, vom Winde verweht, übersetzt und rückübersetzt; dieses Gedicht, ähnlich wie in »Weihnacht«, bewirkt blitzschnell Geisteswandlung in allen: »Welcher gute Mensch könnte jetzt wohl anders als friedlich fühlen!«

Kürschner mäkelt nun doch über den Inhalt des Reiseromans – gedenke der geschätzte Verfasser, die Handlung in gehabter Weise weiterzuführen? Die nächste Lieferung beginnt mit einem Gedicht:

> Der Habsucht sei das Gold beschieden,
> Der Weihrauch dem, der Weihrauch liebt,
> Uns Armen aber gibt den Frieden,
> Den uns kein Fürst, kein Weiser gibt!

Nun endlich arrangiert der Autor einen Zusammenprall; Waller, der amerikanische Missionar, wird schwer verwundet, im Todeskampf deklamiert er Maysche Verse:

> Tragt Euer Evangelium hinaus,
> Doch ohne Kampf sei es der Welt beschieden.

Der Governor zeigt sich gründlich gewandelt. Zu einem Mandarin spricht er, auf seinen Freund Charley weisend: »›Mylord, ich bin England, und dieser etwas jüngere Gentleman ist Deutschland. Wir kommen zu Euch, um China mit aller uns möglichen Liebe und Güte zu erobern, aufrichtig und ohne Falsch. Wir wollen in diesem schönen Friedenswerke und aus allen Kräften beistehen und so innig Hand in Hand miteinander gehen, daß wir Euch bitten, uns keine getrennten Wohnungen anzuweisen.‹ Der Governor faßte ihn hüben und drüben an, zog ihn an sich, gab ihm einen, zwei, drei herzhafte Küsse und rief, so freudig animiert, wie wohl noch niemals, aus: ›Das soll nicht nur ein Wort sein, sondern ein Kontrakt, den keiner von uns brechen darf und keiner brechen wird! Das ist ein Tag, wie ich so schön noch keinen je erlebte!‹«

Als Kürschner schreibt, so füge sich der Beitrag nicht in seinen Band, und man wolle sich doch auf Abbruch einigen, erfüllt das May mit Befriedigung: Er hat seinen Willen durchgesetzt, endlich; stellvertretend hat er sich sogar an Münchmeyer gerächt. Das sollte die Runde durch die Zeitungen machen: Karl May weist einem kriegslüsternen Verleger den Palmwedel! Zweitausend Mark büßt er ein, da er die Serie vorzeitig kappt – wenn schon. Genau diese Tat mußte er in dieser Stunde tun; wenn doch nur alle Zeitungen darüber berichteten!

Zeitungen können brennen wie Nesseln. Er abonniert immer mehr, durchstöbert sie in Kaffeehäusern; Redaktionen schicken Einzelexemplare. Da ist dieser Cardauns, Chefredakteur der »Kölnischen Volkszeitung«. Cardauns – May dreht an dem Namen herum, bis er einen ekelhaften Beigeschmack annimmt: Cardauns klingt wie Kaldaune. Durch westdeutsche Städte reist Cardauns und wiederholt einen Vortrag, schon im Titel liegt für May Unrat: »Literarische Couriosita«. Die Buchstaben fügen sich vor seinen Augen: »Es gelang dem Referenten, für fünfzig Minuten aus den Romanen des berüchtigten Karl May solch Kapital an Heiterkeit zu schlagen, daß die Zuhörer ein über das andere Mal in brüllendes Gelächter ausbrachen.« Keine Flammen schlagen hoch und vernichten diese Schmähworte. Der Kellner verneigt sich: Hat der Herr noch einen Wunsch? Keine Zigarre hilft mehr, kein Wein. Noch eine Tasse Kaffee, ja. May möchte die Zeitung aus ihrem Halter reißen. Brüllendes Gelächter – aber als ich in München auf dem Balkon stand! Tausende! Und wer ist schon Kaldauns. Dennoch, die Kruste über dem Salzsee ist dünn, der Sumpf darunter könnte ihn verschlingen, Cardauns schlägt Risse. Dessen Wahrheiten sind für May überdeckt durch neue Wahrheiten, die die alten auslöschen. Er hat doch eben bewiesen, daß er nicht mehr der ist, der er einst war!

Die Münchmeyer-Romane lagen in Kartons auf dem Boden. Auch in der »Villa Shatterhand« sind sie aus der Geisterwelt aufgetaucht. Er schlägt ein Heft auf, erschrickt: Das hat er geschrieben?

Rasch muß er reiten, einen Gegenschlag muß er führen; noch ist das Schlimmste nicht geschehen, noch weiß keiner von Waldheim. Die Kruste ist dünn, seine Haut ist dünn. Emma trägt das Essen in die Küche zurück, er hört, wie sie zum Dienstmädchen sagt: »Ist doch mir egal, ob er was ißt oder nicht.« Im Garten steht er unter Bäumen, golden leuchten die Buchstaben »Villa Shatterhand«. Er möchte das Haus umtaufen in »Villa Frieden« oder in »Villa Friede auf Erden«. Vielleicht wird er es tun, wenn er seine Leser aus allen Niederungen geführt hat.

Also eine Schrift gegen Cardauns – er will die Fiktion erwecken, ein Leser griffe zur Feder, um sein Idol zu verteidigen. So soll der Titel lauten:

»Karl May als Erzieher«
und
»Die Wahrheit über Karl May«
oder
»Die Gegner Karl Mays in ihrem eigenen Lichte von einem dankbaren May-Leser«.

Die Verteidigung führt er mit Winkelzügen, Kniffen; nachdem er sich eingeschrieben hat, schafft es geradezu Befriedigung, Seitenhiebe zu führen. Haben nicht Zeitungen die Karl-May-Lektüre als »beste ethische Kost auf dem geistigen Tisch des deutschen Volkes« bezeichnet? Die »Kölnische Volkszeitung« hat acht Jahre zuvor ›Die Gum‹ veröffentlicht und einen reißerischen Untertitel dazuerfunden. »Hat der Herr Chefredakteur diese Romane selbst gelesen? Natürlich: Denn die ›Kölnische Volkszeitung‹ urteilt nie über etwas, was sie nicht genau weiß! Hat ihm dieses Lesen geschadet? Nein! Denn die ›Kölnische Volkszeitung‹ hat keinen durch May unsittlich gewordenen Chefredakteur! Nun, was dieser Chefredakteur verträgt, vertragen andere Leute auch. Lesen wir also diese Romane getrost ebenso, wie er sie gelesen hat!« Wenn Karl-May-Romane wirklich unsittlich seien, müsse man dann nicht Kommerzienrat Pustet vom »Hausschatz«, der sie jahrelang gedruckt hat, einen beklagenswerten Ignoranten nennen? Müsse Pustet nicht moralisch unzurechnungsfähig sein? Der Colorado sei nicht beschiffbar – schon hat er hingeschrieben: »Ich habe ihn mehrfach selbst auf einem nicht gerade kleinen Boot befahren!« Er streicht den Satz durch, die Decke ist rissig, er muß sie nicht selbst zerstören. Der Colorado sei *doch* schiffbar – er verweist auf die Notiz in einem Lexikon.

Achtundsechzig Seiten schreibt er, auf neunzig Seiten fügt Fehsenfeld begeisterte Leserbriefe hinzu und bringt die Broschüre hunderttausendfach heraus. May liest, was er geschrieben hat. Er empfindet es als eine mögliche Form, die direkte, nun möchte er noch in einer überhöhten, durchgeistigten

Weise antworten; im Roman »Im Reiche des Silbernen Löwen« wird er Begebenheiten und Charaktere vielschichtig verarbeiten, wird die Menschen seiner Umgebung zerlegen und auf verschiedenen Höhen agieren lassen, in immer lichtere Sphären hinauf. Auch Fehsenfeld, der sich einem erneuten Zeitungsangriff gegenüber halbherzig erweist. Natürlich Cardauns, den verstorbenen Freund Richard Plöhn, der treu war wie Bismarck. Sich selbst, ohne Frage, Emma, Klara, die Großmutter, Pustet, aber nicht sofort zu erkennen, der Leser möge sich einfühlen und wird dann unendlichen Gewinn entnehmen. Die Form der Reiseerzählung, das wohl, aber getränkt mit wertvollsten Gedanken über diese Welt und Gott. So läßt er das Gebilde Ustat sprechen: »Ich ritt davon, mit offenen Augen in dieses vielgerühmte Himmelreich hinein. Fragst du mich vielleicht, wie lange es dauerte, bis ich es kennengelernt hatte? Ein ganzes, ganzes Menschenelend lang! Soll ich beschreiben, was ich sah, was ich entdeckte? Wer kann Unbeschreibliches beschreiben? Schon gleich am ersten Tage blieb ich nicht allein. Der Menschheitsjammer kam zu mir und weinte mir aus tiefen Augenhöhlen zu. Er hat mich nicht verlassen bis zum letzten Schritt. Das Erdenweh gesellte sich zu mir. Es kroch zu mir aufs Pferd und schlang die Arme fest um meine Hüften. Des Lebens Elend faßte meinen Bügel und schleppte sich an meiner Seite weiter. Es kam die Not gerannt und griff in die Kandare...«

Noch ein Band, noch ein Band! Die Knie sind kalt, er muß sich aufrichten, weil der Magen schmerzt. Ein Teller Suppe müßte neben ihm stehen, Graupen vielleicht. Er fühlt sich wieder am Ursprung, vielleicht erscheint ihm Ernstthal bald nicht mehr schrecklich? Auch das muß er preisen: das behagliche, einfache Leben, Glück vor der besonnten Haustür.

4

»Du mußt dich in allem und allem entscheiden!«

Sein Blick liegt auf der Kette der Alpengipfel, am Vortag hat er einen Namen nach dem anderen genannt, auch die der Gletscher und der Einschnitte hergezählt und angefügt, je weiter man hinaufkomme, desto reiner schimmere das Weiß, da oben drohten keine Schatten mehr.

Ein Stuhl ist leer, Emma ist in den Ort hinuntergegangen, einen Einkauf vorschützend; niemand mußte aussprechen, daß sie für einige Stunden fliehen wollte. Schon, wenn ein Löffel gegen den Tassenrand klirrt, schrecken alle drei zusammen.

»In dir muß wieder alles in Einklang kommen. Vielleicht ist das Wort ›wieder‹ falsch. Nie war um dich Harmonie.« Dann dieser Schlag: »Sie hat nie zu dir gepaßt.«

Er könnte Klara antworten: Doch, am Anfang, und als wir die Villa kauften. Er muß Emma nicht verteidigen, auch Anklage ist nicht gefordert, er brauchte nur Klara zu folgen, und alles wäre gut. Eine Lebensschicht müßte zurücktreten wie eine Phantasie, er selbst müßte aufsteigen wie seine Figuren im Reiche des Silberlöwen.

»Karl, ich bin Richard eine treue Frau gewesen. Selbst mit jedem Gedanken.«

Er wartet, daß sie weitersprächen: Ich könnte auch dir eine treue Frau sein. Dieser Satz klingt auch so nach.

»Du bist gütig, Karl. Sie tut dir leid, die Jahre zwischen euch, ich erfühle alles. Aber tust du dir nicht selbst leid?« Klara Plöhn weiß, womit sie diese Gedankenkette am wirkungsvollsten schließen könnte, das muß noch nicht in dieser Minute sein; so legt sie ihre Hand auf seinen Arm und streicht bis zum Handrücken und drückt ihre Finger zwischen seine Finger, sanft tut sie das am Anfang und mit Nachdruck, als sich seine Finger nicht öffnen wollen. »Du hast so viele Wunden, Karl. Ich möchte dich streicheln für alles Bittere, das du erfahren mußtest.«

Nun schließt sich seine Hand doch, umkrampft, daß es sie schmerzt, aber im Schmerz liegt auch Glück, und sie lacht und stöhnt durcheinander: »Karl, Karl!« Dann wieder: »Was du erlitten hast!« Auch das ist Balsam, beglückt wie Sehnsucht damals: ein Salon, eine schöne Frau in ihm, die weißen Arme nackt bis zur Schulter hinauf. Klaras Haut ist glatt, er hat gesehen, wie sie sich im Libanon und in Griechenland bräunte, und jetzt, hier in Südtirol, liegt wieder sommerlicher Hauch über den Händen und den Gelenken unter den Blusenärmeln.

Er schließt die Augen, die Gipfel mit ihren Gletschern bleiben in der Erinnerung. Ein Appartement hat er im Hotel auf der Mendel nahe Bozen gemietet. Erholen wollten sie sich hier von allen Strapazen und Bösartigkeiten, es ist nichts daraus geworden.

»Karl, du bist nicht nur für dich da!«

Seine Finger lösen sich. Sie will diesen Satz klingen lassen, er muß in ihn eindringen, gewiß wirkt nichts bei ihm stärker in die Tiefe. »Wer bin ich schon. Aber auf dich schaut ein ganzes Volk.«

Er öffnet die Augen wieder, die Gipfel stehen unverrückt, nun hat auch Klara ausgesprochen, wovon er überzeugt ist, was in Hunderten von Briefen stand. Ein Dichter ist nicht nur für sich da, wenn ein ganzes Volk seine Bücher liebt.

Sie ruckt sich hoch und wirft die Decke von den Beinen. »Ihr zankt euch jeden Tag, in Hamburg, in Leipzig gab es bei Emma nur Tränen, in München habt ihr euch halbwegs versöhnt, wer weiß, was sie dir versprochen hat. Aber hier – in ihr steckt doch so viel Gift.«

»Sie hat mir nichts versprochen.«

»Nein?« Diesen Zweifel nimmt sie nicht zurück, er soll bohren und in ihm Unglauben an die eigene Überzeugung erwecken. »In dir muß alles im Einklang sein, Karl. Deiner Aufgabe wegen, hörst du?« Nach einer Weile: »Wenn du meine Kraft dazu brauchen solltest, genügt ein Blick.«

Jetzt faßt er nach ihrer Hand, erst zaghaft, dann packt er zu. »Richard ist nun über ein Jahr tot.« Richard war sein Freund,

Richard hat ihm Klara anvertraut; er sucht nach Worten von einer verpflichtenden Sendung. Klara kommt ihm zuvor, ihre Stimme klingt wie nach langem Nachdenken: »Es wäre auch in Richards Sinne.« Die Gelegenheit ist da, sie will das klärende Gespräch nicht hinausschieben. Die Krise mit Emma ist auf dem Siedepunkt, jeder weitere Tag wäre Qual, und was stürzt, soll man stoßen. »Karl, bei dir muß alles in Harmonie sein, dein Leben und Schreiben. Diese Millionen von Lesern!« Sie stellt sich vor ihn hin und zieht ihn hoch. Im Zimmer drin preßt sie sich an und küßt ihn. Seine Hände fassen unbeholfen in ihr Haar, da biegt sie den Kopf zurück.

»Klara, ich bin über die Sechzig, und du bist noch nicht vierzig.«

»Ich finde es wunderbar, für dich, für mich. Ich will dir alles sein, Magd, Geliebte, deine erste Leserin, die Frau, die dich am meisten bewundert.« Sie legt den Kopf an seine Schulter und flüstert: »Schickst du sie weg?«

»Wie kann ich, wie...«

Mit ein paar Schritten ist sie auf dem Balkon und beugt sich übers Geländer. Er folgt ihr und stellt sich neben sie, sie murmelt: »Sonst muß ich gehen, es ist nicht mehr Platz für beide. Weil ich dich liebe, Karl.«

»Wie soll ich sie wegschicken?«

»Oder sie bleibt hier, und wir fahren an einen Ort, an dem du ohne Qual arbeiten kannst. Ich lasse nie mehr etwas Böses an dich heran. Du wirst endlich so, wie du schreibst, lebst, wie du fühlst.«

Vor ein paar Tagen hat er nach einem Streit mit Emma geweint; nun sagt er: »Ich bin am Ende meiner Kraft. Die Prozesse, auf Fehsenfeld ist immer weniger Verlaß. Und was ich hinter mir habe.«

»Ich weiß alles.«

»Du weißt nicht alles.«

»Dann wirst du es mir erzählen. Soll ich dir heraushelfen?« Eine Antwort wartet sie nicht ab, sie legt die Decken zusammen und trägt sie ins Zimmer. Das Licht ist härter geworden auf den Gipfeln, nicht jeder Sonnenuntergang endet im Alpenglühen. Erinnerung drängt in ihm hoch: Diese Demütigung, als er das »Waldröschen« abgeschlossen hatte, als er sich ausmalte, Emma müßte hinter seinem Stuhl stehen und auf die letzte Zeile warten und ihn umarmen, ein Tisch müßte gedeckt sein mit edlem Geschirr und einem siebenarmigen Leuchter und weißen Kerzen. Zwanzig Jahre liegt das zurück, aber er weiß noch: In der Küche fand er Schweinebauch und aß ihn mit Brot und Senf. Wenigstens nicht Hämmele. Schwindelgefühl packt ihn, Taumeln, wieder eine Erinnerung: Als er vor Waldheims Direktor stand – einer wie Sie bricht doch nicht aus, May! Oder gar: Einer wie du? Er muß durch diese Wirrnis hindurch, vielleicht brauchte er nichts zu tun, als Klara zu folgen.

Beim Abendessen stochert Emma in ihrer Sülze, sie weiß kaum, daß sie es tut. Klara: »Damit machst du Karl keinen Appetit.«

Emma schaut hoch, von Klara zu ihrem Mann und zurück. Zwei Augenpaare sind gesenkt, zwei Münder geschlossen im gleichen Ausdruck. »Ach, so ist das.« Im Begreifen liegt Angst, sie steht einer Front gegenüber. »Aber ich hab nun mal keinen Appetit.«

Sofort Klara: »Das ist nicht wichtig, wichtig ist Karl.«

»Und du? Bist du's?«

Klara tröpfelt Essig auf die Sülze, bricht mit der Gabel einen Brocken ab und schiebt ihn in den Mund. Zwei Münder kauen jetzt Sülze, mit zwei Gabeln werden Bratkartoffeln nachgeführt. May und Klara Plöhn kauen, Emma spürt Ekel im Hals. »Mit dir hab ich mir was Schönes großgezogen, du Früchtchen! Als Freundin ins Haus geholt, nun spielst du meinen Mann gegen mich aus.«

Klara fragt: »Ist er dein Mann?«

Emma möchte Messer und Gabel aufs Tischtuch schmeißen, sie weiß, daß sie es tun müßte, doch ihr fehlt die Kraft, sie müßte fortrennen und etwas tun, tun, nicht nur mit einem Schrei protestieren, sondern mit einer Tat. Aber plötzlich wird ihr bewußt, daß sie ja nicht einmal soviel Geld hat, um nach Radebeul zurückzufahren.

Klara: »Wir gehen hinauf und besprechen alles.« Das klingt wie ein Befehl. Emma ist auf einmal bereit, um Gnade zu betteln, wenn sie nur nicht alles verliert. In München hat sie um einen Kuß der Versöhnung gebeten, aber er hat geantwortet: Die Toten küssen nicht. Das bedeutet in der Sprache des Spiritismus, daß sie für ihn gestorben sei. Seine Lider sind halb gesenkt, er ist totenblaß. Er wird ihr nicht helfen.

Eine Viertelstunde später im Zimmer spricht fast nur Klara: Es müsse reiner Tisch geschaffen werden, Karl gehe zugrunde unter diesen Umständen, diese Ehe bestehe nicht mehr, nun müsse sie auch offiziell gelöst werden. »Emma, du mußt dich in den Gedanken hineinleben, daß wir beide tot sind! Du löst dich aus unserem Leben, und wir verschwinden aus deinem!«

»Soll ich aus unserem Haus?«

»Dieses Haus ist für dich verbrannt. Hast du gehört, Emma, Flammen sind aus dem Dach geschlagen, du hast sie selber gesehen. Das Haus ist zerstört bis auf die Grundmauern, es hat jahrelang gebrannt!«

Er sagt nur diesen blassen Satz: »Es ist traurig, daß es so weit gekommen ist.«

Klara: »Wir werden noch heute abend ein Schriftstück aufsetzen. Diese Ehe ist zu Ende, und du, Emma, willigst in die Scheidung ein!« Klara wiederholt immer wieder dieselben Sätze, Emma weint, einmal schluchzt sie: »Ich könnte doch wenigstens als eure Köchin im Hause bleiben.« Sie wirft sich über den Tisch. Er begnadigt sie: »Wir reden morgen weiter.«

In dieser Nacht beißt Emma ins Kissen und schreit Schreie, die niemand hört. Ihr Leib schmerzt, ihr Herz rast. Am Morgen steht Klara mit aufgelöstem Haar im Zimmer und streckt einen Zettel vor, auf dem steht: »Emma, du mußt alles tun, was Karl sagt, sonst wehe, wehe, wehe!« Emma hört durch ihr Schluchzen hindurch: »Die Geister haben heute nacht gesprochen.« Sie sinkt auf einen Sessel und schlägt die Hände auf die

Tischplatte, der Schmerz stößt vom Leib bis hinauf in die Gurgel.

»Wir werden fortfahren, und du bleibst hier. Du wirst dieses Hotel nicht verlassen, bis Karl es dir erlaubt, und dann gehst du dorthin, wohin er befiehlt.«

Emma preßt die Hände auf den Leib, sie hat nur einen Gedanken: Das sind nicht die Geister, die da sprechen, es ist der Teufel, und da steht eine Teufelin, sie hat Karl behext, so klingt die Stimme des Satans. Sie möchte dieser Hexe ins Gesicht schreien, daß sie sich ins Haus geschlichen und ihr Karl abspenstig gemacht habe, denn vorher war doch alles gut zwischen Karl und ihr, sie haben über zwanzig Jahre eine glückliche Ehe geführt, und wenn nicht alles reibungslos lief, wo gibt es denn das, aber dieses Drecksweib hat alles zerstört.

May bestätigt in dürren Worten, was Klara verlangt: Ja, er werde mit Klara dieses Hotel verlassen, Emma habe hierzubleiben, natürlich werde er ihr den Aufenthalt bezahlen. Er werde ihr schreiben, was sie später zu tun habe.

Klara: »Wenn du nicht tust, was Karl dir befiehlt, bekommst du keinen Pfennig!« Noch einmal hält sie den Zettel hin. »Die Geister haben gesprochen, du weißt es!«

Er sucht nach einem versöhnlichen Wort, aber Klara hat ihm eingeschärft, ohne Härte ließe sich dieser Bruch nicht vollziehen. Er möchte Festigkeit mit Barmherzigkeit paaren, vermag aber nur zu murmeln: »Alles ist entschieden, alles ist entschieden.«

Ein Bogen liegt auf dem Tisch: »Ich Endesunterzeichnete erkläre hiermit, daß ich wegen gegenseitiger, unüberwindlicher Abneigung ein weiteres Zusammenleben mit meinem bisherigen Ehemann, dem Schriftsteller Herrn Karl May in Radebeul, für vollständig unmöglich halte und ihm daher meine unwiderrufliche Zustimmung zur Scheidung unserer Ehe gegeben habe.«

Klara: »Ich sag's dir zum letztenmal: Wenn du nicht unterschreibst, dann wehe, wehe, wehe! Die Geister deiner Eltern befehlen dir!«

»Ich sorge für dich«, murmelt er, »du bekommst eine Rente, auch Möbel.«

Klara schreit: »Aber jetzt unterschreib! Sonst gibt Karl dir keinen Pfennig!«

Der Namenszug: Emma May. Klara reißt ihr fast den Bogen weg. Sie nimmt May am Arm und führt ihn hinaus wie einen Kranken. Im Nebenzimmer redet sie auf ihn ein: »Das ist wie nach einem Begräbnis, man muß erst begreifen. Und sie ist für uns tot, tot, tot. Wir fahren nach Hause, laß uns erst dort sein!«

Während Klara die Koffer auf den Korridor trägt, bleibt Emma in ihrem Zimmer. Sie ist fast ohnmächtig, sie fühlt sich besudelt, krank, ohne Waffen. In Briefen werden Befehle kommen, sie wird sie ausführen müssen. Immer die Männer sind es, die sie prügeln, der Großvater knuffte, diese Leutnants und Sänger und Maler, was wollten sie denn schon, und nun tritt sogar Karl nach ihr. Alt und verbraucht ist sie, die Jüngere zieht in die Villa ein. Nun schlägt sogar Karl nach ihr, weil die andere es befiehlt.

»Es ist alles gut so«, beschwört Klara in der Droschke, die sie zum Bahnhof bringt. »Ein paar Tage, und du wirst aufatmen.« Das dämpft wie die Stimme der Großmutter, als er blind war, wie die Stimme Kochtas. Der Hoteldiener verstaut die Koffer im Gepäcknetz.

»Karl, möchtest du rauchen?«

»Karl, möchtest du diesen Platz oder diesen?«

»Karl, wenn wir zurück sind, wird Bernstein alles in die Hände nehmen.«

»Karl, wir sollten uns in den Speisewagen setzen. Wenigstens zu einer Tasse Kaffee.«

»Karl, wenn wir zu Hause sind.«

Erst am Abend in einem Frankfurter Hotel spricht er ein paar Sätze. Keinen Augenblick lang werde er Emma in Not geraten lassen, Möbel soll sie bekommen, die ihr vertraut sind, alles aus ihrem Zimmer, Wäsche. Klara stimmt zu, denn das bedeutet alles Schritte nach vorn. »Karl, am besten wird sein, wenn du ihr verbietest, in Dresden zu wohnen, ich meine: am besten für sie.«

Fast schluchzend: »Sie kann doch nichts dafür.«

»Karl! Karl!« Klara zieht ihn vom Fenster weg und drückt ihn auf einen Stuhl. »Schuldig, nicht schuldig – sie ist ein Klotz für dich, sie hat sich ihr Leben lang an dich gehängt, ohne sie hättest du schon vor zehn Jahren die Bücher geschrieben, die du jetzt schreiben wirst.« Sie sinkt vor ihm nieder und umklammert seine Knie und drückt den Kopf darauf: »Ich habe vom ersten Tag an gewußt, daß du ein Dichter bist, und sie hat es nie begriffen. Du hast das Recht, über Menschen hinwegzugehen, wenn sie dir eine Last sind. Sie ist bereits tot, mausetot.« Sie küßt den Stoff seiner Hose, seine Hände, die sie hochziehen wollen. Zwischen schnellen kleinen Küssen murmelt sie: »Sie ist verschwunden, die Geister haben sie fortgetragen.« Nach einer Weile: »Weißt du noch, als ich eine Zeile sprach wie ein Gedicht?« Sie sucht nach dieser Zeile und kann sie nicht finden, der Zugang ist durch andere Worte versperrt: Handwerker trugen ihn.

5

»Villa Shatterhand«, Klara Plöhn läßt keinen Tag ungenutzt. »Du wirst schreiben, alles andere läßt du mich tun. Du kannst nun getrost aufsteigen. Karl, liest du mir heute abend vor?«

Von den Dienstmädchen läßt sie Schränke ausräumen und die Garderobe der Toten auf den Boden tragen, man wird sie ihr schicken. Rechtsanwalt Bernstein bekommt eine weitere Aufgabe. Mit einem gepreßten Murmeln reicht ihm May den Bogen hin, auf dem Emma die Bereitschaft erklärt hat, sich scheiden zu lassen. Peinlich ist May das Ganze, beim letzten Besuch Bernsteins hat noch Emma ihm Kaffee vorgesetzt. Der Anwalt wiegt den Kopf, tja, mit dieser Erklärung sei juristisch wenig bis nichts anzufangen, Herr May müsse nun schon mit Gründen aufwarten.

Wieder dieses Murmeln, Händereiben nun auch und Kratzen im Bart, hm, Gründe, nun ja.

»Ehebruch, Veruntreuung, Beschimpfungen, Prügel«; Bernstein macht sich anheischig, ein Register von Möglichkeiten aufzuzählen. »Veruntreuung«, wiederholt May. »Ist das wirklich nötig? Dreckige Wäsche waschen...«

Der Rechtsanwalt breitet die Hände – so sollte man das doch nicht nennen. Als Klara ihn an die Tür begleitet, sagt sie: »Machen Sie Druck dahinter, bitte!« Da sie gelauscht hat, kann sie hinzufügen: »Ich finde täglich neues Material. Sie hat Briefe beiseite gebracht, ich habe sie in der Küche bei den Abrechnungen für die Dienstboten gefunden. Dann habe ich alle Schimpfwörter notiert, die ich mit eigenen Ohren von ihr gehört habe, bitte, die Liste!«

Nach Wochen tastet sich May wieder ins Schreiben hinein. Seine Gestalten führen Gespräche, wenden Begriffe: Liebe, Vergebung, Schuld, die in vielerlei Tun liegt, die bewußte Lüge und die Unwahrheit, die in Unkenntnis gesprochen wird und deshalb keine Lüge ist. Wenn er die Feder weggelegt hat, nimmt Klara die Bögen, manchmal liest sie eine Seite laut vor. »Es ist so wunderbar, jedes Wort ist herrlich!« Sie numeriert die Bögen und legt sie in Mappen. »Mit jedem Tag schreibst du schöner und wahrer!«

»Klara, ich fühle mich zu Tode erschöpft.«

»Karl, du wärst zugrunde gegangen ohne diese Wendung. Sie hat keine Kraft mehr über dich. Sie ist wirklich und wahrhaftig tot.«

Packer holen Möbel ab; Rosenholz, zierliche Stühle, hier hat die Frau gewohnt, deren Name nie mehr genannt werden soll. »Karl, wir könnten es so machen: Die Rente bekommt sie offiziell von mir, da fällt es leichter, Bedingungen daran zu knüpfen, daß sie dich nicht etwa verleumdet. Diese Regelung kann dann nicht auf dich zurückfallen.«

Er ziert sich, das kennt sie. Er will der feine Mann sein, aber Bernstein hat drastisch formuliert: Hier muß man den Deckel vom Nachttopf nehmen. »Wenn wir nun angeben, du hättest nicht gewußt, daß sie dein Geld an Richard übergab, damals, vor der Orientreise?«

»Aber ich hab es gewußt.«

»Richard ist tot, Aussage stünde gegen Aussage. Und außerdem: Die *genaue Summe* hast du nicht gekannt.«

»Wahrscheinlich nicht.«

»Karl, du brauchst Gründe! Sie wird schon nicht aufmukken, sonst kriegt sie die Rente nicht.« Also das Geld an Richard: Karl, so könnte man sagen, hat es erst dieser Tage von ihr erfahren. Unterschrieben hat er doch damals nichts, oder? Und dann: Die unterschlagenen Briefe, und die Schimpfwörter! Als er eine Woche später dem Rechtsanwalt seine Vorschläge unterbreitet, verzieht der keine Miene. Diese Geschichte mit den 36 000 Mark findet Bernstein hahnebüchen, aber wenn es zu schaffen wäre, daß die Beklagte gar nicht zum Scheidungstermin erschiene?

Klara ist entschlossen dabei, reinen Tisch zu machen. »Karl, mir ist nicht deutlich, wie das war mit deinem Doktortitel, und wieso durftest du ihn nicht mehr führen?«

»Ich habe nie einen besessen, aber ich brauchte ihn doch!«

»Karl, dann werden wir dir einen verschaffen. Du hast es immer richtig gemacht, wenn dich jemand angepöbelt hat: Nur nichts zugeben! Sonst stürzen sie sich erst recht auf dich. In Amerika gibt es Universitäten, an denen es nicht allzu schwer ist, Doktor zu werden. Natürlich ist der Titel mit einer Bearbeitungsgebühr verbunden. Soll ich mich erkundigen?«

»Aber unauffällig.«

Der schlimmste Druck ist gewichen, er vermag in den meisten Nächten wieder einige Stunden zu schlafen. Wenn erst die Scheidung ausgesprochen wäre! »Klara, wenn alles vorbei ist, fahren wir an einen Ort, an dem wir beide noch nicht waren. Wir beginnen alles von vorn.«

»Jetzt gibt es nur noch umfassendste Harmonie. Du sollst ganz Mittelpunkt sein, du hast es verdient.« Mehrmals an jedem Tag schwemmt eine Welle über sie, die so glücklich macht, daß sie für eine halbe Minute das Hirn lähmt und nichts anderes fühlen und begreifen läßt: Ich liebe einen Dichter. Ein Dichter beginnt mich zu lieben. Bald bin ich die Frau eines Dichters.

»Wirklich, Klara, ich schreibe jetzt ganz anders. Ich habe mich in mehrere Seelen zerlegt und rechne mit allen ab, die mich jemals gequält haben. Ahriman Mirza, ahnst du, wen ich damit meine?«

Sie läßt rasch vor sich ablaufen, was sie gelesen hat, die Namen sind schwierig zu behalten. »Einer deiner Gegner – einer von früher, den ich nicht kenne?«

»Fedor Mamroth.«

»Der! Ja, das geschieht ihm recht!«

»Und dann der Henker Ghulam el Multasim, das ist Hermann Cardauns.«

»Der ist ja noch schlimmer als Mamroth.«

»Mit Ämir-y-Sillan, diesem Weltfeind und Urheber allen Hasses, meine ich eine ganze Anzahl von üblen Burschen, alle möglichen Federfuchser.« Er sagt nicht: Ich meine auch Doßt und den Direktor von Waldheim und die Gendarmen dieser verschollenen Zeit. Irgendwann werde ich Klara einweihen, Ort und Stunde müssen günstig zusammenfallen, in einem Ruderboot auf einem Alpsee vielleicht. Wie etwa der Bayernkönig Ludwig seine Geheimnisse einer Geliebten anverraut hat.

Er schickt das Manuskript an Fehsenfeld und fügt bei: »Merken Sie nun, wie Karl May gelesen werden muß? Sie werden finden, daß Sie etwas ganz anderes drucken ließen, als sie glaubten! Also: Meine Zeit ist endlich da!«

Vieles in der »Villa Shatterhand« hat sich gewandelt, einmal lobt May: »Das Leben geht jetzt wie auf Zehenspitzen!« Dennoch, hinter den Fensterscheiben drohen Gefahren, als ob Ämir-y-Sillan dort seine Ränke spinne. »Sie brauchen nicht das geringste zu befürchten«, versichert Dr. Bernstein. »Ihre Frau Gemahlin ist mit allen Ihren Bedingungen einverstanden. Sie hat in Weimar eine Heimstatt gefunden und ist bereit, ihren Mädchennamen wieder anzunehmen. Mit der Rente, die ihr ausgesetzt ist, wird sie gutbürgerlich leben können. Und sie wird nicht zum Scheidungstermin erscheinen.« Der zweite Punkt klingt nicht so eindeutig – Fischer sperrt sich. Wie es ausschaut, werden sich wohl doch beide Seiten zu einem Kompromiß bequemen müssen. Dieses Verfahren braucht Zeit.

»Karl, worauf hast du Appetit?«
»Machst Pellkartoffeln mit Quark?«
»Daß du immer so bescheiden bist.« Sie lächeln sich an, Klara denkt: Du wundervoller großer Mann, das müßten alle deine Verehrer und Feinde eben gehört haben, das müßte in sämtlichen Zeitungen stehen: Ganz Deutschland verschlingt seine Bücher, und er wünscht sich Pellkartoffeln mit Quark.

»Karl, die Universitas Germana-Americana stellt Doktordiplome aus. Soll ich deine neueste Arbeit einreichen?«
»Du meinst, Abdrucke in Heften genügen?«
»Ich hab vorgefühlt, man hat mir Hoffnung gemacht.«
Plötzliche Angst vor neuer Komplikation, da so vieles nicht entwirrt ist: »Aber alles geht mir rechten Dingen zu?«
»Absolut! Ich schicke die ersten Teile vom ›Silberlöwen‹ hin.«

Keine Woche vergeht, in der Dr. Bernstein nicht Bericht erstattete. Mühselig schleppt sich der Zwist mit Fischer hin. Aber ein Scheidungstermin ist anberaumt, als Zeugen werden Frau Klara Plöhn und deren Mutter auftreten. »Herr May, beide sind ja mit Ihnen weder verschwägert noch verwandt.«
»Und daß Frau Plöhn in meinem Hause wohnt...«
»Sie ist polizeilich nicht bei Ihnen gemeldet.«

Alles das bedrückt noch immer und läßt nicht frei atmen. Aber, und darüber wundert er sich, es liefert dem Manuskript neue Erregungen und Spannungen; Depressionen können auf dem Papier gemildert werden. »Mir ist es immer mehr«, vermutet er, »als ob ich in Trance schriebe, als ob meine Seele direkt ihre Gedanken aufs Papier ströme.«

»Karl?«
»Ja?«

»Wenn du diese bittere Zeit überwunden hast, wenn die Scheidung ausgesprochen ist, werde ich wieder in meine Wohnung ziehen. Wir kämen sonst ins Gerede.«

»Du möchtest nicht bleiben?«

Sie beugt sich auf ihn zu, diese Bewegung bedeutet Hingabe und Aufopferung und Unterwerfung.

»Dann wäre es so kalt in diesem großen Haus. Bleib doch!«

»Du weißt, daß es sich nicht gehört.« Sie wartet, daß er das erste Wort spricht, und wenn nicht heute, dann an einem anderen Tag. Sie wird sich nicht zieren, wird praktische Vorschläge haben, daß sie in aller Stille heiraten wollten zum Beispiel.

»Und wenn wir heiraten?«

Sie nimmt seine Hände und legt ihr Gesicht darauf. Er streicht über ihr Haar, eine Haarnadel lockert sich, er drückt sie ein, sie zuckt zusammen.

Beim Schreiben fließt ferne Erinnerung in die Feder: »Da stand ein weibliches Wesen, so strahlend weiß wie eine abendländische Festjungfrau gekleidet. Festjungfräulich waren auch die langen Zöpfe, in welche sie ihr herabhängendes Haar geflochten hatte. Festlich auch die beiden Rosen, die rechts und links auf die Ohren niederschauten. Und das Gesicht? Könnte ich es doch beschreiben? Dieses Gesicht war zwar etwas Ganzes, sogar etwas seltsam Harmonisches, und doch schien es, als ob jeder einzelne seiner Teile sich bestrebe, herauszutreten und für sich selbst zu bestehen. Jede Wange bildete ein blühend rotes, nach ganz besonderem Ansehen trachtendes Halbkügelein. Das Kinn tat sich weiter unten fast noch mehr hervor; es schien auf sein mehr als Neckisches ganz besonders stolz zu sein.« Beim Weiterschreiben überlegt er: Wenn solche Erinnerung nicht schmerzt, bin ich dann ein alter Mann?

»Karl, dein Doktordiplom ist da!« Überraschend schnell hat sich alles gefügt, »Im Reiche des Silbernen Löwen« hat noch nicht einmal zur Gänze vorliegen müssen. Ein Honorarkonsul aus Bremen hat vermittelt, die Bearbeitungsgebühr ist höher als vermutet –»aber das ist die Ausgabe wert, Karl! Nun kann dir keiner mehr kommen.«

Das Diplom ist überreichlich mit Goldschrift und Siegeln ausgestattet. »Wenn du wüßtest, damals in diesem Laden hinter der Brückenstraße in Chemnitz.« Er sieht die Frau des Druckers verwunderlich deutlich vor sich, wie sie ihm Muster zeigte. »Ich glaube, so oft habe ich die Visitenkarten gar nicht verwendet. Wenn ich nur wüßte, wann und bei wem zum erstenmal.« Sie drückt den Kopf an seine Schulter, das tut sie oft, wenn er ins Erzählen gerät, sie denkt: Wie gern hätte ich so neben meinem Vater gesessen und ihm zugehört. Gaslicht brennt, diese neue, wunderbar praktische Errungenschaft, es liegt weich über dem Raum, den Bücherrücken, dem Palmwedel, den Waffen.

»Du weißt nicht, daß ich im Gefängnis war?«

Sie regt sich nicht, nach kurzem Staunen: »Du willst es mir erzählen?«

Er braucht zwei Stunden dazu und hat nicht für alles Zeit gefunden, immerhin: Diebstähle, Betrügereien wie unter dämonischem Zwang, Zwickau, Wanderungen durch Böhmen, schließlich Waldheim. Während er spricht, zieht sie die Haarnadeln eine nach der anderen heraus und läßt die Zöpfe über die Schultern fallen. Nur ein paarmal hat sie dazwischengefragt. »Deine Gegner wissen nichts davon?«

»Pauline Münchmeyer – sie wird schweigen.«

»Und die Tote in Weimar weiß es. Je höher du steigst, desto weniger wird man solchen Beschuldigungen glauben.«

»Daß ich aus Waldheim kam, ist fast dreißig Jahre her.«

»Du wirst es abstreiten, Karl.« Noch eine Aufgabe ist ihr erwachsen; ein weiteres Band ist zwischen ihm und ihr geknüpft. »Es ist gut, wenn ich alles weiß. So kann ich dich besser verteidigen. Ich werde für dich kämpfen wie eine Löwin für ihr Junges.«

Weiter im Buch: Hadschi Halef Omar und Kara Ben Nemsi springen über eine Schlucht, das soll Symbol sein, aus der Vergangenheit gewinnen sie die Zukunft und vollbringen damit »eigentlich eine Menschenunmöglichkeit«. Beide erkranken, Schakara pflegt Kara Ben Nemsi, auch Halef entkommt dem Tode. Dieses Gespräch entspinnt sich: Ustat, der große Meister, beginnt:

»›Du bist Old Shatterhand?‹ fragte er.

›Ich war es‹, antwortete ich ruhig, aber bestimmt.

›Du bist Kara Ben Nemsi Effendi?‹

›Ich war es‹, erwiderte ich abermals.

›Seit wann? Sage es mir!‹

›Seit diese beiden Namen das geleistet haben, was sie sollten und mußten! In diesen zwei Namen habe ich denen, die es hören wollten, ein Rätsel aufgegeben, an dessen Tür das von seinen psychologischen Fesseln befreite Menschheits-Ich wie ein im Freudenglanze strahlender Jüngling hervorzutreten hat. Dieses so oft verspottete und so leidenschaftlich verhöhnte ›Ich‹ in meinen Werken war nicht die ruhmlüsterne Erfindung eines wahnwitzigen Ego-Erzählers, welche ›unglaubliche Indianer- und Beduinengeschichten‹ schrieb, um sich von den Unmündigen und Unverständigen beweihräuchern zu lassen!‹«

Seine Buchhelden werfen die Waffen weg, das bessere Ich mahnt: »Du kannst nie wieder solche Bücher schreiben, wie du geschrieben hast! Du stirbst! Du mußt ein völlig anderer werden!« Das Schreib-Ich gelobt: »Von heute an werde ich im ›Hohen Haus‹ schreiben – ganz anders als bisher.«

Klara sondert aus der Post, was ihn bedrücken könnte. Aber das muß sie ihm zeigen: Er hat beantragt, den Doktortitel führen zu dürfen, doch das sächsische Kultusministerium teilt mit, daß es nach den hinsichtlich ausländischer Titel festgehaltenen Grundsätzen zu seinem Bedauern außerstande sei, die Genehmigung zu erteilen. Klara tröstet: Wenn schon, nötig hat er ja den Titel nicht. Es gelingt ihr, Ärger oder Bedrückung gar nicht erst aufkommen zu lassen. Überhaupt, da er die meisten der ihn kritisierenden oder verhöhnenden Zeitungsartikel nicht zu Gesicht bekommt, meint er, das Zünglein an der Waage habe sich zu seinen Gunsten geneigt.

Der Scheidungstermin ist anberaumt, Klara Plöhn und ihre Mutter, Frau Beibler, sind als Zeugen geladen. Emma erscheint nicht und schickt keinen Anwalt. Bei der zweiten Verhandlung dasselbe Bild; da hört der Richter sich an, was die Damen Plöhn und Beibler über jene 36 000 Mark zu sagen haben: Frau Emma May habe sie gegen das Wissen ihres Mannes beiseite gebracht und dem verstorbenen Herrn Plöhn übergeben, nach dessen Tod habe Frau Plöhn aus dieser Summe 5 000 Mark Frau Beibler überlassen, nun sei alles zurückerstattet. Der Kläger, Herr May, habe von all dem erst vor wenigen Wochen erfahren. Das alles nehmen die Damen Beibler und Plöhn auf ihren Eid. Briefe habe Frau May unterschlagen oder verbrannt, darunter sogar einen Verlagsvertrag. Ein Dutzend Schimpfwörter dazu: Läufst rum wie 'n Landstreicher. Putz dir die Latschen ab, wenn du aus dem Garten kommst, du Ferkel! Das sieht aus bei dir, du Liedrian!

Die Ehe wird geschieden, schuldig ist die Frau. Der Kläger sitzt stumm in dieser Verhandlung, ein Dröhnen ist in seinem Kopf, alles um ihn spielt sich weit entfernt ab wie in einer höheren Romanebene, als ob um Symbole gestritten würde. So war es nach der Entlassung aus Waldheim, da meinte er, in seinem Kopf gehe es zu wie in einem Dorfwirtshaus, Betrunkene schlügen mit Stuhlbeinen aufeinander ein. Jetzt heißen die Wesen, zu denen alles Lebende hinstrebt, Marah Durimeh, Schakara, Ghulam el Multasin und Ahriman Mirza, und diese Verhandlung ist, als spränge er über eine Schlucht, das gegenüberliegende Ufer läge mehrere Schritt höher, er klammerte sich an der Kante fest und würde hinaufgezogen von Frauen in weißen Gewändern. Oder waren es Jünglinge, Lichtgestalten?

Nach dieser Verhandlung liegt er fiebrig krank. Klara Plöhn setzt unterdessen mit Bernsteins Hilfe das Schriftstück auf, das sie nach Weimar zu schicken gedenkt. Keinen Pfennig wird sie mehr zahlen und sogar jede Mark zurückfordern, »falls Frau Pollmer in Zukunft irgendwelche Verdächtigungen, Verleumdungen oder üble Nachrede sich gegen Herrn

May oder dessen Angehörige zuschulden kommen lassen sollte«.
Dessen Angehörige – sie weiß, wen sie damit meint.
»Karl, alles ist gut!«
In der nahen Lutherkirche fragt sie, wann Hochzeitstermine frei seien. »Karl, nur wenige Gäste, ist es dir recht?«
»Was in deinen Händen liegt, wird gut, Schakara.«

12. Kapitel

Die Rache der Toten

1

Schreiben bringt Qual. Ich fordere von mir das Gewaltigste! Daran klammert er sich. Und: Abwägen, ich muß den Getreuen Möglichkeit bieten, den Weg ins Hohe Haus zu finden, muß einen Steg bauen. Ich hab manche verschreckt mit »Babel und Bibel«.

Der Tag verendet diesig in der Elbniederung, dieser November drückt auf alle Sinne. Vielleicht zerfällt menschliches Leben wirklich in Siebenjahresschritte: Vor sieben Jahren die Orientreise, danach Streit um die Münchmeyer-Romane, Vergleich und neuer Prozeß, ein Wust, in dem zurechtzufinden unmöglich gelingen will. Mittendrin schnellte Lebius auf, Redakteur eines Blättchens, der für May werben zu wollen vorgab und daher Geld forderte, der ihn zu erpressen versuchte und abgewiesen wurde und sich rächend die Vorstrafen ans Licht zerrte. Aber vor fünf Jahren gewann er Klara, Schakara. Er ist überzeugt, daß er ohne sie diese Kämpfe nicht bestanden hätte, vielleicht lebte er nicht mehr ohne sie. Lebius, immer wieder dieser Schurke mit Schmähschriften, Anklagen – was bewirkten dagegen schon Cardauns, Mamroth. Lebius, aus der SPD wegen Unterschlagung verstoßen, nun ein Widersacher der Gewerkschaften, vergleichbar Ämir-y-Sillan, dem Urheber allen Hasses. Aber zur selben Zeit begann auch dieser geistige Aufbruch: »Im Reiche des Silbernen Löwen«, steil fortgesetzt mit »Babel und Bibel«, nun »Der Mir von Ardistan«. Welch Symbol, daß der »Hausschatz« in Regensburg nach jahrelangem Schweigen wieder Fühler ausgestreckt hat!

Der Abend erweist sich als die günstigste Zeit, wenn es still wird in den Straßen, wenn die Lichter verlöschen. Am Nachmittag hat er Briefe durchgesehen, auch begonnene Manuskripte, Gedankenskizzen, Entwürfe zu Dramen. Eine Briefabschrift fand er, Bekenntnis an einen Freund, sich selbst abgepreßt in der Stunde ärgster Bedrängnis, als ihn Rechtsanwalt Gerlach und Staatsanwalt Seyfert psychisch folterten, Angstschrei: »Es handelt sich nicht etwa nur um meine kleine, unbedeutende Person, sondern um das Gelingen eines Lebenswerkes, welches bestimmt ist, Millionen von Menschen zu beglücken. Wenn es nicht vollendet wird, so können Jahrhunderte vergehen, ehe eine Wiederholung möglich ist.« Dieser Text sollte Kraft ausströmen, als bedeutete er Urteil eines Unparteiischen. Dabei hatte es einen Punkt gegeben, an dem alles geklärt erschienen war. Fischer war unerwartet gestorben – lag in seinem bösen Ende ein Fingerzeig Gottes? Dessen Erbe und Schwiegersohn, Schubert, hatte eingelenkt. Fischer, so hatte es im Vergleich geheißen, hätte beim Kauf der Firma Münchmeyer annehmen dürfen, auch alle Rechte an den bewußten fünf Romanen miterworben zu haben. Schubert und May hatten sich auf diese Formulierung geeinigt: »Sofern in den bei H. G. Münchmeyer erschienenen Schriften des Hrn. Karl May etwas Unsittliches enthalten sein sollte, stammt das nicht aus der Feder des Hrn. Karl May, sondern ist von dritter Hand später hineingetragen worden.« Auch war fixiert, daß die Romane »im Laufe der Zeit durch Einschiebungen und Abänderungen von dritter Hand eine derartige Veränderung erfahren haben, daß sie in ihrer jetzigen Form nicht mehr als von Herrn Karl May verfaßt gelten können«. May hatte die Romane Schubert zur Verfügung übertragen mit der Maßgabe, bei Neuauflagen auf Verlagskosten die Schuberts Überzeugung nach anstößigen Stellen zu tilgen. Friede, Ausgleich, sie hatten die Prozeßkosten geteilt. Aber sofort war Bodensatz aufgerührt worden – Beleidigung, Zeugenbeeinflussung, Meineid. Die Giftnatter Lebius hatte zugebissen.

Klara drückt behutsam die Tür auf und flüstert herein, ob er Tee möchte. Danke, Herzle, danke. Er nimmt die Feder,

Marah Durimeh läßt er sprechen: »Wie man Krieg führt, das weiß jedermann; wie man den Frieden führt, das weiß kein Mensch. Ihr habt stehende Heere für den Krieg, die jährlich Milliarden kosten. Wo habt ihr eure stehenden Heere für den Frieden, die keinen einzigen Para kosten, sondern Milliarden einbringen würden? Wo sind eure Friedensfestungen, eure Friedensmarschälle, eure Friedensoffiziere? Mehr will ich jetzt nicht fragen. Denn alle, alle diese Fragen werden sich in Ardistan vor dir erheben, und die Antworten werden dir in Dschinnistan erscheinen, doch nur dann, wenn du die Augen offenhältst.« Danach muß rasch der gute Hadschi aufkreuzen und seine Späßchen treiben, die vertrauten Aufschneidereien werden den Leser erquicken – was ist das, *der* Leser? Fehsenfeld drängt auf Straffung, denn der Geschmack habe sich geändert. Was ist das, *der* Geschmack?

Er löscht das Licht und tastet sich in den Flur. Vor Jahren hätte er in dieser Stimmung ein Glas Rotwein getrunken, es hätte ihn ruhiger gemacht, wohltuend müde. »Wie man Krieg führt, das weiß jedermann; wie man den Frieden führt, das weiß kein Mensch.« Er sollte wieder Vorträge halten, vielleicht hülfe die Bestätigung von Augen, die bei seinen Worten aufglänzen. Schreiben kostet Kraft; viel mehr Energie als alles andere verbraucht dieses Umsichschlagen gegen Verleumder, Halsabschneider, Lebius an der Spitze, Gerlach, Seyfert. Fehsenfeld schreibt Briefe, aus denen Skepsis klingt. »Zuschriften weisen darauf hin, daß Sie bisweilen dazu neigen, etwas, das schon bekannt ist, im Gespräch noch einmal in Ausführlichkeit darzutun. Beispielsweise im ›Mir von Ardistan‹: Die Gefangennahme des Scheiks der Ussuls wird, nachdem sie der Leser schon miterlebt hat, noch einmal breit im Gespräch mit Hadschi erörtert.« May preßt die Knöchel aufs Fensterbrett. Was sich in dreißig Büchern bewährt hat, *ist* gut.

Von einer Minute auf die andere fühlt er sich so erschöpft, daß er sich quälen muß, bis zum Bett zu kommen, Hausrock und Hose bleiben auf dem Vorleger. Er fällt wie betäubt in den Schlaf, eine halbe Stunde später ist er überwach. Neben ihm atmet Klara. Die Gedanken wandern zu geschriebenen Sätzen und halbgaren Plänen. Den Steg bauen, das ist gut. Das Ich darf sich vom Ich in den bisherigen Bänden nicht abrupt unterscheiden; reifer muß es geworden sein. Wie alt? Vierzig vielleicht. Die Überlegenheit des Ich muß geistiger und vor allem moralischer Natur sein. Es wird fliehende Gegner mit dem Lasso vom Pferd reißen. Und diese Gedanken von vorhin, von gestern: Ich muß wieder lebendige Augen vor mir sehen: Bis an das Pult heran drängen sich Gymnasiasten, auch junge Frauen, reife Männer, seine Leser. Über den Frieden wird er predigen und das Gute und Böse im Menschen. Wo Völker und Menschen sich nähern, soll es nie im Haß, sondern nur in Liebe geschehen. Bitten und Gebete steigen zu Gott auf, sie sind mächtiger als die Mächtigsten unter den Menschen. Unsichtbar streben sie zum Paradies empor, versammeln sich vor seinen Mauern und wachsen zu Millionen und Millionen an. Die Menschen und ihre Gebete und Hoffnungen helfen einander, dringen ein ins Paradies und klammern sich an die Engel. Sie heften sich an die Flügel der Gnade, an die Fittiche des Erbarmens, die über dem Paradies wehen, und werden von ihnen emporgehoben zum Allbarmherzigen, um in sein Herz zu dringen und es anzufüllen, bis es überschwillt. Vor zwei Jahren hat er einen Vortrag der Pazifistin Bertha von Suttner gehört, in dem sie die Vernichtung aller Kriegswaffen forderte, spontan schickte er ihr sein Buch »Und Frieden auf Erden«. Oh, er ist nicht allein, zwischen den überkommenen Kräften und den Sozialisten steht er mit anderen Friedensfreunden. Jetzt denkt er: Eine Frau wie Bertha von Suttner könnte uns Führerin sein.

Schließlich schläft er doch; als er erwacht, ist es nach acht, schräg fällt dünnes Sonnenlicht durch einen Vorhangsspalt. Er grübelt träge darüber nach, ob ihn wohl eines Tages die Kraft zum Aufstehen verlassen werde, er wird liegenbleiben und seine Geschichten träumen, nicht mehr schreiben: Gott sendet seinen irdischsten aller Geister, Mohammed-Jesus, auf die Erde hinab. Dem Mir von Dschinnistan gestattet er, in Zeitfernen zu schauen, in denen nicht mehr Säbel und Kanone, sondern blanker Geist und blitzender Gedanke die Schlachten schlagen.

Klara öffnet das Fenster, sie fragt wie jeden Morgen, wie er geschlafen habe. Nicht gut, antwortet er, er habe lange wach gelegen. Der Kaffee sei gleich fertig, lockt sie, Post sei da, auch von Fehsenfeld. Und von Pfefferkorns aus Amerika. »Nun komm, Karl, komm!«

Im Schlafrock setzt er sich an den Tisch, Klara hat die wichtigsten Briefe schon aufgeschnitten. »Fehsenfeld besucht uns übermorgen.« Er kaut mühsam, lobt den Kaffee und unterdrückt den Wunsch, sich eine Zigarre anzuzünden. »Bitte, was schreibt Pfefferkorn?«

Klara liest vor, natürlich wären Pfefferkorns hoch erfreut, kämen Mays über den Teich, sie könnten bei ihnen wohnen, so lange sie wollten, von ihrem Haus aus könnten sie den Kontinent durchstreifen.

»Und dann, Herzle, noch einen ›Winnetou‹-Band!«

Das wäre wieder eine Schwenkung, fürchtet sie, ein Zurück vielleicht und damit erneuter Triumph für die mißgünstige Presse. Karl hat zu offenkundig erklärt, daß er an einem Wendepunkt angelangt sei. Die Prozesse haben unersetzliche Kraft gekostet, »Babel und Bibel« hat ihn an den Rand der Verzweiflung getrieben. »Karl, bitte, vergiß nicht, du bist fünfundsechzig.«

»Ich werde mit achtzig noch schreiben.«

»Natürlich. Aber ein weiterer ›Winnetou‹-Band…«

»Laß, Klara, nur so ein Gedanke.« Herzdruck kehrt zurück, er richtet sich auf, atmet flach, vorsichtig, tiefer, tief. Ein Weilchen pendelt er mit kurzen Schritten vor dem Schreibtisch auf und ab. Auf einem Pult liegen Broschüren, er hat Zettel eingelegt, um Artikel über Amerika und Afrika wiederzufinden. In Deutsch-Kamerun werden Eingeborene zu Trägerdiensten gepreßt, Hunderte kommen an den Straßen um, Landstriche sind entvölkert, weil ganze Stämme in den Busch fliehen. Er liest von Mord und Vergewaltigung. Namen von

Kolonialoffizieren tauchen auf; einer heißt Dominik, er forderte seine schwarzen Soldaten auf, ihm nach Abschluß eines Gefechts die abgeschlagenen Köpfe der Besiegten zu Füßen zu legen. May klappt das Heft zu. Es ist nicht sein Amt, Tatsachen dieser Art in seinem Werk anzuführen, er muß sie aus ihrer Einmaligkeit hinaufheben ins Allgemeine, für immer Gültige.

Klara klopft, Klara reißt einen Satz, der sich bilden will, mitten durch. »Ein gewisser Herr Winkler ist gekommen. Er arbeitete, sagt er, in der Druckerei von Münchmeyer.«

Winkler, Münchmeyer, Minna Ey – Winkler?

»Er ist gestern von Larras vernommen worden.«

Dämonen sind erwacht; es ist gleichgültig, ob er Winkler empfängt oder nicht, alle Ruhe ist zerstört. Ein hagerer, gebückter Mann schiebt sich heran, May spürt eine staubtrockene Hand. »Herr May, ach, Herr May. Der Larras, ach, der Larras!«

Langsam baut sich Erinnerung auf: ein poltriger Kerl in einer Lederschürze, vor dem sich die Mädchen in der Druckerei fürchteten, der die Setzer bei jedem Fehler anschrie.

»Herr May, das auf meine alten Tage!«

»Was hat er gewollt?«

»Diese uralten Geschichten. Ich weiß doch nicht, ob Sie sich damals auf der Polizei melden mußten. Wir wußten doch alle nicht, daß Sie im Zuchthaus waren.« Winkler sieht sich um, sein Blick bleibt am ausgestopften Löwen hängen. Ein Schwindler sei er immer gewesen, der May, hat Larras gesagt. »Die Worte hat er mir im Mund umgedreht, und als ich dabei blieb, ich wüßte nichts, hat er mich angebrüllt, daß er mich einsperren will. Ins Gefängnis auf meine alten Tage! Wie war denn das nun, mußten Sie sich bei der Polente melden?«

May versucht sich ebenso stark zu besinnen, wie er Erinnerung fürchtet; aus dem Nebel treten Gestalten, der Direktor, Doßt. Münchmeyer hatte wohl einiges geregelt damals. »Aber wenn Sie es nicht wissen? Ich werde mich an den Reichstag wenden und an höchster Stelle beschweren, Herr

Winkler! Auch Sie werde ich vor diesen Erpressern schützen.«
So war es, entsinnt sich May, ich meldete mich nur am ersten Tag. Oder im ersten Monat?
»Also wie nun?«
»Was?«
»Ob Sie sich melden mußten.«
Er möchte sagen: Ich weiß es nicht. Aber er will keineswegs schwach vor Winkler erscheinen, auf daß dieser nicht von Schwäche angesteckt werde. »Sagen Sie, daß Sie es nicht wissen. Und sagen Sie, daß ich in Berlin protestieren werde.« Plötzlich fürchtet er, Winkler könnte von Larras als Spitzel geworben worden sein und ihn zu Worten verleiten wollen, die man als Zeugenbeeinflussung auslegen könnte. »Herr Winkler, ich habe zu arbeiten. Wir wollen uns nicht wiederholen.«
»Ich hab Sie doch kaum gekannt, Sie waren doch ganz selten beim Umbruch dabei, Herr Doktor.«
Klara hat an der Tür gelauscht, im bestmöglichen Augenblick tritt sie ein. Winklers Abschied wird verknappt. Eine Stunde braucht May, um das eben Erlebte so weit wegzudrängen, daß er weiterschreiben kann. Ein grausiges Knäuel ist das, diese Prozesse, marternd, unüberschaubar schon. Jedesmal versprach sein Rechtsanwalt endlichen Sieg nach neuerlicher energischer Anstrengung, das freie Feld hinter dem Dschungel. Fischer versank, dafür schob sich Lebius vor, Tiger und Schlange in einem, Lebius, der kein anderes Lebensziel zu haben schien, als den Dichter Karl May zu demütigen, zu schlagen, zu vernichten. Sein Feind, der Teufel. Kaum vorstellbar: Zu Beginn dieser Qual war Emma noch bei ihm, im Grunde war er damals mutterseelenallein. Jetzt atmet Klara im gleichen Rhythmus, er kann Sorge auf sie übertragen. Geldsendung geht regelmäßig nach Weimar, nichts hört er von dort, Emma ist für ihn wahrhaftig tot.
Dann doch wieder Anlauf: »Wenn meine Reiseerzählungen wirklich nur aus der ›reinen Phantasie‹ geschöpft wären, wie zuweilen behauptet wird, so käme ich jetzt ganz gewiß

mit großen, wunderbaren Reiterkünsten, durch die ich den ›Dicken‹ besiegte und dazu zwang, nur hier an diesem Ort, wo die Gefahr für mich begann, gehorsam anzuhalten, damit ich die nötige Bedachtsamkeit und Vorsicht üben könnte. Aber ich erzähle bekanntlich nur Wahrhaftiges und innerlich wirklich Geschehenes und Erwiesenes. Meine Erzählungen enthalten psychologische Untersuchungen und Feststellungen. Kein wirklicher Psychologe aber würde mit Glauben schenken, wenn ich so töricht wäre, zu behaupten, daß es im fernen und doch so nahen Lande des Menschen-Inneren so leicht sei, ein Urpferd bzw. Urgeschöpf zu zähmen.« Er überlegt, ob er deutlicher machen sollte, was er meint mit dem Menschen-Inneren. Nebel bleibt – aber hat man ihm nicht weidlich vorgeworfen, er schriebe für Vierzehnjährige? Er spitzt die Lippen, als er sich vorstellt, wie sich Studienräte, May-Feinde, die Hirne zermarterten. Er pfiffelt vor sich hin, eine schwankende kurze Melodie. Wo hat er sie gehört? Vieles ist unendlich lange her, und was hat er erlebt, was geschrieben, was schreiben wollen? Einen Assistenten brauchte er, jede Zeile müßte aufgestöbert werden in dieser und jener Fassung. May bricht den Gedanken ab: Es wäre ja nicht zu vermeiden, daß sein Assistent auf die Romane stieße, die in Münchmeyers Auftrag entstanden sind. Dann müßte er aussondern, das Bleibende, das Verfälschte. Der flinkste Zigarrenwickler legte jedes zwanzigste Deckblatt schief an, damit war ein Stück verdorben, aber niemand schalt ihn deshalb einen Betrüger. Ein Assistent – gleich darauf fühlt er Beklemmung, dieser Mann könnte die Decke von dem herunterziehen, was er vor sich selbst verhüllt. Dieses Halbdunkel, Halbhell darf nicht gestört werden, wer mit einer Blendlaterne in sein Leben dränge, wäre sofort sein Feind.

Die Finger spreizt er und zieht sie zusammen, ein Arzt hat ihm diese Bewegung geraten, sie befördere den Keislauf und dränge den Wunsch zurück, sich aufs Sofa zu legen und die Augen zu schließen. Später geht er in den Garten hinunter, bückt sich zu Unkraut, steht in den Anblick eines Apfelbaumes verloren. Noch einen »Winnetou«-Band – dieser Einfall ist ihm gekommen nach der Lektüre von Pfefferkorns Brief. Natürlich müßte jede Weiterung auf der Höhe seiner jetzigen Erkenntnisse stehen. »Winnetou – vierter Band«, seine Gemeinde wird sich wieder um ihn scharen. Briefe und Postkarten an Zeitungen, die Freunde, die Feinde, jeder wird sehen: Karl May besucht Amerika, wie er den Orient bereiste, er schreitet auf den Spuren alter Abenteuer. Und endlich ein neuer Band. Klara hat recht, Klara versteht ihn besser als jeder denkbare krittelnde Assistent.

Beim Mittagessen zeigt er sich gesprächig, an eine Mahlzeit in einem Tiroler Gasthaus erinnert er, oder war es im Salzburgischen? Man müßte wenigstens für ein paar Tage nach Böhmen fahren. Am Fuße des Schreckensteins hat er einmal logiert, es war eine fruchtbare Zeit. Eigentümlich: Überall hat er schreiben können, wenn erste Fremdheit überwunden war. Oder eine Vortragsreise müßte Fehsenfeld organisieren für den Herbst durch eine Landschaft, in der das Herz warm wird, am Main, an der Lahn. Klara stärkt die zuversichtliche Stimmung, die so rar ist. Ja, sie wird an Pfefferkorn schreiben, wird sich bedanken und – zusagen? Sie drängt sanft, daß er das Drängen nicht merken soll, aber sie möchte ihn nach Tagen, Wochen erinnern können: Bei diesem Mittagessen, es gab Kalbfleisch, hast du gesagt, daß wir fahren wollen, daß ich Pfefferkorn benachrichtigen soll, am Nachmittag hab ich ihm für die Einladung gedankt und hinzugefügt, daß wir sehr, sehr gern reisen werden. Jetzt dürfen wir nicht mehr zurück!

Nach dem Essen legt er sich ins Bett; er hofft, eine Stunde schlafen zu können; es wird nichts daraus. Er rechnet nach, seit wann er Ruhe gehabt hat vor den Teufeln Gerlach, Lebius und ihren Hilfsteufeln. Uralte Furcht vor Dämonen dämmert auf, Namen spuken: Polizeileutnant von Wolframsdorf, Doktor der Medizin Heilig, Viehdieb Prott. An Schlaf ist nun nicht mehr zu denken, aber er bleibt liegen und versucht, seine Gedanken zum neuen Buch zu drängen. Zwei Wochen lang haben ihn seine Verfolger unbehelligt gelassen, vielleicht ist das Schlimmste vorbei. Die Gewitter verziehen – er stellt sich Wolken vor, schwärzlich niederhängend, sie hellen sich auf, Sonne bricht durch, auf einem Hügel thront Marah Durimeh, aus ihren Augen strahlt Güte. Was für Augen hat diese Frau, deren Alter so hoch ist, daß man es kaum mehr bestimmen kann! Vor ihr breitet sich ein See, leise atmend wie ein schlafendes, glückliches Kind, welches im Traum lächelt.

Welches im Traum lächelt – er ist doch eingedämmert und wird wach – diese Worte hat er vor Monaten geschrieben, gestern wieder gelesen. Er wird sie gegen Fehsenfeld verteidigen. Alles wird er verteidigen, was er schreibt, Klara wird ihm beistehen. Und die Millionen seiner Leser werden mit ihm harren, auch die, die »Babel und Bibel« nicht verstanden haben, noch nicht. Selbst wenn er stürbe: Klara würde sein Erbe bewahren, kein besserer Sachwalter wäre denkbar. Sie würde seinen Nachruhm mehren, sie, Schakara. Eines muß er ihr anvertrauen, damit es nicht vergessen wird: Die Nägel der Silberbüchse sind nicht aus Silber, sondern aus versilbertem Kupfer; Fuchs soll sie durch echte Silbernägel ersetzen. Und Klara soll ihn gut bezahlen, denn Fuchs hat geschwiegen. Wie leicht hätte er ihn einer Zeitung gegenüber verraten können: Ich war's, der zwei der drei berühmten Gewehre gebaut hat! Und, hatte er nicht den Kauf des Henrystutzens vermittelt, damals? Der gute treue Fuchs, auch ihm muß er in einem Buch ein Denkmal setzen.

2

Endlich rollt Fehsenfeld in einer Droschke vor, diesmal hat May ihn nicht am Bahnhof abgeholt. May will ihm aus dem Mantel helfen, aber mit einer halben Drehung entwindet sich Fehsenfeld ihm – May wundert sich immer, wie dieser Mann das fertigbringt. May züchtet Deklassiertenstolz hoch: Seine Eltern hatten andere Sorgen, als ihrem Sohn letzten Schliff beizubringen. Fehsenfeld ist entsetzt über Mays Haltung, abgemagert wirkt er, die Lider hängen schwer über die Pupillen, als koste es Kraft, sie am Zufallen zu hindern. An seinen ersten Besuch erinnert er sich, May im Radmantel. Damals hatte Fehsenfeld gedacht: Typische Reiterbeine. Jetzt ist er aller Illusionen ledig, May hat sogar seinen Verleger genarrt, das ist schwer zu verstehen und unmöglich zu verzeihen. Auch ihn hat May – er will das Wort vermeiden, denkt es dann doch – betrogen.

Klara bietet Tee und Brötchen an, macht Konversation. May findet nicht recht zu Wort in der ersten Stunde. Klara bringt die in Aussicht stehende Amerikareise ins Gespräch, die *geplante* Reise, wie sie sich ausdrückt. Da gratuliere er von Herzen, beteuert Fehsenfeld, und rate unumwunden zu, bitte nur, rechtzeitig in Kenntnis gesetzt zu werden, um vom Verlag aus das Seine in die Wege zu leiten. Damals die Orientfahrt, war sie nicht ein Propagandaerfolg ersten Ranges? Dazu äußern sich die Gastgeber nicht, zu viel Mißliches ging damit einher, das besser nicht aufgerührt wird. Fehsenfeld spürt Mays Verlegenheit und findet kein Mittel, sie zu zerstreuen. Wenn einer Mitte der Sechzig ist, muß man sich wohl über einen Leistungsabfall nicht wundern. Und wer schon geht rabiater mit den eigenen Kräften um als May, der sie in hundert Fehden verschleißt?

»Mein Mann will einen vierten ›Winnetou‹-Band schreiben.«

Fehsenfeld hofft von einem Augenblick auf den anderen, seine heikle Mission sei überflüssig, May kehre aus freien Stücken in die alten Fährten zurück. »Wunderbar! Old Shatterhand schlüpft wieder in die Mokassins?«

May lächelt schwunglos. Nein, das denn doch nicht ganz; in gewisser Weise wolle er in diesem Band fortsetzen, was sein Bestreben bei »Ardistan und Dschinnistan« ausmache. Den Mißerfolg »Babel und Bibel« erwähnt er wohlweislich nicht, auch Fehsenfeld schabt nicht in der alten Wunde. Ein vierter »Winnetou«-Band, fragt der Verleger, soll er in eine Lücke des bisherigen Handlungsablaufs eingezargt werden, oder plane der Autor eine frische Entwicklungsstrecke? Fehsenfeld argwöhnt, daß ihm nichts Originales geboten werden soll, früher vorbedachte Verwicklungen werden wohl aufgedröselt. Ach, alter Freund, sinnt er, wenn du dich doch erinnertest, wie du einst Handlung für hundert Seiten aus dem Handgelenk geschüttelt hast!

»Ich fahre natürlich mit.« Sätzelang klingt es so, als habe Klara schon zu Ende geplant. Fehsenfeld findet Zeit, sich seinem alten Gedanken hinzugeben: Welches Glück für May, daß er sich von Emma getrennt und Klara geheiratet hat, so schmerzlich und kräftezehrend der Schnitt auch war. Emma hat immer wieder Energien absorbiert. Klara geht in ihrer Fürsorge auf, ohne sie wäre er längst am Ende.

May führt seinen Gast durch den Garten, so haben sie es immer gehalten, ehe sie auf die Arbeit zu sprechen kamen. Unter dem Mittagslicht sieht Fehsenfeld, daß die Haut unter Mays Haaransatz schwärzlich-fleckig geworden ist. Vor den Anstrengungen einer Reise warnt er, am geruhsamsten gehe es wohl noch an Bord eines Überseedampfers zu. Nur die Presse nicht zu früh informieren, aber dann ein Schlag in möglichst vielen Zeitungen gleichzeitig! »In so was waren Sie ja schon immer Meister!« Schwung geben soll jeder Satz, aber in seinem Inneren zweifelt Fehsenfeld am Sinn seiner Worte. Vielleicht ist alles verfahren. Klara dürfte ihm jeden Tag einreden, die Stunde des Durchbruchs sei nahe; es gibt nichts Lächerlicheres als eine Dichtersfrau, die ihren Mann auf einen Thron heben will, an den sonst keiner glaubt. Bei allem Mitleid über die Qual der Prozesse: Vieles hat sich May selbst zuzuschreiben, unter seinen Gegnern ist wohl nur ein wirklicher Schuft: Lebius.

Im Arbeitszimmer endlich bringt Fehsenfeld seine Bedenken zu den Kapiteln vor, die ihm bisher zu »Ardistan und Dschinnistan« vorliegen. »Ein Zwitter«; er schickt sich an, diesen Vorwurf zu begründen. May sitzt steif im Sessel, die Arme auf den Lehnen. »Natürlich verstehe ich Ihre Absicht, aber die Transportmittel für Ihre Ideen!« Daß Mays Gedanken simpel sind und nicht tauglich für diese vertrackte Welt, damit argumentiert Fehsenfeld gar nicht erst. Engländer und

Deutsche bauen immer stärkere Schiffe mit weiterreichenden Kanonen, da will May alles Übel aus der Welt schaffen, indem er Liebe von Mensch zu Mensch und zwischen Rassen und Religionen predigt. Träumerei ist das, Narretei. Der Streit um Marokko hätte um ein Haar zum Krieg geführt, Russen und Japaner haben sich geschlagen, die Revolutionsflammen in Sankt Petersburg sind kaum ausgetreten, die Aufstände der Hereros gerade erst niedergeknüppelt, die Lunte am Pulverfaß Balkan schwelt – und May meint, mit einer Predigt könnte er etwas ändern. Fehsenfeld schlägt ein Kapitel auf, bei dem er meint, May am augenfälligsten klarmachen zu können, was er befürchtet. »Der gute Hadschi Halef, immer haben Sie seine geistigen Fähigkeiten begrenzt gehalten. Und nun lassen Sie ihn philosophieren!« Fehsenfeld liest vor: »Weit, weit von hier, hoch über Dschinnistan hinauf, liegt das verlorene einstige Paradies. Seine Tore sind geschlossen. Wer nach ihm sucht, der sieht es von weitem glänzen, jedoch hinein kann keiner. Sogar dem Blick ist es versagt, die himmelhohen Mauern zu übersteigen. Bei Tage in sonnengoldenen Lettern, bei Nacht in flammenheller Sternenschrift sieht man über ihm den göttlichen Ruf erstrahlen: Ist Friede auf Erden, dann kommt! Sooft ein Jahrhundert vorüber ist, springen alle Pforten und Tore des Paradieses auf...« Fehsenfeld hebt den Blick. »Und so fort. Das lassen Sie Hadschi sprechen – merken Sie, was ich meine?«

May krampft die Finger um die Lehne. So hat seit Münchmeyers Tagen keiner mit ihm zu reden gewagt, er ist kein Lehrling. »Hadschi Halef ist«, erwidert er, hebt den Blick, erschrickt, da er beinahe fortgefahren wäre, daß Hadschi Halef sein Freund seit vielen Jahren sei, daß keiner ihn so gut kenne wie er. Einen anderen Herausgeber ersehnt May in dieser Minute, neuen Beginn überhaupt, und für diesen Verlagsmann würde dann wahr sein, was für Unzählige Wahrheit war und ist, woraus sie Erbauung abgeleitet haben, Wissen, Befähigung zur Liebe und zum Begreifen. »Kochta verstünde mich«, murmelt er stärker, als daß er es spricht.

»Wie bitte?«

»Ach nichts.«

»Der schlichte Halef«, versucht Fehsenfeld, »eine Art Sancho Pansa, oder wenn Sie mit Dienerrollen italienischer und spanischer Lustspiele vergleichen wollen. Ein Bürschlein – ausgestattet mit Volksweisheit, Bauernschläue –, das war er doch bisher!«

May hört nur mit halbem Ohr. Klara versteht ihn, Kochta verstand ihn; die er bisher für seine Freunde gehalten hat, verraten ihn einer nach dem anderen. »Wissen Sie, daß der ›Hausschatz‹ mit meiner Auffassung einverstanden ist?«

»Eine Zeitschrift, lieber Herr May, ist kein Buch.« Der »Hausschatz«, urteilt Fehsenfeld, sei ein schwerverdauliches, ödes Blatt geworden, die Auflagenhöhe gehe zurück.

»Es gab Verstimmung zwischen mir und den Regensburgern, vier Jahre lang hab ich keine Zeile hingeschickt, jetzt reißt man mir alles aus den Händen.«

Fehsenfeld möchte fragen: Glauben Sie selber, was Sie sagen, Herr May?

»Herr Fehsenfeld, Ihre Werbung für mich ist geringer geworden. Sie annoncieren weniger. Warum schlagen Sie mir keine Vortragsreise vor? Finden Sie doch heraus, in welchen Provinzen meine Bücher wenig verkauft werden, und dann hinein in die Höhle des Löwen!«

Fehsenfeld bläst einen Zigarrenrauchvorhang zwischen sich und May. Er ist mit der Absicht hierhergekommen, seinem Autor sanft beizubringen, daß er drauf und dran sei, sich zwischen sämtliche Stühle zu setzen. Gewiß, sie nannten sich Freunde, was wäre May ohne ihn, was er ohne May. Aber im Geschäftsleben kommt keiner mit Sentimentalitäten weiter. »Lieber Herr May, der Absatz Ihrer Bücher ist seit der Jahrhundertwende auf ein Viertel zurückgegangen. In sieben Jahren dieser rapide Schwund – wollen wir die Talfahrt nicht endlich bremsen? Ich habe Ihnen schon vor Jahren eine illustrierte Ausgabe vorgeschlagen.«

»Mit den billigsten Zeichnern.«

»Ich habe allerhand hineingesteckt. Eine populäre Ausgabe soll es freilich sein.«

»Ich möchte eine edle Ausgabe, und sie darf nur einer betreuen, der mein Vertrauen hat: Professor Sascha Schneider.«

Fehsenfeld spricht nicht aus, daß er Schneider für einen widerwärtig hochgestochenen Symbolisten hält; dessen Engels- und Jünglingsgestalten passen zu »Babel und Bibel« und ähnlich Unverkäuflichem. Aber nicht zu »Durch die Wüste« und »Winnetou«. Fehsenfeld hat, nachdem er das Manuskript von »Babel und Bibel« in den Händen hielt, spontan an den Autor geschrieben, *der* Theaterdirektor, der das aufführe, müsse erst noch geboren werden. Die Sekunden, in denen nicht gesprochen wird, dehnen sich. Faul ist Fehsenfeld geworden, ärgert sich May, er will nur noch den sicheren Erfolg, also eine billige Ausgabe meiner gängigsten Bücher. »Die Stellen, die Herr Professor Schneider illustrieren soll, bestimme ich selbst.« Viertausend Mark hat er schon an Schneider für seine Titelbilder bezahlt, keinen Groschen hat Fehsenfeld beigesteuert.

Der Abschied verläuft frostig. May muß sich quälen, um wieder in die Arbeit zu finden; diese Überlegung soll aufhelfen: Er hat Münchmeyer die Zähne gezeigt und sogar Pustet den Stuhl vor die Tür gesetzt. Also weiter und immer weiter, er schreibt: »Er holte wieder aus und versetzte zweimal jedem der Hunde einen klatschenden Hieb. Er wollte fortfahren; da aber riß ich ihm die Peitsche aus der Hand und zog sie ihm schnell einige Male über den Rücken, so daß er zunächst vor Schreck und Schmerz vergaß, mir Widerstand zu leisten.« Einmal im Zimmer auf und ab gegangen im Hinausschauen in den Abend, und weiter. »Meinen kleinen Hadschi beherrschten keine höheren Erwägungen, sondern Naturell und Temperament. Seine Seele war noch Leibesseele, nicht aber schon Geistesseele; sie trachtete vor allen Dingen nach dem körperlichen anstatt nach dem geistigen Wohle.« Das Ich lenkt ihn, es dichtet über die Hinwendung zum Höheren, zum Geistigen, zu Gott:

Entschluß

Ich saß so manchen langen Tag
Bei dir vor dem Katheder,
Jedoch, was deine Weisheit sprach,
Das wußte fast schon jeder.

Ich saß so manche lange Nacht,
Um dich auch noch zu lesen,
Doch was du mir da eingebracht,
Ist nicht von dir gewesen.

Und gestern hab ich dich belauscht,
Als du die Psalmen lasest
Und, wie von ihrem Duft berauscht,
Die Weisheit ganz vergaßest.

So stell' ich nun das Grübeln ein
Und will dich nicht mehr fragen.
Der Herrgott soll Professor sein;
Der wird mir alles sagen!

Tagelang strömt Regen, die Bäche, die zur Elbe hinabfallen, schwellen an. Klara bittet, drängt, wenigstens jeden Tag für eine halbe Stunde spazierenzugehen. Er klagt über Schmerzen im Knie. Ruhiges Wetter folgt; wenn sich die Morgennebel aufgelöst haben, scheint Sonne ins bunte Laub. Da gelingt es Klara, ihren Mann zu einer Eisenbahnfahrt durch das Elbtal zu überreden, von Königstein aus steigen sie in einem Bachgrund hinauf, bis sie auf der Hochfläche stehen. Er ist mit seinen Gedanken im Land der Phantasie, wo alle hundert Jahre Vulkane ausbrechen und Schneemassen zum Schmelzen bringen. Der Große Winterberg schließt im Süden das Panorama ab, May träumt ihn sich zehnmal so hoch, zerklüftet wie auf heroischen Gemälden. »Karl, die Orientreise hat wenig Segen gebracht. Aber in Amerika wird sich alles umkehren. Danach kannst du besten Gewissens sagen: Ja, ich hab an Winnetous Grab gestanden. Vielleicht hat sich dann hier alles beruhigt.«

In den Tagen danach atmet es sich leichter für ihn. Er schreibt: »Es waren große, verantwortungsvolle Pflichten vor mir aufgetaucht, aber ich stand ihnen außerordentlich sachlich gegenüber. Ich war plötzlich sozusagen unpersönlich geworden. Es kam mir vor wie eine Übung in der schweren Kunst, Gottes führende Hand im Leben zu erkennen, um dadurch die Befähigung zu erlangen, dann auch mit eigenen Händen die Zügel der Ereignisse zu führen. Es gibt Menschen, die nicht leben, sondern gelebt werden, weil sie erst lernen müssen, was leben heißt. Einst hatte auch ich zu ihnen gehört. Ich war gelebt worden und hatte dies mit schwerem, bitterem, viele Jahre langem Weh bezahlen müssen. Eine böse, mühe- und enttäuschungsvolle Lehr- und Gesellenzeit war gefolgt. Und heute nun sah ich mich endlich, endlich vor die Notwendigkeit des Beweises gestellt, nicht mehr Knecht, sondern Herr meiner Selbst zu sein.«

3

An der Haustür wird die Klingel gezogen, Stimmen dringen heraus, eine erkennt er: Larras! Wie gelähmt bleibt er sitzen. Stürmen Feinde jetzt schon sein Heiligstes? Die abwehrende Stimme von Klara, eine zweite Männerstimme, herrisches Klopfen an der Tür, die sofort und entschlossen geöffnet wird, zwei Männer dringen ein, ihnen folgt Klara, die Hände zusammengekrampft.

»Herr Karl May? Eine Hausdurchsuchung.« Larras zieht ein Papier aus seiner Mappe und legt es vor May hin. Erst jetzt sieht May, daß Larras und Seyfert, der andere, die Hüte noch auf dem Kopf tragen, in aufgeknöpften Mänteln stehen sie vor ihm.

»Karl, ich habe den Herren...«

»Laß gut sein, Klara.« May nimmt den Bogen, starrt auf Stempel und Unterschrift. »Herr Staatsanwalt, dieser Überfall bedeutet... ich werde...«

Seyfert tritt einen Schritt näher. »Herr May, ich rufe Sie in aller Form zur Ordnung! Die Anzeige wegen Meineids und Verleitung zum Meineid macht diese Hausdurchsuchung notwendig. Alles läuft entsprechend den rechtlichen Normen. Natürlich steht Ihnen ein Beschwerderecht zu. Hinterher!« Seyfert wendet sich an Frau May und fragt, wo sie Hut und Mantel ablegen könnten. Im Flur, stammelt Klara, im Flur.

May bleibt sitzen, während Seyfert und Larras hinausgehen, während sie wiederkommen und im halblauten Gespräch vor den Bücherregalen stehenbleiben. Larras stöhnt: »Das kann ja Tage dauern! Wo steckt denn der Briefwechsel mit Ihrer früheren Frau?«

»In Privatdinge lasse ich mir nicht...«

»Ich habe Ihnen schon gesagt, daß Sie hier aber auch gar nichts zu bestimmen haben!« Seyfert steigt auf der Stufenleiter der Einschüchterung weiter, er kennt alle möglichen Arten von Delinquenten. May ist einer, der störrisch auf Unteroffizierston reagiert, aber vor Offiziersgeschnarr klappt er zusammen. »Ich möchte Ihre Schreibtischkästen visitieren. Würden Sie mir ungehinderten Zugang ermöglichen?« Seyfert betont: »Den ungehinderten!«

May schlägt die Decke zurück und drückt sich aus dem Sessel hoch. »Meine Knie«, murmelt er.

»Setzen Sie sich mal da rüber.« Seyfert merkt, daß er gewonnen hat. So war es auch bei Zeugenvernehmungen, erst plusterte sich May auf und drohte mit nebulösen weitreichenden Verbindungen, aber wenn er ihn auch nur ein bißchen hart anfaßte, wurde er butterweich. Ob es stimmt, daß er Lebius auf den Knien um Frieden angefleht hat, buchstäblich auf den Knien? »Können zuschauen, daß wir nichts in die Tasche stecken.« Seyfert ist des Hin und Hers müde, einen Hieb möchte er führen, daß mit einemmal Ruhe ist, aber sein Freund Gerlach hat ihn gebeten, alles hinzuziehen, Lebius hat Gerlach frisches Material versprochen, und natürlich will Gerlach seine Partei noch ein Weilchen melken. »Also, Sie haben sich daran gehalten, daß Ihnen der Briefwechsel mit Ihrer geschiedenen Frau untersagt ist?«

»Ja, selbstverständlich.«

»Ich hoffe es, ich hoffe!« Seyfert setzt sich in Mays Sessel; er genießt seine Macht. An diesem Schreibtisch also hat sich May seine Millionen erschwindelt, jetzt beherrscht ihn die Gerechtigkeit, der Anwalt des Rechts, des Reiches, des Kaisers, Staatsanwalt Seyfert, und drüben hockt May. »Ich hoffe es für Sie, May!« Seyfert und Larras warten, ob May protestiert: Für Sie immer noch Herr May! Aber May steckt auch das ein.

Wie auf einem Zuchthausschemel sitzt er, manchmal schließt er die Augen: Jetzt könnte einer fragen: Wievielmal bist du ausgebrochen? So einer wie du bricht doch nicht aus! He, May, erzähl mal 'ne Schote! May, wenn du frech wirst, komm ich heute nacht und schau nach, ob du 'ne gestohlene Uhr im Bett hast! Die Stimmen der Toten sind das, die Toten haben sich materialisiert, das alte Leben ist ihm nachgelaufen und prügelt wieder wie in einem Dorfwirtshaus mit Knüppeln auf ihn ein. Ein Gericht hat ihm untersagt, mit Emma Briefe zu wechseln. Er wird Emma nicht beeinflussen wollen, sie ist tot für ihn, allenfalls geistert sie noch in seinen Büchern als schwarze Buchstaben auf Papier. Klara wacht, Schakara.

»Haben Sie in den letzten Wochen mit Ihrer geschiedenen Frau gesprochen?«

»Nein.«

»Haben Sie jemanden mit einer mündlichen Botschaft zu ihr geschickt?«

»Nein.«

»Und umgekehrt? Sie müssen sich im klaren sein, daß Sie vor Gericht dasselbe gefragt werden. Auf Meineid steht Zuchthaus, May!«

Nach Stunden ziehen sie ab, an der Tür sagt Larras zu Frau May: »Wir können jederzeit wiederkommen, passen Sie auf, daß Ihr Mann keine Zicken macht!« Als sie nach oben geeilt ist, hat sich May aufs Sofa gelegt, seine Hände sind kalt. Sie zieht ihm die Schuhe aus und breitet eine Decke bis an den Hals hoch. »Hast doch mich«, redet sie, »wir fahren zusammen fort, nach Amerika, dorthin kann keiner nach.«

»Ich werde über mein Leben schreiben. Ich gestehe alles. Wer mich dann noch verurteilen will...«

Nach einer Weile sagt sie mit begütigender Stimme: »Ich hab heute morgen zwei Täubchen bekommen, die mach ich uns zurecht. Schön in Butter. Möchtst Reis dazu?«

»Ich kann keinen Bissen essen.«

»Wirst schon. Machst inzwischen die Augen zu.«

»Wenn ich dich nicht hätte, Herzle.«

Eine halbe Taube ißt er doch. Dabei nimmt er diesen Gedanken wieder auf: Wenn ich in einem Buch mein Leben beschreibe, wenn ich wahrhaftig bekenne, alle Fehler und ihre Umstände, dann *muß* diesen Strolchen die Tinte vertrocknen. Während er noch einen Löffel Reis nimmt, denkt er: Von den zwei Wochen Gefängnis in Hohenstein weiß keiner, auch nicht Klara. »Vielleicht fahren wir wirklich erst nach Amerika.«

13. Kapitel

Ich bin so müd...

1

Vom Schiff geht es ins Hotel. Ein Touristenpaar ist in einer gutklassigen Kabine nach New York gereist, hat an Deck in Liegestühlen geruht und zuletzt die Freiheitsstatue fotografiert; die Fackel verschwamm im Dunst. Es hat sich von Bordbekanntschaften gelöst – war nett, Ihnen zu begegnen! Nun ein Luxushotel. Ein müder alter Mann am Fenster starrt auf turmhohe Fassaden und die Kabelmasten einer Brücke. Gewaltig, murmelt er, imposant. In der Papierhandlung Leonhard in Dresden, die Ansichtskarten aus aller Welt feilhält, hat Klara Hunderte amerikanischer Karten gekauft und vorbereitend adressiert, jetzt braucht sie nur noch das Datum einzutragen. Dreißigmal schwach gewandelter Text: Sind nach teils bewegter Überfahrt wohlbehalten angelangt, Grüße aus dieser fabelhaften Stadt!

Touristenprogramm. Kurz sind seine Schritte geworden, trippelnd. Am liebsten ist ihm, wenn er nicht zu reden braucht. Klara wählt die Speisen aus und bestellt beim Kellner; er möchte ohnehin nur essen, was er von zu Haus kennt. Wie gut, daß sie überall Gaststätten mit deutschen Wirten und Köchen finden. Eine kräftige Nudelsuppe mit Hühnerfleisch, Pilsner Urquell.

Klara frankiert Ansichtskarten, führt Tagebuch. »Karl, sollten wir schon die Presse aufmerksam machen?«

Ein uralter Satz: Es kamen die Besitzer der Newspapers, und ich befriedigte sie alle innerhalb weniger Stunden. Aufwallend aus einer Nebelwelt. Hier ist also das Greenhorn an Land gegangen. Ein Greenhorn ist nun einmal ein Greenhorn, und ein solches Greenhorn war eben auch ich.

»Karl, hast nicht gehört? Wir könnten Reporter ins Hotel laden, nicht zu viele.«

»Ach, laß nur, Herzle.« New York, warum nicht Paris, Kopenhagen. Ich bin so müd, so altersschwach und möcht am liebsten – gehen, wie lautete es vorher, wohin gehen, abwärts gehen vielleicht. Was kennt er schon von der Welt. Nicht einmal an den Tigris ist er vorgedrungen, ins Land der Haddedihn. Er gerät ins Grübeln, warum er den Sprung von Beirut hinüber gemieden hat, denn jetzt, in New York, sehnt er sich genausowenig nach den Prärien, dem Felsengebirge. Warum nur nicht, den ersten Hauptplatz seiner Fabeln hat er unberührt gelassen, nun möchte ihn Klara an den zweiten bugsieren; damit lockt sie in halben und ganzen Sätzen: Die Eisenbahnen sollen vorzüglich sein, Pullmanwagen, wir müssen uns ja nicht zu lange dort aufhalten. Wenigstens da, wo der »Winnetou« spielt, sollten wir gewesen sein, Fotos von dir mit Prärieindianern möchte ich verschicken. Er lehnt nicht klar ab; erst mal ausruhen, Herzle. Zu einer vagen Ansicht kommt er, schwer zu beweisen vor sich selbst und nicht gut aussprechbar: Ich besitze *mein* Bild von den Steppen und Gebirgen Arabiens und Kurdistans, von Bagdad bis Stambul, ich hab meinen Traum vom Silbersee und dem Nuggetberg. Warum muß es in einen matten Kopf hinein, daß es dort womöglich anders ausschaut oder ein wenig anders nur? Mögen sich die Lebiusse damit herumschlagen, ob er dort war oder nicht und wann, sie werden nicht ruhen, wenn er ihnen dreist Fotos schickte, selbst mit Winnetou leibhaftig darauf. Das hat er früher schon herausgefunden: Ich war viel mehr dort, als ich es nicht war. Und auch: Ich war in *meinem* Kurdistan, an *meinem* Silbersee, ich habe Winnetou die Büchse ins Grab gelegt. Beziehungsweise, ich habe sie wieder herausgenommen. Ich habe meine Träume nach außen gestülpt.

Ein Museumsdirektor führt den Gast, bei seinem Bericht über indianische Kleidungsstücke und Waffen kann May fundiert zwischenfragen. Die Geschichte dieses und jenes Stammes, der Irokesenbund. May bleibt vorsichtig: »Meine Zeit war ja später, und natürlich spielte sich alles weiter westlich ab.« Klara fängt das Gespräch auf, als ihr Mann sich in Einzelheiten verlieren will. Hier muß er keinen lüchsigen Reportern Frage und Antwort stehen, muß nicht erdachtes und wirkliches Leben in Einklang bringen. Es strengt ihn nur an.

An den Niagarafällen überkommt ihn beseligendes Verwundern. Das Tosen überrascht ihn so wenig wie der Anblick der stürzenden Wasser, alles ist längst so deutlich vorgestellt, daß es des Augenscheins nicht bedarf; zu Klara spricht er es aus: Es hat keinen Sinn für ihn, sich etwas anzuschauen, das er auch in der Vorstellung aufleben lassen kann. Natürlich erwägt sie Möglichkeiten der Seelenwanderung, beschränkt sich aber: Weil du ein Dichter bist, weil deine Phantasie reich ist wie die wunderseltener Menschen.

Chikago, warum nicht Chikago? Das Hotel ist, wie Hotels überall sind. Jedesmal fragt er beim Frühstück, was wohl jetzt in Deutschland sein werde, was seine Feinde ausgeheckt haben könnten. Verzweifelt müht sich Klara, ihm begreiflich zu machen, daß er auch mit seiner Gegenwart nicht jeden ihrer Schritte vereiteln könnte; sei es da nicht besser, er sammelte Kraft, um nach der Rückkehr mit aller Energie aufzutreten? Sie wollte trösten, erweckt aber Furcht: Wenn er zurückkommt, wird es nicht anders sein: Niemandem hat er dadurch, daß er den Atlantik querte, den Mund gestopft.

In einer Reservation zwischen bewaldeten Bergen vegetiert ein Trupp Indianer, der Rest eines einstmals kopfreichen Stammes. Klara muß dreimal Trinkgeld spenden, bis der Häuptling allein mit ihrem Mann vor der Kamera posiert, beide halten Friedenspfeifen in den Händen. Wolken schieben sich vor die Sonne, der Fotograf wird ungeduldig. Noch ein Dollar für den Häuptling, noch einer für den Fotografen. Hundert Abzüge will Klara abnehmen, verspricht sie, oder zweihundert, und sofort bezahlen. Der Leiter der Touristentruppe drängt, man muß weiter, das Abendessen ist bestellt. Auf der Rückfahrt quellen Dunst und Rauch über ihnen zusammen; Wälder brennen weithin.

In einem Kirchpalast rauscht Gottesdienst auf; der Altar ertrinkt in einem Meer weißer Nelken, Chormädchen in fließenden Gewändern flankieren ihn, Lichteffekte flirren über sie hin. Von der englischen Predigt bekommen Mays nur Brocken mit, das verstärkt den Eindruck des Übersinnlichen, den des Aufgehobenwerdens, Schwebens. »Love«, ruft der Prediger beschwörend, der Chor singt es. »Love« glüht in der Glaskuppel. Das ist fern von konfessioneller Abgrenzung, bewirkt Aufgehen in unirdischem Gefühl, hier scheinen Schranken zu anderen Religionen niedergerissen. Liebe zu Gott und von Gott herab zu allen Menschen aller Länder, so empfindet es May. Die Chormädchen heben die Hände, in denen sie Blüten halten. Weiße Nelken könnten auf die Welt regnen und allen Haß tilgen, Sonnenlicht fällt in die Kuppel. »Love« blendet, durch dieses Wort hindurch könnte Jesus niedersteigen, Hand in Hand mit Marah Durimeh und Bertha von Suttner.

»Karl, mußt nicht nach dem Westen, mußt dich nicht anstrengen.« Es wird der Presse gegenüber offenbleiben können, überlegt sie, ob wir nun im Land der Apatschen waren oder nicht. Oder ich stelle es so dar: Karl reiste allein weiter, wohin, hat er mir nicht anvertraut. Es ist nicht seine Art, alle Gedanken zu offenbaren, vieles muß er für sich behalten, um es zu verarbeiten. Ich dringe dann nie in ihn. Und auch meine Erinnerungen können sich ja verwirren.

In Lawrence, Massachusetts, bewohnt Dr. Pfefferkorn – er stammt aus Hohenstein-Ernstthal – ein Landgut, das groß ist wie daheim zwei Dörfer. Ein Neger bedient während der Mahlzeiten, Dienstboten versorgen Haus und Hof und Pferde; Pfefferkorns besitzen sogar ein Automobil. Sie fahren über Land, May schaut auf dunkelerdige Äcker, auf die im Herbstschmuck prunkenden Wälder. Hier hat Chingachgook gejagt, dieser See da könnte der See Falkenauges sein. Eine Phantasie fließt in die andere über. Klara schreckt ihn nicht auf, sie hofft auf fruchtbare Gedanken in ihm. Aber meist ist er nur müde.

Ein Ruderboot ist auf das Ufer gezogen; hier könnte Häuptling Gespaltene Eiche aus dem »Wildtöter« sein Lager aufgeschlagen haben. Mays und Pfefferkorns setzen sich ins Boot, die Männer greifen nach den Rudern. So lassen sie sich fotografieren, auf dem Trockenen, hilflos die Ruder haltend. Danach wissen sie nicht recht weiter; nun müßten sie das Boot ins Wasser schieben, aber dazu haben sie nicht die Kraft, und die Diener sind weit. Sie tappen über die Bordwand in den Sand; es fällt May schwer, die Beine zu heben. Warum ist er hier, er könnte auch woanders sein. Abends am Kamin kommen sie auf alte Zeiten. Die meisten Menschen, die sie erwähnen, sind tot.

»Klara, wollen wir nicht zurück?«

»Hast genug gesehen?«

»Was hilft sehen?«

An manchen Tagen wird er nicht vor neun wach und dämmert noch eine halbe Stunde. Ich bin in Amerika – dieser Gedanke verwundert ihn immer noch. Der Reporter einer Bostoner Zeitung möchte ihn befragen, Klara läßt ihn nicht vor. »Frau May, wie ist das nun wirklich, besucht Ihr Gatte Amerika zum erstenmal?«

Sie erprobt einen nachdenklichen Blick. »Wissen Sie, mein Mann tritt aus der Welt, die er sich geschaffen hat, nur ungern heraus. Es gibt vieles, wonach ich nicht zu fragen wage. Er ist eingesponnen in ureigenste Geheimnisse, und so muß es wohl auch sein.« Sie nimmt sich vor, diese Haltung auszubauen. »Auch während dieser Reise sind wir nicht immer zusammengewesen. Vielleicht hat er in aller Stille das Grab Winnetous besucht? Wenn er nicht spricht – soll ich ihn aufschrecken?«

Vor einem Indianergrab stehen sie, in ihm ruht der Seneca-Häuptling Sa-go-ye-wat-ha. May hört dessen Geschichte: Als kluger Politiker erkannte er die Überlegenheit der Weißen an und versuchte nicht, gegen sie zu kämpfen, sondern durch Verträge das Überleben seines Stammes zu retten. Er wurde betrogen; als er sein Scheitern erkannte, versank er in Trunksucht. Er war Pazifist und ein begnadeter Redner. May versucht, Winnetou und den Seneca zur Deckung zu bringen. Vielleicht kann er im vierten »Winnetou«-Band ergänzen, erweitern, er sollte auch Winnetou auf Symbolhöhe heben; mit Hadschi Halef Omar und seinem nahöstlichen Ensemble hat er es ja schon getan.

Noch ein Grab: Unter einem Efeuhügel auf dem Friedhof von Andower liegt Harriet Beecher-Stowe, die »Onkel Toms Hütte« schrieb. Um das Schicksal der amerikanischen Neger hat sich May in seinen Büchern so gut wie nicht gekümmert; was er für die Indianer tat, so sagt er zu Klara, versuchte sie für die Schwarzen. »Wieviel Leid sie gelindert hat! Klara, sie ist mir wie eine Schwester.« Er zieht sein Notizbuch und schreibt etwas hinein, die Seite trennt er heraus und schiebt sie zwischen den Efeu, ein Efeublatt reißt er ab und legt es in sein Buch. Im Weitergehen nimmt Klara seinen Arm. »Karl, was hast du geschrieben?«

»Ein Gedicht. Es ist nur für sie bestimmt.«

Sie führt in Gedanken weiter: Eine Seele hat zur anderen gesprochen, der Bruder im Geiste zur Schwester. Natürlich darf niemand zwischen diese Seelen treten.

Drei Tage später: »Herzle, wir wollen unsere Zeit nicht vergeuden.«

»Erst zwei Monate sind wir in den Staaten. Aber wenn du möchtest, kümmere ich mich um die Rückfahrt.«

»Bitte tu's.« Was dann zu Hause? Allmählich wächst die Vorstellung von einem Buch, das ganz anders geartet sein soll als jedes zuvor. Er könnte vor seine Leser treten und bekennen: So war ich, so bin ich geworden, das waren meine Fehler. Solch ein Buch müßte stärker wirken, als sich in hundert Fehden zu verschleißen. Wie hieß das – die Brust öffnen, hier stehe ich, ich kann nicht anders, Gott helfe mir. Ein Buch über sein Leben und Streben; das wäre vielleicht schon der Titel. Die Kindheit, die Großmutter; Waldenburg. Sogar Waldheim. Zu gestehen, daß er, bevor er die Reiseerzählungen schrieb, weder im Orient noch in Amerika war, hieße, sich selbst die Pulsadern zu öffnen. Und von der Dreiwochenhaft in Hohenstein-Ernstthal weiß keiner.

Klara bucht die Rückreise. Sie bedauert, daß sie keine Postkarten aus dem Wilden Westen beschafft und verschickt hat. Immerhin, Amerika ist Amerika.

2

»Ich schreibe dieses Buch nicht etwa um meiner Gegner willen, etwa um ihnen zu antworten oder mich gegen sie zu verteidigen, sondern ich bin der Meinung, daß durch die Art und Weise, in der man mich umstürmt, jede Antwort und jede Verteidigung ausgeschlossen wird. Ich schreibe dieses Buch auch nicht für meine Freunde, denn die kennen, verstehen und begreifen mich, so daß ich nicht erst nötig habe, ihnen Aufklärung über mich zu geben. Ich schreibe vielmehr *um meiner selbst willen,* um über mich klar zu werden und mir über das, was ich bisher tat und noch ferner zu tun gedenke, Rechenschaft abzulegen. Ich schreibe also, um zu beichten. Aber ich beichte nicht etwa den Menschen, denen es ja auch gar nicht einfällt, mir ihre Sünden einzugestehen, sondern ich beichte meinem Herrgott und mir selbst, und was diese beiden sagen, wenn ich geendet habe, wird für mich maßgebend sein.«

Vieles verdämmert in der Phase, als er zwanzig, fünfundzwanzig war, aber Bilder aus der Kindheit stehen klar: »Du liebe, schöne, goldene Jugendzeit! Wie oft habe ich dich gesehen, wie oft mich über dich gefreut! Bei anderen, immer bei anderen! Bei mir warst du nicht. Um mich gingst du herum, in einem weiten, weiten Bogen. Ich bin nicht neidisch gewesen, wahrlich nicht, denn zum Neid habe ich überhaupt keinen Platz in mir; aber wehe hat es doch getan, wenn ich den Sonnenschein auf dem Leben anderer liegen sah, und ich stand so im hintersten, kalten Schattenwinkel. Und ich hatte doch auch ein Herz, und ich sehnte mich doch auch nach Licht und Wärme.« Das Weberelend, die Großmutter, der Vater mit seinen zwei Seelen. Wie lange war er blind? Aber er war nicht blind von Geburt, keineswegs durch Erbkrankheit, im Kern war er gesund, nur grausame Armut und mangelnde Hygiene ließen zeitweilig sein Augenlicht verlöschen. Er war ein begabtes Kind auf der untersten sozialen Sprosse, ihn verdarben schlechte Bücher, mit Räuberromantik wurde sein unerfahrener Geist vollgestopft. Auf dem Lehrerseminar stahl er nicht etwa Kerzen; Unschlittreste, die weggeworfen worden wären, kratzte er aus den Haltern, um für die Eltern daheim Kerzen zu gießen – ein hartherziger Rektor wies ihn deshalb von der Schule. Auf einem anderen Seminar setzte er sein Studium fort, wurde an einer Fabrikschule in Chemnitz angestellt...

Diese Beichte läuft allem sonstigen Schreiben entgegengesetzt. Den Traum muß er zurückstülpen. Für behauptete Reisen bleibt wenig Raum zwischen den Strafen, auch hier hält er manches im Ungefähren. Verfehlungen der Jugendzeit waren das, aber dem Christentum und der bestehenden Ordnung blieb er treu. Nie wankte er im Glauben an die Monarchie, und er hätte doch so leicht zur gottlosen Sozialdemokratie abgleiten können.

Zwei Jungen klingeln, sie halten Karl-May-Bände in den Händen und bitten um Autogramme. Klara nimmt sie mit in den Flur. Aus Leipzig seien sie, erfährt Klara. Sie sieht Neugier und Anspannung in den Augen und fragt, wie viele May-Bände sie gelesen hätten. Siebzehn, antwortet der eine, dreizehn, der andere. Sie fragt die Titel der Bände ab, die Jungen schnurren sie herunter. Klara streicht ihnen über die Köpfe und nimmt sie mit in ihr Zimmer, sie läßt Kakao und Kuchen bringen. Jungenblicke schnellen über Wände und Möbel. »Mein Mann arbeitet«, sagt sie, »wir dürfen ihn nicht stören, das seht ihr doch ein?«

Einer platzt heraus: »Und die Gewehre?«

»Sie hängen oben in seinem Zimmer.«

Blicke richten sich gegen die Decke. Über ihnen hält er also die Feder in der Faust, wieder bringt er ein Abenteuer zu Papier. »Ost oder West?«

»Ich frage ihn nie. Aber kaum ist die Tinte trocken, liest er zuerst mir vor.« Es tut wohl, in gläubige Augen hineinzusprechen. Sie fällt in einen Ton, als erzähle sie Märchen: Viele Stunden schriebe er täglich, dann sei sie mucksmäuschenstill. Manchmal höre sie ihn auf und ab gehen. Nachts brocke er sich Brot in dünnen Kaffee, Hämmele nenne man das im Erzgebirge. Die Jungen wüßten doch, daß Karl May als Junge bitter arm war? Ja, und nun sei er ein berühmter Dichter, den Millionen verehrten.

Die Jungen kauen, hören zu, lauschen. Vielleicht steht er einmal von seinem Schreibtisch auf, dann könnten sie in der Schule sagen: Wir haben Old Shatterhands Schritte gehört. Und so viele Briefe jeden Tag, redet Klara. Leider habe er auch Neider, aber er sei so gütig, so wunderbar gerecht. Es ist wie eine alte Melodie, ein Singsang, sie kennt alle Strophen. Warum nur sind nicht alle Menschen auf dem Weg zum Edlen wie wir?

Sie haben keine Schritte über sich und auf der Treppe gehört, ein alter Mann öffnet die Tür, Klara strahlt: »Du hast Besuch, Karl!«

Die Jungen mühen sich, hinunterzuschlucken, sie schieben sich von den Stühlen und schauen auf ein runzliges Gesicht, in Augen, die wie blind wirken, wasserblau mit Tränentröpfchen in den Winkeln. Sie begreifen nicht; das soll Karl May sein, vielleicht ist es sein Vater. Sie drücken eine schlaffe Hand und hören eine leise Stimme: »Soso, von Leipzig, wie schön.« Sie haben dröhnenden Baß erwartet und einen Schlag auf die Schulter befürchtet und erhofft. »Kakao und Kuchen, das laß ich mir gefallen! Nun eßt mal tüchtig!« Es fehlte noch, daß er sagte: Damit ihr groß und stark werdet wie Old Shatterhand.

Sie wissen nicht, was sie fragen sollen. Ihre Welt stimmt nicht mehr, das ist nicht der Held, mit dem sie gefiebert haben, Kara Ben Nemsi, Old Shatterhand. Manche in der Klasse haben behauptet, Karl May habe sich seine Abenteuer bloß ausgedacht; mit denen haben sie sich geprügelt.

»Den ›Winnetou‹ kennt ihr, alle drei Bände?« Das klingt, als ob ein Lehrer fragte.

Sie nicken. Sie möchten fort. Das hier ist ein Hexenhaus. Er möchte den Jungen etwas schenken; ihm fällt ein: Pferdehaare. Er fingert das Portemonnaie heraus und gibt jedem fünf Mark. Klara lächelt: »Da werdet ihr bestimmt einen Band kaufen, der euch noch fehlt.«

Als die Jungen knittrige Hände gedrückt und die Gartentür hinter sich zugezogen haben, rennen sie fort; drei Straßen weiter bleiben sie stehen und starren sich an. Einer sagt: »Der hat gar nicht geschrieben, der hat im Bett gelegen.«

»Vielleicht stirbt er bald.« Nie ist ihnen eingefallen, Old Shatterhand könnte sterben. Auf der Rückfahrt vereinbaren sie, niemandem zu verraten, in welchem Zustand sie ihr Idol angetroffen haben, das muß geheim bleiben. Womöglich haben ihn Feinde vergiftet. Oder sie erzählen allen in der Klasse: Karl May hat ihnen, nur ihnen, anvertraut, daß ihn Komantschen mit einem Giftpfeil getroffen haben?

May hat nicht geschlafen, er hat geschrieben, an diesem Tag arbeitet er weiter an seiner Beichte. Dämonen hielten ihn in ihren Pranken, sie stiegen aus schändlichen Büchern, die ihm ein Gastwirt, bei dem er Kegel aufsetzte, zu lesen gab; sie verdarben ihn so, daß er, als die Not am größten war, nach Spanien wandern wollte, um von Räubern Hilfe zu holen. Bei Verwandten nahe Zwickau fand er Unterschlupf, von dort holte ihn der Vater zurück.

Sein Rechtsanwalt legt ihm eine Broschüre vor, F. W. Kahl-Basel wird als Verfasser genannt. »Herr May, ich hätte Ihnen die Lektüre dieser Sudelei gern erspart. Aber für den Antrag auf eine einstweilige Verfügung brauche ich Ihre Vollmacht.«

Er liest: »Karl May, ein Verderber der deutschen Jugend.«

»Wer ist Kahl-Basel?«

»Vermutlich ein Strohmann von Lebius.« Es gibt allerlei zu besprechen, das ist immer so, wenn Dr. Bernstein seinen Mandanten besucht. May klagt, May wird verklagt, so geht das seit Jahren. Nun Kahl-Basel. »Wissen Sie, Herr May, daß Lebius zur Zeit ein Dutzend Beleidigungsklagen am Hals hat?« Das behält Bernstein für sich: Er hat aus leider sicherer Quelle erfahren, daß Lebius in Weimar war und sich an Emma May herangemacht hat, präziser gesagt, an Emma Pollmer. Wenn von dort etwas kommt, kann es nichts Gutes sein. »Wir sollten dreifach klagen: gegen Kahl-Basel, Lebius und den Verlag.«

Am Abend liest May: »Als der Rumäne Manolescu, der Fürst der Diebe, sein mit Meisterschaft geübtes Diebeshandwerk gegen die Schriftstellerei austauschte, machte ein angesehener Dresdener Staatsanwalt darauf aufmerksam, daß das Aussinnen von Verbrechen und das Schwelgen der Phantasie in verbrecherischen Handlungen, worin die Schriftstellertätigkeit Manolescus bestand, für ihn ein Äquivalent für seine ehemalige verbrecherische Tätigkeit sei. Dieser Satz hat allgemeine Gültigkeit. Er trifft auch auf Karl May zu.« So geht es weiter: Fast ein Jahrzehnt habe May in Zuchthäusern und Gefängnissen wegen fortgesetzter Einbruchsdiebstähle gesessen. »Interessant ist, daß man bei May auch die Ursache des atavistischen Charakters seiner Schriften feststellen kann. Er machte im frühesten Alter eine schwere chronische Krankheit durch, die offenbar kulturhemmend gewirkt hat. Man hat den Schriften von Friedrich Nietzsche vorgeworfen, daß sie den Verbrecher verherrlichen und alle Moralbegriffe auf den Kopf stellen. Die später bei Nietzsche auftretende Gehirnerweichung bewies, daß er ein pathologischer atavistischer Schriftsteller war. Der atavistischen Literatur sind ferner die wollüstigen und geschlechtlich perversen Schriften (Frank Wedekind) zuzurechnen.«

May weiß nicht, was Atavismus ist, und schlägt in einem Lexikon nach: Atavismus sei ein Entwicklungsrückschlag, auch das Wiederauftreten entwicklungsgeschichtlicher, überholter Eigenschaften und Anschauungen. Kahl-Basel erklärt es so: Kinder klettern gern auf Bäume, wie Affen es tun, Kinder machen also die Entwicklung der Menschen vom Affen her durch. In Ostpreußen erschlug und beraubte ein Fünfzehnjähriger einen Mühlenwächter, vor Gericht sagte er aus, ein Buch von Karl May, in dem drei Morde vorkamen, hätte stark auf seine Phantasie eingewirkt. Aus der »Sachsenstimme« wird zitiert, May habe unberechtigt den Doktortitel geführt und »daß dieser angeblich adleräugige Indianertöter ein in seinem Berufe gescheitertes schwächliches und kurzsichtiges Schulmeisterlein ist«. Natürlich wieder die Polizeiaufsicht. »Es ist deshalb geradezu eine sittliche Pflicht, daß man sich über den ›Fall May‹ vollständig klar ist, daß man den lauernden Feind erkennt, diesen Brunnenvergifter, der der Jugend das lautere Wasser der reinen Poesie ungenießbar macht, und daß man ihn entsprechend behandelt.«

An diesem Abend steigt seine Temperatur, Klara muß Wadenwickel anlegen. Am nächsten Morgen empfiehlt der Arzt Ruhe, verdunkeltes Zimmer, Reisschleim und Zwieback. Der Arzt behält für sich, daß die Symptome einen bevorstehenden Gehirnschlag andeuten könnten. Er rät: die Augen geschlossen halten, an eine freundliche Landschaft mit sanften Ufern, Gras und Schafen denken. Von ferne läuten Glocken, der Himmel ist hell, der Horizont schimmert rosenrot. Aufmunterndes Lächeln wie zu einem Kind.

Eine Woche lang gelingt es Klara, ihn im Bett zu halten, dann rappelt er sich doch wieder auf. Fehsenfeld schreibt, »Ardistan und Dschinnistan« sei bei Lesern und Presse auf Ablehnung gestoßen, die Symbolsprache würde nicht verstanden, das Schlimmste sei eingetreten: Man hielte diese Schrift schlicht für langweilig. »Klara, nun ist wohl auch Fehsenfeld zu meinen Feinden übergegangen.« In sie dringt dieser Satz nicht ein, ihr ist es zur zweiten Natur geworden, Unangenehmes zu negieren, als lege sich schon damit ein Bannfluch darauf oder doch ein verhüllender Nebel.

Also der vierte »Winnetou«-Band, noch ehe die Lebensbeichte beendet ist. »Es war in der Frühe eines schönen, warmen, hoffnungsreichen Frühlingstages. Ein lieber, lieber Sonnenstrahl schaute mir zum Fenster herein und sagte ›Grüß dich Gott!‹ Da kam das ›Herzle‹ aus ihrem Erdgeschoß herauf und brachte mir die erste Morgenpost, die soeben vom Briefträger abgegeben worden war. Sie setzte sich mir gegenüber wie alltäglich mehrere Male, so oft die Briefe kommen, und öffnete zunächst die Kuverts, um mir dann den Inhalt vorzulesen. Aber noch ehe sie damit beginnen kann, höre ich die Frage klingen: ›Wer ist das Herzle? So heißt doch eigentlich niemand. Das muß ein Kosename sein.‹ Ja, es ist allerdings ein Kosename. Er stammt aus dem ersten Bande meiner ›Erzgebirgischen Dorfgeschichten‹. Da kommt ein ›Musterbergle‹, ein ›Musterdörfle‹, ein ›Mustergärtle‹ und ein ›Musterhäusle‹ vor, in dem das ›Herzle‹ mit ihrer Mutter wohnt. Dieses ›Herzle‹ ist der, wenn auch nicht körperliche, aber doch seelische Abglanz meiner Frau, und wenn ich das Porträt, indem ich an ihm arbeitete, so lieb gewann, daß ich es ›Herzle‹ nannte, so versteht es sich wohl ganz von selbst, daß dieser Name so nach und nach auch auf das Original überging.« Das Herzle bringe also die Post, ein Brief aus dem Fernen Westen sei dabei, auf dem Umschlag stehe nichts als: May, Radebeul, Germany. Sichtlich mit einem großen Messer, »wahrscheinlich Bowieknife«, sei ein Zettel beschnitten, auf dem stehe: »An Old Shatterhand. Kommst du nach dem Mount Winnetou? Ich komme ganz gewiß. Vielleicht sogar auch Araht-Niah, der Hundertzwanzigjährige. Siehst du, daß ich schreiben kann? Und daß ich in der Sprache der Bleichgesichter schreibe? Wagare-Tey, Häuptling der Schoschonen.« Zwei Wochen später träfen weitere Briefe ein, geschrieben von den Erzfeinden To-keichun und Tangua, sie fordern ihn zu einem letzten großen Kampf. »Meine einzige Kugel, die ich noch habe, sehnt sich nach Dir!« Ein Komitee, das einen Berg im Felsengebirge »Mount Winnetou« nennen wollte, lüde ihn über den großen Teich, ihm gehöre Old Surehand an. Ein Teil der alten Personnage wird aufgeboten, durch Söhne und Töchter ergänzt. An die »Winnetou«- und »Old Surehand«-Bände erinnert May und empfiehlt, wenn nötig, deren nachträgliche Lektüre. So geht das Buch weiter: Endlich entschließen sich er und das Herzle zur Fahrt nach Amerika. Das nächste Kapitel spielt im Clifton-House nahe der Niagarafälle, Erfahrungen der wirklichen Reise fließen ein. Er belauscht ein Gespräch hinter der dünnen Wand, zwei Herren namens Enters warten auf ihn aus dunklen Gründen. Das Grab des Häuptlings Sa-go-ye-wat-ha wird besucht. Die Handlung ist so breit gefächert, daß sie viele Möglichkeiten bietet; Pflöcke sind in eine Wand geschlagen, an denen er Ösen aufhängen kann. Das Herzle ist immer dabei, nur wenn er ärgerlich ist, und das kommt wunderselten vor, nennt er seine Frau mit ihrem Namen, Klara.

Die ersten fünfzig Seiten kosten so viel Kraft wie sonst ein ganzer Band. Ein Indianerhäuptling spricht über ein Gleichnis im Angesicht des brausenden, zerreißenden, vereinigenden Niagarafalls: »Genau ebenso wissen wir von der hier zerstäubenden roten Rasse nur, daß sie aus der Zeit und aus dem Lande des Gewaltmenschen stammt und der Zeit und dem Lande des Edelmenschen entgegenfließt, um dort in neuen Ufern neue Vereinigung zu finden.« So soll dieses Buch sein, ein gewaltiges Gleichnis, und es möge zeigen: So müssen alle vorhergehenden Bände gelesen werden, und wer das bislang nicht getan hat, hat sie und ihren Autor nicht verstanden.

Das Leben läßt Aufgehen im Schreiben nicht zu. Klara bricht in Tränen aus, als sie ihm aus einem Brief vorliest: Die Kammersängerin Selma vom Scheidt aus Weimar teilt mit, Lebius habe Karl May in einem Privatbrief als »geborenen Verbrecher« bezeichnet. »Das darfst du dir nicht gefallen lassen, Karl!«

»Ich werd's nicht.«

»Keiner ist doch grundgütiger als du!«

»Für diese Klage brauche ich keinen Anwalt.« Er reicht bei einem Berliner Gericht eine Privatklage ein, sofort schlägt Lebius zurück: In seiner Zeitschrift »Bund« bringt er einen ausführlichen Artikel, in dem er May als gewesenen Räuberhauptmann bezeichnet; mit seinem ehemaligen Schulfreund Louis Krügel, einem Deserteur, habe May eine Bande gegründet und die Umgebung von Ernstthal unsicher gemacht. Sogar den Jagen gibt er an, in dem die Bande ihren Unterschlupf gefunden habe, nie sei die Höhle entdeckt worden. »Die Bande unternahm fast täglich räuberische Überfälle, namentlich auf Marktfrauen, die den Wald passierten. Bei der Ausraubung eines Uhrladens in Waldenburg erbeutete die Bande für 520 Taler Goldwaren.«

Rechtsanwalt Bernstein hört sich Mays Erbitterung an, wieder einmal hat Lebius getroffen wie mit einem Dreschflegel. Wenn Bernstein rechtzeitig gefragt worden wäre, hätte er von der Klage abgeraten. »Geborener Verbrecher«, gewiß klang das infam, aber ein Prozeß brachte der Gegenseite die Möglichkeit, Verfehlungen Mays aufzutischen.

»Nie habe ich Marktfrauen überfallen!«

»Natürlich nicht. Schließlich wird das Gericht Ihnen glauben. Aber was in der Öffentlichkeit hängenbleibt!« Es fällt Bernstein leicht, sich nicht für einen Anwalt zu halten, der seinen Mandanten auspreßt und in immer neue Klagen und Gegenklagen verwickelt; hier rollt eine Lawine den Berg hinab. »Nochmals, Herr May, ich hätte Ihnen zu dieser Attacke nicht geraten. Ein Privatbrief, was wäre das schon gewesen.«

Mays Hände zittern, ein Zucken läuft über die Arme bis in die Schultern hinauf. Seine Füße sind kalt, daß er sie von den Waden an nicht mehr spürt. Er hat nicht oft an den eigenen Tod gedacht. Eine Stunde nach dem Weggang seines Anwalts sitzt er noch, seine Nägel kratzen über die Handrücken und unter die Ärmel hinein. Tod wäre Einschlafen, Ende der Qual. Daß er nicht erreicht hat, was er schaffen wollte, was bedeutete das dann noch für ihn.

Am nächsten Tag schreibt er wieder, was soll er sonst tun. Mit dem Herzle läßt er das Ich durch den Wilden Westen streifen. Für Winnetou soll ein riesiges Monument errichtet werden, dagegen treten beide auf. Das Ich verkündet: »Wer ihm ein sichtbares Denkmal setzt, der erhöht ihn nicht, sondern der zwingt ihn, herabzusteigen. Er entehrt ihn, anstatt ihn zu ehren. Womit hat unser unvergleichlicher edler Freund eine solche Kränkung, eine solche Beleidigung verdient? Es ist wahrlich keine Herabsetzung, wenn ich von ihm behaupte, er sei nicht Gelehrter oder Künstler, nicht Schlachtensieger oder König gewesen, denn er war mehr als alles: Er war Mensch! Er war Edelmensch!« Lang fließt die Rede, gipfelnd darin, daß Dschinnistan der einzige Weg sei, die rote Nation vor dem Verlöschen zu retten. Dem Ich antwortet der Häuptling »Junger Adler«, was der zwölfstrahlige Stern auf seiner Brust bedeute: »Daß wir nicht länger hassen, sondern lieben wollen. Daß wir aufgehört haben, die Teufel unserer Brüder zu sein, und uns bemühen, des verlorenen Paradieses würdig zu werden. Kurz, das Gesetz von Dschinnistan soll wieder bei uns gelten.« Das Ich vergilt Schmach nicht mehr mit dem Fausthieb, sondern mit einer Ohrfeige. Und über das Herzle schreibt May: »Sie empfindet viel zarter, viel feiner als ich. Ihre Seele steht dem Leide des Erden- und des Menschenlebens viel offener als die meine. Und hier lag das ungeheure Leid einer ganzen, großen, fast untergegangenen Rasse in untrüglichen, steinernen Beweisen vor unseren Augen! Die Indianer haben keine Türme, keine Minareh. Sie haben die Winke ihrer Riesenbäume nicht verstanden; sie haben keine Dome gebaut. So sind sie auch geistig an der Erde geblieben.«

Das Herzle, besorgt: »›Dieser Paper wird doch nicht etwa so töricht sein, wieder mit dir anzubinden!‹

›Er wird es sehr wahrscheinlich!‹ antwortete ich. ›Derartige Menschen werden niemals klug!‹

›Schlägst du wieder?‹

›Nein.‹

›Gott sei Dank. Ich sehe das gar nicht gerne!‹«

Das Herzle steuert eine verblüffende Idee bei: Sie fotografiert den Häuptling Tatellah-Satah. Durch einen Projektionsapparat will sie dieses Foto und ein Gemälde des aufstrebenden Winnetou und der Marah Durimeh auf einen Wasserfall werfen, wenn verbündete und feindliche Indianer versammelt sind. Zuletzt wird noch eine seltsame Flugmaschine bemüht. »Da stand auf vier Beinen ein großes, vogelähnliches Gebilde mit zwei Leibern, zwei ausgebreiteten, mächtigen Flügeln und zwei Schwänzen. Die beiden Leiber vereinigten sich vorn durch ihre Hälse zu einem einzigen Kopf, zu einem

Adlerkopfe. Sie waren aus federleichten, aber außerordentlich festen Binsen geflochten. Was sie enthielten, sah man nicht, höchstwahrscheinlich den Motor. Zwischen den Leibern war ein bequemer Sitz angebracht, welcher Platz für zwei Personen gewährte. Es gab verschiedene Drähte, deren Bestimmung nicht gleich auf den ersten Blick zu erkennen war, doch konnte man sich denken, daß sie zur Beherrschung und Lenkung des großen Vogels dienten. Es ist mir nicht erlaubt, eine Beschreibung des Apparates zu geben, doch darf ich versichern, daß, als der ›junge Adler‹ uns alles erklärt hatte, wir beide, Tatellah-Satah und ich, von der Sicherheit und der Verläßlichkeit des Apparates derart überzeugt waren, daß in uns sofort der Wunsch aufstieg, uns seiner recht bald einmal bedienen zu dürfen.«

Noch sind die Verwicklungen nicht beendet, viertausend feindliche Indianer marschieren heran zu einer letzten entscheidenden Schlacht. Ein Bösewicht zieht den Revolver und will das Ich töten, aber mutig stellt sich das Herzle vor den geliebten Mann. Die Söhne des Winnetou-Mörders opfern ihr Blut für das Ich und sein Herzle, damit haben sie die Schuld ihres Vaters getilgt. Endlich sehen die Häuptlinge ein, daß es falsch wäre, Winnetou ein Denkmal zu errichten, vielmehr stimmen sie dem Vorschlag zu, allen Indianerstämmen eine Stadt zu bauen als organisatorisches und geistiges Zentrum. »Fragt euch, was für Straßen, für Plätze, für Häuser, für Gebäude wir da brauchen! Ein Stammeshaus für jeden einzelnen roten Stamm! Einen Heimpalast für jeden einzelnen Clan, den größten und schönsten für den neugegründeten ›Clan Winnetou‹! Denkt euch hierzu das Schloß hoch über der Stadt in würdiger Weise ausgebaut! Das ist nur einiges, was ich euch für jetzt und einstweilen sagen kann.«

Nun fliegt »Junger Adler« in seinem Binsenapparat dreimal um den Berg, wie eine Sage es angekündigt hat. Vom Königsberg holt er eine Urkunde herunter, die einen geheimnisvollen Pfad zum Heiligtum weist. Winnetou ist zum Symbol geworden, alles ist aufgehoben, alles gut.

»Das ist der Schluß dieses vierten Bandes. Indem ich ihn jetzt beende, kommt das Herzle und legt mir eine deutsche Zeitung vor, in welcher unter dem Titel ›Ein Denkmal für die Indianer‹ folgendes zu lesen ist: ›Aus New York wird berichtet: Das große Standbild der Columbia in der New Yorker Hafeneinfahrt wird voraussichtlich in kurzer Zeit ein Gegenstück erhalten. Am Hafen der amerikanischen Metropole soll ein großes, mächtiges Denkmal entstehen, das bestimmt ist, kommenden Generationen die Erinnerung an die rote Rasse aufrechtzuerhalten, die vielleicht in wenigen Menschenaltern als solche ausgestorben sein wird. An der Hafeneinfahrt soll das Standbild eines riesigen Indianers errichtet werden als ein Sinnbild dafür, daß das Volk Amerikas trotz aller der roten Rasse zugefügten Ungerechtigkeiten die edlen Eigenschaften der Ureinwohner Amerikas vollauf würdigt. Es soll die Schuld des Landes gegen die aussterbende Rasse der ›ersten Amerikaner‹ symbolisieren und künftigen Geschlechtern die schönen Charakterzüge der roten Rasse vor Augen führen. Der Indianer wird mit ausgestreckter Hand dargestellt, wie er die ersten weißen Männer willkommen hieß, die Amerikas Küste betraten.‹ Ich frage: Ist das nicht interessant?«

3

Er hat geglaubt, nichts anderes als rascher Sieg wäre denkbar. Fünfzehn Schritte wird er tun müssen, bis er an dem Platz stehen kann, der dem Zeugen zugedacht ist. Bei jedem wird er allein sein; warum hat er keinen Rechtsbeistand mitgebracht? Hier ist Berlin, Lebius wohnt in dieser Stadt, die in der letzten Nacht auf alle Sinne gedrückt hat. Erinnerung an den Dunst der Waldheimer Zigarrenwicklerei überfiel ihn, im Hof wurden Kübel geleert, im Halbtraum schlug Emma mit Töpfen gegeneinander. Die Gerichtssäle seiner versunkenen Zeit waren Stuben gegen diese Halle. Es kostet Energie, bis er sich halbwegs an dem Gedanken aufgerichtet hat: Ich stehe nicht als Angeklagter hier, ich klage Lebius an!

Der Mann, der auf den Richterstuhl niederächzt, scheint fast so alt zu sein wie er, das ermöglicht Zuversicht: Kein Schnösel wird leichtfertig mit Wahrheiten umspringen. May blickt nicht zur Seite, wo sich ein tuschelndes Trüppchen hereinschiebt, Lebius mit seinen Kumpanen. Jedesmal, wenn er mit diesem Mann gesprochen hat, endete es mit Drohungen, Beschimpfungen oder halbherzigen Versprechen, denen neue Verleumdungen folgten. Jetzt wird er reinen Tisch machen. Lebius hat ihn als geborenen Verbrecher bezeichnet, vor dieser Infamie muß ihn jedes Gericht schützen.

Amtsgerichtsrat Scheffel eröffnet die Sitzung des Schöffengerichts Charlottenburg. Er blickt auf allerlei Leute im Saal, einige sind wohl Presseberichterstatter. Zuwider ist das dem Richter, Raunen und Lachen bringen ihn aus dem Konzept. Am liebsten sind ihm Prozesse mit einem geständigen Angeklagten und wenigen braven Zeugen, die nichts durcheinanderbringen. Der Angeklagte führt drei Rechtsanwälte ins Feld, schon das verdirbt dem Richter die Stimmung. Geborener Verbrecher, das klingt übel, selbst wenn es in einem Privatbrief steht; er wird dem Lebius eine Geldstrafe aufbrummen. Dieser Aufwand – hoffentlich bringt er in einer Stunde alles hinter sich. »Ich eröffne…«

Stenographenblocks werden aufgeklappt. In Journalistenkreisen ging das Gerede, im jahrelangen Gezänk um May würde ein spektakulärer Punkt gesetzt, Lebius und seine Anwälte würden den Spieß umdrehen. Dieses weißhaarige Männlein ist also Karl May, Old Shatterhand aus Dresden, allein über diesen Kontrast könnte man seitenlang glossieren. Angeklagt ist ein Journalist wegen eines allerdings happigen Ausdrucks. Da erwachen in den Reportern Gefühle der Solidarität: Wie leicht rutscht einem ein schiefes Wort aus der Feder!

Die Anklage wird verlesen; hat der Kläger etwas hinzuzufügen? Vor einer Woche noch hat May Klara gegenüber getrumpft, zwei Stunden lang zu sprechen und alles aufzuzählen, was Lebius ihm angetan habe. Die Erinnerung daran verwundert. Junge Männer starren ihn an, kritzeln. Er möchte, daß Lebius rasch seine Strafe bekommt und er in eine Droschke steigen kann, zum »Adlon« fahren, hinter abdunkelnde Gardinen. Nein, er möchte nichts ergänzen. Selbst dieser Satz strengt an.

Nicht Lebius spricht, sondern einer seiner Anwälte. Den Paragraphen 193 des Strafgesetzbuches bemüht er, der einem Angeklagten zubilligt, aufzuführen, was zur Wahrung seiner Interessen geeignet sei. »Wir sind in der Lage, dem Gericht eine Fülle von Unterlagen zu überreichen, die die Äußerung, der Schriftsteller Karl May sei ein geborener Verbrecher, auf das entschiedenste bekräftigen.« Eine Mappe trägt der Verteidiger nach vorn, Amtsgerichtsrat Wessel betrachtet sie unmutig. Von Urteilen aus nebelhafter Zeit hört May, aus Polizeiakten wird zitiert. Der Verteidiger deklamiert: »Ein geborener Verbrecher? Dieser Satz meines Mandanten, Hohes Gericht, ist keine Verleumdung, denn von frühester Jugend an reiht sich Verbrechen an Verbrechen! Nicht nur, daß...«

May will protestieren, aber mit welchen Worten denn nur, jetzt müßte ein Rechtskundiger eine Bresche schlagen. Wenn es Paragraphen gibt, die einen Verleumder zu schützen scheinen, muß es erst recht welche geben, mit denen man ihnen begegnen kann. Der Verteidiger: »Dieser Mann hat jahrelang von Diebereien gelebt, zuletzt hat er gar eine Räuberbande gegründet. Mit ihr überfiel er Marktfrauen und raubte ihnen den schmalen Erlös. Seine Bande war der Schrecken der Wälder um Glauchau, Militär mußte zusammengezogen werden. Dieser pathologische Verbrecher...«

Der Richter blättert in den Schriftsätzen, die ihm die Verteidigung übergeben hat. Lebius und seine Anwälte haben sich weidlich in Hohenstein-Ernstthal umgetan. Über die Raubüberfälle hat ein Bruder des angeblich beteiligten Krügel ausgesagt, er könne sich genau an dessen Schilderung erinnern. Krügel ist tot, über Militäreinsatz sind keine Beweise angeführt, vielleicht beruht das meiste auf Kneipenklatsch? Manches dagegen hat Hand und Fuß: Aus dem Urteil von Mittweida zitiert der Verteidiger ganze Passagen. Der Kläger May verschwimmt vor Wessels Blick unten auf seiner Bank. Einmal hört der Amtsgerichtsrat eine dünne, vor Erregung und Schwäche zitternde Stimme: »Das ist ja alles nicht wahr!« May ist aufgesprungen, der Richter winkt ihm zu, er möge sich setzen. May sieht dieses Winken und den grämlichen Gesichtsausdruck des Richters, so blickte ihn der Zuchthausdirektor von Waldheim an, verächtlich. Hört denn das niemals auf? Er sinkt zurück, hebt noch einmal schlaff die Hand. Freilich hat er ein Räuber werden *wollen* in dieser Zeit schrecklicher Not, für seine Eltern und Geschwister wollte er Hilfe aus Spanien holen – aber wer hier verstünde das schon, und Träume waren es, nicht Taten. Kein Wort, das hier gesagt wird, ist wahr, noch nicht einmal mit den Träumen stimmt es überein.

Nach einer Stunde endet der Verteidiger, die Journalisten flüstern sich zu: Tolles Material, egal, wie der Prozeß ausläuft! Der Amtsrichter fragt May, ob er etwas hinzuzufügen habe, der hält sich an einer Lehne fest, vielleicht würde er stürzen, müßte er an den Richtertisch treten. »Ich war niemals ein Räuber, nie habe ich Marktfrauen überfallen. Alles das ist nicht wahr!« Der Richter wartet, die Journalisten warten, aber May ist schon am Ende. Der Richter schiebt Papier hin und her und verkündet eine Pause.

Die Sonne steigt, es ist stickig geworden im Saal. Amtsgerichtsrat Wessel hat sich mit den Schöffen beraten und setzt zur Urteilsbegründung an. Wenn auch durchaus Bedenkliches über das frühe Leben des Klägers angeführt worden sei, so habe doch kein Beweis für die Behauptung, er sei ein geborener Verbrecher, erbracht werden können, deshalb verurteile das Gericht den Angeklagten Lebius... Da springt der Verteidiger auf: »Protest! Ich habe ja noch gar nicht plädiert!«

Wessels Mund gerät ins Mümmeln. Mit einer Buße von fünfzehn Mark hat er dieses Debakel aus der Welt schaffen wollen, eine Bagatellstrafe hätte im Grunde beiden Seiten Recht gegeben, salomonisch hat er urteilen wollen. Das bedeutet schon Rückzug: »Ich habe Ihre letzten Worte als Plädoyer aufgefaßt.« Wessel gibt mit einer Handbewegung zu verstehen, daß er die Urteilsverkündung abbricht, ihm sind Grundsätze der Strafprozeßordnung durcheinandergeraten – warum hat er sich nicht endlich pensionieren lassen? »Also, plädieren Sie!« Um ein Haar hätte er hinzugefügt: Aber machen Sie's kurz.

Der Verteidiger weitet aus: Es sei erwiesen, daß May auch als Schriftsteller seine Leser betrogen habe, keine einzige der behaupteten Reisen sei nachweisbar, May sei bis zum heutigen Tage ein literarischer Dieb und Hochstapler. Aus einer Fülle von Gründen könne es nur ein Urteil geben: Freispruch! Noch einmal zieht sich das Gericht zurück, dann verkündet Wessel mürrisch, selbst am Ende seiner Kraft: Freispruch. Die Journalisten stürzen aus dem Saal.

Stundenlang krümmt sich May im Hotel auf dem Bett. Ein Gedanke drängt vor: So muß es sein, wenn man stirbt, von den Gliedmaßen her wird der Körper fühllos, das Hirn erlischt mit dem Herzschlag. Wenn jetzt der Tod käme, wären aller Haß, alle Hetze zu Ende. Vielleicht schriebe ein Journalist: Karl May wurde zu Tode gehetzt. Seine Freunde würden ihm die Silberbüchse ins Grab legen. In München konnte die Straßenbahn nicht fahren, so waren die Straßen mit jubelnden Menschen verstopft. Und er hat *doch* an Winnetous Grab gestanden, Winnetou ist aufgehoben in Sa-go-ye-wat-ha.

Er quält sich nach Radebeul zurück, wochenlang verläßt er das Haus nicht. Klara muß die Zeitungen, die die Räuberhauptmannerfindung nachdrucken, nicht vor ihm verstekken; er fragt nicht danach. Eine Zeitung meldet, er habe vor vierzig Jahren seinen Schwiegervater erwürgt. So heißt es immer wieder: »Vom Räuberhauptmann zum Romancier«, »Räuberhauptmann und Bandit«, »Der Schrecken Sachsens«.

Ein Manuskript ist liegengeblieben, er blättert und liest: »...und ich stand so im hintersten, kalten Schattenwinkel.

Und ich hatte doch auch ein Herz, und ich sehnte mich doch auch nach Licht und Wärme.« Vieles ist nicht beendet, Dramenentwürfe liegen in Mappen. Manchmal, am Nachmittag nach dem Kaffee, liest ihm Klara vor, was als seine Lebensbeichte begonnen hat, die Aufrechnung vor Gott und sich selbst. »Karl, wenn du Lust hast, schreibst du weiter, ja?«

Besucher finden kaum noch ins Haus. Aus Freiburg treffen Abrechnungen ein, der Buchhalter zeichnet die Belege ab, von Fehsenfeld kein Wort.

Dr. Bernstein hat gegen das Urteil von Charlottenburg Berufung eingelegt, er erfährt, Amtsgerichtsrat Wessel sei in den Ruhestand getreten. Nur wenn eine Unterschrift benötigt wird, behelligt der Anwalt seinen Klienten. »Herr May, ich halte es für das beste, wir rollen die Sache von Ernstthal her auf. Wenn wir Krügel zum Widerruf bringen...«

»Aber nie sage ich in meiner Geburtsstadt vor Gericht aus!«

Bernstein denkt: Man könnte sich vorstellen... Und er stellt sich vor: Ein Prozeß in Ernstthal, tot bricht Karl May im Zeugenstand zusammen.

4

Als er von einem Lehrerkollegen eine Uhr borgte und daheim als Eigentum ausgab, als dieser Lehrer ihm einen Gendarmen nachschickte – der Gendarm am Fuß der Treppe, Treppe im Elternhaus, die Mutter mit schreckstarren Augen, Emma – nein, Emma kann unmöglich dabeigewesen sein. Vielleicht eine Schwester, sicherlich der Vater. »Die Welt hatte mich betrogen um meine Zukunft, um mein Lebensglück. Mich rächen? Wodurch? Dadurch, daß ich das blieb, wozu sie mich gemacht hatte, nämlich ein Verbrecher. Das war es, was die Versucher in meinem Inneren von mir forderten. Ich wehrte mich, soviel ich konnte, soweit meine Kräfte reichten. Ich gab allem, was ich damals schrieb, besonders meinen ›Dorfgeschichten‹, eine ethische, eine streng gesetzliche, eine königstreue Sendung. Das tat ich, nicht nur anderen, sondern mir selbst zur Stütze. Aber wie schwer, wie unendlich schwer ist mir das geworden! Wenn ich nicht tat, was diese lauten Stimmen in mir verlangten, wurde ich von ihnen mit Hohngelächter, mit Flüchen und Verwünschungen überschüttet, nicht nur stundenlang, sondern halbe Tage und ganze Nächte lang. Ich bin, um den Stimmen zu entgehen, aus dem Bett gesprungen und hinaus in den Regen und das Schneegestöber gelaufen. Es hat mich fortgetrieben, wie weit, wie weit!«

So kann er es Klara vorlesen. Dorfgeschichten schrieb er später, aber er hat sie sich vermutlich schon in der Kindheit ausgedacht. Sein Aufbruch, um aus Spanien Hilfe zu holen, war ja in gewisser Weise auf den Weg geworfener Traum. »Ich bin aus der Heimat fort, um mich zu retten, kein Mensch wußte, wohin, doch es zog mich wieder und wieder zurück. Niemand wußte, was in mir vorging, und wie un- oder gar übermenschlich ich kämpfte.« Wie weit streifte er, möglicherweise doch bis Arabien und durch die amerikanischen Prärien. Er betrog einen Kürschner in Leipzig: »Ich weiß nichts von der darauffolgenden Gerichtsverhandlung, gar nichts mehr, ich kann mich nicht auf den Wortlaut des Urteils besinnen.« Barmherziges Dunkel. Sie stehen wie eine Wand, die Gendarmen, Richter in Zwickau und Mittweida, Seyfert, Gerlach, Wessel, immer werden sie gegen ihn zusammenhalten. Also Unterwerfung im Vergangenen und in bedrohter Zukunft: »Ich habe während meiner Gefangenschaft nicht einen einzigen Oberbeamten oder Aufseher kennengelernt, der mir in bezug auf Gerechtigkeit und Humanität Grund zu irgendeinem Vorwurf gegeben hätte. Ich habe Hunderte von Malen eine Güte, eine Geduld und Langmut bewundert, welche mir unmöglich gewesen wäre.«

Ein freundlicher junger Mann stellt sich vor, Kenner eines jeden Buches, das May geschrieben hat. Mit Klara sitzt er beim Kaffee, geduldig hört er sich Klagen und Lobeshymnen an und nickt zustimmend, wenn sie sagt: »Ich kann mir keinen größeren Menschen vorstellen als ihn.« Je genauer sich Dr. Euchar Albrecht Schmid mit dem Werk Mays beschäftigt, desto überzeugter ist er, daß frischer Atem hineingehört. Vor mehr als zehn Jahren hat Fehsenfeld zum letzten Mal Fenster aufgestoßen, die unterdessen eines nach dem anderen zuklappten. Schmid ist Jurist, gegenwärtig redigiert er in Stuttgart eine Zeitschrift der Allianz-Versicherung. Zur Vorbereitung seines Besuches hat er einen Artikel geschickt, den er zur Verteidigung Mays schrieb.

Ein junger Mann ist Schmid für May; junge Männer sind in seinem Leben zu Dutzenden aufgetaucht und wieder verschwunden. Was Schmid redet – Münchmeyer, Pustet, Kürschner, Fehsenfeld, welcher Redakteur denn noch, der ihm Vorschläge machte, was er schreiben sollte oder wie Geschriebenes zu ordnen sei. Schmid drängt nicht mit Ratschlägen vor; hilfsbereit ist er, wenn es gilt, etwas zu erfragen oder zu regeln, manches wird ja zum Problem, was vor Jahren noch eine Bagatelle war. Schmid stöbert in Mappen, die Klara nach der Orientreise angelegt hat; jetzt weiß auch sie nicht mehr, was wo erschienen ist und wie viele Fassungen es gibt. »Mein Mann hat viel mehr geschrieben als Goethe.« Manchmal schon komisch wirkt das Ehepaar May auf Schmid, dünn und zittrig, wie verschüchtert der Mann, schnaufend die Frau; wenn sie sitzt, reckt sie das Kinn wie eine Königin auf dem Thron, sicherlich will sie ihr Doppelkinn mildern. Wie auch immer, da ist dieses wuchernde Werk, es schreit geradezu danach, daß es einer verschneidet. Schmid breitet vage Pläne aus, er merkt, daß May nicht lange folgen kann oder nicht will: Vor eine endliche Ordnung wäre neue Unordnung gesetzt. Schmid sagt einen Satz, den er gleich darauf bereut: »Vielleicht ginge es mit der einen oder anderen Zeitschrift, wenn Sie die Rechte zurückforderten, nicht ohne Prozeß ab.« Das schlimme Wort Prozeß macht jede weitere Erörterung zunichte. Ein andermal: »Herr May, sagen Sie bitte, wo haben Sie die Silberbüchse nun wirklich her?«

May blafft zurück, erdrückt zwischen Traum und Wirklichkeit: »Ja, haben Sie denn meinen ›Winnetou‹ nicht gelesen?« Zäh ist der Stoff, mit dem May sich quält, einmal klagt er zu Schmid: »Junger Mann, haben Sie eine Ahnung davon, wie weh es mir tut, wenn ich von meinen Vorstrafen sprechen muß?« Die Zeit nach Waldheim läßt er im Halbdunkel, da sollen Monate offenbleiben – vielleicht fügt jemand später die Reisen ein? Immerhin so viel: »Wohin diese Reise ging und wie sie verlief, soll der zweite Band berichten.« Und wieder und nun endgültig: »Meine ›Reiseerzählungen‹ haben bei den Arabern von der Wüste bis zum Dschebel Marah Durimeh und bei den Indianern bis zum ›Mount Winnetou‹ aufzusteigen. Auf diesem Wege soll der Leser vom niedrigen Anima-Menschen bis zur Erkenntnis des Edelmenschentums gelangen. Zugleich soll er erfahren, wie die Anima sich auf diesem Weg in Seele und Geist verwandelt. Man sieht, daß ich ein echt deutsches, also ein einheimisches, psychologisches Rätsel in ein fremdes orientalisches Gewand kleide, um es interessanter machen und anschaulicher lösen zu können. Das ist es, was ich meine, wenn ich behaupte, daß alle diese Reiseerzählungen als Gleichnisse, also bildlich bzw. symbolisch zu nehmen sind.«

Rechtsanwalt Bernstein bringt erfreulichste Kunde: Vor Gericht in Hohenstein-Ernstthal hat Richard Krügel, der Bruder des inzwischen verstorbenen, angeblichen Räuberkumpans zugestanden, sein Bruder sei immer ein Aufschneider gewesen, es sei durchaus möglich, daß er sich diese Räuberpostille ausgedacht habe. Und dann habe Lebius durch schlaues Herausfragen noch manches aufgebauscht. Auch die Schwägerin des verstorbenen Krügel habe diesen als einen Flunkerer bezeichnet. Bernstein hat Zeitungen mitgebracht: »Das Blatt wendet sich, keine einzige der schaurigen Moritaten konnte nachgewiesen werden.« Und: »Glänzende Rechtfertigung für Herrn Karl May!«

Bernstein fragt: »Sollen wir Krügel einen Denkzettel verpassen?«

»Ach, lassen Sie ihn laufen.«

Zum zweiten Prozeß in Berlin-Charlottenburg erscheint Bernstein an Mays Seite. Diesmal steht ein wohlvorbereiteter Richter dem Verfahren vor, der ohne Schablone leitet, Ausfälle der Lebiusfront abblockt und einem Dichter Phantasie auch im Darstellen seines Lebens und seiner Persönlichkeit zugesteht. »Und in Herrn May haben wir einen Dichter vor uns.« Bernstein kann auf Krügels Dementi verweisen; einen uralten Pastor, den Lebius in Hohenstein-Ernstthal aufgetrieben hat und hier mit Schauergeschichten präsentieren will, überführt er der Erinnerungsschwäche. Es ist ein langer Tag in Charlottenburg, aber er wird vorübergehen. Der Richter, der sich im ersten Prozeß überrollen ließ und nun im Ruhestand lebt, Wessel, tastet sich in den Zeugenstand und beruft sich auf sein schlechtes Gedächtnis. Bernstein legt die Hand auf den Arm seines Mandanten, als Frau Emma Pollmer aufgerufen wird. Ein Spuk taucht auf, eine Tote spricht Worte, die ihn nicht erreichen. Auch sie hat sich in Aussagen und Gegenaussagen verschlissen, ihr Auftritt ist ohne Wert. May blickt verwundert in ihr Gesicht, als sie ihn im Hinaustappen mit trüben Augen sucht und nicht findet, als sie stehenbleibt und vom Richter gemahnt werden muß: Ihre Aussage ist beendet, Frau Pollmer! Klara hat ihr nun endgültig die Rente entzogen. Tot wäre sie auch sonst für ihn. Wie wenig lebt er selbst noch? Bernstein tröstet: Gleich liegt alles hinter uns. Der Anwalt überlegt: Wenn ich aufgliedern müßte, was seit zehn Jahren hin und her prozessiert worden ist, hätte ich monatelang zu tun. Aktenberge – nun werden sie eine Maus gebären. Diesen Wust kann kein menschliches Hirn behalten und gliedern. Der Historiker, der einmal Mays Leben aufzeichnen sollte, tut mir in diesem Punkt jetzt schon leid.

Ein langer Tag mit Pausen. Der Landgerichtsdirektor fordert die Plädoyers, Bernstein kann auf jede Schärfe verzichten. Am Ende wird Lebius wegen Verleumdung zu 100 Mark Strafe oder zwanzig Tagen Haft verurteilt. Bernstein führt May hinaus. »Herr May, wir haben auf der ganzen Linie gesiegt.«

»Nach zehn Jahren.«

Sechs Tage später ist Weihnacht. Am Morgen bringt Schmid einen Baumkuchen und eine Flasche Pfälzer Wein. Er verbreitet Zuversicht nach bestem Wissen: Nun sei unter jegliche Verleumdung ein Schlußstrich gezogen, die Presse sei zu May zurückgeschwenkt, der Stimmungsumschwung werde sich auch auf den Absatz auswirken. »Mir schwebt eine Verlagsgründung vor. Das gibt's bisher nicht in Deutschland: Ein Verlag, der ausschließlich die Bücher *eines* Schriftstellers herausbringt.« Er lacht: »Das hat noch nicht einmal Goethe geschafft.« Bei Fehsenfeld habe er vorgefühlt, der zeige sich nicht abgeneigt, seinen Anteil einzubringen; wenn er, Schmid, recht sähe, wäre das vor allem eine Geldfrage.

May will Faktoren zueinander in Beziehung bringen, aber wie viele Bücher hat er bei Fehsenfeld unter Vertrag? Und was liegt noch bei Pustet? Und dieser Verleger in Leipzig. Wenn Schmid es klären will, bitte. Wäre das Triumph, endlicher Sieg?

Schmid läßt sich Manuskripte zeigen – wie, das auch noch? Also entschieden weiter über die bisherigen dreiunddreißig Bände hinaus, wer weiß, was die Münchmeyer-Romane hergeben. Und ist es nicht universal, dieses Werk, kann sich nicht jeder herausschneiden, was ihm beliebt? Wer eine kampfbereite Jugend wünscht mit kernigen Helden und deutsches Wesen erhöhen will, wird die eine Komponente betonen, wer Völkerfreundschaft und Religionsgleichheit sucht, die andere. Kenntnis fremder Länder und Bräuche, staatserhaltende Gesinnung, Liebe zu den Armen, Gottesfurcht, Heimattreue, mystische Tiefe gar – jeder wird die Gewichte für sich zurechtrücken. »Herr May, diese Sibiriennovelle, wo wurde sie zuerst gedruckt, oder hat sie Vorläufer?« Das Urbarmachen eines wüsten Feldes, das Wegräumen von Geröll. Auch das denkt Schmid: Wenn ein Verleger es geschickt anfängt, ist mit diesen Büchern Geld zu scheffeln. Vielleicht auf Jahrzehnte hinaus, wenn man die Texte den wechselnden Bedürfnissen nach stutzt.

Mays Kopf schmerzt nach einem halbstündigen Gespräch, er bittet: Andermal, nächste Woche. Dieser Winter, klagt er zu Klara, diese Dunkelheit, Kälte. »Ob ich noch einmal erlebe, wie die Rosen blühen?«

»Deine geliebten Rosen. In zwei Monaten bist du siebzig, in zehn Jahren achtzig, in zwanzig...«

Sein mühvolles Lachen endet in einem Husten.

»Noch zwanzigmal Rosen, Karl!«

5

Dieser siebzigste Geburtstag. Er zitiert: »Über die Postille gebückt, zu Seiten des wärmenden Ofens.« Hexameter, er selbst gebrauchte den Blankvers. Gäste kommen, nicht zu viele, die Gespräche schlittern wie über dünnes Eis. Klara zählt Briefe und Karten und Telegramme, mehr als hundert sind es immerhin; sie drapiert sie in Schalen.

Zu Seiten des wärmenden Ofens. Er möchte über diese Zeile lächeln und zieht sie gern wieder herbei, sie umhüllt wie ein Mantel. Wer siebzig ist, darf rückschauen und abrechnen. Wie der gute Schmid gesagt hat: Einen Verlag für sich selbst besaß noch nicht einmal Goethe. Diesen Vorschlag hat Schmid gemacht: Alle Bände durchackern lassen von Leuten, die etwas von der Sache verstehen und den Texten zugeneigt sind, und editieren in rascher Folge. Gedrungene, handliche Bände hat Schmid sich vorgestellt, Ziegelformat, von Jungenhänden auch unter dem Deckbett zu halten beim Licht einer elektrischen Birne. Der gute Schmid, kein Sohn könnte freundlicher sein. Grün die Bände, goldene Prägung. Wer war das, der von einem Markenzeichen gesprochen hatte? Fehsenfeld wohl doch. Dieses Markenzeichen nun: Karl-May-Verlag, Radebeul bei Dresden.

Februar im Elbtal ohne Frost und Schnee, der Dunst will nicht weichen. Nebel kann bedecken, er macht unscharf, entschärft, wird zum Freund. Nebel wird sich in die Niederungen senken, durch ihn stechen die Gipfel zur Sonne hinauf.

Dort oben gleißt immer Licht, dort reichen sich Winnetou und Marah Durimeh die Hand. Love, Liebe. Es läßt sich gut sitzen in einer warmen Stube, eine Decke um die Beine; Klara, Schakara bringt Tee. Kein Besucher diese Woche? Kein Besucher, Karl, und die Post heute brachte wenig. Ist gut so, Briefe kommen doch nur aus dem Dunst. Herzle, setz dich bitte zu mir.

Er wird nach Wien geladen zu einem Vortrag; zu Klaras Verwunderung nimmt er an. Wien, wo die Straßenbahn nicht weiterkam, nein, das war in München. Der »Akademische Verband für Literatur und Musik« hat einen Saal gemietet und teure Annoncen drucken lassen. Das Wagnis gelingt, dreitausend Menschen strömen zusammen, um dieses Unikum, soweit die deutsche Zunge reicht, zu hören. Viele haben eine Lesung aus einem neuen Werk erwartet, aber der Vortrag heißt »Empor ins Reich des Edelmenschen«. Bis in die hinteren Reihen trägt die Stimme anfangs schlecht, dort sitzt ein arbeitsloser Anstreicher, Bewohner eines Obdachlosenasyls, er heißt Hitler. Von der ersten Reihe blickt Bertha v. Suttner auf, sie fürchtet um den Greis auf dem Podium, daß er durchhalten möge, daß sich ihm die Fäden nicht verwirren möchten, denn er spricht auf nur wenige Notizen gestützt. Mit Gedichten aus den »Himmelsgedanken« beginnt er und breitet aus, was sie aus Briefen und Gesprächen kennt. Etwas Seherhaftes nimmt die Hörer gefangen, es ist, als blicke er über diesen Saal hinaus bis in die Weiten des Todes. »Der Arzt hat mir verboten, zu reisen und öffentlich zu sprechen, aber ich bin ja erst siebzig, und alles, was ich bisher schuf, bildet nur den Auftakt. Jetzt fühle ich mich reif zur Krönung meines Lebenswerkes.« Erinnerung überfällt ihn: Diese Kuppelkirche in Amerika, Licht stürzte durch das gläserne Dach, Buchstaben glühten auf: Love, Liebe. Das Märchen von Sitara erzählt er, und wie er aus dem Dunkel aufgestiegen sei, aus allen menschlichen Abgründen, und zum erstenmal bereitet es ihm keine Pein, von Verfehlungen und Strafen zu sprechen. Ich stand tiefer als ihr alle und strebe doch mit allen, die guten

Willens sind, ins Reich des Edelmenschen. Hocherregt und leichenblaß hat er begonnen, nun sieht Bertha v. Suttner: Welch schöner alter Mann. Sie nimmt sich vor, in einem Artikel zu schreiben: In dieser Seele badet das Feuer der Güte.

Eine halbe Stunde lang steht er barhäuptig auf der Straße und drückt Hände, hört Dankworte. Auf der Rückfahrt nach Dresden fiebert er, eine Woche darauf ist er tot. Hat er wirklich, sich ein letztes Mal aufrichtend, gerufen: »Sieg, großer Sieg, ich sehe alles rosenrot!«

Oder hat Klara, nur sie war dabei, gefühlt, daß er es hätte rufen können?

Zu dieser Ausgabe

Das Ausspinnen von Erzählungen und Romanen ist abhängig von der Fähigkeit, sich erfundene Menschen bis in alle Fasern ihres Seins vorstellen zu können, eine einfache Wahrheit. Am Ende kennt der Autor seine Figuren, als gehörten sie zur eigenen Sippe oder wohnten im Nachbarhaus. Auch das gehört zum Schreibvergnügen: Der allmächtige Lenker des Papier-Geschehens läßt zwei seiner Geschöpfe im Lift, in der Sauna oder auf dem Rettungsfloß zusammentreffen – was passiert? Eine Steigerung: Der Autor verquirlt sich selbst mit Personen und Handlungen, bildet sich ein, der Feind, der Bruder, der Liebhaber seiner Homunkuli zu sein.

Das hab ich erlebt: Im Zuchthaus, in der Einzelhaft pendelte ich monatelang meine sieben Schritte auf und ab und malte mir eine grandiose Geschichte aus: Die DDR-Führung gab mir den Auftrag, im befreundeten Albanien eine Feriensiedlung aus dem Strand zu stampfen. Das war Anfang der sechziger Jahre, als sich der Ferntourismus mit seinen Flugplätzen und Bettenburgen breitmachte. Der große Chef war ICH, Gebieter über Baukapazitäten und Etat, Organisator und Ausbilder, Lenker und Leiter und ein Menschenfreund, wie er im Buche stand. Mit Ulbricht krachte ich mich im Politbüro, mit holländischen Gärtnern brachte ich die Steppe zum Blühen, »Sonnenküste« taufte ich mein Lebenswerk, und alle Albaner liebten mich als ihren Wohltäter. So schilderte ich diesen Traum in »Durch die Erde ein Riß«: »Hinter dem Herd hingen Hammel- und Ziegenhälften, die dort trockneten und garten, er ließ sich ein Pfund abschneiden und aß dazu Maisbrei mit den Pfoten. Es war eine gute fette Mahlzeit, die einem Mann Kraft gab. Wer so aß und so satt war, konnte reden wie die Leute bei Hemingway.«

Mit dieser Phantasie hatte ich mich über Monate hinweggerettet. Darauf besann ich mich, als in mir der Gedanke wuchs, einen Roman über Karl May zu schreiben. Zu seiner

Geburtsstadt Hohenstein-Ernstthal waren wir als Jungen hinübergeradelt, in meiner Stadt Mittweida war er zu vier Jahren Zuchthaus verurteilt worden und hatte sie in der nächsten Stadt zschopau-abwärts, in Waldheim, abgerissen. Ich kannte die Geschichte des Landstrichs am Fuße des Erzgebirges mit dem Sterben des Bergbaus und dem Weberelend; sein Wahlkreis hatte den ersten Sozialdemokraten, August Bebel, in den Reichstag geschickt. May war vom Ehrgeiz gepeinigt gewesen, aus dieser Not aufzusteigen, nicht mit seiner Klasse, sondern aus ihr heraus. Die Welt der Abenteuer hatte er in seine Schreibkammern hereingeträumt wie ich Albaniens Küste in die Zelle von Bautzen: »Die Sonne stand tief über dem Meer, draußen lagen Fischerboote malerisch mit spitzen Segeln. Wenn bei Capri – vielleicht war's nach Capri gar nicht weit.« Wer so fabuliert, muß Kitsch bemühen.

In der DDR war Karl May lange Zeit eine Unperson. Seine Bücher wurden nicht gedruckt und fehlten in den Regalen der Bibliotheken. Nur in einer Zeitung, dem »Sächsischen Tageblatt« in Dresden, durften Annoncen mit Tauschwünschen von Karl-May-Büchern gedruckt werden. In dieser Situation ein Roman über den Verfemten? Die Leiter des Verlags Neues Leben hoben die Augenbrauen – was würden die da oben sagen? Da bot ich an, mit einer Novelle vorzutasten: May im Zuchthaus, Katechet Kochta setzt sich ein, daß May schreiben darf. Die Erzählung erschien im Band »Etappe Rom« und wurde später zum Beginn des Romans. Die Zensurbehörde genehmigte, niemand regte sich auf. Die Verlagsspitze faßte darob einigen Mut, und wir schlossen den üblichen Vertrag.

Das war Mitte der siebziger Jahre. Vom Verlag ließ ich mir eine Bescheinigung ausstellen, die mir den Giftschrank der Deutschen Bücherei zu Leipzig öffnete; dort lagen Mays Werke wohlverwahrt. Zwei-, dreimal in der Woche spazierte ich von meiner Wohnung in der Oststraße durch den Neuen Johannisfriedhof dorthin, las dieses und jenes von und alles über Karl May, vorzüglich Wollschlägers Studie, entwarf jeden Tag drei, vier Seiten, genoß das Wachsen und wäre glücklich gewesen, hätten nicht die Querelen um »Es geht seinen Gang« und der große Krach, als acht Schriftsteller, darunter ich, gegen die Bestrafung Stefan Heyms seines Collin-Romans wegen protestierten, alles überschattet.

An die zehn Jahre lang hatte ich mich an meinen Helden herangetastet, ich kannte Meinungen wider und für ihn, die heftig und beharrlich jede gegenteilige Ansicht ausschlossen. Ich wollte ein Buch *über* Karl May schreiben. Mir steht es nicht zu, sagte ich mir, seine Fehler zu verurteilen, ich sollte ihren Gründen nachforschen, dem Zusammenprall dieses Charakters mit seiner politischen und moralischen Umwelt: Karl May in diesem frühindustriellen Sachsen, in diesem Deutschen Reich, das sich Kolonien zulegte, im expandierenden Bürgertum und der wachsenden Sozialdemokratie, dem Vorpreschen des weißen Mannes überall und dem Untergang der roten Rasse. Ein hochsensibler, phantasievoller und ehrversessener, in Belastungssituationen zurückweichender Mensch mit armseliger Jugend und bitterem Ende, mit Höhenflügen – dieses Leben versuchte ich zu entschlüsseln. Ab und an wunderte ich mich, daß niemand vor mir versucht hatte, Mays nach romanhafter Darstellung geradezu schreiendes Dasein im Roman zu fassen.

Ein wenig länger als zwei Jahre schrieb ich an diesem Buch, eine für mich normale Zeit. Als die Arbeit ihrem Ende entgegenging, gelang es mir, den Verlag Hoffmann und Campe in Hamburg für einen Mitdruck zu gewinnen. Ein Teil der in der DDR hergestellten Auflage wurde mit den Editionsvermerken des westlichen Verlags versehen und dorthin ausgeliefert, das brachte Devisen in die DDR und war dank des Kursgefälles für den Westverlag ein sattes Geschäft.

Schon sollte gedruckt werden, da ging das Ausschlußverfahren gegen Stefan Heym und meine Berliner Mitprotestierer über die Bühne des Roten Rathauses. Später wurde ich in Leipzig zum Austritt aus dem Schriftstellerverband gedrängt – da befand die Leitung der Freien Deutschen Jugend unter Egon Krenz, einer wie ich könne nicht Autor ihres Verlages sein. Die Leitung von Neues Leben tat daraufhin das Klügste, was möglich war: Sie trug das Manuskript ein paar hundert Meter weiter zum Verlag Das Neue Berlin, trat das Papierkontingent ab, setzte Hoffmann und Campe in Kenntnis, der Vertrag mit ihm werde an das andere Verlagshaus übergeben – die damit verbundene Verzögerung betrug keine vier Wochen. In Fällen verwandter Art geriet ein Manuskript bisweilen jahrelang aus seiner normalen Bahn. Nicht so hier: Der Exportvertrag, eine heilige Kuh, bewahrte mich vor Schlimmerem.

Die Startauflage betrug 20 000 für Das Neue Berlin und 5 000 für Hoffmann und Campe. Die Buchpremiere fand im Sommer 1980 in der Hinrichs'schen Buchhandlung in der Mädlerpassage zu Leipzig statt. In »Der Zorn des Schafes« steht: »Es war ein anstrengendes Tauziehen gewesen, eine Leipziger Buchhandlung, in der gewöhnlich Premieren stattfanden, dafür zu gewinnen. Plakat? Eine Annonce gar? Dazu mochte sich niemand durchringen. Einen Zettel verschwommenen Inhalts heftete die Leiterin immerhin ans Schaufenster. Doch alle meine Freunde und Bekannten hatten unter allen ihren Freunden und Bekannten die Kunde verbreitet; so bildete sich, kaum hatte ich am Signiertisch Platz genommen, eine Schlange. Fünfzigmal schrieb ich meinen Namen, dann war der Vorrat aufgebraucht. Die vier Stasileute, die in der Eisdiele gegenüber Posten bezogen hatten, konnten ihrer Firma melden, daß alles ohne Aufmupf und Turbulenz verlaufen war.«

Das Presseecho im Osten war gleich Null, ich war ein zu böser Bube. Die Westpresse reagierte nicht üppig, aber freundlich. Gerd Ueding in der FAZ: »Warum schreibt ein Schriftsteller unserer Tage die Biographie eines toten Kollegen, noch dazu von zweifelhaftem Ruf? Da war sicher vor allem die Betroffenheit des *tua fabula narratur,* der eigenen Geschichte, die das Leben des Landsmannes aus Hohenstein-Ernstthal seinem Nachfahren erzählte. Der Leipziger Erich

Loest... kennt nicht nur die geographischen Verhältnisse seines Stoffes; die zwielichtige Welt seines Helden ist ein Stück weit auch die eigene, bis hin zu Beschuldigung, Verfolgung, Absturz. Da gewinnt das Verhältnis von Literatur und Leben eine andere Bedeutung, auch eine andere Brisanz von anderswo.«

1981 übersiedelte ich in die Bundesrepublik. Dort folgten Taschenbuchausgaben im S. Fischer Verlag und bei dtv in mehreren Schüben. Nach der Vereinigung ist das Buch nun auch wieder in der Heimat von Karl May lieferbar. In einem Dokumentarfilm stellte ich mich vor sein Geburtshaus in Hohenstein-Ernstthal, das Gericht in Mittweida und die Zuchthausmauern Waldheims und erzählte von meinem Landsmann.

Über eine Verfilmung von »Swallow, mein wackerer Mustang« ist mehrfach nachgedacht worden; gerade besteht wieder Hoffnung.

Leipzig, Januar 1997   E. L.

Zeittafel

1842	Karl May wird am 25. Februar in Ernstthal bei Chemnitz/Sa. geboren. Er ist das fünfte von vierzehn Kindern.
1848–56	Rektoratsschüler in Ernstthal.
1857–59	Besuch des Lehrerseminars in Waldenburg. Wegen Diebstahls entlassen.
1860–61	May setzt sein Studium in Plauen fort und wird Schulamtskandidat.
1861	Hilfslehrer in Glauchau, Fabrikschullehrer in Altchemnitz.
1862	Sechs Wochen Gefängnis wegen Diebstahls.
1864–65	Wiederholte Diebstähle und Betrügereien. Schwere seelische Depressionen. In Leipzig zu vier Jahren und einem Monat Arbeitshaus verurteilt. Überstellung nach Zwickau.
1868	Vorzeitige Entlassung.
1868–70	May streift in Sachsen und Böhmen umher und wird in Nordböhmen festgenommen. In Mittweida/Sa. wird er wegen Diebstahls und Betrugs im Rückfall zu vier Jahren Zuchthaus verurteilt, die er in Waldheim verbüßt.
1874	Entlassung. Für zwei Jahre unter Polizeiaufsicht gestellt.
1875	Der Verleger H. G. Münchmeyer in Dresden stellt May als Redakteur an. Erste schriftstellerische Veröffentlichungen, z. B. »Geographische Predigten«.
1876	May lernt Emma Pollmer kennen.
1877	Er trennt sich von Münchmeyer und wird freischaffender Schriftsteller, kurze Zeit auch Zeitschriftenredakteur. Emma Pollmer zieht zu ihm nach Dresden. Veröffentlichung zahlreicher Geschichten in Zeitschriften.
1878	Rückkehr nach Hohenstein-Ernstthal.
1879	Mitarbeit am »Deutschen Hausschatz«. Drei Wochen Gefängnis wegen Amtsanmaßung.

1880	Hochzeit mit Emma Pollmer.
1882-87	May schreibt für Münchmeyer fünf umfangreiche Kolportageromane, die in Lieferungen erscheinen.
1883	Umzug nach Dresden, dort mehrfacher Wohnungswechsel.
1887	Ständige Mitarbeit an der Jugendzeitschrift. »Der gute Kamerad«, Stuttgart.
1892	Die ersten Bände erscheinen im Verlag Fehsenfeld, Freiburg i. B. May stellt aus Zeitschriftenbeiträgen, die er ergänzt, seine Reiseromane zusammen. Jedes Jahr werden mehrere Bände veröffentlicht, z. B. »Durch die Wüste«, »Durchs wilde Kurdistan«, »Winnetou« I–III, »Old Surehand« I–II, »Orangen und Datteln«, »Im Lande des Mahdi« usw.
1896	May kauft in Radebeul bei Dresden ein Haus und nennt es »Villa Shatterhand«.
1897–98	Reisen in Deutschland und Österreich.
1897	»Weihnacht«.
1899 bis 1900	Sechzehnmonatige Reise im Orient.
1901	Widerrechtlicher Neudruck der Münchmeyer-Romane. Erste Prozesse. Verstärkte Angriffe gegen May in der Presse. »Et in terra pax«
1903	Mays Ehe wird geschieden. Er heiratet Klara verw. Plöhn. »Im Reiche des Silbernen Löwen«
1904	Beginn der Auseinandersetzungen mit Lebius. Mays Vorstrafen werden bekannt.
1906	»Babel und Bibel«
1907–09	Immer neue, zermürbende Prozesse.
1907–08	»Mir von Dschinnistan«
1908	Reise nach den USA.
1909	»Winnetou« IV
1910	Für May katastrophales Urteil im Prozeß gegen Lebius. »Mein Leben und Streben«
1911	Erfolg im Wiederaufnahmeverfahren gegen Lebius.
1912	May stirbt am 30. März in Radebeul.

Erich Loest Werkausgabe

Jungen zogen in den Krieg, weil ihnen eingehämmert worden war, sie hätten ihr Vaterland zu verteidigen, und es sei süß, dafür zu sterben. Sie kamen als hoffnungslose junge Greise davon. Gefangenschaft, Hunger und Schwarzmarkt schlossen sich an. Der Weg war lang in das, was normales Leben heißt.

Erich Loest: Jungen die übrigblieben · 331 Seiten · Fadenheftung
Band 1 der Werkausgabe · DM 42,00 · ISBN 3-9802139-4-3

*

Ein Fußballroman, ein Studentenroman, ein Liebesroman? Ein junger Mann ist beneidenswert begabt als Fußballspieler und Physiker, das ruft Sportfunktionäre und Professoren auf den Plan. Dieser Roman ist zeitgetreu im Detail und voller Probleme, die auch in anderen Jahren und Welten gelten.

Erich Loest: Der elfte Mann · 264 Seiten · Leinen · Fadenheftung
Band 2 der Werkausgabe · DM 38,00 · ISBN 3-9802139-5-1

*

Gert Kohler wird aus dem Gefängnis entlassen. Nun will er mit Carla, seiner Frau, und Jörg, ihrem Sohn, ein neues Leben beginnen. Aber dieses Kind, das während seiner Haftzeit geboren wurde und von einem anderen stammt, erinnert ihn immer wieder an die Vergangenheit. Furcht, die fremde Vaterschaft könnte ruchbar werden, veranlaßt ihn immer wieder zur Flucht und stürzt ihn in neue Konflikte.

Erich Loest: Schattenboxen · 224 Seiten · Leinen · Fadenheftung
Band 3 der Werkausgabe · DM 38,00 · ISBN 3-9802139-7-8

*

Jeder in der DDR kannte diese Sehnsucht: Einmal nach dem Westen fahren dürfen. Die DDR-Führung erteilte die Reisegnade nach Nützlichkeit und Belieben, am Ende brach sie unter dem Druck gegen die Mauer in die Knie.

Erich Loest: Zwiebelmuster · 304 Seiten · Leinen · Fadenheftung
Band 4 der Werkausgabe · DM 38,00 · ISBN 3-9802139-2-7

Linden-Verlag

Schkeuditzer Str. 25 · 04155 Leipzig
Telefon + Fax (03 41) 5 90 20 24